列奥纳多·达·芬奇之母
卡特琳娜的微笑

LA MADRE DI LEONARDO
IL SORRISO DI CATERINA

[意]卡罗·卫芥 著　李婧敬 译

吉林美术出版社 | 全国百佳图书出版单位

Il sorriso di Caterina
La madre di Leonardo
by Carlo Vecce
Copyright ©2023 by Giunti Editore S. p. A., Firenze-Milano
www.giunti.it
This Simplified Chinese edition is published in arrangement through Niu Niu Culture.
本书中文简体版权授予吉林美术出版社出版发行。
未经出版者许可，不得以任何形式对本出版物之任何部分进行使用。
吉林省著作权合同登记号　图字：07-2024-0019

图书在版编目（CIP）数据

列奥纳多·达·芬奇之母：卡特琳娜的微笑 /（意）卡罗·卫芥著；李婧敬译. -- 长春：吉林美术出版社，2024. 10. -- ISBN 978-7-5575-9148-9
Ⅰ. I546.45
中国国家版本馆CIP数据核字第20248UF325号

LIEAONADUO·DA·FENQI ZHI MU——KATELINNA DE WEIXIAO

列奥纳多·达·芬奇之母——卡特琳娜的微笑

著　　者	［意］卡罗·卫芥
译　　者	李婧敬
责任编辑	单媛媛　王超
开　　本	889mm×1194mm 1/32
印　　张	18
印　　数	1-10000
字　　数	400千字
版　　次	2024年10月第1版
印　　次	2024年10月第1次印刷
出版发行	吉林美术出版社
地　　址	长春市净月开发区福祉大路5788号
邮　　编	130118
网　　址	www.jlmspress.com
印　　刷	三河市金元印装有限公司

ISBN 978-7-5575-9148-9　　　定价：78.00元

致我的母亲，
一位很像卡特琳娜的母亲

序 言
神秘微笑的背后

一、卡特琳娜的传奇一生

卡特琳娜是当地酋长雅科夫的女儿，天性自由奔放，像风一样无拘无束。她经常骑马奔驰在高加索高原上，与树木、动物、神灵和英雄们对话，倾听他们的声音。她所在的民族超然于时间之外，她的语言也是世界上最古老且最难懂的语言之一。"卡特琳娜"这个名字源自她父亲送给她的一枚小戒指，那枚戒指来自圣地的圣加大肋纳修道院，表明她可能接受过洗礼。突然有一天，卡特琳娜被粗暴地拉入了历史。一天，一场战斗在北高加索的切尔克西亚（Circassia）地区打响，在这场战斗中，她的父亲雅科夫不幸被杀，卡特琳娜虽然女扮男装，但仍在顿河口的塔纳（Tana）——威尼斯人在亚速海最远的殖民地被俘。从此，她开始了一段横跨黑海和地中海的神奇旅程。

卡特琳娜先是沦为了威尼斯人的奴隶，随后又被一个名叫泰尔莫的船长带上船，被带去君士坦丁堡。在君士坦丁堡，她结识了一位名叫玛丽娅的罗斯族奴隶。后来，她与玛丽娅失散，辗转来到了威尼斯。

在威尼斯，卡特琳娜遇到了多纳托。多纳托原本是佛罗伦萨人，曾经发家致富，却又失去了一切。经过短暂的监狱生活，多纳托重新获得了自由。在卡特琳娜和另一位年轻的奴隶佐尔齐的帮助下，他开始制作精美的织物。通过纺织，卡特琳娜逐渐在威尼斯的社会中赢得了一定的尊重，并争取到了一些自由。艺术也成了她与外界沟通的桥梁。当佐尔齐试图强占卡特琳娜时，多纳托为了保护她杀死了佐尔齐，然后带着她逃到了佛罗伦萨。正是在佛罗伦萨，卡特琳娜遇到了年轻的公证员皮耶罗。皮耶罗爱上了她，并使她怀孕，但不久后他便消失得无影无踪。为避免丑闻，卡特琳娜生下的这个孩子被其主人送去了孤儿院，而她本人则被"租"给一对夫妇,成了一个刚出生的女婴的乳娘。

在做乳娘期间,卡特琳娜与皮耶罗重逢并再度怀孕。这次,皮耶罗设法将她带到他乡下的父亲安东尼奥那里。在那里,他们的第二个孩子出生了,这个孩子就是列奥纳多·达·芬奇(Leonardo da Vinci, 1452-1519),意大利文艺复兴时期最著名的画家之一,也是人类历史上罕见的全才。卡特琳娜对儿子的爱胜过一切。然而,皮耶罗的父亲后来安排卡特琳娜与一位农民结婚,与此同时,皮耶罗则与同阶层的一位女子结了婚。

达·芬奇由卡特琳娜和祖父母在乡下抚养了近十年。由于不愿接受传统的学校教育,13岁时他被送到画家韦罗基奥(Verrocchio)的画室学习绘画。达·芬奇与母亲非常亲近,尽管卡特琳娜不得不假装他不是自己的儿子,永远不能向他透露过去的一切,他也不能称她为"妈妈"。她的幸福在于将自己的一切都奉献给他,包括她对世界、对生命、对自由的无限热爱。在临终前不久,卡特琳娜前往米兰看望达·芬奇。大约两年后,她在米兰去世,达·芬奇为她举办了一场隆重的葬礼。

二、重构卡特琳娜与达·芬奇关系的尝试

关于达·芬奇的研究成果早已浩如烟海,但将这位文艺复兴巨匠的生母作为虚构小说的主人公来描写,却并不多见。作者在这部著作中,巧妙地将多年的研究成果与虚构场景交织在了一起。一直以来,关于达·芬奇的母亲卡特琳娜,除了她的名字,学界所知甚少。多年来,学者们一致的观点是:她是托斯卡纳(Toscana)的一个农家女。尽管关于《蒙娜丽莎》中女子身份的研究和猜测已经很多——这是一幅最能体现绘画作为普遍艺术的肖像画,但那不勒斯东方大学的意大利文学教授、达·芬奇研究专家卡罗·卫芥(Carlo Vecce, 1959-)在小说《列奥纳多·达·芬奇之母——卡特琳娜的微笑》中,向读者展示了重建达·芬奇家谱的一种可能性。通过对一个个精彩故事的细节描写,卫芥成功地将卡特琳娜的人生故事与文艺复兴时期的历史事件紧密结合,

不仅为读者展示了一个生动的故事，而且突显了人物的历史意义。

卫芥在佛罗伦萨档案馆发现了一份由达·芬奇的父亲、公证员皮耶罗起草的公证契约，揭示了卡特琳娜的身世。文件证明卡特琳娜是一个切尔克斯族的奴隶，她的父亲名叫雅科夫。提到她父亲名字的这一事实表明，卡特琳娜可能出身高贵，因为通常在官方文件中不会提及奴隶的父亲。由于关于达·芬奇生母的历史记载本就极少，这一发现促使卫芥决定通过小说的形式讲述这段历史——用虚构的方式展现历史的真实性有时甚至能超越史书的记载。

卫芥在书中特别描写了卡特琳娜和皮耶罗之间的爱情和激情："至于卡特琳娜和皮耶罗之间的爱情，我当年是这样想象的：在一个炎热的夏夜，在安奇亚诺的田野里或谷仓旁，伴随着蟋蟀的鸣叫和满天的繁星，他们有了一夜情缘。"（李婧敬译《列奥纳多·达·芬奇之母——卡特琳娜的微笑》第523页，以下仅注明页码）佛罗伦萨的档案文件中也有卡特琳娜获得自由的证明。遗憾的是，皮耶罗在让她摆脱奴隶身份后并没有娶她，而是先后与另外四位妻子过着自己的生活。

卡特琳娜在书中的角色远超一名普通的奴隶，她通过艺术和工艺展现了自己的创造力。小说描写了她在威尼斯的经历，在那里她从事纺织品的制作，尤其擅长精美丝绸和金线织品的加工。作为一位艺术修养深厚的织工，卡特琳娜无法用文字表达自己，她的情感和经历可能都被织入了她的艺术作品中。这种工艺技能很可能对达·芬奇产生了潜移默化的影响，使他从小便接触到艺术和美感教育。达·芬奇可能正是因为继承了母亲的部分艺术创造力，才成为了一位不仅擅长科学研究，还拥有非凡艺术才华的人。

这部基于多年历史档案研究的小说之所以在学界引起关注，不仅是因为它涉及达·芬奇的母亲，还因为它揭示了许多关于这位文艺复兴巨匠早年生活的新发现。卫芥认为，尽管历史记录中关于卡特琳娜与达·芬奇的互动很少，但实际上卡特琳娜在达·芬奇早年的生活中扮演了重要角色。画家出生后的头几年，卡特琳娜很可能一直陪伴在他身旁，直到她与皮耶罗分开。卫芥还引用了弗洛伊德（Sigmund Freud, 1856-1939）

的《列奥纳多·达·芬奇的童年回忆》来支持这一观点：

> 或许是因为早年曾读到过弗洛伊德那部作品且为之深深着迷，我似乎对一件事情格外笃定：列奥纳多在芬奇度过了具有决定性意义的童年时光，且这段时光是与卡特琳娜一起度过的；他似乎是从卡特琳娜那里习得了某些最为重要的特质，才在日后形成了独特的思考方式、爱的方式以及与他人和这个世界相处的方式。或许，他的面部轮廓所呈现的天使般的美感也是从卡特琳娜那里遗传的。（第523页）

因此，卡特琳娜在达·芬奇幼年的教育中发挥了重要作用。尽管她只是一名奴隶，但她在艺术和工艺方面的才能很可能对达·芬奇产生了影响，使他从小就对艺术产生了浓厚兴趣。小说的第十二章，卡特琳娜的儿子达·芬奇出场，作者为他们之间编织了一段极为凄美的故事。对于童年和青少年时期的达·芬奇来说，母亲的影响并不总是正面的，他也要痛苦地承受来自周围的各种闲言碎语，甚至是恶言恶语的攻击：

> 她是一个女奴、一个妓女、一个有本事的女人，居然诱惑了一位年轻的公证员，没准儿还有他的父亲老安东尼奥；我是一个私生子，一个女奴所生的孩子，一个某些人眼中的罪恶之子、乱伦之子，一个恶魔所生的左撇子。（第484页）

这些经历磨炼了达·芬奇，使他成了一位真正的艺术家。母亲的爱和她留下的巨大精神财富让达·芬奇打败了一切不公和歧视。而达·芬奇在创作中也受到了母亲潜移默化的影响，其中就包括画家在创作《蒙娜丽莎》时不断想起母亲的微笑：

> 我曾无数次尝试捕捉和呈现她那双难以捕捉的灵活的双手以及她转瞬即逝的温柔的微笑。一次，我似乎从一个如她一样洋溢着爱和母性的女子的脸上找到了那种微笑，便尝试把那个微笑画

下来……虽然明知不可为，但我还是一门心思地想要描绘出人物嘴唇和脸颊所呈现的那种无法名状的细微动作，抓住那微笑中的不可见的东西以及那微笑背后的灵魂。（第493页）

丽莎是一位佛罗伦萨贵妇，达·芬奇用了整整四年的时间，只画出了自己母亲的微笑。尽管整幅作品并未完成，但他通过这幅画表达了自己深藏的幸福回忆。不仅是这种微笑，达·芬奇画作中的所有女性形象，都是他对母亲不同年龄段的想象和回忆：

在《贤士来朝》中，也是圣母将圣子展现给前来朝拜的人群：这是一个不可言说的奇迹的显现——她是我的母亲，我是她的儿子。在《岩间圣母》中，我描绘的是逃亡至荒漠的圣母在保护和拯救圣子。在《圣母与圣亚纳》的构图中，甚至出现了多重母亲的形象。不过，她们的原型并不是我童年生活中的多位女性——祖母露琪亚、继母阿尔比拉或弗朗切斯卡，而只是不同年龄阶段的她——起初是少女，而后是少妇，最后变成了母亲。（第493页）

如果我们观察达·芬奇《圣母领报》中的山峦图像，就会发现这些山脉是他深爱的母亲向他描述的高加索山脉。卫芥以达·芬奇的语气写道：

母亲去世以后，我也曾试图在那些不可能的梦境中追寻她的亡魂，前往她的故乡游历。我想去看看高加索的高山是否真如我在《圣母领报》中凭借想象描绘出来的那样；我想抵达她出生的那片高原，了解她所属的民族，看看她告诉我的是否属实，她说我的相貌与她的父亲雅科夫惊人地相似。（第498页）

也就是说，达·芬奇一些作品中出现的异国情调，在很大程度上是受到母亲出身背景的启发。

三、一部有关文艺复兴时期全球化的史诗

　　文艺复兴最早在意大利各城邦兴起，随后扩展到西欧各国，并在 16 世纪达到顶峰，揭开了近代欧洲历史的序幕，被视为中古时代和近代的分界。文艺复兴是西欧近代三大思想解放运动之一，同时也引发了后来的宗教改革和启蒙运动。《列奥纳多·达·芬奇之母——卡特琳娜的微笑》是关于文艺复兴时期意大利商业历史的一部壮丽史诗。卡特琳娜的坎坷经历向我们展示了一个由无所畏惧、不择手段的男人们组成的商业世界。从 13 世纪开始，他们在从高加索到阿拉伯，从西班牙到君士坦丁堡的广阔地区，建立了一个由威尼斯人、热那亚人和佛罗伦萨人（包括许多犹太人）主导的商业和文化交流网络，使货物和思想的流动变得异常便捷。这标志着真正的全球化开始，贸易几乎不再需要支付现金，信用证书（lettere di credito）就已足够。

　　书中描绘了卡特琳娜眼中的世界：陷落前夕的君士坦丁堡的雄伟辉煌，威尼斯如梦如幻地从海中升起，最后是文艺复兴时期辉煌的佛罗伦萨，以及名为芬奇的小镇。但这对她来说并不是一次愉快的旅行，她像一件家具或一块土地一样，只是有钱人的"拥有物"：卡特琳娜是奴隶，是物品。她的生活与海盗、士兵、妓女、其他像她一样的奴隶、冒险家和商人，买卖她、租赁她的男人和女人交织在一起。

　　通过书中的描绘，我们可以了解到那个时代不同种族的人们的生活，从切尔克斯人、鞑靼人、犹太人、威尼斯人、热那亚人到佛罗伦萨人，以及他们的争吵和阴谋。从中，我们还可以了解到，人们是如何用黄金编织面料的，最早的眼镜是在哪里发明的，奴隶贸易和司法系统是如何运作的。书中对君士坦丁堡的金色圆顶进行了生动的描述，这座城市正濒临被土耳其人征服的边缘。

　　全球化带来的不仅是交流和便利。从经济角度看，它促进了贸易自由化，使得资金、技术、商品和服务的跨国流动更加便捷，从而推动了整体生产力的发展。从政治和文化角度看，全球化加强了国家之间的相互依存，促进了全球意识的形成。然而，全球化也加剧了不平等现象。

尽管"文艺复兴"（Renaissance）这一概念最初由人文主义者提出，强调以人为中心而非以神为中心，肯定人的价值和尊严，但即使是意大利人文主义的作家和学者，在这一运动中也无法超越他们所处的时代局限。卫芥借达·芬奇之口说道：

> 直到今天，我一想到这些，仍旧会激动得发抖，想到自己在某一个短暂的瞬间真的有可能逃离这个被自身所困的病态的旧世界，逃离这个自以为高地球上所有民族一等，将其他所有民族都蔑称为"蛮族"的文明。其实这个所谓的文明世界只会用战争、暴力和强权输出野兽般的疯狂，最令人憎恶的一点在于它的一切目的都指向金钱和财富，至于人的自由，居然是可以买卖的：一个自由人居然会沦为奴隶。（第499页）

很多在文艺复兴时期出现的现象，都是反人文主义的。由于自己母亲的出身，达·芬奇开始思考人类不平等的现象。

四、多重叙述人

其实，这本书中描写的卡特琳娜是否真的是达·芬奇的母亲，并不是最重要的。这部小说呈现的是一幅宏伟的历史画卷，书中的人物作为叙述者相互交织，构建了一个多层次的故事。小说共分为十三章，每章的叙述者都是卡特琳娜的责任人、主人或恩人，包括切尔克斯族部落首领、托斯卡纳冒险家、威尼斯商人、佛罗伦萨女商人、达·芬奇等，甚至包括作者本人。每章的故事由不同的叙述者讲述，从而提供了多样的视角。这些叙述虽然各自独立，但都有一个共同的交集——与卡特琳娜的联系，同时也揭示了许多彼此不为人知的细节。这些错综复杂的故事，有时还充满惊心动魄的情节。书中每个角色对卡特琳娜的看法和描述都带有个人的偏见和局限性，但正是通过这种方式，读者可以拼凑出一个完整的卡特琳娜的形象——她美丽、天真，充满勇气和才华，进而感知到一个充满人性和情感的复杂人物。通过不同的视角，小说不仅展现了卡特琳娜复杂的生活，而且揭示了那个时代带给她的种种不公。

叙述者是表述人物、事件和环境的人，通常情况下，叙述者是作者本人。然而，在本书中，作者卫芥虚构了不同的叙述者，这充分体现了他对文艺复兴时代社会生活的独特观察、体验和思考，以及对表现形式的追求，即通过最有效的艺术手段呈现出他构思中的艺术形象。卫芥没有直接采用卡特琳娜的第一人称视角来讲述她的故事，而是选择了多重视角的叙事方式，这种选择背后蕴含着深刻的内涵。在文艺复兴时代，奴隶，尤其是女奴隶，几乎没有机会发出自己的声音，她们的生活大多通过他人的叙述得以被记录。因此，卫芥通过他人对卡特琳娜的描述来构建她的形象，旨在反映她在当时社会中被压制的无声状态。

在书中，我们能够接触到形形色色的人物：老练的商人、曾经的海盗、衰落的贵族、公证员（达·芬奇的父亲）、无耻的权贵，以及非常卑微的人物……正是这样一个众生相，展示了文艺复兴时期社会的横截面。

事实上，卫芥通过不同叙述者的讲述来构建卡特琳娜的形象，这种方法带有德国"精神史"（Geistesgeschichte）的色彩。20世纪上半叶，精神史学派取代了实证主义，成为日耳曼学的主导理论和方法，为作品的内在解读奠定了基础。精神史学派批评实证主义过分关注事实和肤浅的分析，认为文学和诗歌应被视为时代精神的表达，而不仅仅是个人生活的反映。精神史学派主张，除了个体事实的因果关系之外，还存在一种精神或理念，从这一角度可以更全面地理解历史。显然，卫芥希望通过这些多重视角，使读者不仅能了解到卡特琳娜的故事，而且能感受到那个时代的社会结构和文化氛围。

五、文学与历史

这是一个基于历史的虚构故事，充满了冒险和转折，作者的叙述带有强烈的个人色彩。尽管有各种证据支持，但它仍然是一部文学作品。在小说的最后一章，"我"揭示了作者卫芥是如何介入卡特琳娜的生活的。他在这一章中清楚地解释了哪些内容是虚构的,哪些内容是基于他的历史研究成果。

作为历史学家的卫芥在创作这本书时,主要依赖大量的历史档案和文献,这同样需要历史学家的想象力和阐释能力。尽管卡特琳娜的名字在历史记录中鲜有提及,但卫芥通过研究各种档案,依旧找到了她的出生地、家庭背景以及她被俘的过程。正是通过对这些零散的历史碎片的连缀,同时借助于文学家的想象,卫芥才拼凑出了卡特琳娜的生活轨迹,向我们提供了一种新的阐释可能。

在这本书中,卫芥教授的关键发现是他在佛罗伦萨的档案中找到了卡特琳娜的"释放"文件。该文件揭示了她在1452年,也就是达·芬奇出生后不久被"释放"的事实。通过这些档案,卫芥不仅确认了卡特琳娜的身份,而且揭示了她与佛罗伦萨一些重要人物,包括贵族家庭和商人之间的关系。

读完这部小说,你一定会对卫芥将历史档案转化为精彩故事的高超能力赞叹不已。卫芥以优美流畅的文笔,通过历史考证和文学想象,以讲故事的方式生动地叙述了卡特琳娜——达·芬奇的母亲的一生,以及东西方和人际之间错综复杂的历史事件。他的叙述让今天的读者可以感受到"拨开迷雾见晴天"般的明晰。卫芥像一位侦探,利用他作为文艺复兴研究学者和达·芬奇研究专家的优势,深入卡特琳娜的迷宫,追寻隐藏在背后的蛛丝马迹。他通过细致梳理档案资料,加以巧妙分析和想象,披沙拣金,用小说家的巧手将古老的文献缝缀成一个个生动的故事。这种"化腐朽为神奇"的能力,使得那些在学术著作中缺失的身份和情感在这部文学作品中得以被补充完整。

这部作品拥有着丰富的想象力和高超的叙事技巧,读者在《列奥纳多·达·芬奇之母——卡特琳娜的微笑》中可以找到很多极为精彩的片段:

> 黄昏时分,我在事先不曾告知任何人的情况下来到了坎波泽皮。母亲就在那里:在园子里,赤着脚,躬身采摘用于做汤羹的香草。园子里只有她一个人。她披散的头发非常漂亮,却已开始变白。她好像在自言自语地哼唱着什么。我故意埋伏在用女贞枝

条编成的篱笆后方，而后突然跳到她面前。在接下来的那个瞬间，我赶紧扶住了她：我猝不及防的出现既把她吓了一跳，又让她激动不已，害得她差点儿晕厥过去。后来，她在我的臂弯里恢复了正常的呼吸，微笑着对我说："没事了，就算我死在此刻，也是幸福地死去的。"听了这话，想到我的母亲——一个这般神圣的造物也会被死亡的黑色翅膀触碰，而后经历那个消解和变形的过程，我不由得心头一紧。可是，这也是所有可朽造物的必然命运。

（第482页）

这段文字以黄昏时分的宁静景象和突如其来的惊吓形成鲜明对比，营造出一种戏剧性的情感冲突，通过细腻的描写展现了母爱的脆弱与深沉。对母亲渐白的头发和她对死亡的宁静接受的描写，既突显了生命的短暂和不可避免的宿命，又强化了人物间深厚的情感联结。这种与母亲的关系，我想很多人都曾经历过。卫芥以高超的技艺，让读者产生了身临其境的感觉。

如果我们将实际发生的历史视为"实然"（being），那么卫芥教授所描绘的关于卡特琳娜的图景，就是他自己的一种"应然"（ought）。尽管卫芥在作品中呈现的故事并非一定全都是卡特琳娜的真实经历，但这些故事反映了在文艺复兴时代的某一"卡特琳娜"身上必然发生的事件。文学所展现的历史真实性，能帮助我们更好地勾勒出文艺复兴时期的时代精神。

本书实际上兼顾了两类读者群体：学者与普通读者。作者通过生动的笔触提出的新观点和新意识，能够帮助研究者拓宽思路，并在达·芬奇的研究领域取得进一步突破。同时，这本小说也适合普通读者阅读和消遣。

六、跨文化创造性

按照德国哲学家韦尔施（Wolfgang Welsch, 1946- ）的"跨文化"理论，文化不是分裂的东西，而是连接的东西。当两种不同的文化相遇时，总会有一些接触点,这些接触点可能会导致界限的模糊。古典文化概念中,同质性和单一性的个体文化并没有创造出全球文化和统一的世界文化,而是创造出了包含跨文化元素的个人和社会。一直到了文艺复兴时代,随着科学的进步,区域间不同来源的各种纵向和横向要素的结合才使得很多原本孤立的文化具有了跨文化性。当时的意大利,可以说正是具有以多样化的相互渗透和相互依存为特征的国度。在这里,不同的生活方式、价值观和世界观得以交流,正是这种"相遇"创造了新形式的文化联系。卫芥指出:

> 这个伸进地中海的"靴子"犹如一座巨大的桥梁,将不同的民族、文化、文明、语言和艺术联结起来。千百年来,南部与北部、东部与西部、欧洲与非洲的文明彼此相遇,彼此入侵,而后彼此交融。一座座陆地和岛屿在漂移,一批批移民来来往往,求得生存,追寻知识。若是有人关闭了我们的港口,那么意大利的文明将不复存在。(第538页)

实际上,整个故事叙述的是:异域文明与欧洲文明共同造就了达·芬奇这位文艺复兴时代的巨星,正是这位从北高加索来的母亲,给她的儿子带来了独特的和多样性的巨大财富。卫芥引用"无名者""阿诺尼莫·加迪亚诺"的说法:"列奥纳多·达·芬奇是公证员皮耶罗·达·芬奇的合法儿子,却从母亲那里继承了良好的血脉。"(第517页)而他从母亲那里继承的良好血脉与欧洲文明的交融让他创作出了文艺复兴时期最伟大的画作。更有意思的是,在卫芥看来,卡特琳娜本人也是跨文化的。达·芬奇后来回忆起母亲在他童年时唱的一首歌词含混、难以听懂的歌谣。多年后,卡特琳娜向达·芬奇解释说,那首歌里的歌词并非她的母语,而是另一个民族的语言——罗斯族的语言,因为她的乳娘是罗斯人。(第475页)也就是说,卡特琳娜身上所具有的东方异国情调,本身就具有异质性和混杂性。我想,这也正是《蒙娜丽莎》的微笑的魅力所在。伏尔泰(Voltaire,1694-1778)认为:"当您以哲学家的身份去了解这个世界时，您得首先把目光朝向东方，东方是一切艺术的摇篮，东方给了西方以一切。"（伏尔泰著，梁守锵译《风俗论——论各民族的精神与风俗以及自查理曼至路易十三的历史》[上册]，北京：商务印书馆，1994年，第231页）在文艺复兴以后的伏尔泰等启蒙思想家看来，中国等东方民族比西方过着"更有道德的公民生活"，过着更加富于理性和节制的生活，可以在理性和道德的双重维度上为西方提供借鉴。跨文化性而非单一文化性是人类生存的基本特征。

七、《卡特琳娜的微笑》的当代意义

　　作为当代学者和小说家的卫芥，尽管是由于研究文艺复兴和达·芬奇才对卡特琳娜这样一位非凡的女性产生了兴趣，但他从一开始就没有想只写一部历史小说。在书的扉页上，他将这部小说献给了自己的母亲："致我的母亲，一位很像卡特琳娜的母亲。"即便是在历史叙事中，他也常常将我们拉回今天的现场。卫芥将卡特琳娜重构成一个具有奴隶身份的东方女子，这同样使得他的叙事在今天具有意义。这是有关一个女孩子的故事，有人偷走了她的一切：她的身体、她的梦想、她的未来，但她并未因此而堕落，而是更加坚强，独自一人毫无畏惧地走在世界的道路上，她受苦，她挣扎，她爱，她重获自由，重获做人的尊严。书中不仅描绘了卡特琳娜的个人生活，还体现了她作为一名奴隶在当时的意大利社会中的地位。这些细节揭示了文艺复兴时期社会阶层之间的巨大鸿沟，以及女性在那个时代所面临的各种挑战。

　　卡特琳娜最知道自由的重要，也正因如此，达·芬奇在洗礼仪式上得到了"列奥那多"（Leonardo）这个并非达·芬奇家族惯用的名字，那是条顿人为男孩儿取的名字，意思是象征着自由和力量的"狮子"。这个名字与他母亲怀孕时最大的心愿是重获自由有关。卫芥借助达·芬奇之口表达了他本人对自由的认识：

　　　　一想到"列奥纳多"这个名字意味着自由，我就非常激动。

因为与母亲一样，自由也是我所梦想的至高无上的善。我想要自由地生活，自由地思考，自由地表达想法，自由地使用各种方式和语言交流，自由地旅行，自由地认识世界，自由地想象和梦想，自由地为其他人献身，自由地爱，没有束缚，没有限制，没有锁链。（第488页）

在小说中，卫芥还通过其他奴隶的生活来丰富卡特琳娜的故事。他一定深入研究过这一时期的奴隶生活史，才能够得心应手地描绘出卡特琳娜作为奴隶的生活方式，以及她在抵达意大利后如何适应新的环境。书中描述了佛罗伦萨贵族家庭如何看待她，以及她在社会底层的生活经历。这些细节使得这本书不仅仅是一部历史小说，更是一部基于真实历史的文学作品。卫芥在小说的第十三章特别指出，在所谓的"以人为本"的文艺复兴的名义之下，会发生什么：

但在那双翅膀之下，拉开序幕的是对未知大陆的血腥征服，是基于奴隶制的全球化经济体系的发展，是那些处于霸主地位的国家依靠种族灭绝和对自然资源的掠夺实现的长达数个世纪的强权统治，是对不同族群的人类所创造出来的不同文化、语言、对自由的理想、生活方式和梦想方式的审判和删除。（第538页）

在表现卡特琳娜的生活时，卫芥还讲述了如今穿越地中海的难民的生活和故事：

就在今夜，还有一个年幼的"卡特琳娜"试图逃离饥饿、战争、强暴，逃离默默无名的家乡。她在经历无数次倒手转卖，被强暴，被折磨之后，终于来到了一个位于利比亚海岸线的地狱一般的村庄。在这里，她将像畜生一样被装载上船，与好几百人一道，被关入一艘旧船的船舱。她不愿上船，因为她害怕那片自己从未见过的无边无际的茫茫水域，也害怕那艘如怪兽般的船：它那又黑又大的舱口仿佛想要吞噬她和其他所有人。后来，船身散架了，倾覆了,她便缓缓地坠入了地中海的深渊。她的双肺被海水充盈,双眼如玻璃球一般失去了神采,最后的呼号始终未能从嗓子眼儿里发出。(第539页、第540页)

这段文字通过描绘一个年幼的"卡特琳娜"在困境和绝望中挣扎的景象,深刻反映了现代移民和难民所面临的生存危机,通过将她的遭遇与"地狱一般"的环境和"无边无际"的茫茫水域相结合,揭示了这些困境的非人性和无助感,强调了她作为"他者"的脆弱与悲惨。卫芥不仅描绘了一个发生在遥远过去的关于达·芬奇母亲卡特琳娜的故事,还讲述了一个与当代密切相关的故事——一个与现代移民问题紧密相连的故事。卡特琳娜是一个下船后不知去哪里的女人,是一个处于社会和人类阶梯最底层的外国人。她的经历象征着现代社会中许多移民和难民所面临的困境——被迫离开家园,成为他人的财产,被剥夺了自由和尊严。今天,像她一样的人有千千万万,他们没有声音,只能默默忍受。在小说结尾,卫芥从人文主义和人道主义的立场发出了呼号:"难道说,把一个'他者'当'人'来看待这件事情就这么困难吗?"(第540页)

在小说的最后,卫芥写道:

离开以前,卡特琳娜朝我露出了一个微笑。此前,她从来不曾对我展露笑容。那是一个几乎看不见的微笑:嘴唇微微呈弧形,极为温柔。那个微笑是对我的认可,也是对那些自古以来就在全世界持续发生的苦难的回应:喜悦中掺杂痛苦,渴望中夹杂恐惧——这是一种难以言说的神秘的共生情绪,贯穿于人生中的所有重大节点:生命开始、孕育生命、爱、梦想,或许还有死亡。(第540页)

犹如《蒙娜丽莎》的微笑一样,卡特琳娜的微笑象征着希望与坚韧。尽管经历了许多苦难,她仍然保持着微笑,这种微笑代表了她对生活的信念和追求自由的勇气。这一象征意义使得这本书不仅是一部历史小说,而且是一部具有深刻社会意义和现实意义的文学作品。

八、有关汉语译本

卫芥本人多年从事文艺复兴和达·芬奇研究，掌握了大量相关的文献资料。因此，他在《列奥纳多·达·芬奇之母——卡特琳娜的微笑》一书中使用的语言非常有趣，流利的意大利语中夹杂着中世纪晚期的一些术语，这些术语许多都来自于当时的商业或公证活动。李婧敬将这些术语也忠实地译入了汉语中。汉语译文不仅流畅，如果仔细阅读，还可以从字里行间感受到原作的神韵。

与一般的小说作者不同，这部小说的作者是一位大学教授，他撰写的小说也是其多年研究的对象。因此，他所涉及的内容非常丰富，远超一般小说作家的触及范围。卫芥在米兰天主教大学获得博士学位，论文由意大利著名中世纪专家朱塞佩·比拉诺维奇（Giuseppe Billanovich, 1913-2000）教授指导。他的研究重点是意大利和欧洲的文艺复兴文学与文明，特别关注现代早期的知识工坊历史，以及语言（文学与视觉文化）之间的关系。卫芥的研究著作涉及到文艺复兴时期的重要学者、作家和人文学者，如被认为是西方文学中田园诗题材先驱的桑纳扎罗（Jacopo Sannazaro, 1458-1530）、对意大利文艺复兴文学产生重要影响的贝姆博（Pietro Bembo, 1470-1547）、文艺复兴时期批判性历史学奠基者之一的瓦拉（Lorenzo Valla, 1407-1457）、欧洲文艺复兴时期最具影响力的学者之一荷兰神学家伊拉斯谟（Erasmo da Rotterdam, 1466-1536）、天主教会反对宗教改革的代表人物之一阿莱安德罗（Girolamo Aleandro, 1480-1542），以及意大利人文学者费拉里斯（Antonio De Ferraris detto Galateo, 1444-1517）。这些人共同代表了文艺复兴时期人文主义的多样性和丰富性，推动了文学、哲学、历史和语言学等多个领域的发展。除了在意大利的不同大学任教外，卫芥还曾担任巴黎第三大学（新索邦大学）客座教授（2001年）和加州大学洛杉矶分校客座教授（2009年），是一位具有国际视野的学者。

与一般的译本不同，这部小说的中文简体版译者李婧敬也是一位大学教授，长期从事意大利语教学和意大利文艺复兴研究。2016年初，我曾参加过李婧敬的博士论文答辩，她的博士导师除了北京外国语大学的王军教授外，还有卫芥教授。同年，李婧敬将她翻译的卫芥教授的巨著《达·芬奇传》赠送给我。通过这本书，我了解了卫芥教授的研究范围和深度。李婧敬不仅对达·芬奇进行深入研究，还对意大利文艺复兴时期的其他人物有广泛涉猎，这为她的译著奠定了扎实的知识基础。她的博士论文研究的是瓦拉的《快乐论》，她后来还将这部从人文主义视角探讨快乐本质及其在道德和哲学中的地位的哲学著作译成了中文。

我一直认为，一位优秀的译者需要具备两方面的才能，并且水准与原作者相当：一是知识水平，二是精神境界。学者的虚构类作品翻译难度较大，因为这些作品常常与作者的知识结构紧密相关，对于不熟悉作者知识结构的译者来说，传达作品的精神是非常困难的。如果译者具备足够的知识水平，但缺乏与原作者类似的精神境界，那也难以将原文很好地译介成另一种语言。从这个角度来看，李婧敬是翻译这本书的最佳人选。她不仅多年跟随卫芥教授进行博士研究，还长期从事文艺复兴和达·芬奇的研究与翻译工作，同时也是一位优秀的意大利语教师。

正因为如此，该译本才能够准确传达出原文的意义，使读者通过译本获得与原作相近的理解。除了准确性之外，这个译本的另一个特点是语言的流畅性。译者的语言自然、流畅、易懂，如果不是其中偶尔出现的外国人名和地名，读者几乎感受不到这是一个译本。由于译者非常熟悉原作者，即使在一些富有文学色彩的篇章中，读者也能在译文中感受到原作的艺术感和节奏感。

李雪涛

2024年8月24日

于北京外国语大学历史学院/全球史研究院

主要人物介绍

卡特琳娜

列奥纳多·达·芬奇的生母,切尔克斯族人,原本生活在高加索地区,后来,她在塔纳伊斯城沦为战俘,后一路辗转,到了佛罗伦萨。在佛罗伦萨,卡特琳娜遇到了一个名叫"皮耶罗"的公证员,并生下了列奥纳多·达·芬奇。

雅科夫

卡特琳娜的父亲,一个与世隔绝的部族的首领,在与卡特琳娜共同生活了一段时间后,他在一场战斗中战死。

约瑟法

一个向往外面世界、热爱探险的威尼斯人,出身高贵,拥有正义感。他随岳父到了遥远的塔纳伊斯城,为保护自己的财产,加入了一场对抗雅科夫的战斗。在战斗中,约瑟法的同伴杀死了雅科夫,俘虏了卡特琳娜,从此卡特琳娜沦为女奴。在一场火灾中,约瑟法的仆人趁乱劫走了卡特琳娜,将她卖给了泰尔莫船长。

泰尔莫

"圣加大肋纳"号的船长,一个红胡子的大块头,他从约瑟法的仆人手中买下了卡特琳娜,后来为了避免引火烧身,以及让卡特琳娜能够脱离仇人的追杀,将卡特琳娜卖给了雅科莫。

雅科莫

　　一个威尼斯贵族，出身于一个元老家庭，幼年失去父亲，不受母亲喜爱。他为了家族利益前往君士坦丁堡任职，在那里他先买下了女奴玛利亚，后又买下了卡特琳娜。他为人善良，对玛利亚和卡特琳娜都比较宽容。

玛丽娅

　　一个罗斯族女奴，她在一个传统节日的夜晚，被鞑靼人劫走沦为奴隶。玛丽娅经过长途颠簸来到了君士坦丁堡后，改名玛利亚，被雅科莫买回作为"暖床人"。在雅科莫家里，她遇到了卡特琳娜，并给了卡特琳娜姐姐般的关爱。

多纳托·菲利波

　　本为佛罗伦萨人，一个制箱匠人的儿子。他不甘于一辈子做手工艺人，年轻时便去了威尼斯，并在那里成为了银行家和商人。他因生意关系，从雅科莫兄长手中得到了卡特琳娜的"使用权"。他尊重女性，善待奴隶，很喜爱心灵手巧的卡特琳娜，视卡特琳娜为女儿。

吉内芙拉

　　多纳托·菲利波年轻时的爱人，她特立独行，追求自由，向往心心相印的爱情。她在多纳托和卡特琳娜经历波折回到佛罗伦萨后，给予了他们许多帮助。她十分喜爱卡特琳娜，为保护卡特琳娜，她把卡特琳娜变为了自己的女奴，并像对待女儿一样呵护着卡特琳娜。

卡斯泰拉尼骑士

佛罗伦萨的贵族,喜爱藏书、读书,为人善良。他的第二任妻子生下女儿后没有奶水,他与母亲从吉内芙拉手里租用了刚刚生过孩子的卡特琳娜为乳母。

皮耶罗·达·芬奇

出身于一个公证员世家,其曾祖父、祖父均为公证员。皮耶罗·达·芬奇自幼孤僻、敏感,性格坚毅,热爱书写。通过公证员资格考试后,皮耶罗·达·芬奇延续了家族的公证员职业。他在佛罗伦萨遇到了当时还是女奴身份的卡特琳娜,并与卡特琳娜生下了列奥纳多·达·芬奇。

安东尼奥·迪·皮耶罗·德·瓦卡

卡特琳娜的丈夫,他们共同生育了五个子女。安东尼奥一家始终与皮耶罗·达·芬奇兄弟和列奥纳多·达·芬奇保持着密切往来。

列奥纳多·达·芬奇

卡特琳娜与皮耶罗·达·芬奇的儿子,因生下他时卡特琳娜仍是女奴身份,按当时法律规定,列奥纳多·达·芬奇的抚养权归父亲,但他从小由卡特琳娜亲自哺乳养大,直至卡特琳娜又生下另一个孩子皮耶拉。十岁左右时,列奥纳多·达·芬奇去往佛罗伦萨与父亲一同生活,从此走上了非凡的艺术创作和科学研究之路。

目 录
Contents

1. 雅科夫 ………………………………… 001
2. 约瑟法 ………………………………… 036
3. 泰尔莫 ………………………………… 074
4. 雅科莫 ………………………………… 113
5. 玛丽娅 ………………………………… 145
6. 多纳托 ………………………………… 175
7. 吉内芙拉 ……………………………… 237
8. 弗朗切斯科 …………………………… 287
9. 安东尼奥 ……………………………… 325
10. 皮耶罗，还有多纳托 ………………… 381
11. 安东尼奥及其他 ……………………… 434
12. 列奥纳多 ……………………………… 475
13. 我 ……………………………………… 514

译后记 …………………………………… 542

1
雅科夫

一个夏日清晨，
米鸟特海附近的小白桦林旁

我不想失去她。

马匹出现在白桦林里，又从中消失。

我只能用目光追随她。

目光如同双手，伸出去，试图抓住什么——然而，那东西却注定会逃离，一去不返。

生命是一道闪光，一段时断时续的混杂在一起的记忆和画面，一种我们共同经历过的虚无。

颀长的白色树干，树皮宛如人身上的硬皮。这些树木与我十二年前所拥抱的那些树木似乎并无两样。不过那时，我并不在这里，不在大海的附近，而是在遥远的群山之中，在那片属于我们的神圣树林里。当时，我顾不得禁忌，深入林中的最隐秘之处。不，我不能只在外围等待，与其他人马待在一起。好几个钟头过去了，山谷中一直回荡着妻子的惨叫声，而我心中则充斥着先前从未有过的焦虑。一个恐怖的奇迹正在发生。

我用双手攀住一棵白桦树，看向下方的林间空地。高台的中央有一棵高大的核桃树。被秋风吹得光秃秃的枝条向天空伸展，仿佛一条条正在献祭的臂膀。苍老的树根在岩石间盘绕，一股极为清澈的水从岩缝汩汩流出。树根与树干之间，有一个粗糙的木质十字架。守在我妻子身旁的，只有一位产婆。她在我的妻子和水源之间快速往返：为她换下沾有血迹的衣物，在水中清洗。我的妻子平躺着，身下是铺在地面上的稻草。她厉声哭号，浑身僵硬，胳膊和腿都在抽搐，头部不断后仰。

直到一天以前，在漫长的前几个月里，我们这个全村最大的家族一直谨慎地遵循着产婆及其他各位女性长辈的建议。这将是我们的第一个孩子——尊贵的雅科夫的长子。妇女们为这个孩子歌唱，她们坚信他会成为"纳尔特英雄传奇"所歌颂的英雄，未来他一定会凭借力量和勇气领导部族。而且，他将在马年降生，马是备受我们民族尊崇的最高贵的动物。

怀孕期间，我的妻子一直避免在黄昏后出门，避免坐在箱子或石头上，避免杀蛇，避免从宽口杯里喝水。她小心地照看位于家宅中央的火堆，确保火焰从不熄灭。然而，尽管如此，她的身体还是在艰难的孕程中日渐衰弱。她频繁地流血，妇人们都担心是恶魔盯上了她和腹中的胎儿：没准儿是凶残的"阿尔玛斯大脚怪"想用她们母子的血来解渴。还有妇人说曾在日落时分见过那怪物在家宅附近游荡——那是一个披头散发的裸体老太婆。为了驱赶那怪物，她们在门口点起了用于涤罪的篝火，令其整夜熊熊燃烧；她们在枕头和草垫下塞入各种各样的金属物件和护身符，还有一把剪子和一把刀。此外，她们还在村外那条哗哗作响的河流附近预备了一间稻草棚屋作为分娩的场所。

秋天快要结束的时候，最终的时刻到来了。天气还算暖和，但老人们警告说过不了多久就会刮起来自黑暗之国的寒风，一切都将覆盖在厚厚的雪层之下，整个世界将变得洁白而寂静。我的妻子面色煞白，几乎气息奄奄，但她仍坚持让我们立刻把她送进神圣树林，送到那棵核桃树下。她说她需要来自水、岩石和树液的能量，需要那棵大树赐予她力气。尽管她动弹不得，我们还是把她抬到了担架上，只叫了产婆随行。我们在清晨时分出发。天空中乌云密布，空气凝滞而寒冷。进入神圣树林的只有几位妇女和抬担架的人。那些人在潮湿的土地上铺了一层稻草褥，随后便很快撤了回来。我和其他男人下了马，都在树林的边界之外驻足——男性是不能待在神圣树林里的。至于林中的情形，我们只能隐隐约约地看着。为了让胎儿顺利娩出，产婆开始进行奇特的仪式。她解开了一些相互缠绕、打结的神秘物件，开始呼唤水神和风神。

突然，一声格外凄厉的惨叫响起，我立刻怔住了。妻子的身体先是猛然缩成弓形，接着重重摔落至地面，而后便再也不动了。我心乱如麻，根本看不清远处的情形，也不知道发生了什么。我看不见我的妻子，因为产婆弓着身子跪在她的双腿之间，挡住了我的视线。后来，另一声啼哭突然响起——虽然微弱，却清晰而尖锐。产婆麻利地操作：她拿起一把仿佛是刀的工具做了什么，而后抱着一个血淋淋的小东西迅速冲向水源，反复将其浸入冰冷的河水。随着刺耳的啼哭声一次次响起，那个东西也不再是血红色的了。

我冲向那片林中空地，只见产婆浑身颤抖，潮湿的眼中满是惊惧：或许是因为她刚刚完成的接生过程太过恐怖，但更有可能是因为我的渎神之举——想要看见那些本不应被男性的双眼看见的东西。我看见妻子躺在地上，面色惨白如雪，张着嘴，毫无生机的双眼看向蓝色的天空；从她张开的双腿之间，涌出一摊深色的血液，流在稻草和土地上。产婆断断续续、含混地说："她的血，'阿尔玛斯'已经喝过了。现在，血液将渗入泥土，而后从树根处逐渐上升，成为那棵高大的核桃树的树液，成为神圣之血。"这便是"以血换血，以命换命"！直到那时，我才第一次看清那个小家伙：她的眼睛是睁开的，明澈而深邃。那双眼睛与她母亲的双眼简直一模一样——我感觉它们在看着我，便下意识地向她伸出了我的双手。

等我再次见到她，已是六个冬天以后，我回来的时候了。

上一次，我将妻子葬入家族墓地，压在那些大块的石板下面。随后，我把出生才几天的女儿托付给了她的祖母和乳娘，她的乳娘是一个名叫"伊琳娜"的罗斯族女奴。

黑暗降临大地，那是关于"恶"和"痛苦"的黑暗。北风呼啸，大雪落下。我收拾好武器，召集了部族里的战士，头也不回地出发了。此前，为了等待长子的降临，我一直对盲者伊纳尔的召唤未置可否。盲者伊纳尔是一位独眼君王，人称"伊纳尔大帝"。他的父亲名叫"胡里法特利"，祖父名叫"阿卜敦汗"。他曾希望我们这个驰骋于高峰和山谷间的骁勇且独立的部族中的领袖和贵族能与他联合，去打一场共同的战斗。妻子去世后，我义无反顾地追随了他，残暴地投入了战斗。但我的目的却仿佛不是置敌人于死地，而是在为自己寻求死亡的安慰。在其他战士眼中，我是英勇无畏且冷酷无情的；但事实上，我只有绝望的求死欲。

当回到村子里时，我身上已经有了很大的变化。我的脸变得僵硬，遍布皱纹和伤疤——只有一部分能被络腮胡子和金色的长发所遮掩。我的眼神是痛苦的，但眼里似乎仍会闪现火光和流动的血液。对我来说，生与死已无足轻重，我的脑袋和心里已经空无一物了。

冬末，我在新年到来的头一天出人意料地回到了村子。与我骑马同行的，只有寥寥几个伙伴——几个仍然活着的伙伴。跟在队伍后面的，是一辆小型马车，驾车的是一个穿着深色衣服的小个子男人。我身披"布尔卡"毛毡斗篷，里面穿着铠甲和一件粗糙的衬衫。那衬衫的面料是某种用三股棕丝编成的纬起绒布，没有领子，下摆直接塞进腰带；宽大的裤腿则塞进高筒靴子里。

我的身上斜挎着一把带有箭筒的长弓,刀鞘里还插着一把轻巧的"恰西克"长弯刀。那刀如蛇一般灵巧而致命,带钩的刀柄镶嵌着乌银,看上去像是一只鹰的头。

我摘下带面甲的尖顶头盔,甩了甩脑袋,让金色的头发随风散开。我缓慢地前行,在经过山丘的最后一处弯道后转而朝山谷下行。当我走近第一批房舍时,我看到了许多妇女、老人和孩子默默地聚众围观,他们试图在那些形容憔悴的骑士之中辨识出自己关爱的对象:丈夫、儿子、父亲。

我在位于村子中央的家门口停了下来。那座被我们称作"乌纳"的宅邸比村里的其他房舍略大,但结构完全一样,都是用芦苇、树枝和稻草搭成的。这个家分毫未改。屋子后面依旧是我在妻子怀孕的那个夏天搭起的栅栏,旁边是牲口棚、客房、供家禽活动的空地和田地,还有果树——春天即将到来,它们也准备再次发芽了。

站在门拱之下,与一众奴隶和仆人保持距离的那个人,是我单薄的母亲。她面无表情,好像一尊雕塑。女仆伊琳娜站在我母亲身边,牵着一个五六岁的小女孩儿——她应该就是我的女儿了,一个有着蓝色眼睛和金色长发的孩子。那双眼睛紧盯着我,虽然激动,却没有泪水流出。与她的祖母一样,与伊琳娜一样,与那一刻站在屋外空地上的所有人一样,她的眼睛是干的——在我们的部落里,眼泪是软弱的象征。

我下了马,拥抱我的母亲,带着感激的眼神看向伊琳娜,又低下头看向我那久未谋面的女儿。在她眼里,我可能只是一个陌生人。直到那时,我才意识到自己的容貌或许会让她感到害怕。我不会微笑——我一辈子都没微笑过。我不知道女儿的名字。不等我问,伊琳娜就小声告诉了我她们给孩子起的名字——"瓦法-娜卡",意思是"天空之眼",因为她的眼睛与她的父母亲一样,是深邃的天蓝色的。这颜色唤起了我痛苦的回忆:那天,那片林间空地上方的天空也是那样蓝；那天，无所不能的"耶和华"神带走了我深爱的女人，赐给了我一个女儿，而不是"长子"。

我有些羞怯地朝女儿伸出了双手，慢慢地说出了她的名字："天空之眼"。小家伙迟疑地看了看伊琳娜，伊琳娜则对她笑了笑。于是，她安心地转向我，直视我的眼睛，将双臂环抱在我的脖子上。

我们进了屋，来到位于中央的宽敞的大厅。位于大厅中央的火堆是整座"乌纳"最为神圣的核心所在。在我离开的那些年里，一直是我的母亲在照看这个火堆。我不在家的时候，母亲便是一家之主。马车也停在家门口。我向家人和朋友们介绍了那位驾车的人：他是我的"座上宾"——一位名叫"季米特里奥斯"的希腊商人。自从在尚吉尔城相识后，他便一直跟随着我。尚吉尔城是君王伊纳尔所在的城，一座由他的祖父阿卜敦汗在普索兹河的南面建立的城池。我本不认识季米特里奥斯，也从未见过他，直到有一天，他主动向我介绍了他自己。而这个希腊人除了略通我们的语言，居然还知道我的名字。

不仅如此，我的名字还救过他的命。有一次，季米特里奥斯刚一下船，踏上菲特斯海岸，就被一群充满敌意的骑士包围了。他们想要抢走他的货物，甚至还想把他抓起来。幸好那时他及时说出自己曾是君王雅科夫的"座上宾"，要求自己按照部族接待宾客的义务得到庇护，随后还被带到了我的面前。除了一些可以交换的商品，季米特里奥斯还给我带来了远方的消息，那些地方比菲特斯海还要远得多。此外，他还说必须亲自向我的母亲传达一条讯息。

我把季米特里奥斯介绍给了母亲，并允许他们单独待在大厅的一角说话。令所有人都大吃一惊的是，那个希腊人居然在我母亲的面前跪了下来。我听见他只说了短短的几个字，便从包里拿出了一个小物件——似乎是一枚戒指，递给我母亲。母亲听着他的讲述，一言不发。我知道母亲是不会说话的。从小我就没听过她说出任何一个字眼，她只用手势交流。人们说，她很多年前就不说话了——在我出生以前，甚至在她嫁人以前便是如此。自从那次，她的村子被帖木儿·巴拉什带领的鞑靼人付之一炬，她知道自己的兄弟被掳走，还目睹自己父亲的头颅被长矛刺穿后，她便再也不说话了。

我惊愕地发现，母亲的心神激动起来。

不过，那只是一个瞬间。母亲仿佛因为那短暂的破防瞬间感到尴尬，很快就让心绪平复下来。她结束了与那位希腊商人的对话，在位于大厅中央的长条座椅旁蹲了下来，倚在"天空之眼"的身边，用手势示意众人一道享用女仆们仓促准备的简单的晚餐：小米面做的汤饺、水煮羊肉配蒜汁，还有核桃蜂蜜蛋糕。为了给我和士兵以及那位"座上宾"接风，她们还从箱子里取出了银质酒杯，将其擦洗一新，盛满了"马克西姆酒"——一种用小米发酵而后添加蜂蜜制成的饮料。一位少女用"普辛"风琴演奏了一曲舒缓的旋律，那乐器有着长方形的共鸣箱，箱体上只有两根马鬃制成的琴弦，长长的琴弓在琴弦上来回拉动。

晚饭后，希腊商人坐在火堆旁，开始缓慢地讲述他的见闻。对于他来说，我们的语言太难了，以至于他频繁地说错词或者发错音，时不时引得听众哄堂大笑，叽叽喳喳地指出他的错误，或是告诉他正确的说法。不过，那人颇有沟通的天赋，总能通过面部表情、灵活而狡黠的眼神以及双手的动作让人明白他的意图。

过了一会儿，笑声渐渐停了下来，所有人都聚精会神地看着他，听他讲述那些神奇得令人难以置信的事，惊讶得张大了嘴巴。在这个深山部族里，除了我们这些打仗的人和一些祖籍来自远方的奴隶，没有人见过山峰背侧的世界，也没有人见过高地之外的世界，他们只知道小溪从那里发源，越流越宽，最后变成了大河。我一直盯着"天空之眼",但她并没有察觉我对她的关注。她心无旁骛地听着故事,试图听明白那些断断续续的句子。

季米特里奥斯说,除了塔纳河和普索兹河最终注入的米乌特海,除了将许多片土地连接在一起的图阿尔泰伊曼海,还有一片菲特斯海——那是一大片黑色的海洋,是太阳落下的地方。希腊人称其为"Euxeinos[①]",后来抵达那片水域南岸的人们则称其为"Kara Deniz[②]",这两种称呼的意思都是"黑海"。我曾见过那片海——当我站在山脊上远远地望去,那片海如同一条不断延伸的带子,逐渐消隐在远方。季米特里奥斯继续说,即使是作为太阳落山之所的最遥远的地平线,也并不是世界的终结之处。这片巨大的黑海一直延伸到南方,其尽头就是他所在的城市——一座全世界最美丽、最富有的城市,一座遍布圆形大屋顶和金色塑像的城市。在城市的另一面,还有一片更大的,又咸又深的海。环绕在那片海周边的,是许多其他的民族和数不清的岛屿。那片海又将汇入一片环绕着所有陆地的巨大的大洋。大洋的另一侧,是一个名叫埃及的国家。那里气候炎热,从不下雪。居住在那里的民族几乎和这个世界一样古老;还有一条流经那里的河流,谁也不知道它的发源地究竟在哪里。

季米特里奥斯正是从那里回来的。在繁华锦绣的开罗城——人称"胜利之城",他得到了国王巴尔斯巴伊的召见。先前,有人向国王汇报,他这个希腊人是从黑海的东北海岸回来的。国王告诉季米特里奥斯,他也来自那片土地,出生在从海上就能遥遥望见的群山之中。早在童年时期,他就在一次鞑靼人的劫掠中被俘获了。后来,沦为奴隶的他被卖到了开罗城,最后却成为那一整片土地的主宰。季米特里奥斯向我们展示了一枚雕凿有国王徽

---

① 希腊文,意为"黑海"。
② 土耳其文,意为"黑海"。

标的金属圆片,那徽标是一朵百合花。他告诉我们,那就是国王铸造的钱币。我们满心好奇地看着那枚金属圆片——在我们的山里,没有人使用钱币;就算是偶尔获得了一枚硬币,人们也会将其作为某种护身符收藏起来,要么便会在上头打一个孔,把它穿在项链上。至于商品交易,无论是在部族与部族之间,还是在与犹太人或亚美尼亚商人进行交易的时候,都是以简单的以物易物方式来进行的。

国王巴尔斯巴伊命令季米特里奥斯前往他的故乡,把关于自己的消息告诉他唯一尚存于人世的家人——他的长姐。巴尔斯巴伊知道她嫁到了一个位于普索兹河源头北面高原的村庄,丈夫是村里的贵族领袖;他还知道她生了一个儿子,名叫"雅科夫"。季米特里奥斯只需代国王问候他的长姐,并送给她一些礼物即可。在所有人惊诧的眼神之中,季米特里奥斯从包里将礼物取了出来:送给国王长姐的,是一块用金线编织、绣有百合花图案的丝绸纱巾;送给长姐儿子的,是一把手柄嵌有宝石的匕首。不过,最重要的礼物——一枚具有超凡之力,可以保护她及家人的戒指,他先前就已经交到了我母亲的手里。这枚戒指是国王巴尔斯巴伊年轻时从某些修士们手中得到的。那些修士所在的修道院位于圣山脚下——正是在那座山上,无所不能的"耶和华"神曾与先知"梅瑟"交谈。

我向母亲要来了那枚戒指。那是一枚简单的银质圆环,上面刻着一个相对较大的图案和其他一些较小的图案。那个较大的图案似乎是由一些彼此交叉的线条组成的,像是我们用火在牲畜身上烙出的印记,也像是武器或石头上的刻痕。我在手中反复摆弄着那枚戒指,却始终看不懂那些图案究竟象征着什么。

与所有族人一样,我不知道如何使用文字。不过,我见过附近族群的一些人使用文字,也见过坟堆旁和墓园里那些刻有看不懂的奇怪文字的古老石板。文字是一种魔法，能够捕获人们所说的话语，让它们不会像空气一样飞走，而是在时间之流中被定格，从而跨越生与死的界限。因此，文字是被刻在墓园附近的石头上的。文字应该是已故之人的语言，被刻在石头上，是为了得以长久留存，不像其主人的躯体那样灰飞烟灭。

毫无疑问，戒指上的图案必然也是一些具有魔力的标记。我带着询问的神情看向季米特里奥斯。他指着那个由线条组成的较大的图案，说那是一个花押字——一个由多个图案相互叠加而成的具有象征意义的标记。此处，这个花押字包括三种标记，对应三个不同的发音，按照希腊人的书写方式，分别写作："a""i""k"。为了让我看懂其他的标记，季米特里奥斯将它们一个一个地读了出来："a""i""k""a""t""e""r""i""n""e"。随后，他大声读出了完整的单词："Ekaterini"。

那是一个名字，伟大的纯洁之神——"圣女加大肋纳"的名字。梅瑟圣山脚下的那座修道院守护和供奉着她的躯体。据说这枚戒指正是因为曾经接触过那位圣女的身体，所以才吸取了圣女的法力和能量。起初，圣女加大肋纳是亚历山大城的一位处女，原名叫"多罗泰娅"——意为"天主的赐礼"。加大肋纳曾见过童贞之母玛利亚（蜜蜂和蜂蜜的守护女神）、玛利亚的儿子基督和无所不能的"耶和华"神显圣。耶稣基督将多罗泰娅封为圣女，并让她成为自己的妻子，将戒指赠予了她。从那时起，她就成了纯洁之神加大肋纳。后来，一些恶毒的迫害者对她使用了可怕的刑罚，妄图迫使她背弃自己神圣的丈夫。她没有屈从，所以被他们砍下了头颅。不过，她的身体被天使们拼好，从空中送回了梅瑟山。人们说，她的金发一直在奇迹般地生长，她的身上也持续不断地滴下具有疗愈效果的油。

夜幕降临在屋外的山谷里，新年的第一个夜晚拉开了序幕。

主宰冬日世界的精灵①再次强劲地吹起，吹在空气中，吹在水里，吹在大地上。所有人都围坐在火堆旁边，继续想象着先前听到的神奇的故事。炭火的噼啪声打破了寂静。我的目光撞上了"天空之眼"的目光。忽然，我想到这孩子还没有正式的名字，也不曾被洗礼之水净化。这件事情原本是应该由我来完成的，因为那些手持十字架的萨满巫师从来都不会到我们这深山里为人施洗，尽管我们的确会供奉那个位于水源附近，悬挂在神圣的古核桃树树干上的木头十字架。

我再没有去过那里，我的妻子死在那里——于我而言，那里已经变成了死亡之地。不过，那里也是"天空之眼"出生的地方，我理应在这一年之中最重要的节日回到那里去。新年意味着植物、动物和一切造物再度焕发生机。事实上，这个孩子本身就象征着新生。我理应将那从十字架附近流过的冰冷却吉祥的河水浇在她的头顶；当年，产婆也曾用那里的水洗去她身上沾染的母亲的血迹。

究竟该给"天空之眼"起个什么名字呢？我紧握着戒指，心里已经有了答案。不过，我仍然表示理应遵循祖先留下的传统——"哈布扎"族规：给孩子起名的理应是孩子出生之后第一个踏入家宅门槛的外乡人。那便应该是季米特里奥斯了。这个希腊人看了看我，看了看戒指，又看了看我的母亲，而后向我询问了孩子出生的准确时间。我说不出来，便看向伊琳娜。伊琳娜用明显的罗斯族口音对我说："孩子是在上一个'马'年立秋日过后的第二个月零十天出生的。"

就像商人们经常做的那样，季米特里奥斯闭上眼睛，在头脑中快速计算。孩子的出生日应该恰好是"圣女加大肋纳"节——根据希腊人的历法，应该是那个被他们称作"noémbrios②"的月份的第二十五天。至于最近的那个"马"年,如果没算错的话,应

---

① 此处"主宰冬日世界的精灵"指的是风。
② 希腊文，意为"11月"。

该是创世纪元第6936年。随后，他笃定地看着孩子，庄重地说出了他起的名字："卡特琳娜①。"我也庄重地将那枚有魔力的戒指交给了女儿，如同耶稣基督将这枚戒指交给她的新娘加大肋纳。带着公主般的骄傲，卡特琳娜当着众人的面戴上了戒指，并握紧了拳头——对她来说，那戒指的圈口太松了，但如果让戒指从手指上滑下，那就是不吉利的兆头了。

又过了六个冬天，我再次回到了村庄。

当时的我原本身处群山南面的伊纳尔的战场。冰雪开始消融，小河逐渐丰沛，带着新注入的水流奔向菲特斯海。此时，传来了我母亲去世的消息。在获得君王伊纳尔的允准后，我暂离战场，打算回乡去把母亲的遗体安葬在祖先的墓园里。我骑着马沿着河流一路上行，沿着再熟悉不过的陡峭的山路攀登，拉着马跨过那些冰雪尚未消融的关口，就好像是拉着自己的兄弟。

我的心肠已经变得更硬了。在金色的头发与胡子中间，偶尔也会冒出一两根雪白的毛发。我的腰带一侧别着"恰西克"长弯刀，另一侧别着国王巴尔斯巴伊赐予我的嵌有宝石的匕首。我是一个战士，已经习惯了驱赶和压制一切思绪、一切记忆和一切情感。我活着，只是为了行动和战斗。不过，当我走过最后一个转弯处，看到那条小河流经的山谷出现在我的下方时，望见那些屋棚的稻草房顶冒出袅袅炊烟时，看见那些宽阔的高台（小的时候，父亲就是在那里教我骑马的，他骑得比风还要快）缓缓出现在高原的另一侧时，我的心还是怦怦地跳动起来。东面的山谷被夹在深山之间，更加陡峭。谷中生长着一片无人敢踏足的原始森林——大核桃树所在的神圣树林和至纯至净的水源就在那里。春天才刚刚开始，草地上已长满了新草，野花正竞相绽放，林中的果树枝头也挂满了白色和粉红色的小花苞。

---

①在希腊文中，普通女子的名字"卡特琳娜"与圣女"加大肋纳"的名字拼写相同，为"Caterina"。

1 雅科夫

我心头一紧，想起了我与妻子共同度过的唯一的那个春天。我们的床是用皮革制成的，铺着芦苇和灯芯草花。随后，我又想到了我的女儿。不过，关于六年前那次最近的见面情景，我已经记不太清了。这次见到她，将会是什么情形呢？她已经出落成大姑娘了吗？这些年里，她都学会了什么？是否学会了"哈布扎"族规中的所有事务？或许，我该给她找一位夫婿了？从临近的部族挑选一个勇敢强悍的小伙子，与他的父母建立联姻之盟？当然，这样一来，她就会永远地离开我。不过，这原本就是她身为女子的命运。老人们常说，女儿好比客人，会来，也会走。

当再次见到她时，我该跟她说点儿什么呢？我毫无头绪。我本来就是一个不善言辞的人，说话超不过一句。在我们的家族里，就没有健谈的人。我的母亲变成了哑巴，从没跟我说过话。我想，我对我的女儿也没有什么可说的，但无论如何我也得尽力说点儿什么。"天空之眼"，我在心里默念着她的名字。不，我应该叫那个给她新起的外国名字"卡特琳娜"，她是首领雅科夫高贵的女儿卡特琳娜。

我沿着山路下行时，瞥见了一个伫立在山脊上的身影。从服装和身材来看，那不是一个成年男子，而是一个少年。他并没有看向我，甚至没有察觉到一位骑士正由远及近而来。他的注意力完全集中在山脊的另一侧。那里有一小片山谷，常常有小型野兽出没——有些野兽的个头儿还不小。那个少年手持一张弓，对他来说，那张弓有些太大了，与人们通常拿给小孩子练习射杀野兔或鸟类的小弓不太一样。那少年的穿着很简朴：紧身长裤的裤腿被塞进了靴子里，齐腰的"哥萨克"式上衣被腰带束紧，腰带里插着一把匕首，箭筒斜挎在身上。那身装束我很眼熟，似乎曾在哪里见过。他头戴一顶漂亮的毡帽，压在帽子下方的应是一头长发，因为有几绺卷曲的金发从帽檐儿下方钻了出来，搭在耳后。在不远处，还有一匹没有装马鞍的小马驹，那是一匹栗色的小马，被拴在一棵树旁，前额处有一块白色的斑点，宛若一颗星星。

那个少年是谁？是谁的儿子？是某个留在伊纳尔身边的战友的孩子？还是某个已经回到故乡的战友的孩子？又或许他来自附近的某个部族，只是按照古老的"过继"传统，被暂时寄养在我们的部落里？

在好奇心的驱使下，我下了马，小心翼翼地不发出噪声。我卸下斗篷、胸甲和武器，悄无声息地在嫩草间滑行，试图偷袭那个年轻的弓箭手。我来到他的身后，而他丝毫没有察觉。就在他的箭即将射向山谷的一瞬，我的一双臂膀将他抱住，笑着将他从地上举了起来。箭发出尖厉的声响，落在远处。小马驹受惊发出嘶鸣，一只狍子窜进了树丛。少年试图挣脱，但在我的重压之下，他的挣扎只是徒劳。他的帽子掉了，头发瞬间散落——果然是一头金色的长发。

我让那少年滚落在草地上，我的整个身体则压在他的身上。在他眼里，我应该像个巨人。强烈的阳光勾勒出我的剪影。他的手迅速摸向匕首，试图愤然反击——估计他此前从来没有瞄准过如此庞大的猎物，而我的唐突则让他失了手。不过，在目光对视的那一刻，他忽然呆住了。尽管他的眉毛因愤怒而蹙在一起，但脸庞却呈现出如少女般甜美而精致的轮廓，眼睛像天空那样湛蓝。从他畏畏缩缩的双唇之间，我似乎听到了一个词，仿佛是在问我："父亲？"霎时间，我呆若木鸡。

我们就这样并排坐着，并没有看向彼此。我们都面朝山谷，面朝那些在山巅之上奔跑的流云。我的马来到那匹小马驹旁边，安静地吃着新长的嫩草。忽然，她径自朝那匹小马驹招了招手，只说了一个词"星星"。我被吓了一跳，转身看向她，原来"星星"是那匹小马驹的名字。我也朝我的马招了招手。那是一匹

1 雅科夫

黑色的矮马，有着无边无际的东部草原上的马匹品种的特质，鞑靼人和蒙古人骑的都是这种马。它的身形比小马驹大不了多少，但肌肉却更加紧实有力；它的鬃毛和尾巴很长；身上遍布着与它的骑士一道出生入死时留下的伤疤；它与他一同老去。它的名字叫"黑夜"。

我们的目光交汇了。我端详着她那在阳光下光彩照人的脸庞，而她则向我展示了那只戴着"魔戒"的左手，仿佛是为了方便我认出她。许多年前，我的妻子也有着这样一张脸吗？我不知道，我的记忆已经模糊了。太多的恐惧和太多的悲痛从我眼前闪过。我俩——父亲和女儿，站起身来，捡起先前散落在草地上的物品，朝村子走去。我们各自牵着"星星"和"黑夜"的缰绳，它们温驯地跟在我们身后。

老人们领着我来到了为母亲举办葬礼的地方。按照"哈布扎"族规中所述的惯例，葬礼已经于几天前开始了。我的母亲出身于普索兹河谷地区最为尊贵的部族之一，因此总能赢得这些朴实山民的某种特殊的崇敬。当年，帖木儿·巴拉什率领的鞑靼人入侵了她的村庄，致使她家破人亡。自这个故事传开以后，人们便对她格外敬重；后来，季米特里奥斯的造访更是让她备受尊崇——人人都知道她的弟弟是世界上最强大的国王之一。正因如此，老人们决定在将她的遗体送往墓园安葬，将她不朽的灵魂交托给"冥界"以前，为她举办隆重的葬礼，以便她的灵魂能继续保佑世间的生者。通常，只有村子的领袖和最重要的男性人物才能获得此种尊荣。

我步行来到举行葬礼的土堆前。死去的母亲"坐"在上面，如同宝座上的王后。她穿着最华美的衣服，闭着双眼，袖口处露出一双瘦骨嶙峋的黑黑的手。她的躯体已被清除了内脏，像个轻飘飘的稻草人。八天以来，本村和附近山谷前来祭拜的乡邻络绎不绝。土堆下方是他们带来的祭品：银质杯子、鞋子、武器、弓箭。一位坐在左边的小姑娘时不时地挥舞一支绑有丝绸手帕的箭，用来驱赶苍蝇。我坐在一块岩石上，默默地凝视着母亲，就这样待了两三个小时。我没有哭，因为对于我们来说，哭是一种可耻的行为。黄昏时分，我独自登上土堆，小心地将母亲的遗体抱在怀里，将其与祭品一并安放在一截被挖空的大树干中。后来，树干被送往墓园，埋在墓坑里。所有路过的人都往墓坑里填了一些土块或石头。很快，在那些年代久远的石板旁边，又出现了一个新的土堆。

空空的大屋子里，只剩我和卡特琳娜。去世以前，母亲已经释放了伊琳娜和另一个名叫"奥列格"的奴隶——他俩已经相好很长一段时间了。母亲给他们留下了一间原本用作客房的小棚屋，作为他们的住处，此外，她还送了他们一小块土地。对于母亲的安排，伊琳娜感到非常高兴。与村里其他的罗斯族奴隶一样，伊琳娜在许多年前原本是鞑靼人的奴隶。对于她而言，能够变成我们部落的战俘，被带到这个位于深山的村子，几乎已经等同于一种"释放"了。无论是在我们家，还是在我们的村子里，她都得到了一个"人"理应得到的尊重，还几乎被视作家人。那时，她刚与奥列格生下了一个男孩儿，我的母亲便选她做了"天空之眼"的乳娘。我的女儿从不曾与自己的母亲谋面，就是吮吸着来自伊琳娜乳房的生命之乳长大的。

尽管我的母亲不说话，但是伊琳娜却与她交流得非常顺畅，似乎可以称得上心意相通。慢慢地，伊琳娜也学会了一点儿我们的语言。不过，就算是在洗礼仪式以后，她也还是更喜欢用罗斯族的名字称我的女儿为"卡蒂娅"或"喀秋莎"。伊琳娜说话一直保持着浓重的罗斯族口音，这让"卡蒂娅"感受到一种来自遥远地域的神秘感，仿佛在严寒北境的宽阔冰河上冒险。那里与"黑暗之国"交界,可以在北极光里看到绿盈盈或蓝幽幽的恶魔和仙女在空中起舞。

伊琳娜常常一边摇晃着摇篮,一边用自己的语言吟唱神秘的安眠曲或是讲述童话,哄"卡蒂娅"入睡。有时候,小家伙会听得瑟瑟发抖,因为故事里的情节并不总是让人感到心安。相反,故事中常常有许多让人害怕的角色,比如会吃人的女巫——"雅加婆婆"。为了让"卡蒂娅"远离危险的水流,伊琳娜会向她强调水底藏着光溜溜的香艳的美人鱼——"鲁萨尔卡",她们随时有可能抓住水中的少年,让他们沉入水底。不过,伊琳娜的故事起到的却是相反的作用。听了那些故事,"卡蒂娅"越发想要靠近那清澈的河水,去看看那些美人鱼。不仅如此,她还认为有着银色脊背的在河滩上游来游去的鲟鱼就是伊琳娜所说的美人鱼。

此刻,女儿正坐在火堆旁,她并没有换下先前那身让我在山丘上大吃一惊的装扮,只是将头发紧紧地束在脑后,骄傲地讲述她这些年来的生活。她蓝色的眼睛在火光中熠熠生辉,面颊通红。我安静地听着,看着她男孩子一样的打扮,感受着她独特的说话方式,感到很有趣。说实话,"卡蒂娅"的语言并没有什么错误,但我总能听出一些奇怪的东西。对此,我并不吃惊,毕竟,她是在一个不说话的祖母和一个罗斯族的女奴身边长大的。正因如此,她不会使用贵族妇女们私下交流时所使用的单音节隐秘暗语——"查科布萨语",因为没有人教过她那种狩猎时的专用语。有时,她会忽然暂停,仿佛是在寻找某个含义贴切的词汇,而后又继续滔滔不绝地讲下去,就像一条涨满水的河流。我很喜欢她这一点,因为我是一个少言寡语的人,我更喜欢倾听。

我在六年前回村时的情景应该给她留下了深刻的印象,那或许是她关于我的最早的记忆,也是最美的记忆:一个战士在大门前跳下马,用粗糙的大手抚摸她的脸庞。她还记得我在历经长途跋涉后脏兮兮的身体所散发的酸臭的气味。她也记得其他事物的气味：护身甲的金属气味、皮靴的气味，还有马紧张地踩踏淤泥和马粪时散发的气味。

另一段记忆则是关于我把带有神力的戒指交给她，戴到她手指上的那个时刻的。当时，她迅速握紧了拳头，因为她感觉到那枚戒指正在从她纤细的手指上往下滑，而如果让戒指落地，那便是一种耻辱。那天，她第一次听到了那个外国名字"卡特琳娜"，并知晓那将成为她的正式名字。不过，家族里的其他女人仍旧继续叫她"瓦法-娜卡"——"天空之眼"；而在伊琳娜眼里，这个小姑娘已经成为了她的小"喀秋莎"。她骄傲地向我展示那只戴着戒指的手，随后低头在自己的包里翻找，从中拽出了一个物件。她将那东西完全展开——原来是我母亲在临去世时送给她的一块绝美的金色纱巾。

"卡蒂娅"是自己长大的。由于不是男孩子，她不能按照"过继"的传统被寄养在其他家庭中，她必须在自己的家里成长，等待她的父亲归来，为她的将来做出决定。她从伊琳娜和其他女奴那里学会了所有必须学会的技能：照顾家庭、种地、饲养牲口……她事事都会帮忙。她会犁地，用全身的力气去顽强地拉动犁耙——尽管她犁出的垄沟要比其他农夫犁出的垄沟略浅一些；她会播种小米——将手伸进口袋的深处，一边把宝贵的种子撒在面前的扇形区域里，一边唱着预祝丰收的祈祷歌曲，呼唤肥沃之神"索泽拉什"和丰收之神"特阿格拉格"；她会看护农田，驱赶觊觎种子和幼苗的飞鸟和小兽；她还会使用镰刀，手脚麻利地收割庄稼。

长大后，她又学会了饲养猪、鹅、鸡等家畜家禽。不过，她拒绝宰杀它们。只有在狩猎期间，她才会射杀其他生灵，用精准的箭法结束它们的生命，免得它们遭受更多痛苦；随后，她会跪在它们的尸体旁乞求神灵收走它们的灵魂。不过，蜜蜂是一个例外。她不擅养蜂，常常从蜂房惊慌地逃跑，生怕被它们蜇到。于是，她常常向蜂蜜的保护神——基督的母亲玛利亚祈祷，请求她饶过自己的性命。她还保证自己绝不伤害蜜蜂。对于蜂蜜，她是很喜欢的，为此，她感激圣母玛利亚赐予人们这甜蜜的赠礼。对于这一美味，她总是百吃不厌。

她常常随牧人们上山。不过，牧人们在不同的高原转场时，往往不允许她越过某条看不见的边界。她被允准带着一条有着浅色长毛的大狗独自放牧一小群羊。夜里，她会把羊群唤回栅栏，以免它们遭受狼群的攻击。她会用一支小笛子吹奏名为《梅尔盖塞》的摇篮曲。牧人们说，那曲子是羊群之神"阿梅什"创作的。有时，当风吹过树顶，也会响起同样的旋律。每当这时，她就会立刻逃开，躲到一块岩石后面，以为是"阿梅什"在演奏：他是一个浑身长满长毛、形似大熊的半裸神灵，不喜被凡人看到。

她会帮助母羊分娩，也会用清冽的溪水清洗新生的小羊羔。她学会了挤奶，保存奶，让鲜奶发酵为"艾兰"饮料；或是将鲜奶倒入柳条筐，制作成奶酪。除了大棒子，她在牧羊期间还会随身携带一把祖母送给她的匕首，以便在遭遇狼群攻击时保护自己——还好，她还不曾遇到过需要使用这些武器的情形。伊琳娜常说有的动物比狼还坏。不过，每当"卡蒂娅"追问究竟是什么动物时，她便沉默不语了。

有时，祖母会把家中原本只能由她完成的最重要的任务——照看位于家宅中央的篝火，确保神圣的火焰永不熄灭交给"卡蒂娅"。在那些漫长的冬夜里，在一切都被白雪覆盖，人们无法出门的日子里，她便待在空阔的房间中，与一边纺纱织布一边聊天的妇人们待在一起。她羡慕她们所有人，包括有着娴熟技艺的祖母。她们会在皮革上刺绣，会用灵活的手指在古老的垂直纺车上快速编织纱线和纤维，织成服装、面料、鞋履和地毯。那些物品有着鲜艳的颜色和生动的动物图案：有的是部落的图腾标志，有的是勇气和力量的象征——鹰、狼、狮子或公牛。她仔细地观察着妇人们的动作，还会时不时地帮她们绕开或梳理亚麻线，或是学着转动纺锤，纺织羊毛。她迷恋那些循环往复的动作，时常沉醉其中。

她常常请求祖母允许她看一看那块金纱，一看就是好几个钟头。她端详着那透明的纱巾，想要弄明白看不见的细丝线是如何与金线融为一体的。她也常常反复琢磨如何才能将金子变成像头发丝一样细的丝线。每当此时，伊琳娜就会与她开玩笑，说有一天要把她的金发剪下来，当作金线编进丝巾中去。听到这话，"卡蒂娅"便会噘着嘴走出家门，到铁匠的作坊——她所说的"火洞"里去，问他有没有可能把金子加工得像丝线一样细。铁匠会微笑着放下锤子，回答她说这是兵器之神"特莱普什"才有的本事，因为"特莱普什"是专司人类工具和武器创造的神灵。

就这样，"卡蒂娅"在观察祖母的过程中慢慢地学会了一种手艺——在我们的族群里，那原本是萨满巫师独有的秘技：捕获某种活物的轮廓，如同捕获其灵魂。通过这种技艺，人们可以使用某种软质的红色石头或木炭在亚麻布片上画下线条，描绘各种形态；也可以用刀尖或黑曜石在任何表面，包括光滑的石头或木板上，刻画下那些形态。那些形态也会出现在地毯或金纱上：有各类奇异的动物形象，还有多种经风格化处理的复杂的植物花卉图案。她的祖母极其擅长用红色石头在宽大的亚麻手帕上绘制图案，这些图案常被其他妇人用作纺织的样板。或许，对于不开口说话的她而言，图像是比语言更为有效的交流方式。

"卡蒂娅"一有空就在草地上或树林里画画。她就这样独自探索着自然界：千奇百怪的野生动物、植物生长的规律、季节更迭的节奏，还有世间万物的生老病死。起初，她走近树林时是有些害怕的，常常半闭着眼睛，呼唤森林和树木女神"梅兹格瓦什"的庇护。

不过，她很快就学会了如何区分不同的树种。她明白树木也跟人一样，按品种聚集而生——各个品种貌似差别不大，但却完全不同。它们通过树叶的形状和色彩说话，通过树冠在被水滴击中或被风的呼吸摇撼时发出的声响说话。白桦树、栗树、核桃树、椴树、山毛榉、橡树……这些树木覆盖在山坡上，随着季节的交替变换形态。她还学会了凭耳朵感知周边的动物，即使眼睛并没有看见它们。此外，她也能通过观察足迹和听辨叫声识别远处的危险动物：狼的嚎叫、豺的呼号，还有熊踩踏干树叶时的沉重脚步声。

"卡蒂娅"的祖母看着孙女回到家时虽然身穿长裙，但木屐上却常常沾满污泥和干叶，不由得摇头叹息。一天，她将"卡蒂娅"带进了她的房间，打开了一只此前从未当着"卡蒂娅"的面开启过的箱子，从里面翻找出一些适合十岁至十二岁少年的衣物。那些都是我小时候穿戴过的衣物，母亲一直精心地保存着它们，打算日后留给孙子穿戴。"卡蒂娅"很是吃惊：祖母给了她一件无领衬衫、一条腰带、一件"哥萨克"式上衣、一条裤子和一双靴子。她用手势示意"卡蒂娅"试穿那些衣物。"卡蒂娅"脱下身上的衣服，却没有脱下"束胸马甲"——一件用两根木轴加固的皮质束身衣。从几个月前开始，她就感觉到身体内部正在发生某种奇怪的变化，仿佛身体开始吃力地进行某种变形。她的胳膊和腿变得越来越长，让她感觉自己的身体形态和比例都失调了；她的乳房开始变大，先前可以轻松穿上束胸马甲，现在却感到乳头会触碰到皮革，有时还会疼痛。在一个她感到格外疲劳、紧张、难受的日子，她发现一股热流从两腿之间的小小开口处涌了出来。她赶紧将手伸进裙子探查。随后，她把手抽出来时，发现上面满是血污。看着惊恐的"卡蒂娅"，伊琳娜面露喜色地安慰并祝贺她:"你已经长成了一个女人。"

祖母找出来的那些衣物貌似有些宽大,但她穿上还算合体。从那以后,"卡蒂娅"便一直穿着那些男孩子的衣服了,不仅出门时穿,在家里也经常穿。她与男孩子们一起玩耍,他们也不排斥她。这些少年在房舍与小河之间的田野里相互追逐打闹,还会拿着木头做的刀相互比试。他们教会了"卡蒂娅"如何使用小弓,如何骑马。

"卡蒂娅"告诉祖母,她最大的愿望是拥有一匹只属于她一个人的马。一天早晨,她在睡梦中感到有人拉她的手——原来是祖母。她叫醒"卡蒂娅",把她带到屋外。那是个阴冷的下雨天,但"卡蒂娅"还是兴奋地跑到了屋外,远远地,她隐约看到门廊下一匹小马驹的轮廓。

"卡蒂娅"光着脚就冲了过去,一把搂住那匹马驹,而后将它牵到马厩里,为它准备了一处只属于它的休息区域。那是一匹年轻的小母马,长着栗色的鬃毛,前额处有一块星形的白色斑点。"卡蒂娅"很快给它起名为"星星",随后,它便成了她独一无二的挚友。跑起来的时候,"星星"仿佛生了翅膀,速度堪比神话里的飞马"阿尔普"。此外,它也像"阿尔普"一样拥有某种语言天赋。有了"星星","卡蒂娅"的骑行次数越来越多,路途也越来越险峻和漫长。她会一路狂飙至远方的高原——那里是风的国度。这让伊琳娜和其他家人心中产生了些许忧虑。

有时,"卡蒂娅"一走就是一两天。每每此时,伊琳娜一听到狼群的嚎叫就忍不住流泪。当她回到家时,祖母便会用她瘦骨嶙峋的手打她的脸。

那一晚,我静静地听着"卡蒂娅"的讲述。看着这个假小子似的女儿,我的心底生出一种先前不曾有过的柔情。或许有了她,我的生活还可以重新开始——为她而重生。十二年前,自从妻子死在那棵古老的大核桃树下以后，我便离开了故土，将自己的灵魂和生命投入到血腥暴力的战争中，觉得自己好像死了一般。然而，此刻，我感到我的生命似乎并没有中断，希望还在——对于我，对于我的家庭，对于我的后代，以及对于我的"特拉普克"部族而言，都是如此。不过，这希望并不是寄托在一个男人身上，而是落在了这个名叫"卡特琳娜"的小女孩儿身上。我在心里暗自决定：我再也不要与女儿分开了，直到我为她挑选到合适的夫婿，将她托付给那个男人为止。想到这里，我示意女儿停下她的讲述，拉起她那只戴着戒指的手，将她那有着一头金发的脑袋按在我的胸口，抚摸着她的头发。"卡蒂娅"不由得哭了出来，丝毫不觉得羞耻，因为她再次拥有了自己的父亲。

我开始带着"卡蒂娅"越过山丘和树林的隐秘边界，登上辽阔的高原。那里是风神"兹特"主宰的国度。"星星"总是跟着"黑夜"。在一次次攀登的过程中，它变得更加灵活，赛跑时也更加机敏。"卡蒂娅"学会了如何使用长弓；如何用石头将致命的箭头磨得锋利，而后将其安装在又细又轻的树枝上；如何使用"恰西克"长弯刀，如何在将其用力扎入那个古老的沙袋以前，让它在空气中发出"嚓"的声音。

夜里，我和"卡蒂娅"坐在火堆旁，看着满天繁星，我会指向遥远的光点，告诉她那些是祖先的灵魂。我们族群那些最古老的女性祖先的灵魂应该也在天上。世间流传着关于她们的传说：她们是女战士，是自由的女性；她们身着男装，背着弓箭和长矛，骑马作战。我告诉"卡蒂娅"，这可不是传说，我曾在科班古城见过她们的墓地，见过她们遗骸旁边的刀和头盔。她们的领袖叫作"亚马逊"——这个名字来源于月亮女神"马萨"，她也是神圣森林之母。那些女战士若不曾在战斗中杀死过男人，便不能结婚。

我停了下来，看向女儿，不知我刚说的最后一句话是否会扰乱她的心绪。"卡蒂娅"用一个坚定的眼神回应了我：若是为了拯救族人的生命或维护部族的荣耀，她也能做到杀人。不过，她一向厌恶剥夺他者的生命。如果只是为了结婚，她是绝不会这么干的。不仅如此，她对婚姻也毫无兴趣。她宁愿自由地活着，骑着马，跟着她的父亲驰骋于山间，直到永远。

初夏时节，我让"卡蒂娅"随我去参加一场盛大的节日庆典。这也是一个结识其他贵族的好机会。这场盛会将在泰尔奇河畔举行。泰尔奇河也是一条发源于山间的河流，不过其流向与普索兹河正好相反，最终汇入太阳升起的那片海洋。我看到"卡蒂娅"很乐意前往这场盛会——这是她有生以来第一次参加这样的节庆活动，而且是与她的父亲一起参加。

我们只带了两个战士随行，没有佩戴头盔和铠甲，只带了随身的武器："恰西克"长弯刀、弓和匕首。我们沿着北坡一路攀援而上，直到抵达高原的山脊。"卡蒂娅"的着装与我们一样，身披"布尔卡"毛毡斗篷，头戴毡帽。她也随身带着自己的弓和匕首。我们走了两天，在翻过若干直指云天的山岩后，我让她看到了位于我们所处的高山右侧的景象。在高原上那些绵延起伏的山峰和深谷的后面，一座位于南面的高峰映入我们的眼帘。那是一座极高的孤山，洁白耀眼，由两座山峰组成，那两座山峰仿佛两只高度相当、直插云霄的角。

那是奥沙马赫山——我们的圣山。众神就栖居在双峰之间。那座山是群山之母，被古人唤作"至高无上的雪峰"或"群山之所"。那里是生命的发源之地。无论是滋养我们神圣树林的溪水，还是鲟鱼溯源而上的普索兹河，抑或是其他河流，其源头都在那里。由于那是全世界最高的山峰，因此，当那场可怕的大洪水淹没所有的陆地，让暗夜中的人类统统丧命之时，先知"诺厄"就将大船停靠在了那里，从而拯救了大量动物和其他生灵。

那座山终年覆盖着积雪，但其内部却囚禁着某种神明之火。有时，那股力量会发出深沉的巨响，或是喷出灼热的毒气。

我们在山岩之间驻足凝望着圣山，看夕阳西下消失在地平线后，黑暗笼罩了高原和整个世界。不过，在接下来的很长一段时间里，圣山的双峰依然会在漆黑的海面上发光。最后，只剩右侧的山尖在夜里闪耀，仿佛结冰的刀刃，又好似一轮倒挂的弯月，也像是预兆可怕的大事即将发生的流星的长长拖尾。古代的贤士正是追寻着流星的行迹去寻找"基督"——无所不能的"耶和华"神和圣母玛利亚的儿子降生的那个岩洞的。

走完很长的一段路途以后，我们开始从高原往下行进，终于来到了泰尔奇河与其他水系的合流处，在那里安营扎寨。那儿已经有了许多其他人搭建的帐篷，帐篷上插着徽标和旗帜。众多战士、贵族、农民、工匠和奴隶都在忙着为这座临时建起的城做最后的装饰。他们安顿马匹，点燃篝火，烹饪菜肴，为将于第二天举办的庆典准备好大片的空地。正是在这里，帖木儿·巴拉什率领的鞑靼人曾将金帐汗国的族人赶尽杀绝。在高高的荒草丛中，至今还能见到散落的遗骸、头盔和刀剑。后来，鞑靼人也消失了，犹如一群蝗虫消失在空中。

泰尔奇河的水流从山上奔涌而下，冲出了一条狭窄的通道——达里亚尔山口。这个山口是山南和山北之间的唯一通道，也是"阿兰人"的防御壁垒。当年，阿兰族也是曾经遭到帖木儿·巴拉什灭族的众多民族之一。据说，世上曾有一位古老的征服者，名曰"亚历山大大帝"。他曾借助"镇尼魔神"的神秘力量修建了巨大的铁门，从而阻止了哥格和玛哥格率领的蛮族的入侵。几年前，我也曾路过那个狭窄的山口，既没有看到门轴，也没有看到门扇。不过，我倒是隐约听见了遥远而尖厉的号声——

当然，那也可能是疾风穿过谷中岩石的时候发出的呼啸声。

在这几天的旅途中，我所说的话比我先前一辈子说的话还要多。作为一个哑母的孩子，我从小就脾气古怪，少言寡语。这一路上，我不断地给女儿讲述各种见闻和故事，其中有关于众神灵和纳尔特英雄的传说，也有关于我们路过的地方和见过的人的往事。在我的内心深处，我感到自己之所以滔滔不绝，只是因为不想让自己去纠结那唯一重要的一件事情——早在离开村子以前，我就应该让"卡蒂娅"知道，不过直到此刻，我仍旧没有告诉她的事情。

夜晚，我们坐在泰尔奇河边的帐篷里。明天，节庆盛典就要开始了。我意识到不能继续向"卡蒂娅"隐瞒任何事情了，于是决定采用那种从我母亲那里学来的方式，一种让我感到更自如的方式与她沟通，不用嘴，而是用手。我看着女儿：她像是个男孩子，穿着我二十年前的衣服，感到极为舒适；她出落得高挑苗条，金色的长发被挽成一个发髻，扎在脑后。我从简单的行李中拿出了一个此前从没打开过的皮包，从中掏出了一系列物品，在地毯上铺展开来：一件带有金色装饰的白色女装、一顶尖帽、一双便鞋和一件亚麻长衬衫。

"卡蒂娅"吃惊地看着这些东西。不过，她很快就明白了，这是她第二天要穿的衣服。各部族的君王都认识我，也都知道无所不能的"耶和华"神赐予我的不是儿子，而是一个女儿。她更加明白我让她以女孩子的装扮示人，是要为她定下婚姻大事——这或许才是她此次出行的真正目的，但她的父亲却一直瞒着她。"卡蒂娅"一点儿也不高兴——她的父亲欺骗了她。父亲常说"自由"是至高无上的好东西，但事实却根本不是这样。如今，父亲居然要把她交给一个陌生男人，仿佛她是男人之间进行交易的筹码。或许，"自由"只是男人的无价之宝，跟女性并没有关系。然而，"卡蒂娅"着实不想嫁人，她渴望永远自由自在地生活：在星空之下，在群山之间，与她的父亲在一起，与她的小马在一起。

我狠下心，让她转过身去，脱掉身上所有的衣服。她的身上只剩那件束胸马甲紧紧地箍在乳房周围。我走到她身边，用匕首割断了缝合口。随着束胸马甲掉落在地毯上，一对小小的乳房立刻跳了出来：在被紧束了三年之后，它们第一次获得了自由。她背对着我站着，低头看着地毯上的几何图案。我先把亚麻衬衫递给她，而后又逐一递给她其他物件，包括那条她一摸就能凭触觉识别出来的祖母送给她的金色纱巾。我嘟囔着对她说了句晚安，便从帐篷里走了出去，准备与其他骑士一块儿就寝。

黎明时分，初升的太阳与河水嬉戏，让水面泛起层层银色的波纹。纪念伟大先知"厄里亚"的庆典开始了。"厄里亚"是掌管雷和雨的巫师，他总是乘着一辆轰隆隆的火轮车飞向无所不能的"耶和华"神。古代人也会用另一个名字——"席布尔"来称呼他（他是一位掌管风暴的蛇形神灵）。所有参加庆典的人都涌向了位于中央的大空地。那里立着一根高高的柱子，上面挂着蛇的标志。

我朝女儿所在的帐篷走去，等着她出来。只见帐篷的边缘被掀起，一个身着白衣的人走了出来，站到了阳光下。她的身体被长裙完全遮盖，只有双手露在外面。在帽子和帽带之间，我只能窥见她的脸颊。那条金纱巾被缠绕在脖子上，仿佛一条围巾。此刻，我感到第一次真正地见到了她。我们四目相对，她的蓝色眼睛里流露出傲娇的神采。随后，我们一起朝那一大片空地走去。

空地上，众人已经在呼唤神圣的先知了，祈求他在干旱的季节为田地降下甘霖："噢，'厄里亚'，噢，我那长着灰色眼睛的孩子……"一个非凡的巧合事件让仪式显得更为神圣：在空地的中央,停着一辆由两头长白色斑点的牛拉的车,车上躺着一位少女的遗体。在这辆车的旁边,还有另外一辆车,上面装满了各类用于祭礼的器物、食品和动物。人们围成一圈,绕着这两辆车起舞,嘴里还唱着重复的颂歌:"光辉与荣耀属于'厄里亚'!"这并非丧葬场景:车上的少女是八天前在山上被闪电击中的,对于族人们来说,这是"席布尔"神给出的吉兆。神灵用手触碰了那位少女,将她召唤至自己身边。所有人都在载歌载舞,对"席布尔"神的关爱表达喜悦和感激之情。

在一座用岩石建成的祭坛上,一头灰色的小山羊被宰杀了,用以向"厄里亚"献祭。人们砍下了羊头,剥去了羊皮,将二者悬挂在一根高高的杆子上。另一根较短的杆子上则挂着女孩子们的华美衣物。树林附近燃起了熊熊篝火,那只小山羊的肉和内脏被送了过去,与其他羊肉一起烧烤。在一口高高的锅子里,煮着一只全羊,佐以山间的香草和辣味调料。食物被装在容器里,分给诸位席地而坐的客人。女人们端着盛有马克西姆酒的大肚瓶,不时斟满客人们的酒杯。

我们坐在一个小圈子里,身边是来自其他部落的君王和贵族。他们也带来了各自的儿子和女儿,彼此介绍,好让他们相互认识。不过,我们并没有融入火热的聊天氛围,只是礼节性地与他们简单聊了几句。尤其是"卡蒂娅",她原本是好些年轻贵族关注的对象——他们纷纷凑过来与她搭讪,但没过多久,他们就被"卡蒂娅"的沉默寡言和面无表情所恼,悻悻地离开了。我从他们父亲的眼中看到了不悦的目光,那些人似乎是在远远地质问我"卡蒂娅"为何会表现出不合时宜的态度。这是不合规矩的。

不过,我并没有在意他们的表情,而是被一个我先前一直在认真倾听且此刻正被众人热议的重要话题吸引了。不久前,东北面部落的哨兵发现一个大型商队离开了东部海岸,在朝鞑靼人的金帐汗国行进。在商队所扬起的漫天沙尘后方,哨兵发现了两千多匹在草原里成长的小马。听到这里,士兵们想到数量如此之大的战利品,眼睛立刻亮了起来。

在那个炎热的夏日黄昏,当太阳开始西沉时,空中响起了"普辛"风琴那尖厉的声音以及作为伴奏的牧笛的声音。鼓和响板的节奏吸引着年轻人加入舞蹈的队伍。第一支舞曲名为《卡法》,是最为隆重的。舞者们排成两列:一列是小伙子,一列是姑娘们。他们踮起脚尖,缓慢地起舞。当两列舞者相互靠近时,他们会牵起彼此的手。此时,他们之间或许会产生些许情愫,而他们的父母则会趁热打铁地为孩子们定下婚约——如果快的话,很可能就在"厄里亚"的神圣纪念日当天。

跳第一支舞期间,"卡蒂娅"没有起身,因为她不想把自己的手交给任何人。不过,当音乐的节奏发生变化,《卡法》变成了急速旋转的"伊斯拉美舞曲"时,她也加入了众多舞者组成的圆圈,与其他人一起飞速旋转起来。所有的观者都在快速地拍手伴奏。由于天气炎热,河流附近极为潮湿,身体又在剧烈运动,许多小伙子都把沉重的外套脱在地上,上身只穿着解开领口的衬衫,下身的裤腿塞进靴子里。不过,姑娘们可不能脱掉节庆的礼服,为此,"卡蒂娅"很是怀念她女扮男装的日子。不过,她至少可以摘掉帽子和纱巾,披散着头发跳舞。于是,她借此机会解开了金色的头发。伴随着快速的舞步,那一头金发随风起伏,宛如金色的波浪。随后,她又解开了脖颈处的金色纱巾,让它在空中画出悠长的弧线。在跳舞的过程中,她让自己从所有压迫她的思绪中释放出来,无忧无虑。

舞曲结束后,一阵热烈的掌声响起。年轻人回到原地坐下。一位年长的说书人开始吟唱歌谣,讲述关于纳尔特英雄的传奇故事。一些人被食物和马克西姆酒撑爆了肚子,倒在地上昏昏睡去。一些小伙子便趁此机会带着心仪的姑娘消失在树丛里。"卡蒂娅"尽管浑身疲累,汗流浃背,却依然全神贯注。那位年长的说书人所讲的关于纳尔特英雄的母亲神"赛特纳娅"的一系列故事是她最喜欢的。在她看来,那些神乎其神的传说似乎与她的出身之谜有关,也与她的人生有关。

"赛特纳娅"是一个美艳绝伦、充满诱惑、聪明智慧、精通魔法的女子。她奇迹般地诞生于一座坟墓之中。在九个月以前,英雄"乌里兹梅格"的母亲"泽拉萨伊"就葬在那座墓里。据说,在为"泽拉萨伊"守灵期间,"乌里兹梅格"曾用一根毛毡鞭子抽打母亲的尸体,使其短暂地复活,并在这一过程中与之睡在了一起。正因如此,当这座坟墓因其中传出婴儿的啼哭声而被再度挖开时,人们就在那里找到了"赛特纳娅"。纳尔特英雄们认为"赛特纳娅"是死去的"泽拉萨伊"所生的女儿,但就辈分而言,"泽拉萨伊"应是她的祖母,"乌里兹梅格"则既是"赛特纳娅"的父亲,也是她的兄长。后来,"乌里兹梅格"娶了"艾尔达"为妻。然而,长大后的"赛特纳娅"却爱上了自己父亲兼兄长的"乌里兹梅格"。她使用计谋骗得了"艾尔达"的围巾和衣服,随后与"乌里兹梅格"睡在一起,让"艾尔达"疯癫而死。不过,"卡蒂娅"并不明白什么叫与男人"睡在一起",也不明白这一行为的后果到底多么严重,以至于让无辜的"艾尔达"发疯而死。她告诉我,在我们共同度过的短暂旅途期间,她也曾产生同样的想法——想与我睡在一起,当然,只是躺在强壮的父亲身边,拥抱着他而已。

后来,"赛特纳娅"还曾与其他纳尔特英雄交合,因为在她的身体里,生命和爱欲就像无法阻挡的河水那样滚滚流动。"赛特纳娅"喜欢光着身子在河里沐浴。一天,一位名叫"扎尔特日"的牧羊人看见了"赛特纳娅",对她一见钟情,欲火难耐之下,他将生命的精华喷射在了"赛特纳娅"脚下的一块圆形石头上。故事讲到这里,许多成熟女子和少女都露出了狡黠的微笑。但"卡蒂娅"没有笑,还是一脸严肃——她根本不知道她们笑的是什么。

后来，那块石头有了生命，开始生长。九个月后，在"特莱普什"的帮助下，石头被劈开，人们从中取出了一个皮肤滚烫的婴儿——英雄"索斯鲁科"。这个婴儿先是被立刻浸入河水清洗，接着又被浸入母狼的乳汁之中。自此以后，他就变得几乎刀枪不入了。"赛特纳娅"还有过许多其他的爱情故事。为了不被别人发现，她常常女扮男装出行，与人交合之后就快速骑马逃跑，像风一样来去自由。就这样，她成了几乎所有纳尔特英雄的母亲。

　　镰刀般的弯月似乎被一只看不见的黑手拽着，渐渐落到了大山的背后。当人们再度点起篝火时，星星开始闪烁。男人们一边喝着大肚瓶中的"布拉加"烈酒，一边唱着歌谣。节日庆典已经结束了，许多家庭开始返程，以便在夜幕再次降临之前回到自己的村庄。不过，也有许多远道而来的贵族留在原地且已在河边扎好了帐篷。其中一位首领朝坐在我们身边的年轻人示意，让他们去参加最后一次净化仪式。所有人都站起身，朝一处河湾走去。那里的水流清澈平缓，没有漩涡，浅浅的河滩上到处都是光滑的鹅卵石。过了那处河湾，各路的水流就彼此交汇了。我们也站了起来。我怂恿着"卡蒂娅"跟上其他的小伙子和姑娘们。她有些好奇，但我并没有告诉她一会儿将要发生的事情。其实，对于这一切，我是很清楚的——十四年前，我就是这样认识了"卡蒂娅"的母亲。

　　"卡蒂娅"来到河边，看见其他年轻人褪去衣物，光着身子下水，相互泼水，嬉戏打闹。"卡蒂娅"迟疑了片刻，也跟着脱下了自己的衣服。她对展露自己的身体丝毫不感到羞怯。把亚麻衬衫也脱掉以后，她立刻感受到了夜间的凉风和钻进脚趾缝的清冽的河水。她让河水逐渐没过自己的双腿、腹部、胸部，直到让整个身子都浸入水中。等再度钻出水面时，她湿漉漉的金发已贴在了后背上，她不由得打了一个冷战。我在起伏的水面所反射的摇曳的光线中凝视着"卡蒂娅"的身体。这或许就是"赛特纳娅"出现在牧羊人"扎尔特日"面前时的情景；这或许就是十四年前，在那个一模一样的月夜，一个裸身的少女从河水中站起身，出现在我面前时的情景。我忽然恐惧地意识到：我正在爱上自己的女儿。

第二天清晨，我派了一个妇人前往"卡蒂娅"的营帐，为她再次缝上了束胸马甲，缝得比先前还紧。此外，我也让"卡蒂娅"再度换上了男装。返程途中，我们几乎没有休息，因而行进得比来时更快。与我们同行的还有另外二十来个骑士，因为我自告奋勇地提出要带他们一起去偷袭鞑靼人的商队，抢夺他们的马匹。我对普索兹河下游的地形非常了解：那里有一小片白桦林，一直是我们展开偷袭的据点，我们只需在那儿等待商队经过。"卡蒂娅"与我们一道骑行，但一切都变得与先前不太一样了。

我不再与她说话。关于我的骤然变化，她不明就里，也很害怕接近我。关于先前强制她嫁人的事情，并没有下文，甚至没有人再次提起。"卡蒂娅"表面上摆出一副无所谓的样子，她的眼睛如同奥沙马赫山的山尖，泛着冰冷的蓝光，但我可以确定，她的内心一定在偷偷哭泣。回到村子后，我只对她说我很快就要出征了，她不会再有与我一同骑行的机会了。不过，在与她道别时，一些话却自动跑了出来，那是英雄"瓦尔扎梅格"在与"赛特纳娅"道别时所说的话——当我远在战场时，她可以通过扎破自己手掌的皮肤来预测我的安危：倘若流出的是乳汁，说明我活着，终将归来；倘若流出的是鲜血，则说明我已经下了冥府——没有人能够从那里归来。

我向村中的老者汇报了偷袭计划，并说服他们给我配备了二十个年轻人。在朝着河流的下游前行的过程中，我又从沿途的村子里招募了若干追随者。当我们抵达平原时，已经形成了一支将近百人的队伍。我安排了三组侦察兵向东出发，打探商队和马群何时抵达。我计划派出一小队人马袭击商队的队尾，不过，那只是一个假象。队尾那些人一定会迅速向西逃窜，从而引开负责护卫的士兵。此时，我便会带领藏在树丛中的士兵扑向走在最前面的马群，逼迫它们沿着河流上行。此战无须配备重型铠甲，无须佩戴头盔，只需穿着铁链网衫，带着轻型武器即可。鉴于我们只想劫夺马匹，所以，这甚至并不能算是一场真正的战斗。

我们在那一小片离普索兹河口及海边不远的白桦林里安营扎寨。北面有一座由法兰克商人建立的城市，与流经那里的"塔纳"河同名。南面有一条最终流进沼泽地的小型水流。此处的地形与我们居住的山区差异很大，没法儿好好骑马，一不小心就会掉进沟渠或沼泽中，让马摔断腿。

昨晚降下的大雾仿佛一条手帕，将包括树木、马匹和人在内的一切都笼罩在一片令人不安的白茫茫之中。黎明时分，雾气散去，只留下奶白色的微光，持续照射了一整个上午。在太阳的照射下，无风的空气显得潮湿而凝重。由于前些日子一直在快速赶路，许多人疲惫不堪，还在沉睡之中。我们处在一种古怪且不自然的寂静之中，就连鸟儿也停止了鸣叫。只有我在白桦树之间穿行，试图在雾气弥漫的田野里望见那些回来报信的侦察兵。就在那时，我看到一个身影在沼泽中的芦苇荡里缓慢前进，身后还跟着一匹马。正当我挽弓搭箭准备射向他时，那个身影似乎察觉到了我的动作，对我说了一个词，仿佛是一个问题："父亲？"

一个年轻的战士从雾气中走了出来，他头戴深色毡帽，腰带上别着一把小巧的"恰西克"长弯刀。原来是"卡蒂娅"和"星星"。她双脚分开而立，就这样站在了我的面前。原来，自我离开村子以后，她就一直悄悄地跟着我。真是我的女儿，我本应料到她会这么干的！简短而快速的话语从她的嘴里脱口而出，犹如从伤口处涌出的鲜血——她来到这里，是为了告诉我她愿意服从我的决定。不过，既然要为了家族的荣耀嫁人，她就必须在战场上杀死一个男人，此外，既然要为了我们的族人而战，那么她愿意和我一起与鞑靼人作战，而不是让我独自战斗。一时间，我不知道该说什么，该想什么。我默默地走上前去，粗鲁地将她揽进怀里。就算只是这样也好：与她紧紧地拥抱，听她的心脏跳动，嗅着她散发香气的头发。不过，我没敢看她的眼睛，如此便避开了落入那蓝色深渊的危险。

我不知道这样待了多久，完全忘了刚刚开始的巡查。突然，我听见号声响起。还没等我反应过来，一支箭就从我身边呼啸而过，扎入了一棵白桦树的树皮。我拔出了"恰西克"长弯刀，转身看见一队骑兵和步兵从小树林的另一头冲了进来。我先前安排在那里放哨的年轻人可能还没睡醒就被敌人制服了。另一些在树丛中休息的士兵一听到号声就立马跳了起来——他们已经习惯了在睡觉时佩带武器，睁着一只眼睛，靠着马匹。此时，所有人都看向我，准备接受号令。

我转身看向小河，那原本是我们逃往沼泽的生路。不过，我却在芦苇丛中发现了正在移动的船只——船上有人。我们被包围了！猎人变成了猎物。我们不可能抵抗了。我高喊着让所有人上马逃命。转瞬之间，几十匹马如箭一般疯狂疾驰，试图夺路而逃。在相反的一侧，我们中的一些人正试图阻止入侵者进入，至少是延缓他们的步伐——他们知道要用自己的生命去换取同伴的活路。那些人倒在了战斗之中。

我转身看向"卡蒂娅"——她站在我身后一动不动，眼里满是恐惧。我用手按住她的肩膀，试图给她带去些许安全感，同时深深地看了一眼她那双让我害怕的蓝色眼睛。随后，我把她从地上举起，放在了"星星"的背上。随着我用"恰西克"长弯刀猛地一击,"星星"一路狂飙,绝尘而去。

自由,"卡蒂娅"必须保持自由。

我吹起口哨,试图呼唤"黑夜"。然而,"黑夜"或许是逃跑了,或许是战死了,总之,它并没有来。

此刻,我听见了越来越近的马匹的声音,还有用我听不懂的语言叫嚷的敌人的声音。没有马,我无处可逃。我只能转身拔出"恰西克"长弯刀迎战,以男人的方式去死,与其他战士一道前往"冥界"。但我不想这样。我绝望地用视线追寻逃往丛林的"卡蒂娅"。目光如同双手,伸出去,试图最后一次触到她,最后一次像父亲那样抚摸她。我看着她多次闪现在白桦林里,而后又从中消失,犹如一道断续的闪光。

突然,我感到某个冰冷的物体刺入了后背,它穿过心脏,将我钉在了树干上。"恰西克"长弯刀从我的手中滑落。我就这样待着,手里抓着一块树皮——宛如人身上的硬皮。我感到自己滚烫的血液正在朝下奔涌,涌入大地之母的怀抱。以血换血,以命换命。一块白色的纱巾落在我睁大的双眼上方——"卡蒂娅"逃跑的情景在眼中永远地定格。她,自由了。

2
约瑟法

1439年7月的某个清晨，
在塔纳伊斯城附近的沼泽地

我究竟在这肮脏的沼泽地里干什么？

水钻进了靴子，顺着袜子向上漫延，把裤子也浸湿了。这片芦苇丛生、低矮泥泞的沼泽地热得让人难以忍受。我身穿沉重的铁链网衫，闷得浑身湿透。这是我第一次手握大刀，参加使用武器的战斗。我很害怕。头盔更是让我难受，那是一个用帽带固定的旧头盔，我必须戴上它。否则，那些擅长使用弓箭的该死的切尔克斯人随时都会射伤我的眼睛或脖颈。他们还强令我把污泥涂抹在金属铠甲上，避免金属的反光把我暴露。然而，就算是这样全副武装，我还是能感觉到蚊子透过衬衫叮咬我的后颈。在这片浑浊的污水中，或许还有蚂蟥，但我却不能驱赶它们，因为我的双手都不得空——一只手得握着刀披斩芦苇开道，另一只手得牵着身后的马的缰绳。

忽然，我停下了脚步。就在前方，在比弓箭射程还近的不远处，出现了一小片白桦林。这里弥漫着一种古怪且不自然的寂静——连鸟叫声也没有，只有该死的蚊子的嗡鸣。我再次感到了害怕，这让我的腹部感到不适。或许敌人早就发现我们了，他们就藏在树后，箭也已搭在了弓上。猎人和猎物的角色常常会快速反转：一不小心就会听见箭支呼啸的声音，发现自己的网衫被铁质的箭头穿透，心脏被"劈开"，那就太迟了。我赶紧示意其他人停下脚步，悄悄潜藏在芦苇丛中。他们必须等待号令，不可轻举妄动。

我半闭着双眼。每当我处于这种状态中时，我就会格外想念自己的城市。那座城是用水和石头建成的，但在我看来，那却是一座以"梦"为建筑材料的城，城里有运河、河流、街巷、上下双层的哥特式拱门凉廊，以及大大小小的广场。我想起面朝潟湖的空旷的大广场、圣玛尔谷大殿的圆形屋顶、公爵府外墙上如刺绣一般的玫瑰图案，还有我家旁边那个位于至美圣玛利亚堂附近的小广场。

作为父亲安东尼奥的遗孤，我的成长过程很是"潦草"。大人们把我关进了一所语法学校，让我学好拉丁文和法律，以便将来能够在共和国担任体面的高阶官职，如财政官、议事会成员、行政长官等。说不准有一天我还能爬得更高，戴上总督帽。至于钱，祖辈们已经积累了很多，对于我们来说，早已绰绰有余了。我们再也不用从事各类合法或非法的交易和倒手买卖；再也不用费尽口舌，低三下四地与犹太人、土耳其人及其他各个不信仰基督教的民族，还有那些满世界游逛的地痞流氓讨价还价；再也不用忍受来自船舱底部的恶臭和粪便；再也不用面临在海难中丧命的危险了。养尊处优的生活确实好得多：在城市的陆上领地为自己建造一座华美的别墅，穿着光鲜的锦缎在广场上闲庭信步。我刚过二十岁，他们便安排我进入了大议事会供职，担任"外国人事务律师"，但我很快就厌恶了宫廷生活，厌恶那个争权夺利、充斥着阴谋和暗战的世界。

在我看来，真正的世界是在宫廷之外的。那个世界充满了各种各样的色彩、气味、语言和声音，那些东西全部从商船的小艇上倾泻而下。那些商船插着绘有"飞狮"图案的旗帜，在海岸线和大运河沿岸的货栈和码头之间忙碌地穿梭。那里有身着五颜六色服饰的东方商人，有布匹和丝绸，有黄金、白银、珠宝以及品类繁多的香料和香精，还有里亚尔托市场里那些彼此混杂的五花八门的语言。那是一个无边无际的世界，一个我从小就在想象的世界。那时，我常常听各色人等讲述各自的故事见闻：有途经我们巴尔巴罗家族府邸的旅行者，有货栈里的海员——他们会得意地描述那些从东方港口抢来或买来的女子。我还会痴迷地阅读绘制在羊皮纸上的加泰罗尼亚航海指南，一看就是好几个钟头。这些图纸是我的一位叔父小心收藏的珍品。我一边看图纸，一边想象着如何根据玫瑰罗盘指示的航线开辟奇幻的航线。在那张羊皮纸上，所有的地方都那么近，无论想去哪里，都显得立等可达。

一去语法学校，我就觉得比被关进铅皮顶监狱还难受。我的目光常常从窗户的铁栏杆飘向外面，落在里亚尔托大街的路面上，被来自东方的女奴所吸引。女奴们身披纱巾，散发着香气，等着被拍卖。她们没穿袜子，踏着土耳其鞋，脚步轻快却不匆忙，吸引着主顾们的注意力。我总是趴在西塞罗的文本上睡着，这让我的老师火冒三丈。不过，当老师讲到那些富于幻想色彩的旅行或是古老的寓言，比如奥维德的《变形记》时，我又会清醒过来。在老师眼里，我是个不求上进、一事无成的学生。所以，他看到我居然在努力学习希腊文，不由得大吃一惊。我的老师精通希腊文，因为他曾去过君士坦丁堡，跟随一位拜占庭的著名学者学习那里的语言。只有当他讲授希腊文，描述那座遍布圆形屋顶和金色塑像的城市时，我才会津津有味地听课，梦想自己有一天会前往那里。此外，我也喜欢听老师阅读和翻译希罗多德、阿里安、色诺芬和斯特拉波所写的篇章。

在家里，我会偷偷地找来一些学校不允许看的用通俗拉丁文和法文撰写的书籍，贪婪地阅读：有亚历山大大帝的故事，也有流传于地中海沿岸地区的关于旅行和爱情题材的小说和诗歌——

乔凡尼·薄伽丘的《菲洛柯洛》、锡耶纳的皮耶罗的《美丽的卡米拉》、安东尼奥·普奇的《东方女王》,关于提洛的阿波罗尼乌斯的故事,乔凡尼·迪·曼德维拉的《世界见闻录》,还有一位佛罗伦萨商人借给我读的格雷戈里奥·达狄的《全球宇宙志》。那本书里有许多幅细密画,结尾处还有一幅插图,展现了神奇的东方世界。最令人称奇的,是那则关于波罗家族的故事。那个家族中出了一个名叫"马可"的人,绰号"百万先生",他曾进行了一次令人难以置信的旅行,甚至抵达了契丹①。我幻想着有一天也能写出自己的游记。

迫于家族的压力,我娶了一位名叫"诺娜·多铎"的女孩儿,她出身于共和国最显赫也最富有的贵族家族之一。不过,我怎么都无法放弃自己的梦想。于是,当我的岳父阿塞尼奥·多铎被元老院任命为共和国最远的殖民地塔纳伊斯的领事时,我便以护送岳父为由,辞别了妻子和刚出生的孩子们。公元1435年,我登上了一艘罗马尼亚的"加莱"战船,前往威尼斯帝国最遥远的港口,前往世界的尽头。

当时,我才二十二岁。在不多的行李之中,我带了几本最喜欢的书,其中就包括那本从佛罗伦萨商人朋友那儿借来但日后并没有还给他的《全球宇宙志》和从叔父那里讨来的加泰罗尼亚航海指南。至于其他的书,正如老师所说的,我都记在了脑子里,谁也偷不走了。经过几周的航行之后,我渡过了亚得里亚海和爱琴海,被迫与岳父阿塞尼奥和他的文书官——身兼公证员和神父二职的尼科洛·德·瓦尔西斯,在君士坦丁堡无聊地停留了一段很长的时间。因为船只的主人认为他所得的利润太薄,拒绝继续横渡海峡。

很快,我就发现那座所谓的帝国都城——我所向往的辉煌之

---
① 中世纪欧洲国家把中国称为"契丹"。

城，不过是一个不堪入目、恶臭熏天、充斥全世界垃圾和恶行的藏污纳垢之所。那些巨大的拜占庭式建筑快速地映入眼帘：无论是宫殿还是教堂，都是经历了漫长的衰落之后残留的病躯败体，行将在日渐临近的世界末日中，在神圣的惩罚中彻底终结。

在巴不得早日启程的盼望中，我更喜欢拿着铅笔，随着航海指南的线路图旅行，激动地想象着可能看到的景观：除了那座童话般的帝国都城特拉布宗，还有其他我在古老的文献中读到的神秘之地，如克森尼索、科尔基斯（如今，人们称它为"萨梅格雷洛"，那里曾是伊阿宋和一众阿尔戈英雄寻找金羊毛的目的地，也是亚马逊女战士的家乡，一想到这个名字，我就心驰神往）、神秘的麦奥提斯沼泽、辛梅里安-博斯普鲁斯王国，以及传说中斯基泰人、萨马提亚人、库曼人所在的地方。

然而，我并没有见到航海指南上那些让我想入非非的事物。当我们终于找到第一艘合适的船再度起航时，正值早春时节。在清新却难以预测的海风的推动下，我们径直朝北面的热那亚殖民地加扎利亚和卡法航行。我一点儿也不高兴。我对热那亚人没什么好感——这或许是一种遗传自祖辈的情感，同时也是所有威尼斯人的共同感受。不过，早在出发以前，他们就向我解释过，几乎整片马焦雷海都处在热那亚人的控制之下，若想相安无事地渡海，就必须与他们合作。不仅如此，"卡法"这个名字也会让人想起一段毛骨悚然的历史：据说，一百年前那场席卷整个欧洲大陆的骇人的瘟疫——"黑死病"，就是从那里传播开来的。

我们出发时，一路有顺风相伴。半途中，风忽然停了。在好几天的时间里，船被困在无风的浓雾之中，只能靠划桨吃力地行进。由于载重较大，船身艰难地维持着平衡，时不时便会向一侧或另一侧倾斜。我在船上晕得厉害，从水手舱飘上来的恶臭和变

2 约瑟法

质的鱼干的腥味让我感到恶心。饮用水不够喝了，我患上了坏血病，掉了两颗牙齿。我对自己发誓，这辈子再也不出海航行了。对于一个充满热情想要探索世界的人来说，这种经历可不算是好的开端。

最后，陆地终于出现了，但丝毫谈不上荣耀和神秘。如今，麦奥提斯沼泽已经有了一个不那么富有诗意的新名字——"扎巴克海"，在这片较浅的水域里，经常能看见规模巨大的名为"扎巴克"的沙丁鱼群。受到风向及洋流的影响，我们的船已经偏离了原来的航向，朝东面驶去。船长放弃前往卡法，选择在海峡附近的马特雷格靠岸，略作停留，在热那亚人的码头补给一些淡水和新鲜食物，而后继续行进。

若想转向北面航行，就必须划桨前进，沿着与沼泽融合在一起的平缓的海岸线一路上行，直到抵达宽阔的塔纳河的入海口。据说，塔纳河极长，没有人知道它发源于何处，或许是伊甸乐园。我们的"战船"在水面上平静地上行。直到有一天，站在高处桅楼的哨兵在向右侧瞭望时发现了一座高塔，那便是"位于世界尽头"的塔纳伊斯城了。我终于登上了陆地，在进入岸边那座刻有圣玛尔谷狮子形象的城门时，不由得激动起来。这或许是"飞狮"所能抵达的最远的地方，去展示它那本翻开的大书[①]。

不过，塔纳伊斯城也与我想象中那座奇幻的城市迥然不同。小时候，我常常听曾在前一个世纪去过那里的老人们说起这座城市。就在几个月前，还有人在元老院向我吹嘘那美轮美奂的景象。然而，事实与描述相去甚远。过去的塔纳伊斯城完全是另外的样子：一个流动的集市，一个充满机遇、冒险和不期而至的财富的地方，北方丝绸之路的终点，来自阿斯特拉罕、撒马尔罕和契丹的商队的目的地。汇集于塔纳伊斯的，有来自契丹和波斯的

[①] "飞狮"是威尼斯的主保圣人、福音书作者之一圣玛尔谷的象征，"翻开的大书"指《玛尔谷福音》。

珍贵丝绸、地毯、香料、瓷器、青铜和黄金。后来，塔梅拉诺带着他的末日铁骑呼啸而来，将这里付之一炬。

几年以后，威尼斯人谨小慎微地回到了这里，与鞑靼人建立了友好的关系。此时，鞑靼人的态度略有和缓，但仍会随时攻击和抢掠这块由威尼斯人建立的殖民地。威尼斯人向鞑靼人支付了用于租赁土地的土地税、作为商品交易税的帝国贸易税或塔姆嘉入城税，才逐渐使这些不消停的邻居们安稳下来。之后，威尼斯人开始在此建造货栈和仓库，还修建了一圈带有高塔的更为坚固的城墙——城墙设有三座城门和一座最高的塔。士兵、掮客、放高利贷者和皮条客都回到了这座城市，他们来自不同的种族，说着不同的语言，信仰不同的宗教。神父和修士们在此建起教堂和钟楼，钟楼比城墙上的瞭望塔略高。在小酒馆背面那条散发着臭气的胡同里，一家妓院重新开张了。那妓院并没有从前的灯红酒绿和过于繁复的装饰，里面只有几个年老色衰、体态臃肿的本地妓女，她们说着一种由全城所有的语言混合而成的独特语言。不过，从前那些曾经满载黄金的商队却没有回到这里。如今，商人们更愿意漂洋过海，从红海抵达印度，或是绕过"海格力斯之柱"，冒险向大西洋航行。在塔纳伊斯城，无论是来自威尼斯的商船还是来自东方的马车商队都越来越少。从此地出发的商队装载的大多也是产自本地或北部草原及南部山区的货物：撒拉逊小米或小麦，皮草和皮革制品，蜡、咸鱼、鱼子酱，有时也会有从山中的矿井里挖出的黄铜和黄金。

城墙内还有大片空荡的区域，在低矮的废墟之间，芦苇荡和荆棘丛迎着风飒飒作响。风在大片的空地上扬起云朵般的干燥沙尘，秋天一下雨，这里就会变成难以踏足的泥地，冬天则会形成一层坚硬的冰壳。

对于我来说，在塔纳伊斯度过的第一个冬天是最难熬的。我很快就患病发烧，咳嗽不断，久久不愈。我没法儿返程回到威尼斯——自当年10月以来，恶劣的气候就切断了所有的海上航线。我发现塔纳伊斯的生活与世隔绝，如同那则关于普洛塞庇娜的神话：在白昼较长的季节里，还算生活在活人之中；在黑夜较长的季节，简直像是生活在冥界，生活在死人堆里。来自北面的风持续不断地呼啸着，千方百计地钻入安装得不够严密的门板之间的缝隙。随后，开始下雪了，大河也开始结冰，甚至连海水都被冻住了——至少目之所及的部分是如此。一切都停止了活动，失去了生机。人们要么如同蝼蚁一般蜷缩在篝火旁或家宅深处的炉子旁，要么便是在乌烟瘴气、脏污狼藉、老鼠横行的仓库里熬过漫长的冬天。

我意识到，如果不想随着开春起航的第一艘船灰头土脸地回到威尼斯，就得赶紧自己想些办法，摆脱我的岳父，让脑袋从那个肮脏的塔纳伊斯城探出去，去探索周边那些有着神秘名字的地方——鞑靼利亚、罗斯、库曼汗国、阿兰王国、加扎利亚、切尔克西亚……去那里寻找我理应获得的冒险经历、荣耀和财富。在那座曾被塔梅拉诺夷为平地，而后又艰难重建的塔纳伊斯城，确实有一条发财致富的捷径——人口交易。

那些公证员和神父们有着令人尊敬的面孔，但在那些面孔背后，这里的整个经济体系几乎都是围绕人口交易来运转的。对男性人口的需求依然存在——在东部地区的巴扎，尤其是在依靠雇佣兵（实际上就等同于苏丹的切尔克斯奴隶）辅佐的王朝统治下的埃及，年轻力壮的斯拉夫男子、鞑靼男子和切尔克斯男子都有市场。不过，由于塞浦路斯的领主们抗议不信教群体的势力越来越强大，这项贸易就在表面上被禁止了。在威尼斯，主要的需求则是女性，尤其是年轻女性。这些女性要么被派往纺织作坊做工，要么去富贵人家从事家务劳动，当清洁工、乳母、照顾孩子或老人的保姆。除此之外，她们还得应家宅男主人的要求，背着他们的妻子、背着宅子的女主人、背着神父们履行某些更为隐秘的特殊职责。在威尼斯这样的城市，所有人都知道这一切，但与此同时，所有人都假装一无所知。

这是一种并不干净也并不透明的贸易。表面上，共和国的某个公证员会证明某一专门从事此类贸易的人的合法占有权，通过起草一份文书使其拥有针对某件物品或某种财富进行所有种类的交易的权力——二次出售、出租、赠予、留作遗产等。既然是"物品"，那么一旦损坏或因年久消耗而无法使用，便可随意丢弃。所以说，针对一个年老的女奴，只需要拟一份虚假的释放文书，便可将其赶出门去，任由她沿街乞讨，自生自灭。对此，教会尽管会在表面上指责此种贸易，担心涉事者的灵魂不健康，但实际上却是听之任之。教会还会派出神父和修士为信仰异教的男男女女施洗，赐予他们圣人和圣女的名字：玛利亚、玛达莱娜、卡特琳娜、露琪亚、贝妮代塔。出没在公证员和神父周边的，是一群身份隐晦的掮客、中间商和爱管闲事的人，他们从事的勾当与名媛们私下里做的颇受欢迎的事情相差无几。

对于这种贸易，我一点儿也不感兴趣。于是，我能想到的最适合自己的生意，就是当一个鱼贩子了。卖"鱼"总比卖"人"要干净些。我掏出随身携带的所有泽西诺币，将身上的贵族服饰抵押给了一位放高利贷的犹太人，将就穿上了简朴得多的衣服。随后，我成功地从一个鞑靼人部落那里获取了一处鱼塘的使用权，用来养殖淡水鱼，并在鱼塘旁的一间作坊里进行晾晒和盐渍操作。这处鱼塘位于塔纳伊斯城以东四十哩①处，塔纳河上游的博萨加湖。这个主意不错，让我没过多久就挣了不少钱——鱼干是威尼斯商船队最稀罕的商品之一，在沿地中海长期航行，无法靠岸的旅途中，鱼干是水手们的必备食物。从事这一行当唯一的缺点是有鱼腥味，每当想起那次海上旅行，我就会忍不住呕吐，

---

① 哩，即英里，1哩约等于1.6千米。

2 约瑟法

且那气味会附着在我的衣服和手上,无论怎么洗都洗不掉。

河水再次结冰了,仓库里装满了为下一个季节准备的经过晾晒和盐渍的鱼干,等待商船队前来取货。此时,我感到自己已经适应了在塔纳伊斯城的生活。我开始与驻扎在城市周边的鞑靼人部落商谈,并与他们结交。我在作坊里雇用了一些威尼斯人和当地女子生下的私生子,还雇用了一些鞑靼人。令我惊讶的是那些鞑靼人居然带来了他们的奴隶——有的是罗斯人,有的是切尔克斯人,让他们去干那些重活儿,而他们则只在一旁监督,并等着拿钱。既然老板"优素福"——那些人就是这样按照自己语言的发音称呼我的,可以坐在仓库高台上的一把歪斜的椅子上看着其他人干活儿,他们为什么就不能依葫芦画瓢,坐在一旁看着自己的奴隶干活儿呢?

我,"优素福"老板,一面与那些善于讨巧的混混儿们打成一片,一面监督他们不要过分欺压奴隶。我禁止他们使用鞭子,同时确保所有人都能吃上足够的食物。我开始学习一些鞑靼人的语言,也开始像他们一样穿着。我将宽大的裤腿塞进靴子里,而后用一件厚重的紫貂皮大氅解决抗寒的问题,头上还有一顶漂亮的周围镶有一圈白狐毛的尖顶"伏特曾"皮草帽。我的钱箱里积攒了越来越多的帝国分区辅币、泽西诺币、杜卡特币、拜占庭阿克切银币、迪拉姆币和其他蛮族使用的稀奇古怪的钱币。我在城里换了住所,买下了一座用石头打造的宅邸,那座宅子有宽敞的大厅、庭院、牲口棚和菜园。那座宅子位于城墙附近,因为我喜欢来自田野的清新空气,而不愿闻到来自广场和海边货栈的臭味。每当登上城中最高的塔时,我总会看到一片广阔的天地,进而感到分外满足。再过不久,我就要离开塔纳伊斯城,去探索我在高塔上看到的那片广阔的土地了。

我的内心总有一股强烈的冲动:想去见识那个曾在古书中读

到,在老师的讲述中听到过的世界。在前几次探索中,我带着几个随从骑着马出发,尝试寻找古希腊时期的塔纳伊斯古城。在三角洲的北面,我让随从们从淤泥中挖出了一些有裂缝的矮墙,我想,这应该就是那座古城的遗迹了。不过,除了几枚年久腐坏的硬币,我并没有从中找到任何有价值的古物。我又往远处继续探寻,发现时不时就能见到或高或低的土丘,那应该就是人们所说的"库尔干古墓"了。好些年前,其中一座名为"康特贝"的土丘被一个名叫"古勒贝丁"的埃及探险家挖开了。他凿了好几口井,从中往下挖了两年。此人来自开罗,想要寻找一处传闻中的宝藏。按照一位鞑靼女奴的说法,那批宝藏原本属于阿兰王国被塔梅拉诺摧毁以前的最后一任国王"英迪亚布"。然而,古勒贝丁在那个土堆中一无所获。在他去世以后,人们放弃了挖掘。不过,关于那批宝藏的故事还在继续流传。

11月底,在一个狂风大作的寒冷冬夜,我前往商人博尔托拉米奥·罗索的家中做客。他家还有五位尊贵的客人:弗朗切斯科·科尔纳、卡塔林·孔塔里尼、干地亚的祖安·巴尔巴里戈、莫伊塞·博恩、迪·亚历山德罗·德拉·朱代卡和祖安·达·瓦莱。其中,祖安·达·瓦莱曾在杰尔宾特当过快艇船长,在里海上航行,此外,他还曾当过海盗,抢掠那些来自阿斯特拉罕的异教徒的船只,其勇猛绝非浪得虚名。那天晚上,我们喝了许多葡萄酒。那酒的口感极好,是博尔托拉米奥从塞浦路斯进口的。后来,我们一边喝烧酒,一边胡乱地唱起了记忆中贡多拉船夫的歌谣。

在这场"秘密会议"即将结束之际,我们七个人心潮澎湃地组建了一个团体,打算一同去探寻"康特贝"土丘的宝藏。相关的挖掘和建造工具早在7月就已准备就绪了——弗朗切斯科·科尔纳以加固城墙为借口,在君士坦丁堡租下了这些工具。卡塔林在一张满是酒渍和油渍的纸上起草了一份合约,在酒精的作用下,他的手颤颤巍巍,眼睛也好似雾里看花,因此合约中的字迹既飘忽又潦草。鉴于那天晚上恰巧是"圣加大肋纳节"的前夜，我又在合约中添加了第八位合伙人——"亚历山大的圣加大肋纳"，但愿她能给我们带来好运和丰厚的收益。自从我在雅各·德·佛拉金的《黄金传说》中读到她的故事后，就对那个故事非常着迷，后来便更加笃信这位以车轮为标志的圣女。当然，那天晚上我有些喝多了，反复不断地向合伙人们说圣加大肋纳也应分得她的那一份，也就是第八份财宝。我们可以将这份财宝供奉在塔纳伊斯的圣弗朗切斯科小教堂，供奉在她的圣像下方。圣弗朗切斯科小教堂是善良的弗朗切斯科主教的居所。那里常有一些修士向穷人和曾经的女奴们布施。那些女奴几乎个个都叫作"卡特琳娜①"。我经常看见她们跪在与自己同名的保护神的神像下方，乞讨一口面包果腹。

在当年的秋季和第二年春天，我们先后展开了两次挖掘，但两次都一败涂地。我们不停地挖呀挖，却什么都没有找到。圣加大肋纳根本没有护佑我们——话说回来，去搅扰死人的清梦，这原本就是渎神之举。我们一无所获地回到塔纳伊斯，鞑靼人嘲笑我们的行动，把那个被我们掏空的土堆戏称为"法兰克人之坑"。我感到心灰意冷，倒不是因为作为投资的杜卡特币在"库尔干古墓"的挖掘行动中打了水漂，而是因为发现自己由古代世界的伟大探寻者变成了一个卑鄙的盗墓人。我再次登上高塔，俯瞰脚下的荒原，盘算着如何尽快逃离塔纳伊斯城。

在接下来的那个冬天，我在高塔上毫不费力地见到了民族大迁徙的恢宏场景。卡奇汗领导的鞑靼人部族正在向塔纳伊斯城逼近。整支队伍仿佛一条由人和动物组成的大蛇，穿过了一条条冰封的大河。最初的几批骑士出现了，起初是几十人，而后是上百

---

① 在意大利文中，普通女子的名字"卡特琳娜"与圣女"加大肋纳"的名字拼写相同，均为"Caterina"。

人。他们的长矛、旗帜、高高的尖顶头盔和缠绕一圈皮草的奇特帽子汇成了一片密林。经过许多天的行进,在那支看不到尽头的队伍的末尾,终于出现了可汗的身影,他的身后还跟着显贵、嫔妃和王室成员。他们在塔纳伊斯城外安营扎寨,住在一座已经废弃的古老的清真寺里。

恐慌在城中蔓延开来:商人们关闭了作坊和仓库;犹太人和亚美尼亚人对先前发生过的血腥屠杀心有余悸,将自己锁在没有窗户的家宅中;塔纳伊斯城的议事会决定谨慎地关闭城门。最令人恐慌的并非抢劫或围城,而是疫病。事实上,在前几次类似的经历中,在部落里那些肮脏而饥饿的人畜之中,总是潜藏着有关黑死病的微小毒物,疫病随时可能通过交付给商人的一匹布或妓女身上的一块散发清香的纱巾传播开来。有人说关闭城门也是徒劳,因为老鼠们总能通过只有它们才知晓的肮脏孔洞钻来钻去。

必须立刻派出使团展开交涉。领事命人准备了三箱礼品,一箱献给可汗,一箱献给可汗的母亲,还有一箱献给军事将领纳乌鲁斯。礼品包括若干匹珍贵的丝绸、添加了香料的面包、苹果酒和"博萨"啤酒。担任主使的,自然是领事的女婿,也就是鄙人约瑟法。鉴于我已经成了半个鞑靼人,领事便委派我前去护送这批礼品——反正其他人也不愿承担这一职责。我打扮成鞑靼人的模样,自豪地出了城。走进清真寺,我第一次见到了那位主宰上百万人生死的伟大东方首领。他不过二十二岁,目光倦怠,躺在一块地毯上,手中摆弄着一把镶嵌有珠宝的匕首。他的大将军纳乌鲁斯看起来也不超过二十五岁。

纳乌鲁斯向他的首领介绍我时,称我为法兰克人的代表。在他们那里,我们这些来自西方的拉丁人——无论是热那亚人、威尼斯人、法兰西人还是加泰罗尼亚人,都被统称为法兰克人。那一刻,我真切地感受到了自己的重要性:我想,两个世界、两种文明正在相遇。我代表的是伟大的西方文明、古老的希腊人和罗

2 约瑟法

马人、基督教、教宗、皇帝以及我的"至尊之国"——威尼斯。在我面前的,则是不信基督教的异教徒的文明。我微笑着,心想:终于轮到我巴尔巴罗①,去会见一群野蛮人的领袖了。

看到纳乌鲁斯的示意,我跪下拜见可汗,说出了一句先前背过的鞑靼文短句"selam rehim itegez",意思是"您好,欢迎"。随后,我用威尼斯方言说了一小段话:"礼物献给君主,我们的城市也希望得到君主的关爱,愿为君主效力。"也不知道我的翻译是怎么把它转换成鞑靼人的语言的,可汗连眼皮也没有抬,便回答说他乐意接受我们的献礼,我们的城市也将在他的庇护之下安然无虞。

接下来,是一阵令人尴尬的冷场。可汗继续摆弄他的匕首,而我却不知该如何自处。继续往下说吗?但我并没有得到可汗的许可;转身离开吗?更不可能。突然,可汗抬起头,先看了看我,又看了看使团中其他几位獐头鼠目的使臣,忽然拍着巴掌笑了起来,嘟囔着说出了一堆含混不清的话。根据翻译的转述,我知道他的话的大概意思是:"到底是怎样的一座城,三个人只有三只眼?"纳乌鲁斯和其他官员也都笑了起来,在此刻以前,他们一直像雕像一样,一脸严肃,纹丝不动。我转身看向我的使团同伴:翻译布兰·塔亚彼得拉只有一只眼;乔凡尼,那个为领事执掌权杖的希腊人,只有一只眼;还有那个运送苹果酒的家伙,也只有一只眼。

塔纳伊斯城领事的代言人,人称"优素福"的约瑟法·巴尔巴罗大人首次拜见伟大可汗的出使任务就这样结束了。领事不得不敞开土质的城门,让鞑靼人的征税官科扎达胡特进城。他骑在一头消瘦的驴子身上,肥胖的身体大汗淋漓。此人奉可汗之命前来征收"塔姆嘉人城税"——所有进入塔纳伊斯城的商品都涉及

---

① 巴尔巴罗:在意大利语中,这个名字意为"野蛮人"。

的关税。领事将位于城门和我家附近的一片无人居住的区域划给了科扎达胡特和他的随从，那片区域被独立的围墙环绕，曾被用作商旅驿站，后来就荒废了。

在可汗离开后的整整六天里，各色人等和动物，包括大批民众、马车，大群马匹、骆驼、牛和其他家畜穿行不息。那些人还搬来了他们的"房子"，那是一些多层的木结构建筑，被装在马车上，上面覆盖着芦苇、毛毡或布匹。我出神地看着塔纳伊斯城的城墙，眼前仿佛出现了审判日的幻象：整个人类，连同所有的生灵都被召唤至无所不能的"耶和华"神的面前，为自己的所作所为进行辩白。

直到一个月后，我才知道那群人后来去了哪里。当冰雪开始融化，人们得以乘船回到博萨加的渔场时，我才发现了那件令人震惊的坏事：渔夫们的确在冬季通过敲破河面的冰层捕到了大量的水产，也用盐腌制了许多鲈鱼和鲟鱼，但是后来，成千上万如蝗虫般饥饿的鞑靼人来到了那里。渔夫们纷纷仓皇而逃，藏身于树后。于是，鞑靼人抢走了所有已经腌制和尚未腌制的鱼，所有宝贵的鱼子酱，甚至是所有昂贵的粗盐——那是用于保存食物的上好调料。他们还拆除了木桶，用桶板修理马车；破坏了用于研磨盐的石磨，抢走了其中的铁质磨芯。我目睹了眼前的一片狼藉，还有我那原本一片光明的创业生涯如何在此刻陷入穷途末路之境。当我知晓祖安·达·瓦莱——他与我的关系亦敌亦友，同时也是一个不讲信用的竞争对手，偷走了我埋在地下的足足三十罐鱼子酱时，更是备感凄凉。

不过，并不是所有的鞑靼人都离开了。就在他们离开的两天以后，可汗的姐夫埃德尔莫居然来到了城墙之下，说是想让我荣幸地成为他的客卿。一开始，我在自己的家中招待了他。那个鞑靼人将我攒的干地亚酒喝了个干净。随后，他在半醉之中邀请我跟着他去参观鞑靼人的大本营。我有些激动地接受了邀请。

2 约瑟法

终于，我可以跟着一个鞑靼人，或者说是以一个鞑靼人的身份，四处走走了。我们辛苦地骑行了数日，越过一条条尚未化冻的冰河，终于见到了那支游牧民族的"人流"。这些人如同蚂蚁，遍布在荒原的各个角落。他们都认识主人埃德尔莫，向他献上肉食、面包和奶。最后，我们来到了可汗的面前。在接见大帐下，他当着好几百人的面接待了我们。就这样，在醉醺醺的埃德尔莫的引荐之下，我孤身一人，开始在鞑靼人之中生活，开始学着了解他们的生活和习俗，尽管我弄不清我的身份究竟是宾客，还是囚犯。直到他们的部落开始向北方迁徙，前去破坏和掳掠罗斯人的领地时，他们才让我返回塔纳伊斯城。返程的途中，我并非独自一人，埃德尔莫将他的儿子铁木尔暂时过继给了我：这算是鞑靼贵族能够赐予一个外人的最高奖赏了。

十三岁的铁木尔是一个活泼的小伙子，有着细长的眼睛和橄榄色的皮肤。如今，他成了我的"儿子"，这让我——一个几乎忘了自己在威尼斯的家的人感到很是高兴。尽管宅子里有众多的男仆和女仆，但事实上，我是一个人生活的。其他的商人，甚至是神父，都会时不时前往那个贩卖少女的亚美尼亚人的店铺去挑选一个胆小的切尔克斯或鞑靼女子，而我却从未那样做过。起初，我的朋友们也曾带我去过妓院，不过，光是看看那个地方，就足以让我坚定守身如玉的决心了。每到晚上，我宁愿待在一楼的小卧室里，翻看那些从威尼斯带来的已然满是霉点和鼠啮虫蛀痕迹的残破的书籍，在笔记本上写满混乱的笔记和备忘。

不过现在，铁木尔填满了我的家。我会教他用威尼斯方言说一些单词和句子，时不时地嘲笑一下他的口音；我会看着他像猫一样闪光的双眼，抚摸他那深色的鬈发；我会在妇女们朝浴缸里倒入热水后，慢慢地给他擦洗身子，他的身体又长又滑，好似博萨加湖里的鱼。每每此时，铁木尔总会笑起来。他很爱我，称我为"优素福叔叔"。

不久前，再次入夏了。鞑靼部落经过此地时引发的恐慌和麻烦已经过去。随着冰雪消融，商人们重返塔纳伊斯城，我也再度开始与他们洽谈生意。渔场的养殖业复苏，我以不错的价格卖出了一些咸鱼，还卖出了一些来自山区的皮草。此时，我正等待着一位撒马尔罕商人，一年前，他曾答应给我送来一批黄金。这批纯度极高的黄金不日就会随同一个大型商队抵达此地，而后将被直接送往威尼斯，那里的金箔工业相当发达。

昨天一大早，我和铁木尔一起去了广场——塔纳伊斯城里唯一一处能让我想起"文明"一词和我的故乡威尼斯的地方。广场上可见一小段石板路、廊柱和店铺以及被隆重地称为"宫殿"的领事的宅邸、与公证员的工作台相连的敞廊、供传令官诵读政令的阶梯、象征圣玛尔谷的飞狮徽章、圣玛利亚堂的外墙以及敦实的尖顶钟楼。我们走进了一位制作箭羽的工匠的作坊，去挑选最适合用于射猎山鹑和野鸡的箭头，那些禽类最喜欢在塔纳伊斯城周边的低洼区域筑巢。

突然，我听到廊柱下方起了一阵喧哗，原来是一群鞑靼人刚刚到了那里。他们说从昨天开始，一支百来号人的切尔克斯骑兵队驻扎在了塔纳伊斯城南面三哩外的一片靠近小河的小树林里。他们显然不是来打猎的，一定是在筹谋什么偷袭计划，或许还会一直攻打到塔纳伊斯城下。我立刻为那支正从撒马尔罕赶来塔纳伊斯城的商队担心起来：那些切尔克斯人完全有可能掳走那匹驮有我那箱黄金的骆驼。若果真如此，我的预付款就将付诸东流，因为我并没有签署任何保险条款。

就在此时，我听见一个声音从作坊里的背阴处传了出来，一个扛着一袋种子来塔纳伊斯城做生意的鞑靼商人站了起来，他主张去俘获那些如狗一般的切尔克斯人。不错，那支切尔克斯骑兵队大概有一百人，但他加上仆人，就已经有五个人了。不知为什么，我也表示自己能凑上四十个人，也许我这样说是希望其他人也能加入进来，让队伍的人数增加一些。然而，之后就没有人发言了。先前那个鞑靼人认为人数已经足够了，他说切尔克斯人都不算是男人，而是娘儿们。

此时，我已然后悔自己先前居然搭了那个疯子的腔，而且还是当着所有人的面。我心里清楚，切尔克斯人不仅不是娘儿们，还是全世界最骁勇善战的勇士。前些年，就在塔梅拉诺离开以后，在鞑靼人作为一股新兴势力到达这片土地以前，切尔克斯人曾在一位冷血的传奇人物"雅科夫"的带领下一路追击鞑靼人的部落，将他们从人迹罕至的深山一直驱赶至塔纳伊斯城附近。想要制服一个残酷的切尔克斯士兵，得耗费十个我们的人。所以说，一百个切尔克斯人实在是太多了。只可惜，此刻的我已没有退路。我忧心忡忡地离开了广场，越走越远；铁木尔则拉了拉我的衣袖，对即将到来的冒险感到非常兴奋。我去找了我的朋友弗朗切斯科·达·瓦莱。他是祖安的弟弟，对这类行动最是精通。我们一同筹谋了行动计划、人员安排，还根据参与冒险的人数商定了战利品的分配方案。通过弗朗切斯科的引荐，又有其他人入伙，包括一位亚美尼亚商人、一位来自利古里亚的"格里帕利亚"商船船长、若干试图赚取外快以补贴微薄薪资的武士和弓弩手，还有几个曾参与"康特贝"寻宝行动的老伙计。我、铁木尔，再加上三个鞑靼奴隶，一共只有五个人，假如真能把所有的切尔克斯人都逮住，我便能在不付出任何成本的情况下分到十来个人。对渔场的发展而言，这并不是一件坏事——当然，前提是一切都按部就班、有条不紊地进行。

弗朗切斯科的计划很简单，一些人背着弓弩前往河岸边的码头上船，而后乘船前往小河的河口，在那里沿河而上，一直到达小树林附近，从而堵住对方的所有去路。他们一旦到位，就会放出一只白鸽报信。铁木尔该怎么办呢？出于安全考虑，我想还是应该让他待在船上。其他人分成两组，从北面挺进，连人带马都藏在树林周边的芦苇丛和沼泽地里。一旦看到白鸽，他们就必须立刻翻身上马。待弗朗切斯科的仆人吹响小号，所有人就要跳出来，从四面八方冲进树林。我们必须轻装上阵，只穿一件铁链网衫，身背弓弩和刀剑，因为那并不是一场真正的战斗。在此期间，我们要注意不能大开杀戒，如果把切尔克斯人杀得太狠，那么我们能够获取的人头利益也将不复存在。不过，对于那些最为凶悍的抵抗者，我们最好还是把他们立刻除掉，他们如同无法驯化的野兽，绝不会去低头适应那种以前从不曾经历的奴隶生活，而是会不停地寻找逃跑或造反的机会。

我再次睁开眼睛。时间过去了多久？十秒，还是十年？我听见了一阵响动。我的目光越过头盔的射击孔，越过前方的芦苇丛，落在了一个少年身上。他正从另一侧向小树林逼近，身后还跟着一匹毛色光亮的漂亮的栗色小马，小马额头上的白色斑点宛若一颗星星。在塔纳伊斯城的广场上，我们曾谈论过如何分配抓来的俘虏，但是马匹该怎么办，没有人说起过。我想要那匹栗色马，也想要那个少年。他头戴一顶精美的深色毡帽，腰带间插着一把小小的弯刀。作为奴隶，少年要比成人更加适合，教起来更容易，或者说，是"养"起来更容易。有时，这些孩子就像动物一样野蛮，丝毫不了解什么叫文明的生活。

那少年似乎毫无防备。我转身看向一个早已瞄准他的鞑靼弓箭手，示意其放下弓箭。当我再次转回身体时，那少年已经消失在树丛之中。不对，我似乎曾看见他站在一个更高大的人的前方。那人曾出现在他的面前，并且拥抱了他。千万不可轻举妄动，我们必须等待船上那些沿河而上的人发出信号，直到看见白鸽飞翔，各就各位，上马做好准备，然后一听见号声就从四面八方冲进树林。

然而，尖厉的号声却是在我毫无思想准备的时刻响起的。没有人看到白鸽，也没有人做好发起攻击的准备。该死！假如计划乱了套，那些切尔克斯人定会将我们碎尸万段。我们尽可能在最短的时间里从沼泽地里起身、上马。此时，已有箭支贴着身体呼啸而过了。在我身边，一个鞑靼人正在拉弓，自己却被射中了喉咙，奄奄一息地倒下，鲜血流了一地。"真该死！"我在心里无声地喊道。或许，所有这一切都只是个梦，一个噩梦。我头戴一顶并不合适的头盔，看不清眼前的景象。那顶头盔是弗朗切斯科借给我的，是某一场针对热那亚人的战役留下的旧物。我想要上马，却四脚朝天地滑倒在泥潭里，那番窘态恐怕跟所谓的"英雄"相去甚远。一个鞑靼人帮我把脚踏进了马镫。与此同时，所有人都骑着马，高喊着朝小树林冲了过去。我也大喊一声，策马挥刀地向前冲，将自己假想为一个勇猛的将军。

在进入树林以前，我看到一队切尔克斯骑兵疯狂地飞奔着，穿行于树林之间，却并没有冲向我们，将我们杀个一败涂地。他们径直朝左侧，也就是小树林的出口方向冲了过去，跑上了一条紧实的土路，他们从那里可以安全地夺路而逃，保住性命。我还瞧见了那匹漂亮的栗色小马，它像箭一样飞了过去，载着背上的少年跑远了。太晚了，我们是不可能追上他们的。再说，他们熟知这片沼泽地，完全有可能是在引诱我们进入埋伏圈。因此，一味冒进将会非常危险。忽然，那个疯狂的鞑靼商人——说切尔克斯人都是娘儿们的那个人，嚎叫着从我们的骑兵队里冲了出去，孤身一人展开了追击。大家都喊他不要追，让他回来，可是没有用。那个鞑靼人沿着切尔克斯人的马匹留下的痕迹狂奔，消失在烟尘之中。他是不会有好下场的。

我带着自己的人进入了小树林。一切都已经结束了。我摘下已经毫无用处的头盔，愤怒地将它扔在一旁。树下大约有四十来个切尔克斯人，死的死，伤的伤，剩下的一些成为了俘虏。当我们的人试图将他们捆起来时，有些人还怒气冲冲地挣扎。最终他们被背对背地两两捆在了一起，压在弓弩的下方，眼神凶恶，但一言不发。死者和伤者四散在林间，几乎所有伤者都不值得被带回塔纳伊斯城医治了：伤口处的坏疽很快就会要了他们的性命。满打满算，还剩下二十个人，参与此次行动的每个合伙人能分得两个。那个少年和他的栗色小马已经跑远了，其余的马匹也都已经逃之夭夭，一匹也没给我们剩下。我们的人也有好些伤亡，光是我的三个仆人就死了两个——真是一桩赔本的买卖。万幸的是，铁木尔还安全地待在船上。

我在其中一个切尔克斯死者的身后停了下来，对他奇异的姿态很是好奇：他是站着死的，胳膊揽着两棵白桦树，双手紧紧抓着树皮。他的背上有一处很深的刀伤，直抵心脏，所以他应该死得很干脆。从服装来看，他应该是这队人马的首领，没准儿就是先前曾拥抱那个少年的男人，不过，对于这一点，我并不十分确定。他似乎没有任何武器，当他遭遇袭击时，那把锋利的"恰西克"长弯刀应该已经从他手里滑落，被某个鞑靼人抢走了。这死法真奇怪，居然是背对敌人的，甚至都没有逃跑的打算。我转到他的正前方，看到了那张高贵的脸，不由得心生震撼。这个男人有着泛着金光的灰色胡子和头发，双目圆睁，像是在眺望那看不到尽头的远方。出于怜悯，我用双手合上了他的眼睛，让他的身体慢慢滑向地面，并试着把他的姿态摆得好看一些。那些鞑靼人原本想砍下几个人的头颅作为战利品带回去，我赶紧阻止了他们，命令他们将所有死者的尸体都堆在一起，用土和石头埋起来，以免他们成为豺狼或猛禽的食物。鞑靼人不情愿地服从了我的命令。不过，在掩埋尸体以前，他们还要仔细地剥除尸体上的衣物，卸下所有他们认为有用或是值得变卖的物品。

河那边响起一声呼号，是从船上发出的。我立马朝河边跑去，心中升起一种不祥的预感。在一条船上，一位船工怀抱着一个十三岁的少年——他已被箭刺穿了心脏。先前,没人注意到铁木尔。当箭羽在船只和河岸之间来回乱飞的时候,铁木尔曾蜷缩在船头,似乎是在寻找藏身之所。然而,紧握大刀的男人们只顾往岸上冲,全然忘了这个孩子。船上只留下一个船工。过了一会儿,当船工摇晃那孩子的肩膀时,那孩子已气息全无。我号哭着,把铁木尔抱在怀里,抱到岸边,放在马背上,让马把他驮回塔纳伊斯城。我开始步行返程,身边只跟着唯一一个死里逃生的仆人——忠实的艾拉特。

★ ★ ★

晚上,有人猛敲房门。

我坐在黑暗的角落里,凝视着那张摆放有铁木尔遗体的桌子。他仿佛睡着了。女人们在他身边绝望地哭泣——她们很爱那个孩子。她们将他平放在桌上,脱去了他身上所有的衣物,为他擦洗身体。他那泛着光芒的橄榄色的青春之躯是多么俊美啊,只是在齐心脏的位置有一个小洞。他的父亲身处可汗的营地,距离塔纳伊斯城有五六天的路程,我已派出信使前去报信。在他的父亲赶来以前,铁木尔将一直这样赤裸地待在桌上。此刻,我在敲门声中回过神来,起身去开门。半明半暗之间,我借助摇曳的灯光勉强看清了来人是弗朗切斯科。他身后还跟着两三个人,他们站在昏暗的角落里,我看不清他们是谁。

弗朗切斯科紧紧地抱了我一下,随后便直入主题。对于商人和在前线打仗的人来说,必须克服内心的脆弱,立马解决与"战利品"有关的事宜。此时,俘虏们都被关在他那座位于河岸附近的仓库里,不存在任何需要支付给威尼斯共和国或鞑靼人的关税和中间费用。他们甚至连塔纳伊斯城都没有进,就直接把那些俘虏卸在河岸边了。城门看守对此视而不见,只是伸出了手,索要一笔可观的"小费"。只要我愿意,我随时可以去挑选属于我的那两个人——其他合伙人都同意让我优先挑选。不过,那艘"格里帕利亚"商船的船长请我尽快去提人,因为他的船已经有了其他任务,马上就要出发了。他让我不要在哀悼之事上花费太多时间,反正人已经死了,活人还得想活人的事,况且那个死去的孩子甚至都不是基督徒。

我火冒三丈,简直想要大喊:"我跟你们不一样!我是从小听着古人充满人性的训诫长大的!我知道在死亡的问题上,没有谁的命更贵重、谁的命更轻贱之分,无论他来自哪个种族,有没有信仰,是什么身份!然而,在这该死的塔纳伊斯城,我却变成了像你们一样的人,一见到利润,就眼睛放光,只知算计贩卖人口挣的钱。"此刻,看着桌子上的铁木尔,那两个俘虏能带来的收益对我来说已经无足轻重了。干脆把他们放了吧:怎么能像对待一件物品一样对待一个人,剥夺他们的自由,将他们一次次地售卖呢?铁木尔,还有其他人,他们究竟是因为什么才送了性命?够了!够了!我想大喊,更想狠狠地揍弗朗切斯科一顿。

然而,我却忽然怔住了。在黑暗之中,我的瞳孔逐渐变大,似乎认出了弗朗切斯科身后的那个少年:他身高与铁木尔差不多,或许年龄也相仿。那孩子满身污泥,被两个鞑靼人用一根绳子捆着。弗朗切斯科停下了那番毫无用处的喋喋不休——只要看看我的脸色,他就能明白自己的这番话是多么难以入耳。他也没再因为我丢了他的那个破头盔而向我索要两三个阿克切币的赔偿,只是一边嘟囔一边闪开了身体,好让灯光照在那个少年身上。这时,我终于看清了,心里暗自嘀咕:"他正是那个骑着栗色小马逃跑的切尔克斯少年。"

原来,就在我的合伙人们郁闷地返回塔纳伊斯城的途中,弗朗切斯科听见了从芦苇丛后方的沼泽地里传出的啜泣声。他带着仆人们赶过去,发现了那个跪在马身边的少年。那匹马的一只马蹄以一种古怪的方式弯折着，身体几乎动弹不得。那少年应该是逃跑的切尔克斯人之一，马腿因滑倒在泥潭里而骨折了。当少年察觉到有人逼近时，便立刻用匕首袭击了他们。他像疯子一样怒吼，差一点儿就要击倒那些人，结果自己却滑倒了，陷入了泥潭。仆人们立马跳到他身上，费了好大力气才把他捆起来。他脸上的泪痕润湿了污泥形成的硬壳，他们只听见他在啜泣中不断重复一个莫名其妙的词："星星。"那匹马扭身看着少年，大大的眼睛里满是泪水。后来，弗朗切斯科出于怜悯，将那匹马的喉管割断了。

在所有的俘虏之中，这个少年是品相最优的。弗朗切斯科和其他合伙人都认为他应该归我所有，但是……或许……好吧，就是这样。在我如石头一般冰冷的目光中，弗朗切斯科往后靠了靠。他把绳子塞到我手里，而后退回至阴影之中，与他的仆人们一道离开了。我握着绳子，目光与那少年惊恐的目光相对。在灯光下，我看到了他蓝色的眼睛，幽深如明澈的天空——那是一种我从遥远的城市的钟楼上眺望远山时才可以看到的色彩。

★ ★ ★

在刺眼的阳光的照射下，我醒来了。

我躺在地上，浑身酸疼。我应该睡了很长时间，现在脑子里什么都想起来了。铁木尔的遗体依旧摆放在客厅中央的桌子上，已经成了苍蝇围攻的对象。他不能继续待在那里了，谁知道他的父亲什么时候才能赶到呢！妇女们从柱子后面默默地看着我，小心翼翼地等待我发号施令。接着，我想起家里似乎还有什么别的人，对了，是那个切尔克斯少年！昨晚我把他交给了一个年老的女仆，命她把那孩子关进了一个空置的鸡圈，她是直接把那孩子塞进去的，甚至没有给他松绑，也没有给他一口水喝。昨晚，透过他脸上淤泥结成的面具般的硬壳，我隐约看到他的眼中充满了恐惧和痛苦。他只是一个孩子，像铁木尔一样的孩子。如今，铁木尔躺在桌上，永远地睡着了，再也不会被其他人打扰。

我没有起身，唤来了亲信艾拉特。我让他把那少年从鸡圈里带出来，交给两位妇女，让她们给他脱衣服、擦洗，而后给他换上一件干净的衬衫，再给他拿点儿水、面包和奶酪。艾拉特得一直守在他们身边，看住那个野性十足的小伙子，谁知道他会干出什么事情呢。随后，我再度把自己封闭起来，一声不吭地坐在地上，靠着桌子——铁木尔正在那上面安然长眠，做一个永远不会醒来的梦。

我察觉到有人拍打我的肩膀。是艾拉特，他用一种奇怪的方式看着我。我起身跟他走了过去，只见两个妇女站在屋外，也在用一种奇怪的眼神看着我。其中一个妇女的手里拿着一件像是束身衣的东西，她用带有鞑靼口音的威尼斯方言重复道："不是小伙子，不是小伙子！"我走进屋里，就着昏暗的灯光，我看见屋子的一角堆放着那个少年沾满污泥的衣服和靴子；在屋子中央的浴缸旁边，立着一个凹凸有致的白色躯体：低垂着脑袋，满头金色的长发，交叉的双手挡住了隐私部位；位于胯骨和胸骨之间的腰部纤细，小而紧实的乳房在胸部隆起；左手手指似乎戴着一枚戒指；年轻的皮肤散发着水和沐浴皂的气息。她，是一个姑娘。

我目瞪口呆。那个女孩儿抬起眼睛，看向我。那是一双泛红且干涩的眼睛：她应该是把所有的眼泪都流光了。除了放在私处的双手，她似乎并不为裸露身体而感到羞怯，甚至连害怕的感觉也没有。倒是我，被一堆如风暴般袭来的状况弄得有些慌了神。我该如何与她交流呢？这是我第一次毫无准备地碰上切尔克斯族的人。不过，说话其实并不管用，她根本听不懂我们的语言，我们也完全听不懂她说的话。众所周知，切尔克斯人的语言是世界上最难懂的语言之一,净是一些从口腔内部和喉咙深处发出的奇怪的音素,几乎没有元音。

谁能帮我与她交流呢?我的家里只有鞑靼人,我也不认识任何能够充当翻译的朋友。或许,塔纳伊斯城里只有一个人能懂那种该死的语言,我只能指望她了。我叫来了艾拉特,派他到妓院去一趟,尽快把那位切尔克斯族的老板娘玛达莱娜(人称"莱娜女士")请来。我嘱咐艾拉特要当心:不要对任何人,包括莱娜,透露一点儿消息。此外,我也用威胁的口吻命令那两位妇女闭嘴,尽管我很清楚,无论如何,这事都瞒不了多久。我命人给那个姑娘穿上了一件样式简单的宽松亚麻衬衫,还给她拿了些食物和水,但她坐在角落里,对那些东西碰也不碰。我站在一旁看着她:她神情呆滞,像咸鱼一样睁着眼睛,张着嘴巴,默不作声地靠在门框边。

艾拉特回来了,向我通报莱娜在客厅等我。我用钥匙锁好那间屋子,随后去了客厅。莱娜正动情地凝视着死去的铁木尔的脸庞,不时用手帕驱赶苍蝇。她穿了一身暗色服装,戴着一顶宽边女帽,看上去不像切尔克斯女人,更不像个妓女,倒像是一位修女。她戴着一条带有拜占庭式十字吊坠的细细的金项链——那是她身上唯一值钱的东西,浑身散发着一股过于浓郁的薰衣草香;她的手指上戴着好些招摇的戒指,上面镶嵌着仿制的宝石,估计都是旧日的老相好们送给她的礼物或念想儿吧。

莱娜是一个能干的女人,性格刚强,身体健壮,虽已年老但风韵犹存。她是塔梅拉诺屠城时期一个被俘的女奴生下的孩子。许多年前,她和其他女子一道,被那位亚美尼亚皮条客卖到了妓院。从那以后,妓院就重新开张了。莱娜很狡猾,像狐狸一样精明,否则,她一个女人是没法儿在这个遍布豺狼虎豹的塔纳伊斯城里活下来的。她通过一个身兼神父之职的公证员情人为自己赎了身,那人还给她重新起了一个格外适合她的名字——与神圣的"马达肋纳"同名①。赚到一些钱后,莱娜便从那个亚美尼亚老头儿手里把妓院盘了下来。这个女人对我应该不错——一年以前,我曾给她和一个威尼斯海员所生的私生子找了一份营生,让他在我的渔场里干活儿。那孩子长大了,在妓院营业的时段里,她没法儿继续把他带在身边。生活是很奇妙的,现在我居然在向一个妓女求助。人在一生当中,有可能碰上一千件事先没有料到的事情,也有可能从先前曾经帮过的人那里获得帮助。

当时,我很激动,头脑也不太清醒,只能尽力向莱娜说明最近两天所发生的一堆乱糟糟的事件,一直说到发现那个少年居然是"女儿身"。我想让莱娜跟那个女孩儿说说话,问她几个问题,弄清楚她究竟是什么人,从哪里来,叫什么名字。此外,我还希望莱娜能在我家多待几天,请她把威尼斯方言中一些最基础的词语和句子教给那个姑娘,当然,我是会用重金来酬谢她的。

对于我的奇怪请求,莱娜感到很诧异。多年来,她一直从事这一"光荣"的职业,已经习惯接受各种令人匪夷所思的要求,但我的这种要求——当翻译,她还是头一回遇到。在她看来,有什么必要说话呢?有什么必要非得用语言交流呢?对于眼前的这个少女,只需要看一看,检查一下身体是否存在隐蔽的缺陷,估测一下体重,观察一下举止,便可以评估出她的价格——长期买断的价格和暂时使用的价格。

会说话有什么用呢?塔纳伊斯城可不是威尼斯。一位绅士曾告诉莱娜,威尼斯的交际花们必须会诵读诗歌,谈论哲学。可在这里,当妓女用不着讲哲学,她们几乎只用身体讲话,而且能讲出一千种不同的花样:香气、头发、眼睛、舌头、双手、双脚,还有肚皮恰到好处的震颤。倒是许多嫖客,不知为什么,总是喋

---

① 在意大利文中,普通女子的名字"玛达莱娜"与圣女"马达肋纳"的名字拼写相同,为"Maddalena"。

喋不休：他们会把自己一辈子的经历讲给妓女们听，仿佛他们在这方面的需求更胜其他。于是，莱娜便训练自己的妓女即使是对那些五花八门、南腔北调的语言一窍不通，也要含情脉脉地蜷在床上，不断地点头和微笑。

不过，我的这个要求，莱娜是可以接受的，她就当是给自己放几天假，暂时不去管理妓院的事务，反正那些姑娘们自己也能处理一些事情的。况且，最近几天，她还是不要待在那里的好，那里将会变成地狱，因为撒马尔罕的商队已经进城了。是啊，撒马尔罕的商队，我已经完全忘了那件事了。我嘱咐莱娜要绝对保密，而莱娜自然也乐于想象领事、神父，乃至整个塔纳伊斯城将怎样议论一个好几天闭门不出，与她日夜"厮守"的傻子约瑟法。再说，她知道我的酒窖里存着不少上好的干地亚酒。

我命人陪同莱娜去了那间屋子，自己则独自留在桌前。铁木尔仍然"躺"在那里，苍蝇似乎越来越多了。铁木尔的皮肤开始变得疙疙瘩瘩，腹部出现了青绿色的斑痕，双腿之间也出现了一道散发着恶臭的黑色液体痕迹，仿佛有什么东西正在从内部啃噬他的躯体。我也得为"我可怜的孩子"想想办法了。天气闷热，我不能让他就这样在这里等着他的父亲埃德尔莫到来。我需要一个箱子，一个能用胶水和船用铁钉严严实实密封的箱子。

重重的敲门声在屋外响起，我没有时间考虑了。大街上人声鼎沸，人流如潮，城墙外传来刺耳的号声——撒马尔罕的商队到了，正在附近的商队驿站休整。一位仆人高喊着来找我，我被紧急召唤去面见领事和征税官科扎达胡特。我得立刻出发，但混乱的思绪却一直停留在原地：一边想着长眠的铁木尔，一边想着那间屋子——那个姑娘和"莱娜女士"正待在里头。

★ ★ ★

直到晚上，我才筋疲力尽地回到家。在将近两天的时间里，我既没有换衣服,也没有梳洗,可能只在那张摆放着铁木尔遗体的桌子旁边席地睡了两个钟头,所以现在感到浑身酸痛。除了脱掉那件铁链网衫,我还穿着在小树林里偷袭时穿的那身衣服,上面布满了汗渍、污泥和血迹,可能还有我自己的尿液。我的靴子还穿在脚上,得赶紧脱下来,不仅仅是为了洗脚,还因为靴子里面可能藏着一条小蚂蟥。由于我浑身恶臭,拜见时,领事嫌弃地皱起了鼻子。鞑靼人科扎达胡特在听说了我们的"辉煌战绩"后,开始大声地嘲笑我和其他合伙人。他用那种我一点儿也不喜欢的鞑靼人特有的幽默表示他了解埃德尔莫,说埃德尔莫看到自己死去的儿子时,必然会像疯子一样敲碎约瑟法和其他参与者的脑壳,那必然是一场好戏。随后,他又大笑起来。此外,我恐怕也没能给那位来自撒马尔罕的商人留下精明能干的好印象:他信守承诺,给我运来了一箱从波斯和印度一带的山区采出的极纯的黄金,而我居然没有砍价,就直接接受了他开出的价格。我的这一举动让他惊讶得一句话都说不出来。事实上,当时我的脑子很乱,一直在不停地想铁木尔和那个姑娘,我只想赶快回家。

我夹着那一小箱黄金走进了家门,再次来到了客厅。铁木尔的遗体依旧摆放在桌上,苍蝇像先前一样飞来飞去。死亡和腐化的气息越来越重了,让我想起渔场里某些让人不悦的气味。地上放着一口粗糙的长方形木箱,尺寸与铁木尔的身材相当。这是我的亲信艾拉特差人准备的——我还没来得及吩咐他,他就已经猜到我的想法了。我赞扬了艾拉特,又让他再次叫来了先前给铁木尔擦身,而后又去照顾那姑娘的两个妇女。现在,她们得重新把铁木尔仔细地擦洗一遍,给他涂抹香脂和香精,用盖布把他裹好,再把他放进箱子里。最后,艾拉特将把箱子密封起来。今天的时辰有些晚了,城门已锁,不可能把箱子送出城外了。明天,仆人们将把箱子从清真寺抬出去,暂时放入一口空石棺。铁木尔的父亲可以在那里完成安葬的仪式。

2 约瑟法

我把装有黄金的小箱子放在一条长凳上,悄悄地靠近了莱娜和那个女孩儿所在的小屋子。我只能听到一个声音在窃窃私语,那是"莱娜女士"在说话。我很希望听见另一个声音,但这希望终究还是落了空。我等了一会儿,而后决定走进屋子,让莱娜到厨房里去。我站在门口,看向那个坐着的女孩儿。她盯着我,并没有将目光下移,似乎是在进行一种无声的谴责。最后,我愤怒地挪开了我的目光,转身走出屋子,用钥匙锁上了房门。

莱娜没等我来就开始往杯子里倒酒,双手拿起了仆人们先前为我炖好的,放在锅里保温的鸡腿和鸡翅。她时不时地拿起一块黑面包,蘸些汤汁送进嘴里,而后喝一口杯子里的葡萄酒。我坐在她对面,等着她对我说些什么。莱娜本想继续安逸地吃下去,她满嘴都是食物,告诉我说边吃东西边说话不好,但我坚定的眼神并没有放过她。于是,她开始说话了,一边说一边继续啃鸡腿。大壁炉里的炉火逐渐熄灭,炭火泛着微微的红光。厨房的墙上挂着好些铜锅,锅底都已烧黑了,在那些锅子中间,还挂着一幅绘有圣加大肋纳和车轮的小型画像。画中的人物仿佛一位王后。尽管我平时不常去教堂,但对于圣加大肋纳,我是非常虔诚的,从不会忘记在家里为她燃上一根蜡烛。

莱娜用油乎乎的手举起垂在胸口的拜占庭式十字架吊坠,凑到我的面前。她告诉我,她一走进那间小屋子,那姑娘就立刻看到了这个十字架,并屈膝跪下,说了一些连她也听不懂的话。约瑟法啊约瑟法,你应该想到的,就算是在她俩之间,在一个妇女和一个少女之间,也不是那么容易听懂对方的话。法兰克人统称他们为切尔克斯人,鞑靼人和土耳其人也用这个词来称呼他们。然而,在那些地区,在一座座高山和山谷之间,其实散布着许多不同的族群,他们之间或许曾有过由祖先定下的兄弟之盟,但到了今天,他们的习俗、语言和名字都是截然不同的:生活在南部海岸线的，是吉克族，那姑娘就属于这个民族，除此之外，还有基比奇族、塔塔科斯族、索巴伊族、克维尔特伊族、卡巴尔达族以及一些鬼才知道叫什么名字的民族。他们之间或许存在不少共通的词汇或词根，但它们的发音却相去甚远。如果慢慢说，他们也可能相互能听懂，但总而言之，这不是一件容易的事。约瑟法老爷，您可得记着好好算算要给面前这位女士的酬金。

与那姑娘沟通不易的另一个原因还在于她一开始就把自己完全封闭在自己的世界里。在跪拜完十字架以后，她站了起来，再次坐回到角落里，盯着墙壁，拒绝看向莱娜。这么说，她是受过洗礼的基督教徒？但根据莱娜之后的话，我了解到她并不算是法兰克人，也不算是我们的神父所说的基督教徒。她从小就崇拜十字架，但并不清楚谁是"我们的主"，也不了解教会的仪式——无论是希腊教会、拉丁教会、罗斯教会还是亚美尼亚教会的仪式。她也不知道自己的部族为什么会有那种奇怪的习俗，要把木头十字架绑在圣树上进行祭祀仪式。没错，他们通常会接受洗礼，但那过程非常简单，只是浸在河水里。他们既没有祭司，也没有主教，更不了解何谓"原罪"，何谓"地狱"。他们没有"圣礼"，也没有"十诫"，但却会向无所不能的"耶和华"神祷告。他们尊敬父母和长者，为了兑现诺言甚至不惜牺牲性命；他们以一种神圣的态度礼遇宾客，平等地看待男人和女人。总而言之，他们似乎比真正的基督教徒更像基督教徒。最为奇怪的是，他们居然没有文字，不知道"读"和"写"，也没有福音书、《圣经》这样的神圣典籍。确实，就算到了现在这个年龄，莱娜依然不会读书写字，还得依靠那个亚美尼亚老头儿算账和书写。

我逐渐失去了耐心，莱娜是个话痨，一打开话匣子就容易天马行空。此时，我并不想听她讲解切尔克斯人的风俗习惯——这些美丽的故事我可以下次再听，然后写进我的日记里。"我们还是聊正事吧，说说那个女孩儿。她叫什么？她是谁？"莱娜将一个已经啃光了肉的鸡翅放在盘子里,再次举起了她那油腻的手,让我靠近看其中的一枚戒指,说那上面有那姑娘的名字。我在那根粗胖的手指上看到了一枚不那么招摇的款式简单的戒指。那戒指有些磨损,可能是用白镴制成的。戒指上刻有一个由希腊字母"A""I""K"组成的花押字。不用摘下戒指细看,我已经猜到了。我带着疑问的口吻用希腊文拼出了那个名字:"卡特琳娜?"

没错,就是"卡特琳娜"。莱娜很快就认出了那姑娘手上的戒指,因为她也戴着一枚一模一样、不值分文的白镴指环,那是几年前一个从此地路过的名叫"古勒贝丁"的埃及骗子送给她的假古玩,他用这个抵充了嫖资。当时,他向莱娜许诺会带着金银珠宝回来,然而没过多久,他就在一次愚蠢的盗墓窃宝行动中丧了命,至于具体是去挖什么,莱娜记不清了。根据古勒贝丁的说法,那枚戒指具有魔力,是沙漠中一座修道院里的修士送给他的。那座修道院里供奉着圣加大肋纳的遗体和遗物。这枚戒指曾经落入石棺,与圣女的躯体有过接触,因而获得了超自然的力量。

莱娜并没有把那人的话当真。事实上,她为对方欠下嫖资颇感愤然,只是出于迷信才收下了那件礼物。不过此时,这枚戒指却与先前的十字架吊坠一样,为她与那个女孩儿的接触提供了便利。起初,莱娜试图用那门她几乎已经忘光了的古老语言向她嘘寒问暖,那是她小时候说过的语言,如今,只有当新来的切尔克斯妓女被送到她的妓院时,她才会启用这门尘封的语言,帮助她们开启职业生涯。然而,这一套并不管用。那个女孩儿要么是真听不懂,要么是假装听不懂,反正一直目不转睛地盯着墙壁。最后,莱娜转着她那狐狸一般的小眼睛,终于在说话时注意到了那枚戒指,她牵起那女孩儿的手,放在她的手边,让两枚戒指——一枚是白镴的,另一枚是银的,彼此靠拢。仿佛是灵光一闪,莱娜只说了一个词:"卡特琳娜?"那姑娘扭过头,终于看向了她。

所以说，那个女孩儿名叫"卡特琳娜"。这是她的本名，应该是她在家乡时别人给起的。不知她戴着的那枚戒指是谁送给她的，没准儿是某个在深山老林里迷了路的绝望的朝圣者。命运真是奇怪，"卡特琳娜""玛利亚""玛达莱娜"，这些居然都是修士们在四处找乐时给女奴们起的最常见的名字。可眼前这个女孩儿究竟是什么人？她从哪里来？当时在那个小树林里做什么？她为什么穿着男人的衣服？我想起了儿时读过的那些传奇史诗——莫非她是一个类似于"亚马逊女战士"的姑娘？又或许她的故事与《美丽的卡米拉》或《东方女王》之中的传奇有异曲同工之妙？——她们女扮男装，纵横驰骋于世界各地，直到最后要迎娶国王的女儿时，才被总领天使变成真正的男儿。

我急不可耐，莱娜却让我刹住了车。她现在口干舌燥，若不喝点儿东西，怕是要说不下去了。没办法，我只好又给她倒了满满一杯我那珍贵的干地亚酒，还给她拿了一些下酒的吃食。莱娜再次用黑面包蘸着锅里的汤汁吃了起来，又从另一口锅里拿起一根撒有香料和胡椒粉的香肠，时不时啃上一口。

她说："没错，这个卡特琳娜其实是一位公主。"她把从小屋子里带出来的一团东西交给了我。我打开那团东西，将它完全展平，发现那是一条掺着金线的华美丝巾，上面还有百合花的图案。莱娜是在那堆被扔在角落的衣物里发现这条沾有污泥的丝巾的。它原本应该在那女孩儿身上，比如说像围巾一样系在脖子上。这条丝巾价值不菲，或许值好几百枚阿克切币，只有公主才会拥有此类物品。倘若卡特琳娜只是个女奴，那么她仅凭这条丝巾就足以为自己赎身了。然而，她恐怕对此一无所知，就好比她丝毫不知道自己日后将变成一个什么样的人。

莱娜拉起那女孩儿的手，经过一番劝慰和安抚，她终于凭借老到的职业经验成功让那女孩儿开了口。尽管卡特琳娜所属的部落与莱娜的部落有很大差别，但她能听懂莱娜的话。她的部落位于高加索山脉最高也最险峻的山上,名为"卡巴尔达",族人十分骁勇善战。君王伊纳尔就属于这个部落,他曾带领族人把鞑靼人从他们所在的山区和科帕河谷赶了出去,并一路追击,直到把他们驱逐至沿海地带和塔纳伊斯城下。就这样,那姑娘一会儿用语言一会儿用手势与莱娜交流,因为莱娜并不能完全听懂她那种从喉咙更深处说出的话。卡特琳娜告诉莱娜,自己是尊贵的雅科夫的女儿,雅科夫是伊纳尔的战士,是全族和全世界最强悍的勇士。她之所以跟在父亲的身边,是因为要向他展示自己的勇气——正因如此,她才女扮男装。然而,她却被法兰克人俘虏,再也见不到父亲了。所以,她以无所不能的"耶和华"神和神圣的魔戒之名,恳请面前这位戴着十字架的尊贵的女士让她获得自由,让她自由地回到她父亲的身边,回到她位于深山的家乡。

情况就是如此了。莱娜又一次喝完了杯中的酒。她作为那姑娘口中的"尊贵的女士"向那姑娘承诺,一定会将她的请求转达给府中尊贵的主人。这位主人是塔纳伊斯城里最具威望和权势的法兰克人之一,一定会倾听她的诉求。不知为什么,我有一种被莱娜开了玩笑的感觉。在接下来的几个钟头里,莱娜开始教那女孩儿说一些威尼斯方言中的词语。卡特琳娜应该是个机灵又好奇的姑娘,她似乎学得挺快,已经能够说一些问候语了,例如"早上好""晚上好",除此之外,她还学会了说"ciao"——"你好"。不过,莱娜没有向她解释"ciao"这个词的真正含义。她记得有一次,她的一位客人——那个神父兼公证员,曾笑着告诉她,"ciao"这个词来自"sciao",意思是"奴隶",而"奴隶"一词则写作"sclavo",意为"斯拉夫人",因为在曾经的威尼斯,所有的奴隶和仆人都是"斯拉夫人"。莱娜没忍心立马把这个即将成为她命中注定的身份的词语告诉她。

莱娜继续教她一些日常生活中必要的零星词汇、句子和肢体语言:"magnar"是"吃";"bever"是"喝";"pan"是"面包";"aqua"是"水"——尽管莱娜更喜欢的是酒;"ti"是"你";"mi"是"我";"omo"是"男人";"donna"是"女人"——当然,"femena""baba""siora"这些词也是指女性,其中,"siora"指她这样的成年女性,而卡特琳娜则是一个"puta"或"putela"——"少女"或"小姑娘"。她们还逐一学习了身体各个部位的说法,莱娜边说边快速指向那女孩儿宽松衬衫下的裸体:"testa"是头部;"oci"是"眼睛";"boca"是"嘴巴";"teta"和"bichignol"是用来给孩子喂奶的部位;"pansa"是怀孩子的地方;"mona"是用来跟男人睡觉,从而怀上孩子的器官——不过,如果想要继续从业,最好还是别怀上孩子。最后,莱娜还教了一些她认为在生活中十分要紧的动词:"basar"是"亲吻","caressar"是"抚摸","ciuciar"是"吮吸","ciavar"是"插入","montar"是"骑坐"。卡特琳娜什么也不明白,只是跟着莱娜重复,努力发准音,并将重音落在正确的音节上。莱娜大声笑起来,露出一口烂牙:她这副样子终于让那姑娘露出了一个怪怪的表情,或许是一个微笑。

　　莱娜或许也想让我笑一笑,但我完全做不到。通过她的讲述,我明白了整件事情的来龙去脉:我见过那个男人——卡特琳娜的父亲、英勇的战士雅科夫,就是那具紧紧抱着白桦树的尸体。我见过他那双丧失了生机的深邃的双眼。卡特琳娜还不知道,此时,她的父亲已经获得了无限的自由,一种对于人类来说只有跨越时间之界才能获得的无限的自由。我可以放她离开,但她却已永远无法见到自己的父亲了。是的,我做出了决定。在我这里,卡特琳娜是自由的。明天我就送她出城,给她配一匹马,让她离开这里。我在心里简单地祷告了几句,终于平静下来。我要把这个姑娘和他父亲的灵魂,还有可怜的铁木尔的灵魂都托付

2 约瑟法

给我虔诚信仰的圣加大肋纳,虽说铁木尔并不曾受洗成为基督徒,但我想,这并不重要。

莱娜一边伸出手去够托盘里的蜜饯,一边试图再次开口,但她不知该如何打破我阴郁的沉默,如何吸引我涣散的目光。她根本没醉,清醒得很。我一看她的眼睛,就能猜到她接下来想说的事情——她此刻的心思简直像一本被翻开的书一般昭然若揭。终于到了她最难开口的部分:说服蠢笨的约瑟法,让她把卡特琳娜带走。先前,在她与那姑娘产生若干肢体接触的过程中,她已经将卡特琳娜仔仔细细地考察了一番。她的妓院里从来没过这样的姑娘。她将成为整个妓院的"公主",整个塔纳伊斯城的"女王"。所有来自东方和西方的旅客都将慕名而来。她会好好培养她,也会像对待女儿一样善待她。她会教给她所有的本领,让她挣很多钱,或许有一天还会还给她自由之身。当然,她理应向约瑟法支付合理的费用。明天,她就会请她的公证员兼神父朋友起草合约文书。她说自己在这件事情上已经表现得诚恳之至了:卡特琳娜身上那条值钱的金线丝巾,她原本只需藏在裙子底下偷偷顺走便好,但她还是立马还给了卡特琳娜。她还说约瑟法原本应该免费把卡特琳娜转让给她,而她至多只需要承认他拥有某种意义上的"用益权":既可以是经济权益——提取几个百分点的金钱,也可以是对身体的使用权益——免费与那女孩儿睡上几回。

她的这番盘算,早在她脑子里想定,而后用她混杂着威尼斯方言和切尔克斯语的话语表达出来以前,我就已经从她的眼神里看明白了。然而,她并没能如愿,倒不是因为我回绝了她,而是因为一阵狂风突然吹开了厨房的木质小窗。窗外响起了一阵惊恐的呼号:"起火了,起火了!快跑,快跑啊!"我跳了起来,掀翻了餐桌,蜜饯在莱娜面前撒了一地。我顾不得眼前这个女人,顾不得那条金线丝巾和其他所有的一切,径直冲向了房门。外面已经乱作一团,人们发了疯似的四处逃窜。空气中弥漫着呛人的浓烟,烟灰和燃烧的碎片飘飞,落在简陋的棚屋和牲口圈的稻草屋顶上,让火势更加快速地蔓延,燃起更高的火焰。黑夜被火光照亮了。这场突如其来的火灾正在吞噬塔纳伊斯城。一小群人从门口跑过,从他们含混的话语中,我得知这场火是从老集市和商队驿站所在的区域烧起来的。鞑靼征税官科扎达胡特和他的随从就住在那一带。领事高喊着必须不惜一切代价救出科扎达胡特,否则可汗必然会归咎于我们,到时候,不仅塔纳伊斯城会被夷为平地,还会有许多人掉脑袋。此刻,广场、仓库和店铺似乎都已安全了,河边的码头及停靠在那里的船只也无大碍,因为宽阔的空地和废墟阻止了火势的蔓延。然而,在来自北方的干燥狂风的助推下,这场大火却会对城墙附近的老住宅区形成威胁。据说,商队驿站的所有出路都被封锁了,那里头的人只能被活活烧死,因为没有人知道怎样才能救出他们,且在混乱的黑夜里,没有人能找到工具破墙而入。

围墙另一侧传来一声声绝望的号哭。有人试图让女人和孩子顺着绳子落下,然而,绳子却在中途断开了,那些不幸的人瞬间砸在了地上。一个念头忽然在我脑海中闪过:就在刚才,我还在为那个被关在我家的姑娘向圣加大肋纳祷告,打算还给她自由;此时,圣加大肋纳就来拯救我和塔纳伊斯城了。当年,我曾在那场该死的"康特贝"盗墓计划中把圣加大肋纳算作第八个合伙人,还为那个计划租用了一堆挖掘工具,且后来一直没有归还,如今,那些工具待在哪里生锈呢?就在屋后的仓库里,因为当年我就是盗墓的主力。这些工具原本是用来搅扰死人的清梦,从他们的坟墓里偷盗财宝的,加大肋纳当然会阻止此种暴行的发生;如今,它们却成了救命的工具。

我飞奔着取来工具,将其中的一些分给了旁人。随后,我立

2 约瑟法

即动手,一边愤怒地挖墙,一边不断地呼唤"圣加大肋纳,圣加大肋纳"。过了一会儿,围墙上出现了一个洞,我们从洞里拉出来四十多个被烟熏得几乎窒息的人,其中就包括惊恐万分的科扎达胡特。他太胖了,一度被洞口卡住,我们只能强拉硬拽,他几乎被蹭掉了一层皮。

★ ★ ★

黎明时分,火势得到了控制,我的房子也安然无事了。我筋疲力尽地回到家,身上穿的还是两天前的脏衣服和脏靴子。我的脸已然变成了调色盘,如今又增加了煤烟的黑色和充血的双眼的红色,看起来比史诗里的巨人"龙奇廖内"还要丑陋。

奇怪,大门居然是敞开的。我高喊着仆人的名字,却没有人回应我,包括忠实的艾拉特。我拖着疲惫的身体朝大厅走去,看见铁木尔的身体依旧摆在桌上,周围的苍蝇越来越多,地上那口原本给铁木尔准备的木箱却不见了。金线丝巾以及那个装有黄金的小箱子也不知所终。我强打精神,走向那间小屋子。门开着,插销被破坏了,里面空无一人,地上没有衣服,也没有靴子,什么都没有。我本想大喊一声,无奈一点儿力气也没有了,只能无力地倒在地上。在失去意识以前,我想到了最后一件事:卡特琳娜,她逃跑了。

3
泰尔莫

1439年7月的一天,

凌晨三点,在塔纳伊斯城的河岸旁

我站在船尾的后甲板上,双手抓住了船舷。

我半闭着眼睛,凭借其他感官在那股从潮湿的河床上升腾而起的热气中感受声音、痕迹和气味。在雾霭之中,一束红色的灯光在远处摇曳——那是士兵们提着灯沿着城墙巡逻。几艘船停靠在位于河湾的码头,点燃了两三盏灯。在雕刻有圣玛尔谷飞狮形象的城门下方,悬着一只灯笼,沉重的木质门板本应紧闭,但此刻却只是虚掩着。吊桥还处在落下的状态,两个士兵坐在石头台阶上,等待着一艘船的出发。在这个过于平静的夜晚,那艘船的出行成了唯一能够驱散烦闷的事件。

河水平静地流淌,几乎没有声响,在船身两侧分成两股水流。船身靠着长长的码头轻轻地摇晃着,似乎很愿意待在这个安全的"臂弯"之中。随后,它立刻向后退去,被缆绳拖拽着,发出低沉的响声。圣玛利亚钟楼的钟声撕开了深夜的寂静,已是凌晨三点了。来自陆地的风随时会刮起,气势汹汹地呼啸而来,水手们必须时刻准备着抄起索具和船桨,解开缆绳,升起船锚,朝那条黑色的大河深处航行,与河水一道奔向宽阔的大海。

我转过身,注视着眼前的这艘船。这是一艘属于我的船。在那些威尼斯"蠢货"口中,这不过是一艘"格里帕利亚"商船;但对我而言,它的价值远不止于此。它好比一个人,一个爱人,甚至像是我的妻子。我会踏实地把自己交给她，交给她的木质臂膀，交给她身上的那卷绳索，还有那些船帆——船帆上散发着盐味和各种在她身边生活的生物的气息：翱翔于空中的海鸥和苍鹭、在龙骨下方嬉戏的鱼群以及在甲板或船舱里折腾的水手。我给这艘船起了一个名字，在海关官员的文档和商人们的账册里，这艘船的名字叫"圣加大肋纳"——没错，就是那个以车轮为标志的圣女加大肋纳。她的形象被粗糙地刻在船头的一块木板上，也被画在一幅小型希腊式人像画中——那是一幅用几个小钱买来的画作，被钉在我的舱室的小门上。不过，我更喜欢称她为"卡特琳娜"号，一来是为了方便，二来也是因为与我相处的船员要么不信基督教，要么是叛教者，对这样的人来说，一位女性的"圣洁"及其遭到侵犯的"贞洁"是很难被理解的。

　　长长的踏脚板将工位分为两半，桨手们分坐在两侧，将船桨半悬在空中。一动不动的深色阴影分布在甲板、桅牵索和桅楼上，活像夜里的一只只黑猫。水手们等待船长发出指示或号令，时刻准备好拉动船锚或缆索。

　　我感到一阵风吹在脸上，吹在我的乱发和红胡子之间。又一阵风拂过桅牵索和帆脚索，令其震动起来。我将手高高举起，而后停在空中。甲板上的两名水手抓紧了船尾和船头的绳索——此时，它们还被固定在生锈的系缆桩上。在船头处，有人开始将船锚拽出泥泞的河床。河水拍打着船尾，船发出了轻微的声响。短短几分钟之内，风势越来越强了。这是从北方那条漆黑的大河上吹来的风，这风将残余的雾霭吹得一干二净。在主桅杆的桅楼上方，出现了一片星空，初升的满月照亮了东方的天际。水面出现了细密的波纹，映出一百多个小小的银色月亮。我正要将手放下，却忽然在空气中闻到一股不寻常的古怪气味。我闭上眼睛，以便更好地辨识那究竟是什么——是火的气味！应该是有什么干燥的东西烧着了，而且烧得很快，像是稻草、庄稼秆或是晒干的柴捆。当再次睁开眼睛时,我看到了城墙后面被一股突如其来的强风吹起的火舌。起火的地方应该不在河流附近,因为火烧的噼里啪啦声已经因距离遥远而减弱了。这场火似乎正在吞噬南面那座最高的塔。高塔位于塔纳伊斯城的另一侧,是原先划给鞑靼人用作商队驿站的区域,那里到处都是简陋的棚屋。沿着城墙移动的灯笼很快消失了,城门处的士兵们听到呼号声也立马四散奔逃,跑出了敞开的城门。火势越来越猛,火苗越蹿越高,向天空喷出令人眼花缭乱的火星儿。而后,火星儿在快速流动的空气中随风滑行,如流星雨一般倾泻而落。

眼前的景象让我呆若木鸡,我甚至忘了自己的手臂还一直高高举着,那样子就像一个"蠢货"。我示意船上的人停下手里的活儿,想先搞明白到底发生了什么事情,尽管我非常清楚,此刻仍停泊在河湾码头里的船将面临何等严重的致命危险。我们本来处在位于上风头的安全地带,无奈后方的一个漩涡卷起了一块燃烧的碎片,贪婪地扑向船帆和木质的船壳板。即便如此,我也没有将目光从那场正在吞噬整座塔纳伊斯城的惨烈火景中挪开。

三个鬼鬼祟祟的人影从无人看守的城门处冒了出来,好像是三个鞑靼人,其中一人四下张望,仿佛是想确定城门和城墙附近有没有士兵看守。另外两人紧跟在他身后,向我们的船走来。三人全副武装,好像还带着一个箱子。一名站在系缆桩旁的水手没有停下手中的活计,但本能地腾出了一只手,想要握住插在腰带里的刀。那三个人停了下来,为首的那个人开始召唤船长。不过,他的声音很低,似乎不想被城墙那边的人听到。他比画着让船长尽快下船,说有重要的东西要交给他。

我有些不耐烦地从舷梯上走了下去,身后跟着两个弓弩手,毕竟"防人之心不可无"。在阴影之中,我认出了艾拉特,他是那个奇怪的威尼斯商人约瑟法·巴尔巴罗的仆人,很是狡诈。约

3 泰尔莫

瑟法总是打扮成鞑靼人模样,因而有个绰号叫"优素福"。他是常驻塔纳伊斯城的托斯卡纳商人乔凡尼·达·锡耶纳的供货商,常常通过我的底层船舱运输大量的鱼子酱和鱼胶。前两天我俩在弗朗切斯科·达·瓦莱的鼓动下一起参与了那场偷袭切尔克斯人的倒霉行动,想通过这种无须缴纳中介费或税费的办法抓些奴隶。我怎么能够拒绝弗朗切斯科呢?他是祖安的弟弟。多年来,我俩一直在里海航线上一同航行。他与我一样,都是私生子。最近这段时间,他开始养殖鲟鱼,生产鱼子酱。

那次偷袭行动并不轻松,一些切尔克斯人奋力抵抗,另一些则成功地脱了身。最后,我只分得了两个人。对于我来说,这个结果并不坏,因为我没有任何损失。我与同去的四个弓弩手待在救生艇上,与另外两艘船一同沿岸航行,一直驶到了树林边的港湾入口——切尔克斯人的营地就在那里。偷袭结束后,我将二十来个俘虏带回了船上,而后把他们关在弗朗切斯科位于河岸附近的货栈里,那货栈就在城墙脚下。不过,约瑟法可是亏大了:他失去了两个仆人和那个孩子——一个位高权重的鞑靼人的儿子,有人说那孩子是可汗的亲戚。

那天夜里,弗朗切斯科又往他的货栈里带回了一个在沼泽地的芦苇丛中找到的新人——一个满身泥垢,处于半昏厥状态的少年。我建议弗朗切斯科把这个少年留给约瑟法,并让约瑟法优先挑选属于他的俘虏。我只是请求他快一点儿做出决定,因为我的船已经装满了货物,必须尽快出发了。我们这一路将沿着马焦雷海漫长的海岸线航行,每到一站都得卸货,不知猴年马月才能抵达君士坦丁堡。至于已死之人,是不值得活人为他们浪费时间的,死了就是死了,活着的人还得为活人考虑。不过今天,我在货栈白白等了一早上,约瑟法并没有露面。于是,其他几个合伙人就把俘虏给瓜分了。我带着我的人上了船,把他们捆在船尾的底层舱里,与装着鱼子酱的罐子待在一起:无论是鱼子酱,还是这些俘虏,都算是珍贵的商品。

艾拉特这个恶棍究竟想让我干什么?他肯定是约瑟法派来的。不过,似乎有什么不对劲的地方。这个鞑靼人看上去很紧张,也很着急,他不断地四处张望,看向城墙、城门和整个奇怪的局面——我们在船上,准备起锚;风势猛烈,在桅牵索之间呼啸;火光冲天,吞噬着整个城市。艾拉特放下箱子,用刀撬开了盖子。我惊愕地发现里面居然是那个切尔克斯少年僵硬的身体,他身上还穿着那身满是污泥的衣服。他的手脚被捆住了,嘴里也塞着东西,双目紧闭,像是晕过去了。为什么要用这种方式带上他呢?那箱子连个出气孔都没有,用来装死人还凑合,根本不能用来装活人。难道约瑟法想在不经过卫兵检查的情况下就把这个少年偷偷卖给我?我开始猜测各种可能性。当艾拉特摊开一只手,露出一个邪恶的微笑索取报酬时,我的猜测变成了确凿的事实。这个所谓的忠仆背叛了主人,盗取了属于主人的财产。这种行径与犹达斯背叛耶稣的举动别无二致。我该如何是好?制服他,然后把他交给卫兵处置?可是卫兵在哪里?倘若我不接收箱子里的那个少年,他又将面临怎样的结局呢?在沼泽地里被立刻割喉,以免耽误抢掠者逃跑?或者成为鞑靼人营地里的奴隶?与死相比,这种结局的痛苦程度可谓有过之而无不及。

火势已经遍布全城,河岸上空无一人,其他船上的船员都在慌乱地解开绳索,试图让船驶往安全的地带。我一言不发,目光如刀刃一般冷酷而锐利。我从腰带上解下一个钱袋,扔在艾拉特脚下。一些不同种类的银币滚落在码头上:有的是塔纳伊斯的阿克切币,有的则是卡法和特拉布宗的阿克切币。具体数量我没有数过,不过总额大约相当于五枚泽西诺金币。无论具体是多少,这些钱都与犹达斯获得的那三十块银钱无异。那个仆人贪婪地去捡硬币,随后转过身,与他的同伙消失在城墙根下,消失在月光投下的阴影里。

我弯下腰,用粗壮的胳膊把那个轻轻的"铺盖卷"从箱子里抱出来,然后上了船。我小心翼翼地将这件装载于"圣加大肋纳"号上的"新货物"放置在船长室的地板上,用一根从铁环上垂下的链子拴住了他的两个手腕。正当我要走出船长室时,那少年似乎清醒过来了。他费力地喘着气,半闭着眼睛。我低下头,只对他说了两个应该是属于他的语言的词"ouptché""négoua"——"别动""要走了"。那个少年看了看我,似乎听明白了,于是安静下来。

我走出船长室,用钥匙锁上了门。一轮圆月映出我身体的剪影。我抬高手臂,而后放下,高声下达了命令。片刻以后,船锚、缆索和舷梯都被收起。在水流的推动和长木棍的击打下,船开始远离码头。众桨手将船桨浸入水中;领桨手开始击鼓;水手长用力握紧舵柄,让船驶向河流中央;其他船员则蹲在桅杆下方,随时准备进行各种操作。

在航行了四分之一海里以后,水手长转身看向我,用头部动作向我示意:我们已经行驶至河流中央,顺水航行,北风持续地吹在尾部的船舷上。这是驶出河口的绝佳条件:如果风力持续,我们甚至可以一直航行至泰纳龙海角。如我所料,船处于右舷迎风的位置。我只需发出简要的指令,水手们就会跳上工位,拉起升降索。当斜桁升上天空,看不见的风便会吹入大型三角帆,将船身送上小型浪尖。我们的旗帜威武地升上了主桅顶部,白色的旗帜上绘有象征圣乔治的红色十字架。就这样,"圣加大肋纳"号犹如一只生有翅膀的"格利丰"狮鹰兽,展开它那泛着月光珍珠白的船帆,向远方疾驰而去,离身后那座地狱般的小城越来越远。至于那座被黑色城墙和高塔包围的小城,它永远地消失在了火海之中。

★ ★ ★

突然桅楼上的男人高喊了一声，说他看到了前方的海角。海角砂石遍布的尖端像舌头一样伸入水中。太阳已经升至我们的头顶，应该已经过了正午十二点。我一夜没睡，一直站在船舵旁边，以便能让疲惫的水手长休息到天亮。就在刚才，我才把舵柄交还给他。不过，我还一直留在那里，在正午的阳光下半闭着双眼，体验风吹在脸上的感受。我抚摸着"圣加大肋纳"号的栏杆，无论是对这艘船本身还是对前一晚的航行情况都感到相当满意。在我的记忆里，扎巴克海域的航行从不曾有过如此有利的风向和海面条件。这或许是因为那位车轮圣女真的在暗中帮助我们：她和她的夫婿——我们的主，主宰着我们看不见的天国。无须我大声祷告，她就已看清我内心所想，明白此次航行对我意味着什么。

我们在"罗斯人村"附近驶出了先前的河流，但鼻孔里似乎还残存着一路随风追随我们而来的火烧的气味。到了外海，北风变得愈发强劲了，风向也微微发生了改变。为了更好地利用风力，我们抢风行驶，靠近了"狐狸岛"那平缓而幽暗的海岸线，接着驶向卡巴尔达和红河的河口。随后，我们转而向南航行，穿过了海湾。强风一直持续到凌晨的前几个小时，后来便逐渐减弱了，不过，风向一直没有发生改变。一轮圆月陪伴着快速航行的船，先是斜挂在船上方，而后越过船身，最终跑到了船身前头，犹如一位沉默的向导，指引着向西的航向。明澈的夜里，有稀疏的星光闪烁。

除了在龙骨下方穿行而过的水流声，船上的人便只能听见桨手们浸入船桨和拉出船桨时发出的有节奏的划桨声和领桨手的鼓点声。那声音的节奏很慢，伴随着"圣加大肋纳"号的前行，似乎是为了告诉海风：推动船前行的，还有男人们的臂膀、肌肉、呼吸、话语和古老的作战号子——"哟嘿！""哟嘿！"桨手们干了整整一夜，轮班划桨和休息。休息的桨手们在甲板上走来走去，活动手脚，让身体从外弦板向前倾斜，以便释放肚子和膀胱。随后，他们洗脸、冲身，就着海水啃上一口烘饼，再吃些厨师准备的鲱鱼。他们中只有少数人被链子拴着，我也会命人轮流打开为数不多的几把插销。目前，八个工位中的最后两个每个只有一个桨手，正好为两个新来的人——他们被拴在底层舱里，在那些装有鱼子酱的罐子附近，提供了位置。如此一来，桨手就满员了：两人操作一根长桨，共十六人。这两个新人也得和其他人一样，凭力气赚取自己跨海之行的薪资。

是的，所有的桨手都是奴隶。如同"圣加大肋纳"号，他们都是属于我的财产；然而，与"圣加大肋纳"号不同的是，他们不是东西，而是人。他们是与我一样的人，唯一的区别在于我是发号施令者，而他们是遵从者。我感觉自己是他们的领袖，而非主人。我们在同一条船上，经历并化解过同样的危险。与船上那些有着自由身份并且领取薪资的水手相比，他们在作息轮休和饮食方面没有任何差别。我们所有人都吃同样的食物：他们、我、水手、弓弩手、水手长、抄写员、理发师，大家都一样。对于一些较为年轻的奴隶来说，我几乎成了他们的父亲。他们的亲生父亲把他们卖给了我，这样，他们的父亲就能换回小麦或小米，就能重新耕种被鞑靼人践踏过的土地，就能熬过饥饿的寒冬。当我从那些父亲们手中接收他们的孩子时，我发誓会对他们视若己出，以"过继子女"的方式对待他们。我也确实把他们当成了自己的孩子：当着所有人的面表扬他们，却只在私下鞭打他们，以免他们因为遭受主人的鞭打而承受额外的羞辱。

我从没拿他们做过交易，从来不曾在未经他们本人同意的情况下抛弃他们或把他们转卖给其他人。我没有任何纸质买卖文书，因为我憎恶纸张和文字，在我看来，那些全都是骗人的把戏。通常，我会在一年以后卸下他们的锁链，没有人会逃跑。三四年以后，我会给他们自由选择的机会：要么回到自己的家乡；要么被派往埃及，去当马穆鲁克雇佣兵，闯一番事业；要么以自由人的身份继续待在我的身边。有些人的确留下来了，他们愿意继续追随我。不过，此时的我已经非常清楚地意识到这一切都不可能长久地维持下去，这样的生活马上就要结束了。这次航行是一次特殊的旅程，承载着一个一直压在我心头的秘密，在抵达君士坦丁堡以前，不会有人知道这个秘密。

所有的桨手都是奴隶，而且都是切尔克斯人。他们中几乎没有人是在战斗中被俘的，也没有人是从沿海城市那些讨厌的中间商手里买来的。在近二十年里，我要么是从塔曼半岛的村民家里直接用食物、布匹或银质酒杯来换他们的儿女，要么就是从牧民们在塔纳伊斯和撒拉伊之间的地带举办的集市上物色合适的人——在集市上，被链条锁在车上的少年惊恐地看着那个红胡子、红头发的大个子骑着马走在土路上，似乎是在用眼神乞求他把自己带走。我负责为一位掌管马特雷格城的热那亚老爷采买奴隶，他通常会把买来的奴隶统统运往埃及，丝毫不顾及教宗的禁令。不过，他会让我先挑选打算留在船上的人。这些奴隶来自不同的部落：纳图卡伊部落、夏普苏基部落、巴斯莱尼部落、卡巴尔达部落……尽管他们都称自己为"阿迪格"人，但有时候，他们之间却听不懂对方的语言。那该死的语言太难懂，恐怕连地狱里的魔鬼也不会说。不过，我却没有被难倒，因为我曾经学过那种语言，不仅能听懂，还会说上不多的几句。这一切都得益于一个女人——我的女人。

在我第一次被派往内陆地带的时候，曾到过一个属于纳图卡伊部落的荒凉村落。当时，村民们被来自马帕北面的沼泽瘴气所引发的高烧折磨得痛苦不堪。由于饥饿和高烧，村长面色苍白，形容枯槁。他用自己的女儿和一头骡子与我交换了一些小麦和我骑着的那匹漂亮的阿拉伯马。他说那交易很公平：用骡子换麦子，用女儿换马。其实，那头骡子瘦得皮包骨头，实在不值几个钱；不过，待在幽暗茅屋里的那个姑娘却让我很快就着了迷。她跪坐在一块地毯上，头发乌黑，皮肤白皙，碧绿的眼睛里闪现着切尔克斯女性惯有的傲气。于是，我步行返回了马帕，身后跟着一串被士兵捆绑和看守的年轻人，还有一头瘦弱的骡子，背上驮着一位身披纱巾的姑娘。

那个姑娘就是如今与我一同生活的女人。我们有三个女儿，在君士坦丁堡和金角湾码头对面的加拉塔安了一个小小的家。她的名字叫"达卡纳奇什"，意思是"神奇的碧眼"，但我只叫她"达卡"——"神奇的"。十多年以来，自从结束了漂泊不定的生活以后，我便带着她和女儿们去了加拉塔。我总是驾驶"圣加大肋纳"号回到那里，就好比在短暂的生命航程中，人总会回到属于自己的那颗星星。在遇到达卡以前，我的生活一直是漫无目的地"前往"，而如今则是不断地"返回"。我未曾将其释放，也没有与她结婚，因为没有这种必要——神父或公证员又能起到什么作用呢？我讨厌纸张和文字。我们一起生活，我是她的男人，她是我的女人，这不就够了吗？如今，她和女儿们都能说一些掺杂着东方希腊文的热那亚方言，尽管如此，我俩却仍旧将她那奇怪的母语作为我们之间的秘密语言。此时，如同以往许多次那样，我正在返回至她身边的途中。这一次，我要告诉她一件她想都不敢想的事情。

绕过海角以后，我发出了信号：放下帆脚索，降低斜桁。船并没有减速，所有的桨手们一同奋力划桨，水手长命令他们绕一个大弯，以避开浅滩。我们从另一侧继续前行，一直航行至河口前方一处更为平静的海湾。我一声令下，船员们停止了操作。船身在惯性的作用下继续自动前行，速度放缓，随波摇晃。测深器表明目前水深不足三臂尺，水已经很浅了，但还看不到底。这片海域总是如此，有时更像是一片雾气蒙蒙的沼泽。水手们迅速放下船头锚，船身打着转儿停了下来。我们离布满沙子的海滩仅有不到两百步的距离。此时，船尾锚也放下了，链条发出了声响。

  船上的人松了一口气，一边唱歌一边收拾甲板。这片海岸起初貌似荒无人烟，但没过一会儿，一些人影就出现在了沙丘上。他们看上去并不会带来任何威胁，都是些妇女和孩子，赶着羊，挎着篮子，或是提着罐子。他们前来，可能只是为了与船上的海员们进行一些划算的物品交易——过往的船只常常会在这个小小的角落里躲避和休整。救生艇被放下了，一些船员上了岸，厨师也带着烤肉签和刀子上了岸。今天晚上，若是能在沙滩上燃起篝火，烤一只羊，那可真是不错的享受。船员们知道，围坐在篝火旁边的，还会有一些女人。她们会陪他们用同一个杯子喝烧酒，而后共同消失在沙丘之间。一些人脱光了衣服跳进水里，知道岸上的女人会看着他们。桨手们闭着眼睛躺在工位上。那个身穿黑色衣服的又瘦又小的抄写员提出要打开遮阳帐篷，因为阳光让他感到刺眼。不过，那些皮肤粗糙开裂的桨手则会将他嘲笑一番。"圣加大肋纳"号和它上头的众生就这样平躺着：肚皮朝天，享受着午后的炽热阳光。

  我和领头的桨手走到甲板下方，去检查那两个新买来的奴隶。他们被链子锁着，半死不活的，身边全是呕吐的污物和粪便。这种情形常常发生。除了少数沿海而居的部落，大部分切尔克斯人都是山民，对于从白雪覆盖的山顶俯瞰所见的波光粼粼的神秘的"海"，那些人很是害怕。他们更想不到的是：与环绕着世界上其他大陆的茫茫海洋相比，他们所见的那片内海根本不值一提。那两个小伙子还穿着两天前的衬衫和裤子，满是污渍且破烂不堪；至于身上的皮带和靴子，早就被鞑靼人给偷走了。我把他们交给了领头的桨手,让他带着那两个人到甲板上去晒晒太阳,给他们脱掉衣服,把身体清洗干净,再给他们拿些吃的喝的。对于这一流程,领头的桨手一清二楚。于是,我走上台阶,回到了自己的船长室。

那个少年还待在我头天晚上把他放下的地方,蜷缩在一块木板上,还在睡着。我不紧不慢地躺到屋里的铺位上。船长室又小又矮,一不注意,就会磕到脑袋。对于我来说,这只是一个又脏又臭的容身之处,一个把自己裹在斗篷里断断续续打几个盹儿的地方。一缕阳光从半闭的门缝照进了屋子,我的双手在脑后交叉,眼睛看着那个少年。他的脸藏在胳膊后面,看不见;脖子上裹着一块类似头巾的布,一绺金色的头发从边缘处探了出来。他身上那件深绿色的"哥萨克"式上衣的布料似乎不错,是一种专属于切尔克斯贵族女性的面料。当然,他身上的皮带和靴子也不见了。

他可能是来自某个山区部落的贵族少年,或许来自最具野性和攻击性的卡巴尔达部落,正因如此,他们那天的抵抗才会格外惨烈。该怎么处理这个少年呢?干脆等到达目的地以后直接请马特雷格的领主大人定夺吧。当然,我总得先搞清楚他是谁,看看他的脸,跟他说几句话。不过,我并不急于知道这些。此刻,我只需掏出那块堵嘴的布,让他的呼吸顺畅一些就可以了。随后,我让他继续睡下,自己则重新躺回了铺位。我没有脱衣服,还穿着那身红色的皮衣和靴子。我要休息一下,但没有闭上眼睛。屋外传来水手们的阵阵笑声。

我察觉到了一丝动静,一个貌似呻吟的轻微声音。那个少年动了动。他微微抬起头,此刻正用两只天蓝色的大眼睛看着我。他似乎并不十分害怕,头天晚上应该也没有像其他两个奴隶那样吐得翻江倒海。他看上去有些好奇,急切地想要知道自己在哪里，为什么会待在这个会动的木房子里，对面铺位上这个看着他的红毛巨人又是谁。

我坐起身，用他的语言跟他说了几句。我安慰了他，告诉他这里的人都是朋友，没人想伤害他。我让他脱了衣服，去外面洗个澡。我还告诉他随后会拿一块烘饼给他吃，没准儿还会让他吃一些烤羊肉，这样一来，他今天就会感觉舒服很多。那个少年边听边皱眉头，我不确信他是否全都听懂了，但看样子他至少应该听懂了一些。他张了张嘴，似乎想说些什么，但后来却改变了主意，什么也没有说。我站起身，用钥匙打开了链子上的插销，随后坐回铺位盯着他。谁知道他会做什么呢？

他费力地站起身，跟跟跄跄地靠在了舱壁上。他长长地舒了一口气，仿佛想要深深地感受一番他此前从未闻过的味道和气息：地衣壳和短鲫的气味、粘在舷墙上的鸟粪的气味、鱼干的气味、汗渍的气味、尿液的气味，还有潮湿的木头的气味。随后，他开始慢慢地褪去衣物。他解开了头巾，满头金发倾泻而下。他脱掉了"哥萨克"式上衣，而后是衬衫。直到那一刻，我才看到某个奇怪的东西，某个我很快就识别出来的东西——很多年以前，在我第一次脱掉我的女人达卡的衣服的夜晚，我就见过那个东西，那是一件用木轴加固的皮质束身衣，紧紧地捆在身体上。我还没来得及鼓起勇气开口，阻止他接下来的动作，绳结就被他解开了，束身衣掉落在了地上。那一刻，原本被压得扁扁的两只小乳房立刻颤抖着鼓了起来，乳头也直直地挺立着。

在一小段貌似没有尽头的沉默以后，我示意那个女孩儿重新穿上束身衣和衬衫，退到船长室最远的角落里，坐在一个板凳上。我小心地关上了船长室的舱门。又沉默了一阵。随后，我问了她一连串的问题：她是谁？叫什么名字？为什么女扮男装？她从哪里来？为什么会出现在那个她本不该出现的地方？直到发现她已经跟不上我的问题时，我才停了下来。或许是我没有表达清楚，又或许是我把她给吓坏了——我太过激动，没有控制好情绪，让我看起来不再像是一个好心的大巨人。我来了个长长的深呼吸，注意到她手指上的一枚小小的银质戒指。以前，我曾见过从圣地归来的罗斯族的朝圣者戴着这样的戒指。那些人真是勇敢，沿着荒凉的道路长途跋涉，最终抵达一座位于圣山脚下的荒僻的修道院，一座供奉我信仰的圣女——圣加大肋纳的修道院。我尽量压低声音，问她："卡特琳娜？"她低下头，表示肯定。

我向她展示了钉在舱门背后的圣加大肋纳的画像。卡特琳娜低下头，半闭双眼，仿佛在无声地向圣女祷告。这样看来，她应该是接受过洗礼的基督教徒。不过，她应该与所有的切尔克斯人（包括我的女人达卡）一样，虽然会在十字架前跪拜，却并不知道为什么要这样做；她一定从没有进过教堂，并不知何谓"圣礼"，也不知什么是《天主经》，什么是"我日用粮"。话说回来，对于这些，我自己也只是一知半解。再说，"圣加大肋纳"号上净是些叛教者，知道这些教义也实在没什么用处。

这个女孩儿名叫"卡特琳娜"，与我的船同名。"我的名字叫泰尔莫，"我将张开的手掌放在胸前，一边拍打着胸口，一边重复，"泰尔莫，我叫泰尔莫，你叫卡特琳娜。"那女孩儿很快就明白了，说："我叫'艾卡特里妮'，你叫'特勒莫'。""不对，"我纠正道，"是泰尔莫，萨尔扎纳的泰尔莫。"不过，这无伤大雅，就按她说的，叫"特勒莫"也没关系。但是她的名字不能说错，她不叫"艾卡特里妮"，而是叫"卡特琳娜"。这艘承载我们、保护我们的船也叫这个名字。还有我的大女儿，她也有个类似的名字，叫"卡塔伊娜"或"小卡塔伊娜"。

随后，一片阴影从我宽阔而坦诚的脸上飘过。漫长的旅程才刚刚开始，就算一切顺利，也要持续三十多天。我们怎么一路带着这个卡特琳娜呢？要把她安置在哪里？不行啊，她不能与我们同行，船上没有她的位置，我要把她交给马特雷格的领主。他或许会放了这个女孩儿，让她返回自己的部落，或许会把她卖掉，也可能把她留在自己身边。总之，一切都由他决定吧。此时，这个女孩儿已经重新穿上了束身衣。我看着她，迅速做出了决定。我告诉她，要继续打扮成男孩子的样子，不能让她的秘密被其他人知道。既然要以男装示人，就得把她的头发剪短。令我惊讶的是，她居然立刻明白了我的意图，甚至巴不得我这么做。她走到我身边，低下了头。我胡乱地用剃刀把她的头发剪得短短的，让她变成了个金发假小子。从此以后，我会叫他"泰宁"。谁都不会想到这个男孩儿的身体里居然还藏着一个"卡特琳娜"。

★ ★ ★

今天早晨，我察觉到西边吹来了符合我们需要的风。天一亮，我便命令"圣加大肋纳"号出发了。昨天下午，我一直把"泰宁"关在船长室里，不让船上的人打听。为求稳妥，我在她的手腕上套了一个链子较长的铁环，既安全，又不至于让她动弹不得。我试着把铺位清扫了一番——这活儿我已多年没有干过了。我把跳蚤遍布的稻草垫子扔到了甲板上，发现垫子底下还藏着一窝小老鼠。老鼠们吱吱叫着钻进了木板之间的小洞，立刻消失不见了。我又赶跑了两三只后背油光锃亮的棕色蟑螂，然后在铺位上钉了一块木板。在这块木板上，我放了一个装满稻草的麻布袋，算是给"泰宁"做了一张床。接着，我在屋子的角落里放了一个便桶，用来盛大小便。晚上，我给她送了一盘羊肉，是从岸上的烤羊身上撕下来的，还给她端了一杯掺了不少水的红葡萄酒。沙滩上，水手们还在火堆旁唱歌，两个吉卜赛女人在给他们跳舞，他们看得满眼放光，兴奋不已。

我关上了船长室的门，看着饥肠辘辘的"泰宁"啃骨头上的肉。外头没有人说什么，我是这艘船的主人，掌管船上的一切。他们猜到这个少年应该是个重要的俘虏，且不适合桨手的工作。只有那个不会看脸色的抄写员——他和理发师兼医生同住在隔壁的小舱室里，开口想问些什么。不过，一见到船长凌厉的眼神，他便立刻把问题吞进了肚子。待所有船员返回岗位后，我与水手长待在一起，看着星空，看着月亮从雾气缭绕的沼泽地上方升起。随后，我在船舵旁的一个布袋上躺了下来，身上裹着斗篷，脑子里思绪万千。

★ ★ ★

　　航行进入了第三天，依旧是顺风行船的好日子。"圣加大肋纳"号终于绕过了十字海角，径直朝海峡另一侧的热那亚殖民地博斯普鲁斯驶去。风在各个海角之间穿梭呼啸，继续航行并不容易，船现在只能靠划桨获得动力。伴着鼓点和刺耳的古风笛声，桨手们有节奏地划着桨。塔曼海岸的风景有些古怪，让人感到不安，发生在许久以前的火山喷发事件让残存的海岸线凹凸不平。据说，这里常有幽灵出没，这让海员们颇为害怕。日落时分，沼泽地里燃起了古怪的火。不过，那火并非幽灵作祟，而是来自地下的黑色油井，拜占庭人用这种油来制作他们最为骇人的武器——希腊火。

　　穿过沥青产生的蒸气，我们的船驶入了马特雷格港。泊船处有几艘商船、几艘战舰，还有几艘海盗船、一艘单桅快艇和两艘"谢贝克"三桅帆船。一艘瘦长的"加莱"战船正好在我们之前停下，船上的旗帜绘有科帕领主的徽章。我向着那面飘扬在最高的塔顶的热那亚旗帜由衷地致敬。那里是控制海峡的要地，放行的指令就是在那里下达的。只有收到指令，威尼斯人的商船队才能通过此地，前往塔纳伊斯。这里的城墙很厚实，但不像卡法和苏达克的城墙那样高。城墙后方是主教座堂的钟楼。在旁边低矮的土丘上，还有一些更加高大森严的塔，环绕着高耸的主塔。主塔旁的凉廊突兀地耸立在海边。那里是领主的城堡，是我的庇护者和友人西莫内·德·圭祖尔菲的宅邸。"圣加大肋纳"号在码头靠岸了，准备在这里度过两个晚上。一位传呼员从圣乔治城门走来，代表领主向我表示欢迎，并邀请我明日前往城堡。

我并不感到惊讶，一个月前，我曾向西莫内许诺，在返程途中前去拜见他。只有西莫内知道这次航行对我来说意味着什么。不过此刻，我想与他商谈的不只是我们的秘密，还有另一件事情：如何处置"圣加大肋纳"号上的新乘客。一旦求得西莫内的许可，我就会把那位乘客带下船，交到他的手里。我打开船长室的门，给"泰宁"送了一块香喷喷的小米蛋糕，这是一个海员刚刚从港口的妇女们那里换来的。或许，船员们从我的脸上看出我并不愿把那孩子关在船长室里，但除此之外，也没有其他更好的办法了。话说回来，这个新环境似乎也没有让"泰宁"感到非常不适应。船长室里没有任何她呕吐过的迹象，这说明她应该已经习惯了行船过程中的摇摆、颠簸、晃动和转向。尽管船长室既没有窗户，又没有舷窗，但"泰宁"发现了位于船身侧面的一个小洞。行船期间，她就把眼睛贴在洞口，着迷地看着疾驰于窗外的那片无边无际的蔚蓝。假如她坐在地板上，船长室就会变成一个暗箱，会有一束强光投射在幽暗的木板墙上，逐渐变大，让她可以看见五光十色的星星摇曳闪烁。

在铺位下方原先老鼠窝的位置，"泰宁"翻出了一张绘在羊皮纸上的老旧的加泰罗尼亚航海图。这张我好几年没见过的地图已被那些曾经躲在洞里、如今遭到驱逐的"邻居们"咬成了小块儿。"泰宁"用眼神询问我可否看看那张图打发时间，我很快就微笑着答应了她。"泰宁"全然不知道那张被绘成蓝色、绿色和赭石色的羊皮是什么东西，也不了解那些彼此交叉的直线和曲线，还有那一串串深色的小标记是什么意思。不过，她能识别出那张纸上的形象有高塔、城墙和城市，还有坐在宝座上或躺在地毯上的国王、皇帝、苏丹和哈里发。她看见图上绘有马匹、骑士和驮着货物的骆驼；在蓝色的广袤草地上，不仅有恶龙和可怕的怪物，还有一些古怪的长条形或圆形动物——好像千足虫，长着一排排深色的爪子，此外，还有升向天空的转帆索，支起了三角形或正方形的白帆，以及一些绘有狮子、十字架和半月形图案的旗帜。

没错，我不喜欢纸张和文字。不过，这张世界地图我却是很喜欢的。这张纸跟公证员和商人写字的纸不一样，它是用上一辈航海者的生命、经验和鲜血绘成的。当然，我后来才明白，没有绘在地图上的那部分世界其实更广阔，也更可怕，而我们则对其一无所知，但正因如此，那个部分才更加吸引人。或许这才是我想告诉"泰宁"的事情——只可惜我从没上过学，也说不好任何一种语言。不过，此时已经入夜了，多思无益，没准儿明天我就会把"泰宁"交给别人了。我用钥匙锁上了船长室的舱门，回到了甲板上。我躺在星空下，凝视着对面的马特雷格城发出的微弱的灯光。

★ ★ ★

主教座堂的高塔已经敲响了正午十二点的钟声。

在监督船员们将一批即将运往特拉布宗的珍贵的蜡装上船后，我把船长室的钥匙和整艘"圣加大肋纳"号交给了水手长，嘱咐他看守好船，并给那孩子拿些吃的。随后，我独自一人沿着马特雷格城的主街走远了。这是一条土路，道路两侧遍布货仓和店铺。踏过这条土路的，有穿着长靴、土耳其鞋、短靴、凉鞋、拖鞋、木屐或是赤脚的商人、掮客、卖家、买家、女人、农民、武士……他们来自不同的民族，操着不同的语言，穿着不同的服装，他们之中有热那亚人、切尔克斯人、吉克人、希腊人、犹太人、亚美尼亚人和罗斯人。不过头戴独特的尖顶帽子的鞑靼人倒是不多，与塔纳伊斯城不同，鞑靼人不太喜欢这里，因为长期以来，环绕在这座城周边的土地——塔曼半岛，一直被切尔克斯族的扎尼部落稳定地统治着。这座城里有许多切尔克斯人，他们有的来自塔曼半岛，也有的来自塔玛塔卡附近的居住点。这座城市原本为罗斯人所有，名叫"特穆拉塔坎"；若再往前追溯，其前身便是古老的希腊城市"埃尔莫纳萨"；在被匈人夷为平地后，这座城市曾在卡扎人建立的帝国时期复兴，后来，卡扎人也与其他民族一样，消失在时间的长河里。

热那亚人就是在那附近定居的，原址是另一座始建于古希腊时期的城市法纳哥里亚。后来，那座城市曾先后被保加利亚人和卡扎人统治，而后又回到了希腊人手中。热那亚人沿用了切尔克斯人为这座城市起的名字，只不过将其从蛮族语言所说的"特穆拉塔坎"改成了按照他们的母语拼写的"马特雷格"。在那里，商人们建起了第一批石头房子——一楼是柜台和货栈，高处的楼层是住宅。这些房子沿着那条贯穿城市中心的主街依次排开，彼此的间隔很小，就连阳光也很难照进去。在泥泞的小胡同里，隐约可见赤脚的孩童和忙碌的妇女来来往往。女人们挎着装满床单、长裤、衬衫和短裤的篮子和筐子，将这些衣物铺展在墙与墙之间的晾衣绳或摇摇晃晃的晾衣长杆上。对于某些臭名昭著的黑黢黢的胡同，他们会用在热那亚时的叫法来命名："脱裤子胡同""马达肋纳胡同""小金嘴胡同"……那几条位于热那亚的同名街巷也是一样的声名狼藉，某些从事特殊职业的女人就住在那里。传闻果然不虚：热那亚人不管走到哪里，都会造出另一个热那亚，就连"脱裤子胡同"也不会少。

有人认出了我,与我打招呼。他们与我一样,原先都是海盗,后来金盆洗手,改行了。如今,他们成了市民,开了店铺,头发变少了,肚子也变大了。我没有停下脚步,只是挥手回应他们,告诉他们我晚些时候还会经过这里,大家可以好好聚一聚,在小酒馆里喝上一杯。我从普雷大街各个市场的柜台之间穿行而过,看见一家餐厅的厨师和伙计在与我打招呼,他们正要下楼去采购水果和蔬菜。随后,我再次看到了圣乔治广场以及广场上的钟楼,还有主教座堂光秃秃的立面。这座教堂是人们为了讨一位法国教宗的欢心而建的,这位教宗一度非常重视向远方的异教徒传布福音之事。这里的天主教徒不多,包括热那亚人、商人、抄写员、公证员、理发师、外科医生、水手、手艺人和武士,还有一些经过乔凡尼修士洗礼的切尔克斯人的子女。不过,这里的切尔克斯人也能自由地出入希腊人、罗斯人和亚美尼亚人建立的教堂,在其中点燃位于圣像前方的蜡烛;那些民族的人也会对他们报以同样的平和与包容。

如今的马特雷格就是这样一个地方——并非热那亚人的殖民地,而是一个小小的自由城国,其领主是我的庇护者和友人西莫内。西莫内是一个犹太人,一个名副其实的热那亚犹太人。他所属的古老家族有着效忠于伦巴第国王和德意志皇帝的传统。不过,实话实说,他并不是一个因循守旧的人。他常年投身于热那亚人的政府管理事务,也能与基督教徒和平共处。从外表看,谁都无法察觉他是一个犹太人。但在内心深处,他依旧信奉长老们的宗教。对他而言,宗教信仰只是内心的私事,是无须表露在外的行为。

如果说对罗马教会而言,犹太人始终是曾将耶稣钉上十字架,因而遭到诅咒的民族,那么对务实的热那亚商人来说,与地中海地区的犹太人成为同盟已成为他们毋庸置疑的必然选择。不过如今,欧洲大陆的局势正在发生糟糕的变化:自从"黑死病"

袭来之后，人人都因末世传闻感到自危，排斥和迫害异己的氛围越来越浓。善于未雨绸缪的西莫内·德·圭祖尔菲选择从海路离开，跑到了"壮丽之国"热那亚最远的边境，最后来到了这里，与沿海地区的切尔克斯人展开了交往。公元1419年，西莫内在迎娶了切尔克斯族公主"塔玛塔卡的詹瓦斯"以后，就成了马特雷格和塔曼的领主，其地位获得了半岛上切尔克斯部落的承认。就形式而言，他所建立的小王国处于热那亚殖民地加扎利亚的庇护之下，不过，它实际上却是一个完全独立的王国，能够自主处理与海峡、通航、贸易和海盗行径相关的所有事务。建立一个自由城国的梦想在这里似乎已经成为现实。

我个人的生活历程与这段历史非常吻合。我一边回忆，一边踩着嵌入土路的石块，沿着缓坡走向城堡。西莫内是我的恩人，是他把我从泥潭里拽了出来。我至今还记得那天的情形：他，一个二十岁上下的神采奕奕的骑士，从我的眼前经过，身边环绕着热那亚人的旗帜。他跟在巴蒂斯塔·达·坎波弗雷戈索的队伍后面，走在那条从拉斯佩齐亚通往瓦莱迪马格拉的尘土飞扬的路上，打算前去攻打马拉斯皮纳侯爵家族。我对坎波弗雷戈索和马拉斯皮纳家族之间的纠葛一无所知。当时，我只是一个长着红头发的粗手笨脚的傻小子，一个无父无母，甚至连名字也没有的私生子，成天在阿尔科拉附近那条路上的驿站周边游荡。驿站主人给了我一些食物，让我睡在牲口棚里，而我则为他清洗马匹，收拾便槽里的猪粪。我也不知道自己叫什么名字，因为没有人给我起过名字。如果有人想叫我，只需要吹一声口哨，或是友好地喊一声"喂""蠢货""铲屎的"或"白痴"就可以了。

我从小就是个野孩子，时常消失在丛林深处，因为我发现在卡尔皮奥内海角的树丛之中，总能看见令人难以置信的、变幻莫测且无边无际的奇景：西面是拉斯佩齐亚和韦内雷港的宽阔海湾——那里是走私者和海盗们的大本营；东面则是河湾和平原；在湿气缭绕的平原后面，可以望见阿普安阿尔卑斯山白雪皑皑的神奇的山顶。不过，最让我着迷的景观还是大海——从卡尔皮奥内、蒙特马尔切洛以及比安卡白色海角的礁石上看到的大海。面朝大海，自由地进行一次悠长的深呼吸，我隐约感到那里才是我的宿命。

在1416年2月一个阳光明媚的早晨，当巴蒂斯塔·达·坎波弗雷戈索的军队从阿尔科拉酒馆的前方路过时，一个傻小子正坐在一块石头上，手里握着粪铲。他张大了嘴，瞪大了眼睛，看着一队骑士和迎风飘舞的旗帜奇迹般地在他眼前穿行而过。其中一面旗帜尤为引人瞩目，上面绘有一位用长矛刺穿巨龙和两头"格利丰"狮鹰兽的骑士形象。后来，那个傻小子发现举旗的旗手停了下来，正在刺眼的阳光下从马背上居高临下地看着自己。骑士说了些什么，而那个傻小子却根本听不懂，仿佛是在做梦。骑士问："傻小子，你叫什么？"傻小子没有回答。于是，骑士向他的随从询问这个小镇的名字。他们告诉他这个地方叫泰尔莫。骑士又对那傻小子说，如果想吃上饭，想获得自由，就跟他们走。他们的船上需要一个既能干又强壮的年轻人。那位骑士名叫"西莫内·德·圭祖尔菲"，而那个红头发的傻小子从那一刻起就被唤作"泰尔莫"——"萨尔扎纳的泰尔莫"。正是在萨尔扎纳，他们让我洗了个澡，给了我一件"哥萨克"式上衣和一条裤子，还交给了我第一项重要工作：为领主的马匹清扫马粪。

就在那一年的夏天，西莫内出发前往加扎利亚，把我也带上了他的"加莱"战船，让我成了一名桨手。没过多久，我就离开了划桨工位，在桅牵索、桅楼、甲板和船舵等岗位学习相关操作，依次成为水手、领航员、水手长和船长。我学会了所有的海上航行操作，从来不需要使用星盘和罗盘，因为我们几乎一直在沿着海岸线航行，只需观察星星、风向和闻地面的气味就足够了。有时，为了逃离追击，我们会驶入深海或钻进浓雾。在那种情况下，我会把一块磁铁放入装满水的陶碗中，用这种方法辨别方向。

没错，我可以大大方方地承认自己曾经当过海盗，为西莫内和另外一位热那亚领主莱斯沃斯岛的多雷诺·加蒂鲁西奥抢劫。后来，我也为自己抢劫过，还在塔纳伊斯城找到了一个来自威尼斯的合伙人——祖安·达·瓦莱。我俩曾一同在里海航行，也曾一道前往杰尔宾特抢劫。我抢过东西，杀过人，还为我的领主操办过奴隶买卖。那些奴隶都是从金帐汗国或是塔曼及其他沿海地区的切尔克斯人村子里买来的。

在为西莫内忠实地效力了几年以后，我请求他让我离开危险的海盗行业，以便可以照顾我的切尔克斯族妻子和三个女儿。西莫内慷慨地给了我一笔数额巨大的无息借款，让我拥有了一条完全属于我自己的船。我按照他的命令在莱斯沃斯岛的米蒂利尼完成了最后一次袭击，随后就在那里买入了一条廉价的"格里帕利亚"商船。那是一艘从威尼斯人手中缴获的非常破旧的船，我先是给它起了个新名字——"圣加大肋纳"号，又按照我的方式将其整修一新。随后，我驾驶着这艘船从事正当的运输服务，为分布在马焦雷海东南沿岸的商人们运送货物，去过的城市包括塔纳伊斯、马特雷格、特拉布宗和君士坦丁堡。西莫内允准我和妻女迁居至加拉塔。他知道即使我搬走了，也能常常见到我，至少一年一次，因为我真正的"家"并不在陆地上，而是在大海上。

当我进入城堡的宫廷时，西莫内已经在高高的台阶顶端等着我了。在我还在爬坡的时候，卫兵们就已经看到了我的身影并向西莫内作了汇报。西莫内长我五六岁，不过看起来要更大一些。他的身材已有些发福，他穿着天蓝色的长衫站在那里，像是一位君王。与二十年前那个行走在阿尔科拉街道上的骑士相比，与当年那个身穿"科尔多瓦"束身衣在马特雷格登陆的冒险者相比,他发生了多大变化啊!不过,他依然有着当年瘦长的鹰钩鼻,皮肤依然黝黑,眼神也依然敏锐,一眼就能看穿他人内心深处的想法。西莫内微微拉起了丝绸长衫站在那里,以免自己在台阶上绊倒。他走下台阶,与我拥抱,仿佛我还是那个阿尔科拉的傻小子:"泰尔莫,我的傻小子!"我很想立刻把那些深藏于心底的话说给他听,告诉他最新的消息,尤其是关于"圣加大肋纳"号上那位不速之客的消息。然而,西莫内却微笑着把一根手指放在了我的嘴巴上,示意我停下:"等一等,我的傻小子,等一会儿再说。"于是,我们一起走上台阶,走进了西莫内的宫殿。尽管已经相熟多年,但我在进入这些领主们的家宅时仍会感到有些拘谨。在下船以前,我在露天甲板上仔细地洗了个澡,换上了一身好衣服。当时,船上的人都用戏谑的眼神看着我,因为我只能在露天盥洗打扮,却不能在船长室里做这些事情。

  厚重的天鹅绒幕帘被拉开了,詹瓦斯公主悄无声息地走了进来。这位公主仍然保持着极美的容颜:肌肤胜雪,灰色的眼睛如寒冰一样纯净。那一头顺滑的长发在二十年前曾犹如金线,后来却因一场突如其来的悲剧过早地变白了。詹瓦斯纤细的手从丝绸长袖中伸出,冷冷地伸在我的面前。我屈膝低头,双唇轻轻触及她的手背,闻到了一股浓郁的胡椒和野草香——切尔克斯女人喜爱用此类香膏涂抹双手。站在她身后的,是她的儿子温琴佐。这个二十岁的小伙子有着与父亲相似的棱角分明的线条,也继承了母亲冷峻的眼神。此时,一位仆人前来禀报:"尊贵的君王贝尔佐赫和他的女儿——尊贵的比哈汗尼姆公主已经抵达。"贝尔佐赫是科帕的领主,也是詹瓦斯的堂兄;比哈汗尼姆是个年仅八岁的小姑娘。此时,她还不知道自己已经定亲,被许配给了温琴佐。这一次,他们应詹瓦斯的邀请前来,将在这里住一些日子。

  西莫内介绍了所有的宾客,邀请大家在长条形的木桌旁落座。按照马特雷格的习俗,每个人都可以按照自己喜欢的方式说话,既可以用手势,也可以用热那亚人、切尔克斯人、希腊人、犹太人或罗斯人的语言说话,只要能让其他人听懂即可。作为一家之主,西莫内宣布为我这个船长准备了一个惊喜。他拍了拍掌,仆人们便端着一个大大的釉彩陶汤碗走了进来。他们一揭开盖子,我就闻到了一股香味——一股我绝不会弄错的香味,一股让我回忆起在阿尔科拉酒馆外度过的那段绝望的童年时光的香味。当时,食不果腹的我总会闻到食材丰富的肉汤里大饺子的香味。酒馆老板有时会倒给蹲在门口的我两小口,就像赏给他的狗一样。

此时,西莫内还没告诉我他已经从热那亚找来了一个来自我的家乡(位于拉斯佩齐亚和萨尔扎纳之间)的厨师,因为他已经厌倦了小米饼和烤山羊的味道。因此,宴席上并没有烤羊肉、小米饼等切尔克斯族传统食物,取而代之的是蔬菜馅儿饼、油炸面点、烤饼、炸鳕鱼干等菜肴,最后还上了一道美味的"海绵"坚果挞——一种填充有坚果、苹果和梨的酥皮甜点。同桌的切尔克斯宾客都不太喜欢这些古怪菜肴的味道,正好让我和西莫内可以大快朵颐。宴会上的酒也来自热那亚,是产自卢尼贾纳的维蒙蒂诺干白葡萄酒,味道与安达卢西亚的一种干白葡萄酒的花草香颇有些相似。

为了给比哈汗尼姆公主解闷,西莫内叫来了一位年长的切尔克斯游吟诗人。在"普辛"风琴的伴奏下,他唱起了一个长长的罗斯族故事。这个故事就发生在塔曼,那时,塔玛塔卡城还属于罗斯族,名为"特穆拉塔坎"。故事的内容是这样的:沙皇萨尔坦一心沉迷于打仗,既没有妻子,也没有儿子。有一天,大雪挡住了一个村庄的出口,让他无法离开。后来,他被几位少女的歌声所吸引,便躲在枞木房外偷听。原来这三个少女都想嫁给沙皇,要向他奉上各自认为最宝贵的东西:第一位少女要给沙皇准备一桌盛宴,第二位少女要给沙皇缝制一件阔气的斗篷,第三位少女要给沙皇生下一个英勇的儿子。听到这里,沙皇推开门,出现在三位少女面前,选择第三位少女为他的妻子,少女的两位姐姐也一同入了宫,成了宫中的厨师和裁缝。第三位少女为沙皇生下了俊美的王子圭多,但生产时沙皇却不在她身边——他再次远行,在战场上冲锋陷阵。

少女的两位坏姐姐起了歹心,她们伙同老妇"巴巴里奇"制造了一个骗局,指使一众皇亲国戚把妹妹和她的孩子装在一个桶里,扔进了大海。在一个繁星满天的夜里,在起伏的波涛之间,奇迹发生了:圭多在短短几个钟头里迅速成长,变成了一位青年英雄;柔缓的波涛也让那个木桶停靠在了一个命中注定必然会抵达的小岛旁。母亲和儿子都得救了。后来,圭多制作了一张弓,射死了一只凶猛的鸢,并救下了被鸢袭击的天鹅。其实,那只鸢是一个阴险的巫师,而天鹅则是一位绝美的公主,她头发上有月亮,前额有星星,举止似孔雀般高贵,声音如同小溪般清澈。后来,天鹅变回了少女,嫁给了圭多,还帮助他见到了自己从未谋面的父亲——沙皇萨尔坦。

故事讲完,仆人们撤去了菜肴,端上了一种用苦味野草制成的烈酒,将酒倒在一个个小小的白镴杯里。比哈汗尼姆已经钻到了餐桌下,匍匐在地板上,与詹瓦斯的宠物——一只像云朵一样柔软的白毛波斯猫嬉戏。西莫内看着我,而后开始和他的家人与贝尔佐赫说话。他说,他的泰尔莫,他的红头发小伙子,决定要离开他们了——不是暂时离开,日后返回,而是永远地离开。泰尔莫不会回来了。早在一年前,泰尔莫就已向他提过此事,并请他保守秘密。总之,这是泰尔莫的最后一次旅程。

他的好朋友决定要回到家乡,尽管他小的时候——在他成为泰尔莫以前,根本不曾有过一个家。他一生下来心里就装着大海，像所有的海员那样，他的脚一触碰陆地，就想立刻再次出发。不过如今，在经过二十多年的漂泊以后，他想要回家了，如同尤利西斯想要回到伊塔卡。他沿着海岸线进行这最后一次航行，希望挣到尽可能多的钱。随后，他将在君士坦丁堡卖掉一切。他将卖掉一些奴隶，然后把另一些释放；他也将卖掉"圣加大肋纳"号，而后带着他的女人和女儿登上一艘热那亚"柯克"船，前往利古里亚。他想回到自己出生的那个海角，在那里买下一块可以望见大海、河流和阿普安阿尔卑斯山的土地。"就是这样了。"西莫内总结道。他举起酒杯祝我健康，也祝我这最后一次航程平安顺利。他发誓说我是他这辈子遇见过的最忠诚和强大的人，且他为今后再也见不到我而感到深深的遗憾。不过，自由是最大的财富，假如泰尔莫渴望自由，那么西莫内也会心怀同样的渴望。其他人也为我举起了酒杯。对于这令人动容的沉默瞬间，比哈汗尼姆丝毫没有察觉：就在刚才，她已然睡着了，那只猫也蜷在她的脚边，沉沉睡去。

我也很激动。我曾经是一个连名字也没有的孤儿，却被这位马特雷格的领主唤作"朋友"。他出身于热那亚最古老、最高贵的家族之一，是一位犹太骑士，但他却从未对我这个浑身散发着猪骚，在阿尔科拉酒馆门口讨生活的小混混儿表示过厌恶。此刻，我虽也痛彻心扉，但心意已决，已然没有更改的余地了。最近这几年里，这个决定逐渐在我心里酝酿成熟，而我在马焦雷海各个港口听说的各种传闻和忠告，更是让我坚定了这个想法。一些可怕的变化正在发生，这些变化将彻底颠覆这个世界，颠覆这世界上所有的一切：商人、柜台、货栈、船坞、港口、城市、王国和帝国。

对此，西莫内也心知肚明。他知道世界正在发生巨变，但他已经被锁定于此，锁定在辛梅里安博斯普鲁斯王国。通过与罗斯人的沙皇联合，他的小国或许能在蛮族的入侵浪潮中求得一线生机，成为最后一处自由的堡垒，又或许终将倾覆，但无论如何，他都已经不能离开了。为什么总是要逃？为什么总是要躲？为什么那些自认为是天选之子的民族总要遭受这样的命运？现如今，危险和死亡已经叩响了那个自认为固若金汤的帝国都城——君士坦丁堡的大门。不出几年，甚至就在未来几个月的时间里，土耳其人随时会发起总攻。一旦君士坦丁堡陷落，世界上其他的城池——特拉布宗、塞瓦斯托波尔、卡法和塔纳伊斯都将一个接一个地被攻破。土耳其人甚至还有可能越过巴尔干地区，朝欧洲的腹地扩张。假如我们留在加拉塔，那么达卡和女儿们的命运可想而知：被强暴，被杀害，或是沦为某个土耳其人后宫里的女奴。

此时，我认为时机已到，打算说出近几天来遭遇的那件奇怪的事情，而后请求西莫内接管"泰宁"。今天晚上，我一回到船上，就会把那个女孩儿交给西莫内的仆人，让他把"泰宁"领至西莫内的城堡。然而，正当我打算开口时，先前一直沉默不语的贝尔佐赫却打断了我的话。他直接问了我一连串的问题，让我感到很是唐突。"请问船长，您是从塔纳伊斯过来的吗？""如果是，您是几天前出发的呢？""出发前，是否有新的奴隶或新的乘客上了您的船？"我大吃一惊。还没等我想好如何回答，这位切尔克斯君王便向我解释了他问我上述问题的缘由。他刚刚见到了一个来自塔纳伊斯的探子，那人带来了一些非同寻常的消息。六天前，一大队居住在深山里的卡巴尔达族人悄悄地潜伏在塔纳伊斯城附近，想要偷袭一支大型商队，不料却被一伙威尼斯人袭击了，其中有好些人被杀或被俘。据说，那队人马的头领是君王伊纳尔最为骁勇的战士之一——雅科夫，他本人在那场冲突中身亡，而他的儿子则应该是被链子锁着，送到了塔纳伊斯城。第二天，塔纳伊斯城发生了一场可怕的大火，半个城市付之一炬。在混乱之中，所有的卡巴尔达族俘虏和雅科夫的儿子都失踪了。"因此，倘若船长您知道些什么，还请您知无不言。"贝尔佐赫还说，那些卡巴尔达族俘虏都应该被交给他，因为他与那些人有一笔旧账要算。

贝尔佐赫话音刚落，詹瓦斯便站起身来。她用那双冷如寒冰的眼睛看着我，她说那个少年——雅科夫的儿子必须交由她来处置。我立刻觉察到了她的目的。詹瓦斯，这位白雪一般的公主过早地一夜白头的缘由我是知晓的。十年前，她的兄弟因反抗伊纳尔的统治被雅科夫无情地杀死了：当着所有被俘的战士的面，被割喉而死，以儆效尤。此后，沿海地带的部族一直对伊纳尔和卡巴尔达部族的人怀有敌意，一而再再而三地抢掠他们的村庄，烧毁他们的庄稼，掳掠山间的妇孺，让他们沦为奴隶。贝尔佐赫想拿那些卡巴尔达族俘虏做人质，进而与伊纳尔谈判。但詹瓦斯的目的却不同，她想处置雅科夫的儿子，从而彻底完成"哈布扎"族规强制她必须完成的义务：复仇，以血还血，以牙还牙。她要亲手割断那少年的喉管，就像雅科夫对他的兄弟曾做过的那样。

我与西莫内快速交换了一个眼神，其实，他对塔纳伊斯发生的事情一无所知。随后，我强装镇定，尽量让自己的眼神不在贝尔佐赫和詹瓦斯面前躲闪。我郑重其事地宣称自己对威尼斯人与卡巴尔达人之间的冲突以及塔纳伊斯城的火灾毫不知情，因为我可能是在那些事情发生以前就出发了。西莫内立刻插话，称我所说的一定是实情，因为泰尔莫是世界上最诚实的人，从来不知如何撒谎。再说，从塔纳伊斯到马特雷格有一百八十海里之遥，没有任何水手，包括有经验的水手（事实上，泰尔莫就是最有经验的水手）能够在一星期以内穿过扎巴克海，从一个海角航行至另一个海角。因此，毋庸置疑，关于那些卡巴尔达人的事情，他的朋友泰尔莫肯定是一无所知的。

宴会结束后，用餐的人都离开了餐桌。一位女仆从地上抱起了仍在熟睡的比哈汗尼姆，又赶走了那只恼怒离去的猫。大厅里

3 泰尔莫

只剩下我和西莫内,我们倚在敞廊的栏杆上,默默地看着太阳在海面上落下。这是一次悠长却无声的告别。

随后,身材矮小的西莫内略略踮起脚尖,凑到我耳朵旁边开始对我小声说话。他说在他眼里,泰尔莫就好比一本翻开的书那样敞亮,不会撒谎;他说他知道我肯定参与了那次作战,因为只要与那个魔鬼般的祖安·达·瓦莱在一起,泰尔莫是绝不会临阵退缩的;他猜测雅科夫的儿子和其他切尔克斯俘虏都在泰尔莫的船上。不过,西莫内没有要求我做任何事情,他只是嘱咐我尽快出发,最好当天晚上就走,且划桨时不要击鼓,而是要悄悄地走,以免被贝尔佐赫的"加莱"战船追赶——若真的让他们跳上"圣加大肋纳"号,检查船上的所有人,那就不好收场了。西莫内说,永远不要相信切尔克斯人。他了解他们,知道那些人会因某种激情或对他们古怪的道德法则的盲从而变得多么危险且不可预料。他的妻子也是如此,即使他们已相处多年,她在他眼里也依然是解不开的谜团。我们——一位热那亚骑士和一个红头发的大个子紧紧地拥抱,眼含热泪,因为我们都清楚:此生不会再见面了。

我大步穿过一条条街巷,不想撞上那些等着我喝酒的老朋友。我本想在一条僻静的临海小径略作停留,再看一眼那座曾与达卡住过的老宅子,但我实在没有时间去感伤怀旧了。我大步流星地回到了船上,在船尾甲板上与水手长、老桨手和为首的弓箭手一同商量作战事宜。我们必须做好深夜起锚的准备。我们悄悄地行动,没有出声,也没有让人看出我们的筹谋。一切都得不露痕迹。我们必须紧盯前方那艘细长的"加莱"战船,那艘挂着科帕战旗的船就停在港口处,随时会堵住其他船只离岸的出口。

我回到了船长室,看见"泰宁"安静地趴在地上,蜷在那幅航海图旁。我把一个大纸包放在她的鼻子前——那是城堡里的厨娘留给我的,有油炸面点、烤饼、炸鳕鱼干,还有大块的馅儿饼和"海绵"坚果挞。"泰宁"并不知道自己的人生将会发生什么，也不知道等待她的将会是怎样的命运，但她已经感觉到，那个常常把脑袋磕在天花板横梁上的红头发傻大个儿是一个心地善良的家伙，是她无须害怕的人。此时，我依旧示意她多一些耐心，告诉她我没准儿第二天就会放她出去，跟她说话；不过此时，她必须耐心等待，安静地待着。随后，我走出船长室，锁好门，贴在船舵前方，时刻观察在黄昏时分逐渐安静下来的港口和马特雷格城，直至听见卫兵宣布抬起吊桥、关闭城门的声音。

第二个夜晚还未降临，水手长就悄悄来到我身边，摇了摇我，让我看向海湾的对岸。我隐约看到了一队背着弓箭的切尔克斯人登上了一艘小艇，朝那艘停泊在我们前方的"加莱"战船驶来。不能再耽搁了，我嗅到了从南面的马焦雷海吹来的气息，意识到风向正在改变，那或许是一阵来自环绕在马特雷格城周边山丘的强劲的西南风。假如能在那艘战船反应过来之前就绕过海角，我们就能逃出生天。若只靠划桨，我们很容易被那艘战船截击；但若升起船帆，那么谁都拦不住我们。现在，只需要向圣加大肋纳祈祷，在暗夜里默默地祈祷。

在一片漆黑之中，我们解开了缆绳，拉起了船锚。船桨被缓缓送入水中，而后被缓缓拉起，不声不响地抚摸着水面。如同一个黑色的魅影，我们的船离开了码头，迅速抢占了泊船处的出口。直到那时，我们才听到那艘"加莱"战船上发出一声已然遥远的叫喊，看见两支箭从远处射出，而后坠入大海。一阵混乱的喧嚣响起，有人试图敲鼓，有人的船桨相互"打架"，有人试图拉起船锚但没有成功，可能是卡在礁石下面了。总之，他们没能让那艘战船动起来。我不禁笑起来：那些切尔克斯人果然算不上合格的水手，要想学会驾船，还得跟我好好学一学。这时，我发出号令，全速前进。我们已经无须东躲西藏了。水手们听令，迅速跑向桅牵索，准备斜桁。等船身绕过海角以后，斜桁才会被直立起来，被来自西南面的风兜进回旋的气流里。随后，船头转向东面，三角帆升起，"圣加大肋纳"号再次开始飞驰于幽深的大海之上，朝着自由的方向航行。

★ ★ ★

午后，船锚在莫拉泽齐亚海湾落下，谨慎地与海岸线保持了一定的距离。我们必须待在安全地带，在群山的掩护下，沿着吉克人居住的海岸线航行。夜里，我远远地看见了马帕港；黎明时分，我看到了深邃的巴塔海湾。月亮在群山后方升起，照亮了船身左侧的白色礁石，在船头前方勾勒出一条明亮的航行轨迹。此时，海水十分平静。水手长命人放下小艇，与几位水手下船上岸。他们带了几袋盐，与岸上的居民交换狐狸皮和紫貂皮。此外，他们还带了一些水桶，打算去盛一些淡水。

我回到那间原本属于我，现在属于"泰宁"的船长室，本想吃上一口蔬菜馅儿饼，结果却什么也没吃着，所有的食物都已被她一扫而光。看来，她是饿坏了。我把脏水倒掉，给她打了一桶清水，以便让她洗漱。她洗漱完毕后，我再次走进房间，第一次取下了铁链上的栓子，她有些惊愕，一边揉搓着自己的手腕，一边伸展胳膊，她终于能自由活动了。我示意她蹲在地上，自己则在床边坐下。我在心里盘算着想要对她说的话，眼睛则在四处打量，想要搞明白在这个曾经属于我的船长室里究竟发生了什么：在屋子的木质地板上和墙面上，出现了一些原本不存在的奇怪的图像，估计是"泰宁"用那块熏过的木头和地上的那块红色石头画的。其中一些我能认出来——它们与航海图上的形象相同：有高塔林立、插着旗帜的小型城市，有骆驼，有坐在王座上的君主，有好似千足虫的"加莱"战船，还有如蛇一般缠绕的长尾海怪。另外一些形象则是她臆想出来的：缠绕成绳结状的复杂的植物和花朵，还有多次出现的百合图案。在屋子的一角，我看到了一个她用红色石头画出的长着一头乱发和长长胡子的滑稽的巨人——那应该就是我吧。"泰宁"这个小鬼头，居然还会画画。然而，她究竟是什么人呢？

我压低了声音，慢慢地对她说话，试图让她听明白我的意思。我们俩都知道她的民族所遵循的那条法则：若在战斗中被俘，便属于打败自己的那个人。就算是最为骁勇的切尔克斯人，无论他多么热爱自由，都应服从这一法则，不得反抗，不得逃跑，否则就将被他们民族的道德法律视为背叛之举。基于这一法则，他们就算沦为奴隶，也可以不被锁链捆绑，自由地在村庄里活动。"这条法则你应该知道，对吗？""泰宁"点头。她几乎可以算是在战斗中被俘的，而后被交给了泰尔莫。如此一来，泰尔莫就是她的主人，她属于泰尔莫。因此，在船只航行的过程中，她若想不被锁链捆绑，就必须发誓遵守这一法则。"泰宁"将手放在了胸口——我由此确信，她是不会逃跑的。

此时，我已了解了"泰宁"是什么人，来自哪里，但我还是问了她本人。"泰宁"回答说她来自山区，很希望能回到家乡，再次见到身为部落领袖的父亲，与他在一起——这是她唯一的愿望。不过，她同时傲气地表示，即便如此，她也绝不会违背自己刚才许下的誓言。只有当她的主人决定释放她时，她才能获得自由。

突然，她的眼前阴云笼罩，她仿佛是想起了什么。她环顾四周，发现地板上有一块碎玻璃在闪光，便弯下腰将它捡了起来。我还没来得及阻止她，她就用那块碎玻璃在手掌上划开了一道口子，让血滴了下来。一时间，她的脸失去了血色，泪如泉涌。我蒙了：这些切尔克斯人果然是疯子。待她冷静下来，我试着问她到底发生了什么。"不是奶，""泰宁"绝望地啜泣道，"不是奶，是血！""真见鬼，当然是血了！"我愤怒地喊道，"你把手掌割开，不流血还能流什么？就算是我们的主，当他的双手被钉上钉子时，也会流血啊！""是血，是血！""泰宁"六神无主地重复道，"这说明我的父亲已经死了。"

我的心绪也动荡起来。我早就知道那个恶魔一般的雅科夫已经死了：我在树林里看到了他的尸体，而且贝尔佐赫也是这么说的。此刻，我确认"泰宁"就是雅科夫的女儿。可她此时是如何明白自己的父亲已经死了的呢？或许是通过那种只有切尔克斯族妇女才会的巫术吧。我的女人达卡也会这类魔法：女儿生病时，她总是用古怪的安眠药水和安眠曲来照顾她们，这常常让我感到不寒而栗。或许所有的切尔克斯族妇女都是女巫，所以最好不要过度激发她们的恐惧感。我什么也没说，等着"泰宁"恢复平静。忽然，"泰宁"停止了啜泣。她看着我，对我说既然她的父亲已死，那么她也不必回到深山里的故乡了。她的命运注定是要向前走，而不是往后退。随后，轮到她向我提了一连串问题：她在哪儿？这个关着她几天几夜的木屋子究竟是什么东西？这一切是不是魔法？泰尔莫是不是个大魔法师？

我笑了起来。如果我是魔法师，那么我的魔法就是聆听与理解大海和风的声音，读懂天空中的符号，认出星光和月光勾勒出的道路并沿着那些道路向前航行。我的魔法是穿越那一片片流动的平面，找到回家的道路。如果她愿意，我可以把这些魔法都教给她。我拿起航海图，将它在船长室的木地板上铺开。我告诉她，那是一张代表世界的大图纸。深浅不一的赭石色和绿色部分是陆地、山峰、树林和平原。看到穿行于那些区域的蓝色脉络了吗？那些是河流。河流通往宽阔的蓝色平面——就是她从船长室的缝隙处看到的那些平面。这些大面积的水域名叫"大海"，比她所在的山区的河流或湖泊要宽广得多。

至于那些好似千足虫的长条形的古怪东西，或是那些有着大块白色手帕的圆乎乎的东西，它们叫作"船"，有的靠桨前进，有的靠帆前进。她不知道什么是船吗？她以为船是吃人且能把人带走的怪物？噢，不是的，不用害怕船。船可不是怪物。船是人们用木头制作的工具，它的上面和里面都能装载人和物品。船就像是车，只是没有车轮；船也像雪橇，只不过是在水面而不是在雪地上滑行。说到这里，我看到"泰宁"打了一个寒战：我们此刻就待在一艘船的肚子里！

还有这些位于城市或城堡旁边的一排排的黑色或红色符号，这些又是什么？是文字。不过，"泰宁"不明白什么是文字，因为切尔克斯人不会使用文字。每一个黑色或红色的线条符号都是一个名称：一个地方、一个港口或是一座城市。当你在世界上旅行时，无非就是从这张具有魔力的羊皮纸上的一个点前往另一个点，从一个名称前往另一个名称，就好比你的手指头从地图上的一处滑到了另一处。就是这样！你想穿过这片大海？只要把手指从这里移到那里就行了。

"泰宁"听得目瞪口呆。她眼前的这个大个子果然是一个大魔法师。此时，大魔法师站起身，又磕了一下脑袋——他总会忘记船长室是多么低矮。他让"泰宁"也站了起来，给她系好外套，对她说："走，我的小伙子。"他特地重申了"小伙子"这个词，"泰宁"立刻明白：在这次如梦一般的航程中，她得继续女扮男装。

★ ★ ★

在接下来的日子里，我们只在白天沿着海岸线航行。风力很微弱，洋流也是反向的，我们每天只能前进二十或三十多海里。"泰宁"常常待在室外，待在船尾甲板上，待在船长或水手长的身边。航行期间，她会抱紧舷墙，生怕自己掉下去，滑入那个流动的世界。哪怕是在休息的时候，她也会待在后甲板上，不敢在这艘怪物一般的船上四处转悠。此外，她总能感觉到有很多双好奇的眼睛在盯着她。出于对船长的敬畏，船上的所有人都与这个"小伙子"保持着距离，却也都被他不同寻常的美和神秘气息所吸引。在他们看来，这个"小伙子"应该是一个重要的俘虏，一个要被他们的主人送往君士坦丁堡的俘虏。船上有些人曾与"泰宁"那双像天空一样清澈湛蓝的眼睛有过闪电般短促的对视，随后便迅速垂下了自己的双眼。

"泰宁"总是待在船舱外，享受着空气和大海的自由气息。两三天以后，她白皙的脸蛋儿开始变得通红。身兼医生一职的理发师不得不给她抹上了一层防止晒伤的药膏，又给她涂了一种保护皮肤的香脂：此时，她皮肤的颜色已经变深了，两只浅蓝色的眼睛就好像闪烁在夜空里的星星。理发师还修剪了她的头发，为了保持清洁，几乎剃成了光头，还给她彻底清除了从铺位上沾染的虱子。相比之下，我这个脾气古怪的船长还真做不到这样整洁：我一直坚持保留一头蓬乱的红色长发，胡子更是乱如麻。

最近，"泰宁"几乎从不在船长室里待着，总是被在她眼前逐渐展开的沿岸风光所吸引：被海水侵蚀的高高的白色海岸线覆盖着由栎树、松树和橡树组成的丛林；不经意间可见河流冲刷出的山谷和三角洲；瀑布从石头山脊上倾泻而下，仿佛从大地之躯的伤口奔涌而出的透明的鲜血；在较为低矮的海岸线上，随处可见卵石、沙子和浮出水面的怪石——活像石化的树干或死去的海洋生物的残骸。每天晚上，我都会对她说出停靠处的名字，并在地图上把它们指出来：阿尔巴泽齐亚、库巴海角、卡斯托、拉亚索。不过，对于"泰宁"来说，这些名字没有任何含义。最近这段时间，她已经不看航海图了，外面的世界就是最大的魔法，且无须为之命名。

我们常常坐在后甲板上看星星，与水手长和其他海员待在一起，分享一罐白葡萄酒。最先打破沉默的往往是水手长。他擅长说谜语——事实上，他总在重复那五六则简单的谜面，只不过其他人的记性都不好，所以才会每次都张大嘴巴等待水手长说出那个他们已经忘记的谜底。"哪两样东西一起跑,住在里面的不发声,包裹在外的却哗哗响?"——是大海和生活在海里的鱼;"河岸边有个温柔的朋友会唱甜美的歌,当它被大师的手指触碰,便能传递语言。是什么?"——是能被钻孔做成笛子的芦竹;"谁是来自丛林的美丽纤细的女儿,跑得飞快却不会在路上留下印记?"——是船;"什么样的双刃剑能与风和水搏斗,还能啃咬大地?"——是船锚;"什么东西轻又轻,却能浸入水里?"——是海绵;"哪四个姐妹一起跑,却从来不会彼此触碰?"——是车轮。

水手长说完,就轮到我了。我不得不一次次讲起同一个故事——关于沙皇萨尔坦的故事。不过,我每次都会改变至少一半的内容,不断扩充发生在海上的情节,添加关于海盗袭击和与海怪大战的场景描绘:一个在星光点点的夜空下漂游的酒桶、一座神奇的岛屿、商人们的船只、从波涛中现身的战士、一个变成年轻勇士的婴儿、一只变成公主的有魔力的天鹅……船上的水手们就像孩童一样,微笑着聆听他们的老船长娓娓道来,这位船长白天不爱说话,夜里却喜欢滔滔不绝。他们知道我不会厌烦,因为我已经习惯用这种方式陪伴三个女儿了。"泰宁"总是等不到故事讲完就睡着了,这个故事也从来没有讲完过。"泰宁"会做梦,但不是梦见自己变成天鹅公主,而是变成寻找父亲的英雄圭多。在天不冷的日子里,我会给她搭上一条被子,让她与其他人一道睡在甲板上。有时,她会在做噩梦期间嘟囔几句。看着她那被剃光的圆圆的脑袋,我的心里总会涌上一股柔情。如果甲板上潮气太重,我便会轻轻地抱起那孩子,把她抱回船长室。随后,我会尽可能悄悄地离开,不过,我一起身,脑袋还是常常磕在门框上。

在往南航行的途中,风景变得愈发荒凉:山峰紧邻着海边,山上覆盖着看不透的绿色密林。这片神秘的地域叫作"阿布哈兹"。海岸线上荒无人烟，但每间隔一段就会出现一个热那亚人建立的中转基地，比如加格拉、圣索菲亚、佩松达，其标志便是那些在孤寂的夜色里亮起的灯笼。在途经的海湾，已经可以越来越频繁地看到沿海岸线短距离航行的土耳其人的船只：有"福斯塔"轻型战船，有"谢贝尔"三桅帆船，还有小型货船。它们都升起了绘有半月的红色旗帜，也都友好地向我们的圣乔治旗致意。这一带已经是萨梅格雷洛的领地了；更南面的山区则属于古老的佐尔扎尼亚王国。远处可见一座位于山顶的大型堡垒，那是阿纳科皮亚城堡，统领着直至塞瓦斯托波尔港的整片海域。

在一个阳光明媚的日子，我们的船绕过了兹卡巴海角，靠近了塔马萨那段绵长平缓的海岸线。一座座呈线形排布的丘陵和低矮的山峦变成了一片宽阔而幽深的平原。清风漾起，吹鼓了船帆。这是旅程中最美的瞬间。我让"泰宁"转身看向陆地，看向风吹来的那个方向。在无尽的远方，平原逐渐变得模糊，最后在朦胧的薄雾中消失不见。在平原的尽头，一组蓝色的山峰拔地而起，仿佛围成了一座庄严肃穆的半圆形剧场。一些山峰被一动不动的云朵所遮挡，另一些则从云端探出头来，仿佛漂浮的岛屿。在缭绕的白雾和蓝色的山峰之间，可见一座孤零零的巨峰：它的两个峰顶被冰封着，仿佛两只高度相当、直冲云霄的角，在午后的阳光下闪闪发光。我看到"泰宁"浑身颤抖。她或许在心中低语："那是奥沙马赫山，我们的圣山。"那里是众神的居所，是生命之水的源头，是先知诺厄曾停靠方舟的地方。

夜幕降临，"圣加大肋纳"号在平静的港湾里沉沉睡去，卡特琳娜却无法入眠。她一直凝视着那座大山，看着黑色的夜幕一点点覆盖大海、平原，而后慢慢上升，笼罩了最远处的山峦，却始终没能裹挟那座巨峰：在黑暗的海面上，它的两个峰顶依然熠熠生辉。最后，只剩下左侧的一个山尖在夜里闪现光芒，宛若

111

拖着长尾的流星，要么是预示噩兆，要么是指引路途。卡特琳娜想起了她上一次目睹流星消失于夜空的情形；想起了常年刮风的高原；想起了位于巨峰另一侧的山谷、森林、清冽的溪水、时常有鲟鱼跃起的河流；想起了她的村庄，她所住的那座比其他普通茅屋略大一些的房子以及从稻草房顶上升起的炊烟。她想起了一切：那些事物如同突然间涌起的海浪，会在一瞬间让人倾覆，令其无法呼吸。卡特琳娜偷偷地哭了起来。

4
雅科莫

1440年2月26日黎明，
在君士坦丁堡的货栈区

一缕玫瑰色的光照进了窗框。天亮了。

我把目光从写字台上挪开，又是埋头苦干的一夜。不过，总算是最后一夜了。我把一副"用于阅读的圆形玻璃镜片"从鼻梁上摘了下来。那是两片固定在金属圆框里的又厚又重的玻璃，两个圆框被一个弓形小钳子固定在一起，卡在鼻梁上。对于我来说，戴着这玩意儿无异于受刑，几年下来，鼻梁都被磨出了一个去不掉的疤。事实上，当我沉浸在阅读、计算和书写中时，根本不曾察觉那种没有尽头的缓慢的折磨，我的灵魂会全然进入一个非物质的、抽象的世界，完全感受不到身体和心灵的痛苦，也不与其他人接触。

我一边用潮湿的手帕擦鼻子，试图缓解那里的不适感，一边端详那副有些脏了的眼镜。镜片已经模糊不清，金属框架也有些发黑了，某些地方还出现了锈点。这是四年前穆拉诺岛的一位师傅给我定制的。那师傅能说会道，向我吹嘘镜片的品质有多么好，让我信以为真。按照他的说法，这副眼镜极为舒适，且能完美地矫正我的视觉缺陷。然而，戴了没多久，它就已经不再适合我了，这或许也是我的身体每况愈下所致。不过，等我察觉这一切时，已为时过晚。那是在航行前往君士坦丁堡的途中，一天晚上，我待在狭窄的船舱里，靠在小桌旁，试图在昏暗摇曳的油灯下阅读所有货物的清单和相关文件并将其中的内容记在脑子里，以便在抵达君士坦丁堡以前处理好一切事务。

四年以来，我不得不一直戴着这副眼镜。在君士坦丁堡，我没能找到一个手艺与威尼斯人相当的玻璃匠，只好与那些失焦的文字战斗，将账本不断向远处挪移，以便更好地分辨每一行内容，每一个数字。我有一种感觉：整个现实社会，包括我的生活也都在一天天地变得看不清，读不懂。一回到威尼斯，我就要再去配一副眼镜。不过，我得换一位配镜师傅。

我的第一副眼镜是算术老师——佐尔齐老师送给我的。他发现我这个年轻的学生可以轻易地从远处看清他用粉笔在墙面的黑板上写下的一行行数字，却在看自己的课本时感到格外吃力，且总是试图将课本向远离眼睛的方向挪移。他说这种情况非常少见，眼镜是一种由我们的主恩赐的，在辉煌的威尼斯城被创造出来的精妙的工具，它可以让像他一样的老者不必放弃写作和教学，可以让常年在夜晚的油灯下进行计算的年迈的商人继续工作，还可以让修道院里的高龄修士继续在阅读圣人生平和《圣经》的过程中寻找内心的安慰。然而，他说，一个年轻人居然需要戴眼镜，这却是很少见的。于是，他把自己的一副眼镜送给了我，那是一副最适合眼睛刚出问题的人佩戴的眼镜。毫无疑问，戴着眼镜的我免不了被其他学生和住在附近的孩子们嘲笑，我被他们唤作"小老头儿雅科莫"。他们一看到我，便在广场上大喊："看那个鼹鼠怪！"原因是我总喜欢一个人待在暗处，躲着其他人，也躲着阳光。

实际上，孤独和黑暗恰恰是我一直以来最害怕的两样东西，但这两样东西似乎又恰恰是我的宿命，也是我唯一的逃避方式。这是一种源自童年的恐惧，或许自我两岁失去父亲塞巴斯蒂亚诺时就开始了。我常常被母亲阿涅西纳锁在一间黑黢黢的屋子里，每当要面临这种困境的时候，我都会去找保姆玛利亚寻求庇护。玛利亚是一个罗斯族女奴，或许偶尔也会跟我的父亲上床。所以说，她既是我父亲的婚生子们的保姆，也是那些私生子们的母亲。私生子们一旦断奶，就会被立刻从她身边带走。

人们告诉我，在我出生的最初几个月里，家庭医生曾向我的父母建议，让我睡在玛利亚身边，因为我一旦独处就会变成一个小恶魔：无法入睡，哭闹不停。当时，我又小又弱，大家都以为我活不长久。唯一让我感到欢喜的，就是从玛利亚那对硕大的乳房里喷涌而出的温暖的生命之乳。当我一个人待在黑黑的屋子里时，还不会走路的我就已经学会了让自己从木头摇篮里掉出来，在幽暗寒冷的走廊里颤颤巍巍地爬行，直到爬进玛利亚的小房间，里面只有一张大床。我会钻进床单和被子之间，用双唇叼着她湿润的乳头，嘬上一会儿，而后靠着她温暖的身体入睡。每每此时，她便会用低沉的声音给我唱一曲深情的歌谣。那些从喉咙里发出的声音很难懂，但却温柔无比。

关于玛利亚，我记不起其他的什么了。因为在我父亲去世一年以后，我的母亲就以她犯下可耻之事为由，将她赶出了家门，命令她走得远远的，否则她将会被打出血，还将被烙上标记。所以我只记得若干关于她的混乱的碎片，还有一些从记忆深处浮现出来的模糊的情感：源自她胸口的歌声，她的身体和头发散发的气息，伴随着呼吸起伏的胸脯，汗津津的腋窝，还有她皮肤上的柔软的小颗粒。

尽管是被玛利亚奶大的，但我还是一直又瘦又弱。我是贵族塞巴斯蒂亚诺·巴多尔最小的孩子。这个家族是威尼斯最古老的家族之一。一百多年前，该家族参与了这座水上之城的建设，而后又创建了我们的海上帝国。我们的府邸位于城堡区，离圣方济各修道院和打造帝国战舰的船坞不远。那片地方很是安静，远离圣玛尔谷广场和里亚尔托市场的喧嚣，有着芬芳的田园，可以看见大片的天空和潟湖湖面。不过，在严冬时节，这片区域也常常要承受北风的无情摧残。潟湖有时会结冰，阿尔卑斯山的白色峰顶耸立在青灰色的天际。

　　作为一个可怜的形单影只的孤儿，我几乎足不出户，也从来没有走出过那片被围墙圈起来的菜园——围墙外便是潟湖了。即使是在玛利亚被赶走后，我也一度习惯躲在她那间小屋里。后来，我母亲下命令，将那间屋子也封了起来。从那以后，我便只能独自待在自己的房间里，玩那些旧拖鞋了。我在拖鞋里塞满了小石头，让它们在不平整的砖块地板上行走，模拟那些满载珍贵商品的船只，在危机四伏的海面上航行。有的时候，我会走进一间满是灰尘的昏暗大房间，去找祖父耶罗尼莫。祖父的智力已经完全退化。他戴着一副大大的破眼镜，一遍又一遍地翻看着旧账本，大声念叨着各种各样的数据，一念就是好几个钟头，根本不会察觉自己的孙子也在他的屋子里。当祖父睡着的时候，我便会走到他身边，看那些神秘的账册。不过，当年的我还什么都看不懂。

　　我几乎见不到自己的母亲。她总是躲着我，两个哥哥耶罗尼莫和马费奥也对我避之不及，总把我看成低人一等、不受欢迎且样貌怪异的家伙。只有姐姐玛利亚——她居然与我的保姆同名，会在前往修道院做弥撒时带着我。我总是亦步亦趋地跟在她身后，生怕在如潮的信众中间走丢。信众多半是女性，挤满了整个教堂。她们有的来自岛上的城区，有的来自陆地上的城区；有的富有，有的贫穷；有的是贵族，有的是平民，有的是奴隶，有的曾经是奴隶。她们所有人都会被那尊展现耶稣受难场景的色彩鲜亮、绚丽夺目的木质雕像所吸引。直到几年前，修道院的修士们才开始公开向信众展示这件作品。我也被那个直挺挺的人物形象深深吸引了：他的双臂张开，手掌被钉在十字架上，整个人瘦骨嶙峋，形容憔悴。此外，每个神圣周五出现的"奇迹"更是让我心生畏惧：人物的嘴巴会张开，发出鬼魅般的吼叫，还会冒出一股气味浓郁的烟。

  每当仪典结束以后，这尊雕塑作品便会被修士们悄悄送走，锁在庭院里的某一间密室里。长大一些后，我曾潜入修道院内部，试图找到那尊雕像，探明那个曾让儿时的我恐惧不已的奇迹的奥秘。我溜到庭院的柱子后侧，来到了一扇紧锁的小门前。隔着栅栏，我看到了里面那个张着嘴的低垂的脑袋。正当我进一步思考这东西为什么能够进入那个最为神圣的场所时，忽然听见一个声音正在念叨什么。内容不是祷告，而是数字，跟多年前我年迈的祖父所念叨的东西一模一样，如今，祖父已经离世了。在好奇心的驱使下，我来到了一扇开着的门旁边，朝里走了两步，站在一个大厅的墙边。在那间屋子里，三十来个小伙子正坐在一张长条桌旁，听一位年长的修士讲课。那位修士看起来比其他修士更加落魄，他拿着一支粉笔，在一块悬挂于墙面的黑板上写着什么。

  他就是佐尔齐老师，一位方济各会的三级教士。年轻时，他精于算术，也曾做过商人；后来，他获得了许可，在修道院里办了一个小型算术学习班，专门教那些家境不好的商人子女——他们付不起里亚尔托那些知名大师所开办的学校昂贵的膳宿费。当然，里亚尔托的大师们所教授的内容要多得多，但大多是些无用之学，例如逻辑学、神学、自然哲学、天文学和书写技巧。相比之下，有着丰富人生经历的佐尔齐老师只教那些人人都用得上的实用知识。从那时起，我就开始持续不断地去那间屋子听课，直到有一天，佐尔齐老师发现了我这个偷偷坐在最后一排的小伙子，当时我正试着在灰尘遍布的地上写数字——我既没有纸，也没有笔。

在征得我母亲阿涅西纳和长兄耶罗尼莫的同意后，佐尔齐收下了我这个学生。他们原本完全有能力送我去上里亚尔托的那些大师们开办的学校，但佐尔齐老师报出的低廉的课时费显然更让他们觉得满意。再说，算术学校一定会对小雅科莫的前途有所助益，这也算是为他们减轻了一个负担。后来，家里还来了一个专门教授拉丁语法的家庭教师：一个身材魁梧、面相和善的人。我的母亲对耶罗尼莫和马费奥寄望颇高，认为他们将来注定要成为共和国的最高掌权者，因此给他俩请了一位人文主义研究大家作为老师。至于那个又矮又丑的小雅科莫，就不用大费周章地请什么人文主义学者了。他只需学一学商务拉丁文简明语法，能够在阅读一份文件时理解法官或公证员的意图以及搞清楚法律和章程条款的含义就足够了。他的脑子要灵活，眼睛要敏锐，能够在那些用拉丁文撰写的法律条款迷宫中理出头绪，因为"法律帮助勤勉者，不帮助瞌睡虫"。除此以外，他只要懂得用我们美妙的威尼斯方言读写就足矣了。所以，小雅科莫从小就学会了用经典的商务字体来书写。那种字体清晰、规则、节省空间，能够让公司所有的合伙人以及货仓的书吏看懂，不会造成错漏或误解。

事实上，在学会写字母以前，我就先学会了写数字以及把代表数字的符号与代表相应尺度和数量的概念联系起来。尺度和数量是具体的事物，好比货物、产品、货币，比数字本身的读法和含义都要具体得多。我最先在祖父的旧账册以及佐尔齐老师的黑板上认识的符号自然是那九个阿拉伯数字（又称印度数字）。此外，还有一个叫"zevero"的鸡蛋形符号——这个符号是最难懂的。如果说其他的符号都与某个数量存在确切的对应关系，那么这个讨厌的"zevero"对应的却是"无"。换句话说，"zevero"意味着"无""空"以及"不存在之物"。

佐尔齐老师向我们讲解说，意为"数额"的"zifera"一词就来自阿拉伯语中的"zifr"，这个词同样也是"zevero"（零）的原形。佐尔齐老师说，不要害怕这个数字，也不要相信某些神父的说法，认为阿拉伯数字是魔鬼的作品，应当被摧毁，且人们理应重新使用古罗马旧有的数字体系。不，"零"不是一个带有异端色彩的数字，它也不是用来表示某个并不存在的数量。它是一个精彩的发明，有了"零"，就能用符号来演示两位数或更多位数的复杂算术操作：将数列成竖式，迅速识别出数的位数。通过这种方式，算术专家或商人就能进行所有的运算，包括那些最难的运算：其复杂的计算过程原先只能在脑子里进行，现在可以被写下来了。

我在计算方面显示出了某种非同寻常的能力：我可以进行心算，不用借助纸笔，只要微微闭上眼睛，进入属于我的内心世界，就能以旁人无法察觉的方式轻轻开合双唇，默默念出数字和操作运算，就像年迈的祖父当年所做的那样。我从佐尔齐老师那里学到的知识远不止于此，我还学会了主要运算类别的运算技巧、对于可除性标准的判定、二次根式和三次根式的计算规则、分数的计算。此外，我还掌握了运用手指来加快运算的技能，这样一来，我就不用将运算过程写下来了。我记住了许多基本规则，例如试位法和基于第四比例的交叉相乘法。这种法则对不同汇率以及不同度量衡体系之间的换算是至关重要的。

学完理论规则后，就该针对商业活动中可能出现的各种实际案例进行分析了：如何经营公司；如何根据每一位合伙人的投资金额及其所做的贡献来划分利润和损失；如何进行简单或复杂的以物易物的交易；如何进行借入和借出操作——表面上，所有的借入和借出操作都禁止收取利息，据说，那是贪婪的犹太人才会干的事，我们基督教徒是不齿于此的，但背地里，我们也会通过各种各样的花招做同样的事。此外，我还要学习如何计算货币的合金成分，进而确定其中是否掺假；如何采用复式簿记进行财务账册记录以及如何使用汇兑票据，等等。

"尤为重要的一点，"佐尔齐老师说，"在于数字的世界能让我们靠近天主，因为天主是按照'重量和尺寸'来创世的。不仅如此，整个被造物世界都如同一部用数学语言写就的大书，而我们的任务就是去阅读它，读懂它，去解读那种语言。数字是天主的语言，也能度量凭借勤劳诚恳的劳动所获得的报酬。不过，一不小心，这些数字就会变成恶魔的语言，用来度量那些通过欺骗、作恶、放高利贷和诈骗而获取的不义之财。那些钱会让我们直接坠入地狱，被地狱的烈焰所焚烧。"

后来，巴多尔家族接连遭遇了好几次新丧。母亲阿涅西纳去世了，在她的葬礼上，我没有哭；二哥马费奥也去世了，那一次，我也没有哭。长兄耶罗尼莫成了一家之主，他也是元老院的成员和军械库的主管人。他见我在算术方面颇有进益，便让我作为实习书吏进入里亚尔托的货栈工作。他为我缔结了一门亲事，让我娶了一位共和国要员的女儿玛利亚·格里马尼。婚后，我很快就有了两个儿子，我用父亲和兄长的名字给他俩起了名：一个叫塞巴斯蒂亚诺，一个叫耶罗尼莫。

后来，我的妻子玛利亚也去世了，这让我陷入了深重的危机。耶罗尼莫想尽了办法，试图让我重新振作起来。他把我安排进了"四十人议事会"法庭——一个曾经享有极高威望的机构，如今即便已经没落了，但排场依旧。在那里，他们交给了我一堆谁都不愿理会的烦人事务：公司倒闭、针对犹太人行骗之举以及他们的典当行的监管、铸币所的管理、抵达或离开威尼斯的奴隶的流动情况记录，诸如此类。因心不在焉，我在处理这些事务时也显得比其他人更加懒怠拖沓。随后，耶罗尼莫又让我成功地承包了一条前往亚历山德里亚的"加莱"战船。不过,那次航行并不成功:一方面是因为威尼斯与埃及苏丹巴尔斯巴伊的外交关系不睦;另一方面也是因为我根本提不起周游世界的兴致——每到一处,我甚至懒得下船去监督合同的签署,只是一味地待在船长室里翻看账册以及忍受可怕的头疼病的折磨。

见我一蹶不振,耶罗尼莫很是恼火。他决定不再重用我,便打发我去了君士坦丁堡。按照他的说法,我即将担任的职务对家族和共和国都至关重要:监管共和国在东方地区进行的所有商务贸易。然而,他并没有告诉我,我的具体工作不过是管理账册而已。由于商人、银行家、货币兑换商、投机商、承包商、商船船主之间已经形成了密集的关系网络,他们根本无须我的"领导",便可开展和推进贸易洽谈。有时,他们也会给我小小的股份,让我挣些小钱,或者是让我产生某种幻想,以为有朝一日自己能在家族或共和国范围内成就一番大业。

我一如既往地遵从了一家之主的意愿。我告别了两个已经十多岁的孩子,把他们托付给了长兄,他发誓会对他们视如己出。我还告别了我的切尔克斯族女奴莱娜——她是我两个儿子的保姆,也是我的枕边人。自从玛利亚第二次怀孕以后,她便与我分房睡了。我怕黑,也怕夜晚,疯狂地需要一个女人的身体,需要她的热量,只为给自己找到些许安全感,从而得以入眠。我把莱娜也交给了耶罗尼莫,他很快就以每年七枚杜卡特金币的价格把这个女奴租给了老尼科洛·多尔芬。在他看来,任何财产都不应处于不产生利息的闲置状态。他让我放心,那七枚杜卡特金币将会准时汇入我的银行账户。

1436年9月2日,我在中午十二点准时抵达君士坦丁堡。此前,我们已经在达尔迪·莫罗的"加莱"战船上愁闷地航行了四十天。为我们的船护航的，是一支由皮耶罗·孔塔里尼老爷担任船长的罗马尼亚船队。正当船上的所有成员都待在甲板上欣赏逐渐靠近的君士坦丁堡的城市景观——倒映在水中的厚重城墙、高塔、圆形屋顶时，我却因为一场突如其来的高烧被困在船舱里，忙于计算为这次狼狈的旅行花费的金钱总数：我和年轻的秘书安东尼奥·布拉加丁，两人一共花了七枚杜卡特金币。安东尼奥是一个十六岁的机灵小伙子，他的父亲是我住在巴巴利亚德勒托雷区时的邻居，他把儿子托付给了我。君士坦丁堡的城墙、高塔和圆形屋顶，我一概没有看见，不过，对我来说，这些也并不重要。后来，我所乘坐的大型商船在金角湾的一处避风港——派拉马老港口的泊船处靠了岸。直到此时，我才吃力地走出了船舱。我告别了船长，在安东尼奥的帮助下登上了一艘快艇，前往岸边。上岸后，我在一个当地管事人的引领下穿过了渔港城门。当时，其他的仆人们正在卸载箱子和商品，准备存入货栈。

货栈坐落在威尼斯人区的中心，离城门不远。我在这里只能停留短短的几个钟头，稍事休息。我感到筋疲力尽，甚至没有力气前往位于货栈区的圣玛尔谷教堂，去点燃一根蜡烛以表感恩——这是前辈们的传统，大家也曾建议我照做。最让我感到失望的，是管事人告诉我，他没法儿为船上的老爷们找到一个像样的住处：一方面是因为来自土耳其人的威胁令整座城市都充斥着移民和逃难者；另一方面是因为希腊房东们将《默示录》置若罔闻，拼命抬高租金，想趁机大把地捞钱。我找到的唯一一所宅子位于海峡的另一侧。正是这片海峡把港口与热那亚人的佩拉城划分开来。那所宅子的租赁事务负责人是一个热那亚人——伟大的勃朗卡·多利亚，他只要求我每月支付四枚赫帕派伦币的房费。这是一个临时住处，租期不能超过两个月。我虽然还发着烧，但已经在头脑中迅速将这笔按拜占庭货币计算的金额换算成了按威尼斯货币计算的价格：一杜卡特金币多一点。与威尼斯的租房成本相比，这个价格算是相当不错了。

我们再次朝港口走去，那里有一位船夫在等着我们，他会把我们所有人渡往海峡的另一侧。我随身只带了一口箱子，里面装了些简单的个人物品，所有的书籍、账册都被我留在了货栈，那里才是我的工作场所。我环顾四周，深吸了一口来自博斯普鲁斯的海风，想象着自己坐在一艘小艇或贡多拉船上，在大运河或维加诺运河上游弋。不过，这里既没有圣玛尔谷广场，也没有圣乔治广场，只有沿着佩拉城的丘陵分布的房舍和钟楼一直延伸至一座巨大的圆形高塔。在另一侧，圣索菲亚大教堂雄伟的圆形屋顶出现在橘色的余晖之中。

在佩拉城度过的头两个月堪称我人生中最糟糕的一段时期：食物的价格高昂，味道却很糟糕，且常常已经变质；由于土耳其人的骚扰，物资补给相当困难；水井里的水散发着腐烂的恶臭。不过，最大的麻烦还在于我心绪不宁，没法儿全身心地投入对账册的整理工作——目前，大部分账目都被记在一大堆零散的活页单据和一本记事本上。我的住处位于加拉塔最脏乱的街巷之一，在一座摇摇欲坠的高塔里。10月12日，我万般无奈之下雇用了一名什么活儿都干的仆人兼翻译。那个人名叫"佐尔齐·莫雷西尼"，是一个在当地出生的私生子，父亲是威尼斯商人，母亲是当地的希腊妇女。所以，他既懂希腊文也懂土耳其文。我每月要向他支付足足两枚杜卡特金币作为薪水，此外，他还时常神不知鬼不觉地从我的库房里偷东西，而我却从来抓不到证据。

我们几乎每天都必须乘坐渡船前往派拉马。自夏末起，海风就变得猛烈起来，从金角湾一侧横贯至另一侧，渡海之旅也就常常十分动荡凶险。安东尼奥总是尽一切努力获得我的赏识，所以常常替我奔波往返。然而，没过多久，那孩子就病了，高烧不退，腹痛难忍。尽管我找了个蹩脚的医生给他医治，但他还是在当年11月的头几天不治而亡。我不得不给他的家人写了一封沉痛的哀悼信，并承担了所有的费用。这些费用都被详细记入了我的日记本：向一个惯于小偷小摸的中间商安德烈·达·斯泰拉支付两枚赫帕派伦币和十二枚卡拉特币，用于购买白糖、糖浆、一种被称为"基督之手"却毫无用处的药水及其他琐碎物品；向一个名叫"玛格丽特"的妇人支付一枚赫帕派伦币——在安东尼奥弥留之际，她一直服侍在他左右；向理发师支付两枚赫帕派伦币和十二枚卡拉特币；此外，我还花费了十枚赫帕派伦币和十枚卡拉特币，作为安东尼奥的安葬费，愿他安息。

11月15日，我离开了那间弥漫着病痛和死亡气息的房子。一个希腊投机商——安佐罗·克利达老爷向我推荐了一个新的住处。这个住处也位于货栈附近，在威尼斯人区的范围内。这房子的价格不错，年租金只需五十枚赫帕派伦币。于是，我立刻应承下来。

那是一座多层楼房，面朝货栈内部，有着宽敞的庭院。透过一扇带有窗框的小窗，可以看到外部一条热闹的街道。那条街穿过鱼市，一头连着渔港城门，一头通往卫戍军官城门。庭院内部有牲口棚和主仓库，里面放着用于称重和测量长度的工具，用于运货的小车，用于存储的袋子、筐子、罐子和桶，还有绳索，还有一间可供港口卸货工和其他工人睡觉的简陋的小屋子。房屋的一楼是储物橱柜和带有大炉灶的厨房；三楼是帮工和仆人们的小房间；二楼是主人们的居住空间：宽敞的房间里安有壁炉，摆放着餐桌，较小的卧室里只有一张小床和一张写字台。最为难得的是，在其中一个拐角处的小木门外，还有一间加盖于护墙外侧的小屋子。这间屋子位于两座房子之间那条狭窄僻静的巷子上方，木质地板上还有一个小洞——若是想要"清空肚子里的腌臜东西"，完全可以就地处理，根本不用费事地下楼去院子里了。

那张写字台仿佛一艘小小的诺厄方舟。这件唯一的家具有着加高的踏脚板，坐凳并不舒适，靠背也已坏了一半。微微倾斜的台面布满了金属尖笔留下的孔洞和划痕，上面摆放着墨水瓶、笔架、尖笔和小刀。在写字台一侧的架子上，分层摆放着零散的纸张、本子、书籍、盒子、口袋和皮夹。口袋和皮夹里存放、捆绑和装订有上千份零散的文件草稿、家书、商业信函、汇票、凭证、信贷额度单、保单、回单、收据、对账单、判决书、诉讼函以及备忘录。

屋子里的家具是安佐罗·克利达老爷免费留给我的。他还滔滔不绝地介绍了不少前一位住户的生平和去世细节。那是一位来自佛罗伦萨的古怪的神父，今年夏天死于一种莫名其妙的疾病——或许是鼠疫吧，谁知道呢。我先用清水和碱液对整个屋子做了一次彻底的清洁，而后住了进来。这里是我的生活空间，其重要性好比航行期间指挥整艘船的甲板。在我的"航行"途中，最重要的指南不是航海图，也不是世界地图，而是一本册子——我记录所有账目的总账册。

是的，我至今还记得那个"恩典"时刻——那个我开始在册子上动笔的时刻。如今回想起来，当年的情景仍历历在目。

我把我当时所用的所有零散的纸张和册子都在面前一字排开：有记录从威尼斯带来的财产和货物的清单；有以记账本形式呈现的备忘录和大型记事本——其中的纸张沿长边对折，上面无序地写满了日常备忘；有日记本——上面工整地誊抄着每天产生的账目。我拿起一个本子，它是我用印有"三山"形象水印的纸做的，上面镶了一个我从威尼斯带来的十字架。我在第一张空白纸的中央写下了"1436年"几个字。随后，根据我一直以来接受的教导，我在下方以天主的名义写下了这段话："以天主和金钱之名，雅科莫·巴多尔乘坐皮耶罗·孔塔里尼老爷的'加莱'战船，于9月2日正午抵达君士坦丁堡。"

接着，我在对开的两页纸的外侧角上写下了数字"1"，然后在后续纸张上进行了同样的操作。因为每当在账册中进行某种相同的计算时，就必须标出此前进行过同类操作的页面，如此才能让所有的账目都串联起来。在每一个页面的页眉中央，我都写下了当年的年份，也就是"1436年"。在距外侧边缘的三指处，我画出了一条简单的垂直竖线，以便将账目数据排成纵列。最后，我按照威尼斯的记账方式，用清晰的商务字体从备忘和日记中将每一项单笔账目按照日期顺序誊抄过来，集中进行记录，使左侧页面的每一笔支出账目都与右侧页面的收入账目相对应。

在每一项账目的第一行，我都会谨慎地画一个小点，写下一个大写字母，而后按照相同的顺序继续往下写。首先是账目标题：既可以是一位商人、银行家、提供服务或商品的供货商或公司的名字，也可以是商品本身的名称；接下来表明此项账目的收支类型，分别写下"支出"或"收入"字样；然后用威尼斯人的方式写下日期；再写下贷款者或借款者的名字及相关说明；最后添加曾进行过同类操作的页码信息，并在页面边缘写下用拜占庭货币（包括赫帕派伦币、卡拉特币，偶尔也会有夸尔特币）进行的综合计算。上述货币都是抽象货币，并不与具体的货币相对应，但却可以用来整合实时账目。否则，它们便会在各种不同的币值迷宫中变成一团乱麻。因为那些货币的价值会根据商品的来源、商人的国籍和汇兑价格的浮动而变化：有威尼斯的杜卡特金币、泽西诺金币、拜占庭金币、杜卡特利币、突尔尼斯币，还有卡法、塔纳伊斯、特拉布宗的阿克切银币、迪拉姆币以及土耳其人的杜卡特金币和阿克切币，等等。

在页面或账目的末尾，我必须在支出和收入栏算出相等的数字，才能平账。然而，结算账目并不总是那么顺利。生病和死亡，那些不可预见的情况总会掺和进来，正如我碰上的安东尼奥·布拉加丁因病亡故的事件。我们到达此地才两个月，他便得病去世了。那时，我在主账册上刚刚以他的名字开了一页账目，记录了9月8日的一笔借款：以现金形式支付给莫罗船长的抄写员马蒂奥·法佐尔一枚杜卡特金币，作为那次从威尼斯启程的旅途的旅费尾款。出现在记录支出项页面的后续账目都与安东尼奥生病至亡故期间产生的一系列不可预见的开销有关，总额为二十三枚赫帕派伦币和十五枚卡拉特币，这些费用自然都得算作死者的借款。但我又如何能在对面的页面上平账呢？还好，安德烈·德·斯泰拉在翻查安东尼奥的包时找到了两枚杜卡特金币、两枚赫帕派伦币和十枚威尼斯索尔多币。他把这些钱都交给了我，我便将这笔钱记在了可怜的安东尼奥的归还款项中。不过，账目并没有终结，因为那笔钱并不足以平账。一年多以后，剪毛师傅给了我十五枚赫帕派伦币，用于购买安东尼奥的黑色斗篷。直到此时，我才终于抵充了安东尼奥的借款：二十三枚赫帕派伦币和十五枚卡拉特币。现在，关于安东尼奥的账目终于可以完结了，他短暂一生里的所有事件，也都可以被封存入档案了。

就这样，我事无巨细地写，从不停歇地写。凡是我没有写下来的事情都不曾存在过，都不曾真实发生过。就连安东尼奥的短暂一生也被纳入了"真实"的范畴——他留下了那寥寥几行关于他的花销的书面账目记录，否则，关于他的记忆便会像这沙漏之中的沙子一样，逐渐流失。一切都被记录在我的文字之中，一点点向前推进，从不停歇，就好比一天天度过的日子，从来不会折返。在我的账册里，一切操作、一切花销、一切收入以及一切琐碎的细节都必须得到合理的解释。若是换作其他商人，他们很可能会把这些小额的买卖明细统一合并入名为"小额交易"的科目，因为他们心里有数，这些小额动账所产生的误差大约只会在四至六杜卡特金币之间。但我却不会这样做，我会以一种近乎强迫症的精确态度列出所有的交易信息：用于缝制大小袋子的粗布费用，买箱子、桶和绳索的费用；支付给检查工、称重工、车夫、装卸工、搬运工、船工、神父、中间商、海员及船上同伴的费用；仓储费、船只单据、希腊人的单据、皇帝颁布的海关法令和帝国关税；各种名目的好处费：名为"manzaria"或"magnaria"的小费，名为"cortesie"的通融费，名为"beverazo"的酒水费，名为"singardanàl"的打赏费以及用于贿赂官员的礼品费——针对有些人，只需要包上一包糖果、奶酪、肥皂或蜡烛。而针对另一些人，就必须送上稀罕的香料或珍贵的布匹，才能让他们高抬贵手。

我还会记录所有细碎的个人生活开销，从购置服装、支付房租到购买食物的费用，全都记录在册：门锁、箱子、家具、柴火、糖、产自普利亚或希腊的葡萄酒、面包、奶、奶酪、船只修理费、在河边小酒馆借宿的费用……由于我的身体每况愈下，时常遭受疥疮、牙疼的折磨，那些贪婪的江湖游医便总想趁机赚我的钱。例如那个卖给我"基督之手"药水，用来医治可怜的安东尼奥的家伙，其实，那药水毫无用处。还有一个名叫"帕纳里多斯"的希腊医生，他曾试图用一种散发恶臭的药膏来治疗我的疥疮，用我给他的现金去购买糖，又从另一个名叫"西罗普洛斯"的希腊医生手中去买药。最让我感到难以负担的奢侈品是一匹于1436年12月10日购入而我几乎从来没有骑过的栗色马。虽说我只花了三十枚赫帕派伦币便把它买了下来,但它吃的大麦、干草、鲜草、麦秆却比它本身的价格贵出了许多。此外,我还为那匹马花钱钉了马掌,配了鞍褥、马鞍、缰绳,甚至还雇了一个为他刷洗的马夫。在开支项目中,还有三枚赫帕派伦币用于"施舍穷人",十枚赫帕派伦币用于"救助一个可怜人,帮他从土耳其人手中赎身"。偶尔施行善举是不会有坏处的,不过,这些费用也需要被列入账目。

当我回到威尼斯后,我将把这本账册呈到兄长耶罗尼莫和他那些目光如炬的抄写工的眼皮子底下,从而表明自身的诚实和勤谨。我的世界只局限在这间住所兼书房的小小房间内部、货栈的围墙内部以及威尼斯人区的边界内部。在这方天地里,有不少必须由我亲力亲为的事情:与来自威尼斯的使节和其他官员会面,洽谈贸易,监督抵达和启程的船只装卸货物,进行物物交易,撰写公证文书、担保文书、代理委托书,处理拜占庭帝国错综复杂的税务和海关事务。

上述所有操作都会在账册里留下记录,形成一个由人、旅行和信函组成的网络。这个网络以君士坦丁堡及其周边地区为中心,逐渐扩展至马焦雷海和地中海沿岸的遥远地域:从塔纳伊斯到特拉布宗,从埃维亚岛到塞浦路斯和亚历山德里亚,从墨西拿到马略卡岛。这是一个跨越民族、语言和宗教边界的网络。上述一系列边界貌似不可逾越,但在商人那里,却没有什么边界是逾越不了的。至于驻扎在君士坦丁堡几哩之外以及海峡对岸的那个随时准备发起袭击,意欲征服君士坦丁堡和整个世界的强大民族,商人们似乎并没有放在心上。无须查看航海图,所有的航海路线都能在账册的一页页纸张上呈现出来:那是由大量的人、商品和船只组成的航线。人们不停不休地在咸津津的大海上移动，创造财富和丰裕的生活。正如我的老师所说，商业贸易是由人类创造的艺术，填补了自然无法创造，天主又不愿创造的空白，在每一个地方都创造出令人类得以享受舒适生活的必需品。正因为有了贸易，原本相距遥远的人们和地方才会产生交流，整个世界也才会变成一座城市。

在威尼斯与我联系的，是兄长耶罗尼莫以及银行家贵族皮耶罗·米希尔和马里诺·巴尔博。他们会记录所有的收支操作，并给我开具汇票。在三年半的时间里，我从威尼斯进口了各种各样的大宗商品，包括珍贵的羊毛、丝绸面料、银器和穆拉诺岛的玻璃制品；同时也向威尼斯输送了保加利亚和瓦拉几亚的香蜡、胡椒、丝绸、皮革、皮草、金属、谷物、粮食和酒水。这些商品产生了天文数字级的贸易额——至少达到五十万枚赫帕派伦币，相当于十七万枚杜卡特金币。然而，这一切交易，除了那些小额的，完全不需要我们或我们的股东手握实际的金币、银币或合金钱币进行交易。那些实体货币只会给我们的包裹和保险箱增添负担，而且一不小心就可能沉入大海或是落入那些贪婪的海盗手中。纸张再次发挥了重要的作用，关于金钱之流的存在，写在纸上的文字——汇票、流水单、记录所有收款和付款凭证的银行账册、存款单、清算交易单以及关于借款和贷款的记账单就足以证明了。三年里，我去的最频繁的场所是银行，比前往圣玛尔谷大殿的次数要多得多。在银行里，我同时开具了许多账户。有了文字，我只需在一张纸上写上几笔，便可以将在君士坦丁堡赚的钱存入威尼斯的银行。任何事，若没有被文字记录，便是不存在的。

这本我每天下午或晚上都要打开，在阳光下或灯光下翻看的账册就是我的整个世界。在昏暗的房间里，我一待就是好几个钟头，忙于整理纷繁的散页摘要、单据和纸片，还有大型记事本和日志本上的各类记录。我常常一个人待着,边看边在脑子里盘算,而后将这些信息按顺序记录在账册里,并在另一张纸上标注好某一项账目已被记录在案。后来,我通过佐尔齐从佩拉城的木匠手里买下了一把豪华扶手椅,替下了原先那把破凳子。自那以后,我便更加安然地"沦陷"在写字台前了——仿佛那是一艘神圣的方舟。

我出门的次数变得越来越少,若单单是为了消遣,则会更少。只有碰上那些却之不恭的商业或社交活动,我才会参加,1437年的狂欢节期间,我甚至还花费了九枚赫帕派伦币的巨资,在家里举办了一场包含音乐演奏的宴会。1438年7月,在使节任期结束,我即将返回威尼斯之际,我又花钱办了一场庆典。我原本就是一个腼腆羞怯、郁郁寡欢的人,后来就变得更加阴郁、孤独、易怒和厌世了。不仅如此,我做事总是一丝不苟,循规蹈矩,谨小慎微,在一些细小的习惯和日常生活中的时间节点上吹毛求疵——位于使节宫和商人凉廊附近的高塔上的机械钟总能让我清晰地听见钟点。几年前,商人们曾自豪地将其安装在塔顶,仿佛将其视为威尼斯圣阿利皮奥塔顶上大钟的"小弟"。这座位于圣玛尔谷大殿一角的小钟至少能让人产生某种幻觉,以为自己就在家乡威尼斯。

我对时间的感知也发生了变化。每当听到钟声响起,我都会感到时间变成了某种客观存在的事物,其衡量尺度变得具体,与付款许诺、运输时效及进程、票据及合约的失效时限、商船的出发和抵达日期、保险票证和保险的有效期限密切关联。它变成了某种我能够掌控,或者说我幻想能掌控的东西:或许是为了驱逐死亡带来的恐惧,资本成了某种能够超越个体死亡以及公司破产和倒闭的东西,成了某种非物质的、纯精神层面的存在。或许有一天,整个世界都将被卷入一张看不见的网,那网里有着无数彼此关联的非物质性实体。钱也变得看不见了，如同幽灵或鬼魅，在空气中移动。当这一切变为现实的时候，末日审判的日子或许就临近了。面对那些已经选择供奉其他神灵的可悲的造物，我们的主将放弃它们，说出审判之语，喷出可怕的烟，就像那尊老旧的木质耶稣受难雕塑那样，从嘴里喷出烟雾。

我习惯工作到深夜，且入睡的时间越来越晚。因为每逢夜幕降临，街道便寂静下来，格外清晰的钟声会让我陷入那种从小就困扰我的恐惧，对黑暗的恐惧。我根本无法独自入睡，必须抱紧另外一个身体才能获得安全感。小时候，我总是抱着玛利亚；后来，常常与我同眠的是莱娜。不过，我与莱娜同床并不是为了与她发生关系，通过她的女性之躯满足肉欲。我跟莱娜睡觉的感觉与跟玛利亚在一起时是一样的，我只想把脑袋塞在她的双乳之间，含着她的乳头，这样我就能立刻睡着。我在脑海里快速算了算：六年以来，我会在每个神圣日的夜晚去找莱娜，在她的床上入睡；在这期间，我与她发生实质关系不超过四次，而且每次都是蜷在她怀里时，不知不觉发生的。

此时，我再次感觉到了这种需求。我需要一个像玛利亚和莱娜那样温热柔软的身体，也需要定期释放我的精液。按照帕纳里多斯医生的说法，我一个月至少要进行一次性生活，否则，滞留在我体内的精液将产生毒素，导致痛风。关于这一笔支出，我也要把相关账目仔细地记在另一个大型记事本上。一旦睡得不好，或是干脆整夜没睡，那么在接下来的整整一天里，我就会变得言行暴躁，还会在计算和记录中频繁出错。这样可不行。在君士坦丁堡，若要解决这个问题，最有效也最快捷的办法是"买"一个温热柔软的身体，换句话说，就是买一个女奴。相较于威尼斯，君士坦丁堡离女奴的"产地"更近，所以购买女奴的价格要划算许多，关税也更低一些。

4 雅科莫

据我了解，几乎所有的女奴都来自马焦雷海沿岸的市场，其中又以来自塔纳伊斯的居多。于是，我立刻尝试与在那里开展业务的联络人弗朗切斯科·科尔纳建立密切的联系。弗朗切斯科是雅科莫·科尔纳的兄弟，也是我在君士坦丁堡的生意合伙人。我在大账册里为他开了一个账户，记录了一系列买卖交易和汇票的提取信息。这些信息有的与他直接相关，有的则是关于他在塔纳伊斯的合伙人干地亚的祖安·巴尔巴里戈、博尔托拉米奥·罗索和莫伊塞·博恩的。后来，一个曾经当过弓弩手，而后决定闯江湖的人也加入了他的公司，那人名叫卡塔林·孔塔里尼。我不知道自己是否应该完全信任这些肆无忌惮、毫无底线的冒险者，我甚至听说他们曾经组建了一个公司，去挖掘什么宝藏，简直是疯了。结果，他们不但空手而归，还赔上了我从君士坦丁堡寄给他们的铁制工具。不过，除了相信他们，我也别无选择。身处塔纳伊斯的是他们，又不是我。他们从塔纳伊斯运送的货物包括鱼子酱、胡椒、黄铜、小米、红色布匹、紫貂裘皮、鲟鱼脊背肉干以及被盐水浸泡过的鲟鱼肉。除此之外，最重要的货品就是女奴。这些都是利润丰厚的商品。

不过，我并不需要等待从塔纳伊斯驶来的商船队靠岸，只要登上一艘渡船，前往金角湾的对岸就能解决问题。1437年1月15日，我从一个在佩拉城做买卖的热那亚商人的仓库里买到了一个名叫"玛利亚"的，十六岁上下的罗斯族女奴。关于此事，我先后在备忘录和大账本里仔细地做了记录："该女奴已通过例行评估，身体健康。"其中，"通过例行评估"这一表述并不是卖家可以随意宣称的，而只有在对商品进行仔细检查后，才能写下这一信息。

为了获得"通过例行评估"这一评价，玛利亚要赤身裸体地站在一间大屋子里接受检查。十六岁的她比我还高，黑色的长发披散在白皙的背部皮肤上。她脸型瘦削，长着琥珀色的小眼睛，其样貌让我想起了某种野生动物。由于她的乳房很是紧实，中间商皮耶罗·达·波佐盛赞她的品质，并据此开出了一百一十四枚赫帕派伦币的高价。相较于其他同等条件的年轻女奴的常规价格，这个价格贵出了二十枚赫帕派伦币之多。不久前，这个热那亚商人在比萨港口把她从一个鞑靼中间商那里买了下来。当时，货仓里还有不少他们新近从罗斯抢来的女子。皮耶罗·达·波佐没有提及她是否还是处女，或许她在鞑靼利亚时就已经被人糟蹋过了。不过，我并不在意这些细节。她刚刚接受了由圣方济各修道院的修士主持的天主教洗礼仪式，被改名叫作"玛利亚"。其实，她原本就是东正教徒，本名叫"玛丽娅"。此时，她对母语之外的语言还一窍不通。她的胳膊和腿都很强健，可以长时间地好好干活儿。

皮耶罗邀请我检验商品的品质，牵着我的手抚摸玛利亚的身体，但我只是摸了摸她的乳房。指腹触到的皮肤柔软得如同丝绸，让我想起了儿时的保姆玛利亚——她俩的气味也很相似。她的目光低垂，没有看我，也没有看其他人，而是看向别处。潮湿的大屋子里很冷，但那个浑身赤裸的姑娘似乎并不难受，或许是因为她来自一个冰雪之国，早已习惯了吧。只有当我的手指掠过她的乳头时，她才略微颤抖了一下，或许也不是因为寒冷的缘故。

我接受了皮耶罗开出的所有条件，让人给玛利亚穿上了一件奇怪且破烂的"哥萨克"式上衣——她从比萨港来的时候，穿的好像就是这件衣服，随后就把她带回了家。我让她在一楼单独待了一段时间，让一个年老的希腊女仆为她擦洗，减少一些她身上的野性，并让她睡在地板上一个装有稻草的大袋子上。我向年老的女仆说明了需要通过语言或手势让那姑娘明白的事情，但愿她不用费太大功夫就能说服那姑娘。一天夜里，当我正在写字台前工作时，我听到一阵脚步声：有人赤脚从客厅进入了我的房间，而后是衬衫落地的声音，床架的吱呀声和来自肌肤的清新香味。我假装什么也没有察觉，并未转身。直到记录完一笔账目后，我才站了起来，熄灭了油灯，褪去了衣物，钻到被子底下，抱住了那个比我还要高大的身体。那个晚上，我很快就睡着了。

自那以后，这个"仪式"每晚都会重复上演。白天，玛利亚在另一间屋子里擦洗碗碟，缝缝补补，浆洗衣物或是去除谷物的糠皮，而我则在自己的房间里，沉浸于账目记录和整理工作。每当油灯的光线变暗，玛利亚就会安静地进入我的房间，从我的写字台后方经过，而后脱光衣服上床——整个过程都不被我这个主人看见。稍晚些时候，我便会合上账册，熄灭油灯，前往旁边的小屋子小便，最后在她身边躺下——在整个过程中，我都不会看她一眼。天亮时分，玛利亚会早早起床，不叫醒我便悄悄离开，开始新一天的劳作。尽管货栈里的人都知道玛利亚是在哪里过夜的，却没有一个人见过她在白天与主人一同出现。不过，关于这件事情，没有人嚼舌根，因为自从这个"神圣"的玛利亚来了以后，主人似乎变得更有人情味儿了，也不再动辄与伙计们发脾气了。

玛利亚单独服侍我的日子并没有持续多久。1437年11月23日，大账册上记载了一个名叫"佐尔齐"的阿布哈兹奴隶的到来。佐尔齐是一个十八岁的大小伙子，身体强壮，但是呆头呆脑，是我花了九十五枚赫帕派伦币从热那亚商人因佩里亚尔·斯皮诺拉那里买来的。这笔交易的中间商还是皮耶罗·达·波佐，如今，他和他的兄弟祖安都已成为我在从事这类敏感商品交易时可以信赖的中间人。玛利亚和佐尔齐一直留在家里，供我使唤。不过，我已经开始投身于这一新的交易：尽管在商品保存、变质和丢失等方面存在更高的风险，但确实能带来更加可观的收益。

与四五十年前塔梅拉诺横扫黎凡特和高加索地区以前的情形相比，如今的行情已经发生了很大变化。尽管塔纳伊斯城已经重建，但那里提供的货品却发生了改变。先前，最受欢迎的女奴都是来自切尔克西亚的；如今，罗斯族的女奴占了上风，其次是鞑靼女奴。鞑靼男人（又被称为"巴拉巴尼人"）的价格要低一些。其实，所有的男性奴隶价格都要低于女性奴隶。男性奴隶往往会被立刻锁在战船的桨位上，或是被送往西西里和西班牙从事强制体力劳动。女性奴隶，尤其是二十岁上下的年轻女性、少女和女童，则会被送往意大利，尤其是威尼斯、热那亚等主要分拣市场。

我必须考虑到，奴隶市场的行情与小麦的行情一样，有着很强的季节性：春夏两季，鞑靼人抢来"原料"，而后于8月或9月运往君士坦丁堡。在这一过程中，奴隶的价格会发生显著的变化：在塔纳伊斯城，一个十一岁至十六岁的小女奴的价格仅为六百枚阿克切银币，合十枚杜卡特金币；到了君士坦丁堡，我就得花上将近三倍的钱；不过，到了威尼斯，我可以将其卖到五十枚杜卡特金币，甚至更高的价格。从最终卖出获得的钱款里，我得刨除中介费、运输费、关税和其他税费以及女奴们的供养费——她们总得吃东西，穿得也不能太差，如果她们不幸患病，还有医药费。关于这部分费用，我打听过了，还有一种总包的计价方式——从塔纳伊斯到威尼斯，每人四个半杜卡特金币。另外，鉴于某些女奴可能会在中途死于鼠疫或其他恶疾，我还得购买保险。否则，一旦发生上述情况，所有的收益都会打水漂。在脑海中盘算了一阵后，我最终得出了结论：这是一种相当赚钱的买卖。随后，我便开始以自己的名义直接投

4 雅科莫

资这桩生意，有时也会打着其他人的旗号从事此类买卖。

我什么都写，不停地写。"任何事，若没有被文字记录，便是不存在的。"每当我在账本中列出通过地中海运出或运回的各类商品的清单时，都会向自己重复这句话。许多次，我登记的并不是商品名，而是人名。在大账本的字里行间，时常会出现某个奴隶的名字及年龄；有时，我还会记录他们的身体特征或缺陷。正是通过这些记录，他们每个人的悲惨生命才会留下小小的印记，而不是无形地消逝于生命之流，留不下任何声音和形态。

不过，我清楚地知道，并不是一切都可以被记录下来。在1439年8月一个炎热的午后，我听见院子里传来一阵骚动。紧接着，有人重重地敲响了我书房的门。会是什么人呢？无论是玛利亚还是其他家人或奴仆，他们都知道我在处理完外界的事务，像圣热罗尼莫那样把自己关进书房，沉浸于大账本的记录工作时，是决不允许任何人打扰的。然而，还没等我回应，门就被猛然推开了，房间立刻被一个戴着风帽的大个子塞满了。那个大个子摘下风帽，露出了我熟悉的头发和胡子——混着汗水的卷曲的红胡子。恼怒瞬时变成了惊讶，令人欣喜的惊讶。

我是在1436年11月那个凄惨的夜晚认识这位船长的。当时，我正沿着一条僻静的小巷上坡，准备返回我位于加拉塔的临时住处。我之所以深夜出门，是因为要为奄奄一息的安东尼奥去寻找那种名为"基督之手"的灵丹妙药，结果却空手而归。后来，我居然被四个人包围了。暗夜之中，我只能看清明晃晃的刀尖。说时迟那时快，我甚至还没来得及害怕，就看到一个红头发的大个子不知从哪里冒了出来，他徒手将那四个家伙一个接一个地制服，扔下了山崖。后来，大个子陪着我继续拾级而上，一路护送我回到了家。回到家时，我们发现安东尼奥已经没了气息，守护他的妇人则在号啕大哭。于是，他又帮我处置了安东尼奥的遗体，给他穿上了简陋的伙计服装，又以一种旁人无法想象的温柔把他抱上了运送尸体的小车，送去圣方济各修道院，进行了一场简朴的葬礼，而后安葬。

现如今，泰尔莫仍然住在附近，家里有一个女人和三个女儿。事实上，他几乎从来不在家，一年到头都驾驶他自己那艘"格里帕利亚"商船在马焦雷海海域航行，沿途进行贸易，其间只回家两三次。不过，自从那晚以后，他从来不会忘记来找我，探望我。他总是戴着风帽，悄悄地来，因为他担心在金角湾的对岸，在君士坦丁堡的威尼斯人区，还会有某些盗匪出没，甚至还会有针对他这个热那亚海盗的悬赏。我也会在他需要法律或金融方面的帮助时向他伸出援手。在这座"狐狸"遍地的城市里，对读写感到相当吃力的泰尔莫十分厌恶纸张和文字，且深信那些东西都是骗人的把戏。说实话，他的想法还真是不无道理。

泰尔莫的世界与我的世界完全不同：他的世界是由握手、物物交易以及具体事物和人之间的交流构成的，而不是由抽象的数字和文字构成的。只有为他，我才会进行一些暗箱操作——一些不在任何记录簿、备忘录、日记本或账册里留下蛛丝马迹的操作。这样一来，他就不用去面见公证员或某位代表热那亚领事及拜占庭帝国关税处的贪腐官员了。这些不曾被书面记录的操作在雅科莫的世界里等同于不曾发生，但在泰尔莫的世界里却是真实存在的。

此时，泰尔莫刚刚从塔纳伊斯返回。他需要雅科莫帮助他处理一笔关于鱼子酱和鱼胶的帝国关税缴纳事宜。这批货物的发货人是乔凡尼·达·锡耶纳——他与科尔纳有生意往来。随后，泰尔莫改变了语气，悄悄告诉我他还带回了三个来自同一个卖家的奴隶。我立刻明白这件事情背后定有隐情：或许这三

4 雅科莫

个奴隶根本就不属于乔凡尼,而是属于泰尔莫本人的,而他只是想将其偷偷售卖,从而逃过税务管控,这才宣称他们是记在乔凡尼名下的。好吧,明天我会亲自处理这件事。至于那些奴隶,我会安排中间人皮耶罗·达·波佐来处理——他是我的亲信,嘴一向很严。我会派伙计祖安内托先开着他的船把奴隶从佩拉城送往君士坦丁堡,而后再去办理缴纳帝国关税的手续。这是一桩小事,只要给他三枚赫帕派伦币,他就能把一切处理妥当。我用开玩笑的语气补充说,这是头一回,我要把泰尔莫的名字写在大账本里,记录用于缴纳关税的支出。不过实际上,我会将之记在乔凡尼的账户下。无论如何,我必须登记商品是从哪艘船上卸下来的。于是,我写道:"由泰尔莫的'格里帕利亚'商船从塔纳伊斯运抵此地。"

面对这个玩笑,泰尔莫没有笑出来。更奇怪的是,他居然还有话要说。"雅科莫,你必须亲自去一趟佩拉城,"他补充道,"你要去看一件重要的东西,立刻就去,明天就去。"我无法拒绝他。于是,我在第二天一早就赶到了金角湾的对岸。泰尔莫在码头焦急地等待着,一见到我就立马把我带到了他的"格里帕利亚"商船——"圣加大肋纳"号停靠的港湾。他开门见山地告诉我,他要卖掉那艘船,并让我帮他促成此事,且越快越好——他已经决定彻底离开君士坦丁堡,带着妻子和女儿回故乡去度过余生了。在抵达佩拉城以前,当他在斯库台进行最后一次休整时,他原本可以把那艘船卖给一个土耳其中间商,并且获得不菲的收入,然而,他并没有那样做。土耳其人正在购买和打造各类大大小小的船只。说不定哪一天,海峡两岸那种微妙的平衡就会被打破,到那时,一切都将结束。"圣加大肋纳"号反应敏捷,航速很快,完全有可能被土耳其人改造成一条战舰,用来攻打基督教徒。泰尔莫不愿看到这样的事情发生。因此,他要在君士坦丁堡出售这艘船,但他拒绝公证员和证人参与，拒绝使用纸张和签名，拒绝一切笔迹。他想使用现金交易，但不要拜占庭人、土耳其人和鞑靼人的货币，因为那些货币在瓦莱迪马格拉和卢尼贾纳根本不值一文。他只要杜卡特金币、弗罗林币或热那维诺金币，一手交钱一手交货。与他一同在场的，只能有雅科莫。

我惊讶得说不出话来，这个决定着实出乎我的意料。其实，泰尔莫说得一点儿也没错：这个世界行将没落，晚走不如早走。我也正打算离开，只是在等待下一支威尼斯国家船队来运走我的行李。不过，有人告诉我船队会延迟数月抵达，因为那个没用的拜占庭帝国的皇帝决定随这支国家船队从意大利返回。他获得了教宗的不少赐福，手里却没有真正能派得上用场的金钱、武器和士兵。然而，泰尔莫是个一辈子扎根于马焦雷海的人，还娶了个切尔克斯族女人，作为一个既能出海又能拿刀的人，他居然也会做出同样的决定，这着实令我感到吃惊。

卖掉一艘船并非易事。我仔细观察着，发现船上几乎已经没有船员了，上上下下的都是港口的搬运工，他们在水手长的监督下紧张劳作。桨手和其他船员都到哪里去了？泰尔莫应该早已给所有人都结算了工钱，在抵达佩拉城以前就卖掉了相当一部分奴隶桨手——没准儿就是在斯库台卖给了土耳其人，要么就是悄悄地把他们转移到了一艘开往埃及的热那亚船上。一艘运行良好的"格里帕利亚"商船的价格可以达到好几百枚杜卡特金币。当然，泰尔莫若是想快速出手，就不能介意少卖些钱。当务之急是要找到一个有意做这笔好买卖的人，且他还得有能力在短期内拿出足够的现金。其实，若是开具一张汇票，到达热那亚时再提取，就要稳妥和便捷得多，不过，泰尔莫是不可能接受这个办法的：他只要现金，并且要立刻全额支付。真是难办！没错，我能替他找到一个不错的买家，但他得等上几天。有一个在干地亚、塞萨洛尼基和特拉布宗往返的希腊老板一定会对这艘船感兴趣,那些人根本无视土耳其人的存在,也不管什么世界末日的到来,他们只顾继续做生意赚钱,仿佛周边什么都没有发生。

事情还没有结束。泰尔莫把我带到了他的仓库,里面充斥着鱼子酱、鱼胶和各种香料的气味。有两个切尔克斯年轻人被链条拴在仓库里的一根柱子上。我心领神会:把这两个人交给老熟人皮耶罗就行了,他自会找到买家。我也不用提及这两个奴隶的来历,不会出任何问题。不过,我怎么记得泰尔莫先前说的是三个奴隶呢?泰尔莫没有说话,他警惕地把我拽到了他家,让我上了二楼,来到了一间与厨房相连的带有壁炉的大屋子里。他的家人们用微笑的眼神欢迎我的到来,他们正等着我的到来。

餐桌上的长条形盘子里盛满了炸鳕鱼干,另有一碟刚从塔纳伊斯运来的珍贵的鱼子酱,此外还摆着小米面包和一罐葡萄酒。这便是泰尔莫的女人达卡,她依旧美丽和强壮。这些便是他的三个女儿。咦?角落里那个留着金色短发,穿着切尔克斯族服装的小伙子又是谁呢?假如他是奴隶,为什么没有被关在仓库里?为什么他的身上没有锁链?为什么他的目光低垂,呈现出那样的表情?"他不是小伙子,"泰尔莫说,他微微转了转身,告诉我,"她是个女孩儿,名叫卡特琳娜,大概十三四岁。她身体健康,已经'通过例行评估',应该被交给雅科莫,带到威尼斯去。"泰尔莫对那孩子完全信任,根本不用链条或绳子捆绑她,因为她绝不会逃跑。我一时间不知该说什么,只是默默地吃了少许食物,酒就喝得更少了。随后,我有些恍惚地出了门,身后跟着卡特琳娜。泰尔莫出来送我。在与他告别以前,我匆匆问了问卡特琳娜的价格。泰尔莫是个不喜欢讨价还价的老派海盗,他低声对我说:"就按老规矩办吧。"我认为没有问题。一个星期以后,我将在船只售价的基础上再添二十枚杜卡特金币，作为购买卡特琳娜的费用。其实，卡特琳娜给我的观感非常好，其价格应该远超二十枚杜卡特金币。船开动了，泰尔莫转过身去，渐行渐远。他没有与我道别，像是急于离开。不过，就在先前的一个瞬间，我似乎在他的脸上看到了一颗如镜面般闪烁的小小的泪珠。不可能，那一定是反光造成的假象——泰尔莫一辈子都没有哭过。我转身看向那个女孩儿，她总在避免与泰尔莫或我的眼睛对视。此刻，她蹲在船的底部，头埋在盘起的双腿之间，沉默不语。

卡特琳娜进入了这个货栈中的家。她的名字没有被写入大账本，因此是一个不存在的人。不过，她会在院子里走来走去，上下楼梯，遵从命令，不言不语地干活儿。我几乎从来没见过她，因为我把她交给玛利亚看管了。玛利亚先是扔掉了她那身破烂的男式服装，而后将她脱了个精光——全身只剩下那枚她说什么也不肯摘下来的银戒指。接着，玛利亚给她洗了个热水澡，还在给她穿上女式衬衫、长裙和一双粗糙的木屐以前，以一种貌似漫不经心的方式触摸并检查了她的身体。她摘下了卡特琳娜的束身衣，用一条棉布缠绕在她的胸部。她缠得不是很紧，以便让那姑娘正在发育的乳房得以呼吸。此时的卡特琳娜看上去有点儿滑稽：她一身女仆打扮，衬衫过于宽松，一头短发直直地立着，神态活像一条挨了打的狗。不过，她可真是一个不同寻常的姑娘：前天，我从窗户里看见她在院子里休息，她坐在一堆木板旁边，用一块木炭在上面写写画画。莫非这个不谙世事的小"野兽"居然还会写字？她画的难道是某种用于施行占卜或巫术的符号？

待她离开院子，我便下楼去察看。那是一些非常简单的图案，只是一些轮廓线条，但异常精美，也很有表现力：如绳结般交错的花朵和植物，一朵奇特的百合——与佛罗伦萨金币上的百合图案颇为相似，一只在火堆旁睡着的懒猫，我的马，奴隶佐尔齐那张傻乎乎的脸。除此之外，还有一张似曾相识的脸，一张我每天早晨都能在小镜子里看到的脸：秃顶的脑袋、鼻梁上架着眼镜、神情愚蠢。我或许应该让人用鞭子把那小姑娘好好抽一顿，但也大可不必那样做。凭借这种与生俱来的天赋，她在威尼斯完全有可能成为一个能干的工人，专门为纺织品描绘和复制图案。一天夜里，玛利亚在我身边躺下，一开口就流露出浓重的斯拉夫口音和浓郁的塞浦路斯葡萄酒的气息——每天晚上，玛利亚都会在上楼以前偷偷跑到位于一楼的厨房痛饮一杯。对此，我一直揣着明白装糊涂，从来没有因为这件事责怪过她。这天夜里，她悄声告诉我说："那个小姑娘还是个处女。"

1440年2月26日，清晨的阳光已经洒满了我的房间。头天晚上，我一夜没睡。我特地告诉玛利亚，让我一个人待在房间里，不用送早餐上楼，待我忙完就会自己下楼去厨房用餐。此时，我来到水池旁洗脸，顺便从小镜子里看了一眼自己。昨天是我的生日，但没有人知道这件事情。如此，我便省去了那一套无用的庆祝仪式和没有意义的开销。我刚满三十七岁，但镜子里的我已经成了一个苍老、瘦小、掉了牙、半秃、形单影只的人。我这些年的收支平衡吗？我这一辈子的收支平衡吗？在关于我的人生的单薄的账册里，我如何才能平衡那些记录我的付出与收入的页面？那些页面里留下了太多的空白——不曾真正活过，不曾真正爱过。现如今，我还有机会去填满它们吗？

高塔上的钟声让我回过神来。院子里已经人声鼎沸了，男男女女们正忙于收拾各类物品，为出发做准备：有人在清空仓库的库存，有人在把最后一批物资装入那些印有我个人印鉴——由字母"J"和"B"组成的花押字且上方有十字架图案的袋子里。搬运工和运货车穿梭往来。至于那份枯燥的物品清单，我把它交给了莫雷西尼，他会继续留在君士坦丁堡，为巴多尔家族打理生意——毫无疑问,他一定能找到让某些货品消失不见的办法。另一个伙计祖安内托将随我返回威尼斯,同行的还有其他三个奴隶:玛利亚、佐尔齐和卡特琳娜。牲口棚已经被清空了,先前那匹饿狼般的栗色马早已被我换成了一匹新买的灰色马,后来,这匹灰色马也被卖掉了,同时卖出的还有配套的土耳其式马披、马鞍和缰绳。当然,草垛也卖掉了。

  房间里剩下的东西由我亲自整理,我把它们塞进了两个箱子并在一张纸上做了记录。我在第一个箱子里放了少量有些价值的衣物:一件时髦的布拉班特式红色斗篷、一件带内衬的黑色狐狸皮大衣、几件丝绸衬衫、嵌有金丝线的手帕、几双普通鞋和土耳其便鞋。因为是乘船出行,所以我打算穿戴一件较为实用的粗布厚外套、一件羊毛衫、一顶旅行帽和一双靴子。我随身携带的包里装了衬衫、裤子、袜子、梳子、肥皂、手帕、毛巾、剃须刀等物件,此外,包里还有眼镜、蘸水笔、墨水瓶和一本小小的白色记事本。在那个藏在身上的皮质钱袋里,我放了些珠宝和若干凌乱的黄金牙签。另一个箱子里装的则是少量有些价值的器具:烛台、茶杯、带巴多尔家族徽标的银质餐具、一幅绘有布拉契纳圣母像的拜占庭式小型肖像画——那是我在旧货市场上淘来的。在最后一个大包里,我塞进了一些盒子和钱包,盒子里面装有若干零散的、捆扎的或线装的纸张以及若干大型记事本和日志本。

  最后,留在外头的就只剩下这个大账本了。它被翻到了最后一张纸,正反两面的外侧角上都被我标上了最后一个页码"418",还写上了"本账册总账目"字样。我最后一次看向它,陷入了沉思。最后,我合上了账本的皮质封面——在手指的一次次涂抹下,封面的颜色越发暗淡了。

5
玛丽娅

1440年2月26日，
仍在君士坦丁堡

不，我实在记不起我出生的那个小村庄的名字了。

掠过记忆的，只有那种我正在逐渐忘却的语言的碎片和一些老人在说起大森林周边的散乱小木屋时念叨的单词"derevushka""narod"。不过，这两个词的含义无非是"村庄"和"村民"，可以指这世界上的任何一个村庄或村民。还有一个词是"mir"，但这个词的含义更加宽泛模糊，指的是"村民群体"，也可以指"和平"及"世界"。我若想回到家乡，总不能这样问路吧："哪里是我的'村民'？哪里是我的'世界'？哪里是我的'和平'？"如果我那样做，人们只会把我当成疯子，或许我的确也已经变成了疯子：一个没有家、没有语言、没有天主、没有和平、一无所有的造物。我甚至不知道该如何解释自己的来处，或许我只能说："我来自远方，很远的远方，在我被锁链捆绑的那座城市所面向的大海的另一侧——一个有着河流、树木和黑土地的地方。"然而，我如何才能回去呢？

在被"末日四骑士"抓走以前，我的世界仅限于从那座名为"圣加大肋纳"的小教堂的钟楼上看到的一切，我也从没想过在那边界之外还有什么不一样的天地。小教堂比其他的小木屋大不了多少，也是用实木建造的。在我的家乡，一切都是木头做的，我们所有的一切都来自大森林的馈赠，石材却是不存在的。在我们看来，世界的尽头就是田地消失的地方，一侧是河流，另一侧是幽暗茂密的森林边缘。我从未跨越过那些边界，也从未想过边界之外还有什么，甚至没想过究竟存不存在比我所生活的那个世界更广阔的一片天地，一个别处，一个能容纳得下我主统治的王国。只有流水知道自己从何处来，要往何处去。我看着那水在斜坡下方的河里流淌，一直在变，也一直没变。然而，河水却什么都没有告诉我，只是默默地流淌。

我的村庄是一个几乎没有外人涉足的地方，只有四处游历的艺术家、音乐家和玩杂耍的流浪艺人才会在谢肉节的狂欢日及其他重要的节庆时刻偶尔到来。每年光顾一次村子的，是一个谁都不曾见过的君王——里亚赞王公的卫兵和征税官。每当打谷结束时，村民们都会举办盛大的伊凡·库帕拉节。此后，那些人便会来到村子，带走大部分谷物收成、猎物和所有林间动物的珍贵皮毛。经常被士兵们带走的还有一些漂亮的少女，一旦被带走，大多便音信全无了。他们说"mir"里的农民是没有自由身份的，被称为"smierdi"的村民都是奴仆、奴隶。相较而言，被称为"muzhik"的男人们还算幸运一些；而被称为"zhena"的女人们的地位则更低，其境遇仅比牲口好一点点：她们不仅要料理家务，生养子女，种植亚麻和胡麻，织布缝衣，还得像奴隶一样去干那些原本应该由男人们做的苦力活儿。村子里需要尽可能多的劳动力，就连孩子也得干活儿，因为黑土地的可耕种时段非常短暂，在其余的季节里便会化为泥浆或冰块。人们只有争分夺秒地耕作和收割，才能避免在冬季死于饥饿和寒冷。为此，他们得徒手耕地，撒粪，播种，收割，打谷，收秸秆，将秸秆捆扎成束……

然而，那些艰苦劳作的日子也是让我们所有人感到团结和平等的日子：蓝天之下，黑土地之上，男人们和女人们构成了一个唯一的"人民"大群体。尤其是女人们,她们感到尤为幸福,因为那时的她们尝到了自由的滋味,也能在内心深处体会到那股不可战胜的神秘力量,正是那股力量,让我们的黑土地变得丰饶。那时,年纪尚幼的我也会拿着一把比自己还大的镰刀,走在男男女女的队伍里,下到种植小米的田间,伴随着几十上百把镰刀上下挥舞的节奏放声歌唱。镰刀在夏日的阳光下闪闪发光,在被风拂过、高低起伏的金色麦浪上方闪闪发光。每年此时,白天都会变得极长,太阳似乎总在地平线上流连不舍,即使落山了,过不多久也会再升起来。

没错,这些事情我记得很清楚:节奏、声音、气味、歌声、呼吸,还有那些被汗水浸湿的身体。收割时节,天气变得更加炎热。午间,我们这些大大小小的孩子在麦捆中间奔跑游戏;大人们吃完了肥肉和黑面包,便会躺着唱歌,喝一种名为"蜂蜜酒"的按人头分配的高度酿造甜酒,小孩子们也常常能尝上一口。有时,从河岸附近那些尚未捆扎的稻草堆后方会传出一些奇怪的呻吟声和叫喊声。一次,我鼓足勇气,独自一人寻了过去。我在草丛中扒开一条缝隙,想看清楚究竟发生了什么:只见两个赤裸的身体上下翻滚,在阳光下合二为一,变成了一个有四条胳膊、四条腿和两个脑袋的奇特动物,并且发出粗重的喘息。

记得不久前,当我第一次发现自己的隐秘处沾染上血污时,我被自己的"孋孋"好好教育了一番。她严肃地告诫我再也不要触碰那个部位,并要远离所有的男人——不管是年老的,还是年轻的,因为我已经长成了一头小鹿,而他们都是饿狼。将来,有一天,大人们会给我找一个男人,让他来驾驭我,并把我圈在他的家里。不过那一天,躲在草丛里的我不仅没有害怕地逃跑,反而像一个傻子一样呆在那里,尽管并不明白发生了什么,但却被眼前的所见深深吸引。当时,我感到自己的双腿之间再次变得潮湿起来,便不由得摸了摸那里,害怕自己又出血了,弄脏了衣裤,被"嬷嬷"责罚。然而,我却发现指尖上的东西并非血渍,而是一种类似于"蜂蜜酒"的透明的、有气味的、黏糊糊的物质。我把指头伸进嘴里尝了尝它的味道,不似"蜂蜜酒"那般甜且有气泡感,而是略带咸味。我再次摸向那里,想要再次尝尝那奇怪的"蜂蜜"的味道。然而,手指却没有回到我的嘴巴,而是游走于那个神奇的地方。我发现那个地方流出了更多的"蜜汁"。于是,我闭上了眼睛,而后便什么都不知道了。

十五岁那年,我已被所有人视为村子里最美丽的少女。正因如此,村子里没有年轻人敢向我提亲。我总是前往教堂,向至圣的天主之母祷告,并虔诚地亲吻她的圣像——我的名字便是按照这位"披纱的圣母玛利亚"起的,她就是保护我的"纱巾"。不过,一旦到了田间,我便会摘下缠在头上的彩色发带,让黑色的长发自由地披散在肩膀和背部。我的脸很瘦,一双小小的琥珀色眼睛像雪狐一样灵活而机敏。我的个子很高,双腿和双臂的肌肉强健。夏天,白昼又长又热,我会只穿一件麻布衬衫,让乳房在衬衫里自由地晃动。我看见自己的"蓓蕾"微微挺立,在透光的衬衫下突显出来。

当我与女孩子们在阳光下的河水里洗澡时,我并不会为赤裸身体而感到羞怯。男孩子们会躲在芦苇丛后偷偷地观察我们,以为我们不知道。其实,我们不仅心知肚明,而且会故意撩水戏耍,甚至相互抚摸,让他们更加眼馋心热。我们也知道,躲在芦苇丛后面的他们也会相互抚摸,以释放那些折磨人的悸动。尽管我在自己的身体上发现了一处能够带来极大愉悦的部位,但却从来没有独自触碰过那里,而是在河里或蒸汽浴室里洗澡时,让其他女孩子这么做。在腾腾热气之中,我们的身体会变得更白,也更分不清究竟是谁的身体。女孩子们会相互开玩笑说:"你的新郎会抚摸你这里,这里,还有这里。"

纪念伊凡·库帕拉的神圣日子又来临了。那天的太阳仿佛在夏日的晴空中驻足了,似乎是想尽可能多地待一会儿,抢走暗夜的时光。下午时分,我陪着家人来到了河边的一处高地,赤着脚,身上只穿一件透明的亚麻长衫,头发披散着,戴着一个大花环。信众们开始了祭拜仪式,通过燃烧艾条来驱逐"鲁萨尔卡"的恶灵。与此同时,他们以伟大的圣伊凡·库帕拉——为基督施洗的先行者之名唱起了歌谣,希望他能保佑民生平顺并在那个具有魔力的夜晚为我们昭示未来的生活。

夜幕降临时,男人们点燃了巨大的白桦木柴堆。人们围成同心圆,绕着火堆载歌载舞,越跳越快。在最里面的一圈,我们女孩子的脸被火光映得红红的,光着脚轻盈地跳动。在男人们的眼里,我们已经完全变成了有魔力的仙女。我们无休无止地旋转,不知疲倦,也察觉不到脚被划伤。花冠掉落在地上,头发与身体同步起伏。光着膀子的小伙子们将他们的圈子越缩越小,一步步向我们靠近,仿佛逐渐逼近猎物的猎人。西拉是村子里最英俊的小伙子,他握住了我的手。我们一道跑了起来,跳过了象征净化灵魂的篝火。庆典仍在继续,人们围绕火堆唱着歌,讲着故事,进行各种神圣仪式和宴饮。我们年轻人则脱得精光,跳进河里,浸泡在河水里,让河水将所有不洁的东西洗净去除。我们相互泼水嬉戏,像"鲁萨尔卡"那样游泳,丝毫不畏惧那些恼人且致命的美人鱼,因为我们都知道它们春天便会离开水,躲到高高的树枝上,直到秋天才会回来。

突然间,我感到背后出现了一个好似从河里爬出来的恶灵般的阴影。我转过身去,眼前是一个无法清晰辨识的巨大的影子。那是一个骑在马上的人,还有其他人,许多许多人,全都上了岸。黑暗之中，他们像狼群一般无声无息地快速逼近了我们，逼近这个仍在篝火旁席地而卧的族群——他们仍沉浸在快乐之中，毫无防备。一声喊叫响起，而后是更多的号叫，有些叫声充满了恐惧，另一些则凶狠得令人发指——仿佛猛兽在将它们的利爪伸向猎物以前发出的怒吼，让猎物吓得丝毫不敢动弹。有人试图向村子所在的方向逃跑，但好几十支火把在一瞬间被同时点燃，形成了一个可怕的包围圈，封锁了河湾、举办篝火晚会的高地以及森林的边缘，让人无路可逃。在失去意识以前，我感到自己的身体——被篝火和河水净化过的赤裸的身体被一双手强行抓住，先是被举了起来，随后便在风中被带走了。

日复一日，我们乘坐的小船顺流而下。走在山脊上的，是缠着头巾、戴着尖顶头盔的骑士，有时我们也能看到一大排被链条锁住的男人踏着尘土缓慢地拖曳前行。船上的水手长将长长的舵桨插入水中来回划动。与他同在船上的，只有身着粗布衬衫，被锁链捆绑着的挤成一团的幼童和妇孺。日复一日的航行中途只有短暂的停歇：让我们稍事休息，上岸活动活动，再给我们一块黑面包充饥。渐渐地，河面变得开阔起来，右侧险峻的河岸变得低缓，植被变得越来越稀疏，水流也日渐平缓。在流经一处较大的河湾后，河流变成了类似于湖泊的水域。岸边升起了炊烟，插着旗帜——那是一处鞑靼人的大型营地。上岸后，我们经历了第一次筛选。在母亲们撕心裂肺的哭叫声中，年幼的孩子们被带走了。我们这些少女和妇人被扒光了衣物，依次排开，接受部落领袖的查验：他们挑选了属于自己的那部分人，而后让剩下的人登上了一些更大的船。

我感觉自己经历的一切都是梦：锁链、在船上与其他身体的接触、哭声、祷告、滞留于船舱底部的尿液和粪便的臭味、那些面目狰狞的男人让人看不透的双眼、鞭子的抽打、触碰身体的手——那身体已经不是我的了。我感觉自己形同死尸，一动不动，任凭身体随船的晃动和其他身体的挤压东摇西摆。或许我跟其他妇女一样，确实已经死了；或许这就是末日审判的时刻，山脊上的那些骑士就是"末日四骑士"，而那些有着深色皮肤、黑色胡子，双眼充满血色的男人可能根本就不是人，而是魔鬼，正把我们引向地狱。

我会时不时偷偷地举起右手，在胸前画三次十字：我的手机械地从额头画至肚脐，而后上行至右肩，再从右肩画至左肩。与此同时，我会低声默念与我同名的圣母的名字，祈求她的帮助。船夫会时不时地用船桨敲打我们，倒不是因为他格外残忍，而是为了检查船上的那些身体是否还有生命的气息。假使我们中的某人一动不动，双眼紧闭，半开的口中再无呼吸，士兵们便会让那具躯体从甲板滑入水中，像一个麻布袋一样悄无声息地消失在水里。幽暗的漩涡之中，她们散开的头发如同云朵，旋转的手越来越远，仿佛在与船上的人道别。月亮落了，又再度升起；残月慢慢变成新月，经历了一两个轮回。没有人知道具体过了多久，因为已经没有人有心思去计算天数了。河流的尽头变得越来越宽，形成了一座由诸多水系形成的迷宫。随着河水的流速越来越慢，船在一块沙洲附近靠岸了。我们还得继续步行好几日：被链条锁着，光着脚，血迹斑斑。倘若某个人倒下了，就会被鞭子抽打，一直打到她再也站不起来为止。另一种可能性是她的链条被打开，被原地抛弃，成为骨瘦如柴的野狗的餐食，由于怕挨打，它们一直远远地跟在队伍后头。对此，我们已经毫无知觉了，只是像待宰的羔羊一般遵循着看守的号令，忍受着鞭子的抽打，温顺地向前走，惊讶地看着河流变成一片与天空融为一体的舒展的水面。这便是那条发源于我们村庄的河流的最终去处以及其他河流和小溪的最终去处，这便是世界的边界。越过此处，水流将倾泻而下，归于黑暗的混沌之中。地狱已经近在咫尺了。

我们来到了一个被他们称作"港口"的奇怪的地方，名叫"比萨港"。岸边停着许多我从没见过的巨大的船：有的船身狭长，侧面伸出一排排长板；有的船身形如大肚，上面立着密密麻麻的高大桅杆，仿佛林中的树木。港口旁边是另一片鞑靼人的营地，那里有一个牲口围栏，里面挤满了女人。在这次长长的旅途期间，在一次次转乘和休息期间，我失去了所有爱的人和认识的人。族人和村庄的概念被彻底消除了，切尔克斯人、吉克人、库曼人和鞑靼人混杂了在一起。她们来自其他被打散的部落，说着我听不懂的语言。在数不清的躯体、呻吟、叫喊、鞭打之间，我彻底迷失了，什么也不明白，彻底陷入了形单影只的境地。在孤独之中，我只能闭着双眼，默默地向圣母祷告，祈祷她悲悯的目光能看向我，能从天空中降下神奇的"纱巾"，让我远离伤害和死亡。一天，我被带出了围栏，而后被拖入了一个肮脏的帐篷，不，他们拖走的不是我，只是我的躯体。那一刻，我的祷告更加急切，也更加发自内心深处。我把自己的灵魂以及所有的力气都交托给了"披纱的圣母"，想象着"纱巾"从湛蓝的天空飘落，包裹我，保护我。可实际的情形却是我的身体在一条草褥上被一群恶魔蹂躏，他们一边喝酒一边像畜生那样狂笑。随后，我又被扔回了围栏里。

一天，一个鞑靼人首领命令我们梳洗了一番，因为稍后会有人检查我们的身体，包括双腿之间的部分。他把我们分成了好几组，又给我们分发了干净的"哥萨克"式上衣和木屐。我们被带到了港口所在的小城，在一片空地上像牲口一样被售卖。轮到我的时候，赤身裸体的我与其他少女一起跳上了一个木质的台子。我的面前站着好几十个男人，他们的相貌和衣着都让我感到陌生。他们一边仔细地观察我，一边听着某个用我同样陌生的语言高喊出来的声音。我被很多双手触摸，不，

5 玛丽娅

他们摸的不是我，而是我的身体，因为我的灵魂早已到别处去了。最后，另一些人的手抓住了我，给我套上衣服，把我带去了一个黑暗的仓库，几天以后，那些人又把我送上了一艘停泊在水面上的大船的内部。我被扔在地板上，不知道在其中待了多久，只能靠吃喝拉撒的节奏来分辨每一天的起止。我感到航行中的大船仿佛是在某个物体的表面滑行，有时又似乎在与某种怪兽对抗，将我们高高抛起，又让我们重重落下，让我们可怜的身体彼此冲撞，或是撞上底层船舱的侧板。我真害怕，说不准什么时候，船就会到达水面的边界，而后向下坠入地狱之渊。每当头顶上方的门被打开，他们就会像喂狗一样，扔下一些黑面包块和用海水浸泡的鲱鱼干。装在桶里吊下来的饮用水是变质的，我们中的有些人生了病，发起了高烧。当某人一动不动，脸部周围飞满了苍蝇时，那些恶魔就会把她的身体吊上去。过不了多久，我就能听到船舱外的扑通声。

当那些人终于让我们走到外面去见阳光时，我的身体已经极其虚弱，以至于无法弄明白周遭发生的一切了。我的瞳孔已经习惯于在半明半暗之中辨识身边的各种形态。其实，我只不过是和其他女孩子一起，被拖到了另一片阴影之中，也就是另一艘船的船舱内部。一天，那些人让我们走出船舱，身披斗篷，悄悄地前往一处貌似教堂的场所，不过，那座教堂不是用木头建造的，而是用石头建造的。我似乎看到了一线希望：我认出了十字架——尽管那个十字架与我们的十字架有所不同，还认出了抱婴圣母的形象。于是，我快速在胸前画起了十字。或许我还活着，或许我还没进地狱。一位略通我的语言的修士问我叫什么名字，当他听说我叫"玛丽娅"时，他便在我的头发上洒了几滴水，完成了某种我不明白的仪式。随后，他把我的名字改成了"玛利亚"。这个喷水仪式就是神圣的洗礼仪式？在我们那里，无论是婴儿还是成人受洗，都应将整个身体浸入圣水。可是，既然我早就接受过洗礼，且已在伊凡·库帕拉节期间被篝火净化，那位修士为什么还要向我喷水呢？

　　过了一些日子，我又经历了另一轮针对我的裸体检查。另一些人触碰了我，用我听不懂的语言说了另一番话。我第一次察觉到一个先前从没注意过的细节：那些触碰过我身体的手会拿起一个皮质的口袋，并从那口袋里掏出一些貌似用金子做的小圆片。没错，那些小圆片的颜色和光泽与复活节仪式上身穿祭服负责点燃熏香的神父手中那个十字架的一模一样。这些金子做的小圆片是用来做什么的？用来购买我的身体吗？难道说我的生命、我的灵魂以及我的自由是有价格的？它们的价格就是那一小堆从一只手递给另一只手的黄金圆片？那些手真脏，触碰过我的身体，甚至伸进过我的私密处。难道我的私密处也是属于某个人的财产吗？

　　外头应该是冬天，我听见了寒风呼啸和雨点击打地面的声音。但我早已习惯在河岸的雪地里和河里的冰面上打滚儿了，哪怕是一丝不挂地站在一个大房间里，我也不会觉得冷。其中一个人——那个给出了一个装满金圆片的袋子的人把手放在我的胸口，检查了我的胸部，又用指肚掠过了我的皮肤。我听见他叫我"玛利亚"，而不是"玛丽娅"，明白自己正在进入一个全新的世界。那个始于某个夏夜的噩梦即将结束，另一个梦即将开始，有可能依旧是噩梦，但也有可能不是。无论如何，我还活着，我必须活下去，我一定能活下去！我穿上了渡海前穿的那件破烂的"哥萨克"式上衣，跟在那个买下我的人身后。他，是我的主人。

　　我的主人不是一个坏人。他把我交给了一位希腊老妇人，命她把自己和同乡所用的那种语言一点一点地教给了我。在这个由围墙和仓库组成的院子里，能听到许多种语言，但老婆婆教我的那种语言似乎是最重要的，也是最柔和的。我学得很快。老婆婆给我擦洗身体，为我治疗伤口，用某些药膏让我身上的疤痕一点点消失，为我去除虱子，为我梳理长长的黑发，让我睡在厨房里的一张破桌子下方的稻草包上。这样，在没有睡着的时候，我还能负责驱赶老鼠。不过，在我刚到的头几个夜晚，我一直都在睡觉，沉沉地睡觉。我会梦见曾经的村庄、河流，还有西拉的脸庞——那张脸越来越模糊，最后彻底消失在我的梦里。我还会梦见自己坠入地狱的过程：梦见自己被一个个恶魔鞭打、占有，梦见恶魔把燃烧的火炭塞进我的身体，梦见恶魔剖开我的胸口啃咬我的心脏。我会在夜里惊叫，而后感到老婆婆的手抚摸我的头发。她会用粗哑的声音为我唱一曲以前不曾听过的安眠曲，让我安静下来。不久以后，我就开始在货栈工作了，成了老婆婆和所有人的重要帮手：我负责清洗厕所，打扫房间，调制清洁碱液，浆洗衣物，生火做饭，把食物送去市场，为所有伙计和工匠准备餐食和酒水。所有的一切都让我感到新鲜：墙不是用木头做的，而是用石头砌的；锅子是黄铜做的；食物丰盛，种类繁多，前所未见；香料的香味扑鼻；还有那些往来于客栈长着不同面孔，穿戴不同服饰，操着不同语言的人。

后来，老婆婆把我领到了更高的楼层，让我在主人及其助手出门的时候收拾屋子。我们一起走进了主人的房间。当老婆婆指向一张大床时，我惊讶得张大了嘴巴。那是我从没见过的东西：高高的木质栏杆上雕刻着精美的图案，床上摆着一张大而柔软的羊毛床垫，床垫上铺着床单和绗缝棉被。我笑着说想躺上去试一试。老婆婆露出一个微笑，慢慢地，她让我明白我的愿望并不是白日做梦。人们都知道，主人是一个好人，一个重要的人，或许比皇帝还要富有，但却保留了一些小孩子才有的习惯。每到夜里，他一处理完外界的事务，就会把自己关进房间，坐在那张木质的写字台后面写东西——房门虽然锁着，但老婆婆曾通过锁孔见过这一幕。玛利亚应该知道什么是写字，对吧？是的，我还不至于那么野蛮，我知道读书写字是神圣的事情，在我的家乡，只有神父才会做这两件事。他会庄严地举起那部有着银色封面且镶有彩色宝石的神圣之书，大声朗读其中的词句——那些都是天主的圣言。不过，主人书桌上那部敞开的大书看起来却一点儿也不神圣，既没有神父那本书里那种虽然我看不懂，但感觉很眼熟的瘦削的文字，也没有描绘牧首和圣人的彩色图画。难道那是一本关于巫蛊之术或是黑魔法的书？

我正想伸出手去摸一摸那本书，老婆婆却立刻大喊道："收拾屋子时千万别碰那本书，千万别翻动页面！一切都得保持他离开屋子时的原状！"主人每天晚上都是如此：写上两三个钟头，而后熄灭油灯，躺在床上。但他却不会睡着，因为他没办法入睡，他会哼哼唧唧，辗转反侧，像个婴儿一样哭上好几个钟头或干脆一整夜。第二天一早，他就会变成一个心肠歹毒之人，命人鞭打那些不听指令或是做了错事的伙计，甚至连那些没有犯错的人也会跟着遭殃。此外，他还会毫无理由地责骂所有人。大家都说主人一定是在他先前生活的那座遥远的城市里被某个巫婆在身上施加了巫术：一到夜里，躲在床下的恶灵便会抓住他的脚，让他不得安眠。或许正是因为这样，他的床才特别高。但就算那床高得像一座城堡，也没能解决问题。若要战胜这个巫术，夜间就必须在他的身边安排一个人。这人既不是妻子，也不是情人，都不是。或许，他需要的是一个母亲，一个保姆。这与一则罗斯族传统寓言的说法很像：只有年轻体健的少女才能帮助他战胜巫术。再者，主人是一个好人，一定会补偿她：或许是赐予她新生，或许是还给她自由，谁知道呢。

这个故事被老婆婆翻来覆去地讲了许多次，许多天。我思考再三：一面是那张神秘的大床，一面是地板上那个稻草袋子——时不时有老鼠光顾，在我的发丝之间嗅来嗅去。我知道老婆婆的目的是什么，最终我接受了她所说的要求。我要遵守的规则很简单：永远无须与主人说话，他也绝不会与我说话。夜深时分，我将不再在厨房里过夜，而是上楼，前往二楼大厅，安静地等待油灯的光亮变暗。随后，我要走进房间，继续保持安静，从写字台后方穿过。主人会假装没听见我的动静，也不会回头。这时，我要脱得一丝不挂，钻进被子里，让床变得温暖。过不了一会儿，主人就会在床上躺下。我绝对什么都不需要做，他睡他的，我睡我的。我不能触碰主人，也不能对他有别的举动。如果主人碰我，我就一动不动地让他碰；如果他对我做其他的事情，我也要保持绝对的顺从。天亮时，我要在他之前醒来，悄悄地离开房间，不吵醒他。这便是所有的规则了。每到夜里，我都会仔细地洗漱，但不会涂抹任何香水——来自我的身体和头发的清新气息就已经足够了。

我谨慎地完成我的工作，主人果然在我身边酣睡得如同婴儿，整夜不醒。在脱掉那些宽大的便服后，他赤裸的身躯其实十分瘦小，比我的身体还小。当他蜷在我身边入睡时，就显得更小了。最初几次，我心里害怕，不敢合眼，生怕会有什么可怕的事情发生。然而，那些可怕之事却从来没有发生过。慢慢地，我会增加一些小手势：摸摸他几乎秃顶的脑袋上尚存的几根头发，小声地哼一曲记忆里儿时的摇篮曲："tili tili vom, zhakruy glazha skorye。"歌词大意是"小宝宝快闭眼，门外有人走来走去，要把不睡觉的孩子带走……"偶尔，至多是每月一次，我能感到主人的身体在动，他将自己的下体放在我温热的大腿之间，却并不深入。很快，一股黏糊糊的热流就会涌出。之后，他便安然入睡了。

通过与老婆婆交谈,我明白了自己究竟身处何地。这个发现让我惊讶不已:我所在的君士坦丁堡,竟然是罗马帝国的都城,也是罗马皇帝的皇宫所在。在我于山村度过的前半生里,这是少数几个我知道名字并了解其存在的地方。每到年底的圣巴西略之夜,年迈的祖母便会用心烹煮一锅荞麦羹——一种用撒拉逊小麦做成的配料丰富的汤羹。她像"帕尔卡"女神一样,一边在锅里不停地搅动,一边唱着一首古老的歌谣:"我播下了荞麦种,我种下了荞麦苗,我把焦黄美味的荞麦羹献给皇帝,去君士坦丁堡向他致敬,那里有皇子和皇亲国戚,有燕麦,也有小麦,现在荞麦粒又回到了我们身边。"祖母边唱边笑,把热气腾腾的荞麦羹盛入我们小孩子的深底碟子里。

老婆婆听着歌谣微笑着纠正道:"君士坦丁堡的重要性不仅仅在于你们的荞麦羹。"她告诉我,君士坦丁堡曾是世界的主宰。而后,她又哭着补充道:"时间会吞噬一切,吞噬一切生命和一切美好。"过去的她也不是现在这个弯腰驼背、发白齿落的老太婆。她叫"伊蕾妮",曾经是一位修女。后来,由于被捉奸在床,她便被赶出了修道院。她被罚没了教籍,流落街头,常年靠在黄金城门外出卖自己的肉体和乞讨度日,直到有一天,一位威尼斯商人从那里经过,产生了怜悯之心,将她带入了自己的货栈,让她干粗活儿并教导货栈里的女奴。

伊蕾妮的故事让我很是动容。我想起了自己曾经历的"末日"苦难,想起了消失在我生命里的童年的村庄,想起了"嬷嬷",想起了村里的女孩子,也想起了西拉。自那以后,我们两个女人——一个是年老的妓女,一个是年轻的女奴走得更近了。于我而言,伊蕾妮成了"伊蕾妮婆婆"或"伊蕾妮奶奶"。我开始陪着"伊蕾妮婆婆"前往市场,将沉重的筐子扛在自己的肩上;我也会在节日里陪她前往希腊人的教堂。从前,我只去过村子里那座用木头搭建的小教堂,如今,我该用什么样的词语描述这座精美绝伦的希腊式教堂呢？简直像是出自天主本尊之手！我想跪在"披纱的圣母玛利亚"面前向她感恩，是她在那次地狱之旅中庇护了我，拯救了我。然而，"伊蕾妮婆婆"却含着泪告诉我，那神奇的面纱和布拉契纳圣母像都被毁于一场火灾，不复存在了。

我感到绝望，我再也找不到我信仰的圣母了吗？我该向谁寻求庇护呢？7月里的一天，我与"伊蕾妮婆婆"和主人一起来到了旧货市场，无意间看到了一辆小推车，推车上放着一只铜制咖啡壶和两口被碰坏的锅子，旁边正是我的圣母：她向我敞开双臂，展开面纱。那是一幅板面油画，金色背景上的画面有着鲜艳的色彩，木板本身却已被蛀虫蛀得千疮百孔了。有时候，你越是没有期待，奇迹就越是会突然降临。我尖叫起来，指着那辆小车喜极而泣，反复在胸前画起了十字。我像个任性的小姑娘，站在原地不肯走，央求主人为我买下那幅画。"伊蕾妮婆婆"也在胸前画着十字，还对主人小声说了几句话。无奈之下，主人不得不从狡诈的商人手里买下了那幅画以及旁边的咖啡壶和锅子。他回到书房时，发现我已经将那幅绘有布拉契纳圣母的画像挂在了位于床和书桌之间的墙面上。

两年过去了，货栈里来了一个主人新买的奴隶。他名叫"佐尔齐"，很快就开始干那些最为粗重的活儿，夜里就挨着马睡在马厩里。这个十八岁的阿布哈兹小伙子就连用自己的母语说话也会含混不清。不干活儿的时候，他就完全把自己封闭起来。

最后，一个奇怪的金发少年也跟着主人走进了院子。他穿着一身奇怪的破衣服和一双开裂的靴子。当时，我正在二楼收拾房间，从高处看到了一切。那个少年被带进了厨房，"伊蕾妮婆婆"则一瘸一拐地从厨房里走了出来。她见我站在窗口，便招呼我下楼。我们一起走进了厨房。主人看着我的眼睛——

他很少这样做，指着站在角落里的那个少年，对我发话。他让我照顾"卡特琳娜"，处理一切必要的事务。随后，他没再多说什么就转身离开了，大账册还等着他呢。什么意思？谁是"卡特琳娜"？那个金发少年吗？我和伊蕾妮面面相觑。很快，老婆婆明白了一切。她走出厨房，赶走了聚在门口的伙计，又让人拿来了一个浴盆和一些衣物。在离开厨房并关闭房门以前，她小声向我交代了需要完成的事情。

我在炉子上烧好水，然后把水倒入浴盆里。与此同时，我脱掉了卡特琳娜的衣服，好奇地看着那件捆住她胸部的束身衣还有她戴在手指上的那枚奇怪的白镴戒指。我试图把它摘下来，但那姑娘却拼死抵抗。我没再继续坚持：那或许是留在她身边的关于某人或某物的唯一记忆了。在我眼里，卡特琳娜赤裸的青涩少女之躯堪称完美，令人惊叹。她有着紧实的双臂和双腿，一看就不是闭门不出的娇小姐，而是成天在丛林里撒欢儿的野丫头，若不是那一头金色的短发让她显得性别难辨，她的样子跟我还真有几分相似。她不是鞑靼族的女孩儿，因为她太美了。她的个子不矮，也没有鞑靼族女孩儿特有的塌鼻子。她应该属于切尔克斯族——一个生活在山区的民族，我曾在大集市上见过好几个切尔克斯族的女奴从我面前走过。她们浑身散发着野性，身段高挑，样貌俊俏。我的主人也曾买过好几个切尔克斯族女奴，但都是为了将她们倒手赚钱，而不是为了把她们留在身边使唤。他只把我——玛利亚，留在了自己身边。

我让卡特琳娜坐在浴盆里，用海绵、刷子和檀香味的肥皂仔细地为她清洗。出浴后，我用干布给她擦身。她那柔软白皙的皮肤尽管因艰苦的航海之旅而有些干燥开裂，却仍然让我着迷。我为她涂了一些"伊蕾妮婆婆"给我的油性香脂，慢慢抹匀：先是背部、臀部，而后是前面的脖颈和乳房。那女孩儿的眼睛看向别处，完全被动地接受我所做的一切。我继续向下擦干她的双腿，观察她的私密之处。按照伊蕾妮的嘱托，我将两根手指探入她的私处检查。她发出了一声小小的呜咽。我立刻把手指撤了出来——该找到的东西已经找到了。但不知为什么，那声呜咽却反复在我的脑海里飘荡，让我不得安宁。

我给她的胸部缠上了一条棉布，但没有缠得很紧：她正在发育的乳房已被紧身胸衣束缚得太久，是时候让它们松快松快了。我给她穿上了宽松的衬衫和长裙，如我们罗斯族女人所习惯的那样，长裙里面并没有内裤。最后，我给她的双脚套上了一双粗糙的木屐。我饶有兴味地看着自己的成果：把一个脏兮兮的小伙子变成了一个中规中矩的小女仆。她看上去有点儿滑稽：衬衫太肥，头发又短又硬，神情活像一条挨了打的狗。不过，那女孩儿始终没有看我一眼。我明白，她没有开玩笑的心情。明天，我会将一方灰色的油布手巾缠在她的头上，缠成头巾的样子，就像我用头巾遮盖住一头长长的黑发这样。如此一来，她那头不合时宜的短发也就会被包裹住，看上去就更有女仆的样子了。至于她的头发，还得等上好几个月才能长出来呢。让我不解的是：为什么我们女人无论怎么做，都会遭到诟病呢？假如我们展露自己的长发，人们就会说我们犯下了罪过——长发会点燃男人的情欲；可假如我们把头发剪短，那就更是离经叛道之举了。

天色渐晚，院子里已经点上了夜间的灯火。我让卡特琳娜坐在餐桌前，然后端来了昨天剩下的荞麦羹和一壶兑了水的葡萄酒，跟她一起默默地吃喝了起来。卡特琳娜刚刚洗过澡，我能清晰地闻到她的皮肤散发的浓郁的芳香，先前那种莫名其妙的不安感再度袭来。最后，我从角落里搬来了一条草褥，放在破旧的餐桌下方，又朝上头扔了一床被子，简单粗暴地让她明白这就是她的床。她什么也没说，在草褥上躺了下来，翻身转向另一侧。行了，现在我该去二楼了。上楼以前，还有最后一件事：我走到一个柜子旁，从中拿出了一罐添加过香料，散发着浓郁酒香且未曾经过勾兑的塞浦路斯葡萄酒。我喝了满满一杯——算是为老爷的健康干杯，而后便离开了。

第二天清晨，我像往常一样，心情愉悦地醒来。我应该是在夜里做了个美梦，但具体梦见了什么却记不清了。我一边用逐渐被遗忘的母语哼唱小调，一边下了楼。我先是去了一个隐蔽的角落，撩起裙子，清空了自己的肠胃，随后在石头喷泉旁清洗脸部和肩颈。我向那些天一亮就开始上工的伙计和搬运工问好，而后拎着一桶水去叫醒奴隶佐尔齐，让他立刻起床，打扫马厩，给马喂食。我推开了厨房的门，豪放地拽着卡特琳娜的草褥，高声对她说了一句"dobroe utra, Katiusha, lyubov maya"，意思是"早上好，'喀秋莎'，我的宝贝"。然而，当我听到下方传来的"spasiva"（意思是"谢谢"）小声回应时，却惊得目瞪口呆。我弯下腰，看向那张破桌子的下方，只见一个脑袋从被子里钻了出来，一头蓬乱的短发如同收割后的麦茬儿一般金黄。她的眼睛像松石那样明亮，仿佛被魔法师遗落的宝石。

怎么可能？她怎么会说我的母语？这么说，她也是一个罗斯族人？可她先前为什么没有告诉我呢？不过，也有可能是我问得太快了，"喀秋莎"什么也没听懂。于是，我又慢慢重复了一遍自己的问题。这时，卡特琳娜已经坐了起来，用一口南腔北调的语言回答了我的问题，其中既有罗斯语单词，也有另一种我听不懂的语言的单词。我大致听明白了：她不是罗斯族人，但她的乳娘伊琳娜是，刚才那些词都是伊琳娜教她的。那是她们之间的秘密语言，是只属于她们俩的"查科布萨暗语"——一种狩猎时使用的暗语，有别于其他切尔克斯妇女和少女使用的语言。她之所以对我说了"spasiva"这个词，是因为她想感谢我昨天为她做的一切：玛利亚给她洗了澡，还同她

5 玛丽娅

一起吃了饭。她保证自己会守规矩，会听玛利亚的话，也绝不会偷偷逃跑。

我有些想不明白：这姑娘是从哪里来的？她已经猜到我也是跟她一样的女奴，而不是女主人吗？我试图向她说明一些情况，但我们的交流似乎很难再向前推进了。我用威尼斯方言对她说了几句话，发觉这种方言她也听得懂，但她回答时的口音比威尼斯人要柔和一些，接近住在金角湾对岸的热那亚人的口音。行了，从今往后，这就是我们之间的语言了，这也算是一种"例行规矩"吧：使用我们共同的"主人"所使用的语言。至于我们的古老的母语，那种在孩童时期曾经用过的语言，那些都是我们应当遗忘的、永远失落的语言了。只有当我们在私下单独相处时，我们才会微笑着向对方抛出一些只属于我们的"查科布萨暗语"："*dobri*" "*karashò*" "*pazhalsta*"①。对此，我感到很高兴，似乎是找到了一个妹妹。"喀秋莎"学得很快，机灵得像一只小狐狸，但她的遗忘速度却不那么快。这一点不像我，我总是试图快速遗忘，因为记得越少，痛苦越少。或许，卡特琳娜永远也忘不了她曾经属于的那个自由的世界。

在一个格外寒冷的圣诞前夜，这座海滨城市也飘起了雪花。那天夜里，伊蕾妮去世了，找到了属于她的永久安宁之所。我们是在她过夜的楼梯间里发现她去世的。当时，她裹着一身旧衣服，脸上浮现出祥和的神色，仿佛正梦见天使。或许在那个神圣的夜晚，天使真的来到了她的身边，带来了"天主之母"的原谅，也将她带走了，留在人世间的，是她干瘪的躯体。我坚持请求主人为她举办一场像样的基督教徒葬礼——绝

---

① 俄文，意为"你好""好的""请"。

163

不能让人将"伊蕾妮婆婆"扔到垃圾堆里喂狗。为了达到这个目的，我几乎耗尽了所有的耐心：圣诞节当天，主人一直在写字台前埋头处理一笔迪拉姆币和土耳其阿克切币之间的复杂换算，对我的请求充耳不闻，因为伊蕾妮既不是他的女奴，也不是他的家人，大账本上没有关于她的只言片语，因此，她是一个不存在的人。不仅如此，她还是个希腊人、妓女，一个被罚没教籍的前修女。最后，主人拗不过我，只好给了我几个铜币。这笔开销也被他记入了大账本，事由是"个人花销"。

我叫来了"喀秋莎"，问她："你知道该怎么做吗？"那姑娘点了点头，说记得自己在安葬祖母时所做的事情：擦洗逝者的身体，涂抹香脂，为她穿上最好的衣服，用担架将她抬至神圣树林，让她坐在一个柴火堆上，为她守灵八天。尽管我正为"伊蕾妮婆婆"的离世而悲痛难忍，涕泪横流，但"喀秋莎"的这番话还是让我忍俊不禁：她到底是从哪个世界来的啊！不，她说的这些我们可做不了。我们在厨房的破餐桌上铺了一条旧床单，而后小心地将那具轻飘飘的可怜的尸体抬到床单上，没有脱去她身上的衣物，只是费力地舒展开了她因寒冷和死亡而收缩的肢体。我们为她洗干净了双手和面部，用一条白色的布紧紧地缠绕在她的颌骨和颈椎上，以便她能闭上那张已然没牙的嘴。我们用裹尸布将她包好，裹紧。两个搬运工将尸体扛在肩上——那个毫无重量的包裹实在无须更多人抬，我们所有人走在后面跟随。在灰色的清冷空气里，我们走向一座名为"蒙古圣玛利亚"的小型修道院。那里的修女同意将其安葬在一片圣地的榆树下。那个地方像是一座菜园，是一个有围墙守护的安宁的角落。

我得把所有的事情都教给我这个"喀秋莎"妹妹，可她总会摆出一副刚从天上的星星落入尘世的样子。首先，我要教她如何以正确的方式画十字，而不是像主人那种拉丁异教徒和其他法兰克人那样反着画。其次，我还要教她每天早晚用三个亲吻来问好。我发现，我们俩原本属于的世界也并不像想象中那样迥然不同。"喀秋莎"告诉我，她也曾参加过夏日在河边举行的神圣庆典，也曾疯狂地舞蹈，也曾在夜晚满月的映照下与其他少男少女一道在河里赤身裸体地沐浴。我半闭双眼，想象自己在泛着银光的河水里抚摸这个妹妹青涩的躯体的场景。

"喀秋莎"还会做一件神奇的事情，在我的村庄里，谁都没有她这个本事。人们说，只有圣人和修士才能让天使之手引领自己的动作，画出圣像中的人物。慢慢地，"喀秋莎"用黑色炭笔和红色的天然石头在厨房里画满了各种形象：靠在炉子旁睡着的猫，主人的马，奴隶佐尔齐那张傻乎乎的脸，鼻梁上架着玻璃眼镜片的秃顶主人的脸——若是被主人看见了，肯定免不了被他用鞭子抽上一顿，如绳结一般奇妙交缠的花叶图案，还有一朵奇怪的百合花。我问"喀秋莎"是否会画圣人的形象，她没有回答，只是立刻拾起炭笔，在灰泥上勾勒出一个张开双臂的"披纱的圣母玛利亚"形象。我立刻泪如泉涌，赶紧虔诚地画起了十字。有福的"喀秋莎"，她的手一定是得到了某个看不见的天使的引领。

为了让"喀秋莎"成为一个能干的女奴，我要把所有她必须会干的活儿都教给她。为了防止万一，我从来不让她独处。人们只要能看到玛利亚尽可能束在头巾里的黑色刘海儿，就能看到出现在她身后，吃力地挑着两大桶水的"喀秋莎"，她的金发已经再次变长了。我们并不害怕主人。他是一个好人，成天除了工作，便是在房间里跟他的纸张和鹅毛笔打交道，关于他写的内容，我们也不用担心，那并不是什么魔咒。此外，我还在他的写字台后方挂上了布拉契纳圣母的圣像：所有躲在他床下，夜里拽他脚，让他做噩梦的恼人的小鬼都会被那圣像一扫而光。

我从来不与"喀秋莎"谈论主人,也从未回答过她的任何关于主人的问题。但我相信,她在心里一定会问:为什么一到晚上,玛利亚在厨房与她一起吃过晚餐,在破桌子下铺好简陋的稻草褥子以后,便会独自上楼,把她一个人锁在厨房里?她应该听得见我光脚上楼时发出的轻柔的脚步声,也听得见二楼与主人房间对应的木质楼板发出的吱呀声。她应该知道我与主人是同床而眠的。谁知道她会问我什么问题呢?她没准儿会认为玛利亚是主人的秘密妻子,是一个打扮成女奴的公主,一到晚上便会恢复公主身份,但却不能把这个秘密告诉任何人。又或者是其他的什么猜测:当一个男人和一个女人睡在一起时,他们会做什么呢?我很舍不得让"喀秋莎"自己一个人睡:她或许很想与我一起睡,因为我会让她想起从前的乳娘伊琳娜,她想挨着我温热的身体入睡,这样能给她带来安全感。

在所有从威尼斯来的伙计之中,祖安内托是最友好的。他常常与我们交谈,但没有任何恶意。他总是笑容满面,感到自己有责任教我们说那种温柔的威尼斯方言。他会耐心地纠正我们在发音、语法和句法方面的错误,并告诉我们正确的表达方式。至于那个名叫佐尔齐的阿布哈兹奴隶,最好还是离他远些。他好似一头牲口,旁人难以知晓他脑子里在想些什么。女人们最好不要单独跟他待在一起,也最好不要对他微笑,或让他看见自己裸露的脚部或肩膀,否则,马厩里很可能会发生一些丑陋的事情。但"喀秋莎"不愿远离马厩,因为那里有一个生命——主人的灰色马很快就成了她的好朋友。一天,我看见她拥抱了那匹马,贴在它耳边说话,还抚摸它的鬃毛。

另一个需要提防的人是另一个"佐尔齐"——主人的大管家佐尔齐·莫雷西尼。提防他的理由与提防那个可怜的阿布哈兹奴隶的理由恰恰相反:莫雷西尼极为阴险狡诈,决不能听信他的花言巧语。好几次,当我俯在水池前奋力捶打需要清洗的衣物时,他从后方靠向我的身体,让我感觉到了硬物的压迫,他还想把手伸进我的裙底,摸一把我赤裸的臀部,结果被我猛扇了一记耳光。我把所有的衣物倒在他身上,让他四脚朝天地倒在了院子里,摔了一身泥。除了这两个人,其他人都很尊重我们:他们都知道我们是属于主人的。为了让"喀秋莎"明白这件事,我特地向她展示了仓库里那些装满珍贵香料的袋子:"看见那个印在油布上的标记了吗?就是那个上方有十字架的奇特图案。那是主人的标记。没有人敢碰或抢这些袋子,因为它们是主人的财产。我们俩也属于主人。还好,这里没有用烧红的铁块给女奴烙上印痕的习俗——对马和牛都需要那么做,但我们属于主人,就好比我们有这样一个印痕。这个看不见的标记能保护我们不受其他男人的欺辱。"

我让"喀秋莎"陪我进行日常采购,如同先前我陪着伊蕾妮去市场采办物品。这样,她第一次有机会跨出货栈的大门,开始像先前的我一样探索这个她生活着的城市。不过,我们只能在威尼斯人的区域里活动,不能越雷池一步。主人虽然善良,但也很严厉。他有一条鞭子,就连我这个白天是女奴晚上是保姆的人也曾尝过那鞭子的滋味——那一次,我打翻了一种非常浓郁的酒,酒痕像墨水一样无法去除,污损了一块非常珍贵的波斯地毯。我和"喀秋莎"一起沿着集市里的主要道路——货栈区廊拱向前走,不时在各种作坊里驻足。我得时刻小心,以免弄丢了"喀秋莎",就像我头几次逛市场那样,她已经被各种嘈杂的声音和新鲜的事物迷得眼花缭乱了。有时,我们会从开在高高城墙上的小门偷偷地向外窥探,默默地看着那些又长又宽的大船,那些把我们运送到这座城市的大船。

"喀秋莎"最喜欢去的地方始终只有一个:物产丰富的

鱼市。她像观看精彩的表演一样观看市场上那些令人惊讶的生灵：它们浑身光亮，闪着荧光，有的被摆在柜台上，有的在大水缸里活蹦乱跳。这样的场景会让她想起曾在家乡的河里见过的脊背带刺的鲟鱼，还有她想象中出没于溪滩的神奇的"鲁萨尔卡"。"喀秋莎"是一个生活在山区里的姑娘，换作以前，她根本无法想象幽深的海水下面居然存在着如此多种多样的生命。不仅如此，她跟以前的我一样，甚至不知道什么是大海。

在1月底一个温暖的夜晚，我如往常一样上楼，脱光衣服，准备上床去温暖主人的被窝儿。那天，我发现主人居然在看我。三年以来，这是他第一次这样做。他打破了那条我们彼此一直都在严格遵守的不成文的规则：绝不相互看对方的眼睛。他看着我，说明我是存在的。我有生以来第一次为自己赤裸的身体感到难为情，仿佛是被上主在善恶之树下抓了个现行的厄娃。主人开始对我说话——这也是三年以来的头一回。他说自己留在这座城市的期限已经到了，下一批威尼斯的商船一到，他就要离开此地。玛利亚要跟他一起走，一起回到他的威尼斯。那是一座如君士坦丁堡一般壮丽的城市，甚至比君士坦丁堡还要繁华和富庶得多，且没有像君士坦丁堡这样陷入令人绝望的破败境地。威尼斯有数不清的市场、作坊，还有出售各类商品的商店，可以在其中买到衣服、丝绸、珠宝、香料。或许，有一天他会释放玛利亚，让她拥有属于自己的自由生活。

那天夜里，我再也睡不着了。主人睡得很沉，而我则睁着眼睛，做了许多梦。我的目光盯着圣像，不停地向画中的人物祷告。黎明时分，当我下楼来到院子里时，我激动的心情似乎与货栈里所有人的激动心情彼此呼应。所有人都醒了，都在忙碌。他们大喊着："到了！船马上就要到了！"据说，昨天有一艘热那亚"加莱"战船上的人看到船队出现在海角，便立

5 玛丽娅

刻返回佩拉城报信了。远远地"护送"商队的，是一支由土耳其"福斯塔"轻型战船组成的虎视眈眈的小型舰队。今天下午晚些时候，商队就可能驶入金角湾。刚醒没多久的主人也蓬头垢面地下了楼，叫来了他的一众书吏。过了一会儿，威尼斯使臣的一位传讯官便气喘吁吁地跑了进来，通知主人皇家仪仗将在登陆后经过威尼斯人区。因此，所有的商人、银行家和行会成员都要做好见驾准备，向皇帝致敬，并随他的大型仪仗前往圣索菲亚大教堂。这番话我全都听见了，但几乎什么也没听明白。只见主人紧张地在院子里来回踱步，他身上穿着睡裤，秃顶的脑袋上戴着睡帽，嘴里不停地念叨着："花钱，花钱，还得花钱。"

快到下午三点时，似乎一切都已准备就绪，总算可以长舒一口气了。门外传来在廊拱下方奔跑的孩童们的叫喊声："到了，他们到了。"这时，我看到了一番从未见过的场景：主人沿阶而下，走到院子里，他身穿一件裘皮短外套，裤腿扎在靴子里，头上戴着一顶毡帽，遮住了光秃秃的头顶。此刻，他显得年轻了不少，几乎可以称得上英俊了。他命令愣头愣脑的佐尔齐为他备马，而后纵身一跃，果断且灵活地跳上了马背。他对祖安内托和莫雷西尼说："去看看我们的船队吧。"此时，他注意到了角落里的我们——玛利亚和"喀秋莎"，我们手牵着手，就像是一对怯生生的姐妹。于是，他开口喊道："好吧，你们也来吧。"祖安内托为我们披上了斗篷，以免我们着凉。我们所有人一路跑上山顶，累得上气不接下气，追随着主人来到了一座废弃的修道院的露台上。露台位于一座古老的高塔附近，从那里可以看到另一片大陆的海岸线。

那是一个晴朗的冬日，空气凛冽而清澈。露台下方，舰队浩浩荡荡地在海峡中航行。威尼斯大型国家船队的船全都升了满帆，红白金三色相间的大幅圣玛尔谷飞狮旗帜与帝国的双头鹰旗帜交相辉映。船队的鼓声响彻海峡两岸。长长的号声响起，船桨整齐地插入水中。整座城市所有的大钟开始齐鸣。我们看见主人深深地吸了一口咸津津的空气，看上去心情大好。

直到第二天，舰队才正式登陆。我们两个女奴不能出门上街，便从二楼大厅的小窗户向外看。房屋的外墙装饰有一块艳丽的挂毯，钉入墙体的钉子上悬挂着一些装饰绸缎。祖安内托站在我和"喀秋莎"之间，说他能站在两位如此活泼的少女身边，感到特别幸福。他还说我俩与他在威尼斯见到的那些缺乏活力的少女非常不一样。在威尼斯，他只能偷偷看一眼那些女孩子，否则，她们眼尖的母亲或管家就会有所察觉。祖安内托的手会时不时滑落在我们身上，落在这个部位或那个部位。不过我们并不介意，我们都太兴奋了。我们看到楼下的主人在等待货栈的其他商人。他身披一件相当时髦的布拉班特式大红色斗篷，光秃的头顶被一顶华丽的深色毡帽所遮挡。喜庆的钟声响起，鼓声、号声和风笛声也此起彼伏。大都督的卫兵们奋力拦住道路两侧的人群，以便皇家的仪仗队伍得以顺利通行。走在队伍最前方的是手持长矛的武士，后面是传令官和一队身着白衣的少男少女。高举皇家旗帜和徽标的旗手们鱼贯而行，紧跟其后的是一位青年，他举着绘有双头金鹰标志的红色旗子。接下来出场的，便是罗马人的皇帝了。这位约翰皇帝看上去衰老、疲惫、病态恹恹，斗篷下的身体几乎让人难以看见。我们只能看见他身上披着的那件用大马士革缎纹布织就，带有银貂毛翻领的斗篷，还有一顶尖尖的冠冕。

盛大的仪仗队伍朝着圣索菲亚大教堂缓慢前行。我们和祖安内托远远地跟在后面。大教堂里人山人海，我们自然挤不进去。于是，我们就待在外面，聆听从大门里传出的隆重的感恩唱诗。后来，我们离开了教堂，在教堂附近游荡，见到了不少奇特的古物：一个三足铜凳、一座方尖碑、一根形同两条交缠的蛇的柱子。待到仪式结束，圣索菲亚大教堂的人群散去，我们又回到了那里。教堂外还留有许多穷人，他们试图在长条凳上寻找残余的食物果腹。我们也找到了一块面包，还有一位老修女留下的炸小鱼。那位修女一直在自言自语地哼唱："君士坦丁堡不会陷落，不会陷落，只要这些小鱼不跳出炸锅，飞得无影无踪。"我们走进大教堂，空旷的圣殿里只听得见我们的脚步声。这个巨大的神圣空间环绕着我们，散发着熏香的气息。刀刃般刺眼的阳光从窗户射了进来。

我们抬头看向上方，似乎在圆形屋顶上看到了一片星空，排布成圆圈状的星星如同王冠，在用金色玻璃拼成的马赛克背景上熠熠生辉；侧面数不清的窗户好似无数眼睛，上方巨大的拱门则形同睫毛。"喀秋莎"不知该看向何处：恢宏的马赛克图案以及位于宝石、大理石、斑岩和碧玉石上的镶嵌令她眼花缭乱。我在"天主之母"的圣像前虔诚地画十字祈祷。随后，我们一起沿廊道上楼，从高处俯瞰：大块蓝条大理石铺就的地板好似风暴中起伏的海浪，又好像一片具有魔幻色彩的结冰的海面。

黄昏时分，我们疲惫地往回走。我们从一根巨大的柱子下方经过，柱头上是用青铜打造的君士坦丁皇帝的骑马雕像。他头戴羽毛冠，高举的手指向东方。祖安内托说，那意味着皇帝致力于驱逐蛮族。然而，我们身后的一个人却用粗哑而愤怒的声音和蹩脚的威尼斯方言纠正了他的说法，让他吓了一跳："不，那只手指的恰恰是入侵者到来的方向，君士坦丁堡的征服者到来的方向。他们是天怒的标志，神圣的制裁将要降临于这座城市，惩罚它的腐朽和对真正的天主教信仰的背叛。"我们转过身去，面前是一个年老的希腊修士——一个长着长胡子的先知。他恶狠狠地画了一个十字,继续朝一小群面带惧色的妇女布道:"世界末日已经临近,你们立刻忏悔吧。等你们看见噩兆临近,就为时已晚。当圣海伦娜的儿子君士坦丁再次登临王座,月亮变暗,血雨落下,电闪雷鸣,巨龙从天而降,将羊群开膛破肚时,整座城市就将陷落。君士坦丁堡一旦陷落,便只会剩下断壁残垣,哀鸿遍野。"

"大吃大喝的星期二"这天,威尼斯人区正在举办盛大的狂欢节,其欢欣雀跃、丰富多彩的程度不亚于在威尼斯。主人没在家,他在佩拉城处理手头的事务,清空所有的仓库,当晚也就睡在那里。与他同去的还有祖安内托、莫雷西尼和所有伙计。我的任务是看家:主人严肃地嘱咐我夜里不要外出,要锁好所有的门窗,尤其要把厨房的门闩闩牢。早晨,我急匆匆地去了一趟市场,很快就扛着一筐东西回来了,什么也没有对"喀秋莎"说。随后,我安排她去仔细打扫二楼的房间——这样一来,我便可以撇开那个小姑娘,独自在厨房里忙活了。

2月,天黑得很早。我能猜到二楼的"喀秋莎"一定是倚在窗边,看向街道,看那些戴着假面、举着火把的熙熙攘攘的人群从街上穿行而过。每每这种时刻,她总会变得忧伤。可怜的孩子,每当她为自己的境遇,或者说是为我们共同的境遇,感到孤独无助时,总想要流泪,但她却从来没有真正哭出来过。当她下楼返回厨房时,等待她的是一个大大的惊喜。我穿着衬衫,喜悦地拥抱她,亲吻了她三次,并大声对她喊出"谢肉节快乐!"。壁炉里的火焰让整间屋子变得明亮而温暖,桌上摆满了大大小小的盘子,里面盛着我背着她准备的各种美食:烤新鲜金枪鱼片配"黄奶油酱"——一种用鸡蛋、油、豌豆、萝卜丁、蔬菜和蘑菇做成的酱,蓝纹辣味山羊软奶酪，一小碟油光锃亮的黑鱼子酱，一大盘用黄油和鸡蛋煎出来的炸糕：形状浑圆，色彩鲜亮，活像一个个小太阳。我告诉她说："这些是'布利尼'。现在只有我们两个人，没人管我们，我想送你一个礼物，让你开心，让你不那么孤独。我们来一起庆祝谢肉节。这些东西是按照我小时候生活的村子的习俗准备的。那是一个很远很远的地方，远在那个叫罗斯的国家。白天，我们会在雪地里打滚儿，在结冰的河面上滑冰；到了晚上，我们就围坐在小木屋里，享用热气腾腾的'布利尼'。"此外，我还准备了核桃和蜂蜜——我知道，这两样东西"喀秋莎"总也吃不够。餐桌上没有水，但有葡萄酒：有主人的酒——那种名为"卡曼达蕾雅酒"的塞浦路斯高度甜酒，还有一种最近刚从马略卡岛送来的"白莫斯卡托酒"。音乐也不缺：一阵阵风笛声和琉特琴声从屋外传来。

　　火光映照在"喀秋莎"脸上，也映在她笑意盈盈的眼睛里，令她看上去更加俏丽了。酒杯满了又空，空了又满。我的兴致越来越高，便把主人告诉我的一切都透露给了她："过不了几天，我们就要登上前些天开来的大船了。我们会漂洋过海，跟着主人去威尼斯。他向我承诺会给我自由，让我住在他的宫殿里，给我衣服、香水、珠宝，让我变成一个公主，人人尊重，人人爱慕。到那时，玛利亚一定会帮助'喀秋莎'，把她留在身边，一起住在宫殿里，像亲姐妹一样，永远在一起，永远不分离。"

　　"喀秋莎"感动不已，眼睛变得湿湿的，不知是想笑还是想哭。我握住并抚摸她的手，用手指擦去了她睫毛上的泪珠。我的手一路下行，拂过她绯红的双颊和尚有蜜汁残留的张开的双唇，拂过衬衫下凸起的乳尖。在酒水和火光的烘托下，"喀秋莎"满心欢喜，忘却了过往的一切愤懑。她站起身来，在壁炉前翩然起舞。她光着脚，衬衫透着光，像切尔克斯人那样微微跳起来，甩动金色的长发。我似乎完全被眼前这个充满野性的天使蛊惑了，也跟着跳了起来。"喀秋莎"毫不羞怯地褪去了衬衫，露出赤裸的胴体。我也脱去衣物，跪在她面前——仿佛跪在布拉契纳圣母像面前。我满怀虔诚，颤抖着亲吻了"喀秋莎"将来要哺育子女的蓓蕾，还有孕育子女的小腹。随后，我让她躺在稻草褥上，轻柔地采撷。我让她血脉偾张，心跳加速，又将舌头伸入了她充盈着蜜汁的最为隐秘的神圣之所。"喀秋莎"的身体颤抖着，呻吟着，第一次体验到了神圣之火为我们点燃的欲望。美妙的"喀秋莎"，我的宝贝。

  黎明时分，重要的一天到来了。今天是启程的日子。第一缕晨光已经从厨房那扇朝向院子的门的下方照了进来。该起床了，今天可有许多事情要做。一夜没合眼的我挣开了"喀秋莎"的胳膊，她还在酣睡，像个孩子一样。我起身了。我听见高塔上的大钟敲响，不由得打了个冷战：这钟声与我曾生活过的村子里的钟声竟有这么大的不同——村子里的那座钟是由人拉着敲响的，而这里的所有钟都是由金属齿轮驱动的，每一座都一样，都是冷冰冰的。我在广场上见过那座钟，它有着白色的表盘和长长的金色指针，说不定是一种用于抓捕时间的魔鬼式的发明。天主原本把时间赠予了人类，让他们善用时间，过富足而愉快的生活，以赞美他的荣耀，所以说，时间原本就属于天主，而非人类。然而，邪恶的魔鬼却想让人类误以为时间属于他们自己，误以为他们可以滥用时间，去占有所有的生命和造物，包括动物、树木、石头，还有其他男人和女人。那些男人和女人原本都是天主创造的自由的人，原本都不是奴隶。好了，过不了多久，我们就将抵达威尼斯。在那里，一切都会发生变化。我一边想，一边摇晃"喀秋莎"的身体，让她从睡梦中醒来。

6
多纳托

1440年4月26日,
在威尼斯的巴多尔宫

我在威尼斯这座城市生活了多久?我自己也说不清,就好像我说不清自己多大年龄,以及具体在哪一年出生那样。我申报年龄的方式跟申报的次数一样多:国籍申请单,税务申报单,以及其他成百上千张申报单……他们逼着你写下你是谁,叫什么名字,在哪里出生,在哪里居住,挣多少钱。所有这一切,都是为了把你控制起来,登记在某份文件里,而后让你缴纳各种苛捐杂税。但是,我从小就渴望自由,渴望自己不要像一个奴隶那样被捆绑于某个家族、某个群体、某个家族世系、某个行会、某个公司或某个城市。说到底,就算是我深爱的威尼斯也不算是我的城市,因为,如果它属于我,那么我也就属于它了。不,我要一辈子做自由的人,随心所欲,想来就来,想走就走。

在我出生的佛罗伦萨城,自由是最神圣和最受尊崇的号令,人们言必称"佛罗伦萨之自由"。当被各种法律、章程、税政重压的民众向有钱有势的阶层发出抗议时,他们喊出的就是这个词。他们如决堤的河水一般愤怒地涌入街道和广场,驱赶人称"雅典公爵"的戈蒂埃六世。还有一次,羊毛行会最底层的梳毛工发起了暴动,要求获得他们从未有过的尊严。关于这一事件，我还记得父亲的讲述。我的父亲名叫菲利波，是萨尔韦斯特罗·纳蒂之子，人称"廷塔"。当年，他也曾与其他小型行会和小户阶层的工匠一道冲上骚动的大街，高声呐喊："有自由才有一切！"

然而，父亲向我讲述这些，并不是为了教育我去争取自由，恰恰相反，他的一次次经历总是以同一种方式告终——昂起头的那个人最终总会再次低下头去，权力总会回到同一批人手中，就好像什么都不曾发生过。他们会以某种新政为幌子，向个别平民让渡某些微不足道的权力，让他们成为所在街区的执政官或正义旗手，执掌两个月权力，而后卸任。这就是他们哄骗我们的办法，让我们以为自己终于分得了一点点权力，但就算那一点点，也只是梦幻泡影。我的父亲曾三次当选执政官，荣耀地穿上了执政官的黑色紧领长袍，但他的手始终粗糙，老茧遍布，沾满胶水和锯末。真正的权力一直掌握在几个固定的家族手中，在数次革命中屡屡获益的，也始终是这一群体。我父亲的处世名言非常简单：安分守己，紧紧依靠自己的家庭、作坊和行会；学好一门手艺，老老实实地挣一口饭吃；不要轻举妄动，否则便会万劫不复。

我丝毫没把这些生活经验以及家常便饭式的鞭打放在心上。我只想离开家，离开作坊，离开我们居住的那条街道。我也不知道自己究竟想要什么，就像任何一个心存梦想和幻想的小伙子那样，只是想要那么做罢了。我要反抗父亲，反抗其他所有像他那样的人。我要离开这里，并且要向他和其他所有像他那样的人证明，我是不会陷入万劫不复的境地的。

如今，我已经老了，在想到我的父亲时，心中也多了一份宽容。随着时间的流逝，曾经经历的种种痛苦和艰辛都会逐渐褪色，变得柔和。在这样的记忆里，父亲往往会以一种为家庭和工作奉献一生的形象出现。他总是要么待在作坊里，要么便待在我们位于圣埃吉德路上的老房子里。那座房子就在圣弥额尔维索多米尼堂的后方,离圣雷帕拉塔堂那片总也无法完工的工地很近。父亲干起活儿来从不遵守常规作息时间,常常超时工作,直到金星落下才会被迫收工。随后,他便会朝家里最私密的地方——菜园走去,就着一点儿微光悄悄完成最后的雕凿工作,以免被夜巡人发现。

父亲是一位制作箱子的工匠,他的父亲萨尔韦斯特罗也是。所以说,我也应该干同样的行当——的确,我最终也理所当然地子承父业了。尽管曾经折腾过一番,但我并没能改变自己的命运。父亲的话不无道理:"不要逃离家族的命运。对于我们纳蒂家族来说,成为制作箱子的工匠,做个普通人,这就是我们的命运。"制作箱子的工匠与木匠一样,其行会都属于小型行会。我们专门负责制作各种类型和用途的木质容器:用于旅行和运输的大小箱子,用于储物的箱子,用于放置衣物、床品和装饰物的家用箱子,用于保存物件(尤其是珠宝)的箱子,置于厕所的箱子,为富人、银行家和公共机构打造的带有加固装置的大小箱子,用铁条加固并安装复杂锁扣系统的保险匣和保险箱……此外,还有一种特殊的箱子,专门用来存放圣人和圣女的遗骸——按照慈母教会的说法,这些东西都应被视为圣物,加以供奉。

我的父亲很有头脑,他知道在这个世界上,穷人只会更穷,而富人只会更富,富到不知该怎么花掉自己的钱。因此,他觉得他犯不着为了制作那些简单的大旅行箱和运输箱而埋头苦干,而应专注于打磨那些经过筛选的少量奢侈品订单,让趾高气扬的富户阶层支付高昂的费用。那些人会心甘情愿地拿出任何数量的钱财,只为展示家中某件独一无二的物件,让对方家族世系的男男女女因嫉妒而被"气死"。是的,必须得赚这些人的钱。后来,父亲作坊的订单越来越多了,有来自佛罗伦萨的，也有来自外地的。

在所有的产品类型之中，最受欢迎的是放置新娘妆奁的盒子和箱子。那些产品的外部往往装饰着丰富的镀金镶嵌物，还有由最知名的画匠绘制的画。不过，我的父亲对画师作画这一操作并不感兴趣：这样一来，他作为木匠所付出的辛苦和应得的收益都将被镀金匠和画匠抢了去。如果他只是按照客户的委托，制作一些小巧且精致的箱子，完全由他本人组装起来，那便可以挣到多得多的钱。在这个过程中，他可以掌控所有的加工流程，包括外包给其他工匠和艺术家的部分。根据覆盖于箱子外部的材料——贵金属、皮革或象牙的不同，后继可能涉及以下流程：打造铁锁，在制作浮雕和镶嵌的过程中熔铸、焊接金银，加工皮革并为之染色，用黄金印刻佛罗伦萨传统纹样——百合花自然是必不可少的，切割和加工象牙板，等等。

除此之外的所有工序都将由他完成：他要设计箱子的形态——呈平行六面体抑或是多棱柱；他要巧妙地安排箱子的内部空间——将其分隔为细小的隔断和抽屉，有不易被发现的空间，以便女主人将情人留下的字条藏于其中，或是用来收藏一条和某人幽会时才会裸身佩戴的珍珠项链；他要在各种珍贵的木材中间精挑细选，使之能够得以长久保存；他要进行细致的雕刻，用不同的物质进行恰到好处的镶嵌和粘贴；他要设计出现在金板、银板或象牙板上的一系列画面，与客户商定，而后转达给设计师，于是，那些美好的图案就会出现在新娘的妆奁上，例如被飞翔的天使所环绕的热烈相拥的裸身男女；最后，他还要组装好所有的木结构零件。每当一件小小的杰作完成，父亲总要在深夜的烛光下仔细地端详一番，抱怨自己第二天就要把它送出去，只为换回一小袋金币。在他看来，那一小袋金币是不能与他的这份痴迷与热爱相提并论的。

不过，这些事情都是当我也成为老人以后才明白的。直到那时，我才学会如何去理解和原谅已被天主召唤至天国的父亲。当年，我完全无法理解他，只是用尽全力地恨他，一心想要离开，不再从事他所从事的职业。在当时的我的眼里，他就是一个奴隶——一个一辈子都被束缚在作坊里，被束缚在操作台前的奴隶；一个被沾满汗水的旧工具束缚的奴隶；一个被家财万贯的愚蠢客户束缚的奴隶。他们始终把我们视为下人，居高临下地对我们颐指气使。

这一切都不是我想要的。当我还只是一个小男孩儿时，我曾故意——不是不小心，而是不尊重，打破一尊小型象牙塑像和其他精美的镶嵌物品，因此被父亲打得浑身是血。被狠狠教训后，我绝望地逃出了家，去寻找自由。我先是跑向圣十字广场，而后躲过了看守的卫兵，跑出了十字架门。我沿着阿尔诺河一直朝乡下跑，一直跑过泰达尔迪城堡，看见一条羊肠小道在葡萄园和大片的橄榄树林之间沿着山丘蜿蜒向上，逐渐变成一条位于半山腰的山路。我们曾在那里拥有一座小农庄，如今，它还在那里，位于特伦扎诺一条道路的上方，前面是圣玛尔定修道院和那座被人们隆重地唤作"玫瑰府"的盖拉尔迪尼家族的宅邸。再往上，便可抵达福尔蒂尼家族的府邸，这个家族的成员都是共和国的公证员和文书官。在出生的头三年里，我一直住在小农庄里。母亲自认为是一位尊贵的夫人，却错嫁给了一个无用的匠人，她受不了我们这三个从她肚子里生出来的孩子，也从不曾把我们抱在她的怀里。我的父亲得干活儿，于是便把我们交给了迪亚诺拉看管。迪亚诺拉是农夫格拉塔的妻子。当时，她自己的儿子努乔已经断奶了，她便让我嘬住了那两只空闲的乳房。所以说，努乔和我都是吃迪亚诺拉的奶长大的。

迪亚诺拉一直都很心疼我，她见到我来便会像当年让我吃奶时那样抱住我。然而，每当我在迪亚诺拉那里获得些许安慰，躺在山顶的一棵橄榄树下休息，父亲的仆人就会赶来，强行把我带回作坊，让我挨上一顿暴打，但我并不把这些放在心上。那时候，我总喜欢看正午时分的天空，看云朵从对面山丘的上方飘过，一直飘过阿尔诺河，自己也梦想着逃走。

　　向我提出这个建议的，是我的两位伯父巴尔多和丹特。他们是父亲的兄长，早些年就已经放弃延续祖父的手艺和家族作坊，转而去做一些大买卖，实现巨大的社会阶层跃迁，从小型行会进入大型行会，从制作箱子的木匠变成货币汇兑商，迈出向银行业进军的第一步。他们俩的名字曾多次出现在强大的汇兑商行会的名单上，也曾出现在行会旗手、执政官和"十二人委员会"成员的候选名单上，但却始终没有产生任何结果。换言之，他们一直都没能当选。为了更好地从事这一行，他们都离开了佛罗伦萨，去了佛罗伦萨商人们更密集地开展业务的城市。

　　尤其是伯父丹特，他在很年轻时就去了威尼斯，可能是在十三世纪中叶吧。他在威尼斯成了家，宅邸位于圣卡夏诺教区，离整座城市的金融中心——里亚尔托区只有几步之遥。作为一个"外国人"，他原本是没有合法执业资质的，因为汇兑和银行业务都只能由威尼斯市民经营。于是，丹特伯父全力以赴，一心只为获得威尼斯国籍，光明正大地开一家合法的货币汇兑行。他很幸运：那时的威尼斯刚刚经历过"黑死病"的洗劫，大议事会为了充盈城市人口，决定择机实施土地开发政策，使外来人口得以获得完整的威尼斯内部市民权，从而开展不动产和金融类业务，申请人无须拥有常驻地址，只要正式加入一家行会即可。于是，丹特伯父抓住了这个机会，于1359年1月1日注册加入了货币汇兑商行会，获得了他梦寐以求的特权证明。

　　我是在十岁的时候见到丹特伯父的。当时，他从威尼斯回到佛罗伦萨，短暂地停留了一段时间，处理手头的事务。他与父亲的差异太明显了：他的穿着、举止、给我们小孩子带的玩具，甚至是语言都与父亲相去甚远。他说起话来带有威尼斯方言特有的音乐性，他用这种语言向我们讲述那座建造在水面上的奇迹之城，似乎在那里一切皆有可能。后来，我没再见过他，据说，他返回威尼斯不久就去世了。不过，对于我而言，那一次见面就足以让我决定成为一个像他那样的人，而不是像父亲一样的人。我也想去威尼斯，尽管父亲总会火冒三丈地打我，不断威胁我说要断绝父子关系。如今，我是能够理解父亲的：他痛苦地预见到了这间承载他和祖父心血的作坊最终将陷入关张的境地或是迎来更惨淡的结局——落入某个不是他儿子的陌生人的手中。

为了逃跑，我抓住了作坊里最挣钱的生意：制作象牙板箱子。这显然不是父亲的独门手艺，他也是从一位名叫"乔凡尼·迪·雅各布"的师傅那里学来的。当时，乔凡尼·迪·雅各布在一家由巴尔达萨雷·奥布里亚齐开办的作坊里工作。巴尔达萨雷·奥布里亚齐原本是个没落的贵族，后来成了一名银行家。

奥布里亚齐家族（在威尼斯，也有人称他们为"恩布里亚齐家族"）本是古代的名门望族，后来，由于他们是骨子里的吉柏林派，遭到了威尼斯政府的流放。但丁·阿利吉耶里曾咒骂这个家族，将其所有的家族成员都视为放高利贷者，统统赶下了地狱。诚然，但丁没有提及这个家族的姓氏，但这更加突显了该家族的罪恶：他们家族的徽标——红色田野里的白鹅明确地出现在了受罚者脖颈上挂着的钱袋上。巴尔达萨雷是奥布里亚齐家族里最有头脑的成员。他不满足于挣辛苦钱，于是开始用钱来囤积货物，尤其是囤积多次在欧洲出现的珍贵的非洲象牙，以便在威尼斯开办一家佛罗伦萨工艺的象牙加工作坊。在我看来，那是全世界最富有也最重要的一家作坊。

当我告诉父亲打算前往威尼斯，进入巴尔达萨雷的工坊学习时，父亲才平静下来。那家作坊是父亲最大的供货商，专门提供象牙和其他经过精美加工的板材。他满怀希望，觉得或许有一天，我会带回一身他也教不了我的本事和经验，成为一名杰出的制箱工匠，将他的作坊继续经营下去。后来，丹特伯父的遗孀从威尼斯给我寄来了一封信，让我的出逃成为了可能。她在信中说可以让我住在她家，她会为我提供一个免费的小房间，只要我能给她做伴就好。

在威尼斯度过的最初几年尽管艰苦，但却是一段充满英雄主义色彩的时期：我不介意吃苦，因为这座城市里的一切都洋溢着自由的气息。对于一个青年人来说，似乎一切皆有可能。黎明时分，这个年轻人会被"工人钟"洪亮的钟声唤醒——这座钟的主要功能就是提醒工人和工匠们赶紧上工干活儿。于是，他穿过一条又一条街巷，去完成数不清的差事。巴尔达萨雷老爷的想法谁也琢磨不透，他常常会出其不意地交给这个年轻人各种任务。有些是象牙作坊的内部事务，例如四处寻找适于制作箱子的木材或是监督送达的账目等。但这个年轻人要做的事情绝不止这些。他要跑前跑后，拿着老爷的汇票，一会儿前往位于里亚尔托圣雅各伯堂周边的银行，一会儿前往位于圣玛尔谷区的银行；或是向那些借了老爷钱款的穷人们催债——那都是些高利贷，利息甚至比犹太人索要的还要高。此外，他还要前往一些声名狼藉的货栈，把一些盖有印章的奇怪票据送给一些戴着风帽的不明人士，他不知道票据里写了什么——若不想夜里进班房，还是不知道为好。据说，巴尔达萨雷老爷与维斯孔蒂家族一直保持着极为密切而隐秘的联络。维斯孔蒂家族是米兰的领主，与威尼斯交好，但与佛罗伦萨为敌。后来，巴尔达萨雷老爷完全没了影踪，他带着两个儿子贝内代托和亚历山德罗满世界游历，很少回到威尼斯。

6 多纳托

之所以说在威尼斯度过的头几年很艰苦，是因为伯母已经年老体弱了。自丹特伯父去世后，她便搬到了圣马丽娜广场的一处大宅子居住，但她只租用了其中的四分之一。我们这来自佛罗伦萨的一大家子人都住在那里，以巴尔达萨雷老爷的作坊为中心劳作和生活。真是所有人都挤在一起，从乔凡尼师傅——他被巴尔达萨雷老爷视若己出，到最不起眼儿的小工都住在这里。毫无疑问，这里还有一些奴隶，专门负责干运河区那边最伤身体的粗活儿和重活儿，例如将往来于主作坊（位于圣天使广场区的扎内家族的府邸附近）和运河区之间的贡多拉船拉入船坞。伯母的两个小房间里分别住着她和我，一间是她的小卧室，另一间是壁炉房，壁炉房的桌子下面铺着草褥，我就在那里睡觉。

这所宅子名义上是属于一个名叫"乔凡尼诺·迪·雅各布·菲乔凡尼"的佛罗伦萨人的。此人是巴尔达萨雷的一个远亲，算是个半破产的银行家。他独自生活，没有子女，常常以老爷的大管家和左膀右臂自居。他的主要营生就是把一些小房子租给为老爷干活儿的人，其中也包括我的伯母。我在那里认识了不少学徒、帮工和伙计，常常与他们混在一起，我们凑成了一个来自佛罗伦萨的小伙子群体。每当不用工作，稍有空闲的时候，我们便会钻进威尼斯的街巷，要么制造恶作剧，要么讲述恶作剧。这帮小伙子里，数多梅尼科·迪·马西诺·迪·马内托最机灵，也最狡猾。他与兄弟马内托一起，也住在乔凡尼诺的房子里，他俩是跟着一个名叫"乔凡尼"的叔叔一起来到威尼斯的。那人是一个手艺很棒的象牙雕刻大师，曾经效力于巴尔达萨雷，后来因为遭到某个团伙的追杀逃跑了。

我自由了。没错，我离开了父亲的管束，但我过得却比奴隶还辛苦。我抓住机会，争分夺秒地学习各种技艺。然而，对于制作箱子的手艺，我却啥也没学到，但愿我的父亲菲利波不会生气。我和多梅尼科都被黄金白银那明晃晃的反光深深吸引了：我们看见一袋袋或一箱箱钱币被送往位于里亚尔托圣雅各伯堂廊拱下的一家家银行。金银如河流一般从世界各地汇入威尼斯，其源头和流经的路径都是那么神秘莫测且数量众多。那似乎是一个由大大小小的水流形成的巨大的水利系统，让你只想纵身跃入，在其中尽情畅游。

我们把箱子和象牙雕刻抛到了脑后，转而开始了解那个更加流光溢彩的世界。奥布里亚齐家族的人并没有阻拦我们，因为他们的确也需要一些机灵的伙计去处理那部分事务。我还进入了一家熔铸贵金属的作坊学习：每当我看见那鲜活而纯净的金子和银子从一根根管子注入熔铸炉，被火加热后，在咕噜咕噜作响的小洞里发生形变时，我都会痴迷不已——那小洞就好似从事炼金术的巫师所在的岩洞。谁知道呢，没准儿有一天，我也会成为一个炼金术士，发现"贤者之石"的神奇奥秘，将铅变成金，或是蒸馏出神话里所说的"第五元素"。

那是一门极难的技艺，但我已经掌握了其中所有的奥妙。我学会了用柔缓的炭火加热熔铸炉，熔化待提炼的黄金，随后用钳子将其拉成细丝，令其一点一点地落入一盆冷水，从而让大量细小的颗粒沉淀于水底。我每天收集这些颗粒，将其分层排布在不同的贵金属检测试剂上，就好像将奶酪碎撒在千层面的面皮上。随后，我从中提取出贵金属，再将这一操作在炉火中重复多次，直至达到最高纯度。最纯的黄金是二十四开，其纯度可以用一块用作对比的深色石头加以检验。这种石头的颗粒非常细腻，倘若拿一根金条在上面摩擦，便会看到只有纯金才会在这种石头上留下的印记。我的专长正是制备这种贵金属检测试剂，尤其是清理用过的贵金属检测试剂——上面总会残存一些金粒。在我看来，这便是炼金术士所做的事情，因为这一过程需要用到能够吸引金子的水银（又叫汞）。我曾试着将那些转眼就不见的物质收集在一个皮质的小袋子里，将它们压成水银，并在其中找到一小块金子。

我的技艺确实精湛，能够比其他伙计压出更多的金子。因此，师傅会时不时奖励我一些残留在皮包底层的闪亮的金粒。他没有察觉到，在他奖励我以前，我已经偷藏了一些金粒。

提纯和检验银的技术有所不同，需要使用硫黄、铁和铅，这些都是制作合金的重要材料。制作金币不存在应用合金的问题，众所周知，弗罗林币和泽西诺币都应达到二十四开的纯度。不过，对于制作每磅只含十二盎司纯银的银币来说，就存在使用合金的问题。事实上，大部分通行的货币都是用合金铸成的。正是在这件事情上，我犯了难。在到达威尼斯以前，我几乎没有上过数学课，不会计算。然而，在将不同成分的合金锭打造成种类各异的货币时，就需要计算银和铜的确切比例，这种复杂的计算让我非常头疼。不过，在实际操作中，我是能够完美地进行各个流程的操作的：只要用眼睛看一看，用手摸一摸，用舌头尝一尝，或是用牙齿啃一啃，我就能鉴别出金属的制作工艺和纯度。举个例子，银板越是光滑、亮白，像镜面一样洁净、明晰、反光，其纯度就越高。但所有这些经验都不足以让我精确地炼出某种合金。因此，除了学习精确地使用天平，我还需要学习算术。

于是，我再次投身到对某种未知技艺的学习之中，付出了很多精力，也做出了很多牺牲。里亚尔托的计算学校学费昂贵，只有威尼斯富商的子女才上得起，而我既没有时间，也没有金钱。幸运的是，我在圣马丽娜广场不远处的圣方济各修道院找到了一位要价不高的老师。他是一个皈依基督教的犹太人，经验丰富，人们都称他为佐尔齐老师。我时常会把从作坊里偷出来的金粒送给老师，用以抵充学费。在他的帮助下，我不仅学会了在铸造银合金时进行磅与盎司之间的换算,还学会了在各种换算的迷宫中理清思路。以前,我曾在里亚尔托圣雅各伯堂的廊拱下看见银行家们在桌前快速计算,他们常常不用把数写在纸上,仅凭心算就能完成那些计算。在我眼里,那就像是"三张纸牌"戏法:一人赢,另一人就会输。自然,如果脑子不够灵光,就会一直输下去。

我已经做好准备,要开一家完全属于自己的银行,或是与某些已经开办银行的人合作经营,然而,倘若我不像丹特伯父所做的那样,获得威尼斯的国籍,就不可能成为货币汇兑商。若想获得完整的威尼斯国籍证明,就必须在威尼斯住满八年;若要获得"外部市民权"证明,则需住够十五年。这两个条件我都不符合,况且人们一看我的脸,就知道我顶多才二十岁。巴尔达萨雷老爷旅行回来了。他短暂地露了一面,给我指出了一条捷径:可以想办法获得"恩赐市民权"证明。申请此种证明无须固定居所,只要提交申请和"忠诚与奉献"誓词,由大议事会的一位担保人担保,而后由"四十人议事会"通过即可。他还告诉我,他近日要将一个象牙匣子交付给一位议事会成员,那人很有权势,如果我去交货,便可趁机当面做自我介绍,并将申请函亲手交至他的手中。我在申请函中还不能称自己为货币汇兑商,于是便编了一个医生的身份,这当然不是因为我真懂行医用药,而是因为我掌握金银铸造方面的冶金技术。

就这样,我第一次走进了位于圣若翰及保禄大殿和圣方济各修道院之间的巴多尔宫的门厅,得到了塞巴斯蒂亚诺·巴多尔大人的接见。他对那个象牙匣子很是喜欢,开玩笑似的对我说,那是一件足以让他的妻子阿涅西纳对他言听计从的礼物。按照老规矩,货款将打入巴尔达萨雷大人的银行账户——这是上流人士的惯常做法,他们并不触碰那些邪恶的钱币。至于我,塞巴斯蒂亚诺·巴多尔大人慷慨地赏了我几枚巴加蒂尼币作为小费。我一边收下钱币,一边鼓起勇气,战胜了那个端坐在装饰着东方挂毯的大厅里,身披深红色丝绸锦袍的大人物给我带来的压迫感,将我那份卑微的申请函顺势塞入了他没有戴戒指的白皙的手中,请求尊贵的执政团能够帮助一个穷小子:他别无他求,只想凭借自己卑微的技艺为共和国的荣耀效力;他将永远保持忠诚和虔诚,谦卑地在塞巴斯蒂亚诺·巴多尔大人的脚下拜服。这位老爷有些惊讶,而后简单地说了一句:"那就这样吧。"

我轻快地从巴多尔宫溜了出来,在心底里发誓,如果他真能给我这个恩典,我将一辈子铭记他的恩情。恩典果然变成了现实。1404年1月20日,大议事会宣布:来自佛罗伦萨的多纳托·迪·菲利波·迪·萨尔韦斯特罗先生所从事的行业为医疗,将获得威尼斯"恩赐市民权"证明。不过,他们给我规定了一条限制性条款:不得与德国人开设的货栈进行交易。直到后来,我才知道这背后的缘由:几乎威尼斯所有的白银都是从德国或中欧地区运来的,途中要缴纳西吉斯蒙德皇帝征收的重税,再由德国人货栈的商人卖给威尼斯,其间不乏欺诈之举。对于威尼斯共和国而言,我始终是一个"外来者",所以最好远离作为原材料的银,远离滋养共和国的乳汁之源。

1405年,塞巴斯蒂亚诺·巴多尔大人去世了。1406年,巴尔达萨雷老爷也去世了。现如今,我只能靠自己打拼了。我依附了一家已经开始营业的银行:对于一条小鱼而言,这是最为实际,也最容易规避风险的做法,否则一不小心就会被更大的鱼所吞食。那是一个"鲨鱼"狼吞虎咽的年代,我也确实在那个世界里亲眼见到过不少"鲨鱼",它们大口大口地吞食了其他银行的大笔财富,将其吃得干干净净,只剩骨头,然而,单从发布于里亚尔托圣雅各伯堂廊拱下方的公告来看,外人还一直以为那些被吞并的银行固若金汤，甚至比位于廊拱正下方古老的"宣告石"还要稳固。

　　里亚尔托地区的银行不那么多，我指的是那种不仅能够存钱，还能开具各种文书票据的重要银行。在那样的银行里，最主要的工作就是在账本上写下所有的业务操作：没有写下来的，就是不存在的。如此一来，银行只要见到客户，或见到客户的汇票，就能进行向某个账户打款，从中扣款，或是在二者之间转账的操作，无须提出现金——它们只要始终好好地待在银行的保险箱里就可以了，至少某些不那么警觉的顾客会相信这一点。事实上，保险箱里只会存放很少的一部分钱款，其余的钱款都在流动之中，如同某种鲜活的物质，比如河水，又比如我用来从贵金属检测试剂中回收黄金的水银。

　　这一机制看似稳妥而完美，但实际上却极为脆弱，因为哪怕是最小的意外也能导致某家银行破产，某个经济体系坍塌或整座城市覆灭：只要出现了针对现金兑换危机的怀疑，或是发生了某些防不胜防，却会影响民众生活的事件，例如战争、瘟疫、洪水、皇帝一拍脑门儿下达的贵金属供给和货币铸造的禁令、流动资金搭载船只流向东方造成的暂时性资金短缺等，就有可能让银行的资产在一天之中化为乌有，因为最为宝贵的非物质性财富——信任坍塌了。1405年，我便见证了一次坍塌事件，或许那也是最大的一次坍塌事件——皮耶罗·贝内代托银行倒闭了。

　　我和狡猾的多梅尼科·迪·马西诺一起参与了安东尼奥·米奥拉蒂银行的经营。米奥拉蒂的祖籍也是佛罗伦萨，更准确地说，是佛罗伦萨旁边的普拉托。马西诺成功当上了银行的经理和会计，年薪高达一百枚杜卡特金币。这是一种非常难得的合作关系：根据他与米奥拉蒂的协议，他负责从银行的保险箱里偷拿出一袋袋由活期存款者存入的银币，让我在作坊里熔成金属块，再卖给铸币厂。因为在威尼斯，为了铸造作为军费的钱币，对白银的需求量比对黄金的需求量还大。我们获得了不少非法收益，好在总能将从保险箱里拿出的钱款如数归还。我们还用拿出的钱进行借贷或抵押操作，三个人都赚得盆满钵满。当然，这靠的是同伴之间的协同合作，且这些操作是不能在账本上留下任何痕迹的。

不过，时间久了，事情还是出现了一些波折。1410年7月4日，在正午十二点和下午三点之间的午餐时间，一个名叫"卡塔尼亚的安东内洛"的该死的西西里人不好好地吃他的面包和洋葱，倒管起闲事来：他从银行对面的露台上看到多梅尼科带着一个伙计从阁楼里拿走了两袋即将运往我的熔铸作坊的钱币，于是便发起了指控。米奥拉蒂通过大量的人情关系，费了许多口舌才摆平了此事，让审判官相信此举并非偷盗，而是暂时转移现金的存放地点，且这一切都是出于谨慎，是出于对威尼斯共和国的安全和公共利益的考虑才做的。

经此一事，我不愿继续担任多梅尼科的委托人，想换换空气，便返回了佛罗伦萨，在那里待了整整一年，直至1411年才回到威尼斯。在那期间，我再次见到了父亲，他嘟囔着向我打招呼。我看见父亲坐在小板凳上，手里拿着他的凿子和刻刀，脊背更加弯曲，人也更加苍老了。我在佛罗伦萨申请加入了汇兑行会。尽管此举令父亲感到羞耻，但我还是获得了拥戴，甚至成了我们圣若翰城区毛皮旗区的执政官。我进入了领主宫，穿戴了两个月的黑色天鹅绒制服和帽子。

回到威尼斯以后，我明白了一件事：我并不适合开银行。开银行风险太高，不是我单枪匹马可以应对的。此外，我也并不是一个只愿待在一个行当里过一成不变的日子的人，我无法忍受自己一生都被捆绑于一个职业，哪怕是世界上最美好的职业。我希望自己能像水银或被我熔化的黄金那样，能够随时根据自己的判断抽身而出，去尝试新的事物，去四处游历。或许此时的我与父亲和祖父一样，从骨子里感受到了某种需要：用双手做些什么，开办一个作坊，用头脑和工具去加工具体的事物，通过诚实的劳动换来每天的面包。在我看来，在资金短缺时通过货币兑换得来的快钱，还有通过放高利贷和其他暗箱操作及投机之举获得的收益，都是不义之财。那么，我要做回一个制箱匠人吗？不，奥布里亚齐家族已经稳居这一行的翘楚地位了，其他人只能望尘莫及。不过，在提炼黄金和白银方面，我已经成了旁人无法超越的大师。所以，我可以通过另一种方式来发挥我的才干，这远比熔铸银行的黑钱或与德国人的货栈走私银锭要稳妥得多。

事实上，有一种加工黄金和白银的产业正在威尼斯兴起，而在佛罗伦萨却几乎不被人知晓。只需承担有限的风险，再加上那么一点点运气，我就能在这一领域有所建树，功成名就地回到佛罗伦萨，头戴金箔桂冠回到我美丽的圣若翰城区，不用放高利贷，也不用再做那些污损头脑和灵魂的投机之事了。在我的熔铸作坊旁边，有一家制作金箔的作坊，里面的专业工人灵巧地挥舞着沉重的锤子，将金锭敲打成越来越薄的金板，直至成为极薄的金箔。由于那些金箔的质量极轻，所以制作时必须关好作坊的所有窗户，否则一阵风吹来，金箔就会被吹跑。金箔做成后，经过挑选，做事严丝合缝的伙计便会用大剪刀剪裁金箔，将其裁剪为完美的正方形。我像是被作坊里的气锤和手工锤发出的有节奏的声响催眠了，痴迷地看着那些金箔工，因为他们的动作貌似野蛮用力，但其实极为精细。只有用一种近乎温柔的操作，才能不把金板敲破，这一过程就好比造物主给原本无形的物料注入了灵魂。说到底，那些金箔似乎真的是某种活物：只要吹一口气，就能随时抖动和震荡起来，恰似你朝心爱女人的脖颈献上香吻以前，看到的柔软丝滑的肌肤。

进行到这里，就该轮到女人们上场了。依我看，她们才是人类社会真正的基石，她们起到的作用要比我们男人大得多。我们男人以南征北战、自相残杀、在政府和行会机构里钩心斗角为荣，同时也不会错过任何享受：游山玩水，四处打听各种新闻，遛鸟，狩猎，钓鱼，骑马，赌博。我们认为女人天生就低我们一等，就好比那个亚里士多德所说，"女人是有缺陷的动物"，又好比慈母教会拿着厄娃的例子教导我们的那样，女人们理应安守次要的地位，她们所做的一切都是为了服务男人：在男人需要的时候为其提供欢愉，为男人孕育、分娩和抚养子女，服从父亲、母亲、兄长和丈夫的意志、喜好和命令，将自己封闭在闺阁的方寸天地之中。

然而，事实并非如此。亚里士多德根本不明白真相，慈母教会也不明白福音书里究竟写了些什么。我在自己的一生中亲自见证正是女人们的劳作在推动整部社会机器前行。大型行会从羊毛和丝绸贸易中获取的最新的财富，还有那些改变了城市和乡村面貌且让人们在经历了几个世纪的沉寂和野蛮之后开始重新幻想"复兴"的革命，都基于千百万女人在家中或是在缫丝厂内的劳作。她们从行会的产业主或是其他规模更小的家庭式作坊那里接受订单，手里拿着纺锤或是扶着纺车、拈线机、摇纱机以及垂直织布机，分秒不停地纺纱织布。

作为通往东方的大门，威尼斯的情形尤为具有代表性。有一种技艺在这里方兴未艾，与纺织丝绸一样，这种技艺来自非常遥远的东方，可能是君士坦丁堡，也有可能是更远的波斯、印度，甚至是契丹。这种技艺名为"金丝纺织"。产自金箔作坊的珍贵金箔或银箔会被送至技艺高超的纺纱大师手中，她们几乎是屏气凝神，凭借巨大的耐心将其包裹在丝线周围。最终，金线和银线被交给织布大师，她们或是用手，或是用织布机,以断续的纬线穿插至已经织好的细腻丝绸的经线之中,从而制作出巧夺天工的金银丝浮花光面布、锦缎和大马士革缎纹布,上面呈现有各种风格化的图案或是具有想象力的树叶、花草、动物、绳结图案。在威尼斯,图案的设计也是由女人们凭借卓越的才华完成的。

不仅如此,一些作坊,尤其是那些经营最好、最专业,也最敏锐的作坊的老板居然也是女性。她们不仅不会屈从于他人,而且艺高胆大,无所畏惧。我认识的就有好几位。记得有一位名叫"露琪亚"的寡妇,她赢得了"金娘子"的绰号。她会写字,也会算账,能以低价从金箔工手中购入金箔,而后将金箔和丝线交给她的工人加工。那些工人是她通过合法的公证手续买来的女奴,不过,一段时间之后,她便会将她们释放,并且让那些技艺最高,工作也最勤恳的女奴成为她的作坊的股东,当然,她们之间的利润分成是有高低之别的。例如,其中一位股东名叫"塔纳伊斯的本韦努塔",她原先就是一个切尔克斯族女奴。另一位女作坊主是狡黠精明的帕斯夸·赞塔尼。她的丈夫是一位来自达尔马提亚的商人。那位丈夫确实不干预妻子的行为,却也没有给她钱财。于是,帕斯夸就凭一己之力四处借款,筹集资金,而后靠自己的本事赚得了丰厚的收益,为自己争得了荣光。一来二去,她的人脉网络扩展至其他女性,尤其是那些富有的贵族寡妇。她们中有些将自己的钱作为投资,交给帕斯夸经营,有些则是以借款的形式交给她周转。她是一个令人难以置信的女人,顽强坚定,从不退缩。在那几年里,她甚至也是我的债主。

1414年6月14日,我获得了盖有灰色印章的"外部市民权"证明,可在威尼斯的圣马丽娜区居住十五年,唯一的限制是不可从事海上贸易。两年后,我与另外四个合伙人签订了一份为期四年的股东协议,要建立一座专门从事金银分离和贵金属提纯的工厂。就这样,我同时拥有了两间制作金箔或银器的作坊:第一间作坊与银行家弗朗切斯科·迪·列奥纳多·普留利合作,由雅各布·博纳尔迪经营,雇了四个工人、四个伙计以及若干在家纺织金丝浮花丝绸的女师傅;另一间作坊的负责人则是尼科洛·墨索里诺。几年以后,我在1424年至1427年期间雇用了老熟人多梅尼科,让他担任作坊的经理。我本人一直负责熔铸金属的工作,我还负责指挥工人为铸币厂铸币,让他们用好几百公斤的白银铸造格罗索银币,其价值相当于成千上万枚杜卡特金币。随后,我会将这些钱币和金属条卖给普留利银行和米奥拉蒂银行的各位客户。当时,尼科洛·克科也是米奥拉蒂银行的合伙人。

我的梦想似乎已经成了现实,我变成了"里亚尔托的银行家和银器商"。恰巧这一时期,由于威尼斯与西吉斯蒙德皇帝之间爆发了战争,威尼斯对于银锭的需求缺口日益突显。当时,双方为争夺弗留利和阿奎莱亚宗主教区的控制权而开战。最终,威尼斯共和国于1420年取得了胜利。为了报复,西吉斯蒙德皇帝切断了从中欧涌向威尼斯的白银流。

所幸的是,我事先已经与银行家雅各布·帮本尼和他的儿子洛多维科建立了联系,找到了解决问题的办法。他们的祖籍也在佛罗伦萨,如今他们就住在弗留利,因此有渠道从抵抗威尼斯的军队手中批量获取贵金属。

随后,通过他们的帮助,我又结识了一位来自格鲁阿罗港的皮货商人的几个儿子——其中一个是尊贵的安东尼奥·潘齐耶拉,他曾在阿奎莱亚宗主教区担任亲王主教。其他几人也因此变得财大气粗,有钱有势。安东尼奥逃离阿奎莱亚之后,便去了教宗的宫廷,在那里过上了高枕无忧的日子。其他几个兄弟则凭借新买来的"王权伯爵"头衔继续在被雇佣兵蹂躏过的弗留利作威作福。他们给我的工厂投入了大笔资金，还提供了大量的白银原料。作为回报，我于1420年迎娶了亲王主教的侄女：一个名叫"基亚拉"的面色苍白、做事唯恐有失的弗留利女孩儿。一年以后，基亚拉为我生下了一个儿子。我毫不犹豫地用那位曾让我第一次获得"恩赐市民权"证明的恩人的名字"塞巴斯蒂亚诺"给孩子起了名——在他去世的那一天，我就已经发誓要这样做了。

在基亚拉那吝啬的父母和叔伯们于婚礼当日将她交给我以前，我从没见过那个女孩儿，结婚之后，我一直与她相敬如宾。我关心她，同情她，却没办法爱上她，因为我对她一点儿感情也没有。在与她结婚以前，我从没有过女人，因为我喜欢自由，也不喜欢限制另一个人的自由。正如我此前所说的，我从来都不曾认为女性就低人一等。不仅如此，我总是对她们的力量、智慧和精明心怀钦佩，也曾无数次见证她们展现出比我们男人更加卓越的风采。

我从小就读过《十日谈》里的故事，按照父亲的说法，我读到的那部手稿是作者本人送给他的，里面还有作者亲笔绘制的精美图画。因此，我所见到的一切都是对我早已察觉到的现实的印证：《十日谈》里描述的才是真正的女人，她们不是诗人们所梦想的如天使般纯美的贝雅特丽齐女士和劳拉女士，因为哪怕是诗人，当他们真正想要寻求爱情时，也会对那些有血有肉的"博纳女士"和"皮帕女士"趋之若鹜。不过，我既不想成为某个女人的主人，也不想变成某个女人的奴隶，因为我在《大鸦》和《名女传》中读到过情节完全相反的故事。于是，我便只去里亚尔托圣雅各伯堂后面的卡斯特莱托区寻求安慰，在那里有一种地下交易，一方是有钱人，另一方则是从事这世界上最古老的一类职业的人。那里有一些高耸的旧建筑，面朝大运河，离里亚尔托桥不远。我说的场所建在最狭窄的街巷里，开关门时间均受控制。夜间，负责巡察公共道德和公序良俗的官员会将其关闭。在一个星期六，我在那里见到了一位戴头纱、身穿明艳黄衣的女子前往圣马窦教堂祷告，于是便尾随在她身后。自那以后，我便时常去找她，这种状态一直持续了十五年有余。

　　她名叫"露琪耶①"，是的，"露琪耶"，而不是"露琪亚"。她确实光芒四射：当她在位于顶层的房间里迎接我时，眼睛里的确闪烁着星星一般的光芒。她像金币一样招人喜爱，当我们在一起时，彼此都感到彻底的放松，想做什么就做什么，想思考什么就思考什么，想说什么就说什么。她的声音多么动听，当她边唱歌边弹奏琉特琴时，歌声是多么美妙！我愿意向她袒露一切，倾诉一切。晚上，当巡察卫队关闭卡斯特莱托区的所有房舍时，她也只会让我一个人悄悄地留在她的房间里过夜。她的房间里摆着一张挂有幔帐的大床，还有一个镶嵌着金色镜子、绘有彩绘图案的大屉柜。旁边是一小段楼梯，通往屋顶平台。那里伸着几根杆子，用于晾晒衣服和床单。

　　她特别爱听我给她朗读书里的故事：关于女英雄、王公贵族和骑士的故事，关于爱和战争的故事，还有那些令人捧腹的滑稽故事。她说我兼具威尼斯人的幽默和佛罗伦萨人的口音，让我的魅力格外突显。有时，她甚至不让我停下来，而是让我一直讲下去。她对自己的身份心知肚明，从来不曾向我提出更多的要求，只有那么几次，她向我袒露了自己的梦想——脱离这种生活，为我生一个女儿。不过后来，她再也不曾提起。在她那里，在与她亲热过后，我常常会在夏夜里凝望大运河，还有威尼斯的房顶和钟楼——它们林立于圆柱形的大烟囱之间。那些烟囱高耸着，活像拜占庭的王公贵族们头顶戴着的高帽

---

① 女性人名，在意大利语中意为"光芒"。

子。至于可怜的基亚拉和年幼的塞巴斯蒂亚诺，都被我抛诸脑后了。

一切似乎都向好。在老总督莫切尼格的英明领导下，威尼斯日益繁荣兴旺，一方面攻占了弗留利，另一方面也通过其他战争稳固了在亚平宁半岛陆地上的统治，且凭借货币优势占据了"帝国"的霸主地位。对于我来说，所有这一切因素都是十分有利的，加之我迎娶了一位来自王权伯爵家族的女儿，所以我几乎也成了一名贵族。我斥资一千枚杜卡特币，购置了一处豪宅，还有两间价值约为二百五十杜卡特金币的银器作坊。此外，我的其他房产每年还能带来二百三十枚杜卡特金币的租金收益。我常常对自己说："我的灵魂，如今你可以休息了，好好吃，好好喝，尽情乐。"如今想来，这真是"愚妄之人的心里话"。正是在那个时候，天主惩罚了我的狂妄，让我坠入了万丈深渊。

老总督去世了，继任者大不如前。战事不断，贷款和现金都陷入了持续不断的危机，银行接连倒闭。1424年，从佛罗伦萨传来了父亲的死讯。对于父亲的离世，我并没有难过太久。真正让我心惊的，是为我的合伙人米奥拉蒂敲响的丧钟。米奥拉蒂于8月31日去世，他在死前留下了遗言：禁止为他的葬礼进行无谓的花费。他只要求自己的灵柩由教区的神父护送，再配上四个双枝烛台即可。在他看来，用于丧葬仪典的花费毫无意义，只会浪费钱财，不如将这些钱财施舍给可怜的孤儿——这是由他口头表达，而后由公证员记录在羊皮纸上的意愿。然而，我们这些被他抛下的股东才是真正的孤儿：好心的米奥拉蒂曾在晚年时对前往英格兰和罗马尼亚的旅行进行过几笔血本无归的资助，甚至还派自己的儿子拉涅里随船队前往塔纳伊斯，结果整支队伍在航行途中被海盗洗劫一空。这些投资的损失巨大，高达好几十万枚杜卡特金币。因此，在他去世后，我们这几个股东就变得债务缠身。后来，剩下的股东之一克科决定对银行进行清算，将账本呈交给了商人委员会。3月12日，银行宣布破产。

但这只是末日的开始。1427年4月，轮到我宣布破产了，当时，我的债务已高达四千枚杜卡特金币。我离开了家人，逃往佛罗伦萨，等待获得一张返回威尼斯的通行证，以便再次接管那两间未曾被债主折腾的作坊。在那期间，我委托"好心"的多梅尼科·迪·马西诺帮我打理一切事务。然而，他与他那个杀人犯叔叔一样，并没有安什么好心。他们甚至把我告上了法庭。为了不让他们的奸计得逞，我又不得不多花了一笔高昂的诉讼费。

与此同时，我不得不回去处理父亲在佛罗伦萨留下的遗产：清算他的制箱作坊；将佛罗伦萨的家宅和位于特伦扎诺的小农庄的一半出租；收回我的一位远亲萨尔韦斯特拉女士的欠款——她租用了小农庄的另一半，却从未付过租金；拿回被抵押在当铺，没法儿动用的二百枚弗罗林币；将一笔钱交给寡妇安东尼娅；收回父亲曾借给一个香料商人的陈年钱款；处理父亲的最后一任妻子出逃后留下的一系列麻烦。那个女人名叫"卡特琳娜"，我父亲下葬后，她就和自己的情人离开了家。他们带走了所有的家具，成磅的精纺亚麻、麻絮和麻线，成斗的小麦和面粉，大量木柴，一件黑色的旧长衫，十六桶葡萄酒，还有已故的父亲穿过的一双白靴子——或许她的情人感觉很合脚吧。自然，所有这些东西，我们也都再也没有见过了。

可能是由于命运的捉弄，我恰恰是在最糟糕的时候回到了佛罗伦萨，随时有可能被掀个底朝天，变得一无所有，陷入破产倒闭和债台高筑的境地。1427年是极为艰难的一年。税赋登记处规定，每一位市民都必须申报自己的所有财产和所有收入，无论收入来自佛罗伦萨还是外地，都必须缴纳相应的所得税，否则就要被剥夺民事权利或是遭受其他更为严重的惩罚。对我来说，这又是当头一棒：居然还有税费要缴。

以"制箱匠人菲利波·迪·萨尔韦斯特罗·纳蒂的继承人"之名提交的总申报单是由一位代书人根据我姐姐的授意起草的，其中明确地表述道："本人名叫多纳托·菲利波，儿子与妻子及其娘家人均在威尼斯生活，且本人也即将返回那座已长久居住的城市。本人以菲利波之子的名义，特此声明。"8月8日，我自己撰写了"关于菲利波·纳蒂之子多纳托在威尼斯居住情况的声明"。我至今仍清晰地记得落笔的时刻——我拿起笔，第一次意识到自己在用清晰的商业斜体字进行书写时，我已经不是佛罗伦萨人，而是威尼斯人了。为什么我写下的不是佛罗伦萨人用的"Vinegia"，而是威尼斯人用的"Vinexia"？不是佛罗伦萨人用的"Donato"，而是威尼斯人用的"Donado"？其实，这完全可以理解，毕竟我在威尼斯生活了近三十年。这简直是在向佛罗伦萨税赋登记处的官员们宣告："不要为难我了，我已经是一个威尼斯人了，为什么还要向佛罗伦萨政府缴税呢？"

声明中两个小小的页面彼此相对，看上去好像是复式记账本。一页列有冷酷的债务清单，里面的债主全都是我曾经视为朋友的人；对面的一页列有同样冷酷的债权名单，即所有我借出去的钱款的清单——那些借款数额很大，如今却像纸质垃圾一样被风吹得消失不见了。我所有的债务和债权都写在这两页纸上：就债务而言，除了欠普留利家族的钱款，我还欠那个无耻的骗子多梅尼科的钱——他巴不得成为我的债主，此外，还有我需要为银器作坊和另一处房产支付的租金。就有待回收的借款而言，我要向一堆女人讨债——先前我太过好心，借了她们一屋子的钱。这其中有基亚拉的母亲狡猾的玛利亚·潘齐耶拉，还有不少不按时还钱的威尼斯显贵家族——多纳家族、莫切尼格家族和巴尔巴罗家族等。如今，他们都是"不良债务人"，我从他们手里拿不到任何东西，因为他们也破产了。只有最后一行是关于我可怜的家庭、基亚拉和塞巴斯蒂亚诺的：五张嘴的开销。谁才能负担这该死的开销呢？

我下定决心要返回威尼斯。我不能低头认输，至少要继续经营那间金箔作坊。然而，等待我的却是另一次当头痛击。这一次，出问题的正是普留利家族——我的作坊的合伙人。1425年，他们扛过了第一轮变现危机。1429年9月12日，一群曾将现金存入银行的存款人气势汹汹地袭击了银行。他们察觉到，自从前往罗马尼亚的舰队启程以后，银行的金库里就没有钱了。两个星期后，银行倒闭，留下了大约两千枚杜卡特金币的巨额欠款。街头流传着一个比喻，说里亚尔托区成了"孤儿"，没爹管没娘疼。我就是这样一个"孤儿"，我像其他人一样损失惨重，货物被收缴入仓库，账簿也被法庭封锁。令局势雪上加霜的还有白银危机和威尼斯与米兰公爵之间的战争。米兰公爵想到了一个邪恶的主意：让整个意大利半岛都充斥着低价值的合金硬币，从而驱逐原本作为囤积对象的威尼斯的钱币。自此以后，这场战争就变成了货币战争，迫使共和国政府进行大幅货币贬值。总之，情况惨不忍睹。

我再次倒下，逃跑；又再次回来，试图东山再起。我不得不低三下四地到处借钱，包括向我讨厌的岳父岳母和连襟所属的潘齐耶拉家族借钱。岳父岳母知道我曾如何对待他们的女儿，如今更是将我弃如敝履，甚至后悔将自己的女儿嫁给了一个自以为能飞黄腾达的银行家。实际上，我在他们的眼里不过是一个气数已尽的冒险者。只有基亚拉从不与我生气，即使是我连续好些日子不露面,她也依然对我好言好语,耐心体贴。或许,对于我常去找露琪耶,常年冷落她的床榻和身体之事,她也是心知肚明的。另一个需要对付的是帕斯夸这个老女人,她一直试图把我的金箔作坊弄到手,直到她自己也陷入困境才作罢。在法官面前,她一味卖惨,称自己是"可怜的女人,一生都在辛苦地经营作坊,不想却陷入孤苦伶仃的境地"。她哪里是什么可怜的女人!事实上,那个孤苦伶仃、心灰意冷的人是我,是我吃尽了苦头,一心想让作坊重振旗鼓。

  我的日子越过越艰难,但我必须坚持。感谢天主,至少给我了一副好身板,我已年近六十,但身体不错,人们都说我看上去像四十岁的人。我没有任何疾病,一直在工作,也一直在四处闯荡。我得养家,还得承受那些可恶的弗留利亲戚们的指责和咒骂。他们一直在撺掇基亚拉离开我,带着孩子回到他们居住的佐波拉城堡。但无论如何,塞巴斯蒂亚诺也是我的孩子啊。在他们看来,我活该去见鬼,活该一个人孤零零地死在收容所里。他们巴不得我快点儿死,这样一来,他们便可拿回基亚拉的嫁妆,以免被我挪去填补债务亏空。我的下场确实很惨。1433年,当威尼斯的整个佛罗伦萨人群体都在为科西莫·德·美第奇的到来感到欢呼雀跃时,我却独自躲在家里,生怕一出门就在大街上被债主们追讨。科西莫·德·美第奇名义上是流亡至此,实际却被当作使臣或主君,受到了热烈欢迎,因为美第奇家族银行的弗罗林币尽在他的掌握之中。基亚拉和我的儿子从窗户里看着一切,感到莫大的耻辱。

  无法避免的事情终于发生了:1435年,我因拖欠债务被关进了铅皮顶监狱。后来,多亏已故的塞巴斯蒂亚诺·巴多尔大人的儿子们的善举,我才被放了出来。上天往往先把你扔进尘土,而后又让幡然悔悟的你再度爬起来。元老耶罗尼莫,尤

6 多纳托

其是他的弟弟雅科莫，成了我的贵人。或许是因为运气好，或许是因为天意的筹划，作为"四十人议事会"法庭的律师负责审查我的案件的，正是雅科莫。在翻阅案卷的过程中，他看到那份让我最初获得威尼斯国籍的粗陋的申请文件，上面居然有他父亲的签字。既然有巴多尔家族成员的签字，那么被告一定不是卑劣之人。另一个负责处理外地人案件的律师约瑟法·巴尔巴罗大人也主张宽恕我这个可怜的佛罗伦萨移民。他在辩护过程中表示："此人一生都在勤恳地工作，且如大量可靠证词所证，他的努力并非为了自己致富，而是为了共和国的繁荣发展；然而此人却遭到了迫害并被不公正地认定为一系列悲惨事件的责任人，可事实上他并非罪魁祸首，而是主要受害者。"雅科莫先生和约瑟法先生真是有良心的好人，他们根本不认识我，更没有收受我的任何好处费，但都站出来为我辩护。只可惜，我连向他们道谢的机会都没有，因为他们二人都肩负重任，出发前往东方了。

尽管免除了牢狱之灾，但我的生活却没有多少改善。我靠小笔的借款维生，没有人愿意听我畅谈重开作坊的计划，也再没有人愿意向我贷款。1439年，我回到了佛罗伦萨，并在那里短暂地停留了一段时间。在作为货币汇兑商的职业生涯以失败告终后，我重新注册加入了木匠行会并当选为领袖。此外，我也想趁此机会向税务机关澄清一些情况：这些年来，他们一直对我穷追不舍，向我索要各种各样的声明，根本不知道也不想知道我究竟遭遇了怎样的困境。行会领袖的任期结束后，我很快踏上了返回威尼斯的旅程，因为我不能让基亚拉像一个寡妇一样长期独处。很多年过去了，如今，只剩下我们俩相依为命。我没法儿再去露琪耶那里寻求安慰，时不时向她倾诉苦楚了。据说，在我被关进监狱的那段时间里，她死在了妓女之岛上，死在了那所由奥斯定会修士建立的圣基多福和圣诺理收容所里，其创建人是卡梅里诺的西莫内托修士。愿天主垂怜于她！她是有罪之人，但她善良诚实，热情开朗。她曾得到好心的修士的救助，其灵魂也一定能被圣母玛利亚所接纳。现如今，她应该置身于天国了，至少也应在炼狱中不那么痛苦的一层里。

我不再与基亚拉交谈。我总能感到她无声的目光落在我的身上，冰冷得如同某种令我胆寒的控诉。她的怨恨不无道理，是我将她拖入了我失败的人生。我的儿子自然跟他的母亲站在一起。我好久没见他了，如今他应该已经二十岁了。我想，他对我一定心怀某种出于礼貌而被克制，却无法平息的愤恨，这种愤恨是那些收留他的弗留利亲人灌输给他的。这仿佛是某种家族复仇：他的那些舅舅们一方面乐此不疲地给我制造各种麻烦，另一方面又会带着他骑马打猎或是乘坐小船前往马拉诺潟湖拿着弹弓打鸟，让他产生过上了贵族生活的错觉。而我则被困在一所租来的房子里。这所房子位于塔纳伊斯河沿大街的尽头，在军械库围墙外最偏僻的角落。为了还债，我已经把一切可卖的东西都卖光了。

不过，我至少还保留了一些设备和工具，在帕斯夸试图染指前就将它们从旧作坊里抢救了出来。我把纺纱机和织布机交给了基亚拉，她带着两个女孩子开始织亚麻锦缎和仿金锦缎。这些面料价格低廉但图案精美，可以拿到塔纳伊斯广场的市场出售，卖给鱼贩子和蔬菜贩子的妻子。

几天以前，我在岸边看到了从罗马尼亚返航的舰队抵达时彩旗飘扬的盛大场面。从"格利塔"号"加莱"战船的救生艇上下来的正是雅科莫·巴多尔先生。天啊，他看上去苍老了不少，颤颤巍巍地走在栈桥上。跟在他身后的有一个活跃的年轻人和两个瞪大了眼睛的高个子女孩儿——看她们的神情，应该是一直跟在他身边的那两个从塔纳伊斯来的女奴。此外，还有一个负责搬运的高大的奴隶，他似乎扛着好些包裹和盒子。在混乱的人群中，我只看清了这些，但心里立刻做出了决定。出于对巴多尔家族的崇敬之情，也出于对已故的塞巴斯蒂亚诺先生的感激之情，我打算这几天前往巴多尔宫，就发生在1435年的那件事情向雅科莫先生表达诚挚的谢意。或许我还会开口向他请求一笔小小的借款，以便重新创办金箔作坊，再度生产金丝面料。

今天是1440年4月26日，我站在了这里，站在了巴多尔宫的门廊中，手里拿着自己的帽子。

我等了很长时间，这不是一个好的迹象。以前，雅科莫先生从不这样，他虽然说话直来直去，但却很平易近人：他通常会很快见我，我们还曾一同在屋后的花园里散步；他喜欢听我说话，会要求我展示我的佛罗伦萨口音。然而此刻，院子里却是一片寂静，只能听见花园里的夜莺在鸣叫。春天，玫瑰花绽放，馥郁芬芳。真奇怪，居然没有一个人。此前，当我提出约见申请时，巴多尔宅邸的仆人回复我的觐见时间确实是今天：圣玛尔谷节后的第一个星期二，上午九点。然而，圣若翰及保禄大殿的钟声已经响过好一阵了。不过，大家都知道，贵人们是没有守时的习惯的。等待期间，我沿着门廊向前走，一直走到了花园。一片漂亮的玫瑰花圃吸引了我，我从中折了一枝含苞待放的鲜艳的玫瑰，以便近距离享受它的香气。真巧啊，昨天恰巧是"玫瑰花蕾节"。

不经意间，我撞见了耶罗尼莫大人，他悄无声息，不知是从哪里钻出来的。他穿着红色的衣衫，与我记忆中他父亲的穿着一模一样。他的手指上也戴着同样的戒指。他充满善意地向我示意，让我跟着他进入了二楼的大厅。他走在前面，我在后面跟着，走上了阔气的大台阶。大厅似乎没有什么变化：墙上悬挂着东方壁毯，巨大的实木桌子上摆着若干银质烛台。此刻，桌上还有一张摊开的世界地图和若干翻开的账本，账本的页面之间插着各种各样的单据，似乎有人正在对账本进行细致的审核。

大人坐在了桌子对侧的一把巨大的象牙椅子上，等我开始说话。这个人的话很少，甚至没有示意我坐下。不过，桌子周围并没有其他椅子，只有大厅尽头才能见到一个简陋的小凳子。我当然不能转身背对大人去搬那个小凳子，于是只好站着不动，心想：你这该死的小人！我真应该在二十年前见你，那时的我比你还有钱，而且我还是王权伯爵家族的女婿。而后，我冷静下来，开始说话："一直以来，我都对令尊——已故的塞巴斯蒂亚诺大人心怀感激，且这样的感激之情将一直持续下去。我今天来到这里觐见，不仅仅是为了表达对塞巴斯蒂亚诺大人的谢意，而且要亲自表达对您和您的弟弟雅科莫大人的深深的谢意。感谢您的弟弟作为最尊贵也最睿智的'四十人议事会'的法庭律师，在1435年的那桩旧案中为我主持了公道。"话说至此，我停了下来，避免再度提及那番地狱般的经历：铅皮顶监狱的牢房、渗着水和痛苦的围墙，还有从来不擦拭血污的刑讯室。

"应该的，都是应该的，"耶罗尼莫大人简明扼要地说，"我们家族的历史传统就是将共和国的利益和法律体系的公正置于任何个人利益之上。"这位说话滴水不漏的绅士告诉我，"要知道，那可怕的'老鼠窝'是对那些胆敢通过坑蒙拐骗的行为去挑战国家安全的恐怖分子的正确奖赏。如果我弟弟为你辩护，让你走出了那阴森的'老鼠窝'，那他也只是出于对正义的热爱和维护正义的义务才这么做的，丝毫不涉及个人利益。因此，你不需要感谢，因为美德不需要被感谢。"

"那么，您的弟弟身在何处呢？我想向他问好，当面向他问好。我看见他从那艘'加莱'战船上下来了,我想他一定回到了这里,回到了巴多尔家族府邸。"耶罗尼莫大人纠正道:"说明一下,这里不再是他的家了。雅科莫下船以后,很快就离开了。当然,他是在作为兄长的我的建议下离开的。我见他身体状况不佳,还因长时间坐船航行发起了低烧,因此,为他的健康考虑,我已将他送去那座位于共和国陆上领地的别墅了。此外,我还派了两名仆人和一名外科医生一同前去,以便细心照料他。在那里,雅科莫能安心养病,从而迅速恢复健康。没错,当他康复归来时,还有很多大事等着他去处理,当然,都是我这位与他感情至深的兄长为他安排的事务。作为兄长,我给他定下了一桩非常有利的婚事,迎娶已故的安东尼奥·莫罗那位一直没嫁出去的女儿为妻。安东尼奥曾是威尼斯最富有的人,他给女儿留下了一笔可观的财产作为嫁妆,希望她能嫁个好人。此外,我还为雅科莫准备了一个收益丰厚的绝佳职位,让他担任巴萨诺的督政官。"

这个所谓的在别墅休养的故事完全不能让我信服。我完全有理由怀疑这个阴险的耶罗尼莫针对他的"亚伯尔"弟弟玩弄了什么把戏:耶罗尼莫可能是出于一些关乎家族、政治、商业的不为人知的考量,把雅科莫排挤到了城外的别墅,并让他处于自己的监控之下。不过,我又能说什么呢?我只能对有关他弟弟的好消息及光明灿烂的未来表示祝贺和欣喜。对于我来说,最好的自我介绍便是自称为整个威尼斯城里最好的丝绸锦缎制造者和黄金制造者,而后询问是否能为雅科莫先生和他未来的新娘打造一匹此前从未有人织过的精美面料。说句实话,只要某位资助者或庇护者的慷慨之手一挥,就完全能够让我得以重启先前的作坊。是的,我只需要这一点点助力,就能让作坊重新运转起来:一小笔借款或一笔小小的"投资",只要够采买未经加工的丝绸或半成品丝绸、金锭和银锭就行,哪怕够采买某些合金打造的旧物件也行,凭我提炼纯金纯银的高超手艺,这一切都不会有问题。这一小笔借款算什么呢?没错,对于一位像耶罗尼莫这样的大人而言,这一小笔借款算什么呢?我会永远将这笔恩情记在他父亲——塞巴斯蒂亚诺大人的头上,永世不忘。

在我陈述的过程中,耶罗尼莫大人始终没有看我,而是在翻看一本账册,假装根本没在听我说话。当我作完这番简短的陈述,他抬起双眼,压低声音,拐弯抹角地对我说:"这件事并非不可行。但是多纳托,你懂的,因为你是见过世面的人。你知道,巴多尔这样一个名门望族若与一个来自佛罗伦萨的,不知破产多少回,甚至进过'老鼠窝'的名不见经传的人物捆绑在一起,终归不是什么好事情。这会降低民众对我们家族的信任度。多纳托,你知道的,你是见过世面的人,对于政治家和银行家来说,信任就是一切。这个事情可以做,但必须这么做:我们双方私下签订一份文书,不能有公证员在场。条件由我开,只有多纳托你来签署。文书只有一份,由我来保管。""行!当然行!您开什么条件都行!"我为这突如其来的慷慨激动不已,不由得喊出声来。耶罗尼莫的应允打开了我崭新的生活之门,也打开了我的重振旗鼓之门。

这时,耶罗尼莫大人示意我不要喧哗,仿佛是害怕隔墙有耳,把声音压得更低了。他说时局困难,只适合果断勇敢的人生存。那个顽固的福斯卡里总督一直在共和国的陆上领地打仗,野心勃勃地想霸占整个意大利,但却害了共和国的国库和一众显贵家族。几个世纪以来,共和国一直依靠他们这些善良、勇敢且诚实的贵族支撑。事到如今,他们必须采取行动,通过其他方式来保全自己。因此,他们需要一个精明又可靠的白银加工者和提炼者……谁能比深谙世事的多纳托更为合适呢?多纳托既聪明又绝对值得信赖,因此他可以在一个偏僻的地下小作坊里铸造一些贵金属含量极低的小额合金硬币。这些钱币完全可以被带到东方去使用,反正那些来自巴鲁托、亚历山德里亚和塔纳伊斯的蠢货根本就分辨不出来。这些小额钱币会在辽阔而可怕的世界里一直流通下去,直至抵达印度和契丹。耶罗尼莫一边说一边将手伸向那张世界地图,而后把一小袋小额硬币撒在了上面。他说,所有这一切都不能污损巴多尔家族纯洁无瑕的名声。这是一个要对所有人隐瞒的秘密,就算对可怜的基亚拉也得守口如瓶。假如她被卷入某桩"丑闻",那将会后患无穷,更何况她那些住在弗留利的难缠的亲戚们。

这并不是我想要的。没错,我的愿望是重新开办作坊,但我只想诚实地挣钱,不想做坑蒙拐骗之事。但是现在,这个身披红色丝绸锦袍,浑身散发香气的老流氓却想让我走上老路,甚至变成一个比二十年前的我更加恶劣的人。他以如此有涵养的方式筹谋的罪行完全可以被判斩首之罪:当然,吃罪的不是他,而是那个直接被抓现行的可怜家伙——我。或许我还会连累作坊里的工人和奴隶,重刑之下,他们很快就会招供。好吧,我接受所有这些邪恶的条款,甚至没有看上一眼,便签下了那纸罪恶的文书。文书上的字似乎不是用墨水写的,而是用我的鲜血写的。那也不是一份合同,而是一份出卖灵魂的文件。我再度沉沦了,但我别无选择,我必须重操旧业:加工黄金,熔铸黄金,赋予它生命。

我只有一个问题:到哪里去找工人呢?耶罗尼莫借给我的资金刚刚够采买原材料,我要么得从一个纽伦堡商人那里走私一些,要么就得从犹太人朋友开的典当行里收集些旧银杯子和餐具,而后从中提炼。可是人手的问题,我没法儿解决。我可以在作坊里亲自干活儿,这没有问题,可其他人要到哪里去找?我唯一可以信赖的老伙计墨索里诺已经死了,狡猾的帕斯夸也已经死了。这项工作风险极大,我可以让一个欠我很多钱的金箔工——托马索·博斯卡里尼师傅一起来做,他知道我随时都可以把他送进牢房,让他家破人亡。问题是光有他一个人也不够。另外,我还缺少纺纱女工和织布女工。家里只有两个没有任何专业技能的女孩儿,况且我也不想让可怜的基亚拉继续在织布机上辛苦地工作。我想起了那个人称"金娘子"的露琪亚,她曾雇用过一个女奴出身的切尔克斯族女工,名叫"塔纳伊斯的本韦努塔"。但这个女工年龄大了,还患有手部疾病,最多也只能帮我教一教其他女工。

"这不是问题,"耶罗尼莫大人说,"明天就会有一个名叫祖安内托的伙计到你家去。对了,是在哪里的家?"他知道此话会戳中我的痛处,便半开玩笑地说多纳托的家不再是那个在里亚尔托区附近的漂亮宅子了,那个给"老爷们"住的宅子价值一千枚杜卡特金币,是多纳托趁其他银行倒闭之际从清算人那里半价买来的。据说,多纳托如今住在塔纳伊斯河沿大街上一座租来的小屋子里,那屋子就位于麻制品加工厂的围墙对面。那是一家生产麻绳和缆索的大型工厂,或许是出于天意,又或许是出于对共和国的考虑,他"恰好"是那座加工厂的掌管者。多纳托需要考虑的是如何快速地挣到钱,当然,肯定是要靠挖共和国的墙脚才能致富的。多纳托要把出售产品所得的钱交给祖安内托带走,因为耶罗尼莫大人才不会直接染指那些肮脏的钱币。另外,耶罗尼莫大人还会借给多纳托两个奴隶,不过,需要事先说明的是,这两个奴隶的所有权只属于耶罗尼莫大人,假如他们发生什么意外或是病倒了,多纳托可得承担所有的损失。

耶罗尼莫大人告诉我,其中一个奴隶是个又高又壮的阿布哈兹人,他呆头呆脑,沉默寡言,很快就能学会如何用锤子敲击,而且还不会多嘴多舌,因为他什么也听不懂。另一个奴隶是一个十四岁的切尔克斯族女孩儿,已经通过了例行的赤身检查。这个女孩儿的身体圆润结实,但年龄实在太小,人也太过懵懂,没法儿让她通过其他渠道赚钱。"或许几年以后吧,"耶罗尼莫的话里透着几分不怀好意。不过,据祖安内托说,这女孩儿似乎有一种天生的禀赋,不知是谁教她的,也不知她是怎么学会的。人人都知道,奴隶是没有灵魂的,可她那空空的脑子里居然装着许多精美的装饰图案:植物、花草、奇幻动物以及各种各样的绳结。她可以被安排去做纹样设计,配合纺织女工们织出一些人们在威尼斯从未见过的面料。真是个不错的想法。如今,纺织女工们已经对千篇一律的叙利亚和阿拉伯纹样感到厌烦了,总想织出点儿什么新花样来炫耀自己的技艺。圣若翰及保禄大殿的钟声敲响,已是上午十点了。耶罗尼莫大人预留给我的时间已到。他没有起身,只是有些倦怠地示意我离开。正当我准备走下台阶的时候,我听见他大声命令仆人送我从奴仆的出入口离开。当然,在我出门以前,仆人必须确定旁边的小巷是空无一人的。

我一路飞奔,跑过了圣伯拉削桥和卡德内桥,跑回了位于塔纳伊斯河沿大街的家。作坊就要重新开张了!必须提前准备好一切!明天,祖安内托就会过来。

我派人找来了托马索师傅和本韦努塔女师傅。他们的年龄与我相仿,但身体却没有我康健。他们的胳膊和手都已经不比当年,干不动活儿了,但他们都很愿意帮我来教导年轻的工人。托马索很快就答应了我的要求,根本不需要我提起他先前欠我的旧债从而让他就范。至于本韦努塔,当她听我说到我们所有人都在家里工作,在楼下制作金箔,在楼上进行加工时,不由得笑了起来。以前,我常常从金箔作坊里取了材料,送到"金娘子"露琪亚那里加工。现如今,这些麻烦都省了,连写字据的麻烦也省了。

我带着基亚拉和两个纺织女工清理并打扫了位于一楼的仓库。自我们搬到此处起，这里就一直闲置着，也从未被收拾过。所谓仓库，就是两间彼此相连的屋子：较大的那间离那条名为"巴萨巷"的阴暗的胡同较近；较小的那间位于后方，里面有一座壁炉和一堆用于给炉膛加热的柴火和木炭，朝圣热罗尼莫河的方向开门。若想去往房子的二楼，从门口的另一座很陡的楼梯上楼即可，无须经过屋外的河沿大街。我们从箱子里拿出了从帕斯夸手里抢救下来的工具：铁砧、铁锤、铁钳、剪子、模具、清洗和干燥台、大大小小的秤、羊皮纸薄膜和纸张。托马索和本韦努塔的眼里闪烁着光芒，一拿起这些器具，他们便想起了自己年轻时加工黄金白银时的情景。随后，我在内室里布置好了自己的秘密熔铸作坊，并安放好了所有工具：各种炉子、老虎钳、水缸、木桶、深底圆铜锅、陶罐等。我们给所有的器具擦去了锈迹，将它们清洗干净，而后用布片擦干，放在河沿大街的路面上晾晒。一群好奇的少年和精明的妇女凑上来围观。在威尼斯，你得习惯这一切。在这里，你根本不可能悄悄地做事，仿佛这些被时涨时落的潮水浸湿的旧城墙满是孔洞，每个人的生活和故事都会通过这些孔洞散播开去，混杂着各种气味、声音和低语。

今天是大市场的营业日。
还好，当祖安内托的船抵达时，河沿大街上没有任何人。因此，奴隶下船和皮包交接的过程是以最为谨慎的方式完成的。为避免不必要的麻烦，最好还是不要让旁人知道有奴隶在作坊里工作。或许，整个街区都已通过消息灵通的妇女们知道我们打算重开金箔作坊了，但最好还是不要让人向"十人委员会"匿名举报我们使用奴隶的事情。很长一段时间以来，政府一直不主张在这一具有战略意义的特殊领域使用奴隶，并将其视为具有风险的操作。因为在他们看来，此举将会影响威尼斯的国计民生：由于奴隶们总在试图寻找恢复自由的办法，所以他们一旦学会这门手艺，便会找各种理由和途径逃离威尼斯，又或者是被外地的企业主买去，如此一来，他们的手艺也就会被带往其他地方。最为重要的是，谁也不能知道关于最里面那间屋子的秘密——我的地下熔铸作坊就设在那里。

我们很快走进了位于一楼的大房间，我立刻锁好了身后的门。祖安内托默默地把皮包交给了我。我接了过来，但并没有打开，钱，我可以过一会儿再单独点数。祖安内托向我介绍了他带来的奴隶。那个又高又壮、戴着锁链的是佐尔齐，一个二十岁的阿布哈兹小伙子，他浑身都是肌肉，真是一块干活儿的绝好"材料"。他不说话，能听懂的话就更少了。至于他身上的锁链，祖安内托告诉我，最好还是一直戴着，因为他一旦挨上几鞭子，便会失去理智，搞不清楚谁才是老爷以及该如何对待老爷了。另一个奴隶是卡特琳娜，她身上没有锁链。祖安内托说她肯定不会逃跑，性情也很温驯。这个女孩儿也不怎么说话，即使开口，说的也是其他人听不懂的切尔克斯族的语言。不过，这个女孩儿虽然看上去很野蛮，但实际上一点儿也不呆傻。她学东西非常快，还有一种天生的本事，能绘制栩栩如生的图案，祖安内托曾亲眼见过那些图案，精美得简直让人难以置信。据祖安内托所述，在君士坦丁堡的时候，这女孩儿算是女奴中非常活泼开朗的，但自从到了威尼斯，就变得忧郁寡言了，也不知道她心里在想些什么。说不定让她与其他女人待在一起，或是让基亚拉女士带着她，情况会好一些。说到基亚拉，如今，她总算不用亲自操持家务和纺织机上的活计了，可以算是"基亚拉女士"了。交代完这些，祖安内托没有久留，他看上去还有急事要处理，因而立刻登船离开了。我告诉佐尔齐，他的床就是铁砧后面那个角落里的草褥，面包裹香肠则是他的餐食。说完，我就把他锁在了屋子里，带着卡特琳娜来到了门外的小胡同。

上楼梯以前，我转过身来，第一次把这个女孩儿仔细打量了一番。她看上去比同龄少女更高一些，但也可能是藏在裙摆下的高跟木屐所致。她的腋下夹着一个包裹，里面是几样简单的个人物品：一件衬里、几双过冬的羊毛袜、几条棉质手绢，仅此而已。然而，哪怕就是这几件东西，也并不归她所有，因为连她自己的身体也都不属于她自己：她是一个女奴，一件属于别人的物品，别人想对她怎样就可以对她怎样。这种现象我向来反感，但在我离开佛罗伦萨以前，这种现象在那座城市就已经相当普遍了。以前，如果有女奴在我的作坊里工作，我常常会像"金娘子"露琪亚那样，过一段时间就将她们释放。愿意留下来的人可以领到薪水，干起活儿来也更卖力一些。既然我并不认为女性天生低男性一等，同时又认为自由是最宝贵的财富，我又怎么可能认同奴隶制这种制度呢？依我看，这种制度就不应该存在：谁也不能剥夺另一个人的自由，就如同谁也不能剥夺另一个人的生命。

卡特琳娜穿着一件白色亚麻衬衫，上面套着一件天蓝色粗布束腰长衣，头戴一顶宽边女帽，帽边露出一绺如金子般闪耀的卷曲的长发。她的眼眸始终低垂着，对此，我并不介意，总有一天，她会抬起头来说话的。在我眼里，她并不野蛮，也根本不像一头肮脏的野兽，她只是一个再正常不过的少女。我原本也可以与基亚拉或露琪耶生一个这样的女儿的。在抵达我家这个令人绝望的地方以前，谁知道她都经历过什么呢？她既然是切尔克斯族人，那么她一定来自塔纳伊斯。造化弄人，她从如此遥远蛮荒的地方一路到了威尼斯，结果却在一个叫作塔纳伊斯河的地方落了脚。从我家的小阳台上可以看到围墙后面的全景，那里是全世界最大的麻纤维工厂，而所有的麻纤维材料都来自塔纳伊斯。眼前这个卡特琳娜就与工厂里的麻纤维一样，还是未经加工的毛坯。生活总爱跟人开玩笑，让她从一个塔纳伊斯来到了另一个塔纳伊斯。命运之轮不停地运转，然而我们却常常回到起点。

★ ★ ★

卡特琳娜睡在三楼的一个小阁楼里，那个小阁楼紧挨着悬挂有晾衣杆的露台。每当她该料理家务或是去作坊干活儿的时候，她便会沿着石头打造的陡峭的楼梯走下来，脚上沉重的木屐敲击在台阶上，发出明显的响声。

关于金箔作坊和纺织作坊的工作，我一点儿也没敢耽搁。在短短几天里，我成功地弄到了大量金属，其中大部分是我和托马索在旧货市场上淘来的。在这方面，托马索比我更加老到：只要掂量一下旧烛台或是开裂的金属杯子，他就能知道其中可以提取的白银含量，从而与卖主商定价格。我偷偷开船，绕开海关的检查，去了几趟梅斯特雷。那里的犹太人朋友从他们的典当行里找出了不少已成为死当的好东西，还有几袋银币。我还找到了那个来自纽伦堡的商人，从他手里弄到了一些刚刚从波西米亚运来的新锻造的银锭。另外，我还从里亚尔托的金器匠人手中买来了少量纯金，他们不久前才从来自罗马尼亚的船上卸下这批货。在秘密铸造作坊里，我攒了许多破砖头和染料，还从香料商人那里买来了一罐罐水银、硫黄、黄铜、铁、铅和各种各样的盐。为了不耽误时间，我立刻从纯金开始加工，这样，我们就可以跳过整个提纯和检验环节。

本韦努塔在一个废弃的作坊里找到了一匹质量上乘的丝绸，开始将她最为精湛的捻搓技术和纺织整经技术一点点教给那两个姑娘和卡特琳娜，以便她们在金箔送达以前做好一切准备。楼下，我在佐尔齐的协助下在熔铸作坊里工作了好几天，随后才把托马索叫来。托马索教佐尔齐如何进行敲击，佐尔齐学得很快，好像生来就只干过这一种活儿似的，极其娴熟。锤子上下挥动，有节奏的敲击声响彻全家——我想，这愉快的声响会伴随我们很长时间。很快，第一批金箔已经准备就绪，并立刻被送上了二楼。本韦努塔试图用她那灵巧的双手战胜关节炎带来的不便，向女孩儿们展示金箔应该被如何细致地裁剪、拉开，而后缠绕在丝线上，仿佛那是一件皇家服饰，能够赋予丝线以全新的生命和荣光。

在熔铸工作休息的间隙，我会像从前开作坊时那样，上楼去观看女人们令人惊叹的操作，看她们的双手如何在那成百上千根丝线中完美地穿梭。就这项工作而言，我们男人的手是永远比不上女人的，我们男人既缺乏热爱，也缺乏耐心。此时，我的目光被卡特琳娜的双手吸引了。她似乎在一瞬间就掌握了那两个女孩儿吃力地学了好几年才勉强能驾驭的技术。她的手很特别——我之所以注意到这一点，是因为我骨子里始终是一个手工匠人，一个靠手吃饭的、摆弄机械的人，因而非常善于通过观察手来了解一个人。正是依靠这个秘诀，我总能识破当年那些从事货币汇兑的同行们玩弄的把戏，秘诀就是在与他们交谈时格外留意他们的手。不过，卡特琳娜的这双手真的非常与众不同：瘦长而柔嫩，手指如同琉特琴演奏家的那般细长，皮肤光滑如丝绸，略微被太阳晒得有些发黑，与威尼斯妇人那种苍白得没有血色的手很是不同。她的双手看上去也很强健、灵活、反应机敏，似乎惯于执剑或拉弓，而不仅仅是绕纺锤和转动摇纱机。她的手指轻巧地绕着丝线翻飞，将轻薄的金箔绕在线上，仿佛是要将双唇之间呼出的气息注入丝线之中。她的气息微屏，似乎是害怕金箔飞走，从衬衫的开口处可以看见她的胸口在缓慢而优雅地起伏。我站在门后，靠在门框上，几乎要被那双手的动作催眠了。突然,一阵反光让我回过神来,我这才注意到卡特琳娜的一根手指上戴着一枚银戒指。尽管那戒指又脏又黑,但我还是注意到那上头的浮雕印记,谁知道那究竟是什么呢。或许,这是亲人留给她的唯一一件物品,也是关于她被迫离开且再也回不去的故乡的唯一念想吧。当然,那也可能是一枚结婚或订婚戒指。虽然她年纪尚小,但说不定已经结婚了。所以说,那位已经离散的亲人也可能是他的夫君。如果她愿意,我可以对那戒指进行清洗和抛光,让它焕然一新。

  本韦努塔告诉正在学习的女孩子们:在坐到已经织好经线的纺织机前面以前,要选好图案。随后,她展示了几幅多年前织就的锦缎和大马士革缎纹布样品。本韦努塔把炭笔和纸发给她们,让她们试着按照桌上的样品画一幅图案,作为尝试,可以从简单的涡形图案和阿拉伯花叶纹饰开始。那两个女孩儿根本不知该如何用手指握住炭笔:一个将炭笔捏断了,污损了整张纸;另一个画出的图案简直惨不忍睹。我在门后伸长了脖子,想看看卡特琳娜画得怎么样。只见她弯着腰,猫在桌前全神贯注地画着。她并没有很用力地握住炭笔,而是让它轻轻掠过纸面,留下了一些几乎难以察觉的淡淡的笔痕,仿佛一阵从空中飘过的烟尘,勾勒出了事物的形态。没错,她已经开始摹绘面前那块锦缎上呈现的图案了。过了一会儿,她不再关注范本,而是按照自己的想法在涡形图案本身之外添加了一系列扭拧缠绕的线条,直至画出了一幅这个世界上根本就不存在的极为精妙的图案。那是一幅只会出现在她的头脑中和内心世界的图案。在那幅涡形图案的内部,她还绘制了另一幅图案——一朵漂亮的百合花轮廓。本韦努塔看着她,惊讶得目瞪口呆,简直不敢相信自己的眼睛。我也不敢相信自己的眼睛,类似的图案我从没见过。这个卡特琳娜究竟是什么人?她是从哪里来的?

本韦努塔与卡特琳娜长谈了一次。我允许她用记忆中仅存的母语与卡特琳娜聊了聊。本韦努塔很久没有这样做了，因为这里严格禁止女奴们用自己的母语相互交流，以免她们串通一气，策划对主人不利的阴谋。神父们说她们必须忘记自己原先所属的那个野蛮的异教世界，要成为与我们一样的文明的基督教徒。然而，尽管她们这么做了，但我们还是将她们视为低等生命，视为奴仆和牲口。我躲在门后，并不是为了监控或是偷窥，而是因为我被这个令人不可思议的女孩儿震惊到了，实在感到好奇，挪不动脚步。我想了解她的一些情况，想搞清楚她究竟是谁。这也是我第一次听见她的说话声，与她的双手一样，她的嗓音也很奇特，既甜美又铿锵，兼具男女两性的特质。我察觉到，即使是在本韦努塔与卡特琳娜之间，交流也并不完全顺畅。更令我感到惊讶的是，卡特琳娜居然主动用威尼斯方言与本韦努塔交谈。她那口威尼斯方言比本韦努塔的更加生涩和滑稽，甚至还掺杂了一些可笑的热那亚方言。她只能说简单的句子和词语，但整体还算清晰易懂。据我估计，她应该是在暂留君士坦丁堡期间，在抵达威尼斯以前学会这门语言的。就这样，她们一老一少，用这种新学来的法兰克人的语言交谈着。

我听到了一些让我着实难以相信的事情，那姑娘所说的冒险经历似乎只能从小说或是说书人的故事里听到，但我并不认为那些事情是她凭空想象出来的。她所说的经历大体应该是事实，只是她讲述的方式非常奇特，这或许与她看待世界，看待我们的方式有关。她原本所属的那个世界与我们的世界应该有着非常明显的差异。她说自己来自地球上最高的那座山，山上终年积雪，是先知诺厄停靠其方舟的地方。我记得自己曾在书里读到过那座山，应该名叫"高加索"，位于马焦雷海的东岸。这么说来，卡特琳娜就是从那里来的。没错，众所周知，塔纳伊斯位于那片海的最北面，周遭一片荒芜，从威尼斯出发，至少需要航行三个月才能抵达那里。

随后，卡特琳娜开始讲述一些令人匪夷所思的事情，就连本韦努塔也跟不上她的节奏。她说她的父亲是一位骁勇善战的首领，死于一场战斗。她原本应该像父亲那样成为一名战士，与父亲同生共死，所以她才会女扮男装，背着弓、佩着剑，但法兰克人却把她给掳走了，还拿走了她的金色纱巾。后来，一个长着红头发、红胡子的大个子魔法师让她钻进了一个木头怪物的肚子里，还教了她如何从一个地方到达另一个地方的魔法。正是通过这种魔法，她后来到了一座遍布金色圆形屋顶的城市，还认识了一个名叫"玛利亚"的姐姐。玛利亚照顾她，给她煮汤，让她喝葡萄酒，还会逗她开心。后来，她的主人雅科莫又把她带入了另一个木头怪物的肚子，让她来到了这座建造在水上的城市。在这里，她被从玛利亚身边强行带走，而后被单独囚禁在一座黑暗的宫殿里。在那里，她被脱光了衣服，而后被那个带走玛利亚的坏人触摸。如今，她想不惜一切代价地回到玛利亚身边。话说至此，她号啕大哭起来，恳请本韦努塔帮她找到玛利亚。

本韦努塔紧紧握住了卡特琳娜的双手，将她的头埋进自己的胸口，这才让她冷静下来。她解开卡特琳娜的宽边女帽，让她的头发披散下来，而后一边抚摸她的头发一边用她们之间那种我听不懂的语言小声哼唱着某种小调或歌谣。本韦努塔的手滑过卡特琳娜的长发，她那头金发简直比熔铸作坊里炼出的纯金还要明艳耀眼。渐渐地，卡特琳娜止住了哭声，有些沉醉了。本韦努塔陪她走上楼去，直至确认她已经睡着才起身离开。出门时，她严肃地与我交换了眼神，表明她已知道我悄悄偷听了她们之间的所有谈话。既然如此，她也就不必再向我汇报了。

　　作坊里的情况一路向好。我们生产的锦缎图案新颖独特，大受欢迎。威尼斯城里已经传出了一种说法，称城堡区附近有一家新开的小作坊，产品超凡脱俗。我雇用了另一个小伙子参与金箔制作，又找来了一个来自梅斯特雷的姑娘，让她纺纱和织布。我让这个姑娘与卡特琳娜住在一起，以免卡特琳娜独处的时间太长，总是回想起从前那些奇怪的事情——那样对她不好。这个办法似乎奏效了，卡特琳娜看上去多少开朗了一些，但仍旧不苟言笑。直到现在，她除了与本韦努塔说话，还从未向我或其他任何人开过口。我也更开朗了些，允许妻子去共和国的陆上领地探望我们的儿子塞巴斯蒂亚诺。其实，我暗地里还怀揣着某种希望，但愿能够通过此举恢复与儿子的联系，让他原谅加在我头上的罪过。当然，他恨我，也是有缘由的。

　　我把赚来的现金锁在二楼的一个小盒子里。对于银行，我已经没有任何信任感了。我对那个行业的了解太深，对其中潜藏的风险更是一清二楚。我开始一笔笔偿还某些折磨我良心的债务。与此同时，我也保留着过去几年来所有的信用凭证、所有有借款人亲笔签字的借条和所有我签署过的公债债券。谁知道呢，或许有一天，这些东西还能派上用场。总之，一切都在变得越来越好，除了整件事情之中那见不得人的一面：我趁节假日和夜间在熔铸作坊里悄悄做的事情——为惹不起的耶罗尼莫·巴多尔元老大人铸造假币的黑活儿。我曾在夜里从那扇临河的小门运出了几个沉甸甸的口袋，将它们装上祖安内托的船。祖安内托也越来越谨慎，会从一条隐蔽的小路迅速溜进军械库，消失在夜色里。很显然，他们已经与值守的卫兵达成一致了，要知道，耶罗尼莫可是军械库的掌管者。上一回，祖安内托还给我卸下了一袋货真价实的银币，被我藏在了墙上的一个小洞里。这是我人生中唯一见不得光的阴影，但愿我还能找到我渴望的"自由"。

* * *

又到了"大吃大喝的星期二",今年的狂欢节似乎比往年更为盛大,或许是年轻的总督福斯卡里的婚礼所营造的喜庆气氛还在延续吧。似乎整座城市都想继续载歌载舞,宴饮作乐,将城市财富消耗在这独一无二的声势浩大的群体狂欢中,通过狂欢帮助人们忘却对未来的忧虑,忘却家门口的战争,忘却潜在的金融灾难,忘却正威胁着共和国命运的千百种危险。不过,我们的作坊一直在高效地运转。这几天,我们也放假了,好让那个来自梅斯特雷的姑娘回家住几天。

基亚拉自从去了弗留利,便再也没有回来。她几个月没有传来消息,我也没有刻意追问。后来,她给我写了一封信,更准确地说,是向一位抄写员口授了一封信,只在信件的末尾用棱角分明的字体亲手签上了自己的名字。她在信里控诉我曾多次抛弃和背叛她,用虚假的希望欺骗她,而后又让她失望,让她落入悲惨和羞愧的境地;她说我原本许诺只是将她那些珍贵的首饰抵押在梅斯特雷的犹太人典当行里,一有钱就会赎出来,结果她却发现我早已将那些首饰偷偷卖掉了;她说我挪用了她的嫁妆,将其拿去偿还自己欠下的债务;她说我既然敢对她——一位出身贵族家庭的贵族夫人做出这样的举动,那么她现在也只好下定决心,与自己唯一的财富待在一起,那便是她挚爱的儿子塞巴斯蒂亚诺。自然,她称塞巴斯蒂亚诺是"她"的儿子,而不是"我们"的儿子。

我立刻给她回了信,言辞恳切,却不做作。我和她说,到了我们这把年纪,是根本不需要去伪装那份从来就没有过的爱的。我言简意赅地承认了所有过错,只向她请求一件事情:原谅。另外，我补充介绍了一些作坊的情况，向她发誓，我所说的一切都是真的，绝不是以前我惯常说的胡言乱语。这一次，我只希望她能给我最后一次机会，并且能回到威尼斯。

几天前，我收到了基亚拉的回信，她答应了我的请求。天主在上，她始终是我的女人，不管她愿不愿意，她都是我的妻子，直至死亡将我们分开。她说她会回到威尼斯，但不是在狂欢节期间。由于她如今已习惯穿深色的衣物，打扮得像一位修女或已然丧夫的寡妇，因此不愿混入那些戴着面具、纵情狂欢的人群。她会在"圣灰星期三"也就是明天抵达，这个日子才是开启忏悔和赎罪的正确时日。回到威尼斯的将不止她一个人，还有她的儿子塞巴斯蒂亚诺和她的一位姐夫，他们是前来核查我在信中所写的一切是否属实的。

晚祷时分，一场风暴即将来临，这将是一场猛烈的狂风暴雨，东南风刮得很猛，却并不冷。一旦冰雪融化，海水上涨，就很有可能淹没城市。为了防范万一，我在一楼摆放了保护板，将船只牢牢锁在作坊面朝圣热罗尼莫河的出口处。远处传来的狂欢节的喧嚣声已经很微弱了，塔纳伊斯是一片荒凉僻静的城区，在这里，除了路过的贡多拉船上传来的歌声，几乎什么也听不见。狂欢节不是一个属于我的节日，我又何必戴上面具跑到外头去庆祝呢？

我独自颂祷，而后叫来了卡特琳娜，让她给我俩以及待在楼下作坊里的佐尔齐准备些食物。佐尔齐也是个可怜人，孤独得像一条狗。卡特琳娜点燃了火，但她看上去并不觉得寒冷，身上没有穿那些厚实的羊毛衣服，有些发红的脚上也没有穿袜子。当她的裙摆甩动的时候，我就能看见她在木屐里的赤脚。或许，她已经习惯从前在家乡与冰雪嬉戏的日子了。当她拿着勺子在深底锅里不断搅拌的时候，我再次注意到了她手上那枚我原本已经忘记了的银戒指。卡特琳娜给我倒了一杯葡萄酒，而后把滚烫的汤羹盛入我的碗里。她煮的是南瓜馅儿托尔泰洛馄饨汤，其中还放了芥末汁、梨肉和一些我想办法从香料商人那里弄来的珍贵香料：胡椒、姜和肉豆蔻。随后，她拿起佐尔齐的碗，给他也盛了一份并打算稍后送到楼下。之后，她退到角落里，安静地吃起了自己的那一份——按照规矩，她是不能与我同桌就餐的。

我想起了戒指的事情，拦住了她，命她让我看看那枚戒指。她用防备的眼神看着我，像是害怕我会夺走那枚戒指。后来，她伸了伸左手，让我远远地看了一眼。那戒指实在脏得厉害，我根本看不清上面到底刻了些什么。或许她好几个月，甚至好几年都不曾将其从手指上摘下了。我费了好些功夫让她明白我的意图：我可以到楼下的熔铸作坊里给她好好清洗那枚戒指；既然那戒指对她如此重要，那就理应让它重新焕发光彩。所以，她不必害怕我。"我可不是小偷儿，绝不会把你的戒指偷走，"我半开玩笑地说，"我也不会把它拿到萨洛蒙师傅的典当行去。"不过，这番说辞并没有起效，卡特琳娜没有明白我的意思，还是试图走开。她把戴着戒指的那只手藏在另一只手里，依然感到害怕。

最后，我忽然记起了她向本韦努塔讲故事的方式，由此想到了一个好主意：用编故事的方式和她商量。我告诉她不要怕我，因为我也是一个伟大的魔法师，跟那位把她从家乡带走的红头发大个子一样。她见过我的魔法，知道我是一个巫师，一个炼金术士，见过那些金属有多么听从我的指令，在熔锅里发生奇幻的变化；她也见过当我为那些金属注入生命和热量时，它们有多么幸福。那便是我的魔法，一种创造性的魔法。对于我来说，让那枚小小的戒指重获新生，再度焕发光彩是一个再容易不过的魔法了。此外，我还能为它注入新的魔力。因为我已经看出来了，她戴的是一枚魔法戒指，就像我在书中读到过的那些魔戒：有的可以让人隐身，有的可以保护主人，还有的可以让人轻易抵达另一个地方。我对她说，如果她愿意，我可以为她，也只为她，施展一次魔法，运用我的神秘配方，让她的戒指具有更大的魔力。

这么一说，卡特琳娜同意了，默默地跟着我起身。我们端着佐尔齐的饭碗和一罐葡萄酒来到了一楼，此刻，他躺在铁砧后面，双眼无神。这个小伙子让我感到痛苦，有时也感到害怕。他的个头儿比我略高一些。没人知道他脑子里在想些什么，也没人知道他到底有没有灵魂。不过，他干起活儿来确实是一把好手，当铁锤即将落到黄金板上时，他在空中画出的圈简直令人叹为观止，随后，他让铁锤在重力的驱动下落下，却并不会额外施力。我在熔铸作坊的壁炉中生起了火，让所有的房间都能暖和一些。其实，我想佐尔齐未必会感觉到冷，说不定他也是从某座雪山里走出来的。

我坐在切割台和精加工处理台前的一把凳子上，让卡特琳娜给我端来一盆沸水和那些盛有各种盐的容器。我将那些盐倒进水里，不断搅拌，直至它们全部溶解。现在，到了最困难的步骤了：从卡特琳娜手上拿到戒指。我摊开了手。她试图把戒指从手指上褪下来，但没有成功，戒指卡在手指上了。我让她坐在了旁边的板凳上，拿起了她的左手。起初，她试图把手缩回去，但后来便老老实实地让我握住了。她的手很热，皮肤光滑而柔软。我让一滴胡麻油落在她的无名指上，小心地旋转戒指，直至将其摘下。随后，我擦去了戒指上残余的油脂，将其浸入水盆，在里面泡了好一会儿。或许是担心某种奇怪的魔法会让戒指突然消失，卡特琳娜的眼睛一刻都没有离开过戒指。我看着这个大眼睛的女孩儿，第一次发现那双眼睛比海水还要蓝，其颜色比任何一件我经手过的珠宝都要浓郁和透亮，无论是天青石还是蓝晶都无法与之相比。我记不清过了多久，盆里的盐分正在啃噬着戒指上的金属。我们彼此都忘了时间，她也一直都将自己温热的左手放在我的手掌上，并没有缩回去。此刻，我俩如同一对父女。

戒指清洗完毕，盐分溶解了所有的污垢和硬壳。我将戒指取了出来，甩干，用毡布仔细擦拭。这是一枚闪闪发光的漂亮的小戒指，现在，我终于看清了上面刻的印记：一个花押字和一些希腊字母。幸亏我在威尼斯待了许多年，总算能认识希腊字母。我费力地拼了出来——"AIKATERINE"，是的，没错，"卡特琳娜"。我记得曾见过一枚类似的戒指。当时，雅科莫·巴多尔从亚历山德里亚旅行回来，手指上就戴着一枚这样的戒指。他说那枚戒指是一个伙伴送给他的，那人曾前往西奈沙漠中一座荒僻的修道院朝圣。那座修道院位于梅瑟山下，保存着圣加大肋纳的不朽之躯。朝圣者们会按照习俗，从修士们手中获得这些与圣女的遗体有过接触，因而获得真福的戒指。是的，这是一枚纪念圣加大肋纳的戒指，谁知道是谁给她的呢。这戒指虽不值钱，但对于她来说，或许是无价之宝，是关于某个她已失去的事物的最后念想。我把戒指交还给了卡特琳娜，她感激地看着我，我从没见过她如此明媚的样子。

我想将戒指上雕刻的花押字打磨得更清晰一些，却想起那把镶有金刚石尖头的锉刀被落在了楼上的房间里，于是打算起身去取。卡特琳娜把戒指套回手指，看上去很高兴。她专注地左看右看，不断旋转它，试图让它光滑的表面捕捉到火焰的反光。她看上去很飘逸，坐在小板凳的边缘处，抬起了赤裸的双脚，让它们从裙摆下方露了出来。我走出房间的时候，用余光瞟了一眼佐尔齐，此时，他并不是在角落里躺着的，而是直勾勾地看着卡特琳娜的双脚。我不喜欢他这眼神，却也没多想，反正我很快就会回来的。

我在房间的抽屉里翻来找去，却始终没找到那把锉刀。突然，我听到了一声尖叫，而后是一声行将窒息之人发出的声响。我立刻飞奔下楼，却被眼前的恐怖场景惊呆了。佐尔齐畜生般的身体在另一个身体上野蛮地扭动，而另一个身体则在徒劳地自卫：两条赤裸的腿被强行叉开，两条胳膊被一双惯于挥舞铁锤的手牢牢固定。我看见卡特琳娜的嘴里塞着一块原本系在头发上的帕子，凌乱的头发夹杂着稻草，两只眼睛瞪得圆圆的。我瞬间扑向佐尔齐，抓住了他的肩膀，想要阻止他无耻的行为。他发出一声怒吼，站起身来，一拳朝我打来，让我撞到了墙上。我坐在地上，鲜血顺着头发往下流。尽管被打得双眼模糊，我还是看见佐尔齐拿着一根烧红的铁棍走了过来，仿佛是想要了我的命。我赶紧向一侧翻滚，躲开了他的击打。绝望之中，我的手不自觉地抄起了什么——是用来敲击金箔的铁锤，用力地向佐尔齐的脑袋扔了过去。佐尔齐应声倒向了后方。接下来，是一段长长的沉寂，只能听见木柴燃烧发出的噼里啪啦声。从佐尔齐倒地的方向传出一阵越来越微弱的垂死之声，从卡特琳娜所在的方向则传来一阵啜泣。我摸了摸先前撞到墙上的前额，手上沾满了血污。我奋力睁开了双眼。

铁锤上有血，还有骨头碎屑和脑浆。佐尔齐不成人样地躺在环绕在他头部的一摊血水之中，血水被铁锤分成了两半。深色的血液缓缓地流动，如同熔化的黄金，但流速比水银慢。我吃力地扭过剧痛的脑袋，看向铁砧另一侧的角落。稻草上是卡特琳娜赤裸的身体，她的衬衫和束腰长衣被撕破了，分开的双腿依然在颤抖。她的脑袋扭向后方，双眼紧闭，身体伴随着啜泣阵阵起伏。感谢天主，她还活着。我爬到她身旁，试图拉好她的衣服，尽可能将她的身体遮盖好。我紧紧地握住了她的手，像一个父亲对受了惊吓的女儿那样小声对她说道："别怕，结束了。"我又把那块帕子从她嘴里掏了出来，让她得以呼吸。啜泣声渐渐停了下来，她像一头受惊的小兽，睁开了眼睛，看着我。一切都结束了。

  我来不及多想，立刻采取措施，感觉自己就像在做梦，六神无主。我这一辈子作恶无数，却从来没有要过任何一个人的性命，哪怕是像佐尔齐这样的野蛮人。我把他的尸体裹进一条毯子，尽可能捆紧，拖到了船上。我把所有看得见的血迹清理干净，又撒了一层用于检验金属纯度的粉尘。随后，我将手伸进墙上的小洞，从中取出了装钱的袋子，把从楼上抽屉里拿出的钱也塞进了袋子里。另外，我还带了一把匕首，谁知道会不会用上呢。我又拿了两件带有风帽的斗篷，一些羊毛衣物和卡特琳娜的几件物品，还有一双我的靴子——虽然有些大，但她应该也能穿。我让她喝了几口水，给她穿上了袜子和靴子，让她上了船。水位已经升高了，该死的狂风呼啸而至，我几乎不用划桨，就被一只看不见的手推向了圣热罗尼莫河。正当我们准备拐弯划向处女河时，我似乎看到点点火光正朝我家逼近，那既不是狂欢节的面具队伍，也不是夜巡人。或许他们是来找我的，可他们怎么可能这么快就知道发生了什么呢？不过，我并没有折返去问他们。

  行至圣皮耶罗主教座堂前方时，风从右边更猛烈地吹来，立刻将我们甩入了通往穆拉诺岛的潟湖。我奋力划桨，试图战胜波涛和随时会将我们卷走和倾覆的水流，尽可能靠近军械库围墙旁的海岸线，在那里躲避。我感到脑袋疼得快要炸开了。卡特琳娜蜷缩在船上，靠在那个包裹旁边，满心恐惧。忽然，一声惊雷在我们头顶响起，我吓得松开了船桨，让佐尔齐的尸体滑入了波涛翻滚的水中。那巨浪仿佛利爪，想将我也拽下地狱，结果却是把船桨卷走了。完了，我们只能顺水漂流了，海水随时会将我们淹没。这就是终结世界的末世时刻，闪电之箭在天与海之间穿梭。我心情沉重地闭上了眼睛，等待最终时刻的到来。在黑暗之中，我摸到了卡特琳娜的手。我找到了她，紧握她的手，她也紧紧握住了我的手。

一阵突如其来的撞击将我们甩入了潮湿的船底，一个压在另一个身上。不知过了多久，小船停靠在了一个沙洲旁，我听见卡特琳娜的叫喊声，便睁开了眼睛，在被闪电瞬间照亮的黑暗中辨认出了一个向我们伸出手的黑色高大人影。噢，不对，那并不是一个高大的人，而是一座已经废弃的风力磨坊。在更远处，有一座钟楼、一间教堂、一排房子和一扇闪烁着微光的窗户。或许我们能活下来了。我认出那里是圣基多福和圣诺理收容所。我认识那里的一个修士，在皈依以前，他与我一样，也是一个生意人，做过捐客、皮条客，自己也是嫖客。那人原名叫"卢多维科·佐尔齐"，后来改名换姓，重新做人了。如今，他也叫"基多福"，以示对修道院主保圣人及其慈善使命的纪念：救助失足的灵魂，将它们扛在自己的肩头，与它们一起赎罪，而后将它们渡往一个安全的港湾。是的，收容所是威尼斯失足女性的最后一处避难所，她们有的年老色衰，有的疾病缠身，被所有人嫌弃，在这里，她们至少能重拾些许做人的尊严，在安宁中死去。共和国也很支持收容所的事业，有时还会给修士们发放一些补助金。因为在这个遍布妓女的岛上，有了这样一处所在，城市里的高雅的街道便能保持干净，不会出现又老又脏的妓女聚众乞讨的尴尬景象了。这便是所谓"圣基多福渡船"的意义：把一个人送往生活之流的彼岸，送往死亡国度的安宁之中；或许，对于虔诚的信徒而言，也意味着送往一处没有痛苦的永恒的平静之所。

我扶着卡特琳娜站起身来，而后把船拖到安全的地方，又把装钱的袋子压在一堆树枝下方。雨点开始噼里啪啦地落下,我们冒雨向修道院走去,敲响了大门。一束微光从楼上小窗内消失,而后出现在打开的窥视孔中。来人正是基多福修士。与在里亚尔托地区活跃的那几年相比,他的变化可真大啊:面容苍老了许多,脸上满是皱纹,留着白色的长胡子,不过,他明澈的大眼睛里却流露出一种明亮的神采。这位曾经的老朋友让我走进了他的新世界。他用力地拥抱了我。至于让一个女人在夜里进入修道院,这也没有任何问题——这间收容所的创办宗旨就在于为有需要的女性提供帮助。卡特琳娜将在收容所内部的一幢房子里休息。从前,那里是谷仓,后来,修士们将其改造成了一条宽敞的大通道,两侧摆放着床铺,供那些被收容的可怜女子休息。卡特琳娜惊魂未定,什么也没说就让人送去了那里,接手的是一位女士,她陪着卡特琳娜进了门。

　　基多福修士并没有向我询问为何会在夜里的这个时候突然带着一个女孩儿来到岛上以及头部为什么会有伤口,他径直带我去了医护室为我医治。他告诉我那只是皮外伤,并不严重,随后强迫我喝下了一小杯他们自己酿造的草药酒。那酒度数极高,苦得如同胆汁——或许,这也是忏悔仪式的一部分吧。随后,他一声不吭地看着我。这种方式比向我抛出一连串问题更容易让我卸下防备。于是,我主动开口,向他倾诉了这些年来我所经历的七灾八难,一直说到这个该死的夜晚所发生的一切以及这场绝望至极的出逃。

　　"我刚刚杀了一个人,一个小伙子,"我向老朋友忏悔道,"我不知道该怎么办。我并不想杀他,我也诚心诚意地向天主请求原谅,但当时我不得不那么做,我必须救下那个正在遭受暴力的女孩儿,我不愿她受到任何伤害。那个可怜的姑娘是一个不知来自何处的女奴,她已经遭受了无数难以想象的苦难。现如今,我不知道该怎么做。或许我不该逃跑——人们说逃跑的人会被罪过纠缠,但我是在冲动之下才那么做的,就好像是在梦里一般。这会儿,卫兵们可能已经在四处抓捕我和那个女孩儿了。假如他们抓住了她,很可能会以更加残忍的方式对待她。他们会对她进行严刑拷打,逼她承认自己根本不曾犯下的过错。可怜的孩子,她有什么错呢?"说到这里,我不由得号啕大哭起来。我,坚强了一辈子的老多纳托,一生中经历过无数风浪,自以为见过一切也尝试过一切的人,此刻却不知所措。基多福修士把手放在我的肩上,像往常那样微微一笑,什么都没有说。他只是让我祷告,感谢主让我们逃离了如此可怕的危险。随后,他让我休息,说在这样的夜里,最好不要满世界乱窜。明早,晨祷时分,他将叫醒我,让我与其他修士和忏悔者一道前往教堂参加圣灰日的典礼。于是,我躺在医护室的小床上,身上盖着自己那件破斗篷,不一会儿就睡着了,睡了一个没有做梦的好觉。

★ ★ ★

太阳升起,潟湖恢复了平静,暴风雨已经过去了。

我们走出了教堂。当卡特琳娜在庭院里闲逛的时候,基多福修士把我带到了一边,让我坐在两根柱子之间的条凳上——他有话对我说。首先,他向我赐福,用拉丁文说出了那句赦罪之语:"我赦免你的罪。"在他看来,昨晚我对他说出的那番话可以算作正规且完整的忏悔,因为他从来没见我如此虔诚地忏悔过。随后,他继续往下说。他说自己已在此处等我很久了。先前,他得知我因破产而陷入绝望时,就曾给我寄过一些短信,但我却从来没有回复过他。不过,他内心早已知道天意迟早会让我在这个小岛登陆。或许,由于那不可窥测的神意的谋划,这件事情只会发生在一个如地狱般恐怖的风雨交加的

6 多纳托

夜晚。在那个夜晚,我在犯下人生的诸多罪恶之后,还将成为一个杀人犯。先前,我曾经偷盗、贪污、腐败、投机、放高利贷、欺诈、行骗、背叛、制造假币、给金属掺假、亵渎神明,还犯有与其他人相比不那么严重的贪吃罪和淫邪罪,对于这些罪行,基多福都非常熟悉:当他还是捎客卢多维科的时候,其罪恶程度比我有过之而无不及。

当然,这并不是他要说的重点。他问我是否还记得卡斯特莱托区一个名叫"露琪耶"的妓女。其实,对于这个问题,他心里早有答案,他也曾是露琪耶的主顾,对露琪耶非常熟悉。他告诉我,自从我被关进铅皮顶监狱后,露琪耶悲痛欲绝,不再接待包括他(当时,他还是卢多维科)在内的任何顾客,只想忠诚地等待多纳托归来。没过几个月,他也进了监狱,罪行比我还重,刑期也比我更长。从那以后,他便没了露琪耶的消息。待他从监狱里出来时,原来那个"卢多维科"已经死了,取而代之的是一个崭新的"基多福"。

神圣的西莫内托修士心怀一腔仁慈,很快就把基多福带到了这家庇护女性流浪者的收容所。他刚到不久,修道院院长就把他叫了去,交给他一张经过多次折叠的字条。现在,基多福把这张字条递到了我的手里。那是一张皱巴巴的泛黄的纸,我似乎已经预感到里面的内容一定会让我手足无措,所以迟迟不敢去看它。字条上那些满是拼写错误的"颤抖"的字是露琪耶写下的。她说自己留下了一个襁褓,包裹着一个女婴、一枚戒指和这张字条。她希望这个女婴能叫"波吕塞克娜",希望她能在天主的怜悯和父亲的爱护中长大,希望天意能够让这孩子的父亲通过她留下的那枚戒指认下自己的女儿。是的,这是我刚认识露琪耶的时候送她的戒指,上面镶嵌着一枚大大的仿制钻石。至于"波吕塞克娜",那是她央求我给她读的《名女传》里的女性形象之一,她曾让阿喀琉斯为爱失去了生命。

229

我居然有一个女儿，也叫"波吕塞克娜"，而我对此却一无所知。

一阵长时间的沉默过后，基多福告诉我那个孩子就在这座修道院里，按照露琪耶的遗愿，被起名为"波吕塞克娜"，从小就在修道院长大。基多福问我想不想见见那孩子，随后他将我的再次沉默理解为默许，便向另一位在庭院尽头等待许久的修士打了个招呼。那位修士朝我走来，手里牵着一个六岁的小女孩儿。那女孩儿有着长长的深色头发和与露琪耶一模一样的大眼睛。我浑身颤抖，泪如雨下。当基多福对我说出那句"多纳托，这就是你的女儿"，并把那女孩儿的小手交到我的手里时，我甚至连站都站不起来。我握住那只小手，可又害怕她疼，因而不敢握得太紧。她看着我，似乎是想确认面前这位又高又壮，有些许皱纹和不少白发的先生是否真的是她从未谋面的父亲。这位先生的双眼满含泪水，似乎刚刚才切过了洋葱。

基多福继续对我说了一番话。他的声音很低，因为这番话他只想让我一个人听见。他知道目前我的处境很糟糕，但我不能留在修道院里，也不能返回威尼斯。我必须离开此地。波吕塞克娜可以继续在修道院生活，对她来说，这是个安全的地方。我只需要为她祷告即可，她也会为我祷告，这便是在天主面前我们所能做的最重要的事情。剩下的一切，我可以交给天意和修道院的修士。波吕塞克娜长大以后可以在收容所帮忙做事。再往后，修道院可以为她准备一份小小的嫁妆，让她与一个本分的手艺人结为夫妻。或许我可以在远方为她筹谋婚事，也可以给她和收容所寄些东西。只要一个人真心行善，天主就能够原谅他曾经做过的许多事情。

突然，庭院的另一侧传来一阵凄厉的哀号，听上去像是卡特琳娜的声音。两名修士朝那儿跑了过去，我也抱起女儿，跟着跑了过去。只见卡特琳娜跪在地上号啕大哭，手里牵着一个躺在担架上的奄奄一息的可怜女人的手。那女人身穿一件粗布袍子，瘦骨嶙峋的双手之间摆放着一部《玫瑰经》。修士们似乎是要把她抬走，为她进行临终圣事。不过，她看上去并不像是一个年老的妓女：尽管她已被高烧折磨得不成样子，但我依旧能看出她是一个二十岁上下年轻而高挑儿的女子，她的头发被剃得非常短，像是受过严酷的刑罚，凹陷的脸颊上可见多处肿胀的疤痕和烧伤。我听见卡特琳娜小声说出了一个名字："玛利亚。"此外，她还用一种我听不懂的语言继续说了些什么。双目紧闭的玛利亚似乎动了一下，而后便气息全无了。

站在我身后的基多福向我讲述了他所知道的一切。这个姑娘是被一个渔夫在军械库围墙附近的潟湖里救起的。当时她浑身赤裸，但还没有完全断气。她被送到收容所时，已经非常虚弱了。在被救助期间，她一直没有醒过来，也从来没有睁开过眼睛。尽管修道院里的女人尽力给她补充营养，为她治疗，但一切都徒劳无功。基多福想办法从一位在城区生活的修士那里打听到了一些情况。他说那姑娘是一个名叫"玛利亚"的罗斯女奴，曾被强行送往军械库，供舰队的桨手们玩弄。但她居然不从，且在自卫过程中用刀砍伤了一个重要的人物——据说是一位没有透露姓名的元老。那位元老伤得不重，但为报复，他把这姑娘折磨成了这番样子。基多福说："多纳托，你无法想象每天会有多少类似的可怜人来到收容所，她们在历经无数痛苦之后，至少最终能在这里找到一处安宁之所。"随后，基多福为我指了指小岛尽头那片小型公墓中的柏树林，告诉我说人生不过是一个过渡的瞬间，一次短暂的路过。

我划着两支崭新的船桨，精神饱满地在平静的潟湖中前进。昨晚暴风雨的残云逐渐消失在白皑皑的山后方。空气清爽而干净，天空明澈，充满了希望。正如圣基多福那样，我在小船上将两件象征罪恶和痛苦的东西——一个是装着钱币的袋子，另一个是卡特琳娜渡往拯救之地。出发前，我紧紧地拥抱了波吕塞克娜，久久不愿松手。谁知道将来她还会不会记得与我见面的情景呢？至少我肯定是忘不了的。波吕塞克娜将成为我余生的光芒，在黑暗的日子里指引我。倘若上天愿意帮助我，或许还会让我在未来的某一天再次拥抱她。我虔诚地接受了基多福给我们所有人的赐福：为了我们的将来，为了我们的旅程，为了我们这个毫无确定性可言的当下，也为了那个更加难以确定的余生。我把卡特琳娜从玛利亚的担架旁拉开，想起她曾向本韦努塔说起过的那个没有结尾的故事，同时把所有的零星碎片都拼在一起，终于明白了谁是玛利亚，谁又是那个没有透露姓名的元老,也终于明白了这两个女孩儿自被剥夺了自由后究竟经历过多么无边无际的苦难。啊！我真想抡起敲击金箔的大锤，将其砸向所有恶人，尤其是砸向那个不曾透露姓名的元老！当然，或许善良的基多福和天主是不会认可我这种复仇的。

我远远地绕开了坎波阿尔托岛，因为有一小队士兵驻扎在那里；我也避开了圣朱利亚诺岛和马尔盖拉塔所在的那座小岛，以避开检查站和海关哨卡。此外，我也放弃了梅斯特雷这个最方便的登陆点，尽管从那里可以直通福萨·格拉德尼加运河。最后，我选择在坎波阿尔托闸口靠岸。我拽着卡特琳娜，她有气无力地靠在我的身上。我们徒步走进了一片树林，一路十分谨慎，生怕被某个砍柴人或猎场看守撞见。终于，我们来到了梅斯特雷的犹太人聚居区。我朝好朋友莫伊塞的家走去。莫伊塞是一个工人，也是算术老师佐尔齐的亲戚。他欠我的人情可比我欠他的人情要多，我曾经好几次拯救过他的性命和财产。见我突然狼狈不堪地到来，身边还带着卡特琳娜，莫伊塞很是惊讶。不过，他没有多问，就赶紧让我们进了屋。他不是第一次见我逃离威尼斯，因此对我是抱有一定的信任的：他曾经见我一次次转危为安，待风暴过去成功回归。这次，我要请他帮我一个大忙：只有他能够帮我，因为那些基督教徒同行们的背叛之举已经让我无法再信任他们了。我有一大笔现金，想要存在他这里，但他必须保守秘密，且这笔钱只能在他们犹太银行家的私人网络里流通。他给我开了一张汇票，这样，我就能从他派往佛罗伦萨的犹太代理人手中提出现金。自然，莫伊塞师傅也能从这一系列操作中获得一笔相当不菲的佣金。

鉴于良币和纯银紧缺，莫伊塞无法拒绝我的请求，尽管他需要为此面对种种关联风险。对于犹太人来说，他们的日子也并不好过：布道者们四处宣扬犹太人渎神，蛊惑民众惩罚犹太人，仿佛他们的存在和呼吸本身就是渎神之举。梅斯特雷的情况还不算太糟糕，但在威尼斯，他们每次停留的时间都不能超过两个星期。不仅如此，他们在威尼斯还必须穿上那种带有可恶的黄色识别标记的斗篷，这样一来，若有人想要殴打或杀害他们，就可以轻易地将他们识别出来。莫伊塞清楚，我的要求背后一定另有文章——他了解我的过往，但他也知道最好不要追问这笔钱的来源。就这样吧，我必须马上交割完毕，然后立刻出发。莫伊塞拿来了纸张和账本，我打开了钱袋。我让莫伊塞给了我一个小包，把所有从钱箱里拿出来的钱——我的辛苦劳动所得和所有的债券单都放进了这个小包里，然后让莫伊塞迅速清点了剩下的钱——这些都是属于魔鬼的黑心钱。我从中拿出了等同于十来枚杜卡特金币的钱，委托莫伊塞以我的名义转交给圣基多福和圣诺理收容所的奥斯定会修士基多福，基多福会明白我把这笔钱交给他的缘由。

最后，莫伊塞给了我一个温暖的拥抱，对我说了一句"祝你平安"。接着,他叫来一个伙计,把我们送上了一艘停在运河边正准备出航的大船,让我们藏在了一块用来给粮食挡雨的篷布下方,还给了我们一壶水和一张佛卡夏烤饼。在桨手的驱动下,船很快就开动了,在一系列像迷宫一样复杂的运河、河流和河谷之间穿行,我们躲在篷布下方,仿佛再次进入了梦境,只能听见流水拍击船弦的声音,船桨入水的声音以及船长与船闸管理员、税收员和卫兵进行简短交谈的声音。只要给他们塞一份事先准备好的好处费,就足以让他们放弃针对粮食这种低等货物的毫无意义的检查。在经过最后一道船闸后,桨手们继续划桨,莫伊塞的那个伙计让我们走出了篷布,站在了即将落山的夕阳之下。在最后一段航程里,既没有船闸,也没有海关,我们几乎算是抵达目的地了。

  桨手们让船靠了岸,忙着卸货。那个小伙子让我们下了船,把我们带回了他的家,还向我们介绍了他的父亲。小伙子名叫"阿布拉莫",他父亲名叫"朱塞佩"。朱塞佩还不到四十岁,但看起来却比我还老,或许是因为先前的一系列经历,他才会变成这样吧。他不说话,在与我们打招呼时,手在不停地颤抖。阿布拉莫不知道自己家族的希伯来文原名,所有人都称他们为"德国人",因为他们来自德国,是从恐惧和死亡中逃出来的阿什肯纳兹犹太人。当时的场景他也看到了一些,但他不愿回想,也不愿提起。我能够想象那是怎样的痛苦。他家只有父子二人,没有母亲也没有姐妹。或许,他俩是整个大家庭仅存的幸存者。阿布拉莫向我们展示了一个皮质袋子,哭着给我们看了一张羊皮纸。纸上写满了希伯来文,文字周边绘有精致的边框和两个小鹿图案。这纸婚书便是他的母亲留下的唯一遗物了。除此之外,袋子里还装着他祖父留下的羊皮纸卷。当年,当基督教徒试图在他们家里把所有人都活活烧死时,他们只抢救出了这些东西。父亲把它们当作圣物交给了他,命令他将来交给他的儿子,一代一代地传承下去,永远不能忘记"大屠杀",直至世界末日来到,弥赛亚降临,所有四散的以色列部落重新聚集在圣殿之中,向弥赛亚求得安慰和正义。

阿布拉莫说,如果我们愿意,可以在他家过一夜。明天,他将陪我们前往那条大河,一旦渡过那条河,我们就算得救了。他为我们准备了一些食物。我问他为什么要帮我们,按理来说,在经历过那些灾难之后,他应该恨我们所有人才对,虽然我们自称基督教徒,但我们的所作所为却与基督的教诲截然相反。阿布拉莫温和地看着我,看上去比他的实际年龄成熟许多。他说我们都是人,都是在危险中逃难的生命,应该相互帮助才对。他们也曾被其他人救助过,并非所有的基督教徒都是恶魔。每一个生命都是一个无法复刻的奇迹,值得尽力去拯救。如果一个生命逝去了,那么与他相关的所有情感、回忆、面容和爱抚,还有由这些事物构成的整个宇宙,也都会随之消失。

★ ★ ★

只差最后一跃,便可获得自由。

马车在小路上艰难前行,四周景色荒凉,只能看见一片又一片的沼泽和湿地,路边是一排排枝叶抖动的杨树。风吹得猛烈,天空阴沉,想渡过大河并非易事。我们来到一个停靠着一艘大船的码头,走进了一间木屋。那是一座带有大轮子的磨坊。阿布拉莫与脾气火暴的磨坊主商讨渡河的费用,磨坊主最终同意让他的伙计用磨坊的方头平底货船送我们过河,不过,我们必须立刻出发,因为河水正在上涨,再耽搁一会儿就没办法行船了。另外,有人看见一队威尼斯骑兵在附近出没,他们本不应出现在此地的。这个地方属于费拉拉,但也是一块法律覆盖不到的交叉地带,任何人都能在此地为所欲为。那些骑兵正在码头附近打探，好像是在找什么人，可能是逃跑的人，也有可能是罪犯。磨坊主一边说一边用怀疑的眼神打量着我和卡特琳娜。

我们上了平底货船，桨手立刻开船。他吃力地在河水里划动船桨。东风骤然吹起，其猛烈程度不亚于几天前那个风雨交加的夜晚，似乎是在逼着我们后退。突然，一道闪电划破了阴暗的天空，惊雷响起，狂风大作，大雨倾盆。大河像一头愤怒的公牛，转瞬间变成了一片大海，让我们看不见对岸，也看不见就在刚才还显得近在咫尺的救赎和自由。然而，我们刚刚离开的码头却显得那么近，那么清晰。气流和水流都在让我们节节后退。此时，岸上出现了一些骑士的身影，他们对我们高声叫喊，我还看见其中一人拿起了弓弩，似乎是瞄准了卡特琳娜。我本能地一跃而起，想用自己的身体护住卡特琳娜。嗖的一声，一个箭头刺穿了我的外套和肉体。我失去了平衡，一头栽进了漩涡之中。

我感到自己被冰冷的河水所包裹，河水渗进了我的鞋袜、衬衫，涌入了我想喊却喊不出声的嘴。我的双手在漩涡里搜寻，却没能找到任何可以抓住的东西。我的双腿在碎石和树干之间踢腾，被那些东西撞击，扎穿。人生只是一个短暂的梦，此刻算是到头了吗？

在失去意识以前，在濒死的那一刻，我把自己罪恶的灵魂交给了圣母玛利亚。在被闪电照亮的天空中，我看到了最后一幅景象：一位天使向我伸出了一只纤细的手，她手上的银戒指在夜空里闪闪发光。

7
吉内芙拉

1441年6月的一个清晨,
在佛罗伦萨新圣母区

当看见那一篮杏子时,我心头忧郁的情绪便立刻消散了。
这些确实是当季的第一批果实,新鲜、结实、饱满、喜庆、粉嫩,一侧微微发红,犹如我化妆时涂过胭脂的脸颊。真巧,今天早晨天还没亮我就早早地醒来了,醒来以后的第一个念头就是想尝尝这个季节第一批成熟的杏子。我坐在化妆镜前,似乎从镜中看到了披头散发的痛苦的马达肋纳:慵懒地穿着宽松的睡衣,脸上还敷着昨晚用面粉和蛋清调制的面膜。在用新鲜的玫瑰水将面膜卸除之前,我犹疑地端详着镜子里的自己:要不用最小号的笔涂上一点点胭脂?那眼部呢?眼部该怎么处理?皱纹已经开始在眼部周边环绕了……还有眉毛,太浓密,颜色也太深,该怎么处理呢?
突然,大门口传来一阵敲门声,粗暴地打断了我的晨间冥想。此时,圣母百花教堂上方的大钟也敲响了,提醒人们到了该念《三钟经》的时刻。我等了等,希望那恼人的敲门声不再继续。或许是某个昏头昏脑的乡下商贩第一次进城,找不到去往"老市场"的路,才误敲了我家的大门;又或者是某个四处游荡的醉汉在胡乱敲门。对于我们这样在城市中心居住的人来说,这些情况并不少见。我们住在老城区的核心地带,新圣母区的蛇旗旗区,一边挨着卡利马拉细呢绒行会所在地,另一边挨着市场。今天，家里只有女人，作为男主人的兄长托马索和安德烈已经带着仆人去穆杰洛处理事务了。出发以前，他们留下了成百上千条嘱托，让我照顾好家人，看好家。这些话他们只对我吉内芙拉说，他们说我是家里所有的女人之中最有脑子的，因此我要负起责任，监督家里的其他女人，让她们按时睡觉，在晨祷时分按时起床，晚上关好大门并嘱咐她们在我没有起身的情况下不得打开大门。他们让我务必眼观六路，把心思放在照顾家宅和家人上，而不是放在纺纱杆和针线上——一旦有坏人闯进家门抢劫或搞破坏，他们在一个小时内造成的损失就是我做一百年女红也无法挽回的。兄长们出发前总会说这么一番话，而后交给我一大串钥匙，让我不要把自己还当成女孩子，而要把自己当作女主人，因为我已经步入向三十岁进发的年龄了。

对于他们的嘱托，我很是厌烦。不过，为了彼此相安无事地相处，我什么也没有反驳，只是不停地点头称是。反正我心里清楚，一旦兄长们骑马远去，我就成了家里的主人，我将会立刻端起女主人的架子走进书房，去欣赏家里最为宝贵的财富：不是装有钱财和珠宝的保险箱，而是我的祖父——公证员托马索和父亲安东尼奥一本一本收集起来的书籍，其中一些还是他们亲自抄写的。既然父亲教会了我读书、写字和算账，那么我就要独自在书房里待上一会儿，与那些"密友"聊一会儿天。当然，这一切都必须是偷偷进行的，因为神父们总是说女人读书不是好事，尤其是像我这样，不爱读那些神圣教父的生平和《忒拜纪》中的传说，只爱读《百篇小说集》和《歌集》。

先前的敲门声再度响起，反反复复，始终不停。家里其他女眷——我的姐姐、我年迈的姑母、我的嫂子及女仆都还在安安稳稳地睡觉，我只好以此刻衣冠不整的状态走下楼去，既像是披头散发的痛苦的马达肋纳，又像是蓬头乱发、手持钥匙的圣伯多禄。我把最大的那把钥匙插进了锁孔，转了几圈，而后拔出了横向的大门闩，将大门微微推开：一篮杏子出现在我的眼前。如同一只面对陌生猎物谨慎地伸出爪子试探的猫，我从门扇的缝隙伸出了手，以免自己的脸被大街上的人看到，毕竟，我脸上还敷着已经干裂的面具般的面膜。然而，出现在我面前的，却是另一张面具般的人脸——人称"嘟囔鬼"的努乔·德·格拉塔的脸。此人是我们在特伦扎诺的农庄里雇用的老工人。

努乔可能已经六十来岁了，但没有人知道他的确切年龄。大家都说他一直长着一张没有年龄感的脸：皱纹没有变，眼睛没有变，有点儿发灰又有点儿发黄的麻絮似的头发也没有变。正因如此，他年轻时看起来像个老人；而现在，当他真的老了，却和年轻时没什么差别。还记得第一次在乡下见到他时，我还是个小孩子。自那时起，我从没发现他的容貌有过任何改变。看来有人已经发现了永葆青春的秘密——我心里想着，有一丝戏谑，也有一丝嫉妒。这种人不用往脸上涂脂抹粉，不用染头发，也不用每天都与时间进行那场还没开始就已落败的战争。我们睿智的哲学家奥维德说，时间是万物的消耗者，它嫉妒所有的美好，每天都会用衰老和死亡的利齿一点点啃噬所有美好的事物。

其实，时间还是在努乔身上留下了些许印记。他的肢体不再有力，如今已经虚弱到没法儿弯腰挥动锄头或铁锹来翻地了。于是，新来的佃农"塞蒂尼亚诺的贝尔纳巴·迪·雅各布"让他带着那条名叫"阿尔戈"的狗去路边的一间小屋子里休息。阿尔戈是一条年老的马瑞马牧羊犬，与努乔一样衰老虚弱。努乔和阿尔戈的主要工作就是在路边怒喝和警告那些试图偷摘果子来充饥的路人和朝圣者。此外，努乔每周还会到城里来至少一次，把蔬菜和水果运给那个名叫"希尔韦斯特罗·弗朗切斯科"的水果贩子，让他送去"老市场"售卖。这不，努乔今天又穿着一身破衣服和一双系带的皮鞋来到了城里。他与往常一样，赶着一辆驴车，端坐在一堆生菜和杏子中间。

可他为什么要敲我们宅子的大门呢？此前，他从没有这样做过，他会径直前往市场，中途并不停歇，也不与人说话，甚至不会环顾左右，就像那匹拉车的驴子一样。因为贝尔纳巴总会叮嘱他，让他不要被圣十字教堂附近的顽童所吸引，不要让他们偷走车上的水果。这一点我可以证明努乔做得很好。我曾不止一次地从窗户里看见他从楼下经过，也曾大声喊他，让他进院子稍事休息，趁机以低价从他那里买些新鲜的瓜果——稍后，它们就要被摆在瓜果贩子的菜摊上了，但他从没停下过，他只会吃力地微微低下那个长满麻絮般头发的脑袋，以示向吉内芙拉女士致敬。

此刻，努乔睁大了眼睛，看着我。一开始，我还以为他被我奇怪的脸给吓着了——我的前额上还粘着几绺弯弯曲曲的刘海儿，看上去好像美杜莎。但我猜错了，他之所以停下敲门，是因为他有话要对我说——可能是从乡下带来了什么重要的消息。可是，问题来了，也正是因为这个问题，努乔才有了"嘟囔鬼"这个绰号。

就算是在平常，努乔也说不清楚话，嘟嘟囔囔，磕磕巴巴，非常吃力。据说他是在二十岁时变成这样的。那年，他染上了鼠疫，虽然最终扛了过来，但他发现自己的亲人全都一个接一个地死在了他的身边：年纪尚轻的妻子，一对刚刚出生的孪生婴儿，还有寡居的母亲迪亚诺拉——至今，人们回忆起迪亚诺拉，仍旧认为她是整个街区最健康和丰腴的乳娘。当年，努乔躺在草褥上，发了好几天高烧，说了好几天胡话，根本没法儿救助自己的亲人。他们的房子位于农庄内部，孤零零的，没有人敢踏进半步。当头戴风帽的公共卫生官员终于走进去时，发现他浑身发抖，身边全是僵冷的尸体。可怜的努乔，真是个可怜人。在最近的几场疫病中，遭受打击的总是他们——那些最为低贱的工人、匠人和奴仆。疫情期间，他们也被迫每天劳作，仿佛死神的镰刀并没有朝他们砍去；而我们这些养尊处优的主子却可以在储备充足的食物和酒水后闭门不出，并用纱巾包裹头部和嘴部，往鼻子里塞香精和香薰以驱赶病毒。我们还可以逃往乡间别墅，坐等疫情结束，用某些光鲜愉悦的方式欺骗时间和死亡。

这一次，努乔试图传达给我的消息格外令人费解，我几乎什么都没听懂。因为他说话时情绪很激动，似乎是发生了什么重大的事情，让他惊慌失措。究竟发生了什么呢？难道是他的老狗阿尔戈死了？还是贝尔纳巴打了他的妻子？又或者是贝尔纳巴被他的妻子打了一顿（此种可能性更大），因为他把原本用于交租的钱拿去"护城墙酒馆"玩骰子，结果输了个精光？"不，不。"努乔摇晃着他那双满是老茧的宽厚的手，瞪大了眼睛说，"特伦扎诺出事了，特伦扎诺见鬼了，是一个好鬼，伤口，发烧，死亡，还有一个头发金黄的天使，像黄金一样，一个奇迹，是总领天使圣弥额尔显灵。去看看，快去那里看看，快，快去特伦扎诺看一看。"他又激动又害怕，说完便用鞭子抽打了一下驴子，驾着车往市场的方向去了，只留下我呆若木鸡地站在大门口，连一个杏子也没有尝到。

我回到楼上，唤醒女仆，命她们开始一天的日常打扫。之后，我思绪万千地坐回镜子前方，匆匆洗去了面膜，内心却始终被一种担心折磨着。于我而言，特伦扎诺只意味着一个人——多纳托。难道是多纳托回来了？他在特伦扎诺？不，不可能。多纳托已经死了。

我们的庄园只有一间小小的农舍，与福尔蒂尼家族的庄园相邻。福尔蒂尼家族的庄园要大得多。那个庄园内部包含一个小庄子，那个小庄子属于制箱匠人菲利波·纳蒂的后代。负责那个庄子种植的，先是格拉塔，后来是贝尔纳巴。我父亲安东尼奥特别喜欢到庄园里去。在那里，他可以放下城里的工作和事务，也可以脱掉那身职业制服——那身彰显他社会地位和文化层次的第二张皮，快乐地放飞自己，像一个种地的农夫一样系着围裙在菜园、果园和橄榄树林里劳作。每到怡人的季节，他也喜欢带着我们去庄园小住，看燕子归来，看鲜花盛开，还可以采摘那些饱满成熟的果实，免得它们掉在地上烂掉。在葡萄收获的季节，我们还能在庄园里的葡萄藤下品尝汁水满溢的葡萄。

我们女孩子很乐意陪着父亲，帮他采摘水果蔬菜，因为我们觉得很自由，尤其是在母亲和兄长们没有一同前来的时候。母亲不愿意让我们弄脏衣物，也担心我们会被老鼠或虫子咬伤；而兄长们则总能找到各种各样的理由与其他家族的男孩子们混在一起，去比我家更豪华漂亮的别墅里做客，去打猎、去骑马，或是去做其他有意思的事情——他们不愿意与我们混在一起，做那些在他们看来应该由工人或女仆去做的低等之事。

在庄园里，我们女孩子确实感到很自由，不用成天被关在家里。自从仆人们发现我们已经发育成了女人，跑着将沾有血污的亚麻布条送给母亲之后，被关在家里就成了我们的生活常态。我们仿佛变成了随时会危及家族清白、荣誉和传统的危险动物，长期处于监管之下。到了乡下，我们就不用被那些隐藏所有女性特征的衣物束缚了，也不用戴用来遮盖波浪发的宽边女帽和头巾了——他们说若是我们将长发披散下来，就可能会勾走那些冒失的小伙子们的魂魄，激起他们淫邪的欲念。在乡下，在最炎热的那段时间里，父亲会允许我们像他那样脱下城市里的服装，只穿衬裙和衬衫，脚踩一双轻便的拖鞋，或是干脆赤脚站在地里，那样，我们就可以通过皮肤直接感受新鲜的嫩草，还有那炎热干燥的土地的粗糙质感了。

那是一个美好的夏天。当时，我才十七岁，但母亲和兄长们都认为我早就应该嫁人了。通常来说，议亲事宜是由双方家庭的男主人商定的，无须知会子女。不过，关于我的议亲进程却总会半途而废，甚至连初步协议也无法达成。一些热心的女友会时常跑来告诉我外面流传的关于此事的风言风语，人们都说出现这种情况的主要问题在我身上。不过，我却认为问题的症结在于我那些以斤斤计较著称的家人愿意提供的嫁妆数量实在让对方难以接受。人们都说我过于独立，喜欢擅作主张，脾气古怪，想起一出是一出，既不谦虚，也不会听命于丈夫。此外，我长得又丑又矮又胖。最糟糕的是，我还特别聪明。

那是一个美好的夏天。圣玛尔定修道院的钟声已经敲过，提醒人们念诵《圣母经》。我们女孩子在完成祷告后便去给一位邻居家的女人们帮忙，一起准备晚餐。那位邻居名叫"基亚索"，是一个赶车人。我们一边切新鲜的香料和洋葱，用头天晚上泡软的豌豆煮汤，一边嬉笑打闹。父亲、贝尔纳巴和基亚索则假装在谈论关于收获、播种和农庄管理的严肃之事，但其实，他们在心底里也是想与我们打成一片的，只不过表面上要装出一副谈论男人之间正事的样子。努乔在院子里点燃了柴火，开始烤肉和香肠。他会时不时切下几块3月里做的羊奶奶酪，让我们就着烤面包或梨子一起吃。太阳落山以后，天色很快便暗了下来，阿尔诺河对岸的山峦变成了深色，但橄榄树林间的天空还很明亮，有无数只燕子掠过天空。

当我们围坐在火堆旁的时候，纳蒂家族的庄园那边出现了一个高个子男人。他装束雅致，身穿马甲，脚上穿着一双麂皮短靴。这个一头金发、笑容坦诚的英俊男人朝我的父亲鞠了一躬,又向基亚索和贝尔纳巴行礼问好,而后他拥抱了可怜的努乔,努乔的眼里立刻迸出了泪花,嘴里喃喃低语。那个男人说起话来带着一种奇特的富有韵律感的口音,我听出来了,那是威尼斯的口音。他说他了解到努乔自从失去亲人以后就养了一小群羊,每天去贝尼山放羊。于是,他在征得安东尼奥大人的同意后,给努乔带了一件礼物,这样,努乔便会记得他的好意,也会为他向"因普鲁内塔圣母像"祈祷。他一边说一边从背后拿出一个包袱,递到了努乔面前。努乔打开包袱,发现里面有一个白色的,毛茸茸的,活蹦乱跳的小家伙——一只马瑞马牧羊犬幼崽。努乔非常激动,搂着小狗亲个不停。那个男人说,这只小狗名叫"阿尔戈",等它长大些,便可以给它戴上项圈。这样,努乔在放羊时就不用害怕狼群了。

我坐在父亲身边,父亲也感到当妻子和儿子不在时,自己更加自由。他略带醉意,半开玩笑似的在我耳边低语道:"这个人算是个不错的结婚对象,对不对?你终于肯投降了吧?他叫多纳托·迪·菲利波·迪·萨尔韦斯特罗·纳蒂,是可怜的菲利波的儿子之一。树林后面那个小庄子的一半归他所有。"说实话,这个作为男主人的多纳托对可怜的努乔所表现出的亲情并不令我感到惊讶,因为多纳托算是努乔的半个兄弟。他小的时候,曾被自己父亲送到努乔的母亲——善良的迪亚诺拉那里代养。所以说,他们从小在一起长大,吃的是同一个母亲的奶。从那以后,多纳托就常常突然出现,像一个幽灵,又像是来自另一个星球的生命。他每次都会拥抱自己的兄弟,给他带些礼物:一把新的截枝刀,一顶皮帽子,又或者是一只狗。有时,他还会给安东尼奥或基亚索寄一些钱,拜托他们悄悄地接济努乔,并特意嘱咐他们不要让努乔察觉他的好意。那场惨绝人寰的鼠疫摧毁了努乔的小家庭后,多纳托帮助努乔时就更加小心翼翼了。

在那个黑暗的年代，多纳托或许做了一件算得上睿智的事情：他在很年轻的时候就离开了佛罗伦萨，摆脱了手工匠人家族的卑微命运，在威尼斯闯出了一番天地，成了银行家。此刻，他或许已经攒下了大笔的钱财，虽然不像斯特罗齐、美第奇、帕齐或阿尔伯蒂家族那样声名赫赫，但至少比我父亲要强得多。父亲五十二岁了，要供养一家七口人。他一辈子都是政府公职人员，曾担任过行会旗手、执政官和佛罗伦萨的城门总管。如今，他的年收入只有区区五百四十二枚弗罗林币。

我的祖父——知名公证员托马索·德·雷迪托·迪·弗雷斯科·达·雷乔先生就要精明得多。他曾担任执政团使臣和诸位执政官的公证员，其妻兄是著名的高利贷商人——人称"恶犬"的阿戈斯蒂诺·米廖雷利。这个人向欠钱不还的穷人逼债时的嘴脸可真像是一只咆哮的狗。后来，他忏悔了，立下遗嘱，要把生前赚得的不义之财归还给受害者，他甚至还给我的叔父弗朗切斯科留下了三百枚弗罗林币。我的两位叔父都是行会成员，弗朗切斯科加入了羊毛行会，卡罗加入了垫褥制作行会。不过，父亲总结道："还是多纳托的选择好得多，他很勇敢，摆脱了我们这个共和国的虚伪民主和法治，去了威尼斯那座面朝大海，向世界开放，充满机遇的城市，去那里闯出了一片天地。"

许多年后，我想起那晚父亲在我耳边念叨的絮语，才逐渐明白他的意图：或许多纳托的家庭与我的祖母——那个人称"恶犬"的高利贷商人的姐姐所属的家族非常类似，所以，把我嫁给一个冒险者和放高利贷者是绝佳的选择，更何况那个人已经背井离乡，对于他的出生地来说，他已经成了一个外国人。

父亲一直在说话，至于说了什么，我却完全没有听进去。

在篝火和少量葡萄酒的作用下，我感到身体有些发热。我目不转睛地看着多纳托那张被火光映得发红的脸，感觉他也在看着我，对我笑。我俩仿佛处在一团火焰之中，被温暖，被燃烧。那是熊熊燃烧的欲望之火，我曾在关于尤利西斯和狄俄墨德斯的故事里读到过。那种特别的火在燃烧，却不会将你灼伤；在冰冻，却不会把你冻坏。那种感觉像是一条在茂盛的草丛中隐隐爬行的蛇，又好似一种不经意之间深入你心扉的毒药。当我意识到这种感觉意味着什么的时候，已经太晚了，虽然我也曾想要找到某种防御的办法，却已是无可奈何。

在一股不可名状的力量的驱使下，在接下来的日子里，我开始远离家人，在橄榄树林间游荡，一直走到庄园的边界处。没有人表示反对，每当我心事重重的时候，他们都会离我远远的，生怕遭到我的顶撞——大家都知道我是个喜怒无常的姑娘。那些日子非常炎热，我常常走进一条小小的溪谷，看溪水从光滑的石头之间汩汩流出。于是，我会脱下拖鞋，把裙子撩到膝盖以上，赤脚踏入水中。

当我弯下腰，用手捧起一捧清泉时，我的余光发现了一个站在树后的人影。我能断定那人就是多纳托，但我假装什么都没有发现，来到一棵苦栎树的树荫下，在一片如茵的草地上躺下。我半闭双眼，散开了漂亮的深色头发，仰起头，长长地呼出了一口气。我撩起了裙子，露出了微微分开的双腿。随后，我解开了透明的衬衫，露出了胸脯，静静地等待。

我不知道是谁或是什么东西给了我那样的勇气，不知是谁或什么东西引导我，唆使我做出了那些我从未做过的放荡之举。或许真的有爱神，他会让你的肢体放松，让你做你从不愿做或从不会做的事情。在那一刻，我完全忘记了对自己以及对自己身体的不满。以前，我一直认为自己的身体很难看，不招人喜欢，不像那些早已嫁为人妇的同龄女子那样美丽，让人充满欲望,所以只能被关在娘家,暗自发霉。不过,人们都说,欲望能赐予一个女人真正的美,一种任何男人都无法抗拒的非物质的美:它会让一个女人在突然间绽放,如同一朵娇艳芬芳的花朵,但那一刻是转瞬即逝的。那一刻,我想要多纳托。

起初,我似乎只能听见自己的心跳声。接着,我分辨出流淌在卵石间的潺潺水声、夜莺的叫声、苦栎树的树冠发出的窸窣声。最后,我听见了有人踏着树叶而来的越来越近的脚步声。游戏要正式开始了。我把眼睛闭得更紧了些,假装自己已经完全睡着,就好像是那则关于伊菲革涅亚和西蒙的故事里所说的那样。我能感觉到他的眼睛在看我,他的手在抚摸我,接着又把我的衣服完全脱光。随后,我感觉到他在我耳边小声说了些什么,仿佛在表示他知道自己被这游戏所吸引,此刻要正式参与进来。他在我耳边轻声喃喃的,是我曾读过的诗句:"噢,娇艳芬芳,令人欢欣的玫瑰。"过了一会儿,当我听到那句"用嘴亲吻我,浑身抖个不停"时,已经来不及睁开双眼了。他的双唇与我的双唇融在一起,他的身体也与我的身体合二为一。水来了,火灭了。

在接下来的一段时间里,我们继续偷偷地在田野里见面。我们在草丛中、太阳下追寻着爱,不说话,什么也不说。我完全处于一种无意识的状态之中,对他充满了极大的感激:感激他要了我;感激他把我从纯洁的处女状态下解放了出来;感激他消解了我要赶紧嫁人,维护家族荣誉的痴念。我一点儿也不觉得羞愧。一切都化解了,如同白雪在阳光下消融。我什么都不在乎了。我的男人我来选,我已经选好了。假如男人们可以自己去找女人,那么我们女人也完全可以自己去找男人。有一天,我要嫁给多纳托,非他不嫁。

多纳托要回威尼斯了,简单的告别之后,他就踏上了归程。我们也回到了佛罗伦萨。那段时间，我度过了此生最难熬的日子，不仅仅是因为多纳托不在身边，更是因为他没有传来任何消息。唉！我是多么傻啊，居然把自己交给了一个根本不认识的男人，一个自己一无所知的男人。我哭得昏天黑地，跑到圣玛尔谷大殿去忏悔。那是一座精美的教堂，里面有许多出自安杰利科修士之手的风格柔美的画作。我去找了一位修士——大家都说他是一位圣人。最后，他赦免了我的罪过，但同时也用地狱里最残酷的刑罚惩罚了我。他逼迫我一五一十地说出了第一次与多纳托交欢的所有细节：我如何躺在草地上，在假装睡着时故意露出了哪些身体部位让他看见。听完这些以后，那位修士厉声对我说我犯下了厄娃那般可耻的罪行，引诱一个无辜的男人犯下了致命的淫邪之罪，将他置于遭受永恒的灵魂惩罚的危险之中。总而言之，一切都是我的错。当然，这也是厄娃偷食的那个苹果的罪恶，人类的其他罪恶都是因这一罪恶而起的。

神父的赦罪并没有让我的生活变得安宁，我开始担心自己怀孕。事实上，我发现自己真的怀孕了：一个月以后，月事并没有如期而至，我怀上了多纳托的孩子。我本应感到高兴才是，但在那段时间，这个消息却只是一个诅咒。如果母亲发现了此事，将会发生什么事情？她会把我关在屋顶阁楼里，向邻居隐瞒这桩足以让家族蒙羞的丑闻。就算我能在分娩中大难不死——死于难产的概率是很大的，他们也一定会以最快的速度把孩子抱走，用最为隐秘的方式将他送往慈善堂所在的碧加洛凉廊。至于我，神父的威胁定然会变为现实。其实，在最后一次缔结婚约的尝试失败后，这一命运就已初露端倪了：这个女孩儿显然不适合在俗世生活，干脆把她送去修道院吧，让她去忏悔赎罪，通过与我们的主的结合找到真正的幸福。

于是，我开始千方百计地隐瞒自己的实际情况，把那些轻微的不适、头痛、目眩、胃胀和呕吐归咎为各种各样奇怪的原因。不过,我怀疑母亲或许已经凭直觉猜到了些什么。最让我感到痛苦的并非身体层面的折磨,而是内心的煎熬:我感到极度孤独,没有人可以倾诉,也没有人会安慰我。这种孤独似乎已经预示了即将等待我的修道院岁月。在孤独之中,真正能让我感到平静的,是向真福圣母玛利亚祷告。她是一个女人,是我们的母亲,是唯一能够理解一个怀孕女子的绝望心情的人。尽管我犯有罪过,但也是上帝创造的生命。我信任她,想扑进她的怀抱,请她宽恕我的罪过,那个并非出于恶意,而是出于爱意犯下的罪过——她定能看见我们的内心深处,也定能明白我的心意。假如天主允许这个孩子降生,那就说明发生在我身上的一切都是天主意志的体现。那么,我都将欣然接受。

然而,天主的意志却与我想的有所不同。在10月的一个下雨天,我把自己关在房间里,因剧烈的疼痛而满地打滚儿。这是上天针对我的罪过降下的惩罚吗?这是上天针对厄娃的原罪降下的惩罚吗?啊!假如男人们能够体验一刻我们女人所承受的这种痛苦,假如他们能与我们一起分担这种痛苦,或许就能更好地理解我们女人了。当我在阵痛的间隙睁开眼睛时,便一直盯着墙上那幅《因普鲁内塔圣母像》,似乎想要抓住她那具有神奇力量的衣服。我在心里暗暗许下心愿:假如圣母的手拯救了我,那我此生都会去尽力救助那些与我处境相同,身陷极度的危险和绝望之中的女人,愿天意能把我送上这条道路。

突然,我感觉腹部发生了一阵可怕的痉挛,一股热流打湿了我的双腿,让我筋疲力尽,也让我彻底得到解脱。我成功地忍住了叫喊,以免引起其他人的警觉,让她们跑进房间,但我却疼得失去了知觉。当醒来时,我发现自己躺在一片深色的血污之中,地上还有一团一动不动的血肉模糊的东西,那便是我曾在腹中孕育的小生命了。我失血过多,面色苍白,浑身无力，灵魂的巨大痛苦更是让我悲痛欲绝。但我还是使出了浑身的力气，自己把身体洗干净，把地板洗干净，把衬裙和床单洗干净。关于这一切，谁都不曾知晓。

几个月以后，在与女仆一同前往教堂的途中，阿隆内悄悄凑到了我的身边。他是一个犹太工人，兄长们有时会去找他。前往教堂的路途很短，我不知道他是如何抓住女仆在各个摊位前和作坊中东瞧西看的时机，悄悄地往我的手里塞了一张字条的。他是多纳托的朋友和联络人，这张字条来自威尼斯，是多纳托写给我的。他说如果我要回复，完全可以信任他的绝对忠诚，他还告诉我，他的货栈位于瓦凯雷恰的最深处，就在金匠作坊的招牌旁边。随后，他又神出鬼没地消失了。我双腿发抖，尽管已经走到了教堂，但脑子里已完全忘了要在教堂里进行的神圣之事。我的心脏突突直跳，手里紧紧地捏着那张字条，根本不知道该塞到哪里。于是，我只好强令女仆快速跑回家，我知道，她返回时定会在各个店铺之前流连，耽搁好一阵时间。

就这样，我与多纳托恢复了联系，也恢复了一段古代游吟诗人们所歌唱的异地恋情。我们相互写的并不算是真正的书信，因为多纳托不喜欢写信。他送来的是一些用火漆封好的字条，里面是一些简单的密码。阿隆内教会了我如何破译这些密码。他也不喜欢我写信回复，因此我只能向阿隆内口述我想告诉他的信息，这些信息会被往返于佛罗伦萨和威尼斯两地的阿隆内忠实地传递给多纳托。我们只要知道对方还活着，一切安好，这就足够了。所以说，我们通过中间人传递的少量信息最终都是些大同小异的句子："愿天主赐福于你。""愿天主让你远离灾祸。""愿天主保佑你一切顺利。"对于爱人之间的交流来说，这些语言太贫乏了。

7 吉内芙拉

1429年的秋天，多纳托通过一张字条告诉我，他终于要回到佛罗伦萨了。当时已快到圣诞节，冷风呼啸，我在衬裤里穿上了最厚实的羊毛袜子。我们在新圣母堂中一个阴暗的角落见了面。以前，那片拱顶下方总是回荡着列奥纳多·达蒂修士布道的声音，但我却总是想象着那里会出现十个——三男七女像我这般年龄的青年人的身影，在教堂里躲避瘟疫和死亡。

自从在特伦扎诺度过那个夏天以后，我就再也没有见过多纳托，也再不曾有过与他说话的机会。事实上，即使是在那个夏天，我也没有跟他说过多少话，甚至几乎没与他说过话。我们每次在田野里见面都不会把时间浪费在说话上，而是匆匆忙忙地直奔主题；缠绵之后，我们总是呆呆地看着彼此，还是不会说话。

摇曳的烛光微微照亮了大教堂，教堂里挂着一幅由大师马索·迪·班科创作的以耶稣受难为主题的大型湿壁画。在那样的地方，我们最多也只能在一根柱子后面拉拉手，生怕被在中殿和侧殿里巡查的修士发现。他们巡查，就是为了防止有人在此偷偷地进行不光彩的会面。当然了，大家都知道，不管他们如何巡查，这种事情还是会在他们眼皮子底下发生。多纳托比我高出一大截，我则是矮矮的，而且比先前更胖了。我把脸藏在风帽里，害怕自己的容貌因为孤独郁闷变得更加难看，不再是那天在溪谷边把自己交予他的"伊菲革涅亚"。

我一直沉默不语，不打算告诉他自己曾经怀孕，而后流产，失去孩子的过程，他也永远都不会知道这一切。不过，多纳托非常激动，他小声告诉我他并没有忘记我，他爱我，很想回到佛罗伦萨与我一起生活。但他必须告诉我一件事情，一个压在他心底的秘密——他不能保持沉默。他说，等他告诉我以后，我可以在他面前自由地做出决定，无论如何，他都会理解我，让我自由。我不明白他想说什么，但这个开场白让我感到

251

害怕。

多纳托说，他不可能回到佛罗伦萨向我求婚，与我一起生活了，因为他已经在威尼斯结过婚了，还有一个儿子。听了这话，我感到教堂的柱子在晃动，整个世界都坍塌了。他一直在说话，而我却什么都听不进去了。最后，我感到内心深处有什么东西在变硬，生长，变得强大起来——以往，在面对艰难的时刻时，我也曾有过类似的感受。是的，我已经做出了决定。我打断了多纳托，对他说了一番简短但坚定的话。面对着那幅耶稣受难的湿壁画，我发誓自己是多纳托的女人，他是我的男人，直至死亡将我们分开。对于我来说，时间、距离、另一个女人或另一些女人都不是问题，只要天主愿意，多纳托就终有一天会回到佛罗伦萨，而我会在这里等他。我紧紧地握了握他的手，随后便径直离开了，既没有转身，也没有等他做出回答。

我继续被母亲和兄长们轮番围攻，他们总想为我说一门好的亲事，而我却总是让他们的计划落空。我不用再像以前那样，故意让自己显得脾气古怪、喜怒无常了，我只要以本色出现，就足以让上门求亲的人知难而退。每每此时，母亲和兄长们便会火冒三丈。只有父亲不会生气，这个可怜的男人，他或许是理解我，也是爱我的。他一直保留着那个在多年前的夏夜突然闪现在他脑海里的想法，却并不知道那个想法已经成真：我已经秘密地嫁给了多纳托，把自己的灵魂和身体都交给了他，还在天主面前发了誓。我们的所作所为天主都看在眼里，等到有一天，当我们一起走进教堂时，神父们只会为我们赐福，确认我们之间早已缔结的不可分割的关系。

十年以后，我在1439年又见过一次多纳托，但也只见过那一次。当时，我们之间的字条交流已变得越来越少，甚至彻底间断了一段时间。不过那时的我已经不需要字条的安慰了，多纳托已经住在了我的心里。他是我的秘密，给予我力量，让我继续在娘家生活，捍卫我的独立地位，也捍卫我作为独身女人的尊严。我不愿做任何违心之事，不愿为了家族利益嫁给一个自己不了解的男人，也不愿被强行送进修道院。这些年里，我可怜的父亲去世了，母亲也走了。自那以后，兄长们不再烦扰我，他们甚至发现我才是整个家族里最为清醒和独立的女人。他们开始把家务交给我打理，还让我与庄园的佃户打交道，处理与他们有关的一系列恼人的琐事。当兄长们外出时，我还要负责分拣信件，执行他们的委托，回收欠债，前往一张位于巴迪亚教堂的公证员办公台去核对文书等。在所有事务中，最为烦人的莫过于处理领主官的各个部门以及商人行会所交办的各种事务，尤其是税务部门和税赋登记部门的事务。不过，我总能凭借某种超乎常人的耐心和定力搞定那些最为固执和难缠的官员。

我会将自己所做的每一件事情都写在日记本里，且不辞劳苦地在其中插入所有的票据。我肯定是比以前更自由了，可以自由地单独出门且不一定是为了去教堂。为了不让旁人说闲话，也不被他们所搅扰，我总是把自己打扮成一个已婚妇女或是寡妇，穿着紧领口的长衫，身披灰色的没有褶皱的斗篷，将帽子一直拉到头顶。我喜欢穿舒适的平跟鞋，而不是高跟拖鞋，因为我更在意行走时的舒适感，而不是让自己显得更加高挑儿。此外，我总爱披着斗篷，看上去与一位三级女教士几乎没什么差别。

我很精心地照顾着家庭。对于家里的男主人们来说，这是我对家庭最大的贡献。不过，这件事情我是非常乐意去做的，因为我并没有受到任何人的强迫，可以按照自己的心意来做事，也能最大程度地展现出我的能力和智慧。正如亚里士多德所说，家庭就如同一个小型共和国，而我就是共和国的管理者。兄长们心情好的时候，会用一种针对女性的最高赞誉来夸奖我，说我像一个男人，具备男性才有的德行。

我微微一笑，默默地接受了他们的赞许，但内心却相当不忿。难道说，我付出的所有辛劳就是为了"像一个男人"，成为一个男人的丑陋的翻版？我可不认为这算是什么成就。照料整个家族的是我，不是他们，也不是他们那两个成天哭哭啼啼的没脑子的老婆。她们俩根本不明白我的选择，不明白我为什么一直当个老姑娘，也不明白我为什么不愿让一个丈夫用丰厚的礼物——有时是一个彩绘大箱子，有时是一个象牙小盒子，里面装满了珠宝首饰，买下我的自由。在她们看来，我着实有些奇怪，怪得令人生疑。不过，她们倒是很乐意把自己的孩子交给我这个膝下无子的人教养。我很爱托马索的儿子和安德烈的儿子，我把他们俩都唤作"托尼诺"。

这两个孩子也很爱我。之所以如此，并不是因为我对他们格外宠溺，任由他们为所欲为。事实上，我对两个孩子通常都很严格。他们之所以喜欢待在奇怪的吉内芙拉姑姑身边，与她说话，是因为当吉内芙拉姑姑心情好的时候，她总喜欢跟他们谈天说地，还会翻开曾祖父托马索和祖父安东尼奥留下的那些古怪却很精彩的书，给他们讲许多故事。那些故事有的滑稽，有的痛苦，有的悲惨，但都是发生在每个人身上的真事：主角有男人也有女人，既有贵族也有平民，既有富人也有穷人。

他们觉得我有意思，还因为我虽然看上去不太虔诚，不像其他女人那样虔诚得虚伪，有时还会指责某个名声不好的神父或修士，但他们却发现我有时会戴着帽子悄悄出门，前往慈善堂，为某个正在兴建的孤儿院工地或没名没姓的孤儿留下一些捐款，而不透露姓名。吉内芙拉姑姑或许不会每天上午都去做弥撒，但她却乐善好施，并且认为这样做更符合天主的心意。

1439年，多纳托再次回到佛罗伦萨时，我感到他变了很多。他那头充满活力的金色长发变得越来越浅，有些都已经发白了，额角的头发也稀疏了一些；他的眼窝有些凹陷，总是用心修饰的脸颊变得胡子拉碴，而且胡子全白了。不过，剩下的部分并没有太大变化，多纳托还是多纳托，个子高大，身板笔直，步伐坚定，看上去比六十岁的实际年龄要年轻许多。但他看上去有些奇怪，仿佛是在害怕什么，怀疑什么，又不愿对我提起。最让我吃惊的是，他当选的并不是汇兑行会的领袖，而是木匠行会的领袖。木匠行会是由制箱匠人组成的小型行会，而制作箱子是他的父亲和兄长所从事的行业。

他在威尼斯经历了什么？他的家庭和妻子怎么样？这些问题我都没有问出口，在我们仅有的几次见面期间，我都曾对自己发誓，绝不去问他在威尼斯的生活，因为那些人和事对于我来说，都是不存在的。他可能也曾对自己发誓，绝不向我说起他在威尼斯的事，他也的确是这么做的。我相信我们真的心有灵犀，常常不用解释就能明白彼此的心意。我能想到的，他也会想到；当我针对他所说的事情发表看法的时候，常常会在意识到两个人居然用了同样的词语后哈哈大笑。这样的事情并不是只发生了一次两次，而是经常发生。尽管我们十年没见了，且先前也并不经常见面，甚至彼此都算不上非常了解，但我们之间就是有一种完美的默契，完美到几乎让我感到恐惧。

此刻，我究竟为何要不断地用鞭子抽打我的白马，让它在通往特伦扎诺的路上飞奔呢？那里到底会有什么等着我？

关于多纳托的死，我早就知道了。一个月前，老朋友阿隆内就哭着把这件事情告诉了我。那天，他让我去了他的银行。他锁好门，向我传达了一条讯息，一条由多纳托在梅斯特雷的传话人"莫伊塞师傅"带来的讯息。莫伊塞师傅让阿隆内将一笔钱记在多纳托的账户下,并结算为现金。在我看来,那是一笔巨款,有威尼斯杜卡特金币,也有大里拉币。若是按照当天的汇率结算,还能比几个月前多换一些弗罗林币。我来不及做出任何反应,也没有问阿隆内他为什么要对我说这些——关于多纳托的生意,我向来一无所知,也没有兴趣知道。在将近十五年的时间里,我们之间一直通过阿隆内联系,但这种联系仅限于那些写有只言片语的字条,内容也仅限于他让我向天主感恩的嘱托以及我的口头答复,谁知道这位威尼斯的传话人会把我所说的内容翻译成什么样的犹太式威尼斯方言呢?

阿隆内察觉到我的疑虑,主动回答了我的问题,并补充了几句关键的话。"对于那个银行家来说,有一个问题,一个大问题,"他一边说一边拿出了莫伊塞师傅开具的信用证,"这个问题就是多纳托已经死了。"这的确是个大问题:有一大笔现金,要交到一双手里,但那双手却没了,不动了,没有血液流通了。随后,阿隆内又给我翻译了另一张用密码写成的字条,是一个名叫"基奥贾的阿布拉莫·迪·朱塞佩"的小伙子送来的。他也是一个犹太人,曾经护送被威尼斯骑兵搜捕的多纳托从威尼斯逃了出来,还让多纳托在自己家过了一夜,后来又把多纳托送到了威尼斯与费拉拉的交界处,送上了在波河岸边的"磨坊旅店"停靠的一艘小船。

当时的天气很恶劣,但多纳托还是成功地登上了磨坊的平底小船。但是后来,威尼斯骑兵追上来了。躲在码头的阿布拉莫表示自己看见多纳托被弩箭射中,坠入河中,消失在漩涡里,而后便音讯全无了。后来,阿布拉莫从河滩的芦苇丛中逃脱了威尼斯骑兵的追击。我读完了阿隆内让我看的两封信——一封来自莫伊塞,另一封来自阿布拉莫。两封信的落款日期都是3月初,现如今,已经是5月了。阿隆内一直在等,期待事情峰回路转。可事到如今,等待的时间已经太长了。多纳托失踪了,多纳托死了。

此刻,我为什么还在橄榄林间继续朝山上走?我的白马已经累了,不想再往前迈步。我愤怒不已,干脆像农妇一样,脱了鞋子,赤脚往山上爬。

我终于到了圣玛尔定修道院,到了玫瑰府。再往前走几米,就到福尔蒂尼家族的府邸所在的转弯处了。天气已经开始变热,橄榄树上的花还没有落。橄榄林中空无一人:金黄的麦子已经结穗,农民们在麦田里忙着收割,或是在菜园里犁地,准备播种白菜、大葱和南瓜。我来到努乔的棚屋旁,听见了老阿尔戈的吠叫——它一定知道是我来了,想冲上来与我亲近。可奇怪的是,它并没有冲到我身边,而是一直守在门口,仿佛在守护屋里的某个人。我掀起了那张钉在门框上当作门帘的羊皮,走了进去。

他躺在那里,躺在草褥上面,身上盖着皮革里衬的斗篷。我就知道他还活着,阿隆内先前对我讲的那番话,我一个字也不相信:或许是有人看见他落水了,或许是有人看见他死了,但多纳托就跟魔鬼一样,总能从什么别的地方冒出来,他的命比猫还多。这不,他确实就在这里。我没有时间像小姑娘那样百感交集、失声痛哭,我必须坚强,我也确实很坚强。我凑到他的身边,但他并没有察觉。

他双目紧闭,模样几乎让人认不出来了。此刻的他还真像一个魔鬼:胡子又白又长,头发也一样,蓬乱、稀疏,而且突然全都变白了,仿佛经历了什么骤变。我感觉到他在打冷战。天气这么热,他的寒气一定来自体内,来自血液——他应该是得了间日热。我之所以能识别这种病症,是因为我也是全家人

（包括女眷、老人和孩子）的医生。我摸了摸他的脉搏——跳动速度太快了。此刻，我的当务之急是帮他把体温降下来。我得立刻去一趟溪谷，取来清水擦洗他又脏又臭的身体。

我撩起羊皮门帘往外走，却在门口怔住了。一个男孩儿站在我的面前，他有着一头金色的短发，身穿皮衣和皮靴，腰间似乎还别着一把匕首。他看见从小屋里走出来的我，也吃了一惊，像瘫痪了一样动弹不得。他是谁？一个帮助多纳托来到此地的人？一个把他带回儿时成长的地方，带回他乳娘的儿子所住的棚屋的人？一个把他从大河里救起，拖着他翻山越岭，跋涉好几个星期后终于来到此地的人？或许多纳托想在这里平静地死去，了结自己一直在奔逃的动荡人生——逃离某些人、某些事，也逃避自己。或许这个出现在门口的剪影般的少年果真是一位天使——努乔所说的光芒四射的总领天使圣弥额尔。

不管他究竟是谁，这位上天派来的天使正拎着一桶我急需的清水。于是，我什么都没有问，接过了那桶水，转身回到屋里，开始医治多纳托。我掀开斗篷，为他脱去了所有衣物——靴子、裤子、马甲。最后，他浑身赤裸地躺在我的面前。眼前所见并不令人感到愉悦：他身侧有一处狰狞的伤疤，周边是凝结的血块——这里应该就是被弩箭射中留下的伤口了；他的额头上有一大片青肿；胳膊和腿上还有许多斑驳的深色伤痕。我用水蘸湿了布，开始为这个被痛苦折磨的男人擦身，仿佛在已经死去的基督身边俯身而泣的马达肋纳。

多纳托仍在昏迷中作垂死挣扎，嘴里不断地发出含混的声音，说我听不懂的断续的词句。后来，我发现那个男孩儿也走进了屋，安静地跪在他的另一侧。他看着我的眼睛，然后也开始用打湿的布擦拭多纳托的皮肤。过了一会儿，我观察到多纳托的体温已经下降，也不再说胡话了，于是便找来了一块轻薄的布盖在他的身上，为他吸汗。随后，我走出了棚屋。忙活了好一阵，我自己也是一身大汗，我需要从先前的激动情绪中释放出来。此时，我需要做的是等待、希望和祈祷。

我坐在露天石阶上，坐在一棵橄榄树形成的树荫下方，茫然地看着前方。阿尔戈痛苦地蜷缩在我的脚边。我试图整理思绪，弄清楚事情的来龙去脉，而后决定下一步该怎么做。但我实在做不到，我的脑子里只想着一件事，只为一件事感到焦心：多纳托在这里，就在我的身边，但他可能真的要死了，我却不知道该怎么办。祷告吗？我做不到。大哭吗？或许可以。为痛苦的多纳托而哭，为我不知所以就已挥霍殆尽的人生而哭——或许我根本不曾好好活过。

在最深的绝望时刻，拯救往往会以一种最不同寻常的方式到来——一个圆圆的饱满的杏子。那个男孩儿向我递来一个杏子，应该是从园子里的杏树上摘的。先前，努乔便是从那棵树上摘了满满一篮子杏，送到市场去售卖。我略有迟疑地接过了那个果子：多纳托正在忍受煎熬，生死未卜，而我却允许自己陷入贪食之罪。片刻之后，我决定了：吃吧。那孩子做得对，我们得打起精神，吃上一口美味的杏子，甚至还应该多吃几个，把自己从哭泣中释放出来。

那是一个成熟的甜杏，其甜度与蜜饯相差无几。我朝那男孩儿笑了笑，他也对我笑了笑，不过只是用他那漂亮的蓝色眼睛笑。他站起身来，三蹦两跳地又摘回了一捧杏，比第一个更熟、更甜。我们饱餐了一顿，就算弄脏了裙子，我也毫不在意。这个男孩儿似乎不那么为多纳托担心，大概是因为他先前曾经见过更为糟糕的情形，眼下的状态已经算是不错了吧。这么想着，我也逐渐冷静下来。

庄园里晴朗而平静。这个男孩儿对我的到来丝毫没有感到惊讶。他坐在我身边，吃着杏，仿佛这是世界上最自然不过的事情。但他一直在看我，或许是在思量我究竟是谁。不过，他没有说话，也可能是在等我先开口。他很英俊，非常英俊，身材也很苗条——要是我能有他的身材就好了。不过，他的面容和眼睛总闪现着某种女性的特征，这让人感觉有些奇怪。这时候，他感到有些热了，于是脱掉了外套。

我的主啊！她不是一个男孩儿。衬衫上那两个向外凸起的深色色块明明是少女的乳头。那么短发是怎么回事？男装又是怎么回事？她为什么会和多纳托在一起？她是谁？多纳托的女儿，还是情人？那姑娘立刻明白了我的表情变化，她想要说话，张开嘴，却紧张得什么都没说出来。后来，她想到了一个办法：她解开衬衫，露出了自己的胸部——两个小小的紧实的乳房。她频繁地把脑袋压低，仿佛在说："是的，我是一个女孩儿。"过了一会儿，她终于开口说话了，威尼斯口音中夹杂着某种含混的、几乎没有元音的外语——只有世界上最偏僻、野蛮的民族才会说那种语言。她指着自己，说："我叫卡特琳娜，是多纳托的女奴。"

我释然了，我被这番简明扼要的告白所征服，被她眼里的光芒所征服，被她以如此自然的方式袒露在阳光和橄榄树下的赤裸的胸脯所征服，也被她的单纯所征服。我立刻相信了她，赶走了内心所有的怀疑和关于她与多纳托之间关系的阴暗的猜测。再说了，就算他们之间有什么瓜葛，与我又有何干呢？是她救了多纳托，把他送到了这里。想到这些，我不由得笑了起来，那是一种将自己从焦虑和恐惧之中释放出来的发自内心的笑。我的主啊！她是一个女奴，多纳托的女奴。她站在那里，穿着一身男人的衣服，就像"美丽的卡米拉"；多纳托待在屋里，在垂死挣扎中呓语；我光脚坐在石阶上，狼吞虎咽地吃着杏子；老狗阿尔戈蜷在我的脚边。

这是多么令人难以想象的场景。太美好了！一时间，那座位于阿尔诺河谷的佛罗伦萨，那座被石头城墙环绕的古城，连同它所有的道德和社会偏见，连同它所有的法律和规则，连同那些牢笼和监狱，都让我感到那么遥远，仿佛笼罩在烟雾之中。眼前，在阳光下，在橄榄树下，这个女奴给我上了我此生从未经历过的重要一课，关于自由的重要一课。我微笑着，接过了她手里递来的另一个杏子。

卡特琳娜说的话很难听懂。听她说话时，我简直想笑。她的脸蛋儿那么俊俏，嘴唇那么柔美，让人原本期待听到来自天国的完美无瑕的天使之声，结果听到的却是含混而古怪的话语。另外，她所说的内容也很奇怪，仿佛她是在用一种与我们完全不同的眼光解读自己的人生经历和她所处的这个世界。她的眼睛里散发着一种野性的光芒，目光敏锐，像是狐狸或鹰的眼睛，或许她还能看到我们身边的神灵以及大自然的奇迹，而我们这些所谓的文明人却已经看不到了。我无须向她提问，她自己便会主动向我说，仿佛她很快就明白了我想要知道一切的意愿——到底发生了什么，他们是如何来到这里的。她显然很信任我，信任我这个突然出现在棚屋里的又矮又胖的光脚女人。她已经凭借直觉意识到我与多纳托之间存在着某种很深刻也很神秘的关系。

通过她的讲述，我了解到她是"多纳托老爷"的女奴。"多纳托老爷"待她很好，从不打她，也不用鞭子抽她。他让她与其他女人一起纺金线和银线，设计、制作衣服和毯子。这就是她凭自己的双手做的事情。她让我看了她的手，手掌纤细，手指的形态直而规则，尤为引人注目的，是她无名指上那枚精美的银戒指。一天夜里，她遭到了暴力，是"多纳托老爷"把她从死亡、火和水之中救了出来。但是水神和火神要报复多纳托，因为他们嫉妒我们的幸福生活。他们有时很坏，不能接受自己被"多纳托老爷"打败,不愿让他逃脱原本的宿命,于是就在大河的岸边等着他。

火从天而降,水向高处翻涌。一支弩箭射中了"多纳托老爷","鲁萨尔卡"的双手将他的身体环抱,拖向水底。"多纳托老爷"试图与那些神灵战斗,但是他的身体被树神的胳膊和头发缠绕,他只能趴在一截木头上随波逐流。于是,卡特琳娜战胜了一度让她动弹不得的恐惧,将身体探出小船,将双手浸入了河水,不再害怕自己被拽入那个光怪陆离的世界。突然,她察觉到一只手从自己的手旁滑过,便用尽力气抓住了它,再也没有松开。她也不知道这力气是从哪里来的,或许是伟大的母亲神"赛特纳娅"赐予她的,又或许是母亲神的儿子——从石头和火里诞生的强大的"索斯鲁科"赐予她的。

如同临终送别,她开始擦拭多纳托脸上的血迹和污泥,为他梳理发白的金色长发。就在那一刻,她第一次从多纳托的脸上看到了自己父亲——尊贵的雅科夫的影子。她全心全意地向她心中的圣女加大肋纳祷告,请求她再度赐予多纳托灵魂。她用手指上的银戒指掠过多纳托紧闭的双眼,奇迹发生了。多纳托开始剧烈地咳嗽,吐出了水、污泥和血。此时,卡特琳娜再也按捺不住内心的狂喜,破涕为笑。

他们乘坐的小船与其说是被船夫划到岸的,不如说是被水流推上岸的,最终卡在了河对岸一棵年头久远、盘根错节的柳树旁。他们终于在那里下了船,拖着多纳托踏上了一片泥地。在那一刻,所有人都认为多纳托已经死了,众神带走了他的灵魂。众神的意志如此坚定,任何人都无法抗衡。卡特琳娜跪在他身边,肝肠寸断,却没有哭泣。她所属的民族不允许她哭泣,也不允许她软弱。

船夫把他们一送上岸就离开了。他们在又湿又冷的荆棘丛里度过了第一个夜晚。卡特琳娜把多纳托拖到了一个相对较高也相对比较干燥的地方。她不怕冷,于是脱下了自己的斗篷,把它盖在多纳托的身体上。她捡起船夫先前不耐烦地扔给她的袋子和包裹,坐在多纳托身边。那天晚上,她一夜没睡,但并不害怕。她感受到了圣加大肋纳的庇护,不断触摸那枚戒指,为自己打气。

清晨,卡特琳娜开始照料依然处于昏迷之中的多纳托。她脱去了他的外衣,解开了他的马甲,看到了伤口——不算严重,血也已经不再流了。清洗伤口时,她没有用死水,而是找来了活水。此外,她还找到了一些药草——看上去与她从前在村里医治受伤的士兵和动物所使用的药草差不多。没有研钵,她就把药草放进嘴里反复咀嚼,而后吐在多纳托的伤口上。敷好药后,她又来回翻动多纳托的身体,给他紧紧地缠上一条长长的绷带。最后,她用戒指碰了碰多纳托的前额,还念了一句咒语,不过,她说自己可能念得不对,因为她已经记不清咒语的具体内容了。以前,她每天都会在太阳升起时念那句咒语,直至新月升上天空。

有了圣加大肋纳的加持,众神也对多纳托好了起来,把大部分灵魂还给了他,但还有一小部分没有归还。多纳托再次醒来时,说了一番话,但她一点儿都听不懂。这种情况说明神明的意志或巫婆的魔法带走了那个人的一部分灵魂,所以他可以活下来,但却会做奇怪的事情。在他们的村子里,也有一个女人出现过类似的情况。所有人都很尊敬那个女人,因为这种病让她更加接近神灵。卡特琳娜认为多纳托也是如此,一会儿跟神灵说话,一会儿跟死人说话。当睁开眼睛时,他说的第一句话就是"女儿,我的女儿,你是所有女人中最有福气的"。这或许是她的父亲雅科夫在借多纳托的口说话,也许当时多纳托的灵魂曾短暂地滑入阴间,唤醒了她父亲的亡魂。

那时，多纳托坚信卡特琳娜是自己的女儿。后来，他又疯狂地问起一个装在袋子里的油布包裹。他一醒来就问卡特琳娜那包裹是否还在，仿佛那包裹比他的生命和灵魂还要重要。在她看来，这是第二个说明多纳托已神志不清的证据。卡特琳娜见过那个包裹，看到里面只装了一些没有用的纸，纸上写着一些被人们称作"文字"的看不懂的符号。是的，那些纸都还在，既没有被撕毁也没有被打湿。听到这些话，多纳托就安静下来了。过了一会儿，他又突然开始发狂，像疯子一样盯着卡特琳娜，嘴里只重复念叨一个词："佛罗伦萨！佛罗伦萨！"

在接下来的几天里，卡特琳娜一直照顾多纳托，还为他弄了一些说不清道不明的食物——一些她预先嚼过，而后再塞到多纳托嘴里的苦味药草、树根、橡子，偶尔找到的小鹌鹑蛋，徒手捉住而后用牙齿咬成小块的生鱼。后来，她从包里翻出了一把匕首，便开始使用这个工具。卡特琳娜意识到自己女扮男装可能对两个人来说都更加安全。于是，为了方便行动，她脱掉了裙子，穿上了多纳托随身携带的用于替换的裤子、靴子和马甲，她把衣服扎得紧紧的，以免身体在里头乱晃。另外，她还把匕首放在石头上磨得锋利，而后用它割断了长发，把自己打扮成了一个伙计。她明白，在即将开始的旅途中，最好不要以女孩儿的身份示人。

她搀起一瘸一拐、神志不清的多纳托，两人身披斗篷，头戴风帽，拄着两根棍子，开始向前走，既像穷苦的朝圣者和乞丐，又像年老的父亲和可怜的儿子。一路上，他们向过路人和朝圣者行乞，乞求他们施舍一点儿食物，有时会找到一个牲口棚，在里面过上一夜。他们一路走一路四处打听那个多纳托不断重复而卡特琳娜不认识的地方——佛罗伦萨！佛罗伦萨！他们看见月亮圆了又缺，缺了又圆，却没有数日子。他们就一直这样不停地走啊，走啊，不知走了多少日子。他们一路穿过了河流、沼泽、运河、村庄，遭遇那些烧杀掳掠的雇佣兵时，就躲在篱笆后面；他们也曾被好心的修士收留，在医院的廊拱下休息；他们还曾睡在高山的岩石之间，看着星星和圆月入睡；他们有时只能钻进密林之中，伴着狼群的嚎叫，紧握着匕首度过整个夜晚。她在山上打野兔，在溪水里抓鱼，在岸边生火，为多纳托做饭，而多纳托只是双眼茫然地重复着："佛罗伦萨！佛罗伦萨！"

直到他们走入一个似曾相识的河谷，多纳托的神志才开始清醒过来，身上好像也恢复了力气。卡特琳娜必须帮他维持体力，因为此时他又开始发烧了，血液再次在体内翻滚。那片丛林密布的山谷一直阴雨连绵，好在他们找到了一家修道院，在那里暂时落脚。碰巧的是，一位化缘修士也要去那个叫"佛罗伦萨"的地方，于是便让他们搭了自己的车，踏上了那条绵延的山路。走着走着，山势渐缓，山峰变成了丘陵。他们一路下行，来到了一处河谷，远远地可以看见一条波光如碎银般闪烁的河流。多纳托睁大了眼睛，颤抖着向修士指路，一会儿朝这边拐，一会儿朝那边拐，一会儿穿过葡萄园，一会儿穿过橄榄树林。最后，他俩在一个有小教堂和小钟楼的拐角处下了车——这是昨天的事情。下车后，多纳托在卡特琳娜的搀扶下又走了一小段尘土飞扬的土路。接着，他们听到了狗的叫声。一位老农应声赶来，大喊一声，抱住了多纳托，把他扶进了自己的棚屋。至此，卡特琳娜说完了。这就是整件事情的经过，这就是他们一路来到这里的过程。

我被卡特琳娜的故事迷住了，被她拯救我的多纳托的过程迷住了。这个故事实在是太精彩了，比安东尼奥·普奇、锡耶纳的皮耶罗等愚蠢的说书人的故事要精彩得多。我们一起吃了点儿努乔留下的黑面包，还有3月份做的羊奶奶酪。卡特琳娜从一个小壶里喝了点儿葡萄酒。她用舌头舔了舔壶嘴儿，而后把酒壶递给了我。我丝毫没有嫌弃，接了过来。

不过，这个卡特琳娜究竟是什么人呢？如果她是一个女奴，那么她是从哪里来的？此时，她似乎已经不想说话了，尤其不想谈论她自己。她之所以把她和多纳托的旅途一五一十地告诉我，是因为她明白多纳托和我之间存在某种关联。现在，她认为自己已经完成了使命，便打算把多纳托交给我，也算是对天主，对圣加大肋纳或是其他神秘神灵的一种交代。她只说自己是一个出身高贵的公主，父亲雅科夫是一个居住在大山里的部族的首领。后来，她的父亲被一群法兰克人杀了，她就成了女奴。她记得那个地方的名字，还记得一座城市和一条河的名字。那个城市叫"塔纳伊斯"——多纳托曾跟她说过好几回。奇怪的是，这个名字居然与多纳托在威尼斯所住的城区的名字是一样的。

所以说，卡特琳娜是从塔纳伊斯被带到海上的，她被一个红头发的"巨人"带进了一个木头怪物的肚子里，来到了一座黄金打造的城市，后来又被另一个木头怪物带到了一座建在水上的城市，在那里被交给了"多纳托老爷"。我知道，她提到的两座城市分别是君士坦丁堡和威尼斯。她所说的"旅行"——在浩大而可怕的世界的游荡，让我感到非常着迷。对于卡特琳娜在抵达威尼斯以前所看到的一切，我只能在脑海中想象：横跨地中海、爱琴海和马焦雷海的航行，路过构成希腊的众多岛屿，路过特罗亚德和科尔基斯的海岸线……相比之下，我此生进行过的最长的旅行不过是从佛罗伦萨前往普拉托，再就是那些当我捧着心爱的书本绕着房间走来走去时，在头脑里幻想出来的旅行。

在威尼斯，多纳托曾把卡特琳娜从暴力和死亡之中解救出来；后来，卡特琳娜又救了多纳托，并把他一直送到了这里。现在轮到她问我了："这里就是佛罗伦萨，对吗？我们已经到了，对吗？佛罗伦萨就是这片橄榄树林，这间小棚屋，还有这座小钟楼，对吗？佛罗伦萨真是太美了！这里真开阔，是一个天空底下，花草树木之间自由的地方，一点儿也不像我先前待过的那个封闭的、阴沉的水上之城。"卡特琳娜憎恶那些石头房子，认为它们是拘禁和奴役的象征。她很喜欢这个没有高楼，只有树木和小草的"佛罗伦萨"，喜欢这个太阳底下的"佛罗伦萨"。唯一让她感到难受的，就是这里实在是太热了。

我笑了起来，自己也觉得很高兴。卡特琳娜太美了，也太真诚、太纯真了。她果然是一个天使，同样纯真的努乔也立刻察觉到了这一点。有福的人都是至简至诚的，如此才能在这世间的诸多罪恶之中保持洁身不染。她是一个来自塔纳伊斯的切尔克斯族女奴，这一点从她的身材和面容上就能看出来：她不像鞑靼族女人那样又矮又壮，也不像罗斯族女人那样苍白。我对她既不怀疑，也毫不妒忌。

我们俩一个是出生在佛罗伦萨的体面的资产阶级家庭的知书达理的小姐，一个则是原本身为蛮族公主的野性十足的切尔克斯族女奴，就这样一直聊着，忘记了时间，也忘记了多纳托——直到屋里传出他的呻吟声。我立刻冲进屋去，只见他睁开了眼睛，认出了我，一边哭一边嘟囔着我的名字。我猛扑到他身上——我的体重不轻，可能把他压疼了吧，我紧紧抱住他，也喃喃地说出了他的名字。不用转身，我知道卡特琳娜一定站在门口看着我俩。

★ ★ ★

如以往一样，我很快就安顿好了一切。卡特琳娜是一个出色的帮手,总能在我开口提出要求以前就恰到好处地完成我希望她做的事情。在她的帮助下,我安排贝尔纳巴接替努乔,照料康复中的多纳托,对于年老的努乔来说,这件事情过于繁重了。或许是这片多纳托出生和长大的土地带给了他力气和能量,又或许是这美好的季节让他感到欢欣,总之,多纳托的身体在逐渐好转。但就他的精神状况而言,卡特琳娜说的恐怕不假:神灵还给了他生命,却带走了他的一小部分灵魂。事实上,多纳托始终有些精神恍惚,他一会儿说东,一会儿说西,有时条理清楚,有时又毫无逻辑。他时常还会转动眼睛,在空中挥舞一只手,做出抡锤的姿势,高声大喊"佐尔齐,住手,佐尔齐!"或是"血!血!"。而后,他会紧咬牙齿,朝墙壁吐痰,嘴里念叨着,"该死的元老,该死的黄金白银!"

在我看来,这一切都没有关系。尽管我们还没有当着众人和神父的面举行婚礼,但我早已在天主和自然之母面前嫁给了他。正如婚礼誓词所言,夫妻双方要互帮互助,永远患难与共,一同度过生命中那些明朗和阴暗的岁月,而现在就是多纳托的阴暗岁月,这样的日子或许还会一直持续到他生命的尽头。但在我眼里,这一切都不是问题——多纳托回到了我身边,上天让他出现在这里,出现在特伦扎诺,出现在我们的爱开始的地方。就算他时不时会疯癫,但他始终认识我,会朝我微笑,像祷告一样说出我的名字——哪怕我并不是高高的天国里最高贵的天使。

我带走了多纳托的那个装有纸张的油布包裹,为的是其中的内容不会被遗忘。在卡特琳娜看来,那个包裹里没有食物和工具,只有纸张,因而毫无用处,但她还是在重重危险之中,将这个包裹带回来了。我马不停蹄地查看了包裹中所有的纸张,发现那些东西比多纳托先前存在阿隆内那里的钱款还要宝贵：那是数十份从威尼斯债券管理处购买的利息可观的国债票据和从威尼斯各个公司购买的私人债券。

我小心谨慎地来到了阿隆内的银行，给他看了这些纸张，并向他说明多纳托还活着，正在一个安全的地方。我告诉阿隆内，待多纳托身体好一些，便会亲自来银行提取现金。但是今天，我要请他帮多纳托和我一个大忙——通过他们犹太人的商贸金融网络查清多纳托在威尼斯的真实处境，查清他是否真的被司法机关追捕，是否有重罪在身。倘若果真如此，那么让他在公众场合露面就无异于将他置于险境。最近这段时间，威尼斯和佛罗伦萨交好，成了同盟，在这样的情况下，两国之间大概率会达成某些利益交换，比如将某些进入对方境内的危险罪犯引渡回国。如果事情真是这样，那么我们就永远不能再妄想这些国债和私债了：所有这些都将被没收充公，被那头圣玛尔谷飞狮吞噬。所以，我必须知道究竟发生了什么事情。然而，我是没法儿从多纳托那里知道的，他现在的头脑幼稚得像一个孩子，只能乖乖地待在特伦扎诺。

直到9月，我才陆续收到若干封来自威尼斯和梅斯特雷的密码信。犹太人在联络方面的能力强大得令人难以置信，或许这才是他们千百年来得以在这个充满敌意和不人道行为的世界上长久生存的秘诀。通过这些信，我惊讶地发现多纳托根本没有被威尼斯共和国追捕，他也并没有被通缉或是背负任何指控。威尼斯方面只是在调查他为什么会一夜之间突然消失而已。此前，他曾重开了一家规模虽小但生意兴隆的金箔加工作坊和金银锦缎纺织作坊，作坊中出产的产品图案新颖，令威尼斯的其他作坊嫉妒得牙根直痒痒。那些图案都是由一位年轻的切尔克斯族女奴设计的，她在图案设计方面有着杰出的天赋。不知为什么，我一下就猜到那位在信中没有说明姓名的女奴一定是我们的卡特琳娜。除了她，不可能是别人。总而言之，多纳托是在狂欢节的最后一天失踪的。与他一起失踪的，还有那名女奴。这或许是罪名之一，但并不太严重。按照威尼斯的法律，若要将女奴运往国外，必须申请许可，开具单据，还要支付关税。此外，威尼斯禁止向外输出在具有战略性意义的经济行业工作的女奴，以免她们将偷偷学到的技术秘密透露给国外的竞争对手。

明白了，多纳托在威尼斯的情况已经很清楚了。信中还提到了一些其他的情况：在多纳托失踪的第二天，他的妻子——一位弗留利贵妇，他的儿子和一位亲眷突然回到了他的家。在得知多纳托失踪的消息后，三人都火冒三丈，并按照最低俗和无聊的方式将这个故事进行了最具恶意的解读：主人跟女奴厮混，而后在狂欢节期间带上女奴私奔了。按照威尼斯的法律，这或许也算是一项罪名，但不至于太重。因为犯罪的是男方，而非女方，且男方是与自己的女奴——算是私人财产，发生了关系。此外，多纳托的妻子也没有单方面起诉多纳托。

总之，信中说整件事情还在调查之中，因为多纳托是备受威尼斯司法机构关注的人物——他曾经因破产被审问过两次，还曾因欠债进过一次监狱。直到这时，我才明白：我们，尤其是我父亲，都以为多纳托在威尼斯事业成功，前途光明，其实那一切的背后隐藏着不为人知的痛苦现实——那是多纳托不断打拼，跌倒，而后东山再起的艰难的人生。然而，关于这一切，多纳托却从来没有与我说起过。我们曾达成默契，只谈与爱有关的事情。在过去的将近十五年里，无论是在我们有限的通信之中，还是在少得可怜的几次见面期间，他始终对这些事情只字未提。

既然如此，那些在波河岸边追击他的威尼斯骑兵又是怎么回事？他们为什么要用弓弩射杀他？既然他不是通缉犯，他们为什么要阻拦他，杀害他？正在我疑惑不解时，阿隆内拿出了一位与他过从甚密的医生朋友的字条。这位朋友人称莫伊塞师傅，他似乎很受老且多病的总督的重用。字条以晦涩的语言描述了一则在宫廷密室间传播的流言。那是一则半真半假的故事，说某位不方便提及姓名的重量级元老参与了一桩有损共和国利益的投机诈骗案。

就在狂欢节的当晚，在军械库附近，有人看见一些全副武装的坏人闯入了多纳托家，仿佛是要逮捕或杀害某人，只因那人是某桩案件的证人，但是多纳托仿佛受到了某个梦中天使或天意的护佑，已经提前逃跑了。后来，又有人看见另一支同样可疑的威尼斯骑兵队伍出现在威尼斯边境的波莱西内，且在那里跨越了边境，在埃斯特家族的领地烧杀抢掠，差点儿引发两国之间的冲突。那些人根本不是卫兵，而是杀手和刺客。当然，这些都只是传闻，审讯官们知道的也就是这些了。不过，他们也想抓到多纳托，倒不是因为掌握了他的犯罪实据，而是想用铅皮顶监狱里那些屡试不爽的刑具对他进行审讯。

我们又等了几个月。在这期间，我得知多纳托在佛罗伦萨的老宅子已经空出来了。那所老宅子离我家不远，位于圣埃吉德路，就在圣弥额尔维索多米尼堂后面，主教座堂圆形屋顶背阴的一侧。原先，那所宅子的一半被租了出去，如今多纳托的姐妹已经去世，出租的一半又收回来了。这是一个让多纳托回归佛罗伦萨城的好机会。我命人将多纳托打扮了一番，让他看起来像一个城里人的样子。我们给他穿上了一件长袍，毕竟对于老年人来说，马甲已经不再适合了。不过，他不让我们剪掉他那蓬乱的白胡子，所以他看上去像一个跟在约翰皇帝身后的希腊哲人。我与卡特琳娜、贝尔纳巴和努乔一道，用我的白马和他们的骡车把多纳托送回了城。我们仔细打扫了老宅中已经清空的部分，让多纳托住回了那间他小时候住过的屋子。卡特琳娜住在一层，负责打理家务，照顾主人。自然，所有的事务实际上还是由我来操持的。卡特琳娜不太高兴，因为她发现佛罗伦萨城并不像乡下那样令人心旷神怡，而是与威尼斯一样，是一座由石头砌起的城市。不过，当我们进入十字架门时，她还是仰起脖子欣赏目之所及的精彩景观：时而出现在高楼屋檐下方的大型建筑工地，还有领主宫的高塔和巴迪亚教堂的钟楼。圣母百花教堂的圆形大屋顶，更是让她心生敬畏。美是一种普世的语言，卡特琳娜和我们一样有感受，甚至比我们更有感受。

终于等到了一个多纳托神志正常的日子，我抓住机会，把他带到了阿隆内的面前。阿隆内吃惊得仿佛看见了鬼，而后立刻结清了多纳托在威尼斯存入的款项，将钱款交到了我的手里。我一刻工夫也没敢耽误，迅速让多纳托买下了一些地产。我将卖主和公证员叫到了多纳托的宅子里，让他们当着我的面签署了相关文件。就这样，多纳托除了拥有特伦扎诺的小庄子，又不知不觉地购置和承租了好几处地产，而后又将其转租给了其他人。

1442年8月28日，我向多纳托口授了税赋登记申报信息的内容。新的捐税项目已经颁布，倘若他想重新成为佛罗伦萨的合法公民，享受相应的公民权利，不继续当流亡者、"山间的公鸡"或是"林中的小鸟"，就必须履行自己的义务。他顺从地将我口授的内容写在纸上，握笔的手有些犹疑和颤抖，不似从前那般笃定果断，但威尼斯方言的拼写方式，他似乎是改不掉了："1442年8月28日，以天主的名义，本人多纳托·迪·菲利波·迪·萨尔韦斯特罗·纳蒂，现居住于毛皮旗区，特向佛罗伦萨城国的财税官员和市政官员呈报本人的财产情况。"随后，他列出了所有的地产（包括老宅、多处菜园及葡萄园）和银行存款的清单。当然，最为重要的，是列出他家需要供养的

7 吉内芙拉

人口："本人多纳托·迪·菲利波，现年六十三岁，还有一位十五岁的女子。"

卡特琳娜究竟几岁？这我可不知道，她自己也不知道，不过看上去应该已经年满十五岁了。在她出生的那个蛮荒之地，肯定不存在任何出生证明或洗礼证明。她似乎接受过洗礼，但对各类仪式、祷告和圣礼却一无所知，这样看来，她应该是半个异教徒，若想让她成为真正的基督教徒，恐怕还需花些力气。不过，这些事情可以慢慢来，无须强求——我可不是安东尼奥修士。

关于这些事情，我的兄长们不可能丝毫没有察觉。所以，我不得不对他们坦白了一些事情。好在他们对我是完全信任的，他们知道我心中有数，做事也非常谨慎，同时记得多纳托对我们的父亲一向非常热情，父亲也认为他虽然狡猾但很聪明。所以，兄长们不但没有阻拦我，而且还帮助多纳托于1442年莫名其妙地当选了圣若翰区的平民旗手。虽说毛皮旗区的平民旗手不过是一个任职期只有四个月的虚职，但也足以向同街区的居民证明多纳托还活着——多纳托回来了，多纳托再次为所在的城区服务了。

在1444年的选举中，多纳托的运气没有两年前那样好。他虽然进入了候选名单，但在关于诈骗及逃税的确认调查中被发现有过"投机"之举，因而未能当选。一些爱多管闲事的人通过他们在威尼斯的耳目获得了一些消息，便将这种来自外界的怀疑四处散播开去。

与此同时，阿隆内让我看到了一张来自多纳托在威尼斯的妻子基亚拉·潘齐耶拉的字条。她来询问多纳托的近况并表示自己可以原谅他最后那次不辞而别，甚至可以来佛罗伦萨与他团聚。我与阿隆内商量了一番：在多纳托持有的众多威尼斯的债券文件中，有不少是在多纳托妻子的亲眷名下的。阿隆内认为，答应多纳托妻子的要求不失为一个明智的选择。在我看来，这个选择不仅明智，而且理所当然。在众人面前，基亚拉才是多纳托的妻子。对于她的存在，我有什么好忌讳的呢？她与我一样，也是一个在生活的河流之中遭遇冲击的女人。所以说，我应该帮助她来到佛罗伦萨，她也理应待在多纳托的身边。我什么也不会多说，只会尽力帮助他们。当然，多纳托的所有文书，最好还是继续由我保管，存放在我的秘密匣子里。

我向多纳托口授了一封口吻谨慎的长信，让他回复他的妻子。我再次开始筹谋一切，试图修补所有的漏洞。卡特琳娜不能继续待在多纳托家了，基亚拉不会明白他俩之间的关系的。于是，我通过快速操作，以象征性的价格将卡特琳娜买了下来，让她与我生活在一起，变成我的女奴。当我将卡特琳娜以这一身份介绍给我的两位兄长时，他们颇为惊讶：一个既未出嫁也没有子嗣的女人居然拥有一个女奴——在我们这座城市，只有少数贵妇才会有此待遇。不过，在我这里，卡特琳娜住得很舒心。几个月后，一辆马车来到了圣埃吉德路，车上载有几个箱子，还有一位面色苍白、神情苦楚的小个子女人。她是一个人来的，她的儿子拒绝与她同行。对于她而言，被迫在儿子和丈夫之间做选择一定是一件痛苦的事情，但她最终还是选择了与丈夫生活在一起。多纳托在门口热情地迎接了她。站在他身后的，是我们所有人：我，我的兄长托马索和安德烈及他们的妻子，贝尔纳巴、努乔、阿隆内。大家向背井离乡、远道而来的基亚拉表示欢迎，为她介绍这个全新的生活环境，与此同时也继续关照多纳托的生活。关于多纳托，我没有什么好担心的了。他时常会与我交换一个眼神，他知道，无论他有什么需要，我都会随时相助的。

毫无疑问，他们是需要我施以援手的：他们一个是家道中落的弗留利贵妇，另一个虽出生在佛罗伦萨本地，但在外流

7 吉内芙拉

浪多年，且现已处于半疯状态。对于他们而言，要处理账目、打理家务，在佛罗伦萨这样一座如丛林般危险的城市里站稳脚跟，并不是容易的事情。1446年，我向多纳托口授了需要在税赋登记声明中说明的内容。首先，位于圣埃吉德路老宅的情况发生了变化：屋后的菜园被圣母百花教堂的建筑工地征购了——1436年，菲利波·布鲁内莱斯基完成了教堂圆形屋顶的搭建，为了完成后期的装饰工作，该教堂决定扩大建筑工地的规模，开设更多的作坊。其次，家中需要供养的人口只剩下他们老夫妻二人："本人多纳托，现年六十五岁；妻子基亚拉·潘齐耶拉，现年五十四岁。"此外，还有一条令我颇感心痛的情况变更——关于特伦扎诺那半个庄园的售卖。多纳托需要现金维持家计，但庄园的微薄租金并不足以支撑。那个庄园是我们共同美好记忆的一部分，如今却要永远消失了。不过，这份记忆或许并不需要靠物化的地产来维持。这片土地已经变了，树木也变了。努乔已经不在人世，贝尔纳巴也已年老，孤身一人。多纳托的健康情况不佳，没法儿上山了。然而，关于特伦扎诺的记忆会永远留在我们心里，那是卖不掉的。它会待在一个角落，为日后生命中的寒冷时刻带去温暖。

如今，卡特琳娜已经与我生活在一起了。我的身体也开始出现各种不适，她则会在所有的事情上帮我一把。于我而言，这是一种前所未有的经历，我从来没有占有过另一个人，对于这种关系，我一点儿也不喜欢。

事实上，我把她从多纳托手里买下来，这本就不算是真正的交易。我不可能拿卡特琳娜作为交易对象，也不可能将她视为一件物品，比如一面小镜子，或是一把梳子。我让公证员起草了一份简单的文书，其中的内容几乎都是我口授的——我懂拉丁文，能熟练地起草文书。不过，这份文书并不在我手里，对我来说，只要公证员在他的公证登记簿里记上一笔，这就足够了。不过，出于好奇，我还是请求公证员让我看了一眼其他同类的公证摘要的内容，试图从中了解那些生活在我们身边的女奴：她们生活在我们这座文明程度极高的城市里，却完全被排挤至社会的边缘。事实上，我们对她们一无所知，不知道她们来自哪里，信仰什么宗教，也不了解她们的世界，她们的希望和情感。我们甚至不知道她们的真实姓名。出现在文书首页的，往往是她们受洗后的名字，而不是那个遭到我们唾弃和遗忘的，被标注为"曾用名"的原名。通常来说，人们需要翻上几页文书，才能看到她们在鞑靼语、罗斯语或切尔克斯语中的原名。那些名字很奇特也很美好，总能让人联想到闪亮的黑色或绿色的眼睛，还有迎着沙漠或草原的风飞舞的散发着野性的头发。我似乎还能通过那些名字闻到她们的身体散发的香草的气味："科特鲁茨""艾迪克斯""阿萨""多布拉""纳塔希娅"。到了我们的城市以后，所有女奴的名字都变成了模式化的"玛利亚""玛达莱娜"和"卡特琳娜"，翻来覆去，就这几个名字。她们的眼睛变成了毫无神采的灰色，头发被束起，包裹在粗糙的头巾里。不过，我的卡特琳娜与她们不同：她来自一个位于世界边缘的山村，本名就叫卡特琳娜，与那位亚历山德里亚的圣女同名，就连她手上那枚被视为神奇的护身符的戒指也是为了表达对同名圣女虔诚的信仰。她的眼睛并没有暗淡无光，反而神采奕奕，犹如在风中流动的湛蓝天空。

　　文书中还会笼统地提及女奴们原先所属的民族，她们之中有鞑靼人、罗斯人、切尔克斯人、吉克人、阿布哈兹人、哈萨克人、蒙古人、亚美尼亚人、希腊人、犹太人、撒拉逊人等，有的甚至来自极其遥远的契丹。然而，关于这些民族名称背后所隐藏的信息，我们能知晓几分呢？她们这些大大小小的女孩子，或是被人强行从幽深的丛林或山间抢了出来，或是被自己的家人亲手卖掉——她们被毁掉的童年和少年之梦，我们又能知晓几分呢？还有她们的年岁，也往往用"大约"来标注，因为没有人知道她们的确切年龄，人人都是依据眼前所见进行估算的：她们的身体是否已经出现女性性征；她们的臀部有多宽；她们的乳房是否圆润紧实；她们的头发有多长；她们的身材，究竟算是"小个子""中等个子""中上等个子"还是"大个子"；她们皮肤的颜色算是"白皙""黝黑""橄榄色"还是"棕褐色"。此外，文书中还会提及她们身上的某些体征细节，如"大鼻子""雀斑""耳朵有孔""下颌凹陷""可怕的牛痘接种痕迹"等。假如那个女奴确实什么特征也没有，主人们就会给她留下一个印记：纹一枚十字架、一颗星星；用火钳在她身体上烙出一个烙印——如同在母牛身上留下一个印记。

这个讲起话来滔滔不绝的公证员继续向我解释说，通常，在购买女奴时，需要仔细检查她的身体，这就好比在购置某件价格高昂的商品时，要仔细察看面料的材质是羊毛还是丝绸。进行这种细致的检查时，人们通常会把女奴的衣服脱光，触碰和感受她身上的某些隐私部位。我没有对卡特琳娜这样做，也不想对她这样做。对我来说，我眼前的所见已经足够了。难道我还需要担心她是不是处女？难道我还需要怀疑她是否跟多纳托上过床？

于是，公证员告诉我，他必须写上一段格式文本，表明我完全接受卡特琳娜的现有状况。这段文书的内容如下："身体和四肢健全，有若干隐匿或明显的缺陷，伴有癫痫的征兆。"此外，他还提醒我，如果这个女奴在一年内死于某种不明原因的疾病，不会有人向我赔付。作为补偿，我可以在收入声明中提及这名女奴，将其与我的白马和其他牲口列在一起，如此，便可免除一小笔税款，因为她也算是要吃粮食的一张嘴。文书是要当着卡特琳娜——这个根本不懂拉丁文，既不会读也不会写的蛮族女孩儿的面签署的,表明她"亲自到场,确认无误,并明确表示同意"。然而,既然她是一个被售卖的对象,又何来的权利表示"同意"呢?简直太虚伪,太荒谬了!这些一本正经的公证员真让人难以忍受。

其他的女人也会提醒我对卡特琳娜多加防范,尤其是那位名叫"列桑德拉·马琴吉"的尖酸寡妇。她们让我当心,因为现在家里多了一个敌人。在她们眼里,所有的女奴都是贪得无厌的,因此要看好酒坛,谨防她们偷鸡摸狗,东诓西骗,秽乱家宅,做出不堪之事。她们认为这些蛮族女奴是污染我们的城市和家宅的罪魁祸首,好比肮脏的溪流污染了清澈的河水,又好比没有灵魂的牲畜。不过,她们说切尔克斯族的女人有着强悍的血统,因此比其他民族的女奴品性稍好一些。

在我看来,这些嚼舌根的话全都是无稽之谈。卡特琳娜就是一个"人",一个住在我的家里,与我一起生活的人,或者说,是一个与我"同饮同食"的人。或许有那么一天,她们会看见我释放这个女孩儿。她在这里的命运会比街区里穷人家的女孩子更好而不会更糟,因为我很关心她,不会让她经历任何危险,也无须她承担任何责任。

就这样,卡特琳娜一直帮我干活儿,从来不知疲倦。如果交给她的家务已经提前完成,她便会问我是否可以纺织亚麻布或丝绸,为我、兄长们和他们的子女们缝制衬衫、手帕、汗巾以及马甲的亚麻布衣领。显然她在多纳托的威尼斯作坊里受过极为专业的培训,手艺让我们所有人望尘莫及。真可惜,我没有机会看到她在威尼斯完成的那些作品。我并不想让她太过劳累,也无意利用她创造任何经济效益,但我确实很好奇,想要看看她这个传闻中所说的"多纳托的威尼斯作坊里的女奴"是不是真的能画出精美的图案。于是,我让她进入了我的书房,那里有我的纸张、记事本和书籍。

见我一个女人居然拥有这些东西，卡特琳娜很是惊讶。她用蹩脚的语言向我表明，她觉得我是一个女巫，因为她的父亲雅科夫曾告诉她文字是一种普通人无法触及和理解的魔法，因此在她们的山里，没有人会书写；不过，在她从山里出来后生活过的许多地方，无论是那座金光闪闪的城，还是那座建在水上的城，很多人都会书写。随后，她拿起了一块红色天然石头。平时，我只会用那块石头在账单上画出某一笔账目，或是在账目结清后将其涂抹删除，又或者是在某本文学作品的页面边缘圈出精彩的段落或有意思的词语。此刻，卡特琳娜拿着这块石头在一张纸上画了起来，她笔下的图案比我用文字写下的任何"魔法"都要精彩，其中有精美的绕线图案，风格化的动物形象，植物，还有一朵与我们佛罗伦萨城百合花纹章非常相似的大百合花。

卡特琳娜是个开朗的女孩子，她从来不哭，也从来不会闷闷不乐，尽管我曾有几次见到她若有所思地看着窗外：不是看向街道上的行人，而是看向天空，看向那些自由飞翔的小鸟。她喜欢小鸟，也喜欢其他的动物。她坚持不吃肉，因为她一想到要剥夺一个生灵的生命就会感到恐惧。慢慢地，她硬是把我也变成了一个素食主义者——这对我的身体倒是有益处的。有一次，我问了她在家乡都吃些什么，她便为我煮了一锅稀汤，那汤的味道让我很后悔问了她那个问题。不过，她用黄油和鸡蛋炸的那种名为"布利尼"的食物倒是很美味，我一不小心就会吃多。

关于她的怪癖，有一件事情我至今记忆犹新。一天，我们经过市场，被一阵极婉转的叫声吸引住了。那是一个卖鸟的商贩摆的摊位，大大小小的笼子里关满了善于歌唱的"精灵"，有红额金翅雀，有燕雀，也有苍头燕雀和黄雀等。卡特琳娜焦虑得面色苍白，使劲拽我的手。我惊讶地问她有什么不适，她似乎能听懂鸟儿们的语言，说那叫声是鸟儿们因为失去了自由而发出的痛苦哀鸣。她的一番话让我心绪不宁，最终只好买下了所有的鸟儿。我用眼神告诉卡特琳娜这些鸟儿可以交给她来处理。她立刻欢天喜地地打开了所有鸟笼的笼门，把它们全都放了出来，让它们自由地飞向了天空。

岁月匆匆，基亚拉去世了，多纳托又回到了独身一人的状态。我与兄长们说好，让他们来到了多纳托的家。出于对颜面的考虑，我让兄长们向多纳托提亲，让多纳托娶我为妻，并用六百枚弗罗林金币作为陪嫁。这个想法是由我向兄长们提出的，他们也接受了：一方面，这份陪嫁是父亲留给我的遗产；另一方面，他们知道这笔钱会一直由我掌管，一分也不会向外流失。多纳托自然也是满口答应，否则，他还能怎么办呢？如今，这个疾病缠身的六十八岁老男人终于可以与我这个年过四十的"少女"走到教堂的祭台下了，而我也终于搬进了他位于圣埃吉德路的老宅子。毫无疑问，卡特琳娜也随我一起住过去了。她很高兴再次见到以前的主人多纳托。与此同时，家里的财富也有所增长：我们一起购入了一个位于普拉托的陷入破产清算状态的大庄园。这个庄园每年能产二十五斗小麦、十四斗小米、三斗大麦、三桶葡萄酒和两包亚麻。

★ ★ ★

1449年的夏天，我们的生活彻底发生了变化。那是一个糟糕的夏季，灾祸从刚入夏时就已初露端倪：天气异常闷热，空气潮湿，让人喘不过气来；随后，最初的瘟疫死亡病例就突

7 吉内芙拉

然出现了。如以往一样，瘟疫总是在最出人意料的时刻突然不请自来，要么是从周边的郊区传到城里，要么就是在某个外地商队经过后开始蔓延。我们防不胜防，根本来不及逃到乡下的庄园里去：多纳托的身体不佳，而我也已经开始出现足部痛风了。这是天主对我的贪食之罪的惩罚。所以，我们所有人只好把自己封闭在位于圣埃吉德路的宅子里。

如今，二十岁出头的卡特琳娜已经出落成了一个光彩耀眼的女人：曾经如小鹿般晃动的小小的乳房变得坚挺而丰满，挺立的乳头将会让叼着它们饱饮乳汁的婴孩们感到幸福万分。一天，我终于下定决心，想要弄清心中的疑问。我以疫情期间应做好清洁为由，让一位农妇给卡特琳娜洗了个澡。随后，那位农妇悄悄地找到我，告诉了我想知道的情况：她是处女，身子还保持着从娘胎里出来时的状态。多纳托从没碰过她或占有过她，其他男人也没有碰过她。她似乎没有任何发自人性本能的冲动，从来没有刻意打扮自己以吸引旁人的注意力，且这段时间我们一直闭门不出。然而，尽管如此，早在几个月前，我就注意到当卡特琳娜陪我前往市场或教堂时，许多男人的目光就像是饥肠辘辘的牲口那般聚焦在她的身上。

其实，我一直非常小心，用最保守的方式打扮卡特琳娜：她头部一直裹着头巾，那一头漂亮的金发一直不为人所见；她衣服的色彩比修女的还要灰暗。但这一切都毫无用处，男人们似乎从空气中嗅到了某种气味，嗅到了某种看不见的气息，目光总会落在她的身上。他们盯着她看，试图搞明白究竟是什么东西从他们身边经过，用妖术让他们五迷三道。关于这一切，卡特琳娜本人一无所知：她乖乖地向前走路，眼神低垂，恭敬谦卑。我了解她，她的内心确实简单纯净又充满活力。若非基于此种了解，我也几乎难以相信她这副不谙世事的样子。我是一个罪人，不知该如何进行完美的祷告，但我每天都会为了她而感谢主,感谢主安排了某位"守护天使",陪伴她在危机四伏的人生路途中一路前行,让她至今仍保持着纯洁无瑕的状态。我所说的"纯洁无瑕"指的是她内心深处纯真的精神状态,而不是男人们所说的那层毫无意义的膜。

然而,就在那个夏季,"狼"还是悄悄设下了圈套,在你毫无防备的情况下走进了你的家,乔装打扮,变成了一个身穿公证员红色紧领长袍的男人,脸上盖着一块浸有药水的手帕,防止被疫病传染。那是一个又高又瘦的年轻人,谈不上英俊,反正我不喜欢。半疯的多纳托认定卡特琳娜是自己的女儿,而我也没有子女,因此在她面前总有一种作为母亲的责任感,认为自己有义务保护好她。不过,多纳托相当信任这个年轻的公证员。他是老高利贷商人万尼·迪·尼科洛派来帮多纳托整理纸质文书的。他的任务仅限于此,因为他还太年轻,没有经验,不足以签署更为重要的文件。据说,他作为新手,正试图在妇人和寡妇中间建立自己的客户网络,帮助她们处理一些财产买卖和幼童收养之类的事宜;另外,他还会帮一些神父、修士和修女处置某些陈旧破败的修道院。尽管他的祖辈曾是公证员,但他的父亲却不是,因此他只能白手起家,从头开始。此外,他还是半个乡下人,行事方式颇为粗鲁,也只会用他在备考公证员期间费力学到的那些程式化的拉丁文表述来尽力遮掩自己露出的马脚。

他那身紧领长袍似乎也不是新买的,应该是从某个死于鼠疫的公证员的遗产中淘来的二手货,臀部的位置还有一处补丁。他连胡子也刮不好,其面部的整洁程度甚至比不上我家那位年老的多纳托。此外,他交往的朋友也不是什么好人,且他的住处就在高利贷商人万尼那座位于吉柏林大街的宅子里。他的家乡是一个位于蒙塔尔巴诺山另一侧的小村庄,就在阿尔诺河和瓦尔迪涅沃勒之间。他总喜欢摆出一副大法官的架子。他的家乡叫什么来着？噢，好像是叫"芬奇"，没错，就是意思是"绳结"的那个"芬奇"。

那个公证员来过家里好几回，他告诉幼稚得如同孩子的多纳托，文书太混乱，这里差一个签名，那里又差一处附言。所以，他一会儿要去位于领主宫的办公台核查，一会儿又要再次来到家里。多纳托对他信任有加，无论他说什么都点头称是。后来，我也相信了他，偶尔会让他和多纳托单独待在家里，一次是因为要去银行办公台核对一份关于嫁妆的文书，还有一次是因为我要去裁缝铺做衣服。后来，这个公证员在某一天突然销声匿迹，似乎是去了穆杰洛，又或者是去了比萨。

疑虑不断地折磨着我，我不断地想起前几年在圣十字教堂听过的那场令我印象深刻的布道，感到寝食难安。我记得那位来自锡耶纳的贝尔纳迪诺修士站在布道台上，厉声警告那些将自己的闺阁女儿独自留在家里，将其暴露于年轻男性的色欲之中的人。人们热衷于聆听贝尔纳迪诺的布道，如同是观看一场演出，因为他的话语直白有力，似乎能说进听众的心里，让人听得明明白白。没错，他的那番话在我内心反复响起，让我不得安宁，仿佛那不是布道，而是预言："噢，家有女儿的妇人们，要小心踏入家宅的人。噢，家有成年女儿的母亲啊，她才是你最需要紧紧看护的最大的珍宝。"

★ ★ ★

过了一段时间，疫情有所缓解，我们又能出门了。但是卡特琳娜的状态不佳，不愿陪我外出。她看上去总是很疲惫的样子，情绪也不太好。有人曾发现她在院子的角落里呕吐。这是我认识她以来她状态最差的样子。她好像有意躲着我，向我隐瞒了什么。我没有找到机会与她聊一聊，也不可能屈尊追到她那间总是关着门的屋子，直接问她到底发生了什么事。毕竟，我是女主人，而她只是我的女奴。不过，我总能从楼梯上听到她在楼上躲在门后小声地哭，那是一种尽可能克制的啜泣，让我很心疼，也很难过。她应该是遇到了什么严重的事情，严重到她把自己关了起来，不再与我说话。

终于，在11月的一个夜晚，我察觉到她出现在我的身后。当时，我正坐在写字台前，拿着墨水笔，在小小的日记本上记录白天产生的账目。所有人都知道，如果在这个神圣的时刻打断我，那必然是要吃苦头的。她既然敢在这个时候来找我，那就说明她确实有性命攸关的事情要向我说。她是唯一一个被允许打扰我的人。我转过身，示意她走到我身边来。她披散着头发，憔悴的面部湿湿的，像是刚刚大哭了一场。不过即便如此，她的面容也还是那么饱满明亮，柔嫩的肌肤散发着光芒，看上去比平时还要美丽。她没有勇气直视我，只是对我说了一番奇怪的话。与往常一样，故事的开头我是听不懂的。她说，月亮圆了两轮有余，但她两腿之间的血流却没有了。既然我是一个能用书写让语言停留于纸面的女魔法师，那么我或许会有办法治好她的病，让她在下一次月圆的时候重新恢复两腿之间的血流。

我明白了一切，不由得心生恐惧。我站起身来，满脸怒气，吓得卡特琳娜直往后退。我粗鲁地将一只手放在她的腹部，问她是不是感觉到里面多了些什么。她说是的。我一把抓住她的双手，用更强硬的语气问她是不是还有什么别的事要跟我说。她绝望地哭了出来，坦白了一切。

那个身穿红衣的男人曾经来找过她的主人多纳托。在离开以前，他悄悄地跟在她的身后，上楼进了她的房间。他朝她微笑，向她靠近。卡特琳娜本想大喊，但他却不再向前靠近了。他没有碰她,而是跪在她面前,请求她让自己看一眼她的头发。卡特琳娜不再感到害怕,因为这个年轻人身穿红衣,举止高贵优雅,也没有碰她;再说,既然他能来到家里,与主人多纳托说话,那就说明他是一个好人。于是,卡特琳娜坐在自己的小床边缘,解开了头巾,让头发披散了下来。那个身穿红衣的年轻人真是奇怪,居然跪着欣赏自己,他张大了嘴巴,瞪大了眼睛,整个人似乎都在颤抖——这副样子让卡特琳娜不由得笑了起来。随后,他又问卡特琳娜是否可以抚摸她的头发。她很高兴地答应了。于是,那个男人非常温柔地抚摸了她的头发,而她则闭上了眼睛。她说那不是她的错,因为在那一刻,她想起了父亲抚摸她的头发的手,还想起了玛利亚姐姐抚摸她头发的手。再后来,她躺了下去,就像与玛利亚在一起时那样,脱光了自己的衣服,敞开了双腿。她一直闭着眼睛,以为那个年轻的男人会像玛利亚那样,亲吻那里,用舌头让自己变得疯狂。

然而,她却感到了一阵从未有过的,突如其来的疼痛:他的身体压在了她的身体上面,并且进入了她的身体。她想喊叫,却发现他的舌头压在自己的舌头上。接着,她体会到了一种前所未有的快乐,比与玛利亚在一起时更大的快乐:她感到自己的灵魂飞升到了天国,至于身体在哪里,却感受不到了。这个过程只是短短的瞬间,却又像是没有尽头的永恒,她自己也说不清楚。那个年轻人留在她的身体里,像死人一样,发出粗重的喘息声,又在她耳边小声说了些"我永远的爱人和天使"之类的话。随后,他看到了她身下的血迹,便吓得赶紧逃跑了,还把一只鞋落在了床下。后来,他又来了两三次。她等着他,重复先前做过的事情,觉得越来越快乐。她不知道这是罪恶的行为,从来没有人告诉过她。她把鞋还给了那个男人。但从那以后,他便再也没有来过。她伤心欲绝——那枚愚蠢的戒指居然没有保护好她。事到如今,她连那个男人的名字都不知道。

听了卡特琳娜的倾诉,我也痛不欲生,带着满腔的怒火与她一起哭了出来,愤怒地将墨水笔和墨水瓶打翻在地。他们对我的卡特琳娜做了什么?此刻,我唯一能做的,就是紧紧地抱住卡特琳娜,如同一个母亲,把女儿紧紧地抱在怀里。

8
弗朗切斯科

1441年6月的一个清晨，
在佛罗伦萨新圣母区

她的喊叫声在城堡的拱顶之间凄厉地回响。

我的主啊，来到这世上的过程为何如此艰难？既然我们是万物的主人，又为什么要拿如此残酷的代价来交换生命？对于我们而言，大自然究竟是什么？是善良的生母，还是残忍的继母？我们如此艰难地出生，面临着死亡的危险，赤条条地哭着来到这个世界，我们的人生就从这第一刻的哭声开始。与其如此，还不如不要出生，或是在最短的时间里死亡，立刻回到那个黑暗的世界里去。所有人，都来自那个黑暗的世界。

我在宫殿的空房间里走来走去。对于我们这个小家庭来说，这座宫殿太大了。她的喊声如影随形，似乎不仅能穿透木质的房门，也能穿透厚厚的石墙。我上楼来到尖塔林立的屋顶平台，想要透一口气，让鼻子不再闻到从那间封闭的屋子里飘出来的分泌物、药物和血液的气息。不过，我很快又被赶回了室内，因为屋外狂风大作，暴雨如注，河水翻涌。猛烈的东南风在城市的城垛和窗框之间凌厉地呼啸着。我走下楼梯，再度被惨叫声所包裹。一双双看不见的手似乎抓住了我的心，无情地撕扯着。一直到我跑进了地下室，风声和女人的惨叫声才几乎听不见了。我坐在一个石墩上，面对着此时此刻正在发生的我却丝毫无法掌控的事件，内心充满了焦虑。

一直以来，宫殿里的这个角落就是我的避难所。这是一个昏暗的角落，只能被从下水道透出的微光照亮，里面也只有一张桌子、一把凳子和一只上了锁的箱子。为了找到力量和安全感，我习惯让自己靠在那两根横穿地下室的大石拱上，它们仿佛巨人的两个肩膀，能够撑起一座山或是整个世界。不过，它们被放在这里，倒不是为了支撑世界，而是为了支撑一个家，一个曾经是一座城堡的家。直到现在，人们仍然这样称呼这所宅子，阿尔塔弗隆特城堡，位于圣十字街区车轮旗区的阿尔塔弗隆特城堡。有了这些石拱，这座城堡就能抵御各种自然界的灾害，不怕水淹，不怕火烧，不怕风暴摧残，也不怕地动山摇。

这些石头在这里待了多少个年头儿，没人说得清楚。不过，应该至少有四五百年了。古城墙沿着阿尔诺河滨街道延伸，而它们就位于河滨街道的这片高地，位于"老桥"和"恩宠桥"之间，似乎是要挑战河水的可怕力量。当城堡的主人还是本奇文尼·迪·托纳昆乔·博恩索斯特尼时，有一次，河水几乎击溃了这座城堡。当时，我的祖父——洛托·卡斯泰拉尼先生之子米凯莱·迪·万尼还是一个小伙子，就住在城堡旁边。他把当年的见闻讲给了他最小的儿子——我的父亲马泰奥听，想用这些骇人听闻的灾难吓唬他，而后看他害怕的样子取乐。后来，父亲又把这个故事告诉了儿时的我，一点儿一点儿向我灌输对这条从窗户下方流过的大河的敬畏之情。事实上，那个故事所讲述的确实是人类记忆中十分惨烈的一次大洪水，当时，我们的城市正处在最为欣欣向荣的时刻，却被一场洪水彻底摧毁了。那似乎是来自天主的惩罚，惩罚我们的市民忘了《玛窦福音》中的神圣训诫："你们该醒悟，因为你们不知道那日子，也不知道那时辰。"四天四夜从未停息的狂风暴雨和电闪雷鸣过后，在公元1333年11月4日，满溢的河水堵住了试图汇入的支流，裹挟着各种各样的碎石、木头，还有桥梁、磨坊和机械的残片涌入了佛罗伦萨，令水位猛涨七臂尺有余，在夜间淹没了这座城市。人们哭号着："可怜可怜我们吧！"洪水在整座城市里漫延，摧毁了高塔、家宅、桥梁，所到之处尸横遍野，一片狼藉，臭气熏天。洪水来势汹汹，甚至袭击了这座位于高地的城堡，卷走了不少溃散的石头和砖块。不过，地基处的大石拱却岿然不动，尽管河水曾卷起淤泥拍打在这些石拱上，但在风暴过后，也只能悻悻地退去。

祖父米凯莱长大以后赚了钱，便从本奇文尼家族的后代手里买下了这座已经成为废墟的城堡。当时，老本奇文尼已经死于鼠疫，他的儿子们需要为一位姐妹凑嫁妆钱，便把城堡卖给了祖父。祖父按照宫殿的制式重修了这栋建筑，但保留了其原先作为封建贵族防御工事的外观。城堡呈坚固的方形，四角建有高塔，城墙上建有圭尔甫派式样的城垛，具有筒形拱顶的窗扇开在厚实的石墙上。祖父喜欢这种风格，似乎想将自己与城市以及整个外部世界隔绝开来。城堡内部的装饰并不奢华，庭院局促且不透风，楼梯狭窄逼仄。修缮完成后不久，城堡就再度经历了一次"洪水"的侵袭。祖父是平民阶级憎恨的对象：他靠从加泰罗尼亚和英国进口羊毛起家，先是进了羊毛行会，而后又改行进入了汇兑行会，通过借贷（包括高利贷）业务让自己的财富成倍地增长。祖父严格遵守《圣经》上的训诫——"你们要生育繁殖，在地上滋生繁衍"，生了许多子女。在处理自己的弗罗林币和家产时，他似乎也贯彻了同样的原则，因而他的财富与日俱增，逐渐翻倍，拥有了众多的房产、地产和带有防御工事的庄园。后来，城里的梳毛工发起了绝望的暴动，点燃了他那些紧挨着城堡工地的宅子，迫使他落荒而逃。不过，他很有耐心，一直等到了东山再起的时机，重新修建了一切。最令他感到志得意满的是：在重新掌权的寡头派进行复仇之际，他救下了被临时选为民众领袖的萨尔韦斯特罗·德·美第奇。

我并不了解我的父亲。他是共和国的使臣,一直在佛罗伦萨之外的地方履行各类要职,几乎从来不在家。1415年,他从那不勒斯出使归来时,甚至还带回来一个骑士头衔:他曾向一位富有冒险精神的法国君王提供政治和经济上的帮助,作为回报,那位君王加封他为骑士。对于我们这座以驱逐贵族、被民众拥护为荣的城市来说,获封骑士这种事情往往会令人感到吃惊,让人想起遥远的过去,想起那些关于骑士们的传奇——如今,我们只能在虚构的文学故事里感受其苍白的反光了。在父亲从那不勒斯返回佛罗伦萨两年以后,我出生了。当时,父亲已年满五十。作为家中的独生子,我是在孤独中长大的,如同在斯基罗斯岛长大的阿喀琉斯。在我成长的这座城堡里,只有女人——我的母亲乔凡娜·迪·乔凡尼·迪·拉涅里·佩鲁齐女士,服侍我们母子的保姆,一直没有嫁人的姑母,女厨师以及其他的女仆和女奴。我在这座城堡里接受了所有的教育,跟着母亲学会了读书、写字。母亲出身高贵,其娘家的历史和显赫程度远胜于父亲的家族。为了打发闭门不出的漫长冬夜,也为了报复让她处于半守寡状态的父亲,母亲故意把我当成女孩儿来养——或许她原本就更希望拥有一个女儿,而非儿子。总之,一切都是她故意为之。

我从小就长得娇小,直到现在也是如此。我长着一头金色的鬈发,母亲和保姆便总是给我穿上衬裙、长裙和女袍,配上珍贵面料和丝绸的边角余料,将我装扮成女孩子,在镜子面前一轮一轮地试装,从中取乐。当然,这也是我最大的兴趣所在。母亲让我戴上首饰,还教我如何化妆,如何使用香水,如何做针线活儿,如何唱歌跳舞。我从没去过学校。有一天,父亲忽然心血来潮要为我找一位语法老师,而且很快便请来了一位，让他住在家里。不过，这位老师完全无法接受我喜欢男扮女装的习性。每当我要单独下楼去上他的课之前，我总要在镜子前快速检查一番，擦去脸上残余的妆容，取下头发上的珠链或发网。

1429年9月3日，我的金色童年时光戛然而止。父亲在刚刚完成一次前往米兰公国的重要使命并当选行会旗手之后突然离世，让十二岁的我成了孤儿。我继承了他的名号，也部分继承了这座城堡以及那些与父亲的荣誉、骑士封号并不相称的财产。他的遗体在城堡停放了三天，被置于一楼的灵柩台上，盖着黑色的天鹅绒布。随后，送葬的队伍将他的遗体送往了城里的圣十字教堂。参与送葬的有我、万尼叔叔、一众堂兄弟、我的母亲和其他亲友，总共二十八人。父亲的遗体被安放在了家族小堂的地下室里。接着，我被带到了大祭台上。养济院的监护官们为我脱去了黑色的衣物。作为父亲生前好友的共和国的大人物们——洛伦佐·里多尔菲、帕拉·斯特罗齐和乔凡尼·迪·路易吉·迪·皮耶罗·圭恰尔迪尼，给我穿上了新绿色的服装，让我成为骑士，承袭了父亲先前在那不勒斯获封的头衔。

同年10月2日，他们先后把我带到了市政宫和圭尔甫派宫，授予我平民政府旗帜和圭尔甫派旗帜。那是两面用佛罗伦萨塔夫绸制成的旗帜，带有银色刺绣和用绿色及金色丝线制成的流苏，还有画家佩塞罗绘制的图案：第一面旗帜上是配有银线刺绣的红色十字架，第二面旗帜上是配有银线刺绣的红色雄鹰擒绿色飞龙图。我带着这两面旗帜一路骑行回家，身后有各位大人、骑士和市民护送。到家后，我用一条毛巾将这些物品统统包裹起来，收在一只柏木箱子里，一直保存至今。就这样，我成了一位少年骑士。无论如何，我好歹也算是一位骑士。

诸多庆典和荣誉让我的内心充满了虚妄的骄傲，却无助于我睁开双眼，看清在幕后展开的残酷的政治斗争。许多比我所在的家族更加有钱有势的家族在争斗中被打倒了，家破人亡。所幸我每次都能从那些灾难中全身而退。然而，我也一直被排除在这些斗争之外：对于寡头们而言，我只不过是一个体面又高贵的傀儡，只适合在某些官方场合露脸。至于我力所不能及的事情，养济院的监护官们自会替我操心。与此同时，貌似丰厚的家产已经开始流失：一方面是因为我们的家产被各类苛捐杂税和债务所蚕食；另一方面也是因为祖父的子嗣太多，各个支系的亲戚庞杂，导致关于财产分割和继承的纠纷时有发生。

自从父亲去世以后，我一直在帕拉·斯特罗齐的庇护下生活。我开始出门，结交与帕拉·斯特罗齐有往来的知识分子。我最早认识的，是在大学教书的人文主义大师和希腊文大师——托伦蒂诺的弗朗切斯科·费勒夫。他建议我们年轻人不仅要读古典作品，还要读但丁这样的当代大家的作品。就这样，一片崭新的天地在我面前展开，比先前家庭教师那些干巴巴的训诫以及他用野蛮的诗行写成的教化诗的世界要宽广得多。我的心中产生了一种难以遏制的对于书的痴迷。一开始，我读的是被养济院监护官严格登记过的父亲留下的书籍，后来我就变成了一个"猎书者"，就像疯狂的尼科洛·尼科里那样痴迷于搜寻书籍。而尼科洛·尼科里也的确如莱昂·巴蒂斯塔·阿尔伯蒂所说，是个名副其实的"猎书者"。

我的藏书不算多，但每一本都有着精美的装帧和插图，配得上一个"君王"①的藏书阁：一本厚厚的俗语版《圣经》、一部世界编年史、一部维拉尼撰写的本地编年史、一部关于圣母的珍贵的小书。几年下来，我一边持续买书，一边借书来读，还命人誊抄维吉尔、贺拉斯、西塞罗、游斯丁和苏维托尼乌斯

---

① 此处意为"我"的藏书质量堪比君王。

等人的作品。当然，还有薄伽丘的《大鸦》。此外，出于兼听则明的考虑，我也读了那部威尼斯骑士弗朗切斯科·巴尔巴罗写的《论婚姻》。这本书是马泰奥·斯特罗齐于1434年借给我的，目的是劝诫我，让我成家立业。让我沉溺于读书这一爱好的，是斯特罗齐家族的人，他们给了我建议，也让我去读他们的藏书。此外，我还认识一个名叫"韦斯帕夏诺·达·比斯蒂奇"的年轻文具商人和书商。他的店铺就在巴迪亚教堂对面的角落，离我家只有几步之遥。没错，这些人都是我的"共犯"。说到底，我对于书籍和阅读的痴迷，尤其是对古典异教作家作品的痴迷几乎可以算是一种"罪恶"了。这种"罪恶"与我们灵魂深处最为邪恶和阴险的罪过极为相似，几乎是同一回事。正如神圣的安东尼奥主教在布道时警告我们的那样："大脑不应因好奇，试图探寻不宜知道的一切；或者是以一种无序的方式，去了解那些适宜知道的事情。"主教所说的似乎正是我的读书方式：毫无目标地漫游，如同在陌生的丛林里，像盗贼或偷猎者那样偷偷地寻找隐藏的猎物。尽管我的拉丁文水平比父亲高出许多，甚至还会希腊文，但我却不是一个学习或教授人文作品的读书人或学者，也就是人们所说的"人文主义者"。我的阅读和研究只是出于个人喜好，既随机也无序。正因如此，在我们神圣的主教眼里，这就是一种致命的罪过。

1434年，流亡在外的科西莫·德·美第奇重返佛罗伦萨。从前，与我已故的父亲关系密切的奥比齐家族和斯特罗齐家族都曾对美第奇家族进行过打击。如今，科西莫以牙还牙，将我父亲的所有盟友全都流放了，而且是永久流放。不过，对于我，科西莫一直保持着模棱两可的态度和某种温厚慈爱的长者做派。毫无疑问，科西莫知道我是弗朗切斯科·费勒夫的学生。作为科西莫的敌人，费勒夫本人已经逃跑了，因为科西莫曾威胁费勒夫，若是再让他碰见，一定会割下费勒夫那条烂舌头。不过，科西莫相信我是个不谙世事的人，便同意将我纳入他身边的文人群体，允许我结交与他亲近的知识分子，与他们自由交流，谈论各类书籍。与此同时，他也会巧妙地将我排除在所有与城市公共生活相关的事务之外，不让我担任任何职务，承担任何职责。于他而言，我最好安分守己，与母亲和家中所有的女眷一起待在那座金碧辉煌的城堡监牢里。他也会时不时邀请我举着绚丽的区旗在民众面前骑行一圈。说到底，对于这座城市来说，我是一个一无是处的"老爷"，一个根本不存在的人。我不是商人，也没有注册加入过任何行会，我没有任何工作，也不承担任何职责，我纯粹只是一个名叫"弗朗切斯科·马泰奥·卡斯泰拉尼"的骑士。

但是，对于某些人来说，我却又是一直存在着的，我的名字用无法擦除的墨水被写在了他们的记事簿上，佛罗伦萨城的税务部门正在一点点蚕食我们的家产。最后，母亲强迫我睁开双眼，看清形势：我们已经没落到就连这座城堡都快保不住的境地了。直到那一刻，我才开始像所有试图维持家计、保护家产和保存家族记忆的商人那样，做我该做的事情：我从文具商那里买来了几沓洁白的文书稿纸，开始在上面写下自己的备忘。我首先写下了那个代表基督的希腊名花押字"XPS"，随后，我画下了一个十字，并写下了"1436"这个年份。接下来的是一段神圣的格式文本："以天主及其永远保持处子之身的至圣圣母玛利亚和天国所有的天使的名义，阿门。"这段文字辞藻华丽，但或许有些冗长。不过，在当时的我看来，至少没我通常在账本或记事簿上看到的那些文字那么敷衍，如"以天主及金钱的名义"或"以天主及弗罗林币的名义"。在更下方的空白处，我补充写道："该记事簿属于我，弗朗切斯科·迪·马泰奥·卡斯泰拉尼。"在表明我的骑士身份时，我没有写"骑士"这个字眼，而是按照中世纪的习俗，画了一个上方带有十字架图案的字母"K"。接着，我继续写道："在该记事簿上，我将写下我的备忘及其他有必要记录的事务，记录日期自1436年9月1日起，该记事簿名为《备忘录A》。"

在接下来的页面上，我写下了第一条记录：关于如何拯救家宅的谋划。1436年9月，我们的房产曾被城市规划处的官员们以令人发笑的低价售卖，差点儿被我欠下的税债所吞噬。好在后来我成功扭转了局面，找到了一个圣吉米尼亚诺的穷光蛋，借用他的名义购回了这座家族房产以及位于安泰拉和其他地方的若干产业。在此之后，还有许多条记录，见证了我曾如何殚精竭虑地经营家业，保护家产，令其免受贪婪的税务机构和其他亲眷的侵蚀：为了逃税，我曾虚假售卖和出租位于城堡附近的小房子；还曾为了城堡的部分产权与堂兄弟们争吵、打官司，而后又达成和解，其实，从万尼叔叔还在世的时候开始，那部分产权就归他们所有了。总之，烦心之事数不胜数。

在一位戴眼镜的会计的帮助下，我的母亲管理着一部分产业。在所有这些产业中，只有一处——位于家宅旁边的那间老面包房能给我带来愉悦。每当热腾腾、香喷喷的面包烤熟，香气总会一路升腾，弥漫在整座城堡里，让我回想起童年熟悉的气味。我经常过问面包房的情况，也很照顾在那里工作的面包工和厨师，只是希望面包房一直有人承租，处于营业状态。这样一来，家里就不会缺少好吃的面包了，在与面包师签订的合约中，我总会写上这么一条：为业主的家庭提供面包和烤肉。

我似乎一下子长大成人了，或许我也的确到了应该成家立业的年龄。1436年，我迎娶了吉内芙拉·迪·帕拉·斯特罗齐为妻。鉴于帕拉·斯特罗齐是科西莫·德·美第奇的死敌且已被科西莫流放，永世不得返回佛罗伦萨，我与他的女儿结婚其实是一个严重的政治错误,将导致我进一步被边缘化。然而,这是一桩我父亲在十年前做梦都想缔结的婚事,谁知道他当年与帕拉·斯特罗齐谈起此事时究竟是在开玩笑还是认真的呢。总之,寡居的母亲丝毫不顾已经发生巨变的政治局势,始终认为我有义务完成父亲的遗愿,与显赫的斯特罗齐家族结亲。如此一来,她便可以对外宣称自己的儿子是伟大的帕拉·斯特罗齐的女婿了。

吉内芙拉嫁给我的时候还是一个小女孩儿,年仅十三岁。八年以后,她去世了,没有给我生下一男半女。关于这一点,你丝毫用不着惊讶,因为我们的婚姻关系并没有破坏她的处子之身。看着那个弱不禁风、郁郁寡欢的少女,我连碰她一下都感到害怕,而她也有同样的感觉。即便我们之间曾发生过什么,次数也极为稀少,且都无果而终。所以说,我和吉内芙拉之间的关系其实是一种兄妹之谊。我们彼此都能清晰地意识到自己与对方太过相似了,不仅性格和处世方式相似,就连相貌也相似,简直就是对方的翻版。我们都是这个残酷的时代和社会的受害者,都被与外界社会隔绝,也都曾面对生活的洪流,并为之感到恐慌。正是这种相似性,阻碍了我们之间的感情发展。

吉内芙拉很快就从那股洪流中抽身而出,年纪轻轻就停靠在了死亡之岸,实现了古代智者的祝福,但于我而言,那祝福却并没有兑现。在活着的最后一段时间里,她的面色日渐苍白,发烧次数也越来越多。起初,她的体温曾短暂下降,但她很快就感到了呼吸困难,剧烈咳嗽且绵延不止,她那洁白芬芳的亚麻手帕上留下了一朵朵红色污迹形成的小花。医生定期来到家里,为她精心治疗:听她的呼吸,检查她的粪便,嗅她的尿液,并查看那张写有她星象信息的小纸条——那张纸条是一位著名星象学家在她出生后不久写下的,预测她一生快乐,长命百岁。随后,医生没有犹豫,建议我们立刻将她送往佩特廖洛，那里的水具有神奇的功效，其温度甚至高于间日热灼烧下的滚烫的血液，能医治她的有毒体液——根据"极为确凿的征兆"，那些体液已经在她的心脏和双肺之间凝结硬化了。

根据我的记录，1444年3月23日那天，吉内芙拉与卡特琳娜·潘多尔菲尼女士一道，乘坐车夫的旅行马车出发了。她们随身携带了大包小包，里面装着衣物、药品和蜜饯。随行的还有一些服侍的人，当然，那些人是跟在马车后面徒步行进的。我还记得她与我告别时的微笑。她穿着一条用白色卡利塞亚面料做成的漂亮的"乔佩塔"带袖小裙，窄小的袖管随风鼓起，仿佛两个小小的口袋。在"乔佩塔"小裙里面，她还套着"加尔奈罗"薄纱里衬和绿色棉布制成的衬裙。春天似乎真的给了她再度"盛开"的幻想。一个月后，我派家里的亲信圣卡夏诺的安德烈·迪·尼科洛驾着三匹马拉的马车去接她。然而，我发现，那确实只是一个幻想。

根据我的记录，就在那一年的10月13日，按照天主的意志、悲悯和恩赐，我的妻子吉内芙拉那获得真福的灵魂被召唤至天国，永享安宁。阿门。

我用钥匙在锁孔里转动，打开了箱子。在黑暗之中，我摸到了那些藏在里面的物件。于我而言，这些物品要比任何一本备忘录都宝贵得多。那些索然无味的备忘是我勉为其难写下的，因为旁人要求我这么做。这些东西才是实实在在的物件，而不是文字。它们是值得我供奉的圣物，是宝贵的护身符，是已经逝去的生命留下的看得见摸得着的零星痕迹，是一条条在迷宫里铺展开来的线，或许能让我触到另一个时空维度，一个我无法了解也无法进入的维度。

这是吉内芙拉的一缕头发，如同丝线般又细又软，是她在病榻上进入永恒的梦乡之时我匆匆剪下的，我将它们包裹在了一方刺绣的手帕里，手帕上还残留着一股几乎已经难以察觉的她的体香。这是另一方亚麻手帕，上面沾染着一小团一小团珍贵的血痕。这是一个象牙匣子，里面有梳子、戒指、吊坠和耳环，还有一面内嵌于匣盖的镜子：当吉内芙拉对着这面镜子梳妆时，她呼出的气体一定曾接触过镜面，而这面镜子也一定捕获了她的部分灵魂。这是一件绣着金边，轻薄透明的丝绸长衬衫，夜里，她曾光着身子钻进这件衬衫，衬衫的领口一直敞开至她那平坦青涩的胸口，小小的乳头隐约凸起。她如同天国里的至纯天使，我跪在她面前，俯身亲吻她的脚尖，而后浑身颤抖地走出她的房间，前往自己的房间睡觉，因为我俩从未同床而眠。这是一块发黄的手帕，上面沾有咸咸的体液：有一次，她允许我在她的两腿间舔舐，如今，这手帕上还弥漫着一股令我迷狂的气息。当时，我把脸埋在她的两腿之间，甚至不敢起身逃跑，生怕自己的行为是渎神之举。

"吉内芙拉的灵魂去了哪里？"我不断地问自己这个问题，也不断地用那块手帕擦拭自己的眼泪，将它放在鼻子前方嗅来嗅去，感受她的存在。有时，在一股说不清道不明的冲动的驱使下，我会不知所以地解开深红色的天鹅绒丝绸短上衣，把自己脱得精光，而后穿上吉内芙拉的丝绸衬衫，把自己的头发编成她那样的发辫，戴上她的戒指和珍珠饰品，激动地体会丝绸滑过肌肤的触感。每每此时，我便会在镜中奇迹般地看到吉内芙拉的影像，看到她在朝我微笑。

一天，母亲的年轻女仆圭达突然走进了我的房间，撞见了这副装扮的我。她说她以为我没在房间，是准备进来收拾打扫的。但我认为实情并非如此，我早就怀疑圭达是母亲专门派来监视我的。鉴于我与吉内芙拉结婚八年却一直没有孩子，母亲越来越怀疑我的生育能力，一直想要找机会弄清楚。看到我这副样子，圭达似乎并不太惊讶：我穿着女人的衣服，但丝绸下的男性器官却又硬又挺。圭达看了我很久，也看了它很久。我目瞪口呆，动弹不得。接着她来到我身边，让我仰卧在床上。而后，她趴到了我的身体上，让我闭上了眼睛。我似乎退到了灵魂中某个阴暗的角落，不知道自己究竟是弗朗切斯科还是吉内芙拉，也不知道之后究竟发生了什么，似乎那些事情并不是发生在我的身体上的，而是发生在别人的身体上的，发生在另外一个时空之中。通过血管和神经传到我身体上的，只有那个压在我身上的躯体的有节奏的运动及其粗重的呼吸所产生的遥远的回声。

就这样，我的收藏箱里又多了一块带有圭达腹部气息的手帕。那气味与吉内芙拉细腻的体香非常不同，是一种带有麝香气味的狂野气息。此外，我还收藏了一段打结的脐带，那是我们的儿子尼科洛的。尼科洛出生于1448年9月，是我的长子，也是一个非婚生子。如同所有由身体强健的平民妇女或女奴生下的非婚生子那样，尼科洛生得结实健壮，极有活力。我的母亲给了圭达一笔丰厚的赏赐，而后将她送去了市郊。随后，母亲把尼科洛交给了圣迦尔门外的弗朗切斯科·帕皮·德·丹扎之妻契普里亚娜女士喂养，每月付给契普里亚娜女士二十枚格罗索币作为哺育费。

在那个被置于地下室的秘密箱子里，最宝贵的东西是一本书，它就藏在可怜的吉内芙拉的丝绸衬衫下方。一次，我与科西莫就灵魂的不朽展开了一番长谈，之后，科西莫就把这部手稿送给了我。这是一位古代诗人留下的一部不知名的文稿，几年前才在德国的一所修道院里被人发掘出来。

这部手稿与那些收藏于城堡一楼书房的熠熠生辉的豪华袖珍抄本很不一样，全书只包括几十个"书帖"，用的是普通纸张，而非羊皮纸。就篇幅而言，这部手稿大约只有大开本俗语版《圣经》的一半，最多不超过一百五十张对开纸。书中的字体很像尼科洛·尼科里的高贵文书体——比我们那粗糙的商务字体要俊秀、规则和清晰得多，说不定这部手稿就是他亲笔誊抄的。这本书的书名并不吸引人，叫《物性论》，讲的是万物的本性。第一次看到书名时，我还以为那不过是一本枯燥至极的隐喻式教化读物——解释世界是什么，鸟有多少种，鱼有多少种，哪里有神奇的水源，为什么在某一纬度出生的人全都皮肤黝黑，诸如此类。

没想到，那是一部美得令人惊叹的史诗。至今，每当我想起自己读到的最初几句时，还会心潮澎湃："噢，繁衍生命的维纳斯，罗马民族之母，人与神之欢愉！"那是一首名副其实的异教颂诗，其赞美的对象被视作爱之神，也被视作万物生灵之母。诗人赞颂她孕育生命的奥妙，赞颂"西风神"的一口气息，催生了鲜花，也在"百谷丰登的大地"上催生了其他生命，像神话中的发明者和创造者"代达洛斯"一般，创造了所有生灵，并为其塑造了形态。这位罗马诗人承袭了伊壁鸠鲁的哲学思想，对于今天的我们来说，这种思想是闻所未闻的，能够流传至今的，只有那些被某些罗马作家或是基督教教父们二次誊抄和歪曲过后的只言片语。对于此种世界观，教父们是极其反对的。几百年过后，此种完全基于自然世界物质性的完整哲学思想体系再次呈现在我们面前，对基督教文化观念的确定性构成了挑战。而我，就是最早一批受到此种哲学观念启蒙的人。

不过，这部书稿的后续部分，我却几乎读不下去了，因为许多内容已经超出了我的理解范围，让我感到不知所云。就这样，这部史诗变成了我的某种占卜之书，某种神谕，被藏在这个收藏神圣物件的箱子里。只有遇到艰难之事，我才会来到地下室翻开它，用其占卜吉凶。此刻，我便蜷在地下室里，想要做这件事情。突然,一阵风吹开了楼梯口的门,外面的哭号声传到了地下室里。半明半暗之间,我的手指停留在了某一页,试图去解析页面上的一句句诗行。先前,我因为害怕看到流血,害怕听到分娩的痛苦喊叫,逃到了地下室,此刻,当我发现那一页的内容居然与先前我内心深处涌出的思绪完全吻合时,我更加紧张了,紧张到能听见自己的心跳。

就在此时,我感到一种奇怪的安静笼罩了楼道,也笼罩了整座城堡,就连屋外的狂风也停止了呼啸。发生了什么事情?我的心里突然生出某种预感,立刻冲向了楼道,一头撞上了披头散发的马泰娅,两人一起摔倒在地。还好,我俩没有顺着盘旋的石阶滚下楼去。马泰娅满心欢喜地高喊着告诉我:"是个女孩儿,一个像花朵那样漂亮的女孩儿!"我俩立刻走进房间,见到一个女婴在我的女人莱娜的怀里哭啼。在母亲和产婆的守护下,莱娜对我露出了一个微笑——这次艰难的生产已经让她精疲力竭了。莱娜气若游丝地问我可否给孩子起名叫"玛利亚",因为刚才的疼痛让她曾一度以为自己大限已至,她只好向圣母祷告,才换回了一线生机。

★ ★ ★

1448年11月13日,我把莱娜娶进了门。她的全名叫"埃莱娜·迪·弗朗切斯科·迪·皮耶罗·阿拉曼尼"。当时,尼科洛刚满两个月,已被我那有先见之明的母亲乔凡娜女士交给了乳娘在外抚养。这门亲事的媒人是美第奇家族的科西莫大人。莱娜与我成婚时,带来了一千七百枚弗罗林币作为嫁妆,也得到了我母亲的首肯。尽管母亲非常宝贝我这唯一的儿子,并不愿意把我送入另一个女人的怀抱——吉内芙拉是个例外,她是帕拉·斯特罗齐的女儿,而且当年也才十三岁,但母亲也与所有人一样，极度担心家中人口凋零，家道中落，如同缺乏生机的植物那样逐渐枯萎。事实上，我们的家族呈现出的正是这样一种态势。所以说，家族需要一个女人，一台功能强大的生育机器。然而，可怜的吉内芙拉并不是这样一个女人，我母亲乔凡娜女士本人也算不上，当然，这或许是我父亲当时的年岁已经很大，活力不足的缘故。莱娜虽然个子不大，但在这方面却很机灵，充满活力。这一点立刻征服了我的母亲，她确认这个姑娘有能力敦促我，甚至是强迫我履行夫妻之间的义务。

事情发生在1449年夏天。为了躲避瘟疫，我们所有人都逃到了因其萨新堡，借住在叔叔万尼的儿子们的家里。那段时间，我们全家都挤在几间小屋子里，我也只好和莱娜睡在一张小床上。不仅如此，由于我并未随身携带书籍，所以无法以读书和撰写极其重要的文件为由待在书房里不睡，当然，我也不能总是爬上房顶观察彗星飞过的轨迹。在夫妻之事方面，莱娜比我老到得多，很快就有了身孕。为了不亏待她，同时也让房间变得更加舒适和美观，我借来了两条不带羽毛枕的小褥子，还在床头上方挂了一张织有文字和"格利丰"图案的花毯布。女仆们进屋帮我们整理房间时，都看出我是一位真正的骑士，一点儿也不像我那些昏头昏脑的堂兄弟们。1450年2月18日，尽管佛罗伦萨的疫情尚未退去，但是我也只得将莱娜和我的母亲送回城中的家，因为莱娜的产期已经临近了。

此刻，莱娜的身体实在太过虚弱，根本无法给玛利亚喂奶。事实上，孩子一出生，莱娜就对这孩子疼爱有加，尝试过各种催乳的办法。不仅如此，她还非常笃信圣伯尔纳定所说的将孩子交给乳娘喂养是死罪的说法。马泰奥·帕尔米耶里给我们送来了一些他的药房制作的草药并告诉我们新生儿的确应该从孕育他的人那里继续获取生命体液——产妇分娩以后，她身体中能够提供生命能量的物质就会转化成乳汁。所以说，乳汁对孩子的成长起到了具有决定性意义的影响；更糟糕的是，倘若把孩子交给乳娘抚养，那么孩子就会爱乳娘，而不是爱他的生母。

可是，我们此刻已经没有别的办法了。莱娜的生命体液已经在怀孕和生产的过程中被消耗殆尽，没过几天，那本就少得可怜的乳汁只剩下了几滴，玛利亚哭闹得越来越厉害，几乎快被饿死了。我们急需一个乳娘，但不能从家族外部物色，只能从家里的女人中挑一个，因为莱娜坚决不同意与孩子分开——她是那么执着地怀上了这个孩子，又是那么勇敢地生下了她，为她承受了巨大的痛苦。通常，这种事情都是由男人处理的。事实上，在妻子怀孕和生产的整个过程中，除了这个环节，男人一直被家中的女人们严格地排除在外，仿佛那些神秘的事情只有女人们才懂得如何操持，因为她们才是掌管生命和死亡的女祭司。对于此种被排除在外的状态，我感到很不高兴。我人生中第一次与莱娜度过了一段极为亲密的时期，而后却突然被阻截在外，被赶出她的房间，对母亲、产婆和家中的其他女人所做的事情一无所知。

尤其是在莱娜生产那个混乱而绝望的时刻，我逃到地下室时，深深感到了大自然和造物主的不公：我们男人居然无法分担女人分娩时所承受的伤害和痛苦。为什么，为什么我们不能与她们共同经历那样的时刻？

所以说，物色乳娘是一件理应由男人负责的小事。男人应该谈好所有的条件和价钱，签订一份工作或租赁合同。一般来说，合同的双方是孩子生母的丈夫和乳娘的父亲或丈夫——乳娘的所有权人。通常，女人们不会参与合同的签订，甚至对此一无所知。找一位乳娘与租用一头骡子或租种一座果园并无差异。然而，此类合同的背后却隐藏着某些无法明说，也无法被写在纸面上的东西。一个有奶水的女人必然是一位母亲，既然生过孩子，就意味着她必然有过一系列任何文书都无法一一记录的人生经历：爱上一个男人；通过与他结合获取精子，而后在自己的腹中孕育一团原子①；随后，这团原子的小小心脏开始跳动，参与到天主创世和自然形态重组的奇迹之中；在与胎儿完美共处漫长的九个月以后，这个女人将伴随着无法名状的痛苦将胎儿分娩出来。然而，一个女人经历这一切，难道就是为了与自己的孩子分开，去给一个外人的孩子哺乳吗？

所幸的是，我不用出面去签订任何合约，这些恼人的事情已经有人替我完成了。在这个由女人主宰的家族里，就连这件事情也是由女人——我的母亲乔凡娜女士来安排的。按照母亲的说法，我只需掏出足够的弗罗林币支付乳娘的工钱和介绍人的中介费即可，剩下的一切都将由她处理妥当。她曾放开手脚，为尼科洛操作过一回此事，对此已是驾轻就熟。在这座城市，养尊处优的资产阶级成员住在高大豪华的府邸里，穷苦民众则住在简陋肮脏、恶臭熏天的棚屋之中；位于二者之间的，是一片鱼龙混杂的灰色地带。我的母亲知道应该如何在这片灰色地带里寻找门路，寻找那些刚生过孩子却没有能力将其养活的妇人或是那些刚刚进入青春期就生养了子嗣的少女。老天往往会赐予那些女人源源不断且营养丰富的丰沛奶水，比贵族妇女的乳汁好得多，也多得多，仿佛是为了提前补偿那些日后很有可能吃不上面包的小家伙。

鉴于我的母亲乔凡娜女士是不会穿着她那身织锦裙子和便鞋去亲自叩响某户穷人的大门，询问其中的妇人是否有新鲜乳

---

① 此处的原子指受精卵。

汁提供的，她需要找一个猎头作为中间人。这是我认为整件事中最为龌龊的部分。我完全能够想象那些鬼鬼祟祟的人一辈子都在盯着某个街区或村庄的贫困户，在教堂门前的空地上向某些惺惺作态的伪君子和虚伪的大善人探听关于不慎怀孕的少女和偷情的已婚妇女的隐私。出于职业需要，他们也会时常出现在小酒馆和理发师的店铺里，他们是一些依靠他人的死活来维持生计的寄生虫。只要听闻某间茅屋里生下了一个私生子，他们便会立刻将这个消息散布于街头巷尾，甚至是整座充满孔洞的城市。这些猎头会耐心地守候在那些人家的门外，虚情假意地询问产妇的健康状况。倘若产妇死于大出血，他们便会立刻离开那里，前往另一户人家打听。至于那个孩子，没办法，他只能被送至孤儿院那个用于与外界联系的转盘上，像包裹一样被留在那里。

倘若产妇的身体康健，恢复得很好，且已开始让孩子吮吸自己的乳头，并在分泌几日发黄的浓稠初乳之后开始提供大量滋味香甜、营养丰富的白色乳汁，中间人便会正式展开自己的工作：与产妇的父母交谈，而后用他们能够预见的事实说服他们——总有一天，他们的家庭再也供养不起多出来的那张嘴；他们的女儿是有罪的妇人；倘若他们的女儿尚且还是少女，则更会招来诅咒，让原本就贫寒的家庭雪上加霜；作为父母，试图摆脱这样的困境并非罪过；自从有了孤儿院这样的机构，生下的孩子自然会被好心人收养；他们的女儿能在天主的庇佑下凭借自身产出的丰沛的奶水为家族贡献力量，让年迈的一家之主获得不少叮当作响的弗罗林金币，从而弥补她先前犯下的严重的淫邪之罪；众所周知，佛罗伦萨的那些大户人家都愿意出高价寻找乳娘去喂养他们可怜的后嗣，因为那些高高在上的贵妇要么没有奶水，要么为了保持身材和美貌不愿喂奶，好继续与她们的"骑士"过歌舞升平的日子，要么就打算在短时间里再度怀孕，从而稳固家族的长远利益。

★ ★ ★

母亲很快便告诉我乳娘找到了，我们这就可以一同去把她接到家里来。母亲找到的是吉内芙拉·迪·安东尼奥·德·雷迪托女士。她刚过四十，却嫁给了一个七十来岁的老头儿。此举让她成了佛罗伦萨的话题人物，所有人都对她议论纷纷。据说，那个老头儿是个制箱的工匠，名叫多纳托·迪·菲利波，人称"廷塔"，早年曾前往威尼斯闯荡，几年前才回到佛罗伦萨。虽说他现在看上去像个傻子，但年轻时曾在威尼斯开办过银行，还拥有一间制作金箔的作坊，一度极为富有，可他后来又失去了一切。他们夫妇俩住在圣雷帕拉塔堂工地的背侧，圣弥额尔维索多米尼堂的后方。我骑着马行进在前往那座府邸的路上，母亲则乘着马车，驾车的正是平日里惯用的车夫。如此一来，只要拉上马车的窗帘，就不会招致路人的窥探和闲言碎语了。

母亲告诉我，我们找到的这位乳娘是一个绝佳人选。她并非一个来自贫民区或山区的粗笨少女，因此不会将其粗俗的行为举止和含混不清的说话方式传给孩子。她是一个女奴，吉内芙拉女士的私人女奴，只属于吉内芙拉一个人，不属于那个已经退化成老小孩儿的多纳托老爷。她可不是一个普通的女奴，她谦虚、单纯，品性好，脾气好，体格也好。她的为人处世方式很高贵，尽管出身蛮族——她是切尔克斯族人，她却没有沾染任何野蛮的习性。母亲曾见过并用手检查过那个女孩儿。吉内芙拉女士甚至说她曾是一个公主，也曾像亚马逊女战士那样骑马作战。谁知道吉内芙拉女士说的是真话还是在开玩笑——她这个人总是爱开玩笑。此外，这些年来，吉内芙拉女士一直亲自调教这个女奴，让她说话得体，还做得一手好饭。

当然，这个姑娘并非完美无瑕，她可不是无玷受孕的圣母。既然她有奶水，那就说明她不久前刚刚生过孩子。她能怀孕，自然不可能是拜圣灵或天使所赐。众所周知，切尔克斯族的女孩子们相貌出众，但也很放荡。不过，吉内芙拉女士郑重其事地说那个女孩儿十分守规矩，从来没有结交过男人，怀上孩子也不是她的过错。事到如今，吉内芙拉女士只希望尽快遮掩这桩有可能爆发的丑闻。这段时日，安东尼奥主教的鞭子时常落下，因此，最好还是谨慎行事。

那姑娘近日刚刚生下了一个男孩儿，孩子的父亲身份不详。那孩子很快就被悄悄地送到了孤儿院的转盘上。至于这个姑娘，她没了孩子，心绪难安，但丰沛甜美的奶水却如河流一般从她的胸口奔涌而出，根本不受控制，让她时不时就得换下被弄脏的衬衫。她一定很愿意给玛利亚哺乳，这也算是对她失去孩子一事的某种安慰。当然，她的乳汁很昂贵，但却物有所值：一年的酬劳是十八枚弗罗林金币，酬劳自然是交到她的主人吉内芙拉女士的手里。吉内芙拉女士反复重申她并非为了赚钱才"出租"这个姑娘，而是出于对我母亲乔凡娜女士的信任才愿意这么做。不过，任何帮助都应有所回报，这也是理所当然的。

对了，我差点儿忘了一件事，"那个女奴叫什么名字？""卡特琳娜。"在我看来，这名字真是没有创意，是女奴广为使用的最为普通的名字之一。

1450年5月6日，清晨时分，我按照往常的习惯，将自己精心打扮了一番，穿上了用昂贵的黑色佩尔皮昂布料制成的鞋子和麂皮短上衣。那是一个美好的春晨，花园里已飘散出玫瑰的芬芳。我知道，城堡外的那些百姓一定会拥簇在作坊和住宅的门口，等着观看盛装打扮的卡斯泰拉尼家族成员从城堡中走到大街上。所以说，我们可不能让他们失望：我们构成了这座城市群体记忆的一个部分。我的母亲坐在一辆由骡子拉的车里，驾车的人是安德烈——原先的车夫怕染上瘟疫，不愿出门；我骑着自己的浅红色小马，坐在镶着金线的红色马鞍上。自然，我们所有人的面部都覆盖着浸有麝香精油的手帕——无形的瘟疫仍在城中游窜，但如今人们已对各种禁令以及恐惧感到厌倦，宁可将生死之事交托给命运或天意。倘若病毒找上门来，他们便会怀着基督教信仰平静地接受随之而至的病痛和死亡。我们本可走一条较短的路线，途经"文具商街角"，沿着巴迪亚教堂和卫队长宫行进，然而，今天的天气实在是太好了，我们更想向北穿过广场，经过卡利马拉细呢绒行会，一直走到圣雷帕拉塔堂广场。街上人山人海，大家似乎已经对瘟疫无所畏惧。许多人穿着朝圣者的服装，挂着拐杖，一路前往罗马，打算参加教宗尼各老五世颁布的大赦，期待自己的种种罪过能够得到全面赦免。然而，与教堂相比，酒馆和妓院里的人更多，他们或许是想在劳苦的跋涉途中寻找些许安慰。倘若这些朝圣者以这种密度聚集，那么病毒是必然会在他们抵达圣伯多禄的神圣之门前就让他们提前抵达天国或地狱的。

我本想从壮丽的圣若翰洗礼堂前经过，去欣赏洛伦佐·吉贝尔蒂大师打造的那扇金碧辉煌的"天国之门"，没想到却遇到了一场令人失望的意外。那个地方原本只是用来欣赏能工巧匠为我们的城市创造的壮阔景观的：洗礼堂及其大门，阿诺尔夫塔，菲利波·布鲁内莱斯基打造的令人望而生畏的圆形屋顶……但如今，那里却变成了实施刑罚和制造死亡的残暴之地，且施暴的理由来自某种疯狂的迷信，这些正是那部我藏在地下室里的手稿全面痛斥的。这一意外让我们绕开了洗礼堂，圣雷帕拉塔堂前方的区域立着一排长长的架子、一座临时的木质布道台、一根高高的柱子及一堆包围在柱子周边的木柴。这种布置正是上演火刑的神圣场景,是用来烧死异端分子的。将要被烧死的那个异端分子一定是提出了某种与教会所说的"真理"相悖的言论,因此,他可怕的罪行要用圣火来净化。

我抽了马一鞭子,想要尽快离开那个地方。与此同时,我也示意安德烈让骡车走得更快些。我的心情开始变得沉重,几乎忘了一早出门时的欢愉。后来,我们来到了圣埃吉德路。当我的母亲与吉内芙拉女士商定合约,签署文书,一手交钱一手交人时,我几乎完全没有参与,一直在漫不经心地旁观,甚至没有去看一眼那个女奴。她拎着一个包袱站在那里,包袱里头只有少得可怜的几件物品。这时,多纳托老爷正无忧无虑地看向窗外,其注意力完全被一只飞舞的花蝴蝶吸引了。事情谈定后,女奴上了我们的车。我们沿着圣仆路旁的另一条街道慢悠悠地返程。我神情忧郁,全然没了在民众面前高傲骑行的兴致。于是,我下了马,牵着缰绳向前走。

出乎我意料的是,尽管我为了避免看到行刑的场景故意从洗礼堂的后方绕行,但我们却没能避开卫队长宫的小堂,那里是囚禁犯人的地方,那个可怜的家伙就是在那里度过了他此生的最后一夜。在走到行会主席大街街角的窄道口以前,我在人群中停下了脚步,把马交给了安德烈,让他从潘多尔菲尼路快速往家走,但一定要注意避免遇上熟人。我在他们后面步行跟随,为了不沾染贫民身上脏兮兮的污渍,我时不时便会向上拎一拎衣服。

在熙熙攘攘的人潮之中,我被推来挤去,离前方的骡车越来越远。与此同时,我也越来越无法抗拒内心那股病态的好奇,想要前去观看行刑的残暴场景。我最终还是来到了圣雷帕拉塔堂前方。布道台上的总主教声如洪钟,怒斥犯人的异端、渎神和巫蛊言行并当众烧毁了他的所有书籍。鼓声响起,意味

309

着即将进行最后一步了。出于怜悯,犯人被允许免于遭受最为残酷的火刑。于是,他没有被拖到木柴堆旁,而是被送到了绞刑架上,没有经历多少痛苦就被快速结果了性命——一个活生生的人瞬间变成了一具没有生命的尸体。随后,那具尸体被绑在火刑柱上烧成了灰。一切结束后,火焰熄灭了。"黑袍兄弟会"修道院的圣方济嘉布遣会的修士们唱起了最后一首颂诗——《诸圣祷文》。

★ ★ ★

我沿着城墙前行,在阿尔诺河对岸的城区漫无目的地游荡,一直走到了圣米尼亚托教堂。夜里,我穿着满是污泥和烟灰的皱巴巴的短上衣回到了家,心绪依旧纷乱。莱娜告诉我说,她一见到卡特琳娜就喜欢上了那个姑娘。白天,身体仍旧十分虚弱的她躺在床上,母亲一到家就把卡特琳娜带到了她的房间。几个女人迅速安排好了一切。她们把卡特琳娜安顿在二楼的一间小屋子里,让她稍事休息并略加梳洗,随后又让她再次回到了楼下。卡特琳娜凝视着摇篮里的玛利亚,露出极为温柔的微笑。莱娜也感到玛利亚在用她那充满渴望的大眼睛回应卡特琳娜——这大概只是莱娜的想象,毕竟,玛利亚还太小了。卡特琳娜用目光无声地询问可否抱抱孩子,莱娜应允了。于是,那姑娘轻柔地抱起了玛利亚,在怀里摇晃着,哼起了摇篮曲。她的嘴巴闭着,歌声仿佛来自她的胸膛深处。随后,卡特琳娜舒适地靠在了莱娜的大床旁,卧在地板上的一只羽毛枕上。她解开身上那件打着许多补丁的衬衫,掏出了奶水充盈的乳房,白色的奶水已经从乳头处滴下来了。卡特琳娜把乳房放在了玛利亚的小嘴旁,动作是那样简单和自然。小家伙并没有睁开眼睛,却自动把头扭到了乳头的方向,仿佛一个棍卜术士用卜棍找到水源。看来，寻找生命的源泉果然是这世界上最为本能的事情：玛利亚用双唇裹住了乳头，开始吮吸和品尝那股来自卡特琳娜体内的温热液体。莱娜幸福地看着孩子，就连那位被生活磨砺得心志坚强，极少出现情绪波动的乔凡娜祖母也心生愉悦。

回到家时，我看到玛利亚在莱娜的怀里熟睡。在经过漫长的一天后，母亲也回房休息了，好在我成功地让她回避了这一天中最为惨烈的部分。卡特琳娜在楼上的房间休息，但只要玛利亚一醒，莱娜摇响铃铛，她便会下楼，来给玛利亚喂奶。见到莱娜幸福地照顾自己的孩子，我也感到很幸福。生命和爱的力量终于驱散了死亡和仇恨给我的心灵造成的毒害。我想走到她们身边，亲吻她们，但我不能这么做，我刚刚度过如此晦气的一天，在人群里穿梭了一整天，完全有可能因为肢体触碰、气息混合以及咳嗽、呼喊和喷嚏带来的体液接触而染上病毒。这样看来，我必须与我的亲人隔离至少两周到三周。

莱娜向我提出了一个特别的要求。她告诉我，对于她而言，看着卡特琳娜给玛利亚喂奶是一种极为美好的体验，是天主赐予她这个没有奶水的母亲的慰藉。卡特琳娜和玛利亚脸上呈现的幸福感也传递给了她，让她也感到幸福。所以，她希望卡特琳娜能在她身边给玛利亚喂奶，如此一来，她也能以积极的方式参与这一过程，时刻关注女儿的成长。莱娜知道自己提出的是一个非同寻常的要求：其他贵族家庭的女主人往往更愿意让乳娘单独给孩子喂奶，以便获得更多的自由时间去化妆打扮，或是出门玩乐。但莱娜与她们不一样，她对那些事情丝毫不感兴趣，她只想与玛利亚待在一起，把所有的爱都给玛利亚。当卡特琳娜给玛利亚喂奶时，莱娜便与玛利亚说话，给她唱歌。此外，莱娜还要求玛利亚必须睡在自己身边的小摇篮里，而不是睡在卡特琳娜的房间里。我认为她的要求不仅合理，而且充满爱意，便立刻答应了她。我预感到母亲很可能会提出反对意见，不过这一次，母亲必须让步，乔凡娜女士不能总是一手遮天。

  莱娜还对我说了另一件事，一件我始料未及的，让我感到分外惊讶的事，这件事情是她在一个人独处期间想到的，不仅是为她想，也是为我想。她深知在她怀孕和生产期间，我不仅曾经为她所经历的痛苦而感到难过，也曾为自己被排除在她的世界之外而感到难过。她说，事情往往都是这样的。我们男人总以为女人只关心身材、容貌、爱情、丈夫和孩子，但事实并非如此，她们也有自己的智慧和思考，她们考虑的事情有时比我们这些满世界转悠的男人还要多。莱娜知道，生活在一起的男人和女人原本应该是彼此的伴侣，但实际上往往存在隔阂。正因如此，她才要试图以某种方式改变这样的状态，向我展示她对我的爱和感恩之心——我给了她这个小生命，今后还会与她生下其他的孩子。所以，她希望卡特琳娜给孩子喂奶时，我也能在她身边。她希望我在那一时刻能握紧她的手，参与到她和她们的幸福体验之中。这样，她就能感受到我也参与了玛利亚的成长。

  我的眼里噙满了泪水。我想跪在床边，亲吻莱娜的手，也亲吻玛利亚的小手，但我不能这样做。莱娜凭借自己的意愿和爱的力量完成了一件壮举。她鼓起勇气，试图跨越那道一直横亘在男人和女人之间的壁垒，让我参与到她的世界中去，分享她的感受，让我变成更好的自己，最终将我从内心的鬼魅和恐惧中解救出来，直面人生，真正的人生。这种意义上的人生并非我们男人能够理解的，而是只有女人，只有母亲，才能通过自身的存在和身体以全面与绝对的方式去理解。早在理性和哲学产生以前，她们就已经理解了这种意义上的人生，这种并非存在于书本描述里的人生。

不过，我并不知道莱娜的梦想能否实现。或许过不了几天，我就会发烧，而后恐惧地发现自己的腹股沟和腋下都长出了深色的肿块；接着，我会进入迷狂状态，并在一周之内离开人世。又或者说，我根本不会离开人世，因为死亡也好，冥界也罢，全都不存在。构成我身体和灵魂的原子会一直留在这里，在家宅周边游荡，随后，它们将逐渐消散，在茫茫宇宙中游荡。

★ ★ ★

我没有染上鼠疫。时间到了5月底，我的身体并没有出现任何可怕的病症。于是，我再度出门，从安东尼奥·迪·乔凡尼·卡尼贾尼的商店里买了一又四分之一臂尺的白色米兰哔叽布，把它染成胭脂红色，给自己做了一双带底的袜子，迎接这个重新焕发生机的美好季节。不过，整座城的情况却不太好，由于气温的回升和朝圣人流的增加，疫情已愈演愈烈。尤其是在异端分子行刑期间，围观的人数众多，病毒传播的概率激增——这或许是那些去了另一个世界的犯人们在以无形的方式报复刽子手吧。疫情主要在平民居住区传播，因为平民是热衷于围观行刑的主要群体。在他们所居住的街巷里，成百上千的人染病而亡。人们把死者的尸体扔在门口。每天早上，防疫部门派来的马车会从街巷中驶过，幸存的两三名修士会给死者收尸，将他们送到城墙外的公共墓地。

一百年前的恐怖情景似乎将要再度上演，我仍清楚地记得《十日谈》开头所呈现的情景。此时，除了那次瘟疫，我又读到了一次更为惨烈的瘟疫：在那部藏于地下室箱子里的秘密手稿的末尾，诗人描述了一次摧毁雅典城的鼠疫。我们的佛罗伦萨会不会成为第二个雅典？诗人描述了那场疫病最为恐怖的细节，那些能够证明死神正在一步步逼近的明确迹象。不过，真正令人感到悲哀的，却是另一件事情：疾病占据了人的灵魂，让人失去了人性，失去了与同类沟通的能力，无法相互帮助，共渡难关，以在这场战役中打败共同的敌人。

我们决定前往安泰拉宫的高塔暂行躲避，直到瘟疫完全平息再返回佛罗伦萨。我的母亲则打算留在城里，说是不想去乡下过苦日子。其实，就算她不说，我也知道背后另有原因。她很不满莱娜的决定，不赞同她与一个女奴过分亲近。此外，莱娜的独立意识也让她感到不悦，按照她的说法，女人不应有太多的想法和主张。至于我们，回到乡下与大自然接触是一件显而易见的好事，更何况这样还能让我们与我亲爱的母亲保持一定的距离。否则，她总会试图控制所有的人和事，让人感到喘不过气来。今年，安泰拉没有受到疫情的侵扰，田地和果园里的农活儿也没有被明显耽搁。到了那里以后，我和安德烈也能搭一把手，过不了多久，就要进入收割和打谷的季节了。

临出发前，母亲抓住了最后一次机会责骂我：关于卡特琳娜的到来，我至今还没有记到我的记事簿里。母亲反复说，这样是不行的，一定要把所有事情都写下来，没有被写下来的事情就是不存在的事情。若是不把合同、租约以及进进出出的钱款记下来，最终将会面临怎样的局面？母亲说我是一个比父亲还要大手大脚的人，成天只知道购买漂亮的服装和一些无用的，甚至是有害的书籍，我的妻子也与我是一路货色，从不听从睿智的婆婆的劝诫，长此以往，整个家族都会毁在我的手中。为了让母亲安静下来，我耐心地拿起了记事簿，把笔伸进墨水瓶，蘸了蘸墨水，开始记录。

毫无疑问，在这件事情上，母亲说得没错，需要记住的事情必须在当天或第二天及时写下来，否则，许多重要的细节就会消失在记忆里。每天发生的事情犹如汹涌河流中的浪头，接连不断地拍打，会将先前发生的一切一一冲散。果然，由于已经过了一段时间，我发觉自己真的已经记不清卡特琳娜来我家的确切日期了，只好在记事簿里留下了一处空白。此外，我也想不起吉内芙拉女士那个傻乎乎的丈夫究竟叫什么名字了，是"菲利波"，还是"多纳托"？当我们去吉内芙拉女士家接那个女奴时，吉内芙拉女士曾让那个女奴做过一番自我介绍。卡特琳娜说出了一个源于父名的名字——这个细节我记得很清楚，因为这的确很少见，女奴通常是不会提及父亲的名字的，因为她们没有这种传统。可惜的是，那天我心情不佳，没太听懂卡特琳娜说出的那个名字——要么是"卡特琳娜·迪·雅科夫"，要么是"卡特琳娜·迪·雅库夫"，总之，是一个属于她那个民族的蛮族名字。没办法，我只好在这里也留下一处空白。此外，中间人的完整姓名我也记不得了，只记得是一个名叫"鲁斯蒂科"的旧货商。

★ ★ ★

该出发了。我骑着马，莱娜、卡特琳娜和玛利亚坐在车里，驾车的是安德烈。所有人都穿着用"波卡齐诺"棉质面料制成的结实、简洁、轻便的外套。我们穿过了"恩宠桥"，出了圣尼各老门，离开了这座疾病肆虐的城市。接着，我们又经过了"埃马桥"，穿过安泰拉小镇，终于来到了那座属于我们家族的古老庄园。白色的高塔俯瞰着主人的宅邸和工人们的小房子。他们事先已得到消息，所以带着各自的女人和一大群孩子在打谷场上等着我们的到来。

在安泰拉乡野的夏日阳光下，我第一次看清了卡特琳娜。

此前，在我们位于佛罗伦萨城的那座城堡里，她总是在我面前匆匆跑过，仿佛是一个不断进出我妻子房间的无名的人。因此，我从未注意过她。在这里，我终于兑现了向莱娜许下的承诺——参与给孩子哺乳的仪式。这里没有我母亲的絮叨，莱娜也感到自由了许多。她穿着简单随意的衣服，打扮成农妇的模样。城里的那些服装实在过于厚重，不适合如此炎热的夏季，便都被她留在佛罗伦萨了。那些服装包括各种上衣、"乔帕"带袖裙袍、"乔佩塔"带袖小裙，还有隆重的大红色上装和下装，所有的服饰都绣着金线和用珍珠组合而成的各类独特的图案……待我们回城以后，我要把那些衣服统统都拆掉，拆下来的珍珠总有它的用处，至少可以被再次出售。

有时，莱娜还会光着脚走路，若是母亲知道了，一定会火冒三丈。不仅如此，莱娜还在她的房间一角为卡特琳娜准备了一个羽毛枕，就放在玛利亚的摇篮旁边，毫无疑问，此举也一定会让乔凡娜女士勃然大怒——怎么能与女奴同住一室呢？为了方便，我也与安德烈同住在另一间屋子里，我并不介意他只是一个家仆，在我眼里，安德烈已经变成了我的兄弟。我会安排他的穿着，并且对于他唯一的恶习——赌博，我也只是提醒他注意节制，并不多说什么。在给玛利亚喂奶的时候，莱娜不会让卡特琳娜坐在地板的羽毛枕上，而是让她坐到原本只属于主人的高高的木床上。莱娜也会坐在卡特琳娜身边，温柔地抚摸玛利亚的小脑袋，对她说出这世界上最甜美的话语，并在她喝饱睡着时为她唱歌谣。

为了遮挡午后强烈的阳光和热气，莱娜房间里的百叶窗总是关着的。当我小心翼翼地推开莱娜的房门，看向半明半暗的房间时，便会看到一幅神圣的画面，一幅由莱娜、卡特琳娜和玛利亚这三个充满生机的身体构成的绝美画面：莱娜把玛利亚抱到卡特琳娜的胸前，自己则坐在卡特琳娜身边，玛利亚叼住卡特琳娜的乳头开始吮吸乳汁。对于我的出现,卡特琳娜丝毫没有感到尴尬,她半闭双眼,微微张开的双唇之间流露出一抹让人难以察觉的浅笑。那笑容里掺杂着一丝难以名状的苦涩:或许她正在思念自己那个被抱走的孩子吧。莱娜向我示意,让我坐到床前的小凳子上,而后把她温热的手递给了我。我默默地看着她,感觉我们周边的空气仿佛凝固了。我能听见所有细微的声音,感受到生命流动的奇迹:玛利亚的双唇、卡特琳娜的胸口、莱娜的呼吸、一只试图从百叶窗的缝隙飞出房间的苍蝇的嗡嗡声、远处的蝉鸣以及一只鸟儿扑扇着翅膀飞往无尽蓝天的声音。

莱娜开始与卡特琳娜交谈,她们的对话我有时也会听一听。这个蛮族女奴的行为举止常常展现出某种类似于公主的气场,且她总会对和谐美好的事物表露出非同寻常的热爱,这一点让我很是好奇。她的主人吉内芙拉女士曾告诉我们这个姑娘有一种过人的天赋:她的画比画家的作品还要精彩。等我们返回佛罗伦萨城以后,我要好好检验一番。我或许会给她看一些我书里的插图;若有机会前往家族小堂——全佛罗伦萨最精美的小堂进行特殊仪式,我也会带着她与我们一道前往圣十字教堂。我会让她看看那些用于装点教堂的湿壁画。有一次,我曾见卡特琳娜摘下"库菲亚"头巾,将耀目且柔顺的头发自然地披散下来。仔细想来,那一瞬间,她真像一个出现在我们家族小堂湿壁画里的人物,一个在我少年时期就产生深刻印象的人物——殉道者"圣亚波罗尼雅"。她曾被一个暴徒强行拽住头发,以异乎寻常的方式扭拧了身体,另一个暴徒则像理发师拔胡子一样,把她口中所有的牙齿一颗一颗地拔掉。噢!还好卡特琳娜不是圣亚波罗尼雅,她那一口雪白的牙齿都在,没有人会如此狠心,想要将它们拔除。

渐渐地，卡特琳娜向莱娜敞开了心扉，讲述了她短暂的生活经历中那些令人难以置信的故事：她来自大山，父亲是一个骁勇善战的部落首领。她的部落生活在马焦雷海以北的深山里，比神话里阿尔戈英雄偷走金羊毛的科尔基斯还要往北。或许，她的家乡就在亚马逊女战士曾生活过的那片古老的土地上，而她也是一个骑马作战的英勇女战士。的确，她对马匹的喜爱程度在女性之中并不常见。她常常会宠溺地抚摸我那匹前额有着星星图案的小马；当它狂躁的时候，她甚至还会对它说话，让它平静下来——这是我做不到的。看得出来，她是一个在野外长大的姑娘。我们一到乡下，她便像花朵一样绽放了，常常光着脚跑来跑去。或许正是因为她身上的那股野性，她与自然，与大地母亲孕育的原始事物之间的距离要比我们近得多。在这里，我们尽量不让她干重活儿，以免影响奶水的质量。此外，我们也让她与我们共同进餐，从而保证她的营养。她很喜欢蔬菜和水果，不知为什么，她尤其钟爱杏子。她接受过基督教的洗礼，但说不清楚祷告词。于是，莱娜总会帮她，还会带着她，抱着孩子一同前往别墅的小堂做礼拜——每个周日，神父都会从安泰拉小镇来到这里布道。卡特琳娜看上去相当虔诚，每当站在十字架和那幅绘有哺乳圣母的画像前时，她的眼眶总会湿润。那幅画像是小堂里的一位修士画家赠送给我祖父的。

卡特琳娜告诉我们，她是在威尼斯的殖民地塔纳伊斯被俘以后才沦为女奴的。后来，她曾先后到过君士坦丁堡和威尼斯。她记得所有去过的地方和所有曾经遇见的人。毫无疑问，她去过的地方比我多得多，我最远也就去过沃尔泰拉。所以说，她对这个世界的直观认知远超于我，而我只能通过读普林尼的书和看托勒密的地图，对这世界略知一二。她向我们描述那些遥远的城市有多么壮丽，拜占庭帝国皇帝的仪仗有多么威严——当皇帝从佛罗伦萨返回君士坦丁堡时，她曾有幸一见。事实上，皇帝的兄弟——被罢黜的季米特里奥斯，还曾是我们家族的座上宾。对于我来说，要听懂卡特琳娜所说的话并非易事，她说话时带有一种奇怪的威尼斯口音，且习惯跳过元音，从喉咙深处嘟哝出一连串辅音。除了语音问题，她表达的内容总是非常清楚且富有奇幻色彩。她总会将我们日常生活中极为普通的现象描述成具有神话色彩甚至是魔幻色彩的场景。例如，她害怕大钟，因为钟声总会让她惊惧；她也畏惧宫殿高塔上的钟表，认为那是渎神之举——在她看来，人不应妄想占有或度量本不属于人类的时间，度量时间就好比度量河流中的流水。对我们来说，书写是必不可少的工具，也是极其自然的行为；但对她而言，书写是一种魔法，从事书写的人就是魔法师或巫师，因为他们能够捕获飞舞在空中的话语，将其塞进笔管里，而后囚禁在纸面上，以便在日后需要的时候随时取用。卡特琳娜认为，书写不是一件好事：当话语在空中飞舞时，它们是活的，像鸟儿一样自由；然而，它们被捕获落到纸面上后，就如同被针扎穿的蝴蝶，失去了生命。这听上去让人感到不可思议，不过，她的族人的确不认识文字，不使用货币，也不了解任何人类文明的遗存。每当我提起笔，从墨水瓶里蘸上墨水，而后在纸上写下黑色的符号时，她总会出神地看着我，并请求我将它们大声地朗读出来。她试图努力搞明白为什么某一个发音对应某一条直线、某一个圆圈或某一行符号。令人感到有些不安的是，她说当我们用嘴说话时，会呼出气息。在她看来，当人呼出气息时，灵魂也会跑出来，因此，能够捕获他人话语的巫师也能捕获人们在说话时释放的灵魂；同理，捕获图像的巫师也能捕获人的灵魂，我想，她所说的捕获图像的巫师指的应该是画家吧。当卡特琳娜说起这些时，我便会故意摆出一副惊诧的表情。她一见我如此，便会立刻住口，转而去想其他事情了。

她的手指上戴着一枚小小的戒指，她从来不把那枚戒指摘下来。莱娜曾向她请求看看那戒指，她答应了，但还是有些不乐意，并没有将它摘下来。那是一枚并不值钱的小小的白镴戒指。由于磨损和持续的日常佩戴，那戒指已经变得有些松垮了，这让我想起了我所熟知的那个诗人，他曾说过，构成事物的看不见的原子会在难以察觉的缓慢磨损过程中逐渐脱离事物——石头会被水滴滴穿，路面会被脚踏平，手指上戒指的内层也会在经年累月的佩戴过程中逐渐变薄。她的戒指上刻有一个清晰的希腊文花押字"Aikaterine"。不过，现代希腊文会拼写为"Ekaterini"。

我认得这款戒指，一位从圣地朝圣归来的商人曾向我展示过一枚一模一样的戒指，那是他从位于西奈的梅瑟山脚下的圣加大肋纳修道院的修士那里获赠的。卡特琳娜坚信她所佩戴的是一枚魔法戒指，曾在她人生中最艰难的时刻保护她并将永远为她提供庇护。这枚戒指不是从埃及来的，而是她的父亲送给她的。这也是她关于父亲的唯一纪念。卡特琳娜平常是一个开朗的女孩儿，只有在这样的时刻，我们才会见到她眼眶湿润，沉默不语。此外，我们还会尽量避免向她提及她在几个月前生下，而后就被抱走的孩子。我们明白，那意味着重新揭开她尚未愈合的伤疤。如今，她用自己的乳汁倾注在玛利亚身上的爱，也只能在某种程度上缓解这一痛苦。

★ ★ ★

1451年7月，又一年过去了。瘟疫已逐渐消退。我们回到了佛罗伦萨城。家里所有人都渡过了这个难关，包括我的母亲乔凡娜女士。回到家时，我们发现了一个惊喜：小尼科洛也回来了。他是我的非婚生子，是玛利亚同父异母的哥哥。原先的乳娘契普里亚娜女士没法儿再照顾他了，而他也已经过了哺乳期，变成了一个会走路且马上就要开始说话的小孩子。尼科洛怯生生地看着从未谋面的我们。卡特琳娜首先向他走了过去，把他抱在怀里，把他逗笑了。

关于尼科洛的身世，莱娜全都知道。起初，她显得有些犹疑不过，一段时间以后，她彻底接受了这个家庭成员。尼科洛是一个喜欢与人亲近的漂亮的小男孩儿，过不了多久，他也会爱上自己的新妈妈。对于我的母亲而言，尼科洛的回归也不会带来任何问题——每个家族都有私生子，就连美第奇家族也不例外。她用一贯的敏感补充道，这个孩子是对家族未来的一重保障，因为谁也不知道上天是否会给家里派来一个婚生男孩儿。莱娜看着已经断奶的尼科洛，不由得为不久的将来担心起来：玛利亚两岁时该怎么办呢？卡特琳娜必须要返回吉内芙拉女士家吗？我们可否将她留下？

今天，城堡里来了一个年轻人——一个名叫"皮耶罗·达·芬奇"的公证员。我是在韦斯帕夏诺的作坊里认识他的。当时，我正在漫不经心地翻阅一些绘有细密画的手稿，而他则在谦卑地寻求一令文书稿纸——公证员对这类纸张有很大的需求。不过，他特意强调他只要那种价格不算太贵的较为经济的纸张。韦斯帕夏诺颇为恼怒，只想把那家伙赶出门——他的作坊只生产质量上乘的纸，若想要便宜货，就应该去贾尼·迪·帕里吉的街角铺子淘换。我一眼就能看出那个公证员混得不怎么样，他一开口说话，便能让人立刻知晓他是从小地方来的。他的胡子修得不太整齐，脸也洗得不干净，身材消瘦，浑身散发着一股大蒜的味道。他身穿红色的男式紧领长袍，腰间束着腰带，上面别着他的宝贝笔筒。嗯，提到那件紧领长袍，我不得不说，那袍子不仅旧，而且上面还有补丁。

他见到我时先是向我鞠了一躬，然后毕恭毕敬地表达问候和想为我效力的意愿。我从没想过会与他这种乡巴佬说话——这种人总以为加入了某个行会，就能在我们佛罗伦萨城里当家做主了。出于礼貌，我微微点头，以示回应，而他则立刻感到自己获得了说话的许可。他告诉我说，他不久前才从比萨回到佛罗伦萨，就住在附近，与其他所有年轻的穷公证员一样，他在巴迪亚教堂也设有一张工作台。后来，我了解到他来自芬奇镇，便问他是否认识某些人。他一直回答"是"。他认识芬奇、索维利亚纳、恩波利和切雷托的所有人——各类产业主、农场主、工人和手工匠人。他说，就算他本人不认识，他的父亲安东尼奥·达·芬奇也一定认识——他的父亲至今还住在那里。我意识到，这个年轻人尽管浑身散发着蒜味，但他或许正是我需要的人。我们家族在芬奇镇和索维利亚纳有许多产业，多到我自己也梳理不清。每一处产业都涉及大量有待解决的关于租赁、税务和边界纠纷的问题，令我感到不胜其烦。因此，我的确需要一位来自当地的年轻公证员帮忙，这个人最好刚入行，对劳务费没有过高的要求。我所认识的那些知名公证员根本不屑于处理此类细碎的琐事，而我作为卡斯泰拉尼骑士也不可能亲自上门去求他们。眼前这个公证员倒是不错的人选，我甚至可以不付他钱，只命人给他缝制一件新的公证员紧领长袍就够了。这样一来，我根本不用花费分文，因为家里的库房里还有多余的衣料。我很喜欢打扮别人，让他们看起来焕然一新。

于是，我安排皮耶罗·达·芬奇来到我家，走上了位于二楼的书房，让他查阅书桌上的所有文书。我让他独自翻阅，自己则前往旁边的房间，把尿布拿给莱娜和正在给玛利亚喂奶的卡特琳娜。我大概是忘了关上房门，而那个公证员也很可能与其他公证员一样，时常"不务正业"，便偷窥到了门里的情形。过了一会儿，当我回到书房时，我发现那个小伙子的双手紧紧地抓住了椅子的扶手，脸色大变，像见了鬼一样面色苍白。或许是因为热，他浑身冒汗，气喘吁吁。他含混不清地说文书太过纷杂，需要多来几趟才能整理清楚，且之后还需前往芬奇，在现场处理所有事务。我平静地答复他说没有问题，他随时可以过来。

小伙子与我告别，而后一脸尴尬地像逃跑一样飞奔着下了楼梯。我很是好奇，来到窗边观察他走出城堡大门后的情形。他出门了，一路走得跟跟跄跄。他并没有返回巴迪亚教堂，而是走向了河边，靠在一堵矮墙旁，抬起头看向城堡的窗户。他双手抱头，好像在哭。这到底是怎么了？我忽然感觉到他或许并不值得信任，也许这个年轻的公证员并不是合适的人选。再等等吧，看他这几天是否还会再来。我一边盘算着，一边轻蔑地赶走了一只停在我那有着刺绣纹样的锦缎衣袖上的苍蝇。

看着那个移动的红点慌慌张张地沿着街道远离，消失在熙熙攘攘的人群里，我心想：啊，渺小的人类如此忙碌，到头来却是徒劳无功！外面人头攒动，手工匠人、商人和平民如同一条河流，涌向领主宫和巴迪亚教堂，一点点占据我们美丽的城市。外界的纷扰与我书房的安宁形成了巨大的反差。在我的书房里，书架上的维吉尔、西塞罗、游斯丁、苏维托尼乌斯等古人朋友平静地看着我；而在地下室里，我还能听见我的诗人朋友那如同美人鱼般悦耳的声音。

在这里，我可以津津有味地观看河岸边的"风暴"以及远处的争斗，自身则安稳无忧。最让我感到愉悦的，莫过于站在家族城堡的高处，站在由古人的智慧筑起的堡垒殿堂里，去凝视那外部世界的波诡云谲，远观世人的蝇营狗苟与徒劳忙碌。

他们好似一颗颗原子,在混沌的宇宙里漫无目的地漂流:有时相遇,有时远离;有时让彼此的生命相互纠缠,有时又相互离散;有时彼此结合,共同参与那难以解释的奇迹,在母体的腹中孕育全新的原子集群。所以说,我最好的选择还是留在原地,站在高处静观其变。

9
安东尼奥

1452年4月第二天的黎明时分，
在芬奇镇郊外

我做了一个梦。

在梦里，我爬上山丘去查看一株果树的嫁接情况。天气炎热，我的一双老腿实在疲惫，我便坐在橄榄树下一块平滑的石头上，闭上了眼睛。来自河谷的微风习习，但却有些古怪：风里吹来的并非花草的馨香，而是咸腥的泡沫和死去的藻类的气息。我感到自己的脚被打湿了。我睁开眼睛，发现自己几乎赤裸着站在海边，双脚埋在沙子里，被海浪轻轻地拍打。我听见一个声音在呼唤，便转过身去。东方出现了一个怀孕的女人，她双手放在腹部，带着痛苦的眼神呼救，向我呼救。她的手上戴着一枚闪亮的戒指。我想朝她走过去，但脚被沙子困住了。我想大声说话，但嘴里只能发出断续的声音。天空阴沉，血海翻滚。那个女人倒在海里，在厉声哭号之中产下了一个被光芒包裹的男婴。只见一条绿色的龙从鲜红的海中跃起，它长着分叉的翅膀，像蛇一样盘旋。我惊恐万状，不由得大喊出声，猛然从睡梦中惊醒，也吵醒了身边的妻子露琪亚。我和露琪亚结婚已经四十年了，一直睡在一起，睡在这张高高的樱桃木床上。这张床是我从父亲那里继承的少数几件遗产之一，或许他也是从祖父那里继承来的。露琪亚一直认为我的梦很多，甚至说我总是做梦，做太多梦，但我却很喜欢做梦。凭借生活和仁慈的天主慷慨赐予我的一切,一把年纪的我虽然没有攒下多少金银财宝,却攒下了丰富的回忆——当然,其中不乏痛苦的部分,但大多数回忆都是灿烂美好的。正因如此,我常常向天主表示感恩。不过,我从没想过将这些纷杂的回忆写成一部书,许多比我重要的大人物常常会这么做,但我却不认同这种做法,为什么一定要写在纸上呢?对我来说,更重要的是写在心里和脑子里,写在记忆的暗房里。那里有我的人生——过去、现在和未来,它们在梦境中彼此交融,形成了另一个神秘的平行人生,一个我们只在夜间体验的人生。白天的工作令我们的身体和灵魂疲惫不堪,夜里,困倦的我们沉醉在潜意识和甜蜜的遗忘之中,进入一种类似于死亡的状态。

  我已经不是第一次在半夜或拂晓时分把可怜的露琪亚给惊醒了。每每这时,屋外总会传来燕子的悲啼或夜莺的歌声。刚才的这个梦属于最能触动我甚至让我感到害怕的那一类梦境,它们如此真实,让我感到自己真的待在这个家的某一间屋子里,或是菜园里和山丘上,而后一切都发生变化,出现一个神秘的人物或古怪的动物。我从小就害怕这样的梦,因为我知道这些梦并不是假的,而是真的:它们不是感官的幻象,也不是梦魇,而是未来的某些碎片场景,是向凡人提供警示或预告的征兆。

  对于我频繁做梦一事,露琪亚有时会失去耐心。就好比现在,她坐了起来,靠在床头上,开始责怪我太早把她吵醒。这个时间确实是太早了。今天是"棕枝主日",是一个重要的节日。昨天,她已几乎准备好了一切:刚刚洗过的干净的餐布、用于在游行队伍经过的路段展示的呢绒绸缎、乡村蛋糕、鸡蛋以及一系列复活节的特色甜点。今天,所有的子女和亲戚都会到家里来聚会。因此,她必须好好休息,才能精神抖擞地迎接这漫长的一天。众所周知,辛苦操持一切的总是女人;男人们只会悠闲地旁观，要么坐在桌前拿着勺子等待开饭，要么在广场或集市上高谈阔论。我小心翼翼地告诉她自己做了一个重要的梦，一个带有预言讯息的梦，因此要立刻找神父谈一谈。露琪亚一听便火冒三丈，她当时也在做梦，但刚进入最美妙的部分就被我打断了。她嘟囔着起了身，穿好衣服，下楼去厨房忙碌了。

我也垂头丧气地起了床，来到墙面上的壁龛前，那里放着我的文书和一系列我最珍视的物品，还有一些书籍和记事簿。我睡眼惺忪地在那里找到了一个大本子，本子上写着一些我在佛罗伦萨从安东尼奥·普奇的《札记》里摘录下来的故事、诗篇、谚语和人生格言。除此之外，那个大本子里还有一系列相当有用的梦境解说——按照那些比我懂行的人的说法，那是先知达尼尔的解梦之法。此时，我对于刚才那个梦的记忆还很清晰，在它像雪一样被太阳融化以前，我从那个本子里找到了对它的解读：我几乎赤裸的形象意味着贫困和灾难；怀孕的女人预示着某人的死亡，但看见她分娩则是有好事发生的象征；平静的海水意味着欢愉，但后来的风暴则代表着折磨；黑色的天空和红色的鲜血也预示着灾难；我想跑却跑不动，这说明我将遭遇阻碍；龙象征着辛劳，也意味着获利。这种梦境实在难以解析，每一种事物都有可能意味着它的反面。我又看了看月历，自从新月升起，这已经是第十二个夜晚了，很快就会到月圆之夜，这意味着"一切恍然所见都将成真"。这么说来，我在梦里的所见必然成真。

我忽然发现返回房间梳洗化妆的露琪亚正靠在门框旁目瞪口呆地看着我。我意识到自己刚才大概是把解梦的内容大声念了出来——这是我从小养成的习惯，喜欢把内心的想法大声念出来。所以，解梦的内容露琪亚也听见了。此刻，或许她也有所触动，不过她很快便回过神来，用平时怒喝我的言辞向我发难："安东尼奥·迪·皮耶罗·迪·圭多·迪·米凯莱·达·芬奇老爷，你是老糊涂了吗？这当然是一个具有预言色彩的梦：绿色的龙和红色的背景是我们在佛罗伦萨所处旗区的徽章，若你不仔细申报税务信息，这条龙便会通过税赋登记处列出的各种税费将我们家的财产吞噬干净！"随后，她温柔而严肃地对我说："不要太过担心，我们有时会做奇怪且惊心的梦，那是因为我们的心中有所担忧，心神不宁。"露琪亚知道我这几天在担心什么，她也看了我们的儿子皮耶罗寄来的短信。我们本想与他一起庆祝"棕枝主日"，但他却告诉我们黄昏以前没法儿赶回芬奇，他将取道帕泰尔诺的圣路济亚教堂，途经圣阿卢乔高塔，而后翻山而行。他请求我在安奇亚诺的油坊附近等他，因为在回到镇上以前，他有一件重要的事情要告诉我。

或许露琪亚说得没错，我只是在为皮耶罗担心。他才二十六岁，便独自在佛罗伦萨打拼。按理说，他在这个年纪应该考虑娶妻生子，好让我们享受天伦之乐了。我之所以会这么想，可能是因为已经感到了疲惫，至少是感觉已经上了些年岁了。算了，还是不要去想这些，轻松愉快地与其他子女——弗朗切斯科、维奥兰特，还有她的傻瓜丈夫西莫内度过这个星期天吧。下午，我会一个人前往油坊，等着皮耶罗回来。

为什么我的梦里会反复出现大海？因为我那充满冒险色彩、激情四射的前半生正是在海上度过的。从小，我的命运似乎就注定要追随家族的命运，在我年幼时，我便随家人从芬奇迁徙到了佛罗伦萨。对于我们乡下人来说，当时的形势一片大好。大瘟疫带走了城中一半居民的生命，也让另一半死里逃生的佛罗伦萨人不再像往日那般盛气凌人。那时的他们急需新来的外乡人帮助他们恢复生产和生活，重启各类作坊和政府部门的运转。父亲与他的兄长乔凡尼一起获得了"佛罗伦萨市民"的身份,在佛罗伦萨市中心的圣弥额尔居民区安了家。父亲被任命为重要政府部门的使节和巡视官,一度还担任了共和国执政团公证员。他是公证员之子,自己也是公证员,因此,我作为他和巴托洛梅阿·迪·弗朗切斯科·迪尼的独子,也应理所当然地承袭父业。我从小就开始读书写字,而后学习语法和公证员行会的初级课程。然而,我并没能完成学业。我感到自己无法接受那样的人生:一辈子拿着笔,为他人的大小事务,甚至是骗局,撰写成千上万张文书。我不喜欢这个职业,不喜欢佛罗伦萨,也不喜欢公证员学校的其他同学。他们总是嘲笑我说话的方式和改不掉的乡下口音。我渴望离开这座城市——这里有太多高大的房子,让街道变得逼仄,让人看不到天空。我想要自由的生活,想要回到小镇,回到乡下,回到树丛之间,回到大地的怀抱。

　　出人意料的事情发生了。身为公证员的伯父乔凡尼抛下了佛罗伦萨的一切,与妻子洛蒂耶拉·德·贝卡努吉和儿子弗罗西诺一起迁到了巴塞罗那。那里已经形成了一个佛罗伦萨商人团体,致力于地中海沿岸地区,包括巴利阿里群岛、伊比利亚半岛和非洲的商品贸易。他们的船会越过"海格力斯之柱",沿着欧洲大陆的海岸线航行,一直抵达佛兰德斯和英国。当时,我还只是一个小孩子,完全意识不到此事的重大意义。不过,我已经开始阅读父亲年轻时抄写的一部作品,尽管他总会小心翼翼地将其珍藏起来,但我还是会利用他前往领主宫的工作台处理业务的时机将那部作品找出来读。那部书名为《十日谈》,意思是"发生在十天里的故事"。书中讲述了十个与我年纪相仿的年轻人逃出佛罗伦萨的故事。那部书的作者是"切塔尔多的乔凡尼"大人,他是一个名叫"博卡奇诺"的商人的私生子。父亲说他曾听这位作者在圣雷帕拉塔堂激情澎湃地朗诵但丁的诗句。在他写的故事里，十个青年为了躲避瘟疫，从佛罗伦萨逃至一处别墅，在那里，他们各自发挥想象力，继续在他们所讲述的故事里旅行。我最喜欢读的篇章都是关于长途旅行的。我一边读一边想象着堂兄弗罗西诺在小说里提到的诸多地方旅行：从地中海到"海格力斯之柱"，从古埃及的巴比伦到马略卡，还有神奇的加尔波王国。弗罗西诺可能会遇到小说中描述的风暴、海难、与海盗作战、与撒拉逊人作战等冒险经历，还可能会遇到像"阿拉蒂耶"和"阿莉白"那样出色的女孩子。我从内心深处嫉妒上了弗罗西诺。

在一个美好的日子，弗罗西诺出现了。他在佛罗伦萨短暂地停留，负责交付和分派一大批来自梅诺卡岛的羊毛。他来到我家的时候，身穿天蓝色锦缎上衣和粉色长袜。他向我们讲述的海上贸易经历让人神往。他所运送的这批货物是去年普拉托的弗朗切斯科·达蒂尼公司订购的。为了这单生意，弗罗西诺在巴塞罗那租下了一条船，交由乔凡尼·马雷塞掌舵。而后，他指挥工人完成了在佩尼斯科拉、托尔托萨和梅诺卡岛的所有装卸环节，最终抵达了比萨港。此外，他还雇用了十五名弓弩手，让他们上船随行，防止海盗的进攻。如今，他还需要找一个机灵的小伙子，帮助他跟进羊毛的具体分派情况，敦促妇女们将它们纺成毛线。这些女工中有平民妇女，也有城里手工匠的妻子和职业纺织工，大多来自芬奇和切雷托圭迪。我根本不敢相信居然会有这样一个逃离家族和佛罗伦萨的绝好机会，于是欣然答应，并立刻投入了工作。我的表现得到了行会的赞扬，也挣到了人生中的第一笔弗罗林金币。对于我的选择，父亲并不赞同。第二年，当我告诉父亲我决定放弃学业，不当公证员，改做商人，去巴塞罗那投奔弗罗西诺时，父亲就更加反对了。

我在比萨港上了船，然而没过几天，我就后悔了：我憋闷地蜷缩在底层货舱里，坐在产自埃尔萨谷口的大包大包的纸张上，开始恶心，晕船。一位粗鲁的老水手来到底舱给我送水，顺便查看我是否还活着。他强迫我走到露天甲板上去。他说，如果我注定要难受，那么待在外面总比待在舱内好——在甲板上清洗呕吐物更方便；就算我注定要死在路途中，那么死在外面也比死在舱内好，至少能让其他人更方便地把我的尸体扔进海里。他说的没错。多亏这番话糙理不糙的劝说，我很快振作起来。自那以后，我在后续旅途中几乎一直待在船舱外，将凛冽却有益健康的咸味空气深深地吸进肺里。白天，我看着船乘风破浪，沿着利古里亚海岸和利翁湾前行；夜里，我便抬头仰望星空。我这样一个来自乡下，本应成为公证员的小伙子居然来到了无边无际的大海上，这让我感觉有些不太真实。当年，我还很年轻，除了半途而废的公证员学业几乎没有任何本事。不过，我只要依靠我所拥有的唯一的财富就足够了，那便是闯荡世界的勇气。

在我眼里，巴塞罗那是一座充满活力的城市，一座开放且前途光明的城市。这座城市的权力集中在王宫和主教座堂，但真正的生活却在下方的大海上铺展。这里没有任何货栈，甚至连一间领事馆也没有，但却有一处大型敞廊，来自各个国家的商人都会聚在那里。一座大型教堂刚刚完工，内部的光影效果无与伦比。这座教堂是由商人、港口工人和脚夫集资兴建的。这些人组成了一个强有力的搬运工行会，名为"海洋圣母行会"。"海洋交易中心"也是一处最近刚刚兴修的建筑，就在海滩附近。许多公证员和汇兑商的工作台都设在那个各种语言混杂的地方。在那里，中间商的喊叫声此起彼伏，他们总是忙不迭地从交易中心的一头跑到另一头。芬奇家族的府邸就在不远处的里韦拉街区。那是一幢漂亮的房子，与其他房子一样，也有一个面朝大海的露台和一个花园。花园里的甜橙树自由生长，就像佛罗伦萨的茉莉一样。它们可以一直长成一片篱笆，甚至爬上葡萄架。

弗罗西诺在巴塞罗那娶了一个加泰罗尼亚女人为妻，也因此成了半个加泰罗尼亚人。当他表达我们家乡和家族的名字"芬奇"时，已不再使用我们语言中的"Vinci"，而是说"Venz"或"Vench"。在各种语言交杂的交易中心和海滩市场里，我也不得不尽力学习一些加泰罗尼亚方言，将其变成某种杂糅着外来元素的通行语，好让自己的话能被搬运工和中间商们听懂。弗罗西诺取得"巴塞罗那市民"身份已经好些年了，因此他可以享受某些特定的权利，不用缴纳关税。他很快就把我介绍给了达蒂尼的联络人和加泰罗尼亚公司的股东西莫内·迪·安德烈·贝兰迪。此人在波恩广场的福斯塔大街居住，但并不从心底里认同我们佛罗伦萨人的热情。人们都说，加泰罗尼亚人是全世界最精明狡诈的。在这个恶棍横行的国度，一不小心就可能落得血本无归。

我很快就发现，并不是所有人都视我们为朋友。作为当地领袖阶层的贵族成天无所事事，仅凭吃老本维持生计；另有一些老派商人，也是惯于依靠古老的特权盈利。上述两大群体往往将我们看成危险的竞争对手。他们定期开会，名为"议事会"，会上，他们总能成功说服长期需要资金支持用以发动战争的国王针对所有的意大利人（该死的热那亚人和比萨人除外）颁布各种政令。他们格外看不惯我们佛罗伦萨人，说我们实在是太过富有，因此总会提前买下最好的商品，而后扰乱市场。此外，他们还说我们像魔鬼一样狡诈，总能通过坑蒙拐骗，甚至是制造假币的方式将原本属于他们的财富据为己有。

其实，人称"长者"的国王马丁一世表面上在压榨我们，但暗地里却对我们庇护有加。他颁布的那些用来排挤意大利人的政令其实都可以被轻松地规避，因为弗罗西诺已经获得了西班牙国籍，而达蒂尼及其朋友名下的大型公司也都有国王颁布的特别许可证。我们这些佛罗伦萨商人可以随时向国王发放大笔借款，数额和速度均胜过西班牙国内的各类"议事会"。此外，我们还会时常向他进献绣有金线的豪华挂毯和其他奢侈品。因此，国王是舍不得将我们赶走的。

渐渐地，我也在这里发现了许多我一点儿都不喜欢的东西。大街上看不到一个犹太人，弗罗西诺向我解释说，几年前，这里曾发生过一场血腥的屠杀和迫害，所有未遭屠杀的犹太人都被强制改信了基督教。后来，当我前去城里那些规模最大的作坊参观时，看见的也并不是汗流浃背却满心欢喜的工匠，而是沦为奴隶的男男女女。有人告诉我，正是得益于这些在战争中被俘虏或是从遥远的东方市场被贩卖来的奴隶，所有行业的生产才能大规模地向前发展。光鲜亮丽的巴塞罗那开始向我展现出它不为人知的阴暗面，让我萌生了离开的念头。

对于我的想法，弗罗西诺并不反对，只是告诫我不要以为其他地方的情况会比巴塞罗那更好。或许，我可以前往马略卡。公司在当地的联络人克里斯托法诺·迪·巴尔托罗·卡洛奇看上去比"西莫内大人"要机灵得多，他正有意与柏柏尔海岸诸港建立联系。马略卡盛产上乘的香料、染料和佛罗伦萨纺织工业最为需要的其他材料，包括柏柏尔海岸的胭脂红、地衣红粉、火漆、酒石、钾明矾等。那里也是品质级别最高的羊毛的产地，羊毛全部来自在高原生长的山羊和绵羊。此外，那里还出产谷物和用于制作雕花盒子的珍贵的香橼木。在马略卡的南面，越过那片毫无生机的沙漠，在不为人知的另一侧，黄金、白银、宝石、象牙和黑皮肤的奴隶俯拾即是。倘若有勇气前往那些地方，我必将能见到壮丽的奇观，且不必面临在基督教国家常常需要面对的危险。撒拉逊人尽管不信仰天主，但是比我们基督教徒更信守承诺。在他们看来，接济南来北往的旅人是他们神圣的义务。

我需要应对的唯一风险就是海盗，他们往往不是撒拉逊人，而是基督教徒和卡斯蒂利亚人。因此，在出发前，我要针对自己进行一种前所未有的操作——为自己买一份"保险单"，一份为我的生命以及我所运输的货物提供安全保障的合同，万一我的货物遭到劫持，这份保险就能确保我有足够的资金应对损失。这种操作让我感到震惊、有趣，还有些担忧：倘若一纸文书就能为你的生命和货物提供保障，让你在遭受损失时获得赔偿，那这简直就是在与命运和天主进行豪赌。这种办法恐怕只有魔鬼才能想得出来。

不过，这只是我要在短短几个月内快速掌握的诸多奇怪的事务之一。在来到加泰罗尼亚之前，我是没有任何准备的：我不曾在货栈实习，几乎不会算术，也没有在国际贸易这种大型游戏中周旋的经历。按照老生意人轻蔑的说法，我这种年轻人就是那种从没拜过师却相当自以为是的家伙。我被扔进了一个完全陌生的世界。我本以为这个世界是由人、商品、叮当作响的金币和银币、船只、冒险、风暴、海盗和美丽的公主组成的，其实，从某种程度上来说，我的想象也没错。不过，我很快就意识到构成这个世界那颗冷冰冰的心脏的，是纸张和墨水瓶，与我逃离的公证员世界一般无二。事实上，在市面上流通的真金白银少之又少，人们所使用的除了弗罗林币、杜卡特金币、里拉币，也会有其他一些面额不等的钱币，如不值钱的马略卡币和撒拉逊人使用的那种更不值钱的迪拉姆币或米利亚伦斯币。我曾幻想过将多卜拉金币和弗罗林金币装满保险箱，但事实上，大额的钱款往往会以纸质文书的形式流通，通常，汇票并不会转变为现金，而是转为其他文书和字据。所以说，人们需要不停地书写,将一切都写下来:保单、通告、商业函件、收据、回执、存货单、临时记账簿、账册等。没有被写下来的事物就是不存在的事物。

我收好"保险单",带着几个弗罗西诺帮我物色的弓弩手上了船。我们在托尔托萨和瓦伦扎装载了产自瓦伦扎的布匹和彩色的佛罗伦萨精加工面料,打算卖给撒拉逊人。我的船在顺风的推动下驶入了外海,朝西南面航行。几天以后,水手们看见一座光秃秃的山峰出现在地平线处,且离我们越来越近。那里就是我们的目的地——三叉口海角。我们从左侧经过了海角,靠在了距海湾几海里远的一处港口,那里停泊着其他的商船和两艘威尼斯"加莱"战船。走过沙滩,爬上山丘,便可俯瞰这座通体洁白的城市,还有它的城墙和高塔。这座城名叫"阿尔库迪亚·迪·柏柏尔",又叫"卡萨萨",是来自非斯的大篷车队的旅行终点。走过这座城市的中心地带,便会到达太阳落山的那片大洋,名曰"西洋",意思是"西方的海洋";而位于那片海滨的"马格里布"则意味着"日落之地"。我们的船在码头放下了船锚,所有人都下了大船,换乘小船。由于此处没有栈桥,必须跳入水中行走一段才能抵达半湿不干的沙滩,所有人都脱去了鞋袜,站在强烈的阳光下,站在清澈而炙热的蓝色海水里,感到非常兴奋。如其他海员那样,我也在岸上脱去了衣物,冲进了海浪里。拥抱我的,是非洲了。

岸上,一个人影向我走来,呼唤着我的名字。来人是克里斯托法诺的兄弟乔凡尼。他手里拿着一张用蜡封好的单据和一支蘸水笔,他是来清点货物的,跟在他身旁的是阿卜杜拉·本维克希特。阿卜杜拉有着深色的皮肤、闪亮的眼睛和一小撮尖尖的胡子,是我们的阿拉伯翻译和向导。好了,不能再玩耍了，时间不多了，我们必须抓紧时间清点卸下的货物。大篷车已经在此等候了好几天，只等我们装货了。为大篷车提供荫蔽的，是棕榈树。这种植物的树干很粗，不分枝杈，只在最高处形成一个近乎扇形的大树冠。此外，我还看见了一群趴在树下的我从未见过的奇怪动物：它们不是马，样貌古怪，背部还有一个鼓包，它们名叫"骆驼"。这种动物能够承受大宗商品的重量，也能供商人们骑行。我们的周围都是帐篷，许许多多的帐篷。男人们穿着长长的袍子，戴着风帽，脑袋上缠着"头巾"。人们来来往往，各自忙碌，有的给骆驼送粮草，有的在搬运装有货物的袋子和包裹，并没有人多看我们一眼。我们刚刚顶着烈日从小舢板上下来，还不适应脱离海水的感觉，走起路来跟跟跄跄，却在瞪着眼睛东张西望，而他们对我们这样的人，早已经习以为常了。

入夜以后，我们的车队出发了，在没有月亮、繁星满天的夜间行进。骆驼排成一队，一头跟着一头，缓慢地踏上了丘陵的"山脊"。在那里，人们还可以看见深色的海面和更远处无尽的山谷和山峰；另有一处地方也很像大海，但那里却只有沙子，风不停地在那里造出一座座沙丘，形成巨大的沙漠。清晨时分，我们从那里出发，朝一片令人激动的深色区域前进。直到走到近处，我们才发现那里是一片棕榈林。阿卜杜拉向我解释说，这类区域有水源，因而可以为人们提供生活所需的资源，被称为"绿洲"。在这里，我们见到了许多尖顶大帐篷，骑着马的战士往来穿梭，几乎所有人的腰间都别着弯刀，头上都缠着天蓝色的"头巾"，只把双眼留在外部。他们是骁勇善战的柏柏尔人，但我们无须感到害怕——阿卜杜拉不仅可以用他们那种富有音乐节奏感的柔滑的语言说话，还能随时拿出国王颁发的特别许可证。我让阿卜杜拉把许可证给我看看，只见上面到处都是古怪的符号、笔画和图案，甚至还有貌似随机甩出的墨点。阿卜杜拉笑着告诉我说,这是阿拉伯人的文字,是从右向左反着念的。尽管我对这种语言一窍不通,但仍然很喜欢这种美妙流畅的文字,暗自想着以后要在我的商业文书笔迹中添加一些类似的飞舞的笔画。倘若这算是一种文字,那么这种文字与那种听起来同样婉转起伏的语言倒是很相配:恰似在沙漠中骑着骆驼,迎风穿行于座座沙丘之间的感觉。不过,刚骑了没几个钟头,我就感到腰酸背痛得受不了了。

在接下来的几天里,我们一直沿着一座人称"博尔戈尔山"的险峻高山的侧坡行进。那座山常年被水和风侵蚀,岩壁上时常会出现瀑布和神秘的岩洞,展现出一种粗野而壮阔的苍茫之美。我们白天行进,夜间扎营,走了一天又一天,终于我们来到了一处位于山峰和高原之间的山口,那里有一座被城墙环绕的塔扎城。我们在那里停了下来,待在驿站里休息。在那里,我们碰上了另一支从都城出发反向前往海边的大篷车队,车队由国王的卫兵押运,看来里面的货物非同寻常。一个瘦小的撒拉逊人灵活地从排头的骆驼背上翻身跳了下来,远远地朝乔凡尼挥手致意,并径直向我们走来。他摘下了尖顶风帽,露出了一张瘦削的老者的脸,他的白色头发和胡须修得很短,天蓝色的眼睛目光如炬。最让我感到惊讶的是,他与乔凡尼拥抱交谈时,说的居然不是阿拉伯语,而是完美的佛罗伦萨方言,其中夹杂着些许威尼斯口音。乔凡尼向那位老人介绍了我,说我是一个来自巴塞罗那的新学徒工。就这样,我站在那个尘土飞扬、骆驼和人的粪便遍布、恶臭熏天的院子里,握紧了巴尔达萨雷·奥布里亚齐那只粗糙的大手。

他的名字我早有耳闻,无论是在佛罗伦萨的那些作坊之中,还是在巴塞罗那、瓦伦扎和马略卡的业界,他都是一个神话般的人物,一个魔法师,一个炼金术士。他的信件或字条到了哪里,哪里就会随之出现黄金、白银、琥珀、宝石、珍珠、珊瑚、象牙以及珍贵的木材——谁都不知道这些东西是从哪里冒出来的。他出身贵族,但他的家族在但丁生活的年代就被逐出了佛罗伦萨。由于家族成员全都是恶名昭著的高利贷商人,但丁便将他们统统置于地狱之中。巴尔达萨雷·奥布里亚齐出生于阿维尼翁,并在那里结交了年轻的弗朗切斯科·达蒂尼。在这世界上,巴尔达萨雷·奥布里亚齐大人恐怕是唯一一个在不提前通报的情况下就胆敢进入阿拉贡、卡斯蒂利亚、法国和英国王宫及贝里公爵和米兰公爵宫殿内室的人。他可以与诸位王公贵族平起平坐地交谈,任何人都不敢对他妄加非议,或许,他能够向那些王公贵族私下反馈一些宫廷文书处捕捉不到的秘密讯息。巴尔达萨雷·奥布里亚齐的"帝国"中心是那家开设于威尼斯的作坊。那里囤积着大量原材料,经过加工以后,它们将变为精美绝伦的象牙制品:圣物盒、祭坛饰面、小盒子和小镜子。这些东西会受到全欧洲王公贵族的追捧。

晚间,巴尔达萨雷·奥布里亚齐大人邀请我们在"商人大厅"用餐。撒拉逊族的厨师煮了一锅放有麸糠和山羊肉,佐以香料的奇怪稀汤,阿卜杜拉称这种汤为"库斯库斯"。我刚尝了一口,就感到满嘴冒火,急切地想要找水喝。巴尔达萨雷一边笑一边掏出了一个装有深色小颗粒的布袋,他已提前命人将那些颗粒磨碎,此时将它们放进了菜肴之中。这种香料名为"非洲豆蔻",也叫"天堂椒",口感优于胡椒,价格却比胡椒便宜。它是从遥远的撒哈拉沙漠以南的非洲大陆运来的,据说对心脏和肠道都大有裨益,能延年益寿,既可以嚼着吃,也可以就着酒服用。说到酒,对了,那天我们也喝了葡萄酒。鉴于我不久前才开始接触撒拉逊人,所以我本以为自己在旅途中是不会尝试他们的食物的,没想到,从巴尔达萨雷的皮质酒囊里倒出的红色液体居然是我这辈子尝过的最为浓郁芬芳的葡萄酒。这种酒就产自非斯：按照巴尔达萨雷的建议，苏丹命一些信仰基督教的奴隶在菜园里种植葡萄。不过，此举只是为了向那些非穆斯林客人提供饮料，而绝非为了违抗先知的禁令，玷污自己作为信众保护者的形象。喝过酒后，巴尔达萨雷的心情更加愉悦，对我很是热情。一个年轻的学徒愿意来到一片陌生的大陆冒险，这一点让他非常欣喜。他看得出来，我是第一次来到非洲。或许，他几乎把我当成了他的儿子。

巴尔达萨雷掩饰不住内心的自豪，向我们一一介绍他即将运往海上的最新一批珍宝。那些在阿尔库迪亚港口等待出港的威尼斯"加莱"战船正是他租用的。至于他的车队规模，我们已经见识过了：数不清的骆驼、包裹和箱子，还有数不清的护卫。鉴于我们的商贸公司与他关系亲好，他很愿意对我们讲述这一切。此外，他与非斯那家由阿利索·阿尔伯蒂打理的家族公司也有不错的交情。巴尔达萨雷告诉我们，这是他订购的最大一批象牙，因此才会亲自押运。这些象牙来自非洲大陆的中心，是他两三年前就已经预订好的。他派出的人曾穿越沙漠，抵达一座名为"廷布克图"的神秘之城。那里的国王皮肤黝黑，但浑身上下都佩戴着金饰。我不由得大喊起来："这样说来，沙漠的另一侧也是有生命的，太阳背面的无人之境也存在其他的民族和文化！"巴尔达萨雷微笑着说："没错，那里可不是世界的尽头，菲尼斯特雷角也不是。亲爱的年轻朋友，这个世界可比你想象的要大得多，也比你在书中读到的和在地图上看到的要大得多呢！"

又过了两天，非斯王城出现于我们的视野之中。阿卜杜拉骄傲地告诉我们，这座城又称"阿利亚"，是一座由先知的后裔兴建的至高无上的圣城，右侧是古老的"非斯老城"，左侧则是苏丹宫殿所在的"非斯新城",二者之间泾渭分明。在这座广阔的城里,随处可见圆形屋顶和高高的尖塔。我究竟要怎样才能完整地描述眼前所见的奇景呢?如今的我既不是文学家,也不是历史学家,只是一个上了年岁的老人,虽然只拥有一个躯壳,但却被天主安排经历了两种人生。我只能尝试唤醒多年前的记忆,回想当时看到的奇观。

我很快就被眼前这个崭新的世界迷得神魂颠倒。我们所住的驿站位于奈加因街区,看上去像是一座供商人和外地人歇脚的大型旅馆。驿站里有一个宽敞的庭院,四周那些两层带阳台的房屋都面朝庭院。那些房子的所有元素,如框橼、护栏、篱笆和门扇都是用香橼木精心雕刻打造的,屋顶上悬挂着用彩色玻璃制成的灯饰。院子的一角有一处喷泉,水声潺潺,绵延不断,供人们清洁双手和身体的其他部位——对于这一点,那些非基督教信徒可比我们要在意得多。驿站里四处都有带炉子的卫生间,可让人们随时烧热水用以梳洗。此外,我似乎在任何地方都能感受到这里的人对于美的无限崇拜。阿卜杜拉惊讶于我对他们的文化和宗教所表现出来的兴致和好奇心,便带我去参观一所名为"波伊纳尼亚学院"的大学。那所大学位于一片绝佳之地,喷泉和花园位于其中。大学对面是一座奇特的房子:十二扇窗户一字排开,每扇窗户下方放有一只金碗。我问阿卜杜拉里面住的是什么人。他的回答很是出乎我的意料:"时间。"原来,这幢建筑名叫"钟表之家"。房子里有一座令人不可思议的水漏装置,每晚都需校准,以便在接下来的一天里能够根据季节变化和昼夜长短的变化准确地报出十二个时辰。冬天白日略短,夏季白日略长。水一滴一滴地从容器中滴落,推动后续的机械装置运转。每当一个时辰过去,一颗金属小球便会落入下方的小碗里。在他们看来,时间如同流水;对于我们而言,时间则像铁一样冷漠,是市政宫外那口大钟的齿轮发出的永不停息的嘀嗒之声。

　　我们的驿站处于麦地那老城的中心地带，离卡鲁因大清真寺很近，离商人云集的凯撒利亚大广场也只有几步之遥。但我一有空就喜欢让自己迷失在老城中的胡同迷宫里。在漫游的过程中，为了躲避休瓦拉区的鞣皮工匠所使用的尿液的骚味，我会一路前往香水的集散地——阿塔里纳市集。我几乎是闭着眼睛，像醉汉一样穿行于各条胡同，追寻着各种我不曾闻过的甜美而浓郁的气息，感受这些气息与女人的气味相互混合后的味道。那些女人在香水店里试用香水，将其抹在自己的双手、脖颈、腋窝以及我想象中更为私密的部位。那些部位我从没有见过，更不了解它们的构造。这种好奇令我感到疯狂。我似乎看到了娇艳欲滴的花朵在沙漠中绽放，但构成那片沙漠的，却不是滚烫的沙子，而是一堆又一堆黑色的胡椒粉、非洲豆蔻粉和肉豆蔻粉。行走在沙漠之中的，是一些步履轻盈、身材曼妙的野兽，它们长着带有斑纹的皮毛，在绿洲的水洼中洗澡。它们是又快又轻的羚羊和豹子，是代表罪恶的动物。

　　躲在一扇小小的格栅外侧，我便能仔细观察某个年轻女子的双手，在那双手上，各种富有想象力的图案即将被绘制出来：有人会用一根小棍儿将一团彩绘颜料轻柔地涂抹在她的皮肤上，而后勾勒出纤细的彼此交缠的线条。我抵达非洲以后，便发现这里的女人唯一暴露在外的部分就是一双手。这里的女人不少，大街上和市场上随处可见。但除了手部，我所能看见的就只有一团团黑色或蓝色的行走的衣物。她们包裹得非常严实，被包裹的部位包括双臂、双腿和双脚，就连脑袋也被完全隐藏在一条深色的头巾里；面部则覆盖着一层纱巾，只露出两只眼睛。在这样的包裹之下，她们却能让我从绘有图案的纤细的双手和顾盼生姿的眼睛中，生发出内心深处从未有过的欲望。我猜想，所有这些女子都是美丽的，都是天国里的绝美天使。

不久，一位名叫阿利索·阿尔伯蒂的朋友来拜访我们。他给我们送来了犹太商人萨利梅蒂库希（巴尔达萨雷大人的重要供货商）的邀请。我们一同步行前往新城，朝苏丹的大型王宫走去。所有的犹太人都住在那里，生活在苏丹的庇护之下。那片区域也是集中的金饰加工区，因为这里的金匠都是犹太人。

在萨利梅蒂库希府邸的大厅里，一切都已准备就绪。烹饪好的食物摆放在宽大的铜盘里。餐桌很矮，没有铺桌布。星期六刚刚开始，不过，对于犹太人来说，黄昏之后就不能再进行任何活动了。我们盘坐在地毯上，等着主人分发面包和葡萄酒，宣布宴会开始。宾客们没有独立的盘子和刀叉，每个人都从同一个盘子里取食物，用手拿着吃。宴会上没有翻译，因为这位犹太商人通晓我们的语言，还会说卡斯蒂利亚方言和加泰罗尼亚方言。他原本出生于塞维利亚的安达卢西亚，在上一次大屠杀中死里逃生，离开了那里。不过，此刻，他对这个新的国家也很是不满，抱怨世风日下。随后，他便开始谈论政治和贸易。

我根本没在听他说话，因为我自打走进这座府邸起，便察觉到了一个人，一个一直沉默不语的人。她的两只黑眼睛犹如黑夜般深邃，瀑布般闪亮的黑发像乌鸦的羽毛一样。她是萨利梅蒂库希的女儿莎加尔，一个含苞欲放的如花骨朵儿般的少女。她悄悄从二楼的长廊打量我，眼神中透露着好奇和挑衅。她不是撒拉逊人，因此，她没有佩戴面纱。她的手腕上戴着手镯，光着脚，腿踝上部戴着金足链，头发披散着，肌肤雪白，面颊泛着粉色的光晕。就在那一刻，我不可自拔地爱上了她。整个晚餐期间，我都在追寻她的目光。可聊天时，我竟一句话也说不出来，只问了一个所有人都认为愚蠢的问题：今天是什么日子？没有人知道，我之所以这么问，是因为生命如同时间宫殿里的水滴，不断流逝，而我则想在自己的记忆里把这个重要的时刻标识出来。问题的答案是莎加尔的父亲告诉我的。那是一个我永远也不会忘记的日子，因为它在宇宙的历史上，在《圣经》所描述的世界里，定格了我爱上那个女孩儿的时刻：自创世以来5158年以珥月[①]的第二十三天。

关于在后来的三四年里所发生的事情，我的记忆已非常模糊。我记得自己会寻找各种借口乘坐从阿尔库迪亚出发的大篷车前往非斯，售卖香料、皮革、布匹和羊毛。每一次前往非斯，我都会趁机拜访老萨利梅蒂库希，向他描述巴尔达萨雷大人的冒险——事实上，巴尔达萨雷大人也会常常给他写长信介绍近况。当然，我总会偷偷地看一眼莎加尔。关于我对莎加尔的感情，老萨利梅蒂库希丝毫没有察觉。一天，老萨利梅蒂库希没在家，他的妻子邀请我陪他们去城外游玩。我们去了一个种满甜橙树的怡人的花园，那里美得堪称人间天堂。莎加尔用花冠把长发束起，纤细的身躯裹着一件轻薄的白色亚麻长衫，她在甜橙树中间穿梭，采摘果实，而后送到位于葡萄架下方的餐桌上。

突然，刮起了狂风，天边出现了一团深色的乌云，而且越来越大——沙尘暴要来了！夫人下令立刻出发，所有人都以最快的速度朝回城的方向行进。或许是因为害怕，又或许是因为受到了无形的爱意的驱使，不知为什么，我和莎加尔的步伐比其他人要快得多，将大部队远远甩在了身后。当沙尘暴袭来的时候，我们与大部队彻底失散了。他们在当地农民的房舍中躲避，我们则孤零零地待在风暴之中，什么也看不见。后来，我们好不容易找到了一座用砖头和泥巴垒起来的破房子。在那里

[①] 犹太历法的教历二月。

面，我们满心恐惧地抱在一起，躲在一堵墙后。我拥着她，不由自主地对她说："但愿这场沙尘暴永远不要结束，这样我们就能一直抱在一起了。"没想到，她居然对我说她也有同样的愿望。此前，我们从未有过一星半点儿的交流，我从不知道这个犹太商人的女儿竟然会说我们的语言；不仅如此，她还通晓卡斯蒂利亚语、加泰罗尼亚语和阿拉伯语，会用那些语言阅读和书写。我们的谈话仅限于此。房子外面狂风大作，好似世界末日，而房子里的我们紧紧拥抱在一起，感受着彼此的爱意。

自那以后，我们继续偷偷地爱着对方。一有机会到非斯，我便会以某种借口前往犹太人区。我们会一起登上她家顶楼的高塔，她在那里有一间休息室，可以俯瞰全城。此外，那里还有一座养着鸽子的小露台，鸽笼里挤满了洁白的鸽子——它们是献给维纳斯的圣鸟。莎加尔给我的手腕缠上了一圈一圈的羊毛线，又将羊毛线系成一种名叫"继子"的奇怪的结。她说，结的数量与组成她名字的字母数量相同。这样，她就能把我的心缠绕起来了。

当我得知莎加尔怀孕的消息时，我的第一反应是像一个懦夫一样：逃跑。毕竟，对于他们来说，我是一个来自外国的异教徒，法律将对我进行极其严厉的惩处。但莎加尔的想法十分坚定，她告诉我，如果我不带她离开，她就会自行了断。这不仅是出于对我的爱，也是因为她早就想逃离自己所处的世界。她无法忍受听她的父亲每天早晨念三遍祝福式，感谢天主没有让他成为异教徒、奴隶和女人。她无法认同将人分为三六九等：犹太教徒和异教徒、信徒和非信徒、奴隶和自由人、男人和女人。她不接受犹太女性的社会地位——完全从属于男性，不得出门，不得见外人。当她全家从塞维利亚逃跑时，她还只是一个小姑娘，但她却会经常做噩梦，梦见冲天的火光和被强暴的女人的哭号，梦见瓜达尔基维尔河成为一片血海，梦见尸体在黑暗中撞击船身发出声响。

我试图向她解释，在基督教国家里，女人的境遇并没有任何改善。不过，我的劝说毫无作用。我了解她，她的内心远比我坚定得多，我也只好让步。我答应带她逃离此地，前往大海的对岸，随后，我们将写信给她的父亲，求得和解。这个想法我只告诉了阿卜杜拉。他吓坏了，很担心此举会引发严重的后果，包括生意上的。人们都说，萨利梅蒂库希不仅是大维奇尔①的亲信，也是一个睚眦必报的人，他绝不会轻易原谅此事，一定会报复我们所有人，首当其冲的，自然是阿利索·阿尔伯蒂这个"引狼入室"的家伙。不过最后，阿卜杜拉还是让步了，答应帮助我们筹谋逃跑的事宜。

我们连夜出发，乔装成朝圣者的样子，坐上了一辆途经沙漠前往埃及的大篷车。几天以后，我们在绿洲下了车，租了两匹马，朝阿尔库迪亚飞驰，身后刮起了又热又干的哈马丹风。那些日子，我一直提心吊胆，生怕不知何时就会遇上苏丹的卫兵。我前些日子租好的船本应及时离港，但当地商人在装载货物时遇到了困难，因而迟迟无法起航。见此情景，我只好给马略卡的克里斯托法诺写了一封绝望的求助信。后来，我们终于成功离港，并抵达了巴塞罗那。堂兄弗罗西诺得知此事甚是震惊。他深知一个犹太女子在巴塞罗那将面临怎样的危险，便劝说莎加尔接受基督教的洗礼。莎加尔答应了，但她告诉我她在内心深处将始终遵循犹太教的戒律。我向她询问她的名字的含义，她说"莎加尔"的意思是"开在花园里的紫罗兰"。从那时起，她在与基督教徒打交道时，便称自己叫"维奥兰特②"。

---

① 相当于宰相职务的大臣。
② 在西班牙文中，维奥兰特这个名字的含义为"紫罗兰花"。

我俩在乡下的一座小堂里结了婚，参加婚礼的除了我们俩，只有弗罗西诺和他的一个伙计，他的妻子是加泰罗尼亚人，拒绝与任何犹太人接触。我俩商定，不对外界谈起我们的婚姻，也不写信将此事告知我的父亲。天主赐福，让我们终成眷属，可天主却没能让我们的儿子活下来——或许是因为出逃之行太过劳顿和艰苦，那个可怜的孩子早产夭折了。

可惜的是，我后来再也没有去过非洲。弗罗西诺的工作突然发生了变化，我也随之改变了职业。为了感谢弗罗西诺多年的效劳，国王任命他为"意大利事务专员"，授予他针对进出口商品向所有意大利商人征收税费的权力。税费按商品的价值计算：每一里拉的商品要交三枚第纳尔币的税。为保证税收，我的堂兄甚至还花费了一百枚弗罗林币，重金聘请了著名法学家佩雷·德科拉前去督促试图逃税的人如数缴税。由于弗罗西诺本人需要经常前往瓦伦扎处理其他税务事宜，他便任命我为他的代理人，代表他前去征收专门针对意大利人的商品税。

我们的社会地位貌似节节高升，但事实上，我们的境遇已大不如前了。从前的好友开始逐渐疏远我们，认为我们无异于忘恩负义的，将灵魂卖给国王和加泰罗尼亚人的吸血虫。这让我感到十分难过。我们与达蒂尼的代理商西莫内和克里斯托法诺的关系也日益紧张。在得知莎加尔的事情以后，他们对我更加冷淡了——有人认为莎加尔纯粹是被我抢来的。萨利梅蒂库希退回了我的所有信件。可能是出于报复，他把可怜的阿利索·阿尔伯蒂关进了非斯的秘密牢房，折磨得死去活来。直到国王马丁一世给苏丹写了信，阿利索才被释放出来。出狱后的阿利索穷困潦倒，公司破产，一蹶不振。巴尔达萨雷大人（我后来再也没见过他）的生意也每况愈下。他在佛罗伦萨的财产被没收，他不得不假借达蒂尼公司的名义从事贸易。不过，清账给他带来了不小的麻烦——那些对他关照有加的君主们在付款的时候可不像他们把双手放在奇珍异宝上时那样迅速。

关于巴尔达萨雷大人的消息，我都是从一个地图绘制大师的作坊里打听来的。那位大师曾承接过若干来自巴尔达萨雷大人的订单。维奥兰特想随我一同前往大师的作坊，因为那位大师是一位在大屠杀中幸存的犹太人，十年前才被迫改信了基督教，维奥兰特很希望认识他。我听着他们用自己神圣的语言交谈，大师还给我展示了他的宝贝：一张缝合而成的大幅羊皮纸，他用圆规和角尺在上面耐心地绘制了地中海的海岸线及其周边大陆的轮廓。人们都叫这位大师"豪梅·利巴"，但他的犹太原名叫"杰胡达·克雷斯克斯"，许多年前，他在马略卡跟随父亲阿布拉莫学会了绘制地图的技艺。自那以后，维奥兰特开始频繁地前往豪梅大师的作坊，帮助他将一系列地名誊抄到地图上。在写下那些名称的时候，维奥兰特幻想自己正在认识世界，她梦想在未来的某一天能够与爱人一道，开启周游世界的旅程。

然而，此时我还不知道，我人生的第一段幸福时光即将走到尽头。如果说那座滴水大钟象征着这个世界，那么属于我第一段人生的那些金属球马上就要无可挽回地掉落至相应的金属碗中了。伯父乔凡尼去世了，伯母洛蒂耶拉在弗罗西诺的帮助下给父亲写了一封委托函，让父亲代为出售他们位于佛罗伦萨的产业——那座位于圣弥额尔教区的家宅。后来，巴尔达萨雷大人在那不勒斯暴毙了，死得不明不白。接着，弗朗切斯科·达蒂尼大人也去世了，就连一直庇护弗罗西诺和少数幸存的犹太人的国王马丁一世也去世了。

在那个不幸的日子里，维奥兰特如往常一样独自出门，打算去给年迈的豪梅大师帮忙。在回家的路上，她碰上了一群少年。他们大喊着"杀死那个犹太女人",用海洋圣母圣殿建筑工地上剩余的大石块向她砸去。她试图躲进一座教堂,但神父一听"犹太人"这个字眼,便毫不留情地关上了大门。后来,人们在教堂门前的空地上发现了她,她的黑发飘散在血泊之中。当时,她还活着。我找来医生,试图挽救她的生命。在那段绝望的时间里,我踏上了朝圣的旅途,一直走到了那座隐藏在蒙特塞拉特山险峻岩石之间的修道院。我在那里向"黑色圣母"祈祷,向她表达了我所有的虔诚信仰。然而,那座木质的雕像却不为所动。我回到家后,什么奇迹也没有发生,维奥兰特死了。

我再次回到了海上。返程期间,我的包袱比来到此地时更加空荡:当年,年轻的我至少还对未来满怀希望。至于挣到的钱,无论是金币还是存于某个账户上的资金,都已经不剩分文了。我只带了少数几件物品随行:一张卷边的破旧粗糙的航海图——我在第一次前往非洲的至关重要的旅途中曾使用过它;一块放在盒子里的磁石——在我的航海生涯中,它并未起过什么重要的作用;维奥兰特用阿拉伯文和犹太文书写的文稿和图稿;一幅由豪梅大师绘制的地图卷轴——尽管尚未完成,但上头却有维奥兰特写下的地名;一根系满绳结的羊毛线。关于维奥兰特,关于她的人生,关于她的微笑,我所留存的也就只有这些了。

返回佛罗伦萨以后,我开启了第二段人生。当时的我一无所成。到了四十岁的年纪,我已没了成为商人或公证员的可能,也不可能贸然加入任何行会,这就意味着我不可能在公共生活领域中获得任何职位和工作。于是,我把自己封闭起来,不愿向任何人讲述自己在大海的另一侧经历的一切。远在巴塞罗那的弗罗西诺信守了自己的诺言,他没有对任何人提过关于维奥兰特的只言片语。维奥兰特一直是我深埋于心底的秘密。在我的内心深处，我真切地感到自己已经死了，这并非虚言：我的第一段人生已经在大海那一侧的某个地方结束了；那个曾经在地中海上航行，随着海风和海浪追寻梦想的年轻人消失了，再也不存在了。

已经上了年岁的父亲试图帮助我，但他的妻子巴托洛梅阿却非常反对，尽管她是我的母亲，却始终无法原谅我十五年前的逃离，也不愿与我说话。鉴于我在佛罗伦萨很难找到一展身手的机会，身为公证员的父亲皮耶罗建议我去乡下生活，打理他先前在那些地方置下的家族产业。他认为我在经历了种种发生在陆地上和海洋上的磨难以后，或许能在安宁的田间生活中找到些许乐趣。此外，乡下的生活虽不宽裕，但至少能为我提供稳定可靠的经济保障。在那里，我需要规划土地的耕种，签订各类长期和短期租约，售卖葡萄酒、橄榄油、小麦、亚麻等产品。只有亲力亲为，才能防止当地的工人和邻居偷奸耍滑，也才能在发生纠纷时维护自身的利益。此外，我还需饲养若干牲畜以及维护房屋、牛棚和谷仓，随时进行修缮。忙碌的生活让我没有时间感到无聊，也没有时间陷入忧伤的思绪。在那片宁静的土地上，我什么都不缺，只有一件事情必须面对：需要赶紧娶一位妻子。

至于人选，在等待我回家期间，父亲已经为我物色好了。他相中了一位与我同龄的乡村公证员——住在巴克雷托的皮耶罗·迪·佐索·迪·乔凡尼的女儿。此人曾在佛罗伦萨跟他学习过公证事务，住在一个离芬奇不远的村子里，那个村子位于蒙塔尔巴诺山的另一侧，就在经由阿尔蒂米诺下行前往佛罗伦萨城的那条道路旁边。对于他年方二十的女儿露琪亚来说，我的年龄足以做她的父亲了。在与我一起生活的头几年里，她的日子或许过得十分艰难：嫁了一个像我这样的丈夫，看上去显老，几乎不说话，从未对她敞开心扉，也从不与她聊起过往的经历。但露琪亚从不曾指责我，就算内心感到痛苦，她也一直沉默不言。在我们刚结婚的那几年里，我一直封闭在自己的痛苦之中，却从不曾体谅过她的不易。

我们虽然住在父亲的房子里，但却是住在一个完全独立的角落里，因为巴托洛梅阿女士既不愿看见我，也不愿看见露琪亚。相对无言地吃过晚饭后，我会坐在椅子上，看着壁炉中的炭火一点儿一点儿熄灭；露琪亚则会做一些针线活儿——要么为我缝制冬天穿的粗羊毛袜和夏天穿的亚麻衬衫，要么为新桌布绣上一幅图案，要么就是缝制一块手帕，因为我们是没有钱去市场上购买这些物品的。若她忙完手中的活计且油灯里尚有灯油，她便会读上一两页她非常喜欢的关于圣人和圣女生平的书，并对着一幅绘有抱婴圣母的小型画作进行祷告。随后，若她见我睡熟了，便会上床，蜷在床的另一侧。多年以来，她已经接受了我从不碰她的事实——仿佛自己已经变成了一个圣女。

对于我们的婚姻，我的父亲并没有高兴太久，他翘首期盼的家族传人也迟迟没能到来。没过几年，父亲就去世了。除了来自乡下的少量收入、露琪亚微薄的嫁妆以及她在家纺纱赚得的小钱，我们没有其他进项。后来，我们只好把家搬到了圣弗雷迪亚诺平民街区，在那里租了一间小房子。搬家那天，巴托洛梅阿女士甚至都没有站在窗口与我们道别。不过，在圣弗雷迪亚诺街区，我们感到日子舒服了许多。这里的消费水平比原来的街区低得多，在这里也更能感受到烟火气息。手工匠和羊毛工厂的工人往往会让家中的妻子和女儿参与纺纱织布。在这里，有一种真实的劳动气息，能看到用辛劳的双手和汗水换取的成果，与银行家和高利贷商人所谓的辛苦相比，我更能理解这种辛苦。

我靠在神圣广场上为街区里某些不识字的梳毛工或寡妇

提供书写和中介服务维生,做的事情与公证员也差不了多少。在他们眼里,我是一个精明的建议者,也是一个务实的人。此外,我还会给街区里最有权势的人物出谋划策。那人名叫"克里斯托法诺·迪·弗朗切斯科·马西尼",住在位于神圣修道院和阿尔诺河之间的丰达乔地区。由于我四处为他宣传,他先后成了行政官员、正义旗手和执政官。他始终记得我的恩情,常常帮助我渡过难关。有时,我会长时间地待在纺纱作坊或鞣皮作坊里,试图像年长的智者那样给予民众自己的建议,向他们讲述关于巴塞罗那、马略卡、瓦伦扎和非斯的神奇见闻。起初,工厂里的伙计和师傅们都会跑来听,但过不了多久,他们便会感到厌烦,转而回去工作。他们没有时间可以浪费,主人一旦发现他们消极怠工就会惩罚他们。所以,对他们来说,那些发生在撒拉逊人身上的奇闻逸事并没有多大吸引力。我很快就发现自己几乎是在自说自话,听众只有街区里的那个傻子。

在某些宗教节日里,我和露琪亚会走出城门,前往乡间的小教堂或圣殿。在那些地方,一件重要的圣物和某位能够让人们内心平和的神圣修士的言行就足以吸引大量朝圣者前往。我们最常前往的一个地方就是圣巴尔多禄茂修道院。该修道院又称"橄榄山修道院",供圣米尼亚托教堂的"橄榄会"修士使用,一直受到斯特罗齐家族和卡波尼家族的支持。这座修道院被菜园和葡萄园环绕,早在修士们入住以前就是人们出城踏青时最喜欢前往的目的地之一。一百年前,这里的祈祷堂是供奉卡斯塔尼奥的圣母玛利亚的,有一个世俗善会设在这里,其成员被人们讥讽地称为"肥肉修士",因为他们会在各种神圣和世俗节日里举办盛大的露天宴会。其实,神圣的修士们原本更希望橄榄山修道院因朝圣者的虔诚而著称,而非因"肥肉修士"善会制作的香肠和葡萄酒出名。

那座教堂已又旧又破，修士们说他们很快就会进行翻修，还会订购若干精美的作品，例如，会在大祭台上放置由画家洛伦佐·莫纳科绘制的表现抱婴圣母和四位伟大圣人的木板画。露琪亚很喜欢读那幅作品下方的铭文："万福！充满恩宠者，上主与你同在。"她会一边诵读一边持续不断地虔诚祈祷，希望圣母能恩赐她一儿半女。不过，若要获得这一恩典，就必须先获得另一项她不敢当着圣母的面直言，只能红着脸悄悄恳请的恩典：愿神恩能点燃我内心的欲望，让我的身体与她的身体结合。若没有这必不可少的一步，她是根本不可能生儿育女的。

弥撒过后，我和露琪亚牵着手坐在了一堵矮墙上。在那里，透过栎树和柏树，我们可以欣赏到佛罗伦萨城的绝美景观，最引人注目的自然是圣雷帕拉塔堂圆形大屋顶的搭建工地，此外，还有远处的山脉和亚平宁山上的菲耶索莱小镇。我们默默地看着眼前的一切，可是，在心里"看到"的图景却是不一样的。不过，我们并没有向彼此描述各自的"所见"：露琪亚想要再次回到她位于蒙塔尔巴诺山的家，从那个家的阳台上欣赏远山的轮廓；而我则在畅想里夫山脉的群山，想象自己在沙漠中策马奔驰，奔向大海，奔向自己的宿命。不知不觉间，我的手已经松开了，露琪亚的手落了单。

几年以后，我终于决定离开佛罗伦萨，前往芬奇定居。露琪亚和她的父母很赞同这一决定。此外，露琪亚还暗自希望这一变化能让她向圣母许下的两个愿望成真。不过，包括克里斯托法诺·马西尼在内的所有人都建议我不要放弃佛罗伦萨国籍及与之相关联的各种权利和特权，那些都是芬奇小镇无法提供的。他们这么劝我，并不是为我考虑，事到如今，明眼人都能看出来，佛罗伦萨国籍已经对我起不到任何作用了。他们之所

9 安东尼奥

以这么说，是因为要替我们的子女考虑，尽管我们结婚十年还没有一儿半女，但说不定什么时候，天主就会降下恩典，让这一愿望变成现实。基于这一考虑，我一生都保留了"佛罗伦萨市民"的身份，户籍就位于令人心生欢喜的圣弗雷迪亚诺街区——一片位于龙旗旗区的神圣街区，我们的小破房子就在那里。

我租了一匹马、一辆车和一位车夫，将寒酸的家产搬到了车上。而后，我们这对同样贫寒的夫妇也上了车。最占地方的，是一张高高的樱桃木旧床。我小心地将其拆成了好几个部件，以便于运输。这张祖传的嘎吱作响的床是父亲留给我的遗物：母亲就是在这张床上怀的我，生的我；露琪亚则在这张床上祈祷有朝一日能成为母亲。除了床架，我们还带上了一张塞满羊毛的床垫、一条填充着两层羽绒的褥子、两只枕头、一只装有露琪亚衣物的大箱子、一只装有我的衣物的小箱子、一箱面粉、两个炭架、一些炊具和盆盆罐罐、一只小保险箱——里面放着一些书、一些由祖父和父亲留下的缩写名册、一张老旧的航海图、一个罗盘以及一张由豪梅大师绘制的世界地图。我的第二段人生由此启航了，那架破烂的马车犹如我们的新船。是的，我和露琪亚终于要开始共同面对生活了。

在芬奇，我们连房子也没有，只好借住在一个曾经向我借过钱的农民那里。我常常借钱给一些有需要的人，不仅不收取利息，有时甚至连本金也收不回来。当时，安东尼奥·迪·列奥纳多·迪·切科欠我足足十八枚弗罗林金币。于是，我和露琪亚就暂时安顿在了他名下的一处位于城郊的破房子里：房子还是他的，钱也还是我的。除了露琪亚纺纱挣得的收入，我父亲留下的那些庄子也能带来一点儿微薄的收益：其中一处地产位于普鲁诺圣母堂街区的科斯特雷恰；还有一处位于圣十字居民区的科隆巴亚,离教堂和芬奇的城堡不远;另有一些是分散的小片地产。所有这些地产加起来,一年能勉强产出五十担小麦、二十六桶半啤酒、两坛油和六担高粱。此外,我们还有两块可以用来盖房子的土地,一块位于城堡,另一块在郊区,位于靠近市场的地方。

我们常常前往巴克雷托,在岳父岳母的餐桌上吃得好一点儿,饱一点儿。露琪亚有一个未成年的弟弟,名叫"巴尔达萨雷",是她的父亲与他的第二任妻子所生,我们俩都很喜欢他。在前往山丘对面的短距离远足期间,我也曾对窑炉师傅的工作产生过兴趣。当时,这种窑炉在乡下方兴未艾,最有名的是那座位于托亚镇的窑炉,那是属于我岳父的产业,专门生产色彩鲜艳、造型精美的坛坛罐罐。我常常前去跟窑炉的师傅们聊天,顺便观察他们如何预制土坯,如何烧制,如何上釉。

时间流逝,我们依然没有孩子。此时的我们都已上了年岁,仿佛亚巴郎和撒辣,似乎再也不可能完成对天主的许诺,拥有比天上的繁星还多的子嗣了。不过最终,露琪亚还是得了一直在祈求的两重恩典——先有第一重,而后便顺理成章地有了第二重。我们惊喜地发现,那件我们多年以来一直忽视的事情居然如此美好。原来,能够拥有一个伴侣度过余生,能够彼此拥抱,彼此相爱,在那张家传的大床上彼此依偎着入睡,是这么美好!

1426年4月19日,是一个星期五。那一天,我们的长子出生了。我俩毫不犹豫地给他起名为"皮耶罗"——那既是我父亲的名字,也是我岳父的名字。不过,孩子的第二个名字则是我坚持选定的,那是我堂兄的名字,叫"弗罗西诺"。弗罗西诺不仅是我的堂兄,也是我整个前半生的引领者和朋友。我的前半生与后半生不可以也不应该被切割,因为后者是前者的延续，我还是我，继续走在人生旅途上，我还是我，继续顶着那张逐渐爬满皱纹的脸。

一个周日，我们把啼哭的皮耶罗·弗罗西诺裹在了白色的襁褓里，只露出了他的小脑袋。我们自豪地带着他前往圣安德烈和圣十字教堂，请堂区神父菲利波先生在古老的石头喷泉池为他进行洗礼。那场仪式，我邀请了自己认识的所有重要人物到场。不过，在那些人之中，来自芬奇的只是一小部分。当我初到芬奇时，大多数人都认为我是一个来自佛罗伦萨的外强中干的外地人，因此，我也不愿意与他们产生更多关联，甚至不愿邀请他们参加孩子的洗礼。在受邀前来的宾客之中，有来自佛罗伦萨的克里斯托法诺·马西尼，他也是孩子的教父，还有来自恩波利的文书官彼得罗伊奥。

所有人都为马西尼这样的大人物的到场而感到震惊。事实上，他本人也很高兴能够在4月这样一个喜庆的日子里从佛罗伦萨纷繁的杂务中抽身，出城踏青。但令我感到有些意外的是，他似乎想要戏弄一下芬奇那些淳朴的乡民，故意穿了整套制服，骑着佩戴鞍褥的马匹，头戴风帽，身边还带着由家人扮成的仆从。此外，他还帮我支付了在神父的院子里举行露天宴会的费用，邀请了半个村子的人一同庆祝。此前，芬奇的乡民们似乎都没有正视过我的存在；然而，自那一刻起，他们终于开始认为我也是一个大人物了。很快，他们开始在称呼我的时候加上"公证员"头衔，称我为"公证员皮耶罗之子公证员安东尼奥"。在他们的想象中，我这样一个会读书、会写字、会口若悬河地讲故事的重要人物不可能不是一个公证员，一个文人，一个能与神父和督政官平起平坐说话的人。

由于我当时还没有在芬奇安家，我便只好像那些来自佛罗伦萨的公证员们那样，在位于城堡和市镇之间的一家小酒馆安放了一张小小的工作台。我在这张类似于"忏悔室"的工作台前喝了一杯又一杯葡萄酒，倾听芬奇镇乡民们的诉求，教他们撰写或是代他们撰写税赋登记声明、签署合约以及像维护和平的法官一样调停争端。有时，我会借给他们一些钱或是就某一笔采购计划提些建议；有时，我只是免费在那里倾听他们的诉说，我并不担心浪费时间，因为时间总会以某种方式流逝的；如果某人的祖辈曾是我父亲或是祖父的客户，我也会应他的需求，翻阅原先那些公证登记簿，而后为他誊抄一份他所需要的文书。

在皮耶罗·弗罗西诺受洗的那天晚上，我手里拿着的，正是父亲"公证员皮耶罗"的最后一本记事簿。这似乎是命运的安排，让这本记事簿见证了从一个皮耶罗到另一个皮耶罗的过渡，也是从一代人到另一代人的过渡。我们的家族总算可以往下传承了。对此，父亲一定很欣慰，他或许在另一个维度的世界看着我们，为我们祈福。因此，在我看来，在那样一个时刻，打开那本记事簿，翻到我父亲留下的最后一页空白页面，是一件再合理不过的事情。在那一页上，"公证员圭多之子公证员皮耶罗"的生命和字迹都已经停止了；而一个新的生命，一种新的字迹却开始向下延续，这意味着我们的家族重新迈开了前行的步伐。作为曾经的见习公证员和见习商人，我学会了一个道理：没有被写下来的事物就是不存在的事物。当然，后来我既没有成为商人，也没有成为公证员。至于皮耶罗·弗罗西诺，他可以按照自己的方式生活，也可以不写下任何言语。书写并不创造人生，它只是追随人生，将滚滚不息的时间之流中的某些特定时刻定格，交由记忆保管，包括你本人的记忆，也包括你去世以后，某个后人的记忆。二十年前，我在非洲经商时，已经学会了一手漂亮的商务字体。此刻，我再次开始龙飞凤舞，以一个未曾出师的公证员应有的严肃态度开始写下自己的人生回忆。每当提及一个重要的名字或事件时，我总习惯另起一行。在第一行的中间，我写下了"1426年"；在第二行，我写下了"4月19日，星期五，我的儿子出生了"；在下一行，我终于写下了他的名字，"我给这个小男孩儿起了两个名字：'皮耶罗'和'弗罗西诺'"。

家族之树继续开花结果。1428年5月31日，我的第二个儿子出生了。他的教父居然是芬奇的时任督政官斯基亚塔·卡瓦尔坎蒂——与但丁的好友圭多·卡瓦尔坎蒂属于同一个家族。我们给这个孩子起名叫"朱利亚诺"。可惜的是，他出生没多久，天主就把他唤回到身边，让他变成了天国宫廷里的天使。为了补偿我们，1432年5月31日，上天又赐予我们一个漂亮的女儿。我为她起了第一个名字"维奥兰特"，露琪亚则为她起了第二个名字"莱娜"。露琪亚从没在亲朋好友中听说过"维奥兰特"这个名字，感到非常惊讶，甚至以为世界上有某位名叫"维奥兰特"的圣女；而我则坚持那是我在某本书中读到过的名字，而且非常喜欢。最后，露琪亚接受了我的解释，不再追问了。一位路过芬奇镇的神父——罗马的雅各布为孩子进行了洗礼。他也很高兴在我的工作台前略作停留，因为那张工作台上摆满了茴香肉肠、烤乌鸫、月桂和美味的葡萄酒。当时，露琪亚已经四十岁了，但天主还是在我们已经无所期待的时候给了她最后一次恩典。她的月经周期似乎再次中断了，然而，直到发现她的肚子越来越大，我才猛然明白她先前为什么会感到恶心和头晕。1436年6月14日，我们的儿子弗朗切斯科·圭多降生，大圣若瑟圣袍堂的神父菲利波先生为他进行了洗礼。

在每个孩子接受洗礼的当晚，我都会打开父亲留下的那本破旧的记事簿，将他们的出生信息仔细地记入其中，每一次的记述方式和顺序都基本相同。首先，在第一行的中间写上公元纪年，而后换行记录下月份、日期，有时还会标注是星期几、时辰（上午或黄昏）、姓名以及教父和教母的相关信息。当我再次查看这一页面时，我发现自己为每个孩子预留的空白行数居然是不一样的：我给长子皮耶罗足足留了十一行，其他孩子却只有四行。此外，在记录后来几个孩子的信息时，我的字迹也不如先前那样美观和工整了。对于我们而言，此时到来的最后一个孩子已算不上是奇迹，关于他的记录也只是一条常规纪事罢了。

相反，每当读到那短短的几行关于可怜的朱利亚诺的文字时，我总是感到心痛不已。那个婴儿在接受洗礼的几个小时后就夭折了。当时，我那张位于小广场上的小型工作台还在筹备的过程当中。我记得一阵哀号从我们住的那座农舍深处传出：露琪亚刚刚打了一个盹儿，一醒来就发现孩子已经没有了呼吸和心跳。夜里，我强打精神打开了父亲的公证记事簿，却完全没有力气书写记录，也想不起孩子的教父教母是谁了。绝望之中，我甚至忘了写下孩子的名字，似乎那个名字也已经离开了人世。后来，我才在最后一行补充了这一信息："他的名字叫'朱利亚诺'。"

如今，这个页面的内容几乎已经完成了，只有底部还留有少许空间，这部分或许将一直空白下去了。上天赐予我们的孕育和分娩时间已经结束。如果说我已经变成了一棵老树，那么露琪亚也差不了多少。我们只能将祈愿寄托在我们的子女身上，寄托在那些正在生长的小树身上，希望他们能为我们的家族继续开枝散叶。

维奥兰特出生时，可谓是用她的啼哭声为我们在市镇上新置的家宅剪彩。那座房子是我在友人多梅尼科·迪·布雷托尼的引荐下从佛罗伦萨新圣母医院的加尔默罗会修士手中购置的。它所处的位置恰巧是芬奇的城堡和市镇这两大核心场所的接合处：一面朝向由市场上行通往城堡的街道，另一面朝向一片小小的菜地和花园，与教堂主管皮耶罗·迪·巴尔托洛梅奥·迪·帕涅卡神父的家宅和产业区毗邻。

时光飞逝，孩子们成长的速度越来越快了。皮耶罗长成了一个高高瘦瘦的少年，沉默寡言、孤僻内向，似乎总是看不惯维奥兰特的顽皮和弗朗切斯科的任性。弗朗切斯科比皮耶罗小十岁，因为贪玩，总是喜欢在皮耶罗应该看书、学习以及练习写字的时候找他的麻烦。每当可怕的弗朗切斯科和那只顽皮的黑猫——我给它起名"萨拉丁"跳到小桌上，弄乱纸张、蘸水笔和墨水瓶，让墨水洒得到处都是时，皮耶罗便会怒不可遏地摔门而去。皮耶罗与我的关系不太好。当他稍微长大些时，我曾问过他究竟是为什么。他回答说，我当年不应该抛弃自己的父亲和家族，也不应该抛弃公证员这一职业。

谁知道他的这个想法是从哪里来的，或许是当乡民们来找我索要某份文书的副本时，他看到了我们家族的一系列公证登记簿，意识到了那些文书的重要性。皮耶罗很小就开始读书。夜晚，每当我或露琪亚开始大声朗读某本书，或是在我把笔伸进墨水瓶蘸墨以前，握着笔悬在空中凝神思考，试图抓住某个合适的词汇或表述时，我总能感到有一个人在门口的阴影处偷偷窥探，感到他那两只充满惊异的大眼睛在看着我——那个独来独往的孩子发现了大人用纸张和笔墨完成的魔法。后来，他长大了，也想学会那种魔法，便开始与我置气。我从来没有真正怪过皮耶罗。是的，他与我关系不睦，这让我感到很难过，但说到底，我是能够理解他的。他的血管里流淌着公证员家庭的血液。如果他想离开此地，前往佛罗伦萨，那么芬奇也永远会在他的背后支持他。

我用一张字母表教会了他读书和写字，而后让他跟着神父学习语法规则——在这方面，神父显然比我更加精通，我几乎已经把那些规则忘光了。不过,我还保留着年轻时曾用过的公证行业教程,当皮耶罗开始在佛罗伦萨上公证员学校时,这本教程依旧适用。皮耶罗从未与我谈起他在佛罗伦萨的境遇,我也不曾向他打听。据我猜测,他在那里应该不会过得太好。我到现在还记得当年在佛罗伦萨学习时,那些同学和我开的粗暴的玩笑。许多佛罗伦萨知名公证员的儿子会嘲笑来自乡下的同学,折断他们的笔,弄坏他们的笔筒。如今,皮耶罗也会面对同样的情形。此外,我们也不可能给他很多钱。他的衣服都是他的母亲露琪亚女士修改缝补或是用旧布做成的,因为我们家买不起新衣服。与此同时,维奥兰特也要离开娘家,嫁给一个名叫"皮斯托亚的西莫内·迪·安东尼奥"的男人了。那人痴迷于赌博,成天游手好闲,我一点儿也看不惯。不仅如此,他还成天向我抱怨我没有给够维奥兰特嫁妆钱。

最后,顽强又固执的皮耶罗真的凭借一己之力实现了自己的理想,成了一名公证员,成了"公证员圭多·迪·米凯莱·达·芬奇之子公证员皮耶罗之子安东尼奥之子公证员皮耶罗"。当然,在那一长串父辈和祖辈的名单中,那个没有"公证员"头衔的安东尼奥可谓是一个不光彩的污点。这一点一定会让皮耶罗感到丢脸。因此,我知道他是永远都不会原谅我的。不过,他还是尽了一个好儿子该尽的义务,开始帮我处理那些我作为一个糟老头子已经无法完全处理妥当的事务,例如,提交1446年的税赋登记声明,这份文件是他送到佛罗伦萨的。另外,他在三年前就已经开始执业了,一开始非常艰难,因为一切都要靠他自己打拼。这是我的错,许多年前,是我斩断了家族的代际职业传承的脉络。

他开始在佛罗伦萨做些零散的活计,一会儿把工作台安置在圣芬莉教堂,一会儿又安置在巴迪亚教堂。后来,他去了比萨,再后来又回到了佛罗伦萨。他有着很强的自尊心,从不向我诉苦，也不向我伸手要钱。他说自己在佛罗伦萨的工作所得已经够用了。我想，他挣的钱一定不会太多。于是，为了让他能在佛罗伦萨扎下根，我通过他的母亲露琪亚把钱给到他手里。他倒是愿意接受来自母亲的帮助。我不得不开始售卖芬奇附近的一些小型家族产业了。

皮耶罗总有一些负债，债主包括纸商和酒商。此外，为了保留在巴迪亚教堂的工作台，他还欠了那座教堂一些钱。他从一位已故的公证员那里购入了一件二手的红色公证员紧领长袍，交给他的母亲露琪亚改制，还在某个破损的地方缝了补丁。看到他的情况，我有些为他担心。我也不太喜欢他在佛罗伦萨交往的某些人，例如高利贷商人万尼·迪·尼科洛·迪·万尼。几个月前，此人在弥留之际貌似将他位于吉柏林大街那处房产的终身用益权留给了他可怜的遗孀和我的皮耶罗。这是为什么呢？一个像万尼这样的有钱人究竟是出于什么神秘的目的才会向一个素不相识的乡下公证员赠予一笔如此高额的遗产呢？此外，万尼留下的那处房产以及他的其他财产究竟是从哪里来的？我想，那些财产一定都是他的非法所得，我不认为那种人会干出任何好事。

★ ★ ★

皮耶罗即将到达安奇亚诺了。

中午刚过，我就拄着拐杖缓慢地爬上了山坡。作为一个八十岁的老人，我的腿脚确实不再像年轻时那样灵便了。我在费拉雷短暂地停留了一会儿，喘了一口气，而后与阿里戈·德·泰代斯科一起，喝了一杯葡萄酒。随后，我在荒无人烟的路上继续前进。这个时段，路上没有其他行人，家家户户都在院子里过节，享受这个美好的春日。院子里的狗会远远地叫上几声，但当我走近时，它们便会认出我，而后让我抚摸。终于到了山顶，我在神龛前说了一句"万福玛利亚"。安奇亚诺的油坊没有开门，附近的居民也都没在家：所有人都去了村里的帕泰尔诺圣路济亚小教堂，与贝内代托神父一道享用午餐，庆祝节日了。

我本想像往常那样，与山上的几个老人聊聊天。以往，我见到他们时总会与他们说说话，我总有许多话题，许多说不完的故事。其中，那些关于暴风雨、海怪、与摩尔人和海盗的战斗、在沙漠中遇到巨人以及与美丽女人恋爱的故事最受听众的欢迎。那些人一辈子也没有去过比富切基奥沼泽更远的地方，还以为那片水泊就是全世界最大的汪洋大海。直到听完我讲的故事，他们才会在入夜时分散去，要么是去与亲朋好友打牌，要么便是回家喝一杯好酒。可是今天，橄榄树下却一个人也没有，只有午后的暖风从谷底吹来。好吧，我只好一个人待一会儿，回忆一番往事。太阳已经开始向皮萨诺山的方向逐渐西沉了，但阳光依然让我感到刺眼。山上的树荫不多，橄榄树刚刚被修剪了枝条，就在今天上午，还有人给我送来了一些不错的嫩枝。我在路边找到了一块平滑的石头，坐了下来。

我喜欢安奇亚诺这个地方。以前，在那段不太平的时期，这里还曾建有一座城堡。如今，在平地上只能看见些许断壁残垣以及常春藤和荆棘密布的高塔地基了。山脊上零散地分布着少许民居，其规模还算不上市镇。这里的人口也就一百来号，不会更多。简陋的帕泰尔诺圣路济亚教堂是这里的中心地带。我的妻子对这座教堂的感情很深，常常会来这里向那位与她同名的圣女诉说虔诚的祈愿。此外，圣路济亚也是橄榄树的保护神：采摘橄榄的季节结束后，人们总会在漫长的冬季降临以前以向圣路济亚感恩的名义欢庆丰收。在这里，善良的贝内代托·达·普拉托神父担任乡民们的领袖。他很喜欢味道浓郁的葡萄酒和橄榄油,也常常与我抱怨那些来自皮斯托亚教廷的文书官。他们通常不来安奇亚诺,只在去年来过一次,目的是检查教会在此地拥有的产业状况以及神父是否还健在。结果,他们斥责了贝内代托神父,说这里的田地耕种情况不佳,且教堂的屋顶也需尽快修缮。其实,他们对待贝内代托神父的态度已经算不错了。据我所知,他在法尔托尼亚诺的同僚——列奥纳多神父就遭到了那些文书官的严厉指控,称他与女人同居,还生下了好几个孩子。其实,我们所有人都认识那个女人和他们的孩子,也都善待他们。只是那些来自教廷的文书官死咬着这一点不放,称那个女人是列奥纳多神父的"姘头",要对他们实施绝罚。

我尤为心仪的,是那片位于平缓地带的村舍。那里坡度柔缓,逆着阳光,可以看见挺立于山脊之上的橄榄树的剪影出现在湛蓝的天空下。来自平原或岬谷的山风也很轻柔,充满芬芳的气息。所有村舍的结构都很简单而朴素,外墙可见一层层横向堆叠的塞茵那石。由于冬天寒风凛冽,夏日又酷热难当,所以那些房子都只开了很小的窗户和门。这里的景观极好,午后和黄昏时分尤佳,比我们在佛罗伦萨橄榄山的修道院看到的景象要更加开阔:右侧可见阿普安阿尔卑斯山白皑皑的雪峰;西面是辽阔的沼泽和皮萨诺地区的远峰;南面则是交替出现的河谷和丘陵,那些河谷和丘陵又逐渐消失在远方的茫茫雾霭之中。在视线的尽头,我似乎还能远远地望见大海。

这里有一座油坊。三年前,油坊的主人——我的朋友托梅·迪·马可·布拉齐先生将它的一部分租给了奥尔索·迪·贝内代托和弗朗切斯科·迪·雅各布。那天,我也在场。当时,我正在下一盘十五子棋。他们打断了棋局,请我为他们撰写租约。在油坊中那幢最大的建筑里,有一大排铺有砖块的大房间，里面没有柜子，只在墙体上挖出了壁龛供工人们使用。屋子里有许多大型壁炉可以生火，其中，厨房的壁炉最大。在其他那些较小的房间旁边，有一个烤炉，可以用来烤面包、佛卡夏烤饼和蛋糕。此外，还有一个并没有养鸽子的鸽笼。矮墙的外侧是一个通往深谷的斜坡，浓密的野生植被从低处的岬谷一直"爬"到了斜坡的最高处，一条小溪在植被之间汩汩流淌。无论是在这里出生、生活还是死去，都是一件美好的事情。

我应该是进入了梦乡，至于是否真的做了梦，倒是记不清了。都怪那阵来自山谷，夹杂着花草清香的甜美的微风，我可能只眯瞪了短短几分钟，也可能睡了差不多一个钟头。忽然，我听见一个声音在叫"父亲"，便朝那条从圣路济亚教堂下行至此的山路转过身去。原来是皮耶罗到了。他是步行前来的，没有穿公证员的紧领长袍，而是穿了一件更方便赶路的无袖皮革上衣，脚上穿了一双靴子，看上去好似一个猎人。他的身后跟着一辆拉着窗帘的马车，车夫谨慎地赶着马匹，确保它在下坡路上不会跑得太快，以免车身过于颠簸，或是撞上凸出于路面的石头。

我站起身来，感到浑身酸疼。皮耶罗搀了我一把，我看着他，感到有些异样。他似乎变了一个人。他的神色有些怪异，似乎有所忧虑，但看上去更成熟了，就好像一个人在不经意间受了某个突如其来的可怕的教训，终于明白了生活中的轻重缓急。在那棵橄榄树下，我们父子四目相对，沉默良久。突然，他抱住了我，抱得紧紧的，而后哭了出来。我一时间不知所措，先前，我的儿子从未有过这样的举动，从未以这种方式拥抱过我。我带着满心的爱意回应了他的拥抱，让他年轻有力的臂膀紧紧抱住了我这一把老骨头。拥抱过后，皮耶罗的情绪也平复了。他用衣袖擦干了眼泪,拉着我的手慢慢走到了马车旁边,掀开了帘子。

在黄昏时分的阳光下,我看到了一个怀孕的女人,尽管她的神情有些痛苦,但面容姣好。她向一侧躺着,双手捂着隆起的腹部,一双天蓝色的眼睛看着我,像是在寻求帮助——寻求我的帮助。她的手指上戴着一枚在阳光下熠熠生辉的戒指。我的内心开始慌乱:这正是我在梦中见过的那个女子,那个梦正在变成现实。我像在梦里一样,想要后退、逃跑,但我却动弹不得。与此同时,我也根本听不懂皮耶罗试图向我解释的那番颠三倒四的话语。他指着那个女子,说她叫"卡特琳娜",又指了指那女子的腹部,说"那是我的孩子"。随后,他又补充说,他之所以从佛罗伦萨逃离,是因为那里的法律严苛,必然会严惩此类丑闻,他实在不知该怎么做,深深陷入了绝望。

对我来说,听明白"我的孩子"这几个字,这就足够了。皮耶罗口中的"逃离"让我想起了当年那个年轻的商人为了爱情带着一个犹太女孩儿在马格里布沙漠拼命奔逃的故事。语言转化成想法,想法旋即转化成说做就做的行动。我实在不必浪费时间追问其他,尝试去弄明白那些根本无须我弄明白的事情:一个母腹中孕育的生命本身就是一个巨大的谜团,无须被理解,只要让那个生命活下来就好了。

我朝这个名叫"卡特琳娜"的女子微微一笑。我并不知道她是什么人,但对我来说,这无关紧要,总之,她是我儿子的女人,她的肚子里怀着他们爱情的结晶。生命是来自上天的恩赐和奇迹。在接下来的几天里,我们确实需要冷静地考虑每一个奇迹衍生出的诸多问题和麻烦;但此时此刻,我们能做的,只有喜悦和热忱地接受这个奇迹。即使这个孩子是非婚生子,没有合法身份,那又有什么关系呢?无论如何,这也是天主和爱的馈赠。在这个社会里，私生子随处可见，天主一样会保佑他们，他们也一样有机会拜相封侯。既然天主将这个生命赐予了我们，那么他就是神圣的，天意像帮助空中的飞鸟一样帮助我们：如果我们渴了，天意便赐予我们水；如果我们饿了，天意便赐予我们食物。

我拉起卡特琳娜的手，又摸了摸她的腹部。她显然没有想到一个素未谋面的老人竟然会对她表达如此真诚的情感，但她还是尽力露出了一个微笑。看样子，她的产期已经非常近了，由于从佛罗伦萨一路到此舟车劳顿，她很有可能现在就要生，但也有可能还会等上几日。总之，必须立刻为她找到一个落脚之处，还要安排几个值得信任的亲朋好友为她提供必要的照料。产婆的事情由露琪亚来考虑，那个曾照顾她生下弗朗切斯科的产婆虽然已经上了些年岁，但还没到干不动的地步。不过，这个姑娘可不能与我们一起住在芬奇的市镇上。我们的房子不够大，维奥兰特夫妇已经跟我们住在了一起，现在皮耶罗也得回来住。不过，我想，这段时间皮耶罗一定想与他的女人住在一起，这也是人之常情。此外，这个礼拜是复活节前的"圣周"，镇上到处都是参加各种游行和仪式的人，来自佛罗伦萨的督政官及大量随行官员也会前往市镇。这样嘈杂的环境对卡特琳娜可不好，她需要安静的环境。所以说，卡特琳娜必须得在安奇亚诺落脚。

我示意车夫让马车离开大道，避开过往行人充满好奇的窥探，将车赶到村舍之间的空地上。提示人们唱颂《三钟经》的钟声响起，出现在那条通往圣路济亚教堂的路上的人逐渐多了起来。太阳很快就要落山了，奥尔索·贝内代托先生开始与教区的信众一一告别。我在人群中看到了奥尔索那熟悉的身影，还有他的妻子。他们就住在油坊附近。奥尔索夫妇很高兴见到我，我们相互拥抱问候。不过，他们既不知道我和皮耶罗为何来到这里,也不知道皮耶罗为什么要穿一身奇怪的行头,更不知道那辆拉着窗帘的马车里究竟有些什么。我挎着奥尔索的胳膊,用平时讲述我海外冒险经历的语气与他东拉西扯。亲爱的奥尔索是我最贴心的朋友,他一定知道我先前是如何对托梅先生苦口婆心,才让一度一意孤行的托梅先生同意放弃针对油坊的某些权益的,不知现在两个人相处得如何,油坊的情况怎样。今年的油产量非常不错,我们很乐意邀请他们夫妇前往芬奇市镇,两家人一起共进晚餐;或者我们也可以在海关人员的家中聚餐,像上回一样杀一局精彩的十五子棋;我还可以把他介绍给佛罗伦萨的某个大人物,让他以前所未有的高价把橄榄油卖给那个人。

我用这番话把奥尔索哄得满心欢喜。他的妻子已经打开了家门,我便挎着他的胳膊一同走了进去,证实了一个我原先就知道的情况:那间位于家宅尽头、厨房后侧的小房间依然是空置的,里面什么也没有。奥尔索夫妇正在备孕,但天主还没有赐予他们这一恩典。在那间屋子里,我让他们夫妇俩都停下了脚步,郑重其事地向他们说出了一件事,请他们二位一定帮我一个大忙,若他们帮了我这个忙,天主一定会在今生或来世为他们赐予恩典,我也将永远为他们效力。这个忙就是要收容一个可怜的女人,只需收留几天,至多两个星期就好。那个女人是一位年轻的孕妇,肚子里怀着一个可怜且无辜的孩子,她像"伯利恒的圣母"一样,不知可以去哪里安身。那个女人怀着的,是我儿子的儿子或女儿。我们必须帮帮他们,天主也会帮助我们的。

奥尔索和他的妻子真是好人,是比我还要心善的大好人。

此时,皮耶罗和车夫正搀扶着卡特琳娜,在屋外等待。我把他们唤进了屋里。奥尔索的妻子拿来了一条草褥,又抱来了一只旧羽毛枕,铺在那间小屋子的地板上,让卡特琳娜躺下。她让卡特琳娜把双腿分开,摆放成较为舒适的姿势,而后开始照顾卡特琳娜:她拿来了一些水,又拿来一块湿毛巾,搭在卡特琳娜发烫的额头上,说了些宽慰的话语——当这些话语从一个女人的嘴里对另一个女人说出来时,往往更加奏效。

作为男人,我和皮耶罗能做的也就只有这些了。当事情交到女人手上时,便会顺其自然地向前发展。奥尔索从一个口袋里拿出了一些从圣路济亚教堂聚餐上带回的食物给车夫吃,并让车夫睡在牛棚里,第二天再出发。我坐在厨房里,时不时用余光瞟一眼皮耶罗。只见他坐在地上,靠在卡特琳娜身边,小声说着些什么,想要安慰那个女子。此种状态是我以前从未见过的,我一度以为皮耶罗不具备爱的能力。

屋外,夜幕已经降临。然而,卡特琳娜还没有脱离危险,我们实在不敢在此时就赶回芬奇镇。此时,卡特琳娜已经缓过来了一些,腹部的疼痛也停止了。她喝了点儿温热的蔬菜汤,还喝了一杯葡萄酒,随后很快就睡着了。我们给她盖上了一条缝有绗线的旧棉被。奥尔索的妻子告诉我们不必担心,卡特琳娜的状况看上去还算平稳,只要避免过于激动即可。今晚,她会睡在卡特琳娜身边,一旦有需要,就会让奥尔索去叫我们。所以说,如果我们打算回家,大可以放心地离开。我看了看皮耶罗,他并不想与卡特琳娜分开。但是,如果没有他的陪同,我也走不了:屋外一片漆黑,山路又很陡峭,我一个人肯定会滚落到谷底的磨坊,让这把老骨头摔得粉碎的。况且,皮耶罗的母亲还在等他回家,若是过会儿还见不到我们,也一定会寝食难安。所以,我们只能先行离开,明天一早再来,顺便给卡特琳娜和这对收留她的好心夫妇带些好吃的。皮耶罗不情愿地站起身,在卡特琳娜的额头上吻了一下,他的动作非常轻柔,生怕将他的女人和腹中的胎儿从甜美的睡梦里吵醒。我们走出了橄榄树丛，一轮几乎满盈的圆月从身后的山顶升起。

★ ★ ★

谁能忘记公元1452年复活节前的"圣周"呢？那件即将发生的事情所具有的重要意义影响着我们的每一个细微举动，占据了我们的整个头脑。我们虽然人在芬奇，参加各种宗教仪式，但心思却在别处，在安奇亚诺。

我们进行的所有祷告、点燃的所有蜡烛都在为卡特琳娜和她的孩子祈福。除了祷告，我们还给她送去了许多食物，包括最新鲜优质的鸡蛋、最美味的里科塔羊奶酪，此外，我们还买了些有营养的瘦肉，露琪亚还准备了一个大蔬菜蛋糕。东西刚一准备好，我们就拔腿往安奇亚诺跑，拎着大包小包，还拿了些头巾和衣物。或许，"跑"这个词并不准确，至少我和露琪亚已经跑不动了，只能上气不接下气地尽力快步前行。家里十多年没有孩子出生了，这个即将到来的新生命让我们两个老家伙变得欢欣鼓舞，就像是迎来了第二春。说到春天，那年的春天可真美啊！以前，我们从没见过那么多燕子，也没有见过田野里盛开那么多的鲜花。这是生命的气息，生命复苏的气息。

露琪亚和我一样，并没有多问。不过，她对此事感到有些震惊，还有些害怕：她是唯一知道我前些天做的那个梦的人，除了她，我不曾对包括神父在内的其他人说起过那个梦。如今，我们已经不需要找人解梦了，它已经变成了现实。露琪亚已开始采取行动，准备迎接家中这个即将到来的孩子。她把产婆送到了安奇亚诺，直到夜里才返回芬奇镇。她很疲惫，但心情放松了许多：卡特琳娜的状态不错，已经完全从旅途的劳顿中恢复过来了；她腹中的孩子听起来也很强健，有时还会踢上几脚，估计是个壮实可爱的小家伙。

知道这个消息后，全家几乎炸开了锅，比梳毛工起义闹出的动静还要大。维奥兰特兴奋不已，一得空就带着她的丈夫去了安奇亚诺，其实，她那个怨天尤人的丈夫对此事根本不感兴趣。至于弗朗切斯科，他比姐姐还要高兴，几乎不敢相信自己才十六岁就能成为叔父。他悄悄告诉我，如果没人喜欢这个孩子，就把孩子交给他来养，他会带着小家伙去田间玩耍，让那个孩子按照他自己喜欢的方式在大自然中学习、成长，与动物一起奔跑、嬉戏。

自然，不久以后，这件事情就将不再是秘密了。在我们这个地方，又怎么会有秘密可言呢？由于这些天正值节日，消息在安奇亚诺传播的速度比平时更快：有一个身份不明的女子躲在托梅先生的油坊里；她是安东尼奥的儿子、年轻的公证员皮耶罗的女人；两个人还没结婚，但天主已经赐福于他们，给了他们一个即将出生的儿子；关于这个女子，人们只说她叫"卡特琳娜"，从佛罗伦萨来，其余信息一无所知，因为老安东尼奥一直在严格保密，避免更多的细节信息散播开来；据说，这个女子出身于一个重要家族，一个地位非凡的重要家族，重要到不能提及该家族的姓，因为这孩子是一个非婚生子。有些人想方设法绕开奥尔索的妻子的看护，从奥尔索家的厨房偷偷窥探，但凡见过那女子的人都说她容貌非凡，有着金色的长发和天空般湛蓝的双眼，甜美得好似画中的圣母。卡特琳娜老老实实地待在屋里，期盼着腹中的孩子降世。没有人听过她开口说话。毫无疑问，她不是一个公主就是一位贵妇人。

关于卡特琳娜的传闻沿着山丘上的一座座市镇从安奇亚诺一路传播开，传到了奥尔比尼亚诺的韦托利尼镇、芬奇镇及其周边乡村、斯特雷达的坎波泽皮镇和格雷蒂的圣多拿狄镇。一些好奇之人常常以上山打猎或前往圣路济亚教堂祷告为由，成群结队地在安奇亚诺的周边地带转悠。不过，他们能够找到的，要么是我，要么就是奥尔索或费拉雷的那只狗。后来，就连神父皮耶罗也发现乡亲们不再全心全意地关注天主受难和天主复活的奥义，而是有些心猿意马了。一天，作为邻居的他敲响了我那座位于芬奇市镇的家宅的门。我把自己知道的一切都告诉了他，几乎没有隐瞒。到目前为止，卡特琳娜的具体情况究竟如何，我也知之甚少。皮耶罗兴奋得忘乎所以，从来没有跟我解释过这件事情，我也还没来得及问他。于是，皮耶罗神父也就相信了我编出来的，并在安奇亚诺四处宣扬的那个故事：卡特琳娜是一个来自佛罗伦萨没落贵族家庭的神秘女子，与皮耶罗深深相爱，但因某些阻碍，尚且不能与皮耶罗成亲，但将来一定会尽快完婚。最后，皮耶罗神父也让步了，他同意与乡民们一道，帮助卡特琳娜生下孩子。此后，他将在他主持的圣安德烈和圣十字教堂为孩子进行洗礼。那座教堂离此地仅几步之遥，如此一来，我们就无须前往更远的圣多拿狄教堂了。

太好了，孩子的第一位教父人选已经确定了。现在，我们需要考虑其他参加洗礼仪式的宾客了。我拜访了芬奇镇的所有邻居以及在安奇亚诺的好友，他们都明确表示要参加洗礼仪式。这些人的社会地位与我差不多，这一次，我没有邀请来自外地的所谓头面人物。帕皮诺·迪·纳尼·班蒂是一个小地产主，他的父亲也卖坛子和家具，作坊就设在房子的一楼，挨着我的家。不过事实上，他父亲的祖籍在圣路济亚。梅奥·迪·托尼诺·马尔蒂尼也来自圣路济亚，本是种地的农民，如今住在芬奇镇。人称"马尔沃尔托"的皮耶罗·迪·安德烈·巴尔托利尼所属的家族同样来自圣路济亚，但如今住在广场附近，1426年，他才十五岁，就成了我儿子皮耶罗的教父，现在，他的母亲菲奥蕾正在安奇亚诺照顾卡特琳娜。铁匠纳尼·迪·文佐是我、梅奥和帕皮诺的邻居，他说他会带着他十七岁的已经出嫁的女儿玛利亚以及嫂子普雷维科内女士来参加洗礼仪式。此外,阿里戈·迪·乔凡尼·泰代斯科也会出席,他是里多尔菲地区的农场主,住在坎波泽皮,是布托家族的邻居。

露琪亚告诉我,她已经邀请了她所有的朋友及孩子未来的教母参加仪式。我发现,就在这几日,那些女人已经在陪着她跑前跑后,往返于芬奇和安奇亚诺,且都已经见过卡特琳娜了。她们都很喜爱那位姑娘,说她一定会生下一个小天使,还纷纷表示要第一个抱孩子,把他送到圣水池前。面对那些巡逻队般的妇女,我们又怎能拒绝呢?宾客的名单立马变长了:多梅尼科·迪·布雷托尼·迪·凯利诺的遗孀丽莎女士——多梅尼科是布托家族的另一个邻居,其家宅位于夸尔泰亚的芬奇小溪附近,她的祖籍也在圣路济亚;朱利亚诺·博纳科尔西的第二任妻子安东尼娅女士——她的丈夫是市场上的牲口商贩;巴尔纳·迪·纳尼·迪·梅奥的遗孀尼科洛萨女士——她的丈夫曾是一位住在普鲁诺圣母堂街区的富有的农民,与我那座位于科斯特雷恰的农庄属于同一地区。有意思的是,几乎所有这些人都是亲戚,向那个即将出生的孩子伸开双臂的人,几乎构成了一个大家族:尼科洛萨女士的两个女儿菲奥蕾和多梅尼卡分别嫁给了纳尼和人称"马尔沃尔托"的皮耶罗。好了,现在男女宾客的数量持平了:五位教父和五位教母。露琪亚感到甚是满意。

不过,卡特琳娜究竟是什么人呢?至少我想知道这一点。按理说,皮耶罗肯定知道她的身份。也只有从他那里,我才可能获取一些信息。卡特琳娜像是一个哑女,从不与人说话,只是以一种让人捉摸不透的方式露出甜美的微笑。有时,奥尔索的妻子会看见她闭着眼睛,用手摸着肚子,小声地哼唱一首不知什么语言的歌谣。我们想扶着她出门走走,但她走得非常困难，产婆也不建议我们让卡特琳娜进行任何毫无用处的运动。复活节当天下午，我和皮耶罗都留在了安奇亚诺，便趁此机会在橄榄树林里聊天。如今，我的这个儿子变得更加沉稳了。显然，回到芬奇和安奇亚诺让他的心情舒畅了许多，因为他发现无须为自己的女人而感到担忧了。不仅如此，圣路济亚的民众竟相对卡特琳娜表现出的关爱和保护着实令他有些惊讶——这种热情是他始料未及的。

多年的沉默寡言之后，皮耶罗终于向我这个老父亲敞开了心扉。他向我倾诉了他所有的隐秘的痛苦，此前，出于那该死的自尊心，他从来不曾向我吐露这些心声。那时的他总是将苦闷埋于心底，没有任何发泄的出口，只能将苦闷和怨愤积攒在内心深处。听完他的诉说，我证实了自己先前猜到的一切：他的生活艰难，经济拮据；被那些高高在上的老爷们呼来喝去，有时甚至拿不到报酬，还要面临大大小小的纠纷和骗局；此外，他还要与一些不可靠的人，如万尼和某个名叫多纳托·迪·菲利波的家伙打交道；要么便是为了几个小钱整日守在巴迪亚教堂的工作台前，等待某个落魄的客户上门；他活得非常卑微，经常被人瞧不起；在佛罗伦萨城里，他只能穿一件打补丁的公证员紧领长袍，而富人们则会当着穷人的面肆无忌惮地炫富；他只好去给女人和四壁空空的修道院撰写文书；后来，他痛苦地搬去了比萨，在那里待了很长一段时间。皮耶罗的诉说犹如一条涨满水的河流：他需要一股脑儿地把内心所有的鬼魅统统摆脱掉。

那些年里，他只见到了唯一的一束光：那天，在佛罗伦萨一幢阴暗的宅子的一间小屋里，他第一次见到了卡特琳娜。那个女孩儿那么简单、那么纯洁、那么明媚，她的灵魂像风一样自由。皮耶罗对她一见钟情，而她也立刻回应了皮耶罗的爱。在那以前，她从未与任何男人交往，一直保持着处子之身。听到这里，我以为皮耶罗说的是他此次让卡特琳娜怀上这个即将降生的孩子的情形。然而，事情却不是这样。早在三年前，他们就认识了。那时，他就曾让卡特琳娜怀上过一个男孩儿。后来，那个孩子一出生就被送去了孤儿院，皮耶罗则从佛罗伦萨逃到了比萨。去年夏天，他再次回到佛罗伦萨以后，居然在命运的冥冥之力的驱使下再次与卡特琳娜偶遇，当时，她正在格雷蒂地区所有田产的主人——弗朗切斯科·卡斯泰拉尼骑士的府上当乳娘。

乳娘？这么说来……没错，卡特琳娜是一个女奴，一个来自东方的、原本有着高贵血统的女奴。她的主人并不是卡斯泰拉尼骑士，而是佛罗伦萨的一位夫人：当她发现卡特琳娜第一次怀上了皮耶罗的孩子以后，便把刚出生的孩子送走，而后把卡特琳娜租给了骑士，让她给骑士的女儿哺乳。后来，皮耶罗与卡特琳娜重逢，两个人再次有了孩子，便在九个月以后逃离了佛罗伦萨。卡斯泰拉尼骑士是一位有些古怪的哲学家，这一次，是他帮助他们完成了逃跑的计划。一开始，他隐瞒了卡特琳娜怀孕一事，让他的妻子以为卡特琳娜还在继续给女儿喂奶。等到月份差不多到了，他便派自己的车夫把皮耶罗和卡特琳娜送到了这里，显然，他不能让卡特琳娜在他的府中把孩子生下来。

一重又一重真相接连浮出水面。原来，关于卡特琳娜的实际情况要比我想象的严重得多。皮耶罗一定比我更清楚他的行为会造成怎样的后果：他将无法继续从事体面的公证员职业，也无法获得任何公职，整个人生都将毁于一旦。根据佛罗伦萨于1366年颁布的相关律法，劫持他人的女奴或与他人的女奴有染，令其怀孕的行为将被认定为侵犯财产罪。罪犯不仅要被处以高额罚款，还要支付分娩产生的费用。若女奴平安产子，罪犯需要向女奴的主人支付相当于女奴身价三分之一的费用；若女奴死于难产，罪犯则需要按全价赔偿。至于孩子，将由父亲抚养，且其日后产生的所有费用都将由父亲承担："子之地位随父。"换言之，就算其母亲是奴隶，这个孩子仍算是皮耶罗的孩子，是拥有自由身份的。不过，我记得似乎从今年开始，由于我们神圣的总主教推出了"讨伐伤风败俗之举的十字军运动"，相关的法律变得更加严苛了。其中一条规定：违背女奴主人的意志，私自劫持或窝藏女奴三天以上者可被处以绞刑。卡特琳娜藏身于安奇亚诺的情形正与这条规定相符，难道镇上的一半人都要被绞死吗？另一条法律规定：进入他人房屋与其女奴发生关系者应支付一千枚里拉币的罚款。这正是皮耶罗的所作所为，就算我们卖掉所有的产业，也凑不够这个巨大的数额。这样看来，皮耶罗真是毫无生路，必然会死在"斯廷凯监狱"里了。

然而，他们为什么要逃到这里来呢？为什么不考虑像两年前那样悄悄把孩子送进孤儿院呢？因为卡特琳娜对皮耶罗说她绝不同意第二次抛弃刚出生的孩子。她向天主恳请的唯一一个恩典就是让孩子降生且拥有自由之身；如果有必要，她也能接受与孩子分离，但孩子必须以皮耶罗之子的身份在皮耶罗身边长大。此外，关于她自己，卡特琳娜也只向皮耶罗提出了唯一的要求，作为她对皮耶罗的慷慨的、不带任何算计和利益考量的爱的回报。她恳请皮耶罗在天主的成全下想办法让她获得自由。

卡特琳娜不容置疑的坚定选择让我想起了前半生的爱人维奥兰特。正是因为卡特琳娜的这个选择，他们才来到了这里：皮耶罗想要满足卡特琳娜的所有祈愿，他想把孩子养在自己身边，当然，这也是法律强制的规定，他不愿让这个孩子被送去孤儿院，重蹈先前那个孩子的覆辙。此外，他还想竭尽所能，为卡特琳娜争取一个自由身份。关于这件事，他说，若天主成全，若有那么一丝好运气，也未尝不会成功。虽然目前他还不知道该怎么做，但他一定能做到的。我了解我的儿子，但凡他内心笃定要得到的东西，他就一定能想办法得到。我会帮助他，我们所有人都会帮助他，也会全心全意地接纳他即将出生的儿子或女儿。于我而言，这个孩子不仅是我的孙子或孙女，也是我们家族这棵老树上萌出的新芽，是天主赐予我们的馈赠。

该给这个孩子起什么名字呢？这是一件需要慎重考虑的事情。由于他的非婚生子身份，我们不能使用家族内部的名字。如果是个男孩儿，那么需要被排除的名字就包括米凯莱、圭多、乔凡尼和弗罗西诺。皮耶罗告诉我，他和卡特琳娜已经选好了：是一位致力于砸碎锁链、释放奴隶的圣人的名字。他们希望这个名字能让卡特琳娜获得那种人人都渴盼的至高恩典——关于自由的恩典。这个圣人便是利摩日的隐修士、诺布拉克的圣伦纳德[1]。明白了，这位圣人也是我们在切雷托和芬奇当地供奉的圣人。无论是男孩儿还是女孩儿，这都是个好名字：孩子将像雄狮一样强壮，像火焰一样燃烧[2]。这个名字是自由的象征。他，或者她，将解救卡特琳娜。

★ ★ ★

由于安奇亚诺温和的气候和宁静的环境，卡特琳娜的产期似乎推迟了。复活节结束了，人们正在度过神圣的"卸白衣礼拜"。皮耶罗有些焦虑，因为这个星期六，也就是4月15日，有人正等着他返回佛罗伦萨起草一份官员任命名册，这是一个

---

[1] 在意大利文中，普通的男性名字"列奥纳多"与圣人"伦纳德"的名字拼写相同，均为"Leonardo"。
[2] 在意大利文中，人名"Leonardo"/"Leonarda"可以拆成两个单词："leone"和"ardo"/"arda"，分别意为"狮子"和"燃烧"。

重要的委托，他不能推辞。我俩在安奇亚诺那座农舍的门外待了好几个钟头，谁也没有说话。后来，皮耶罗还在那里过了一夜，睡在奥尔索的妻子给他准备的一个小房间里。

4月14日，星期五。午后时分，卡特琳娜的羊水终于破了，开始了痛苦的分娩过程。这个过程漫长而艰难：在接下来的几个钟头里，产婆一直想帮助卡特琳娜加速产程，但所有努力似乎都徒劳无果。胎儿太大，久久无法娩出。前来帮忙的妇人们时不时拿着沾染鲜血的毛巾从屋里走出来，个个疲惫不堪。而我们男人则被驱赶到了离屋子更远的地方。可怕的惨叫声不时传入橄榄树林。皮耶罗紧张得浑身发抖，不由得哭了起来，双手抱头，坐在地上。我站在他的身边，试图让他鼓起勇气。在我们身后的不远处，还有一小群邻居和好友，他们大多是圣路济亚本地人，还有一些是从芬奇赶来的。贝内代托神父也来了，他或许是担心卡特琳娜挺不过去，需要他处理临终之事。此时，他在尽力安慰我，说一切都将平安无事。为了分散我的注意力，他问我假如出生的是一个男孩儿，我们是否已经为孩子想好了名字。当听到"列奥纳多"这个名字时，他便让我全心全意向那位圣人祈祷，因为圣伦纳德也是分娩中的产妇的保护神，他所施行的最大的奇迹正是拯救了一位在丛林中独自分娩的王后。所以说，他也能保佑那些有可能因难产而夭折的小生命挣脱母亲幽暗的子宫，让小生命从被母体保护的状态转为自由的状态。说完，贝内代托神父便在树林中走来走去，嘱咐其他的妇女也一起虔诚地向圣伦纳德祈祷。

夜幕降临，我们的希望几乎完全破灭了。太阳落山以后，新的一天就算开始了。此时已是4月15日。屋里，卡特琳娜的喊叫声越来越弱，恐怕再过一会儿就会完全停止了。结果，到了夜里十点，寂静之中忽然传出一声婴儿的啼哭。门外的人们立刻相互拥抱，有的哭，有的笑。我也紧紧地抱住了皮耶罗，把他拽起来，朝房子的门口跑去。产婆走了出来，由于紧张和疲累，她已经完全没有力气了。她那满是鲜血的双臂之间抱着一个婴儿，一个男婴。她告诉我们，卡特琳娜没有危险，虽然为了把孩子生出来流了很多血，也耗尽了所有的力气，但至少还活着。皮耶罗不顾妇人们的阻拦，径直闯进了屋。他可能是躺在了卡特琳娜身边，因为当他出来时，身上也沾染了血污。众人在喷泉池旁为他清洗了一番，过不了一会儿，他就得提着灯笼，在督政官派来的一名男仆的陪同下步行前往佛罗伦萨了。他甚至来不及换一身衣服，就得赶紧上路。他将在步行一夜之后于第二天上午抵达领主宫，开始起草文书。

★ ★ ★

1452年4月16日，"卸白衣主日"。皮耶罗没在家，卡特琳娜的身体还太过虚弱，无法出行，抱孩子的任务就落在了我的身上。我在维奥兰特和弗朗切斯科的搀扶下，抱着襁褓里的孩子下山前往芬奇，让他接受洗礼。露琪亚走在我的身边，身后还跟着一群安奇亚诺的乡民好友。还好，孩子已经睡熟了。他长得漂亮、结实、胖乎、可爱。我听见几个妇人说："天主保佑，这孩子真是有福，一眼就能看出是个体格壮实的小家伙。"皮耶罗神父正在教堂前的空地上等着我们，与他一同等着我们参加洗礼仪式的，还有其他教父、教母和来自芬奇的亲朋好友。众人站在古老的石头喷泉前，听着神父念出那句用水拯救和净化灵魂的术语："我以圣父、圣子和圣灵之名，为你洗礼。"在神父不久前刚刚装帧完毕的大记事簿上，我写下了孩子的名字："公证员圭多·迪·米凯莱·达·芬奇之子公证员皮耶罗之子安东尼奥之子公证员皮耶罗之子列奥纳多。"

弥撒结束后，众人逐渐散去，我把孩子送回了卡特琳娜的

9 安东尼奥

怀抱。安奇亚诺和圣路济亚的妇女们在孩子出生的小屋子前摆好了长长的餐桌，款待宾客。前来贺喜的人非常多，其中的好些人我根本不认识，似乎先前也并没有邀请。法尔托尼亚诺的神父也带着他的女人和孩子们来了，高兴地与贝内代托神父和皮耶罗神父举杯庆贺。我的妻子露琪亚女士没有想到场面会如此热闹，喜不自胜。我也很高兴。不过此时，在经历了频繁的情绪波动之后，在经历了这两周接踵而至的种种情形之后，在经历了这几日打破小镇和我个人宁静生活的纷繁事件之后，我莫名地疲倦起来，感觉自己已经没有力气与周围的人一起热闹了。我想在橄榄树下那块光滑的石头上独自坐一会儿，在逐渐西沉于海面的夕阳余晖之中小睡一会儿。或许，我会梦见另一个时代，另一片大海。

夜里，我们下山回到了位于芬奇镇的家。露琪亚已经睡着了。我也想在她身边躺下，但此刻还不行，还有最后一件事情需要完成。我拿出了那本父亲留给我的年头儿很久的公证登记簿：关于这个奇迹般的孩子的出生和洗礼，总得有人记录下来。皮耶罗不在家，就由我来替他完成吧。我翻开登记簿的最后一页，那里还留有一处空白。这真是天意！上天让我在此处留出了一块空间。我拿起笔，在墨水瓶里蘸了蘸，开始记录。

"1452年。

4月15日夜里十时，我的儿子皮耶罗得了一个儿子，起名列奥纳多。参加洗礼的有神父皮耶罗·迪·巴尔托洛梅奥·迪·帕涅卡、帕皮诺·迪·纳尼·班蒂、梅奥·迪·托尼诺、人称"马尔沃尔托"的皮耶罗·迪·安德烈·巴尔托利尼、纳尼·迪·文佐、阿里戈·迪·乔凡尼·泰代斯科、丽莎·迪·多梅尼科·迪·布雷托尼女士、安东尼娅·迪·朱利亚诺女士、尼科洛萨·德·巴尔纳女士、纳尼·迪·文佐之女玛利亚女士以及皮帕·迪·文佐·迪·普雷维科内女士。"

如今,这一页也被写满了。我可以去睡了。

10
皮耶罗，还有多纳托

1452年11月2日，
在佛罗伦萨，圣埃吉德路

从见到她的第一眼开始，我就爱上了她。

三年前的夏天，我就在这间大厅里，就坐在这张桌子前，埋头查看一卷混乱的文档。忽然，我意识到身后有动静，是一阵沙沙声。于是，我转过身去：楼梯井中出现了她的身影。她是那么美，金色的头发束在颈后，头部微微倾斜，展现出一种自然、简朴而纯洁的优雅。微微荡起的"嘉姆拉"长裙下，是她赤裸的双足：左脚在前，立于石阶之上；右脚正要踏上台阶，脚尖尚未离开地板，而脚板和脚踝则已立起，几乎与地面垂直。时间在这一瞬停止，转瞬过后，她便消失不见了。

我似乎身处一片草地，是一个还不会走路的小孩子，身边的花草都比我高。一个女人张开裸露的双臂，想把白色的床单搭在晾衣绳上。在刺眼的阳光下，我只看见她赤裸的双脚：脚踝提起，悬于空中。随后，那个女人便消失在一座破旧农舍的墙缝之中。我认定自己遭到了抛弃，开始绝望地哭号。在被烈日炙烤的地面上，一只蜥蜴从草丛中穿行而过。

我不知道这个场景究竟纯粹是我的想象还是来自我对童年生活的最早的记忆。我只知道这一场景常常出现在我的梦境之中，尤其是在我独自生活的近几年。假如它确实来自真实的回忆，那么场景中的女人就应是我的母亲，而那幢农舍则是二十六年前我出生时住的房子。很奇怪，我不记得自己见过那幢农舍：在我六岁的时候，父母就搬到芬奇镇上居住了。关于乡下的田野，我的记忆也非常模糊。我从小就习惯待在家里，几乎可以说是害怕出门。我们那座位于市镇的家宅很小，也很昏暗。房子的窗户不多，房屋的后部面朝一座菜园，可以沿着厨房的楼梯下到院子里。少年时期的我又高又瘦，很少说话，宁可一个人待着，也不愿与妹妹维奥兰特和弟弟弗朗切斯科一起玩耍——他俩分别比我小六岁和十岁。维奥兰特出生后，我得知了一件事情：我两岁的时候，母亲还生下过一个弟弟，但那个弟弟很快就夭折了。那时，我似乎说了一句自己因为弟弟被天主带走而感到很高兴的话，母亲听了大哭起来，父亲则把我狠狠揍了一顿。

　　我与父亲的关系一直很疏离。我出生的时候，他已经五十多岁了。我们之间的差异很大，且这种差异不仅仅关乎年龄。他是一个喜欢与村民打成一片的人，爱与所有人聊天，向他们讲述自己年轻时的故事和冒险经历；他也非常乐于助人，总是借他人钱，即使有借无还也并不恼怒。当我们还小的时候，他常常与维奥兰特、弗朗切斯科和那只名叫"萨拉丁"的小猫玩耍嬉戏，却很少带着我，因为他觉得我与众不同，太过老成了。后来，他也明白我并不喜欢他讲的故事。不过，他知道我对他的某个时刻是感兴趣的，那就是他写字的时候。一次，他在书写的过程中发现我半躲在书桌下，仰着头，睁大眼睛看向他。他微笑着把我抱在怀里，将一支鹅毛笔塞进我的手里，给我讲了一个现编的寓言：从前，一只大胖鹅在院子里转悠，抱怨有人拔去了自己的一根羽毛，突然，它遇见了自己的那根羽毛，羽毛对它说："别抱怨了，你这傻瓜。我这根羽毛能让人们的话语在他们死后万世流传，而你却只能在被人烤成一盘佳肴后留下几根没有肉的骨头。"

如何才能让人们的话语在他们死后万世流传呢？父亲告诉我，要靠书写。他一边说一边将鹅毛笔插入一个名叫"墨水瓶"的小瓶子里，蘸上名为"墨水"的黑色液体，而后小心地将其"播撒"开来，落在一个又薄又粗糙的白色平面上，那平面名曰"纸"，犹如有待耕耘和播种的田地，而一行行文字则形同田地里的垄沟。

很快，父亲就开始教我识文断字。他先是教我认识了字母，而后便让我阅读和抄写他、祖父和曾祖父留下的文稿。起初，我试着模仿父亲的商务字体；后来，我在跟着神父上课时又读到了一些来自皮斯托亚或佛罗伦萨的教廷书信和谕令，便开始自创一种属于我的更为清晰和流畅的、介于商务体和文书体之间的字体。有时，父亲也会让我大开眼界。一次，他从自己的秘密保险箱里拿出几张老旧的稿纸，让我欣赏上面那些难懂的符号，他告诉我："我们所使用的文字和语言，只是这世界上众多的民族正在使用或曾经用过的众多语言之一。"

随后，他向我展示了这世界上最古老的文字之一——希伯来文，希伯来人就是用这种文字记录了他们的上主的话语和戒律，还有撒拉逊人的文字，他们也用自己的文字忠实地记录了真主传授给先知穆罕默德的真理。我的弟弟妹妹很贪玩，对文字书写丝毫不感兴趣。当我在努力练习时，他们的干扰总是让我感到厌烦。弗朗切斯科尤为讨厌，其捣蛋程度仅次于那只名叫"萨拉丁"的黑猫。那个有着锋利爪子的小恶魔总会从某个黑暗的角落里蹿出来，突然跳上桌子，打翻墨水瓶，让墨水溅在纸上，而它自己却毫不在意地逃跑了——反正它原本就是黑色的。

对于我们而言，书写是一种家族传统，一种持续了至少四代的寻常状态。我的祖父是公证员，他的兄弟和父亲也都是公证员。众所周知，书写是公证员的职业基础和职业工具。他们要把一切都写下来，从不间断地书写：没有被写下来的事物就是不存在的事物。从法律意义上来说，没有落实于纸面的事物就不具备真实的存在性；没有证词或印鉴的事情，也就无法被判定真伪。可惜的是，这么好的家族传统却被打断了——都怪我的父亲，他放弃了学业，头脑一热想要从商，在地中海沿岸混了一圈以后，两手空空地回到了家里，既没发展起事业，也没挣到钱。他不该这样的，不该离家出走，抛弃自己的父亲、家庭和家族的职业传承。我开始从内心里憎恨他，同时也逐渐做出了自己的决定：我绝不会当一个小地产主，在小乡村里苟且一生；我要重拾家族传统，成为一名公证员；我要离开芬奇镇，前往佛罗伦萨那座大城市。对于我来说，芬奇镇的天地实在是太小了。

我跟随神父学习了拉丁文文法，还记住了《圣咏集》《箴言篇》《智慧篇》和《德训篇》的若干片段。随后，我又开始自学一部曾经属于曾祖父和祖父的皱巴巴的旧书，父亲也曾翻过几页，但并没有多大收获。那本书便是博洛尼亚的罗兰蒂努斯·帕萨格里大师所著的《公证术大全》。

后来，父亲把我送往佛罗伦萨学习，准备参加公证员资格考试。那时，我的年龄还不大。由于经济拮据，我只好在一座半荒废的高塔楼的最高层租了一间小屋子居住，紧挨着那些最底层的平民百姓和奴仆。母亲努力用家里最好的布料为我制作和缝补衣服。她常常拆掉她的某件好衣服，将其改小，做成我的马甲和上衣，或是从流动摊贩那里买来一些廉价处理的袜子。尽管如此，我的穿着和言行举止还是能让人一眼就看出我是个乡下来的穷小子。与我一同学习的其他少年都是佛罗伦萨城里人，家庭非富即贵。他们经常把我当成嘲讽戏弄的对象，无情地捉弄我：折断我的笔，弄脏我的纸，在我的笔筒里塞粪便。面对此类情形，我只能默默地忍辱负重，努力学习所有的案例，把各类公文模板都记在脑子里。

刚一够条件，我就参加了由法官和公证员行会举办的公证员资格考试。该行会所在的"法官和公证员宫"位于行会主席大街，是一座离巴迪亚教堂和督政宫不远的高塔。举行考试的大厅墙面上绘有一系列关于语法、修辞和逻辑学科以及公证员行会和大诗人的主保圣人圣依华的湿壁画，天花板上则绘有城中所有街区和行会的徽章。这些装饰令我不由得心生敬畏。不过，更让我胆战心惊的，是那些眉头紧锁的考官：如今，公证员行会已被公认为佛罗伦萨社会最高层的行会组织，因此，他们将千方百计地进一步提高进入这一行会的门槛。行会的章程已经排除了犹太人、神职人员、非婚生子、初级教师、外国人和吉柏林派入行的可能。至于那些出身卑微的工匠后代和乡下人，考官们自然会想办法将他们筛出去的。

我没有通过第一次文法考试和合约考试。为了参加下一轮文法考试，我需要等待一年，合约考试则需等待三年。在第二次考试中，我遇到了比第一次还要严苛的评委会。该评委会主席由行会主席本人担任，其成员包括众多行会理事、顾问、博士和公证员。面对他们提出的大量与拉丁文文法和公证业务相关的问题，我简直如坐针毡。这一次，我又落榜了，只得再等一年。在第三次，也是最后一次参加行会考试的过程中，我终于在笔试和面试中交出了令各位评审满意的答卷，探讨了两份合约的形式和内容，并完成了一份文书的草稿拟定。通过考试后，我宣誓入行。我的名字被载入公证员登记簿，双手也领到了从业许可证书。就这样，我终于获得了"帝国授权之佛罗伦萨公共事务公证员和常任法官"的头衔。

我首先需要做的，是为自己设计一个用于证明签名有效的印鉴。我这人写字很厉害,但画画却很糟糕。我没什么想象力,想必将来也生不出会画画的孩子。我是一个讲究法律和秩序的人,不是当下那种自由散漫的画师。在费尽九牛二虎之力后,我画出了一座倾斜的山峰,它与家乡的那座蒙塔尔巴诺山颇有些相似。图案内部是我名字的首字母"P",上方刺下一把饰有松果和十字架的剑。一把刺入岩石的剑这一形象或许是来自我早年读过的某一则故事吧。

我用所剩无几的弗罗林币从拍卖行买入了一件二手紧领长袍(它原本属于一位死于鼠疫的公证员),又从文具商那里买了一些必要的从业工具:笔、裁纸刀、削笔刀、墨水瓶、墨水等。当年,我二十三岁。在帮助一位有经验的公证员处理了几桩实际案例后,我终于开启了独立执业的冒险历程。1449年的3月至4月,我一直在比萨和佛罗伦萨之间频繁往返。

在接下来的几个月里,我没有在自己的第一个记事簿上写下任何记录,因为我几乎没有从最初处理的几件业务中获得任何收益。我没法儿继续这样活下去了:一大清早就跑到巴迪亚教堂的院子里,或是在卫队长宫附近转悠,等待有人召唤我去见证某些钱款的动向。我感到自己就像是一个等待顾客上门的妓女,像我这样找不到活儿干的年轻而潦倒的公证员太多了。于是,我回了一次芬奇镇。母亲为我缝补了那件二手长袍,又给了我一些钱——那是父亲通过出售家里的一些小型产业换来的。父亲不想让我知道实情,总是让母亲把钱交给我。其实,我心里什么都明白,也不再记恨如今想尽一切办法帮我的父亲。不仅如此,几年以来,我一直试图帮助父亲处理那些他无力继续跟进的琐碎事务,例如填写税赋登记声明并提交至相关部门。

后来,我接受了一个老银行家的邀请,重返佛罗伦萨。

此人名叫万尼·迪·尼科洛·迪·万尼·韦基耶蒂，是一个有名的高利贷商人。他允许我租住在他家的一个房间里，作为回报，我要为他提供专业服务：除了整理数不清的文书，还要开始为他准备遗嘱。他说尽管自己才七十岁且身体健康，但还是打算从此时开始考虑遗嘱之事。与佛罗伦萨的许多人一样，他也担心新上任的总主教安东尼诺将如传言所说，针对他的财产实施某些行动。当这个安东尼诺还只是圣玛尔谷修道院的一位普通修士的时候，他就曾在布道台上怒斥放高利贷这一严重罪行。如今，针对这一罪行，他不仅继续斥责，还采取了实际行动：驳回遗嘱，没收立遗嘱人的财产，将其作为非法收益加以售卖，将售卖所得分给穷人及高利贷的受害者。对于此种"讨伐伤风败俗之举的十字军运动"，万尼先生相当反感，因此打算及早防范。我既然没有其他工作可做，也就答应为他效劳。

万尼是一个奇怪的人。他的父亲是一个木匠，不过，由于他什么业务都涉及，什么都敢许诺，所以得了一个"万金油"的绰号——事实上，这一特点是他从父亲那里继承来的。按照万尼自己的说法，他一无所有，他的税赋登记声明上只有长篇累牍的抱怨之言。但实际上，他是一个有钱人，不过他的钱财都是通过放高利贷赚来的。为了获得天主的宽恕，他不仅公开施舍穷人，还成了神殿十字架玛利亚善会（又称"黑袍兄弟会"）一位热心的弟兄，常常护送死刑犯前往刑场赴死。

万尼家住在吉柏林大街，属于车轮旗区圣十字街区的圣皮埃尔·马焦雷居民区。他的家宅很大，后侧还附带着一片朝向城外圣保古昌大街的空地。不过，他并没有好好打理那幢房子，杂乱的物品堆得到处都是——其中不乏珍贵的东西，可能是从那些还不起债的绝望之人那里强行搜刮来的。

他的家很混乱，人员复杂，看上去根本没法儿组成一个真正的家庭。天主似乎与这个糟老头子有仇，多年未曾恩赐他一个子嗣。所以，他又娶了一个比他年轻三十岁的妻子——阿尼奥拉女士。可惜的是，阿尼奥拉也没有为他生下一男半女。阿尼奥拉属于那种一门心思想嫁给富有的老年男性的女人，为的就是继承近在眼前的遗产，享受身为有钱寡妇的自由。此外，这个女人还继承了她的娘家——班迪尼·巴隆切利家族的高傲做派。这个家族与帕齐家族一样，恨透了美第奇家族，发誓要将其置于死地。总之，万尼和阿尼奥拉只能把那个五十来岁、一瘸一拐的侄子皮耶罗·迪·贝尔纳多当儿子来养。此外，他们还收养了一个名叫多梅尼科·迪·纳尼的养子，当年，他们在穆杰洛的奥尔米圣母堂捡到他时，他还是个十二岁的放荡少年。万尼拥有的最优质的田地就位于穆杰洛。此外，他在那里还拥有一座大宅子。有传言说，那个孩子是他与当地农妇生下的私生子。除了上述几个人，万尼家还有一位家庭教师，那个家庭教师除了给多梅尼科上一些文法课，就喜欢在厨房周围转悠，打发闲暇时间。同样喜欢进出厨房的，还有万尼的其他子侄和亲戚，他们都是从乡下来的，生活极为贫困，经常饿肚子。对了，我差点儿忘了万尼家的最后一个成员：一位名叫"卡特琳娜"的女子，她是家中主母阿尼奥拉女士的专属女奴。

最后，我也住进了这幢房子的阁楼里，与这个家里的疯子们一同生活。这房子原本挺漂亮，但由于空间没有被利用好，显得十分沉郁。我想，假如这房子属于我，我一定会让它变得光彩照人，让其中洋溢着我的女人给我生的孩子们的欢声笑语。说到我的孩子，他们一定都是受到天主赐福且得到人类社会法律认可的婚生子，而不是那些来路不明，最后被扔进孤儿院的野种——那种孩子都是男人与底层女子或女奴发生肮脏的肉体关系的罪恶产物。不，我对自己发誓绝不会犯那样的错误——正如《圣咏集》的开篇之句所言，"有福之人不随从恶

10 皮耶罗，还有多纳托

人的计谋"。

然而，对于我们的傲慢言行，天主的惩罚总会在不经意间降临。那惩罚总是十分可怕，让你瞬间明白当自己面临诱惑时是多么脆弱，多么无力。如通常发生的情形一样，那一次，罪恶或魔鬼以天使般美丽优雅的美好形象出现在了我的面前，或许，我应该说，出现在我面前的确实不是恶魔，而是真正的天使——她将我从自我的束缚之中拯救和释放了出来。每当我想到这个故事，这个属于我自己而非我们的故事，总会以一种混乱的方式开始思考，却总也理不清那些真实发生的事情，无法像处理公证业务时那样，从抽象的事件中理出头绪，而后使用严谨的公证术语将其写入关于我人生经历的公证摘要之中。不，这是不可能的。当你的内心六神无主，双腿颤抖，无法说话，无法呼吸时，你便不可能考虑其他，甚至夜晚也无法入睡。

夏季再次到来。这是一个难熬的夏天，尤其是在我那间狭仄的阁楼里，那里闷热得令人喘不过气来。此外，瘟疫也卷土重来，最初的病例似乎来自乡下，也有可能是某个士兵。出门时，我总会用一块浸有麝香水的手帕遮住口鼻。佛罗伦萨城里的生意并不多，原本的潜在客户不是出城避难，就是消失不见或撒手人寰了。万尼想到了他的一个老朋友，一个像他一样专门从事坑蒙拐骗之事的人，便把我派了过去，让我帮助那人整理某些文书。那人名叫多纳托·迪·菲利波·迪·萨尔韦斯特罗，住在不远处的圣埃吉德路，比新圣母医院远不了几步路。据说，他从前曾是个银行家，还在威尼斯开过金箔作坊，后来，他败光了所有的财产，灰头土脸地回到了佛罗伦萨——至少传言是这么描述他的。万尼很了解多纳托，坚信他一定还持

389

有一笔税务机构并不知晓的巨额财产,很有可能隐藏在某些带有长期利息的信用证券或债券之中。

多纳托是一个与万尼和我父亲年纪相仿的老头儿。不过,他身体很差,仿佛遭遇过某种严重的创伤,且那创伤在他的身体和灵魂之中留下了永久的痕迹。事实上,他的脑子已经不太清楚了,言行举止都像是一个迷失在自我幻想里的孩子:在他偶尔清醒的时刻,他会说出一些令人惊讶的事情;而后,他的注意力便会再次游离,用迷茫的眼睛凝视着眼前的空白。无论是要听懂他所说的那些基本不靠谱的事情,还是忍耐他长时间的沉默,都非易事。他的文书比万尼的文书混乱得多;更糟糕的是,那些文书都与威尼斯那个遥远的社会和世界有关,而我,既不了解那里的传统,也不了解那里的风俗。

从我第一次前往多纳托家起,我就注意到他的第二任妻子吉内芙拉女士总是跟在他身后。吉内芙拉女士比多纳托小三十岁,长得又矮又胖,像狼狗一样监视着我们。我总能感觉到一种审视的目光落在我的身上,紧盯着我,防止我私下让多纳托签署任何文书:多纳托的去世之日不会太远了,而吉内芙拉女士绝不会让遗产中的任何一枚弗罗林金币以遗产承诺或赠予的形式流失出去。不过,我总有一种感觉:吉内芙拉女士严格看管的并不仅仅是她的丈夫及其似有若无的巨额财富。在那个家里,应该还有什么东西被吉内芙拉女士视作珍宝,被她小心地看护着。

我清楚地记得那一天。

当时,我就在那间大厅里,就坐在那张桌子前,埋头查看一份混乱的文档。天气越来越热。我一个人待着,多纳托踉踉跄跄地去清空自己的膀胱了。

在一个瞬间,出现了一个幻象。我听到有人光着脚,轻轻

10 皮耶罗，还有多纳托

走在石板上的声音：那是宽大轻盈的衣服掠过石板发出的沙沙声，那件女奴制式的衣服刚刚遮住穿着者的胸口。我看见一道光晕，闻见一股来自娇嫩的皮肤的清香，那气息盖过了霉迹斑斑的文书所散发的腐朽的气味。

自那天起，我就顾不得考虑其他的事情了。我千方百计地寻找理由，不断地前往多纳托家，直到有一天，我的期盼变成了现实：吉内芙拉女士放松了对我的监视，出门去处理她手头的事务了。我让多纳托待在桌前，专心地玩弄裁纸刀和削笔刀，而我自己则像蜥蜴一样，溜到了楼梯井。当我沿着狭窄的螺旋楼梯向上走时，心脏怦怦乱跳。汗水把我的紧领长袍和衬衫粘在了一起——只要能脱掉这身衣服，让我干什么都行。我来到了一扇虚掩的小门前。她在屋里，背对着我，靠在窗台前，沐浴在阳光之中。她似乎是在凝视眼前的美景——位于屋后的圣雷帕拉塔堂的圆形大屋顶。她的手扶着窗框，手指上一枚小小的白镴戒指闪闪发光。

她应该察觉了我的到来。她惊讶地转过身，看见一个穿着红色长袍的又高又瘦的年轻人正魂不守舍地盯着自己，感到有些害怕。我们的目光第一次交汇，我便迷失在她那双如天空般湛蓝的眼睛里。我不知不觉地向她靠近。她张开嘴，准备大喊。我立刻停了下来，跪在她的脚下，用微弱的声音问她是否可以解开头绳，让头发披散下来。她的紧张情绪有所缓解，便坐在床边，解开了脑后的头绳，让瀑布般的金发披散在肩膀和后背上。我颤抖着问，可否摸一摸她的头发。她同意了，闭上了眼睛。我也闭上了眼睛，幻想着自己在用手摆弄和缠绕母亲的头发。当再次睁开眼睛时，我发现眼前见到的并不是母亲，而是一位女神雪白的胴体。

后来发生了什么，我一点儿也记不起来了。我做了什么，或者说有人让我做了什么；我的身体做了什么，或是我们合二为一的身体做了什么，我全都记不起来了。那是一股比我们更大的不可战胜的驱动力，让我们的灵魂飞出了窗户，自由地飞到了天上。这是我的第一次。我的内心充满恐惧，我一醒来就发现自己在她的怀抱里，而她也在我的怀抱里。床单上的血污告诉我，她是处女。

我逃跑了。后来，我一次又一次地返回：我们的身体相互交缠，彼此深爱。身体用自己的语言说话，我们的灵魂则通过身体的语言交流。不过，我俩之间却从未说过话，后来，我才意识到，我甚至不知道那个将我从自己的身体和恐惧中释放出来的天使叫什么名字。我居然从来没有问过她。与此同时，我萌生了逃跑的想法：我在这座房子和城市里犯下了淫邪之罪，这里让我感到羞愧，也让我心生恐惧。我知道，老天的惩罚是从来不会迟到的："上主啊，求你不要在震怒中责罚我，不要在气愤中惩戒我！"

我惧怕的不仅仅是天主的审判。我非常清楚自己的行为也触犯了人类社会的法律：骗取他人财产者将遭到严厉的惩罚，尤其是被骗取的财产遭到了损害——哪怕是部分的损害。我确信那个姑娘是一个女奴，女奴就是一种私人财产，一种与绫罗绸缎无异的珍贵的商品。假如那个姑娘遭到了"损害"，也就是怀上了身孕，那么我将罪加一等。再者说，即使我所经历的确实是真爱——我的疯狂的心回答说那就是真爱，那也是一段不可能持续的爱情。假如我坚持继续那段爱情，其实，那种感觉哪怕只是想象一下就足以令我痴狂，那么它将毁掉我的整个人生。

关于此事，我不曾向万尼提过只言片语。他强迫我留在佛罗伦萨，对我来说，这是一种无法言说的折磨。终于，他于9月19日在"天神之后"教堂的阿尔伯蒂家族小堂当着诸位卡马尔多利会修士的面严肃地宣读了自己的遗嘱。接下来，我还要将这份遗嘱用俗语再写一遍。不过，当时的我已经心不在焉，完全顾不上那些杂七杂八的事情了。

好在我还是圆满地完成了自己的任务。或许，我的手和笔已经不用听大脑的指挥，可以自行完成那些工作了吧。万尼想要对我表示感谢，或许是因为他把我也看成了他某种意义上的儿子，他从来没有过儿子，也没法儿把他的傻侄子或那个乳臭未干的养子当成真正的儿子。11月29日，他将我召回了佛罗伦萨，命我在遗嘱中添加了一系列让阿尼奥拉女士火冒三丈的追加附言。毫无疑问，万尼对他的这位妻子并不信任。根据此次追加的附言，我将与阿尼奥拉女士和万尼的侄子共同享有位于奥尔米教区的产业的用益权，尤其是那幢位于吉柏林大街的房子的用益权。在我看来，这简直令人难以置信，我并未对此事寄予太大的希望，阿尼奥拉女士一定不会轻易放弃这部分财产的。不仅如此，外界已有传言：对万尼的经营行为了如指掌的总主教已经对他留给热罗尼莫会修士的产业产生了怀疑，也已经开始进行调查，试图推翻其遗嘱的效力。不过，此时的我已经顾不上这许多了。我只想逃离佛罗伦萨：每当我从圣雷帕拉塔堂的圆形屋顶经过，或仅仅是从远处看上一眼时，就会想起自己在圣埃吉德路的那间小屋子的窗户里看到的大大的圆形屋顶，想起那个将我释放、教我飞翔的天使。

12月，我去了比萨，那里需要一些对薪资要求不高，也不抱其他奢望的年轻公证员。自从被佛罗伦萨打败以后，比萨越来越屈从于佛罗伦萨的直接统治，原先的领袖阶层也逐渐丧失了权威，要么被排挤，要么干脆离开了比萨。如此一来，我们佛罗伦萨人就获得了巨大的发展空间，来自佛罗伦萨的督政官、卫队长、行政官员、特派员、办事员、海关官员、税收官、商人、工匠、工人以及公证员蜂拥而至,涌入了这座一度因海上霸权而风光无限的城市。我们按照布鲁涅莱斯基的图纸,在比萨南部的钦齐卡街区建起了新的堡垒。那座堡垒离阿尔诺河很近,便于监控斯皮纳和海上的桥梁。事实上,我们佛罗伦萨人总是封闭在自己的小圈子里,对比萨人始终心存芥蒂,因为比萨人对我们是恨之入骨的:为了兴建堡垒,我们拆除了圣安德烈医院以及九十户居民的住宅。我埋头工作,用一份又一份文书填满了我的公证登记簿。这样的状态持续了一年多,直到1450年底,也就是1月①才结束。在那期间,我只回过几趟芬奇。关于我前往比萨工作一事,只有父亲感到高兴:对于他来说,这是一个再次唤醒他年轻时的记忆和故事的好机会,他可以滔滔不绝地向我讲述自己年轻时从比萨港出海向西航行的冒险经历。

然而,他讲的故事我根本没有听进去。我的脑海里,一直萦绕着另一件事情,让我不得安宁。此时,我已经不再只是自私地担心我自己了,也不再去懊悔先前因为一着不慎而对自己的职业生涯和整个人生造成的危险。不,在逃到比萨的那些日子里,我所牵挂的,只有那个姑娘。

她怎么样了?假如她怀孕了,她将会付出怎样的代价去承担那可怕的后果?根据法律和习俗的规定,她是一个生活在社会最底层的人,她只是一个奴隶,一个女奴。她一个人将怎样独自度过孕期,独自面对分娩的焦虑和痛苦呢?她很可能已经不在人世了:仁慈的死神合上了她的双眼,结束了她的痛苦。不过,假如她真的生下了一个孩子,那么孩子的境况又将如何呢?他会被遗弃在什么地方?我的天主啊,那个孩子是我的孩子。我怎能那样抛下他,丝毫不去承担做父亲的责任?最让我

---

① 按照15世纪佛罗伦萨的纪年方式,新的一年始于3月25日。因此,1月是一年的年末。

感到痛苦的，是我居然不知道那姑娘的名字，甚至不能在孤独的时刻呼唤她的名字，为她祈祷，不能请求圣母玛利亚保佑她和她的孩子——我们的孩子。

1451年，当我重返佛罗伦萨时，我当然没有忘记那姑娘，我是永远不会忘记她的。然而，尽管我在比萨的职业生涯发展得十分顺利，却也必须面对另一个痛苦的事实——生命的河流不停地流淌，已将我们二人永远地分开了，我可能再也不会见到她了，她将成为我心中永远无法抹除的记忆，我将铭记环绕在她周身的光芒，铭记她那接纳了我的身体，铭记她的双眼。我知道自己再也见不到她了，但即便如此，我在内心深处也仍然坚信我们是不会被任何力量分开的。

佛罗伦萨的瘟疫已经退散，一个崭新的春天即将到来。我回到了万尼的宅子，但那里的气氛却变得凝重了。阿尼奥拉女士不再与我打招呼，他们的瘸腿侄子和养子也是如此。女奴卡特琳娜似乎对万尼的侄子产生了兴趣，想抓住机会获得自由之身，没准儿还想嫁给他为妻。3月16日，万尼在他的遗嘱中添加了最后一条附言。他的身体很虚弱，几乎卧床不起，焦虑地等待临终时刻的到来以及与另一个世界的审判官的会面。他害怕听到总主教针对放高利贷者说出的最后的威胁之语。他也不想再次穿上"黑袍兄弟会"的长袍，并且拒绝出席一个可怜的医生的行刑现场——由于被控宣传伊壁鸠鲁思想，那人被判处了火刑。

自3月起，我就开始在一些重要的场合撰写公证文书了。那是一些位于城市地理中心和权力中心的场所。例如，我挂靠在公证员皮耶罗·迪·加利亚诺的工作室名下，开始在巴迪亚教堂办公；与此同时，得益于老万尼的引荐，我也为"天神之后"教堂服务。此外，我还在督政宫执业。不过，我揽到的业务并不多：四个月总共才撰写了六份公证文书。每当在巴迪亚教堂的廊拱或领主宫的庭院里等得无聊时，我便会前往各类作坊和仓库闲逛。

我最喜欢的，是位于"文具商街角"的那些作坊。我喜欢闻刚刚从造纸厂送来的新鲜纸张的气味。纸是我的主要从业工具，但可惜的是，好的纸张价格太高，是我目前负担不起的。虽然买不起，但我至少可以翻一翻，闻一闻，摸一摸，感受它们的纹理。纸是一种有灵性的材料，从旧布头和兽皮转变而来，又通过文字这种魔法重获新生。

我逆着光线，查看纸张上的水印，试图猜出它们在抵达这张售货台以前曾经历过怎样的旅程，又是哪条河的水流曾经浸泡过它们的"肉身"——是科莱的埃尔萨河、卢卡的塞尔基奥河、瓦尔迪涅沃勒的佩夏河，还是法布里亚诺的吉亚诺河？想着想着，许许多多想象中的形象出现在阳光下，熠熠闪动：我们佛罗伦萨的百合花、带有三叶花饰的十字架、巴西利斯克怪兽、牛头、车轮、主教冠冕、美人鱼，如此种种。在父亲带回的阿拉伯人制造的纸张里，就没有这样的水印。除了普通纸张，作坊里还出售用于撰写原始文书最终定稿的羊皮纸。这种纸需要精心挑选，若没选好，就没法儿在纸张的"肉面"①上顺畅地书写，墨水也会完全洇开。只有在客户支付纸张费用的情况下，我才会购买这种纸。文具商贾尼·迪·帕里吉是一个心善的好人，从不与我计较，他让我随意摆弄货品，还允许我赊账。尽管他知道我常常什么都不买，或最多只买一令最便宜的文书处用纸——那种卖给香肠奶酪店老板和税赋登记处官员的纸张，但他依然欣赏我作为行家的态度。有我在作坊里，往往

---

① 羊皮纸的两面分别称作"皮面"（长毛的面，留有毛孔颗粒的痕迹）和"肉面"（贴着皮下的面，留有腺体的纹路，比较粗糙）。书写首选在"皮面"上进行，但若想将若干羊皮纸装订成一整本抄本，也可以双面书写。

能吸引更多有钱的顾客好奇地驻足。

再往前走，就到了韦斯帕夏诺师傅的作坊。在那里，我可以满怀景仰地欣赏和触摸一些我可能永远都买不起的奇珍异宝——用如今流行的仿古字体撰写的羊皮纸手稿。那些手稿装饰有精美的线条和白色的花叶图案，绘有作者肖像，配有插图。在这间作坊里，我要非常小心：每逢有科西莫·德·美第奇或吉安诺佐·马奈蒂这样的大人物光临，我就要随时恭敬地让出位置。有时候，韦斯帕夏诺师傅会把我赶出店铺，嘟嘟囔囔地抱怨，说我毁了他的"小宝贝们"——他对那些书籍的昵称。还有的时候，我甚至都无法走到那些书籍旁边，因为那个位置会被一位身穿短装的高贵骑士占据，他便是弗朗切斯科·卡斯泰拉尼大人。他住在街道尽头那座位于阿尔诺河畔的形似城堡的大宅子里。他从街头经过，有谁会认不出呢？有一次，理发师戏谑地向我展示了他的特征。从那以后，我也一眼就能认出他帽子上插的那根鹦鹉羽毛了。

一天，我鼓起勇气，谦卑地向他躬身问好，并表示自己愿意为他效劳。让我极为惊讶的是，他居然回应了我，尽管那是一种自上而下的不屑的回应，但他的确回应了我，甚至还与我交谈了一番。他问我是哪里人，在知道我来自芬奇以后，他又问我是否认识这个人或那个人。随后，他像打开了一个新世界的大门那样惊喜地发现我居然认识那里所有的人，而我的父亲更是对芬奇、索维利亚纳、格雷蒂的圣多拿狄、切雷托和恩波利的情况了如指掌。卡斯泰拉尼骑士在那片乡村地区拥有多处产业，由于牵涉太多纷繁复杂的继承、租赁、税务和边界事务，连他自己也弄不清究竟有多少产业了。总之，他需要一位来自当地的年轻公证员来为他处理相关事宜，按照他的话，只有一个像我一样精明能干、能够处理大事的公证员才能配得上像他那样尊贵的骑士。我简直不敢相信他的话，我居然能为尊贵的卡斯泰拉尼骑士效力。或许,他会像所有那些大老爷那样,根本不支付我费用:万尼就从没向我支付过酬劳,只是让我免费住在他家;多纳托也假装他的头脑不正常,从未提过此事。不过,一位像卡斯泰拉尼一样的骑士,家里一定不缺珍贵的布匹。对他来说,送我一身全新的公证员紧领长袍,那还不是小事一桩吗?

卡斯泰拉尼骑士直接把我领回了他的城堡。他让我上楼,进入了他位于二楼的书房,而后轻蔑地将一大堆文书杂乱地扔在桌上。我一看就能明白,他从未查阅过那些文书:他厌恶那些事务,认为它们让他无法专心地从事骑士该做的事情。后来,他居然让我一个人待在书房里,自己则走到旁边的一间屋子里去了,还非常大意地忘了关紧门。我承认,像其他所有公证员那样,我也有不专心干自己的事、专门偷窥那些不该偷窥之事的坏习惯。我试图用余光窥探那两扇绘有彩绘图案的门扇之间的情景,但只能看见一点点。那间屋子里传出了一些奇怪的声音,更加引起了我的好奇,同时也唤起了我童年时期的模糊记忆:维奥兰特刚出生时,我也还是一个小孩子,但我不得不从母亲身边离开,因为她要把所有的情感都倾注在那个小小的不速之客的身上。

后来,我站起身来,走到门边,从门缝里看到了一切。那间屋子里有一张高高的大床,床头上绘有图案。一位年轻的女子正在给一个孩子喂奶,她的手还牵着另一个女人的手。我立刻认出了那个哺乳的姑娘:我认出了她高低起伏的胸部,认出了她金色的头发。我觉得在那一瞬间,她也抬起蓝色的大眼睛看向了我。怎么会是她呢?不可能!她怎么会像幽灵一样出现在此时此地?

我跟跟跄跄地后退了几步,重重地跌坐在椅子上,双手紧紧地抓住了扶手。所有的血液都在瞬间流回了心湖。我感到双

10 皮耶罗，还有多纳托

手冰凉，呼吸困难——这便是卡斯泰拉尼骑士回到书房时我所处的状态。我遮掩了一番，终于从失态中调整过来。我告诉骑士，文书太过杂乱，需要多来几趟才能整理清楚。或许，我还有必要返回芬奇，前往当地核实一些情况。总之，在一番词不达意的道别过后，我从狭窄而陡峭的楼梯一路逃窜，差点儿崴了脚，从楼梯上滚落下去。逃出城堡后，我不知该去哪里，便靠在了河边的一堵矮墙上。在那一瞬间，我甚至萌生了投河自尽的念头。我看向上方的窗户，似乎看到了一个人影在垂直的玻璃后方注视着我。我感到自己濒临疯狂，双手抱着头，失声痛哭。

第二天早晨，我又来到了卡斯泰拉尼骑士的城堡，坐在他的桌前。骑士接待了我，随后便离开了。城堡里似乎没有人，就连那位应该是他夫人的女士也没在家。我机械地翻阅着文书，却一个字也看不进去，只是焦虑地等待着某些事情的发生。而后，事情的确发生了。不知是什么时候，也不知是从何处，总之，我发现她现身于一个角落，正默默地看着我。我没法描述她的目光：没有指责和怨恨，却也不饱含喜悦，而是流露出一丝忧郁和一丝认命后的痛苦。她应该是在头一天从床上看见并认出了我。我们对望了片刻，她转过身去，走进了一扇专供仆人使用的门。随后，她再次回头看向我，似乎是想让我跟上她。我站起身来，跨过门槛，走上台阶。我一直爬到了屋顶，来到了位于两座小塔之间的屋顶平台。平台上晾晒的床单如船帆般迎风飘展，阿尔诺河的河水从平台下方流淌而过。

她在那里等着我，仍旧未发一言。我只对她说出了短短几句话，试图请求她的原谅。她用一个问题回应了我的请求：先前我不辞而别，甚至连招呼都没打就抛下了她，那么此刻的原谅意味着什么呢？我不应该请求她的原谅，而应该请求我的孩子——我们的孩子的原谅。当年,她刚刚生下那个孩子,就被迫与他分开了。如今,我们已经永远地失去了那个孩子。听了她的一番话,我跌倒在地,蜷缩在墙根,像个孩子一样哭了起来。她见状走到我身边,一边轻抚我的头一边问我叫什么名字。我抬起头,用满含泪水的双眼看着她,说出了自己的名字。她也告诉我说:"卡特琳娜,我叫卡特琳娜。"就这样,我们四目相对,相顾无言。身边的床单如同船帆,就快要被风吹跑了。

从那天开始,我们几乎天天见面。我努力为卡斯泰拉尼骑士工作,也常常返回芬奇。此外,我也会帮年迈的父亲撰写税赋登记声明,而后亲自将其呈交至佛罗伦萨的相关部门。直到我亲耳听到父亲念出一条条名目时,才意识到他为了供养我,曾变卖了多少农庄和产业。在城堡里,我和卡特琳娜可以非常自由地交往。骑士根本不见人影——他不是躲在地下室里,就是在街边的金匠作坊和丝绸作坊附近转悠。他的妻子只会在需要给孩子喂奶时才召唤卡特琳娜,一天也就一两次。那孩子已经一岁多了,正处于断奶期,莱娜女士便让卡特琳娜生活在完全自由的状态下。她说卡特琳娜需要好好休息,好好吃饭,这样才能养好气血,提供优质的乳汁。这户人家对卡特琳娜所表现出的情感和包容着实令我有些惊讶,这显然不是租用者对待女奴通常会有的态度。

我们总能在固定的地点——阳光明媚、空气充足的屋顶平台偷偷见面。一般情况下,只有卡特琳娜才会到此地晾晒衣物。最初几次见面的时候,我们甚至没有勇气触碰对方,抚摸对方,就连牵一牵对方的手也不敢。两年前那场如狂风暴雨般席卷而来的经历至今仍让我们心有余悸。现在,我们只是在一起说话,从她的眼睛里,我看到了她那美好的灵魂。

10 皮耶罗，还有多纳托

我知晓了自我上次逃跑后卡特琳娜所经历的一切。她发现自己有了身孕，便告诉了她的主人吉内芙拉女士。为了避免引发丑闻，吉内芙拉女士隐瞒了她怀孕的事实，且在孩子出生后第一时间就将她作为乳娘租给了卡斯泰拉尼一家：莱娜女士刚刚生下了一个女孩儿，却没有奶水。至于卡特琳娜生下的那个男孩儿，他刚一出生就被抱走了。卡特琳娜曾怀胎九月，感受那个孩子一点点长大；她曾用自己的血液和生命滋养那个孩子，当他还在她肚子里时，就为他哼唱童谣。可想而知，孩子被抱走一事对她造成了多么大的伤害：那是一种无法言说的锥心之痛，其痛苦程度或许比分娩过程还要有过之而无不及；那是一场可怕的暴行，给她造成的伤口至今仍未愈合。

我第一次感受到了同样的痛苦，为了她，也为了那个孩子。我对自己的行为感到无地自容：我本应该站在她身边，向吉内芙拉女士承认我的罪过，我本应该按照法律针对那些不能自觉安分守己的人所强行规定的那样，承担养育那个孩子的义务，但我却逃跑了，孩子也不知去向，就连卡特琳娜也不知他被送去了哪里，是否曾接受洗礼以及究竟叫什么名字。他应该与玛利亚同龄，每当给玛利亚喂奶的时候，卡特琳娜就会痛苦地闭上双眼，想起自己那个既没有名字也没有未来的孩子。她曾听说有个地方叫孤儿院，专门收养那些无父无母的孩子。那孩子很有可能是被送到了那里，他或许还活着，由孤儿院雇用的保姆教养。

我也向卡特琳娜讲述了我的故事，包括我的家庭，我的人生，我孤独而痛苦的童年以及现如今我每天都在为之奋力打拼的事业和自由。她似乎没有太大的意愿描述自己的过往。那些过往正在被一点儿一点儿地删除，曾经的那个世界与如今她所处的世界完全不同。有时，她甚至会问自己以前那个世界是否真实存在过，抑或只是一些并不存在的梦境或幻想。在我的央求下，她也曾向我简要描述她曾经生活过的世界。通过她的只言片语，我明白了那的确是一个奇幻的世界。当她说我们的语言时，发音方式也是很奇怪的：几乎不发元音，只是在嗓子眼儿里嘟囔着。此外，与老多纳托相似，她也带有一些威尼斯的口音。

卡特琳娜来自一片位于世界尽头的山区。那里是大洪水发生后诺厄方舟的停靠之所，是普罗米修斯被众神用锁链捆绑之处，是亚历山大大帝用巨门抵挡哥格和玛哥格率领的残暴蛮族进攻的地方。卡特琳娜就来自那里。她是一位名叫"雅科夫"的首领的女儿。"卡特琳娜"并非她沦为女奴后才叫的名字，而是她的本名，通常，修士们会给新来的异教女奴随意起一些缺乏创意的名字，"卡特琳娜"就是其中之一。她的父亲之所以给她起这个名字，是因为要向亚历山大的圣加大肋纳表达敬意。不仅如此，她手上那枚银戒指也刻有用希腊文拼出的这个名字，那是她关于父亲的唯一念想了。卡特琳娜是一个受洗过的基督教徒，虽然她对教义有些不同寻常的理解，不过，这些细节并不值得深究，说到底，普通的基督教徒中又有多少人精通神学大师所探讨的细枝末节呢？

卡特琳娜是在威尼斯在马焦雷海最远端的前哨塔纳伊斯城被俘，而后才沦为女奴的。她漂洋过海，见过君士坦丁堡的金色屋顶，也见过威尼斯的水上迷宫，最后才随多纳托老爷来到了佛罗伦萨。当卡特琳娜描述这些经历的时候，有一件事情是她格外坚持、不容辩驳的：她出生的时候，是拥有自由之身的，她像风和野兽那样自由。对她的民族来说，自由是至高无上的。对于目前所处的被奴役状态——被视为一个东西，一件物品，她再也无法忍受了。在某些时刻，例如孩子被强行抱走的时刻，她甚至想到了以死获得解脱。或许有那么一天，她将自由地选择用自己的手结束生命，拥抱死亡，因为那是她所拥有的唯一的自由。她将割断自己的喉咙，或是从这个平台上纵身跃下。她没有别的愿望，只想重新拥有自由之身，哪怕是死，也要以一个自由女人的身份去死。

说完这些，我们的双手再次紧握，我们的身体再次开始用它们之间那种超越一切文化和习俗差异的普世的语言进行交流。我们在城堡的屋顶平台上相爱，在阳光的沐浴下相爱，没有了先前的慌乱和迷狂，却有着满满的心意相通，达成了心灵和欲望的绝对合一。我们爱在当下，一个绝对意义上的当下：既没有对于过往的任何记忆，也没有对于未来的恐惧和担忧。卡特琳娜的爱让我从自身的束缚中解放出来，给了我力量，也给了我安全感，让我变成了另一个人。

10月24日，金秋时节，万尼去世了。我前去参加了在圣十字教堂举行的葬礼。正如我先前预料的那样，在执行遗嘱的过程中，我陷入了困境。不过，我对此毫不介意。如今，我所在乎的，只有卡特琳娜。

一天，卡特琳娜发现自己再次怀孕了。卡斯泰拉尼大人成天沉醉于书籍和锦缎之中，丝毫没有察觉。直到有一天，我认为卡特琳娜的肚子已经大到无法再隐瞒下去了，便向他诉说了实情。卡斯泰拉尼大人并没有大惊失色，不仅如此，他还告诉我，那个在他家里跑来跑去的漂亮的小男孩儿也是他在娶莱娜为妻以前，与一个女奴生下的非婚生子。在他看来，每一个生命的降生都意味着一次对命运的挑战，一场与自然母亲的赌局。

问题是现在该怎么办呢？卡特琳娜并不归他所有，她的主人是吉内芙拉女士。作为乳娘的租用者，卡斯泰拉尼骑士也将为在他家所发生的损害行为——第二次怀孕承担责任，这是他无法接受的。他不能允许自己的声誉被任何丑闻玷污。所以，他将在城堡内部封锁这一消息，确保任何人都不会有所察觉。至于吉内芙拉女士，卡斯泰拉尼骑士会对她说小玛利亚不肯断奶，还需要喝一段时间乳娘的优质乳汁。不过，当卡特琳娜即将临盆的时候，我们必须离开，我必须带着卡特琳娜前往别处分娩，他是不会让自己卷入这些女人的琐事里去的。

在做出了一个坚定且得到认同的选择后，计划就开始按部就班地实行了。腹中的孩子决不能被抛弃，这是卡特琳娜不可动摇的明确底线。为此，卡特琳娜曾长时间地祷告，只为向无所不能的天主请求唯一的恩典——让孩子以自由之身出生和成长。她不介意孩子将从她的身边被带走，只要孩子能不被遗弃，能由我抚育，以我儿子的身份长大就好。如果可能，她还希望我能满足她另外一个请求：帮助她恢复自由之身，让她重新获得生而为人的尊严。我向她发誓一定会办成此事，我将尽我所能，让她的梦想变成现实。我在内心深处笃定地认为，在天主和圣母玛利亚的帮助下，此事一定能成。因此，我们一起慎重地挑选了一位主保圣人，将我们关于孩子出生和让卡特琳娜重获自由的心愿托付给他。我们最终选定了圣伦纳德，他是一位打破锁链，赋予人自由的圣人，是奴隶、牢犯和产妇的庇护者。是的，我们的孩子将叫"列奥纳达"或"列奥纳多"。这个名字将成为自由的象征，卡特琳娜一定终将获得自由！

1452年4月2日，卡特琳娜的产期将至。经过一番漫长的舟车劳顿，卡斯泰拉尼骑士的车夫终于把我们送到了芬奇附近的安奇亚诺的油坊。父亲在那里等着我们。对于与他的见面，我一直忐忑不安：他对此事毫不知情，我担心他会对我的所作所为感到愤怒，将我和这个不知名的女子驱逐出小镇，让这个不要脸的女奴去别处产下野种，倘若如此，那我们就真的走投无路了。没想到，奇迹发生了：我的老父亲一眼就喜欢上了卡特琳娜，我的母亲也是如此，半个小镇上的人都是如此。所有人都愿意帮助卡特琳娜在那间小小的农舍里生下我们爱情的结晶。后来，卡特琳娜生下了一个男婴，我们为他起名"列奥纳多"。

列奥纳多是在深夜出生的。他出生后不久，我就启程了：在督政官一名仆从的陪同下步行赶回佛罗伦萨。第二天，也就是1452年4月15日，我要拟定一份官员任命名册。因此，我没来得及参加洗礼仪式。家人们告诉我，仪式是在安奇亚诺举行的，场面热闹非凡。直到忙完手头的工作，我才回到了芬奇。卡特琳娜和孩子已经搬回了我父母位于镇上的房子里，在那里，他们母子俩更容易获得家人们的照料。卡特琳娜恢复得很快，她强健的体格很快就回应了自然母亲在她体内预先设定好的召唤，开始给小列奥纳多哺乳。母子俩住在我们小时候住了很多年的那个房间里，睡在一张大床上。那个房间就在我父母房间的隔壁。从前，我就在房间里的小桌上练习写字；维奥兰特则在晃动小弗朗切斯科的摇篮，给他编小辫儿；而那只名叫"萨拉丁"的小猫则在房间里疯狂地上蹿下跳。如今，我和维奥兰特都已经不住在家里了；弗朗切斯科对他作为叔父的新身份感到非常自豪，他主动把房间让给了卡特琳娜和他的小侄子列奥纳多，自己则搬到厨房去住了。

可怜的萨拉丁也已经不再是家里的成员了，老死之后，它或许去了某个属于猫的天国。猫的天国应该很小，只能安放它们小小的灵魂，我们人类甚至不能确定那样的地方是否存在。不过，"安东尼奥爷爷"又养了一只小黑猫。如今，人人都这么称呼他，而不再称他为"公证员安东尼奥"或"大胡子安东尼奥"了，也许人们早就想到了这一天的到来并早早地做好了打算。在我第一次回家时，就发现一个新来的黑色小东西从我的双腿之间溜了过去。安东尼奥总是说，有孩子的家庭就不能没有猫，其实，离不开猫的人是他自己。如今，身为祖父的他几乎总是坐着，那只猫也总爱待在他的怀里撒娇，蜷在被子上睡觉。这只小黑猫名叫"小二"，不过，它的全名是"萨拉丁二世"。

我一向不喜欢猫，但此时此刻的我完全沉浸在幸福之中，于是也抚摸起"小二"来，并把它抱在怀里，去看望卡特琳娜。她允许我在她喂奶的时候进入房间，在我的记忆里，那是我人生中最美好的时刻。此时的我们不能像在佛罗伦萨时那样肆无忌惮地疯狂亲热了，我心里清楚，那些日子已经一去不复返了，取而代之的，是一种更加强大而有力的亲密关系——一种存在于精神层面，而非身体层面的亲密关系。这种亲密关系环绕着那个小小的生命。在卡特琳娜的生命之水的滋养下，他一天天长大，变得越来越漂亮和健康。每当我静静地坐在卡特琳娜的面前时，便会对着母亲挂在床头的那幅圣母玛利亚画像默默祷告。

4月30日，我返回了佛罗伦萨，一来是去起草另一份公文，二来也是向卡斯泰拉尼骑士汇报芬奇镇的情况。平日里，卡斯泰拉尼骑士的脸上总是挂着一副玩世不恭的表情，但那一天，他的神态却是我先前从未见过的，隐约流露出一种平静的幸福感。莱娜女士的神色也不同往常，她红润的双颊泛起幸福的光晕。她显得有些慵懒，总爱待在床上，宠溺着女儿。后来我才知道，在列奥纳多出生的这个月里，她也获得了天主的赐福，再度怀孕了。关于卡特琳娜的事情，莱娜女士已经全都知道了，她完全赞同我选择保护卡特琳娜并将她送往芬奇分娩的决定。于是，我便同他们夫妇二人一起筹谋卡特琳娜的未来。

10 皮耶罗，还有多纳托

我们大家都认为卡特琳娜应该待在芬奇恢复体力并专心照顾孩子。他们会想办法向吉内芙拉女士交代，并在合适的时候通知我去做需要做的事情。或许，我应该把卡特琳娜和孩子送回佛罗伦萨：莱娜女士迫不及待地想把孩子抱在怀里。

另一个重要的任务——让卡特琳娜重获自由自然要交给身为公证员的我。为此，我得好好研究那本关于公证业务的大书，尤其是关于"亲权解除"和"奴隶释放"的部分。我得着手准备相关的文书——这并非易事，而且我完全没有经验。说到关于此类事务的法学传统，理应上溯至罗马法。不过，罗马法中关于奴隶身份的条款是基于古代罗马的社会情况制定的：奴隶的境遇再艰难也仍会受法律的保护，且通常被认为是一种非持久的暂时状态。古代的人们无须考虑那些深奥的神学问题，例如奴隶是否具有灵魂等。事实上，在我们的主降临后，他的福音传递的也是一种主张解开奴隶枷锁的讯息。可惜的是，在接下来的几百年里，那些为数不多的大封建主打着皇帝的名号享有了对他们的封地及封地上一切事物的占有权，包括长在封地上的植物、在封地上吃草的动物以及与封地相捆绑的人——奴隶。这样一来，情况就发生了极大的转变。

倘若寻根究底，我们所有人都是少数几位封建主的奴隶，我父母的先辈也是如此，我们甚至根本不知道米凯莱·达·芬奇的祖上姓甚名谁，因为他们都是没有名字的奴隶。两百年前，这种对奴隶的所有权被打破了，我们的许多城市都变成了由自由平民组成的城国，就连芬奇这样的乡镇亦是如此。不过后来，买卖奴隶这种非人的习俗又卷土重来。奴隶再一次像工具、物品和动物那样，被视为没有灵魂的低等存在。是的，我要找到所有正确的文书模板，因为这一纸文书将是我此生撰写的最重要的文书，其目标不是为了解救一个普通的女奴，而是为了解救我孩子的母亲，我的卡特琳娜。

为了达成这个目标，我于1452年11月2日再次来到了这里，来到了整件事情开始的地方——多纳托·迪·菲利波·迪·萨尔韦斯特罗位于圣埃吉德路的府邸的大厅。

此时，我还是一个人站在大厅里。过不了多久，所有人就都会到场。我已经准备好了公证摘要文书，还随身带了一卷羊皮纸，用于即刻誊抄原件的最终定稿，将其交到卡特琳娜的手中。我不愿让她多等一刻，我想让她尽快恢复自由。

吉内芙拉女士搀着年迈的多纳托走了进来。我并非第一次见她，因此脸上也少了些许尴尬。一个月前，卡斯泰拉尼骑士已经找她谈过，试图将她说服。后来，骑士告诉我说，吉内芙拉女士终于松了口，同意那位公证员亲自上门表达意愿。尽管卡斯泰拉尼骑士并没有对我提及别的事情，但我知道他已经向吉内芙拉女士支付了释放奴隶的费用：除了一直持续到办理公证手续前一天的乳娘租金，他还付给了吉内芙拉女士一小笔额外款项。我也非常清楚，今天的会面绝不只是简单的公事公办，而是一场针对我的考验，一场比我考取公证员资格证的考试更加严苛的考验。吉内芙拉女士之所以想要亲自见我，是因为想看看我是否有勇气向她说出自己的请求，看看我是不是像她认定的那样，是一个虚伪的懦夫。随后，她才会根据我的表现做出决定。因此，我要做好准备去承受一切，包括蔑视和侮辱，决不还嘴。我所面对的风险实在是太高了，但为了卡特琳娜，我要努力。

是的，吉内芙拉女士第一次见我时，确实对我极为冷漠。从三年前那个要命的夏天算起，她已经三年没见我了。很快我就意识到她介意的并不是那点儿可怜的利息，她之所以生我的气，并不是因为我对她的财产造成了损害。先前，是我误会了她。她真的很爱卡特琳娜，几乎把她当成了自己的女儿——她和多纳托从未有过儿女。或许她本不想与卡特琳娜分开，又或许她也曾有意释放卡特琳娜，甚至打算在卡特琳娜出嫁时为卡特琳娜准备一小份嫁妆。后来，我还知道卡特琳娜曾是多纳托在人生至暗时刻的救命恩人：是她救了多纳托，把他送到了吉内芙拉女士的怀抱之中，当时，吉内芙拉女士已经等了多纳托十五年了。若不是我确信这些经历的真实性，这些曲折的情节听起来简直与小说没有差别。在这个故事里，主人与奴隶的身份发生了倒转：一个女奴救了一个曾经有钱有势的男主人，让他延续了生命，重新获得了自由。此刻，吉内芙拉女士会做出怎样的决定呢？一切都取决于她，取决于她的心意，她想怎么做就可以怎么做：她可以控告我诱惑了卡特琳娜，让卡特琳娜两次怀孕，还曾将其"挟持"至城外，她可以毁了我的一生，也毁了卡特琳娜的一生，用这种最残暴的方式报复我。不过，她没有这样做，因为她爱卡特琳娜。

不过，在吉内芙拉女士的眼里，我仍然是一个不折不扣的恶人，甚至是一个杀人犯。若是能找到一个不牵连卡特琳娜和她刚生下的孩子的办法，她必然会让我为曾经的行为付出惨痛的代价。可以说，吉内芙拉女士对我恨之入骨，尤其无法原谅我上一次的表现：我居然拍屁股逃跑了，连向她陈述实情并承担责任的勇气也没有，就让她和卡特琳娜独自去应对怀孕的事实，处理她生下的那个孩子。那一次，吉内芙拉女士不得不乔装打扮成一个女奴，亲自把那孩子送到了孤儿院的转盘上，说包袱里裹着的是一个女奴和一个不知名的威尼斯过路人生下的孩子。当吉内芙拉女士怒不可遏地对我说出这些经过，痛斥我不负责任的行为时，我感到百爪挠心般痛苦：我想到了卡特琳娜曾经承受的巨大痛苦以及那个孩子至今仍在承受的苦难——他一出生就成了没爹没娘的孤儿，注定要无依无靠地过一辈子。

　　我承认了所有的过错，表明一切罪责都在我。慢慢地，吉内芙拉女士的态度不像先前那般强硬了。她看得出来，那些从我哭红的双眼中涌出的泪水都是真诚的，我之所以前来面见她，并不是因为要逃避那些有可能会摧毁我职业生涯和整个人生的严重的惩罚。或许，发生在我和卡特琳娜身上的情形与她在少女时期曾经有过的经历并没有太大区别。或许，一切都只是因为爱的力量战胜了一切，包括人类社会的法律、宗教以及奴隶制度的锁链。或许，在遥远的过往，她也曾出于爱情对一个男人以身相许——为了与多纳托结婚，她一直等到了四十岁。或许，她也知道"自由"一词意味着什么，具有怎样的价值——许多年前，当她作为一个单身女子抗拒家族安排的婚事时，她也曾用指甲和牙齿捍卫自己的自由。在我们这个社会里，女性总被视为较弱较低的群体，没有权利，甚至会被当作有缺陷的动物。

　　眼前的吉内芙拉女士身材矮胖，身患痛风，但我不得不钦佩她的灵魂传递出的力量，正是她这样的女性造就了人类社会的变革。作为一个务实的女人，吉内芙拉女士从来不会失了分寸，也总会在合适的时机做出正确的决定。正当我痛哭流涕之时，她拉起了我的手，简明扼要地说："别哭了，公证员先生，我们抓紧时间商量文书的要点吧，否则，菜汤就要凉了。"

　　在其他人到场以前，我请吉内芙拉女士审读了我预先已草拟完毕，只待誊抄入公证摘要文书的所有要点。关于她先前所说的一切，我都细致地进行了记录，无论是她详述还是略述的内容，都没有丝毫遗漏。吉内芙拉女士认真地看着我写下的内容，她不仅识字，还懂得拉丁文。在"来源"这一条目下，

10 皮耶罗，还有多纳托

我留出了一块空白，但吉内芙拉女士示意我可以忽略此处：先前，她从没想过出售卡特琳娜，所以她手头并不曾保留关于卡特琳娜的购置合同副本，甚至连经手的公证员究竟是什么人也记不清了。不过，我们谁也没有打算为了弄清这一信息去劳神费力地寻找当年的公证员，卡特琳娜当年是从谁的手中买下来的，花了多少钱，这些信息有谁会在意呢？我们私下都知道，卡特琳娜是多纳托给吉内芙拉的，她以前曾是多纳托在威尼斯购买的女奴。至于多纳托是从谁那里以何种方式购入了卡特琳娜，这就无从知晓了。若要寻根究底，那就会一直追溯到君士坦丁堡时期和塔纳伊斯时期以前那个迷雾环绕的蛮族山村时期。我们怎么可能找到那样一张文书，称那个女孩儿原本曾拥有自由之身，是天主自由的女儿，如今却沦为了女奴呢？我们怎么可能找到那样一张文书，能追溯到这有违人性的罪恶链条的源头呢？我们怎么可能找到那样一张文书，弄清此种肮脏的身体和灵魂交易的起始点呢？这些事情简直令人惊心，光是嘴上说说，吉内芙拉女士都感到厌烦不已。我自然不会故意惹她不悦。文书方面已经一切准备就绪，只要写上卡特琳娜是她在多年前购入的女奴，只归她一人所有，不属于多纳托即可，至于是从谁手中买入的，完全可以忽略不提。

证人到场了，是两位街坊好友，他们似乎对整件事情一无所知。忽然，我听见院子里传来喧闹的声音，是来自卡斯泰拉尼府邸的小型马车到了。走在车队最前方的，自然是卡斯泰拉尼骑士。我的心跳不由得加快。只见卡斯泰拉尼骑士扶着肚子已高高隆起的莱娜女士走了进来，卡特琳娜抱着小列奥纳多，跟在莱娜女士的身后。列奥纳多被裹在襁褓里，外面还包了一层毛毡披风。天气渐冷，似乎还要下雨。还好，卡特琳娜应该是在出门前给列奥纳多喂过了奶，所以此时他睡得很香，否则,他的哭声是一定会被人听见的。所有人的眼神彼此交汇,尤其是吉内芙拉和卡特琳娜,自从卡特琳娜前往卡斯泰拉尼家的城堡当乳娘起,她们就一直没有见过面。卡特琳娜一动不动,眼眸低垂,吉内芙拉则抬头看向她,朝她走过去,轻轻地与她拥抱,以免吵醒孩子。她们就这样拥抱了一会儿,随后,吉内芙拉女士又恢复了发号施令的状态。

我开始朗读"开篇祝祷"和"制定日期"部分,完整地念出了年月日信息:"以天主的名义,阿门。首次制定于公元1452年,日期为……"此处,我发现做事一向严丝合缝且对日期信息格外吹毛求疵的自己这次居然写错了日子,今天明明是11月2日"亡灵节",但我写下的居然是"mensis octobris"——"10月"和"XXX"(罗马数字的"三十")。我立马更正了这一信息。我一定是太慌张了。从前,我从来没有起草过这样一份文书:自己不仅是公证员,也是主要当事人之一。接着,我开始朗读"公证地点及见证人信息"部分,表明了公证地点,且说明有证人在场。接下来,是有关"监护人条款"的内容:根据我们至今仍在荒唐沿用的伦巴第人的法律传统,由于吉内芙拉女士是一位女性,若没有获得其监护人(在不同的人生阶段,可以是这位女性的父亲、丈夫或男性近亲)的委托,她就无权做出任何决定。对于吉内芙拉女士而言,她的丈夫多纳托就是她的监护人,此时,多纳托正在摆弄列奥纳多的一个小陀螺。

我继续朗读文书,表明吉内芙拉女士是本文书中作为标的物的女奴的唯一合法所有权人;作为标的物的女奴名叫"卡特琳娜",本是一位切尔克斯族女子,其父名为"雅科夫"。吉内芙拉表明自己是在与多纳托老爷缔结婚约以前用"自己的钱财"购入了卡特琳娜,多纳托老爷并不享有该女奴的任何所

10 皮耶罗，还有多纳托

有权和使用权，因此，吉内芙拉女士可以全权决定与该女奴相关的一切事宜，包括命令她劳作、转让其使用权以及将其出售等。在朗读文书的过程中，我发现了多处错漏，这或许是我此生拟定的最糟糕的文书了。终于读到了"核心条款"部分，我在撰写这部分的时候只觉得笔下生风，越写越快："鉴于多年以来，这位名叫'卡特琳娜'的女奴一直忠诚勤恳地侍奉吉内芙拉女士及其家人，吉内芙拉女士为表谢意，在神志完全清楚的情况下，不是出于错误，不是出于欺骗，不是出于恐惧，而只是出于对天主、对自己及对子孙后代的爱，宣布解除上述卡特琳娜的被奴役状态。"

突然，吉内芙拉女士冷冷地打断了我，说文书还缺少某些内容。我答复说没错，我的确忘了添加表明受益者在场并表示同意的内容。于是，我删除了最为重要的最后一行，写上了"本人亲自到场并表示同意"的字样，而后便准备收尾。然而，吉内芙拉女士再次打断了我。她表示缺少的内容不止这些，还需增加"附加条款"部分。然而，关于这个部分，我们事先根本没有谈及。此时，她开始当着证人的面向我口述："卡特琳娜必须继续服侍吉内芙拉和她的家人，直至其女主人辞世，她才能真正获得自由，像一个由基督教徒母亲娩出的女子一样，以自由女性的身份行事；倘若卡特琳娜对吉内芙拉女士做出忘恩负义的违逆之举，那么文书所述的内容都将失去效力，卡特琳娜也将可以被二次转让或出售。"这真是一个让人恼怒的意外情况，不过，现场能听懂的只有我和卡斯泰拉尼两个人，因为只有我俩懂拉丁文。我心如死灰，只能机械地记录仪式中的其他步骤。吉内芙拉女士改变了主意，她不想放走卡特琳娜，想将她继续留在自己身边。然而，只有她才是这场牌局的发牌者，只有她才能决定我们的命运。文书并没有提及孩子，他的身份随父而定，原本就是自由的，他将由我抚养，这也是法律的规定。

在我写完上述内容以后，吉内芙拉女士又让我记下了一小份将赠予卡特琳娜的馈赠，当然，这份赠予也是在"主人去世以后"才会生效的。总之，按她的意思，越晚生效越好。赠予内容包括：一张床、一口带有两把锁的箱子、一条褥子、两条床单、一床被子——总之，无非是留在卡特琳娜房间里的那些物件以及若干吉内芙拉女士随意挑选的其他物品。文书的内容已全部写完：卡特琳娜无法获得自由之身了，而我，将要把孩子带走。

所有人都沉默无言，只有卡特琳娜在角落里表示"本人亲自到场并表示同意"，她朝我微笑，以为一切进展顺利，以为我已用文字的魔力成功打碎了她的锁链，让她重归自由。谁能给我勇气，让我告诉她实情呢？我手里拿着事先预备好的羊皮纸，本想在清清楚楚地誊抄好文书内容后交到她的手里，然而事到如今，这卷毫无意义的羊皮纸究竟还有什么用？

不过，事情还没有结束。令所有人，尤其是吉内芙拉女士大吃一惊的一幕发生了：年迈的多纳托站了起来，站得笔直。他迈着坚定的步伐走到卡特琳娜身边，把列奥纳多的小陀螺还给了她。随后，多纳托俯下身子，亲吻了卡特琳娜的额头，而后转向众人，开始说话，且声音一点儿也不像一个老顽童。他告诉大家，卡特琳娜是自由的，自打他认识那姑娘起，她就一直是自由的，比这间屋子里的每一个人都要自由：她不受偏见和法律的束缚，摆脱了所有奸邪和卑鄙的恶念，更是冲破了其他各种各样的锁链——那些锁链会让我们每一个人都变成最邪恶的自我的奴隶；卡特琳娜曾在多纳托即将失去生命和自由的危急时刻，把这两件宝贵的东西送给了他，她还无私且不计回

10 皮耶罗，还有多纳托

报地把生活和爱的喜悦送给了这间屋子里的大多数人。因此，卡特琳娜早已是自由之身，又何须为她的自由预设前提呢？牢笼已经打开，请大家让她飞走吧。说完，他再次坐下，不再出声。

我永远忘不了那一瞬间吉内芙拉女士脸上的表情。不，她并没有蔑视多纳托，她一直深爱着那个恶棍丈夫，更何况多纳托说出了包括吉内芙拉在内的所有人不敢说出口的实话。不过，她的慌乱只是一瞬。她很快便恢复了镇定，从我手中拿走了那份刚刚写好的公证登记簿，表示文书已经拟定，她的意愿也已当着诸位证人的面记录完毕，没有任何需要添加的内容了。随后，她命令我抓紧时间，立刻按照她的口述，撰写原件的最终定稿。证人们一言不发，他们根本不明白究竟发生了什么。莱娜女士本想愤然干预，但卡斯泰拉尼骑士却抓住了她的手，示意她保持冷静：按理说，他们原本就不该在场，所以此时更不应该发言。懵懂的卡特琳娜依然坐在角落里，抱着列奥纳多摇晃，列奥纳多则继续安稳地睡着。我该怎么办？我只能展开羊皮卷，铺在桌上，用两根小棍儿固定，而后拿起笔，伸进墨水瓶里蘸上墨水，如实地写下吉内芙拉口述的内容——除此之外，我还能怎么做？毕竟，我的身份只是一个公证员，一个有义务将他人的意愿记录下来的人。

我开始一行一行地写，心如死灰。在写完"本人亲自到场并表示同意"的字样之后，我即将开始撰写那个该死的"附加条款"部分。不过此时我却停了下来，因为吉内芙拉的口述停了下来。我抬起头，看到她的脸上写满了复杂的情绪，目光一直盯着纸张。随后，她看向了卡特琳娜，卡特琳娜用目光回应了吉内芙拉，露出了一个充满感激的美好的微笑。天啊，在那个瞬间，吉内芙拉的眼眶盈满了泪水！难道是出于感动吗？吉内芙拉再次转向我，说："这位公证员先生过于注重精美的字体，写得太慢了。我们只好跳过一些无用的表述，否则到天黑也写不完文书。"接着，她继续口述文书的内容："解除其被奴役状态。"最后，她省去了整个"附加条款"部分，直接跳到了关于赠予的内容。我继续疯狂地书写，字迹变得潦草，可能还出现了一些拼写错误。我不明白这背后究竟发生了什么，只是匆匆忙忙地胡乱印下了自己的印鉴——但愿小列奥纳多不会继承我这粗劣的绘画水平。最后，我用一段比平时更为郑重的签名表述结束了整份文书，以表达我内心的喜出望外之情："本人，公证员皮耶罗·达·芬奇之子安东尼奥之子公证员皮耶罗，佛罗伦萨市民，帝国授权之公证员、常任法官及公共事务公证员，已受托记录上述事宜。特此以本人签名及惯用印鉴，对所记载内容予以确认。"写完以后，我把羊皮纸卷好，颤颤巍巍地交给了卡特琳娜。一个梦想终于变成了现实：此刻，卡特琳娜自由了。

紧张的氛围顿时消散。现在，一切都已尘埃落定了。我们所有人都想彼此拥抱，但社会习俗和公共礼仪不允许我们这样做。吉内芙拉女士也很高兴。在让我们离开以前，她还有些话要对我说。屋外大雨如注，其他人都已前往庭院，准备尽快乘马车离开，留在大厅里的，只有我和吉内芙拉。她告诉我，她之所以不愿放卡特琳娜离开，是因为担心卡特琳娜独自一人无法在外界社会自立：在这个世界上，没有哪个女人是真正自由的，这是一个令人无奈的现实。所谓的自由，只不过是幻想而已。在外面的世界里，总有人会随时趁人之危，凭借暴力和强权将自己的意志强加给别人。正因如此，她才不愿意让卡特琳娜离开自己。如今，既然卡特琳娜已经走出了笼子，那么我必须以天主的名义发誓，日后不仅要照顾孩子，还要为卡特琳娜筹谋未来，让她得到社会的认可，我必须谨慎地守护她的幸福,还有这份用痛苦的代价争取来的自由。

在我们离开之前,她还有最后一件东西要交给我,那是一个小小的布包。布包里放着半块绘有圣母像的小圣牌。我惊恐地猜到了这东西的用处,而吉内芙拉女士的话也立马证实了我的猜想。小圣牌的另一半挂在那个被送往孤儿院的孩子的脖子上——那是我和卡特琳娜所生的第一个孩子。假如我想寻回那个孩子,在他未来的人生道路上帮他一把,那么天主一定会对我有所嘉奖,而这半块小圣牌就是让我得以与他相认的信物:如果圣牌的两半能够彼此吻合,就意味着孩子找到了。吉内芙拉女士给那孩子起了两个名字:第一个名字是她选定的,是把他生下且对他负有养育责任的人的名字,吉内芙拉认为理应如此;第二个名字是多纳托建议的,他或许想到了自己年轻时曾抛下的父亲,并为此感到后悔。所以说,那个身为列奥纳多长兄的孩子,名叫"皮耶罗·菲利波"。

在瓢泼大雨中,我终于费力地抵达了卡斯泰拉尼的府邸。河堤附近已经有人边跑边喊,让人们关闭家宅和作坊的门户,因为阿尔诺河的河水正在猛涨,甚至有可能冲破堤坝。我想与卡斯泰拉尼骑士夫妇以及卡特琳娜和小列奥纳多告别。明天一早,我就要启程前往芬奇了,那里还有许多事情需要处理。今天晚上,我不想打扰任何人,已经在城堡对面那座由贝尔纳迪尼家族开的"关托旅店"订好了一个小房间,但愿阿尔诺河不会决堤,把我们所有人都冲走。我向莱娜女士和她的女儿玛利亚鞠了一躬,又拥抱了卡特琳娜——她得赶紧去换衣服,好给列奥纳多喂奶。当她们走出门时,我的目光和心也一路跟随,只有等下次返回佛罗伦萨时,我才能再次见到她们母子了;若要返回佛罗伦萨,则必须处理好我向吉内芙拉女士发誓做到的一切。目前，我还没想好具体该怎么做，不过，我是一定能做到的。天意已经帮我们走到了今天，是不会在半路上弃我们于不顾的。

  我独自与卡斯泰拉尼骑士待在客厅里。他第一次没有摆出高高在上的架子，主动邀请我多待一会儿，还给我倒了一杯他存的葡萄酒——产自安泰拉的好酒。这是我们第一次在一起喝酒。那酒的味道确实好，让浑身湿透的我感到暖暖的。卡特琳娜把羊皮卷落在了餐桌上，对她来说，这一纸文书并没有多么重要，她还有更紧急的事情要处理。卡斯泰拉尼骑士打开了羊皮纸卷，突然笑了起来。他说："你可真是一位大公证员啊！将来还怎么撰写其他文书？"说着，他把"日期"的部分摆在了我的眼前，上面赫然写着"die secunda mensis decembris"——"12月2日"。怎么会是12月呢？今天明明是11月2日。由于我的错误，骑士还得向吉内芙拉女士多支付一个月的乳娘租金。说到这里，他再次笑了起来。我怎么会犯这么低级的错误呢？若是在公证员考试中，一个比这小许多的错误就足以让我落榜了。我再次打开我的公证登记簿，为避免被雨淋湿，我把它压在了背包的最底层，查看那上面的日期。结果，我发现那个日期更是乱得离谱：我原本写的是"die XXX octobris"——"10月30日"，后来想匆忙改成11月2日，但落笔下去，又写成了"die prima novembris"——"11月1日"。今天到底是什么日子？我已经糊涂了。"别想了，"骑士一边劝我，一边喝完了手中水晶杯里的葡萄酒，"这有什么关系呢？时间是什么东西？在宇宙的岁月中，一天，一个月，或是一年，又算什么？什么都不算。它不过是夜里的飞蛾扑扇一次翅膀的瞬间罢了。"

10 皮耶罗，还有多纳托

★ ★ ★

1466年4月16日，
在佛罗伦萨，圣埃吉德路

据说，当一个人即将离开这个尘世的时候，他的眼前便会出现他曾经历过的一切，包括那些已经被忘却的消失在深夜里的一切。

或许，当身体的牢笼之锁逐渐变弱变松之时，在那没有锁链束缚的更深处的幽闭之所，过往的灵魂便会开始露面：起初，它们好像害羞的访客，站在门槛或窗边畏首畏尾，犹疑不前；后来，它们便会奔涌进来，排山倒海，像是突然间漫涨的河流，同时占据了所有的房间。这便是这两三个星期以来我所感觉到的状态：屋外，一个关于崭新的春天的奇迹或是幻象正在发生，只是我挨不到了。我清楚地预感到这将是我度过的最后一个春天。好几个月以来，身体上的病痛已迫使我卧床不起，每天都会带走一点儿我的气血和呼吸。如果说上述感受算是某种精神层面的信号——它们比身体层面的信号来得更加清晰和明确，那么我的故事的确将要迎来结局了："上主，我的体力衰弱，求你怜恤我……"

我仿佛睡了一个长长的觉，刚刚醒来。很快，我就要去睡一个更长、更深且没有梦境的觉了。我想起了所有的往事：每一件事，包括那些最细小的事情。我的父亲常常干活儿到深夜，就在这座我即将终老的房子里。那时，他在一楼的大屋子里干活儿，那间如今已被空置弃用的屋子当年曾是作坊的中心，也是他的人生中心。那间屋子面朝一片如今已消失了的菜园，白天，阳光会洒满园子。后来，当大教堂的圆形屋顶耸立

419

在我们的房子后侧时,那些阳光便被偷走了。我从小就喜欢躲在门后,悄悄地观察父亲如何操作刻刀,如何在香橼木上挖出最后一条凹槽,而后用珍珠贝母镶边,让它成为一张柔软的床,接纳一位情人散发香味的躯体。

噢!多少细节,多少关于这段正在离我而去的人生的感受啊!那些最深刻的回忆就像钉子,扎入了我们可怜的肉体之中:我记得父亲用蛇一般光滑的新鲜柳条鞭打我,让我觉得浑身灼热、疼痛,流出散发着金属气味的血液;我记得从熔铸炉里滴落的黄金和白银熔液的气息;我记得用于制作贵金属检测试剂的陈年碎砖块的味道;我记得金箔工人用铁锤奏响的雄壮的音乐;我记得铅皮顶监狱牢房里的老鼠和霉菌气息;我记得大海和海藻的味道;我记得从抵达威尼斯港的船中走出的人的气息;我记得在里亚尔托和各个货栈里此起彼伏的声音和语言,那些地方有威尼斯人、帕多瓦人、基奥贾人、弗留利人、犹太人、德国人、波西米亚人、土耳其人、希腊人和亚美尼亚人;我记得里亚尔托圣雅各伯堂附近的妓女的低语和货币兑换商的吆喝;我记得圣玛尔谷广场的钟声和"布钦托罗"号驳船的军旗迎风招展的声音。这一切是多么令人激动啊!年轻真好!

多少鲜活的面孔、双眼和微笑,如今都已经消失了。我想起了巴尔达萨雷老爷从那些遥远的奇幻之地旅行回程的情形;我想起了伟大的塞巴斯蒂亚诺·巴多尔大人;我想起了善良的墨索里诺和狡猾的帕斯夸;我想起了托马索师傅和本韦努塔女士;我想起了可怜的基亚拉,她曾是我不幸的妻子;我想起了奴隶佐尔齐,想起他飞溅一地的鲜血和恐惧;我还想起了神圣的基多福修士。如今,他们都已经去世了。而你,露琪耶,我一生的唯一所爱,你的眼里曾闪烁着星星般的光芒,曾在琉特琴的伴奏下为我演唱歌曲。直到现在,我都还记得你给我唱的那些歌词:"是的,我珍爱你;我要对你说,'明亮的星星,你何时能让我心生欢喜?'"

既然生命还没有离我而去,仁慈的死神还留了最后一小段时间给我,那么,就让我来想一想那些活着的人吧。我首先想到的是吉内芙拉:她一生都在与所有事和所有人抗争,也在与我抗争;然而,在很长一段时间里,我居然几乎没有察觉到她的存在,也没有将她在少女时期就献给我的处子之身和爱情放在心上,直到有一天,命运把两手空空、满身伤痕、急需得到救助的我送入了她的怀抱,她才得以真正拥有我,与我结为夫妻。随后,我想到了塞巴斯蒂亚诺,他是我的儿子,住在威尼斯。我一直没有他的消息,也不知他是死是活,不过,我相信他还好好地活着,等着收到我撒手人寰的消息。我还想到了波吕塞克娜,她是我和露琪耶所生的女儿。如今,她应该已经三十岁了,只有她能证明许多年前的某一天,一个男人和一个女人曾经相爱过。如今,她在哪里呢?过得好吗?

我又想到了卡特琳娜。我记得清清楚楚:那天,她轻轻一跃,从祖安内托的小船跳到了码头上。她没有戴锁链,看上去不像一个女奴,而是一个来自东方的公主,当她走出那艘满载黄金、象牙和丝绸的"加莱"战船时,应该不忿地四下环顾,察看她来到的这个世界是否配得上她的身份。她有一头金发,眼睛像天空般湛蓝;双手纤细瘦长,微微发黑的皮肤十分柔软,如丝般光滑;身体散发着一股充满野性的新鲜而吸引人的气息。奇怪的是,我从来没有产生过想要占有她的欲望——哪怕是一瞬间也没有。她是我的女奴,谁都有可能有想要发泄最低级的欲望的本能,但我从见到她的那一刻起就感受到了她身上的那股自由的气息及其中蕴含着的能量。那是一股内在的能量,不容任何外力和文书侵犯。我从心底里认定她是一个天使,一个来拯救我的天使,将我从自我的束缚中解救出来,摆脱心中恶魔的天使。

事实果然如此:是卡特琳娜把失去知觉的我从那条大河里拉了上来,又把我送到了佛罗伦萨。就是从那一刻开始,我做了一个长长的梦,仿佛卡特琳娜变成了一个魔法师,将我包裹在了某个魔法之中,让我变回了一个天真无邪的孩子,也让我生活在一个迷宫般的世界里,自己却毫无察觉。如今,我快要死了,那个魔法也丧失了效力。朦胧的纱巾被撕破,我的记忆再度清晰起来,但我能想起来的,只有落水以前的记忆,之后发生的一切仍旧如同一团迷雾。吉内芙拉告诉我,那并非一场从黄昏开始降下,只持续一晚,在第二日的黎明时分便散去的迷雾。这场迷雾足足持续了二十五年的时间。

我知道如今的卡特琳娜已经获得了自由,也已经嫁作人妇,过上了幸福的生活,还生下了许多孩子。我记得自己最后一次见到她,是在那边的大厅里,当时,她怀里抱着一个小男孩儿,那孩子长得与她一样,看上去像一个小天使。不过,我好像还记得另一个小天使,是她在两年前生下的。那个孩子被吉内芙拉抱走了,送到了孤儿院,他的名字叫"皮耶罗·菲利波"。那两个孩子都是卡特琳娜与一位名叫皮耶罗的公证员的伟大爱情的结晶。这正是生命最奇妙的地方:卡特琳娜并不是一个尘世之外的天使,而是一个和我们所有人一样的人,是一个有血有肉的女子,会爱上别人,也会爱和赐予他人生命。

鉴于我的身体略有好转,头脑也开始变得清晰,吉内芙拉便向我简要地讲述了我在浑浑噩噩中度过的这二十五年里所发生的事情。对于政治大局,我丝毫不感兴趣,我并不在乎佛罗伦萨目前是由什么人统治以及先前的统治者的结局如何,我只想知道那些关于身边人的事情,了解那些与我的人生曾产生交集的生命所经历的事件。是的，我所关心的只有这些：临死之际，我们只需要了解这些，将千头万绪理成线团，找出我们的人生与其他人的人生的关联，最后假装获得某种安慰，认为我们的人生曾对某些事情产生过影响——哪怕是在我们不情愿或不知情的情况下，我们的不经意之举也曾对其他人的生活产生过重大而持续的影响。

吉内芙拉告诉我，皮耶罗的确是一个诚实的人。在吉内芙拉释放卡特琳娜以后，他承担起了作为父亲和男人的所有责任。他让卡特琳娜风风光光地嫁给了芬奇的一个徒工，而他自己也娶了一个制鞋工匠的女儿阿尔比拉·迪·乔凡尼·阿马多里为妻，住在岳父位于博尔格德格雷奇大街的房子里。他还一直照顾着自己失业的弟弟弗朗切斯科，让弟弟娶了阿尔比拉的妹妹亚历山德拉。据吉内芙拉所知，他弟弟的妻子没有带来任何嫁妆。后来，皮耶罗和阿尔比拉搬到了圭尔甫派广场的汇兑行会大楼居住，但他们一直没有生下自己的孩子，之后，可怜的阿尔比拉死于难产。他和先前与卡特琳娜生下的儿子列奥纳多一起生活。列奥纳多十岁时，从芬奇搬来了佛罗伦萨，在一所算术学校里上学。不过，在丧妻之后，皮耶罗就无暇照顾儿子了，便把他送到了人称"韦罗基奥"的安德烈·迪·米凯莱大师的作坊当学徒。韦罗基奥应该是他非常信任的好友：就在几个月前，他曾交给皮耶罗一个棘手的任务，请他帮忙调解自己与兄弟马索之间的遗产争端。吉内芙拉还告诉我，她曾多次看见皮耶罗出入孤儿院，且目的似乎不是为了协助院方签署任何文书，或许，他在悄悄照顾他的另一个非婚生子——皮耶罗·菲利波。

卡斯泰拉尼家族则遭遇了不幸。当年，卡斯泰拉尼骑士来到我们家见证卡特琳娜被释放时，他的妻子莱娜女士虽然怀有身孕，但也一同前来了。孩子是在1453年1月12日出生的，是骑士的第一个婚生长子,骑士高兴极了。鉴于他的出生日期是在"大赦节"的第二天,骑士便给他起名叫"马泰奥"。后来,骑士让孩子在圣若翰洗礼堂接受了洗礼,出席洗礼仪式的有总主教安东尼诺、圣母领报大殿圣母忠仆隐修道院院长马里亚诺·萨尔维尼修士和总主教司铎乔凡尼先生。骑士给了施洗神父许多赏钱,也向穷人救济施舍,还为孩子找了一位新的乳娘,接替卡特琳娜。此外,他还给前来探望的妇女们准备了许多喜糖。不过,这件喜事很快就变成了悲剧:一个月以后,孩子死了,可能是被乳娘无意间闷死的。"我们的主将他的灵魂纳入了纯洁的婴孩之列,置于永恒的荣光之中。阿门。"

至于我这些年都经历了什么,直到此刻,我才想起来。有时,吉内芙拉和她的一个兄长会将我好生打扮一番,让我穿上带有皮毛里衬的精致的"瓜尔纳卡"长大衣,把我带到各种地方,让我这样做或那样做,并且不要说话。我似乎曾于1457年当选我们这个街区的行会旗手。不过,一个八十岁的老头儿究竟是如何指挥街区的行会武装队去维护街区治安,或是去平息时有发生的暴动的,我着实说不清楚,大概是因为在我在任的三个月里,什么事件都没有发生吧。无独有偶,去年,我好像又被选举为"十二人委员会"的成员之一以及制箱行会的会长。对于此事,我也全无记忆,只记得在那三个月里曾与其他十一个老家伙正经八百地坐在一起,装模作样地旁听执政官做决议,其实,真正的决定早已在别处被私下商定了。好了,至少后人们在谈起老多纳托时,会认为这个人在经历了一生的冒险以后,也曾积极参与过这个光荣的共和国的公共政治生活。

最后,就在没几个月前,我终于清醒过来了。我看见阿尔诺河的河水冲破河堤,在圣十字的大街小巷里肆意流淌。一个月前,我最后一次出门,看见虔诚的信众簇拥着覆盖着纱巾的"因普鲁内塔圣母像",朝圣斐理斯堂的方向庄重地前行。圣像经过以后,我突然倒地,失去了知觉。当人们将我送回家时,我的脸上已经出现了濒死的征兆。

正如这种情形下经常发生的那样,好些多年未见的亲朋好友和熟人会突然想起这个人,忧心忡忡地出现在他家,关心这个将死之人的健康状况和遗嘱内容。通常,最先登门的总是修士,来自橄榄山圣巴尔多禄茂修道院的修士洛伦佐·迪·安东尼奥·德·萨尔韦蒂和来自比萨的修士巴蒂斯塔·迪·弗朗切斯科来到了家里。他们身披一袭带风帽的白色长袍,内穿法衣,系着腰带,披着斗篷,身旁还跟着一个自称是我的老友但我却全无印象的人——人称"皮恩塔索"的安德烈·迪·内里。

没错,吉内芙拉有时会带我前往圣弗雷迪亚诺城门外的橄榄山去呼吸新鲜空气。那里确实是个好地方,非常安静,很适合冥想,还能欣赏佛罗伦萨城的美景。当然,对于一个死人来说,风景并不重要。不过,对于活着的后嗣或亲戚来说,倘若他们将来登高至此,前来祭拜我这个葬在修道院里的逝者,至少能顺便享受一番此处怡人的景色。

就这样,我坐在花园的矮墙上,开始与洛伦佐聊天。洛伦佐修士出身于一个显赫的公证员家族,与我妻子的家族保持着友好的关系。我自然而然地表达了自己想要在死后葬在那座隐修院的想法。或许,我可以被葬在一个简朴的家族小堂里;或许,我会把祖辈们的遗骨也迁葬至此,安放在我们这个制箱家族的纹章之下——正是凭借辛苦的劳作,父亲这样的匠人成功地跻身于贵族之列。我希望自己能在真福圣母玛利亚的赐福中长眠,但愿在祭台之上,在我的坟墓上方,会悬挂一幅绘有其圣像的精美画作。作为一个曾有幸追随伟大的巴尔达萨雷·奥布里亚齐的人,我所要求的已经很简单了。

"没问题,这样安排的确很好。"洛伦佐修士伤感地说。

只可惜，无论是教堂还是修道院，现状都很糟糕。改造工程十年前就动工了，至今却迟迟未能完成，就连能干的砌墙师傅安德烈也已经去世了。乔凡尼·迪·萨尔韦斯特罗师傅直到最近才重新开始推进工程。住在一个迟迟不能收尾的工地里，就连修士们也感到困难重重，无法落实橄榄会强制规定的必须要实施的善举：公开布施，向穷人们分发食物——他们不多的钱财已经快被那些建筑师傅们耗尽了。他们会时不时来到山上，强调庭院里的某些柱子应该比圣老楞佐教堂里的柱子还要好看，或是彩绘玻璃应该比耶稣修会在那座教堂里安装的玻璃更加艳丽，但他们从来都不曾将那些计划落到实处。与此同时，修道院的资金越来越捉襟见肘，佛罗伦萨富商们的心肠越来越硬了，没有人愿意在临死之际把他们的财产留给修道院，从而获得灵魂的救赎。他们可能是受到了某个异端的蛊惑，不再相信灵魂的永恒了。

我说："这算什么问题，钱我是有的。我有很多钱，可以都留给你们。你们只管把教堂和修道院修好，再建一座专门用来纪念人称'廷塔'的多纳托·迪·菲利波·迪·萨尔韦斯特罗·纳蒂的小堂，留给他和他的家人，供奉'领报圣母'就行了。到时候，你们就把我葬在那里，再命人绘制一幅以'圣母领报'为主题的画作，一幅能在如今的佛罗伦萨独占鳌头的画作，一幅比安杰利科修士和菲利普·利皮修士的作品还要精彩的画作。我希望跪倒在玛利亚面前的天使不要出现在城市的景观之中——不要在廊拱下、家宅里，更不要在封闭的房间里，我希望'天使报喜'这一事件是在户外进行的，比如说，在这个花园里，以矮墙后那些栎树、柏树等树木为背景。既然我是一定要被关在一座坟墓里的，那么我希望至少玛利亚和天使能身处宽敞的户外。我这一辈子都被囚禁在各种封闭的环境里：作坊、货栈、银行里还有这个位于圣埃吉德路的宅子里。我希望死后我的灵魂能够在阿尔诺河对岸的特伦扎诺的草地和橄榄树林中自由地飞翔。"

于是,修士们准时来到了我家,为拯救我的灵魂开始布道。为了让他们早些离开,我在床上奄奄一息地对所有问题都给出了肯定的回答。不过,我认为他们大抵还算诚恳,我也的确有可能指望他们为我修建一座小堂——这确实是我心中所念。不过,当吉内芙拉走进房间,发现"好心"的皮恩塔索不是在虔诚地祷告,而是正在把我所说的一切写在一张小纸片上时,她立刻火冒三丈,把所有人都赶走了。在她眼里,她可怜的多纳托已经够痛苦的了,不能再为这些愚蠢的事情操劳。等到了那一刻,她自然会召他们前来的。此外,如往常一样,吉内芙拉会将所有事情都掌控在自己手里:在请神父以前,她需要立刻请一位公证员,而她唯一信任的公证员始终是公证员皮耶罗。

在释放卡特琳娜以后,吉内芙拉仍旧会把一些事务委托给皮耶罗处理,更何况这些年来,皮耶罗不仅名气越来越大,客户越来越多,还在修道院和姻亲事务方面积累了丰富的经验。若论与修士、修女、教职人员和神职人员打交道,没有哪位公证员比皮耶罗更加在行了。那些人不仅负责天国的事务,还要打理不少尘世事务,例如签订各类合同、地契、采购与出售契约、委托书和诉讼书,等等。此外,他也是唯一一位在许多年前曾见过我那些威尼斯文书的公证员,因此,他知道应该如何处理才能收回所有债权:这些事情只能交由一个比我活得更长久的人去处理了。

公证员皮耶罗再次来到了我家。他向我坦言,时隔多年,作为一个向来冷漠的人,当他再次来到这间屋子里时,仍会百感交集。当年,他就是在这里查阅我的文书的,也是在这里遇到了卡特琳娜。他原本还想上楼，再去看一眼那间卡特琳娜当年住过的小屋子，但还没等他开口，吉内芙拉女士就否定了此种可能：如今，那个房间已经住进了新人。原来，在释放卡特琳娜后不久，吉内芙拉又买入了一个小女奴，那个小女奴如今已经二十二岁了。对于所有人来说，时间都过得飞快。此时的我已经无法起床了，连呼吸也感到困难。于是，公证员皮耶罗把他的工作台摆到了我的屋子里，开始记录我对他口述的所有内容。吉内芙拉则配合着他，把他需要的相关文书和证明递到他的手里。他一直写了很长时间。最后，公证员皮耶罗终于写完了我口述的最后一份文书，并获得了我的确认。落款日期定在了4月16日，星期三。文书完成后，我向他提出了最后一个请求：可否带着他和卡特琳娜所生的儿子来见见我。听说那个孩子如今在韦罗基奥的作坊里当学徒，我很希望认识他。

  大限之日到了。我感到自己已经走到了生命的尽头，我甚至无法将头从枕头上抬起，说话也倍感吃力。吉内芙拉坐在我身边，扶着我的头，时不时喂我喝一点儿水。我什么都不需要做，只要不时点头即可。公证员皮耶罗第一个来到我家，准备好工作台，在台面上展开了用于当着我和证人的面大声朗读的公证摘要散页。晚些时候，他会在自己家里更加从容地将完整的文书及最终定稿的摘要誊写在羊皮纸上。吉内芙拉命人搬来了几把椅子，放在我的房间里。我则隐约看到一个少年从门外走了进来。那个少年又高又瘦，很像公证员皮耶罗，但他长着一头金色的鬈发，一看就是卡特琳娜所生的孩子。

  晚祷时分，吉内芙拉辅助我完成了《三钟经》的诵读，而后点亮了几盏油灯。我叫来的证人悉数到场，他们都是一些值得信赖的朋友。公证员皮耶罗开始用公证员那种不掺杂个人情感的语气朗读文书，那声音像是一支在空中挥舞的笔，将所有的词语一个接一个地写在一张看不见的纸上。

"鉴于人终有一死,却无法确定死亡何时降临,具有先见之明的'已故的菲利波·迪·萨尔韦斯特罗·纳蒂之子多纳托'蒙至高无上的主耶稣基督的恩泽,在头脑清醒、视觉与听觉等感官和智力均正常,只有身体罹患疾病的情况下,口述以下遗嘱。首先,他谦卑而虔诚地将自己的灵魂交托给全能的天主和整个天国宫廷。其次,关于遗体的安葬事宜:当他的生命到了离开尘世的时刻,他希望自己的遗体被埋葬在佛罗伦萨橄榄山修士所在的修道院教堂之中,其葬礼花费数额由其遗孀吉内芙拉女士决定。再次,按照所有佛罗伦萨人通常遵循的惯例,他将留下若干钱款,用于支持主教堂及新祭衣房的修建以及佛罗伦萨城墙的修建。对于他挚爱的妻子吉内芙拉,除了存于威尼斯国债发行处的存款和羊毛及亚麻布匹,他还将把当年收取的六百枚弗罗林币嫁妆款留给她。此外,他还将给她留下一笔钱款,用作支付一位新雇用的女奴的薪资。"

终于到了我出于"对天主之爱和对灵魂救赎的需求"留给橄榄山的圣巴尔多禄茂修道院的遗赠部分。公证员皮耶罗继续朗读我先前口授的内容:"修士们将获得我在威尼斯国债发行处和威尼斯债券管理处的所有债权,包括所有的证券及累计三十多年的与之相关的利息。具体有多少钱,我自己也算不清楚。总之,那是一笔数额相当可观的款项——是我当年买的威尼斯公债,利息很高,可永久回收,不可被消除。所以,修士们可以放心大胆地推进小堂的修建工作,也可以将这笔钱用于教堂和修道院的修缮工程。我将全权委托修道院的修士处置债权的回收,我也坚信他们有能力处理此事:宗教机构有着很强的经济和政治实力,无论是方济各会、道明会,还是本笃会,他们的修道院网络都遍布整个欧洲,所以往往具有超越国境和执政团体势力范围的广泛影响力。"

关于修士们对这笔款项的使用，我只设置了两个条件：第一，在提取款项并刨除所有开支后，修士们必须将所剩款项的五分之一交给吉内芙拉女士；第二，修士们必须找到我的女儿波吕塞克娜，并保证每年向她支付五枚杜卡特金币。

遗产的唯一继承人是我的吉内芙拉，遗嘱的执行人也是吉内芙拉。此外，共同执行人还有丝绸商人菲利波·迪·巴斯蒂亚诺和我那个所谓的老朋友皮恩塔索——他是修士们向我推荐的人选。

夜里十点的钟声敲响了，几乎所有人都已经离开，吉内芙拉也去了厨房，为我准备一些热的食物。公证员皮耶罗缓慢地收拾他的纸张、墨水瓶、笔套等。我示意他走到我身边，我还有些话要对他说。我虽然已经奄奄一息，但仍能观察到洛伦佐修士与皮恩塔索之间的眼神交流，他们的神色让我感到不悦。我对皮耶罗说："你要小心，皮耶罗，那些修士很可能会想方设法侵占整份遗产，他们想得到的恐怕不止是威尼斯的债权。他们还可能伙同某位法官，获得对他们有利的判决书。"皮耶罗宽慰我说，他将立刻准备那份写在羊皮纸上的完整文书。他让我不要担心，吉内芙拉女士的权益一定会得到保护；他擅长与方济各会、道明会和本笃会的修道院打交道，关于圣巴尔多禄茂的小堂的修建工程，他将确保所有流程按照规定进行。倒是关于吉内芙拉女士，他还抱有一丝疑虑。公证员皮耶罗真是一个正直的人，他觉得自己有义务向我提出最后一个问题，哪怕这个问题会令我难堪，让我心痛。他说自己在领主宫听到了风声：吉内芙拉女士已与公证员雅各布·萨尔韦蒂之子托马索暗通款曲，在我去世以后就会改嫁。他真是个比我还精明的该死的公证员，对什么事情都一清二楚。

我告诉他："亲爱的公证员，我当然知道此事。"没错，是我让吉内芙拉好好筹谋她在我死后的生活的。我知道她会继续爱我，这份爱是永恒的，我丝毫不会怀疑。但是，我不希望她作为一个寡妇在这座城市孤独地生活下去，更何况她是一个如此强悍而又独立的女人。她才五十六岁，而托马索·萨尔韦蒂已经是一个七十六岁的老头儿了。而且，他根本不可能碰她，人人都知道，他喜欢的不是女人，而是美少年。所以说，她能驾驭这个老头儿，让他按照她的意愿行事。为了避免与橄榄山的修道院产生纠纷，如果她甘愿放弃，她大不了也可以放弃那部分遗产：那笔还给她的嫁妆款已经足够她过下半辈子了，所以她完全犯不上与修士们纠缠另一部分遗产。另外，托马索·萨尔韦蒂和洛伦佐修士是堂兄弟，他一定会让洛伦佐修士按照自己说的办，这就等于让洛伦佐修士按照吉内芙拉的意愿行事。面对吉内芙拉的不情愿，我劝她道："说到底，我们还要不要修建纳蒂小堂？不然的话，我这把老骨头要安放在哪里？时间已经不多了，我可不想在一个被随意扔进修道院库房的木箱子里待太久，成日与灰尘和砌墙工人的砖头为伍，一点点被风干。"

现在，我终于可以认识一下皮耶罗和卡特琳娜的儿子了，他一直在门外等候吗？早些时候，公证员皮耶罗已经走出了房间。此时，他让那孩子走了进来，自己则在楼下等候。他嘱咐儿子要抓紧时间，因为夜巡官已经开始了夜巡，他不愿意让他们发现列奥纳多独自一人走在路上，尤其是一个像他这么英俊的孩子……所以说，为了安全起见，他将亲自把列奥纳多送回韦罗基奥的作坊。

列奥纳多走进了油灯形成的锥形光晕里，或许是吉内芙拉忘了添加灯油，此刻的灯火摇曳得很厉害，就快要熄灭了。这孩子与他母亲的相似程度简直令人惊讶：他们有着一模一样的金发和一模一样的蓝色眼睛,或许只有鼻子与父亲有所相似。他穿着一件齐脖子的马甲,纽扣系得整整齐齐,脚上穿着一双漂亮的粉色袜子。他应该已经年满十四岁了。或许,他的母亲曾向他提起过我和吉内芙拉。我很想与他说说话,告诉他许多关于他母亲的故事。不过,我做不到了,我的时间和力气都已经不够了。我颤颤巍巍地抬起手,抚摸他漂亮的金色发卷——看上去就像柔缓溪流里的小小波浪。我只能含混地低语,问他在安德烈大师的作坊里过得好不好,安德烈有没有把自己精通的技艺传授给他们。

那孩子微笑起来,他微笑的样子也像极了他的母亲。他回答说他已经开始学习了,尽管学了很多,但要找到真正的方向并不容易。他在作坊里什么活儿都学着干。作坊里有各种炉子和熔铸炉,学徒们有时冶炼黄金和白银;有时打造用于制造钟表和奇特机械的各类弹簧和齿轮;有时雕凿大理石和其他石材;有时铸造金属;有时制作型芯,进而熔铸安德烈大师的作品;有时烧制陶瓷;有时调制颜料;有时对照物体进行素描写生。或许有那么一天,在老师允许的前提下,他就可以开始为作品上色了。我看着他那双眼睛,那双与他母亲同样明媚的眼睛,问他是否可以向我保证一件事情,他不必立刻兑现,只在时机成熟,成为一名真正的画家以后做到即可。这个许诺非常简单:我希望他的第一幅作品是为我创作的。他的第一件严肃的作品,将应我的委托而作。面对一个即将离世的老人,他不可能不应承下来。我把这件事也告诉了他的父亲,他的父亲将转告橄榄山的修士以及负责修缮工程的乔凡尼师傅。

我想要的是一幅中等规格的木板油画,就挂在我的小堂里,位于我的坟墓上方。我要求那是一幅以圣母为题材的画作,希望她能保护和帮助我这个罪人的灵魂,庇护我踏上那条在黑暗中起始,令我胆战心惊的旅程。画作需要表现的情景如

10 皮耶罗，还有多纳托

下：圣母玛利亚作为一个像卡特琳娜一样卑微的无名少女从天使那里得知自己已被天主选定，将要成为天主之子的母亲，成为我们所有人的母亲，成为救赎人类的工具，救赎所有人的灵魂，或许也包括我的灵魂。他要创作一幅前所未有的绝美画作，要比安杰利科修士和菲利普·利皮修士的画作更加美丽，将画作的背景置于户外，置于阳光之下，自然之中，而不要囿于封闭的空间里，生命的奇迹将在圣母的腹中降生：自然和万物的生命，花草树木的生命，空气、土壤和水的生命。

我看见那孩子的双眼在渐暗的灯光下熠熠生辉，我在胡言乱语中描述的场景似乎已经出现在他的眼前。我最后说出的那些话语几乎只能算是一些断续的呓语了："卡特琳娜，我的天使，手，戒指。"最后，那双天蓝色的眼睛也在让我双眼迷蒙的浓雾中渐渐消失了。

在失去意识以前，我最后想到的是：吉内芙拉不必如此节省灯油。灯已经熄灭了，屋子里一片漆黑。

11
安东尼奥及其他

1490年的某日，
在芬奇附近的坎波泽皮

我的名字叫"安东尼奥"。

我的父亲叫"皮耶罗"，而他则是安德烈·迪·乔凡尼·迪·布托的儿子。所有人都叫我祖父"安德烈·德·奇斯基亚"，叫我父亲"德·瓦卡"。我总被人们叫作"武夫"——当兵的人才会有这种绰号。这其中的原因是众所周知的：十八岁那年，我抛下了自己的父亲，成了一名士兵。我之所以会抛下他，是因为他的眼里从来都没有过我。我不是生来就拥有一切，并将继承所有财产的长子，也不是有着一头金发，成天向他撒娇，因此被他格外宠溺的最小的孩子。我排行居中，既不是"加音"，也不是"亚伯尔"。每天清晨，我都要比其他人更早起床，下田劳作：春天要辛苦地牵牛犁地；夏天要在烈日的暴晒下收割庄稼，打谷脱粒，采摘葡萄和橄榄——总之，干所有必须干的活儿。大地母亲的确会把她的果实赠予我们这些遭到诅咒的"亚当"的后代，但我们必须付出辛劳和汗水。

这是我们的土地，一直以来都是。没有人知道我们是从何时开始在这里定居的。有人说布托家族来自比萨的山区。每到黄昏时分，那座山的剪影就会出现在地平线的尽头。那里有一个村子，村里全是"布托"——放牛的人。不过，关于"布托"这个名字,一位老人——乔凡尼的父亲却坚称其含义是"有力的帮助"。我常常问自己:究竟是来自什么人的有力的帮助呢?我想,一定不是善良的天主——他对我们几乎不闻不问。因此,所谓"有力的帮助",一定是我们带给自己的,是我们用自己的双手创造的。

我们从没见过任何古代和现代的文字,也没有人能以正确的方式阅读和书写,那是我们从来都不曾掌握的技能。记忆在一代代人之间口口相传,随后渐渐消失。在"乔凡尼"和"布托"之前,是什么人在这里生活呢?不过,就算知道了,也没有什么用处:四季在这片土地上周而复始地轮转,一代代人的汗水和鲜血将与雨水和阳光一道,融入土地之中,令其变得肥沃。我们的身体也终将回归大地,化为泥土。

根据老人们的说法,起初,我们所有人都是农奴。圭蒂伯爵家族是统治我们的领主。不过,我们从没见过那个家族的成员,倒是常常能见到那些以他们的名义发号施令的人:卫兵、农场主、神父等。每年,他们总会像死神一样准时来到,有时是一年一次,有时是一年两次或更多:不是为了收缴麦子和草料,就是为了收缴作为贡品的动物。有时,一些最强健的年轻人会被他们强行带走充军。另一些时候,不过这只是偶尔发生,最漂亮的少女在他们来过之后就全无踪影了。后来,这种情形彻底结束了,我们不再有所谓的"领主",我们耕种的所有土地也都变成了我们自己的土地。然而,自那以后,我们的平静生活也一去不返了。我们并不知道为什么会发生这样的变化,也不知道教宗和皇帝都是什么人,更不知道为什么支持教宗的人被称为"圭尔甫派",是好人,而支持皇帝的人则被称作"吉柏林派",是要被处以绝罚之刑的坏人。通常来说,吉柏林派的成员都是一些旧贵族和领主。我们都属于圭尔甫派。由于我们的土地位于多个城国和领主国的边境地带，是各派势力的必争之地，所以，来自比萨、佛罗伦萨、卢卡和锡耶纳的军队与武装力量都会像贪婪的野兽一般来践踏我们的家园。

芬奇城堡一直依附于佛罗伦萨共和国，也一直属于圭尔甫派。这座小镇成功地抵抗了各方势力的进攻和试图征服之举，包括那个名叫"乔凡尼·阿库托"的英国杀人犯的袭击。所有的吉柏林派和那些被冠以吉柏林派之名的人要么被绞死，要么被流放，要么就是在很大程度上被剥夺了自由和政治权利。出现在此类人名单之首的，是那些动不动就造反的安奇亚诺居民。他们的城堡被夷为平地，本身也被严令禁止携带任何可能伤人的武器和工具，就连截枝刀也不行。我们所有人则在任何时候都可以被鉴定为纯粹的圭尔甫派，因此，我们的土地所有权也得到了落实。曾祖父乔凡尼在世期间，芬奇城国就被划分成了不同的街区，我们的土地及圣潘塔雷奥教区教堂被划入了"平原区"或"斯特雷达的圣巴尔多禄茂区"。曾祖父乔凡尼和他的儿子安德烈、帕斯奎诺与马可的名字都曾被写入一个名册：名册里的人若被抽中，便可担任公共职务。不过，从来没有人抽到过他们。

我们这片土地的中心地带位于坎波泽皮，那是一片狭长而低矮的山丘，一直延伸至芬奇小溪的附近，距离我们的村庄大约一哩。在山丘的最高处，建有一些房屋，那些房屋一座挨着一座，形成了一个小小的村落。村子的中央有一个宽敞的大庭院，周围环绕着牛棚、谷仓和酒窖。在这里，你会产生一种处于世界中心的错觉，因为所有你熟悉的地方都会出现在你面前的某一个方位。正面是那座建有圣潘塔雷奥教堂的小山丘，旁边是芬奇城堡的高塔、教堂的钟楼、蒙塔尔巴诺山及山上的村庄。这是一片美丽的土地，面积约为三十斯塔奥①，大部分被开垦为葡萄园，剩下的部分则是耕地或林地。如果算上位于坎波泽皮周边地区的米尼亚塔亚、夸尔泰亚、弗朗科尼塞路及其他地方的农庄，这片土地的总面积可以达到九十二斯塔奥。年景好的时候，这里每年可以产出九摩焦小麦、六十桶葡萄酒。此外，这里还饲养了至少六十只动物，包括绵羊、成年公牛、牛犊、猪、骡子和小马。

四十六年前，我出生的时候，整个家族已经分成了三户人家：乔凡尼的儿子帕斯奎诺和马可各自自立门户，娶妻生子，也有了孙子；我父亲则在祖父安德烈去世以后与祖母利帕生活在一起，其他家庭成员包括母亲皮耶拉、姐姐贝塔和哥哥雅各布。我还记得当年的宅子整日充斥着孩子的吵嚷声，孩子们光着脚，浑身肮脏不堪。我就是那些孩子中的一个。我们不停地被大人责骂，有时还会挨打。不过，大人们看着家族人丁兴旺，在坎波泽皮开枝散叶，总会感到很幸福。

随着四季的轮转，越来越多的孩子出生了，老人们则逐渐去世了。帕斯奎诺的儿子蒙特带着妻儿举家迁到了比萨，在那里当马蹄铁匠。马可去世以后，他的儿子马泰奥和马索继承了家业，也慢慢地组建了各自的家庭。老一辈里，只剩下了我的父亲皮耶罗，他成了我们这个小村庄的领袖。我的母亲皮耶拉又给他生了另一个儿子，名叫"安德烈"。可惜的是，在生下安德烈以后不久，母亲就去世了。皮耶罗很快续了弦，他的第二任妻子安东尼娅也给他生下了一个男孩儿，名叫"贝内代托"。在父亲眼里，我几乎是不存在的。他把所有的注意力都放在了长子雅各布的身上，雅各布刚一成年，父亲就立刻将部分家产转移到了他的名下：一座位于芬奇城堡附近的房子、十

---

① 一种面积和容积单位。

斯塔奥位于坎波泽皮的土地——每年可以产出三斗小麦和一桶葡萄酒。后来，皮耶罗又把自己所有的情感都倾注在他的第二任妻子和最小的孩子身上。我已经下定了决心，一旦成年就离家自立，我的弟弟安德烈在被小贝内代托抢走了父爱之后，也做出了同样的决定。这样当牛做马的日子我已经过够了，我想要自由的生活：再也不受原生家庭的束缚，再也不受那片每天都让我从黎明干到黄昏，直到脊背断成两截的土地的束缚了。

小时候那几年，天下并不太平，生活也的确是非常艰苦的。好在那段时间虽然艰苦，却也不像乔凡尼·阿库托经过此地时那般恐怖。当年，乔凡尼·阿库托作为一个溃逃的雇佣兵，居然从后门闯进了一座葡萄园，杀死了园里的农夫，只为占有他的妻子和女儿以及在饥饿数日之后饱餐一顿。不过，人们依旧要承受佛罗伦萨共和国强加的赋税，还要躲避持续不断地经过此地的各路士兵。每当军队路过，土地就无法播种，只能完全荒废。当时，有一支南下奔赴富切基奥的骑兵和步兵队伍经过这里，六岁上下的我和其他所有人一样，被关在屋子里。据传闻，他们在蒙托波利城堡脚下的圣罗马诺城区进行了一场激烈的战斗，许多人死了，鲜血流满了阿尔诺河。大约十年以后，一群士兵——估计是一帮已经解散了的没有钱的匪兵驻扎在芬奇小溪附近过冬。他们住在一座被废弃的房子里，从乡民那里抢了柴火和羊，在夜里点起大型篝火，烤羊宴饮。为了避免惹上棘手的事端，我的父亲皮耶罗还主动给他们送去了一桶葡萄酒。不过，父亲严格禁止我们所有孩子——尤其是女孩子去往那些匪兵们出没的地带，直到他们彻底离开。

但是我和安德烈总是容易被比我们能量更大的事物所吸引。初春时分，那帮匪兵被再次召唤前往比萨。于是，在那些不速之客驻留的最后一个夜晚，我们跑到了那幢房子的附近，好奇地想要看看他们如何进行最后的狂欢。我们躲在用女贞枝条编成的篱笆墙后，瞪大了眼睛，看到了一幕令人迷醉，同时也令人心生恐惧的场景，眼前居然是圣潘塔雷奥小教堂的神父在进行悔罪布道时警告人们不要做的最恶劣的行为：篝火之上，被穿在木棍儿上的烤羊正在不断翻转——那是他们从村民那里偷来的，油脂滴落在火焰上，发出嘶嘶的响声；在篝火旁边，两个赤脚的散发女子正在跳舞，匪兵们围坐成一圈，一边喝着我们送去的葡萄酒，一边拍手狂笑。整个场景像极了地狱里的狂欢：那些醉汉便是恶魔的化身，他们面目狰狞，有的人脸上还有划痕和伤疤；而那两个疯狂起舞，不知羞耻地撩起裙子的女人也是淫邪之魔的化身。

正当我们想要溜走之时，我们感到自己被强有力的大手从身后抓住了。抓住我们的，是两个士兵：就算喝醉了，他们也会习惯性地监视周边的情况。所以说，早在我们察觉到他们以前，他们就已盯上我们了。他们把我俩高举起来，托到了火堆前的空地上，边笑边喊："我们又抓到了两只鸟鸫鸟，可以串起来烤了。"他们粗鲁地把我们摔在地上，随后，他们中最丑的人——一个长着红胡子和红眼睛的大个子用一把大刀指向了我们的喉咙，而后用来自地狱般的声音说："弟兄们，我们该怎么处置这两个比萨的间谍呢？"所有人再次哄堂大笑——这或许就是当兵的人开玩笑的方式吧。然而，我和安德烈可理解不了这种幽默，只觉得自己要被吓死了。我记得弟弟的裤子全是湿的——他已经吓尿了。一个士兵用手指向安德烈，笑声变得更加震耳欲聋。另一个人用一截燃烧的木头照亮了我们的脸，发现我们相貌清秀，头发卷曲，像是两个可以给他们带来更大乐趣的大姑娘。我们愈发害怕了。万幸的是，其中一个舞娘听到那个士兵宣称他更喜欢少男而不是女人，突然发起火来，抄起一截横木就敲了过去。

为首那个"会吐火的巨人"眼见玩笑开得差不多了，便让士兵们和舞娘们都冷静下来：羊已经完全烤熟了。那人突然变得和善起来，用他的大手把我们拽了起来，而后命令我们坐在他身边，又往我们每人手里塞了一个木头杯子——里面盛满了原本就属于我们的酒。随后，他又递来了一条烤得金黄、油光闪闪的羊腿——那原本也是属于我们的。就这样，我们参加了一场非同寻常的"庆典"，但正是那场庆典，让我们产生了某种幻觉，以为那才是真正的生活，那才是我们所梦想的自由的生活。我们羡慕他们是一个群体，一个由强大且独立的男性组成的群体，似乎想做什么就能做什么，想什么时候做就什么时候做，不受任何法律和规章的约束，也不受任何国家、神父和家庭的管束，想去哪里就去哪里。夜深人静之时，他们问我们愿不愿意与他们一起南下比萨。在酒精和篝火的作用下，我和安德烈大喊"愿意"。就这样，我们头也不回地逃离了家乡，甚至没有回家一趟，与家里的老人告别。

我的从军生涯就这样开始了。我变成了"武夫"。在战斗中，我总是第一个不假思索地咆哮着冲进人群，就像从前在坎波泽皮生活的时候，我也总是第一个迎着朝阳起床，不假思索地劈开土块，像动物一样在本能或习惯的驱使下去做该做的事情。如今，我的本能就是每一个活着的生命最原始的本能，那种哪怕是地球上最低等的动物也具备的能力：活下去，尽一切可能避免或延迟死亡的到来。身体一旦死亡，就会四分五裂，被丢得这里一块，那里一块。打仗跟种地差不多，要形成习惯，习惯使用武器，就像习惯使用镰刀、截枝刀和斧头。对，就是一种习惯，要不假思索地出手进攻：不是刨地，而是刨下活生生的肉体——一条手臂或一条腿；犁开一个人的肚子，从中拽出长长的肠子；像劈开阻碍犁耙的石头一样，劈开一个人的脑壳；像在盛夏时节收割成熟的麦子一样收割人的生命，用黏稠的鲜血灌溉土地。没错，这就是所谓的战争，一种辛苦而肮脏的体力活儿，必须形成习惯，不假思索地出手。

然而，无论如何，杀人总归是一种令我心生恐惧的事情。好在天主保佑，我干这种事情的次数少之又少：当兵期间，我俩经历了一段短暂的具有幻觉色彩的和平时期，所以最终被分配进入了一支驻扎在比萨的松散的佛罗伦萨部队，前去修建一座用于掌控比萨城及其市郊地区的新堡垒。在那一段时期，并没有爆发任何真正意义上的军事冲突，我们只会时不时地前去惩罚某个胆敢杀害征税官的村庄或某个肆无忌惮糟蹋妇女的士兵。有时，一些拿着镰刀或叉子的农民会气势汹汹地突然出现在我们的面前。在那种情况下，我们的弓弩手便会从远处放箭，只要杀死其中的一个人，其他人自然就会四散而逃。我们步兵偶尔也会抢掠财物，但长官总会警告我们不可过分，必须点到即止。此外，我们是不能强暴妇女的。

我们在比萨与堂兄蒙特·迪·帕斯奎诺及其家人重逢。他负责为卫戍部队的马匹钉马掌。蒙特和一个来自芬奇的名叫"纳尼·迪·费兰特"的人在圣玛利亚马达肋纳教区合伙开了一间作坊。与他的重逢略微冲淡了我们那种已经开始在心底蔓延的思乡之情，我的感觉不明显，但安德烈的情绪却比我强烈得多，他有时甚至会在夜里大哭，说想要回到坎波泽皮。不过，在服役期满以前，他是不可能返乡的。在那些年里，我们并没有体验到曾经期盼的自由，相反，我们甚至比先前更加明显地受到了奴役：不是受父亲的奴役，而是受国家的奴役。这种奴役更加可怕，让我们不得不参与奴役另一座城市或另一个国家的军事行动。我们常常出没于瓜扎隆戈或钦齐卡街区的街巷，那里有不少鞣皮作坊，还有不少从事其他营生的人，至于是什么营生，人们一听街巷的名字——"漂亮女人街""玛达莱娜街""农齐亚塔街""小农齐亚塔街"等就能明白几分。我的堂兄就住在那片区域里。于是,我们把他接济的几个钱都花在了街区的小酒馆里:要么是用来买酒,要么便是和某些来路不明的女子享受短暂的云雨之欢。

在堡垒里,我们要经常跟随格斗教头训练。我们这些从乡下来的士兵总是被分配去充当最普通的步兵:在真正的战斗中,步兵总是最先冲锋陷阵,是用于消耗敌方体力的待绞之肉。所幸的是在我所服役的地区,已经没有真正的战争了。格斗教学开始以前,教头总会说上一句"以天主和圣乔治大人的名义"。教学过程非常粗暴,教学目标也非常简单明确,没有任何大道理可言:自己若不想死,那就必须让别人死,因为你面对的不是一个普通人,而是一个要杀你的人,所以你需要做的,只能是比他更快且更灵活。我们不断地反复练习,让动作出自本能,成为一种不假思索就自然做出的习惯。我们必须将身体锻炼得非常强健,因为战斗就如同种地,从太阳升起到落下,一干就是一整天。在战斗中取胜的人依靠的并不是什么伟大的骑士英雄主义,而是汗水和辛劳,谁能在近身肉搏的过程中坚持得更久,谁就能有更大的胜算。若是跌倒在地,那也多半不是因为遭到了敌方的攻击,而是因为体力不支,那便会凶多吉少。只有极少数倒地之人能够得以活命,但那也并不意味着他们更加幸运:监牢是一个地狱,牢犯们会遭受饥饿和病痛没完没了的折磨,最小的伤口也会带来要命的痛苦。教头一遍又一遍冷静地告诉我们:"最好不要沦为阶下囚,最好不要受伤,最好不要丢了性命!"

"抱摔"是最基本的格斗术,那不是男女之间充满爱意的拥抱,而是要将对方置于死地的环抱,那是一种双臂、双腿、双脚,甚至嘴巴和牙齿并用的徒手格斗技术,与动物之间的撕咬和原始人在发明武器以前的打斗没有什么区别。起初,我和安德烈总是觉得好笑,认为这与我们男孩子在坎波泽皮的打谷场上进行的摔跤比赛差不多。不过,真实的格斗训练却与先前的游戏完全不同。教头和其他士兵总能轻易地将我们放倒,把我们的胳膊拧脱臼,让我们疼得满地找牙。有时,他们还会勒紧我们的喉咙,好像真的想要置我们于死地。在其中一次"抱摔"格斗训练中,我挨了一拳,鼻梁骨被打断裂,后来才将其归位,也正是从那时起,我就顶着这张"武夫"的丑脸了。

接下来要练习的是用一把木头短刀进行决斗。其中,最关键的一击被称为"绝杀"。不过,对于我们这些从乡下来的新人而言,具体要做的事情是相当明确的——不是投入厮杀格斗,而是扛着铁锹和锄头进行辅助工作:辛苦地搬运各种军械;砍树并将树干搬运至河面架桥;铲除多余的泥土,使路面变得平整;挖掘战壕;堆砌炮台垒道;烧毁敌方区域的田地和家宅。在干这些活儿时,他们只会发给我们一件皮上衣、一面木质圆盾、一个小头盔、一把短刀和一把匕首。真正拿着武器的,只有骑士及其扈从,是轮不到我们的。

我们的教头是一个伤痕累累的将军。前几年,他曾英勇地参加过许多场战斗。当他向我们讲述起圣罗马诺战役和安吉亚里战役中发生的战斗时,我们只觉得那些激烈的战斗是令人难以置信的神话。教头名叫"雅各布·迪·纳尼",来自离我家乡不远的卡斯泰尔夫兰科迪索托。所有人都叫他"武夫",正是他把这个绰号又安在了我的头上。

在比萨的好日子没有持续多久,那不勒斯的阿拉贡国王与向来阴险的锡耶纳人结成了同盟,入侵了托斯卡纳地区。冬天,佛罗伦萨投入了坎皮利亚保卫战,又派出另一支队伍前往皮恩扎附近的斯佩达莱托。不过,我们所在的队伍一直留在比萨待命。我们原以为那不勒斯的阿拉贡国王会围困坎皮利亚，然而，他却在春天到来之际袭击了皮翁比诺。对于佛罗伦萨而言，皮翁比诺是绝对不能失守的。在里窝那港，四艘战船被匆匆忙忙地装备起来，士兵们被分成两三批，前往皮翁比诺。我们一直埋伏在位于坎皮利亚和皮翁比诺之间的卡尔达内，隐藏在沼泽和湿地之中，生怕一不小心就撞上阿拉贡的军队。安德烈非常害怕，他还没杀过人。按照他的预感，若遇上手持短刀的敌方士兵，那么被杀死的一定是他，而不是对方。他害怕刀刺入身体，害怕鲜血从喉咙涌出，害怕死亡、黑暗和寒冷。我试图安慰他，向他发誓自己一定会寸步不离地守在他身边，护他周全。就这样，我让他放心，告诉他什么坏事都不会发生的。

当时，我们的处境十分艰难，一点儿食物也没有，因为周边地带早已人烟稀少：由于害怕战争，人们早已将田地弃之不顾，逃跑了。到了夜晚，当我们围坐在篝火旁边时，甚至连提神的葡萄酒也没有。没有人会给我们提供援助。为了活命，我们只好喝用草根煮的稀汤，吃蜥蜴。士兵们无所事事，只能终日嘟囔，抱怨天气太热，苍蝇和蚊子太多，水太脏太浑。疾病肆虐，摧毁了整支部队。最后，局势实在控制不住了，为了防止士兵造反，军官们只好让我们离开了那里，投入一些小规模的战斗，从阿拉贡国王手中夺下几座尚在其统治下的城堡。

不过，敌方的情况也好不到哪里去。尽管那支大型部队的装备和补给远比我们的要好，但他们也被迫在沼泽中驻留了很长时间，之后被同一片马雷马沼泽、蚊虫和间日热击溃。他们几乎没有进行任何战斗，但当他们撤退时，却留下了两千多名死者——几乎都是烧杀抢掠的逃兵，他们因自己的叛逃行为遭到了神圣的惩罚。我们也撤离了那里，是被两艘战船接走的。可是，回到比萨时，我仅剩孤身一人。我参加过的那唯一一场战斗不但没有给我带来任何荣耀，反而让我付出了沉重的代价：在一座肮脏的小茅屋里，我的弟弟安德烈死于高烧。在神志昏迷之际，他一直高喊着圣母的名字和我们的母亲皮耶拉的名字。我没能保护好他，没能让他躲过死神的镰刀。

正是在这样的至暗时刻，我认识了老安东尼奥的儿子公证员皮耶罗·达·芬奇。在芬奇，有谁不认识老安东尼奥呢？在我们家，有谁不认识他呢？我清晰地记得，他曾到坎波泽皮来过几次。他的一些田地与我们的田地毗邻，所以他一有机会就会爬山来到我们这里，尝一尝当年的新酿和往年的陈酿。随后，他便会谈天说地，而我们则在一旁倾听。我们布托家族的人天生如此，总是埋头干活儿，很少说话，也不信任那些口若悬河的人，认为他们的话语只是为了欺骗我们。不过，老安东尼奥是个例外。他的确有说话的需求，他需要与我们交流，与村里的其他人交流，他需要向我们讲述他的故事——在他看来，那些故事确有其事，但所有人都知道，所有的传奇都是他想象出来的：漂洋过海，前往世界的尽头；前往撒拉逊人的国度；被海盗袭击；穿越广袤的、只有蛇、狮子和巨人生存的沙漠地带；结识散发香气的美貌少女，她们会按照自己的喜好，过着世界上最自由的生活，把她们的花送给你……我很喜欢老安东尼奥。他出身于公证员世家，有时也会帮我们解读某些我们看不懂的文书或是帮我们规避某些不愿缴纳的赋税。然后，他便会带着父亲送给他的被阉割过的公鸡和一坛子葡萄酒兴高采烈地回到镇上去。

不过，我并不认识老安东尼奥的儿子，也从没有见过他，因为我们几乎从来不去芬奇镇，而他也几乎没有来过我们的村庄。不久前，他也成了一位公证员，被派到比萨为佛罗伦萨人提供服务，其办公地点位于钦齐卡的圣巴斯蒂盎教堂，就在阿尔诺河畔的摊贩凉廊附近。一天，他在蒙特的作坊里休息，请蒙特为他的马钉掌。当时，我也在蒙特的作坊里，在思考该如何结束军旅生涯，但又不知道具体该怎么做以及可以到哪里去。那是1449年的3月——一眨眼，四十多年已经过去了。蒙特一边打铁，一边介绍我俩认识。在相互握手以前，我和皮耶罗看着对方的眼睛，发觉我们之间有很多相似之处。我们的年龄相仿，虽然他是高高在上的公证员，但我觉得他是一个值得信任的人，我是不会弄错的。他是老安东尼奥的儿子，应该与他的父亲一样，是个正直的人。

通过我简短的叙述，皮耶罗很快明白了我内心所想的一切：一方面渴望回到家乡，另一方面却要面对一个实际层面的大问题——既然我已破坏了与父亲之间的关系，回到家乡又能做什么呢？让安德烈从军冒险之事，父亲也将归咎于我。如今，他还不知道安德烈已经死了，没有人告诉过他。他只知道安德烈不见了，至今没有任何消息，生死不明。再说，我回到家乡又能干什么呢？父亲一定无法忍受我与他一同出现在田间地头。在堂兄蒙特的作坊里，在一声声铁锤敲击的噪声之中，一个主意自然而然地冒了出来：既然我当过兵，还修建过堡垒，那么为什么不成为一个工匠呢？没错，我可是个修造行家，那些年里，我曾在窑炉中干活儿，生产用于修建城墙的城砖。

是啊，那将是一个不错的职业。我并不知道，在我离家的这些年里，父亲已经买下了位于芬奇的梅尔卡塔莱的半座砖窑，其地点就在那条通往阿尔诺河的路旁。砖窑的另一半属于佛罗伦萨殉道者圣伯多禄修道院的修女们，那片从圣潘塔雷奥延伸到格雷蒂的圣多拿狄的沿海地带也属于她们。公证员皮耶罗很清楚这一情况，因为修女们的产业与他父亲老安东尼奥及马可·迪·托梅先生的产业彼此相邻。再说，老安东尼奥也认识那些修女，所以公证员皮耶罗完全可以从中牵线搭桥，帮助我租下属于修女们的那半座砖窑，让我得以起家。如果我需要帮助，他的妹夫西莫内·迪·安东尼奥也可以帮忙，当时，他刚与皮耶罗的妹妹维奥兰特结婚。西莫内也是一个烧窑工，他母亲的家族拥有一座位于巴克雷托的窑炉，不过，那座窑炉主要是生产陶壶陶罐的。

我回到了芬奇。父亲冷淡地接待了我，根本没有像福音书所描绘的那样，庆祝浪子的回归。对于我打算经营砖窑的想法，他也没有表达任何反对意见：一方面是因为那座砖窑早已被弃置，并没有给他带来收益；另一方面也是因为想让我这个不速之客尽快离开，免得我一直待在他位于坎波泽皮的家里。如今，家里的情况已经发生了很大的变化：老一辈人除了父亲和继母安东尼娅女士都去世了，村里还住着马可的儿子马泰奥和马索连同他们各自的家人以及来自比萨的蒙特的儿子皮耶罗。长兄雅各布拥有父亲送给他的田产，但他一直住在位于城堡附近的宅子里，与年轻的妻子菲奥蕾一起过着老爷般的生活。在公证员皮耶罗的撮合之下，修女们以每年八枚里拉币的租金把属于她们的那半座砖窑租给了我，我向她们保证一定会按时支付租金。

起初，一切进展得还算顺利。我成天埋头苦干，像往常一样，独自一人操劳，辛苦得像一头骡子。我修缮了砖窑的建筑，包括一座小屋子、一座牛棚、一个院子和一座窑炉。我就住在那座小屋子里，坎波泽皮我是回不去了，父亲不欢迎我，甚至没有把我的名字列入税赋登记声明。后来，税赋登记处的官员发现了这一点，又让他亲笔补上了我的信息，还对那半座窑炉也进行了登记。在窑炉里，我修补了位于半地下层的燃烧室，又加固了小型支撑拱梁，而后对上方的烧制室进行了仔细的清理。自然，所有这些工作都是我一个人完成的，那个游手好闲的西莫内·迪·安东尼奥根本就没有露过面。我捡来木柴，挖掘优质的黏土并对其进行揉炼，而后将其制作成砖坯，进行晾晒。到了点火烧窑的日子，这些砖坯就将变成形态稳固的红砖。

没错，一开始确实还算一切顺利，不过后来情况便急转直下，变得非常糟糕了。所有的祸端都是西莫内和他那该死的赌博恶习引起的，他让我也染上了那一恶习。正因如此，我从来没有向修女们支付过租金。在刨除所有用于再生产的开销后，我将所挣得的不多的几个钱全都扔到了赌桌上。与西莫内混在一起的，还有一个恶棍——韦托利尼镇的安德烈神父。后来，他俩也因为某些下作之事闹翻了，西莫内把安德烈神父告到了主教那里。安德烈神父是一个道德败坏、心中根本没有天主的神父，居然让自己养的猪在公墓这种神圣的场所觅食，任凭那牲畜刨出死人的尸骨，一点点啃咬。他从不在意精神修养，一有机会就赌博，仿佛那是一种急不可耐、无法克制的生理需求：他在教区教堂里赌博，在自己家里赌博——连夜里也不停歇，在村外的纳诺内的家里赌博，甚至在帕泰尔诺的圣路济亚教堂的柴草间下方赌博。正是在纳诺内的家里，安德烈神父通过捣鬼赢了赌局，让我输了一枚大弗罗林币和两枚里拉币。他通过西莫内假装从我的砖窑里买走了三百块"梅扎纳"砖，而后又通过赌博把那些本应支付的钱赢了回去——没准儿西莫内和安德烈神父早就串通一气了。就这样，我的手里既没有砖也没有钱了，根本无法向修女们支付租金：三年了，我一次都没有付过。

我不得不求助于公证员皮耶罗，但同时也感到害怕。根据从芬奇传来的消息，他也陷入了一场严重的祸事之中，罪魁祸首是一个女人，女人果然是一切祸事的根源。我从来没想过公证员皮耶罗居然会犯这种错：陷入女人的迷魂诱惑之中，陷

11 安东尼奥及其他

入一个女人的怀抱。要知道，他可不是一个像我这样暴脾气又没脑子的农民，而是一个冷静到让你觉得他似乎能掌控一切的人。然而，哪怕就是这样的人，也会与其他人一样，被一个女人迷昏了头脑，成为她的奴隶。复活节当天，他把那个怀有身孕的神秘女子带到了安奇亚诺。他自以为做得谨慎，但其实整个村子都知道了。许多人还专门前去看望那个女子并参加了孩子的洗礼仪式。所有见过那女子的人都说她极为美貌，简直像个天使，能够软化最硬的心肠。从那时开始，老安东尼奥就一直在照顾那个女人和孩子，让他们住在自己家里。公证员皮耶罗回到了佛罗伦萨，并从那里向我传来消息：曾多次催促我付款的修女们已经把我的名字和二十四枚里拉币的欠款列入了她们的债权人、债务人名单和欠款明细，假如我不想丢了这份营生，就必须立即付款。

我该怎么办呢？或许只有老安东尼奥能够帮我一把：借我一笔钱，或者帮我想一个好办法。说到底，我沦落至此，都怪他那个女婿西莫内。2月一个清冷的上午，来自北方的寒风呼啸，田野里覆盖着一层白白的积雪。我披上斗篷，朝芬奇镇走去。我经过了一处几乎被废弃的市场，一路走到了老安东尼奥紧挨着城堡围墙外侧的家。老安东尼奥正在暖和的壁炉前等着我，多年没见，他很是高兴。他坐在一把摇椅上，腿上盖着一条大被子，被子上头蹲着一只漂亮的黑猫。露琪亚女士没在家，她去面包坊买狂欢节期间的特色食物"炸饭团"和"炸脆条"了。老安东尼奥很喜欢那些食物，而我却没能给他带一些来，真是有些不好意思。我双手空空，看上去比乡巴佬还要糟糕，不仅如此，我的口袋比双手还要干净。

我不确定老安东尼奥是否真的还记得我。以前，当他前往坎波泽皮时，我总是跟其他孩子一起围在他的身边听他讲故事，而我身上并没有任何区别于其他孩子的特征。不过，皮耶

449

罗曾向他提起过我和我的经历,所以他知道所有关于我的事情:他知道我曾经当过兵,并在当兵期间失去了弟弟安德烈;他也知道安德烈的死是一个重要的秘密,在不该说起的时候绝不提及。为了让我暖和暖和,他微笑着给我递来了一杯葡萄酒并告诉我说这酒的味道可不及我家产的酒。不仅如此,他还向我预定了来年在坎波泽皮出产的葡萄酒和橄榄油。我提醒他酒和油我都给不了,因为我没有田地,葡萄园和橄榄树林都属于我的父亲、兄长和堂兄堂弟,而我,什么人都不是,什么也没有,只会烧制两块砖头,还挣不到钱。他微笑着安慰我,说年轻人的未来就像一片广阔的天空,谁也说不准以后的情形;相反,老年人的天空已经被乌云一点点遮蔽了,只会越来越暗淡无光。

至于砖窑怎么办,欠修女们的租金怎么办,老安东尼奥让我不要太过担心。他认为那些修女都是敬畏天主的良善之人,惯于帮助穷苦之人。她们的修道院就位于老百姓居住的街区,在罗马门旁边。当然,她们有权获得本该属于她们的租金,这无可厚非,租约的确应该被遵守,不过,她们也应该理解一个可怜的基督教徒所遭遇的困境,在必要的时候,倘若这个农夫以实物的形式支付租金,想来她们也不会见怪,比如说,一桶葡萄酒或一罐橄榄油也值五枚里拉币,也就是半年的租金了。"话说回来,"老安东尼奥一边追随着自己的思维逻辑,一边盯着我的眼睛说,"如果想拿到一些产自坎波泽皮的酒或油,就必须在某些事情上做出改变,比如开始尝试与老皮耶罗·迪·安德烈·德·瓦卡达成和解,又比如放弃在砖窑的辛苦劳作,转而回去种地,种地的日子还是要好过一些的。没错,一定要做出改变,要娶一个女人,生几个孩子。只有这样,只有当老皮耶罗怀里抱着几个孩子时,他才会心软,才会高兴,因为他看到家族的血脉在延续,就好像看到自己给树木嫁接的枝条在继续生长。皮耶罗就是这么一个人,凭我对他的了解,他可不是一个坏人。"

我一时不知该如何回答。我过来一趟,是为了找他商量该如何应付那些修女的,而他却让我娶个老婆,回去跟父亲一起生活。不,我永远不会那么做的,当我还在比萨当兵的时候,我就已经发过誓了。在我眼里,生活不过是从一种被奴役的状态变成另一种被奴役的状态:被土地奴役,被家庭奴役,被神父奴役,被军队奴役,如今还要被砖窑奴役,被债务奴役,被赌博奴役。若要再受女人的奴役,那我就该被逼疯了。假使我想要女人了,完全可以和西莫内那个无赖一起去一趟恩波利,在那里,只要花上几个小钱就可以在阿尔诺河附近的酒馆里找一个女人,想做什么就做什么。不,我绝不会成为一个女人的奴隶。不过,我不愿顶撞老安东尼奥,他待我很客气,还请我喝了葡萄酒。话说那酒的味道还真是不错,肯定比人们通常拿给士兵们喝的"醋"要好多了。

就这样,我与老安东尼奥开起了玩笑——一个苦涩的玩笑。我确实感到了这样一种需求:渴望倾诉,渴望敞开心扉,渴望与某个人说说心里话。这是我一辈子都未有过的经历。当时,安东尼奥也有兴致与我打趣。我感叹道:"哪有女人愿意嫁给一个像我一样失败的人呢?我失败了太多次,是个失败的儿子、失败的农夫、失败的士兵、失败的烧窑工和失败的男人;我曾被打断鼻梁,鼻骨塌陷,丑陋不堪;我曾在皮翁比诺战役中身陷泥沼,染上恶疾,半张脸上长满麻子;我曾杀人放火,还迷上了赌博和嫖妓;我的双手曾常年操着铁锹、锄头和斧子,如今又在刨黏土和烧火。试问有哪个女人愿意被我这双粗糙开裂的大手抚摸呢?这世界上会有这么一个天使吗?我不确定,在我看来,除了母亲皮耶拉和圣母,所有的女人不是疯子就是魔鬼。倘若真有这么一个善良的天使,愿意接受一个像我这样丑陋的恶人,愿意爱我,拯救我,让我不再受奴役,那么我当然愿意娶她为妻,愿意遵循天主和罗马教廷的所有训诫,好生待她。"

听了我这番话,见过大世面的老安东尼奥也笑了起来,与我说笑道:"没错,没错,这样的天使可找不到,就算有,也不可能嫁给'武夫'这样一个塌鼻子的丑八怪。所以说,你说的那种女人,是根本不可能存在的。我们都很清楚女人是什么样的,天父创造她们,就是为了不让我们男人过得太舒服,就是为了让我们在此生就尝一下炼狱和地狱的滋味,提前开始赎罪。不过,我们不妨异想天开地假设一下,倘若果真有这样一个天使,'武夫'愿意娶她为妻吗?""那还用说,我会立刻那么做。""那好,我们接着假设一下,倘若这个被上天恩赐了所有美德和美貌的天使一贫如洗,没有任何嫁妆,那么'武夫'会不会就认为她不那么可爱了呢?""当然不会,她还是那个来自天国的天使,'武夫'照样愿意娶她,哪怕她一贫如洗,哪怕她属于这世上最卑微的人群,哪怕她不那么美丽,'武夫'也是这世上最卑微的人,'武夫'也并不那么看重相貌,只要她像母亲皮耶拉那样善良、诚实、温柔就好。"关于皮耶拉的宅心仁厚,老安东尼奥一定还记忆犹新吧。

"倘若那个来自天国的天使曾在这短暂的人世生涯中遭受过难以言说的苦难呢?倘若她曾与其他男人有过孩子呢?倘若她尽管内心纯粹而贞洁,却已无法向'武夫'奉献她未曾被人触碰过的处子之身呢?"说到此处,老安东尼奥感到有些难以继续了。我很快答道:"若要娶一个已经跟别的男人上过床的女子为妻,那可不是一件令人高兴的事情。"不过,鉴于我与老安东尼奥只不过是在空泛地聊天,并不会得出什么具体的结论,加之他请我喝的葡萄酒味道确实不错,我便总结道:"说到底,我也不在乎所谓的初夜和处子之身,只要那个女人心地善良，品行端正，真心爱我，对我忠诚而温柔，愿意陪我度过余生，我自然也会投桃报李，愿意接受她为伴侣，与她一起生活。我不会介意她的过往，正如她也不会介意我曾经的经历那样。我们俩将活在当下，彻底摆脱往事的恐怖魅影。不过说来说去，这些都只是我的白日梦。现实与梦想是完全不同的。"

老安东尼奥的脸上泛起一个令我至今难以忘怀的微笑，那微笑如此灿烂，照亮了他的整个脸庞，甚至在那一瞬间抚平了他所有的皱纹以及漫长的人生在他脸上留下的所有印痕，那些印痕让他的脸像老树的树皮一样斑驳。是的，在我有生之年，我绝不会忘记那个微笑：一个幸福的微笑，却不是为了他自己，而是为了别的什么人。后来我才明白，曾经坐在那个装满好酒的酒壶前的，不只我一个人。当时，倘若体力允许，他一定会立刻从摇椅中站起身，不顾他那把老骨头，用力地抱紧我。直到那一刻，我才意识到先前的交谈或许并不是我所认为的空泛的闲聊。

老安东尼奥坚持让我扶他站起来，陪他回到楼上的卧室去，他有些累了。于是，我不得不先挪开那只名叫"小二"的猫，它蜷成了一个沉甸甸的圆环，根本无意离开那个舒服的位置。接着，老安东尼奥在我的搀扶下缓慢地走上了台阶，有些恼火的"小二"竖着尾巴，跟在他身后。老安东尼奥不止一次地告诫我不要出声。我们来到了走廊，走廊一边是老安东尼奥的卧室，另一边则是一扇半闭的小门。老安东尼奥将食指放在嘴巴前面，微笑着再次示意我保持安静，并让我朝那扇半闭的门里看。在高高的床上，一个年轻的女人正在给孩子喂奶：她披着一头金发，样貌与天国的天使一般无二；她闭着嘴，正低哼着一首摇篮曲。只是这样，一股带有母性和生命的气息就从她的身上传递到了其他人身上。

老安东尼奥把我引入了他的卧室,并在我的帮助下躺在了床上。那只猫也随他跳上了床。他能看出来我心情很激动,同时也明白我除了相貌和名声不好,说到底还算是个好人。于是,在与我告别以前,他又小声对我说了几句话。他告诉我,我们先前谈论的天使是真实存在的。她与我们一样有血有肉,也与我们一样能感受七情六欲。只有老天知道她曾经历过多少苦难,才让她与她的孩子一道住进了这个家,享受此刻的安宁和幸福。是的,他所说的正是我刚才见到的那个女子,她曾是公证员皮耶罗的女人,那个孩子正是他俩所生。没错,那孩子是他俩犯下的罪过产生的结果,他们对尘世间的男女之爱产生了错误的幻觉。然而,生命终归是生命,是来自天主的恩赐。那个孩子也是天主之子,是奇迹般的馈赠,无论多少感恩都不足以报答。

那个女子名叫"卡特琳娜",曾是一个女奴,但如今已经被释放了。皮耶罗想办法让她获得了自由之身,但却不能与她再续前缘。主显节过后不久,老安东尼奥就安排皮耶罗与一位佛罗伦萨制鞋匠人的女儿阿尔比拉成了婚。他的岳父名叫"乔凡尼·阿马多里",在巴克雷托拥有若干田产。阿马多里非常敬畏天主,也是乔凡尼·格伦比尼的虔诚信徒。阿尔比拉嫁过来的时候,为了表示对天主的热爱,没有携带任何嫁妆。如今,皮耶罗住在佛罗伦萨的岳父家。按照法律规定,这个孩子将随父亲姓,其社会身份也随父亲。所以说,将来皮耶罗一定要负起抚养这个孩子的责任。当然,孩子目前完全可以继续待在卡特琳娜的怀中。这个女人身强体健,奶水香浓、甜美、充沛,一定能把孩子养得漂亮又健康。眼下,卡特琳娜是一个拥有自由身份的单身女子。不过总有一天,她是得离开孩子,也离开这个家的。除了身上的几件衣物,她一无所有,没有任何财产,也不会有什么嫁妆。然而,若哪个男人愿意娶她为妻,将会得到天主的最高褒奖,将得到这世界上最大的珍宝:一个爱他且为他带来荣耀的伴侣,给他带来子孙满堂的喜悦并陪伴他走过漫长而艰难的人生之路,直至最后一刻。

老安东尼奥的面色变得严肃起来,他紧握着我的手,郑重地对我说:"这并非一场交易,我也不是什么中间人。卡特琳娜是一个自由的女子,她用牺牲和痛苦才换来了今天的自由身份。无论是现在还是将来,任何人都无权替她做决定,将自己的意志强加给她,将锁链再次套在她的身上。那个选择要与她共度一生的男人必须有勇气将她视为与自己一般无二的天主的造物,平等地对待她,不将她视为被统治和被奴役的低等玩物。最终,她将自己决定是否接受这个男人。"话说到这里,老安东尼奥已经把想说的都说完了。黑猫的呼噜声已经响起,他也可以安然入睡了。现在,轮到我和卡特琳娜各自做出决定了。

宗教禁忌日刚一结束,我们就在复活节的八天庆期过后成了婚。鲜花盛开的3月宣告了美妙春季的到来:这是田间作物蓬勃生长的最佳时节。我们几乎是悄悄成亲的:举办仪式的地点既不在芬奇,也不在圣潘塔雷奥教堂,而是在斯特雷达的圣巴尔多禄茂教堂。老安东尼奥身体不适,没能到场,露琪亚女士也只好留在家中照顾左右。新娘是公证员皮耶罗的弟弟弗朗切斯科送来的,他也是证婚人之一。另一位证婚人是一个名叫纳尼·迪·吉安·焦孔多的农夫——老安东尼奥在利纳里购置的农庄的一半就是由他打理的。弗朗切斯科很高兴自己能履行如此重大的职责,在担当见证人以前,他还曾发表声明,表示自己已经成年。为了不让村里的人偷偷窥探,说三道四,他让卡特琳娜披了一件斗篷,还让她骑着骡子前进,以免她被好奇的目光追随。她唯一的包袱便是怀里那个被裹得严严实实的孩子。早在头一天,弗朗切斯科就已经赶着一辆由同一头骡子拉的小车，在这段从芬奇通往梅尔卡塔莱的小路上跑了好几个来回，把属于卡特琳娜的不多的几样财产搬到了我尽力收拾好的砖窑内部的小屋子里。那些东西为：一张漂亮的核桃木床、一口带有两把锁的箱子、一条褥子、两条床单、一床被子、一件深红色的粗布"乔帕"带袖裙袍，若干外衣、里衬、袜子和汗巾。另外，露琪亚女士还差人从巴克雷托的托亚镇的窑炉送来了一个篮子，里面装着她送给卡特琳娜的新婚礼物——一只绘有圣加大肋纳的彩绘陶罐和两只陶壶。

成亲那天，我到达教堂的时间有些太早了。弗朗切斯科先前已经告诉我，他们将会在午餐后到达教堂，因为那会儿路上没人。但我还是在正午十二点就独自到达了那里，站在紧闭的大门外，祭衣房看管人刚刚把大门锁好，去用餐了。那天，我仔细地刮了胡子，穿得也比平日精神些——纳尼借给我一件短上衣。为了躲避阳光暴晒，也为了躲避教堂那空荡荡的外立面上的"大眼睛"，我干脆躺在了一棵大树下的石头上。山脊上的风景很好：田地和葡萄园环绕着熟悉的山脉，斯特雷达河的河水在下方的山谷里欢快地流淌，推动磨坊的轮子转动。教堂开门后，还是只有我一个人。于是，我两手空空地走进教堂，跪在一尊粗糙的圣巴尔多禄茂雕像前：长着长胡子的圣巴尔多禄茂左手拿书，右手持刀，严肃地看着我。

不一会儿，神父从切雷托赶来了，他是一位重要人物，来自皮耶韦的圣伦纳德教堂。他的老朋友安东尼奥在一夜之间突然变成了圣伦纳德的虔诚信徒，向他讲述了整件事情的来龙去脉。这位皮耶韦的神父立刻同意了我们的婚事。卡特琳娜能够重获自由显然是圣伦纳德的神迹显现，他将在布道时把这一事件树立为典型。此前，"安东尼奥爷爷"曾派我前往神父身边，协助其安排一切。这位好心的神父让我去了好几趟，说我就是一只典型的迷途的羔羊。我不得不花了好些时间向他忏悔我所有的罪过。我对结婚这一圣礼知之甚少，是神父教会了我相关的常识。他询问了关于我们的一切细节：我们的姓名、年龄、新娘的祖籍以及她是否是接受过洗礼的合格基督教徒。我让他看了由公证员皮耶罗书写的羊皮卷轴，证明了卡特琳娜的自由身份。神父确定了我们的婚姻不存在任何阻碍因素，便将一张写有我们二人婚讯的纸条贴在了皮耶韦的圣伦纳德教堂的门外。"我怎么说你就怎么做，"他微笑着对我说，"反正你也不识字。"鉴于我们二人的状况，我们的婚礼只需按照最简单和谨慎的形式进行。婚礼地点位于圣巴尔多禄茂这座偏僻且不起眼的乡村教堂，没有公证员参加，只有神父主持赐福和新人交换戒指的环节。

"那么订婚呢？你和卡特琳娜订过婚吗？"我回答说我们订过婚。在与老安东尼奥谈心之后的第三天，我又去了他位于位于芬奇的宅子，在那里第一次正式见了卡特琳娜并与她交谈。时间过得真快，四旬斋已经一晃而过了。那天，露琪亚女士把我俩单独留在园子里：小列奥纳多在地上匍匐着追赶躲在草丛后的小黑猫，小猫故意设下埋伏，而后把自己的小爪子伸进列奥纳多的小手里，每次都逗得他咯咯直笑。我和卡特琳娜一直沉默着：她坐在一条石凳上，我则是靠墙站着，手里拿着一顶帽子。她保守地把长发梳进了"库菲亚"头巾里。最后，还是她鼓起勇气，抬起眼睛看向我，对我开口说话。她的目光非常温柔，面对这个站在她面前的陌生男人，她不仅没有表现出丝毫的害怕和尴尬，反而眼里闪烁着一种充满爱意的光辉，就在此前一刻，她还在用这种目光追随着儿子的行动。老安东尼奥和露琪亚向她提了一些建议，但也给了她是否要见我、与我交谈的全权自由。最后，她决定见一见我。此时，她只对我坚定地说了一句话："跟我说说你自己吧。"

于我而言，这简直是一场考验，比向神父忏悔还要困难得多。在进行忏悔时，我只需面对黑漆漆的忏悔室，向天主坦白我的罪行就好。我之所以可以启齿，是因为我知道位于格栅之后的不是一个人，而是天主，这样一来，我就能安心许多，我知道他对我的所有罪过都一清二楚，即使我一时间找不到合适的词语，他也能明白我的心意。可是此时，当我站在阳光灿烂的花园里，看着卡特琳娜的眼睛时，我又如何能够描述我自己呢？我这辈子从来都没有向任何人谈起过自己。我为什么要害怕这个女人？为什么感到说不出口？我是"武夫"，我曾经是一个军人，一个使用暴力的人，一个用行动而非语言说话的人。我极少与女人说话，只会用几个小钱买下她们的身体，或是在洗劫某个贫苦的村庄时顺便强暴几个女子。面对我的局促，卡特琳娜再次表示主动，试图化解我的尴尬。她或许已经通过我变形的脸明白了什么：小的时候，我曾在坎波泽皮的田间忙碌，试图在劳作中打发时间，此刻，我的脸上呈现出的正是那个孤独而不幸的孩子才有的尴尬神情。

卡特琳娜示意我在她的身边坐下。我笨手笨脚地照做了，右手撑在了石凳上。她拉起我的手，颀长纤细的手指来回滑过我那只常年刨土和烧窑的手上干硬开裂的皮肤。随后，她开始说话。她的声音有些奇怪，与我们说话的方式也不太一样：她发出的声音总在嗓子眼儿里转悠，有时还显得很生硬。她时不时地会停下来，像是卡了壳，在寻找正确的词语。她看着我的手，说我的手已经替我表明了一切，我不必用语言描述自己曾经的经历了，她已经感受到了。其实，她的手也会"说话"：那么温暖、小巧、柔软。不过，她的手上也有劳作留下的种种痕迹，包括裂纹和小小的伤疤。她的无名指上戴着一枚有些陈旧的银戒指，戒指上刻着一些我看不懂的符号，那是她的保护神圣加大肋纳的名字。那只手似乎在向我传达某种信号，而我

11 安东尼奥及其他

似乎也读懂了那一信号:她既想向我要求什么,也想向我奉献什么——保护、友情和爱。

我与卡特琳娜从来不曾长谈,我们也不需要这样做。有三四次,当我前往芬奇镇去看她时,露琪亚女士会从一扇小窗偷偷观察我们,我们心知肚明,但彼此也都心照不宣。她总是看见我们手拉手坐在园子里的长凳上。列奥纳多在地上玩耍,时常跳到这个鼻子扁塌、相貌滑稽的大个子怀里。或许,这个大个子已经爱上了他的妈妈。

我最近一次前往芬奇镇,是在举行婚礼的前一天。老安东尼奥感到自己没有足够的力气前往圣巴尔多禄茂教堂,于是希望提前见一见我们俩,向我们问好,也为我们祝福。我们牵着手,走进了那间安装有壁炉的客厅。露琪亚女士坐在屋子的一角,哄着列奥纳多。老安东尼奥告诉我,我的父亲曾经来找过他,委托他向我转达他对婚事的认可和对我的祝福。父亲会让人把一坛橄榄油送到砖窑去,算是送给我的新婚礼物。随后,安东尼奥看向卡特琳娜,湿润了眼眶:倘若这可怜姑娘的父亲能从世界的另一头赶到此地,也一定会满心欢喜地表达自己的认可和祝福的。于是,他——公证员圭多之子公证员皮耶罗之子安东尼奥代表我们俩的长辈和家人,向我们致以隆重的祝福,祝我们白头偕老,如意美满,就像他和露琪亚女士那样,享受天主恩赐的幸福。

纳尼带着他的妻子来到了教堂,她的怀里抱着一个小包袱。没过多久,我们就看见弗朗切斯科走在那头驮着卡特琳娜的骡子身后,远远看去,他们真像逃出埃及的"神圣家庭"。卡特琳娜热得实在受不了,便脱掉了厚厚的大衣,即便她只穿着一件普通的白色衣服,也依旧光彩照人。那是一件日常的"乔帕"带袖裙袍,但非常干净,散发着清新的香气。她的头发被包在头巾之中，但为了今天这个朴素的仪式，也被精心地编成了发辫。列奥纳多被包在一个大襁褓里，固定在她的胸口。这个孩子长得越发壮实了，不停地扭来扭去，试图挣脱那些紧紧裹住他的衣服和抱被。他那头金黄色的鬈发，被裹进了一个小小的"库菲亚"头巾，两只清澈而灵活的眼睛一刻不停地滴溜溜地转动，东张西望，根本看不够那些遍布在他周边的新鲜事物：天空、太阳、小鸟、树木。这是他第一次如此全方位地观察整个世界。我也很想重返童年，用那样一双眼睛，带着孩童特有的新鲜感看这个世界。纳尼看着那个过于活泼的孩子，打趣说他一定坚持不到弥撒结束就会开始哭闹。他的妻子甚至没有给我时间向站在空地上的新娘正式问一声好——我俩只能用眼神略作交流，就把卡特琳娜和孩子拉进了神父的住所。弗朗切斯科也只是与我打了一个招呼，便神秘且匆忙地走进了教堂，他将一个小包裹交给了那位来自皮耶韦的神父后也悄悄溜进了神父的住所。最后，我和纳尼走进了教堂，他让我独自一人站在了祭台下。

我察觉到身后有动静，便转过身去：我的新娘出现在那一片从教堂大门和圆形花窗处射入的锥形光束之中。她身披一件露琪亚女士借给她的极为漂亮的、洁白无瑕、饰有花边的斗篷，脸上覆盖着一层丝绸面纱，头发被编成发辫，头顶戴着一个花冠。眼前的一切让我的内心充满了极致的惊喜——这就是露琪亚女士和纳尼的妻子一直在筹谋的事情了。此刻，纳尼的妻子怀抱着孩子，正朝我微笑。卡特琳娜挽着弗朗切斯科的胳膊，缓缓向我走来。她走得格外缓慢，仿佛时间也放慢了脚步，最终完全停下来了，而随着时间的停止，生命、呼吸和心跳似乎也停了下来。她太美了！直到今天，当我回忆起那个时刻，心仍会激动地战栗。我的心底生出一种奇怪的幸福感，那幸福感甚至让我有些害怕：我对这个女子究竟有多少了解呢？

11 安东尼奥及其他

除了在彼此握着对方的手时,用相互交缠的手指说的那些话,我对她一无所知。我甚至不知道她来自何处,来自世界尽头的哪一片寂寥的荒原。不过,就算知道那些,又有什么用呢?在我的世界里,东方的边界止于在佛罗伦萨就能遥遥望见的普拉托马尼奥,而西方的边界就是位于比萨和皮翁比诺的大海。我是否配得上这个姑娘?是否知道该如何去爱她?不过,我能感觉到,她愿意爱我,也愿意把自己完完整整地献给我。

卡特琳娜微笑着走到了我的身边,摸了摸我的手,像是在为我打气。是的,是她让我这个"武夫"鼓起了勇气。来自皮耶韦的神父开始用拉丁文主持弥撒,我们一直聆听着,像是在梦里一般。关于弥撒的内容,我几乎一点儿也想不起来了。突然,纳尼用力拽了我一下,我这才反应过来:神父提出了问题,正在等待我的回应。他的问题是:"安东尼奥,你愿意根据慈母教会的仪式,接受在场的卡特琳娜为你的合法妻子吗?"我赶紧慌慌张张地说出了那个神父事先教过我的单词"volo"。接着便轮到卡特琳娜了,她也说了"volo"。"volo"这个词既是拉丁文中的"愿意",也是意大利文中的"飞翔"。没错,我的确想要飞起来:我想与卡特琳娜一起飞走,就像两只鸽子或天鹅那样。随后,我们彼此握住了对方的右手,在天主面前聆听那句让我们结成夫妻的话:"我因父及子及圣神之名将你们结合为夫妻。"我忽然焦虑起来:戒指呢?我居然根本没有考虑这件事情!然而,结婚是一定需要戒指的。来自皮耶韦的神父微笑着转向弗朗切斯科,只见弗朗切斯科将两枚置于小枕垫上的黄金戒指递了过去,那是老安东尼奥准备的礼物。弗朗切斯科小声对我说:"但愿戒指的圈口大小合适,卡特琳娜的那一枚肯定没问题,安东尼奥已经让她试过了,至于你的那一枚,安东尼奥只是看着你那双大手目测了一番。"神父完成了对戒指的赐福,而后把那枚较小的递给我,让我戴在卡特琳娜的手指上，与原先那枚刻有圣加大肋纳的旧戒指重叠着套在一起。接着，卡特琳娜也把那枚较大的戒指戴在了我的手指上。老安东尼奥的眼力果然很好，戒指的圈口大小非常合适。

在念诵完《天主经》之后，神父看着我们说道："好了，使用拉丁文进行的部分已经结束了。现在，我想用我们的母语来表达，鉴于以下这段'开篇祝祷'是致以新娘的，因此，我们有必要让她全部听懂。这个姑娘从远方来到了我们这片土地，曾经历千辛万苦，理应听懂此刻的祷告。"神父的一番话入情入理，我至今还记得其中的某些片段。有时，当我为卡特琳娜祷告时，还会不断重复那些句子。那番祷告强调了天主创造万物的力量，同时也让我们这些小小的被造物参与其中，感受爱和孕育生命过程的奥义。

"噢，天主！你凭借德行的力量从无到有地创造了所有的事物，在宇宙起源之初就按照你自身的形象创造了人。你创造了男人和女人，并为他们之间的结合赋予了神圣的意义，令他们得以合二为一，形成幸运且受到祝福的融合：无论是针对原罪的惩罚，还是汹涌的大洪水都无法取缔此种结合。噢，天主！你将自己的目光和庇护关爱地投向这个服侍你的女仆，让她戴上爱与和平的枷锁，成为耶稣贞洁而忠诚的新娘，像黎贝加一样与她的男人恩爱和睦，像撒辣依一样长寿、忠贞，愿她举止端庄、恪守贞节、子嗣繁茂、正直纯洁，最终能够获得真福者的平静，抵达天国；愿他们夫妇二人能够心愿得偿，白头偕老，得享三世同堂甚至四世同堂的天伦之乐。阿门。"

四世同堂或许是奢望，不过，我们的确有幸见到了女儿们生下的头几个孩子。跟随着自然的节奏和季节的更迭，很多年过去了，既不快，也不慢。正如老安东尼奥所预见的那样，时间能够抚平焦虑和误解：卡特琳娜刚一显怀，父亲就把我们唤回了坎波泽皮。我感到幸福满溢，不仅是因为自己能回到那片出生的土地，回到从小长大的家中，更是因为我感受到了卡特琳娜的幸福。她曾与我一样，以自由之身出生在大地之上、自然之中，如今她终于实现了自己的梦想，再度回归了动植物遍布的自然界，回归了真实和真正的生活。我也离开了砖窑，干起了种地的老本行：老皮耶罗年事已高，已经无法独立操持农活儿了。

1454年，我们生下了长女皮耶拉。随后，每隔两三年，就会有一个孩子出生，他们分别是玛利亚、丽莎贝塔、弗朗切斯科和桑德拉，由于每个孩子都由卡特琳娜用母乳喂养长大，所以他们的出生年份总保持这样一种有规律的间隔。圣潘塔雷奥教堂那位善良的弗朗切斯科·圭杜奇神父为我们的所有孩子主持了洗礼。由于卡特琳娜早年已经生过两个孩子，产道通畅，所以后来几个孩子的出生几乎都是没有巨大痛苦的顺产。尤其是玛利亚，她居然是卡特琳娜在一个麦垛后面独自生下的。那天，卡特琳娜正在溪流附近的田地里干活儿。分娩时，她自己完成了一切操作：先是用镰刀割断了脐带，接着用溪水为孩子清洗，而后将她包裹在头巾里。待我回家见到孩子时，小玛利亚已经在摇篮里睡熟了。卡特琳娜仿佛具有繁衍后嗣的天赋，天生就是一个生孩子的高手。

至于列奥纳多，卡特琳娜一直给他喂奶，直到怀着皮耶拉的肚子再次大了起来。这个小男孩儿长大了不少，漂亮又健康，已经可以自己迈步了。他有时也会尝试说话，但他说话的样子很是滑稽，嘴里时不时还会蹦出一两个旁人听不懂的词，或许是他的妈妈在那些温柔、忧郁而神秘的摇篮曲中唱过的歌词。我们把他送到了他的祖父母安东尼奥和露琪亚女士那里。他们自然非常欢喜，只是列奥纳多说什么也不愿意离开妈妈的怀抱。于是，我们告诉他，他可以随时回到妈妈身边。当年，弗朗切斯科总要前往老安东尼奥名下的各个农庄巡视。自那时起，他就不得不把列奥纳多带在身边，让他骑着那头母骡子，在芬奇和坎波泽皮之间往返。这种情形一直持续了好几年。我们非常喜欢弗朗切斯科，他好像一个长不大的小伙子，像我们一样热爱田间生活。所以，当我们唯一的儿子出生的时候，我们便毫不犹豫地给孩子起了同样的名字，并让弗朗切斯科叔叔做了他的教父。后来，当列奥纳多长到六七岁的时候，弗朗切斯科依然在芬奇和坎波泽皮之间往返，通常情况下是为了把列奥纳多接走。这孩子总想逃离露琪亚女士的严格看管，动不动就会翻出靠近溪谷一侧的菜园围墙，偷偷地爬到村子周围的山上，而后独自顺着流淌于田地和葡萄园之间的芬奇小溪一路下行，一直走到妈妈的家。在他眼里，妈妈总是处于孕产的状态，不是怀有身孕就是在给几个妹妹喂奶，常年散发着母性的光辉。

那是一段幸福的时光，但同时也是一段艰难的日子。土地对耕作者不再慷慨，或许是因为"她"也老化了，产量日趋下降。在坎波泽皮那片由我耕种，但所有权仍属于我父亲的土地上，一年的产量只能勉强达到四斗麦子和四桶葡萄酒。兄长雅各布则不得不把属于他的那部分土地卖给了一个有钱有势的邻居路易吉·迪·洛伦佐·里多尔菲。那个人远在佛罗伦萨，或许根本不知道我们的存在，更不了解我们的疾苦。所以，我们只能与他的农场主阿里戈·迪·乔凡尼·泰代斯科商谈——他好歹算是老安东尼奥的朋友，也是列奥纳多的一位教父。后来，雅各布又陆续卖出了其他一些土地。1459年，我呈交了第一份税赋登记声明，表明自己既没有任何产业，也没有任何职业，靠父亲养活且住在他的家里，从而避免缴纳税款。我在那张纸上第一次看到了"卡特琳娜女士"这一表述——作为我的女人,她的名字第一次出现在我的名字和两个女儿——皮耶拉和玛利亚的名字旁边。由于不识字,我费了很大劲才认出来。帮我撰写并呈交这份文书的,是我的朋友西莫内·迪·斯特凡诺·迪·坎比奥。

如同树叶会在秋天飘落,老人们也一个个过世了。最先离开的是我的父亲皮耶罗,而后是老安东尼奥。此时,我们也要和小列奥纳多分开了。一方面,露琪亚女士已经无力独自照顾孩子;另一方面,列奥纳多也需要接受一些教育,对此,他的父亲已有所考虑且认为村里并不具备相应的条件。另外,弗朗切斯科也要离开芬奇了。尽管他本人并不情愿,但作为兄长的公证员皮耶罗已经决定让弗朗切斯科前往佛罗伦萨城生活,并做出了一系列他认为相当体面的安排:迎娶亚历山德拉——皮耶罗的妻子阿尔比拉的妹妹为妻,住在岳父的家里并在他的制鞋作坊里谋一份差事。不过,若能让弗朗切斯科继续留在乡下生活,那么他本人一定是一万个愿意的。在一个阴沉的日子里,弗朗切斯科带着列奥纳多来向我们,尤其是向卡特琳娜辞行。那时,卡特琳娜虽已怀上了桑德拉,却还在给小弗朗切斯科喂奶。我们站在大门外目送骡子背上的叔侄俩在大路上渐行渐远,直至彻底消失在圣潘塔雷奥教堂的拐角处。

不过,这次离开并非永诀。弗朗切斯科一有机会就会回到乡下待一阵子。老安东尼奥过世后,把遗产留给了两个儿子,弗朗切斯科每次回乡,都会住在老安东尼奥留给他的一座农庄或其他房子里。公证员皮耶罗试图让列奥纳多上学,接受正规的算术和书写教育。不过,列奥纳多的顽皮让公证员皮耶罗的打算落了空。后来,他父亲干脆把他送进了一个工艺大师的画室里当学徒。在叔父的帮助下,这孩子一有机会就往芬奇跑,来找我们。每当他出现在坎波泽皮时,我们总是感到喜出望外。有时，他来得实在突然，出乎所有人的意料，还故意埋伏在用女贞枝条编的篱笆后面，随后猛然跳出来，弄得卡特琳娜好几次心跳加速，差点儿乐极生悲，晕倒在地，毕竟，她已不再年轻，身体也因多次生产而逐渐衰弱了。埋伏在篱笆后方的儿子也让她想起了许多年前老安东尼奥那只顽劣的黑猫突然从某处跳出来，吓唬当时还是婴儿的列奥纳多的情景。

列奥纳多总会给他的妈妈带一些礼物：一件用画室里的边角余料制作的银首饰、一枚别在"乔帕"带袖裙袍上的别针、一小块不知从哪里偷来的气味浓郁的灰色琥珀或是一小瓶用蒸馏器加工的橙花香水。不过，卡特琳娜认为那香水的气味太过浓烈，她还是更喜欢自己按照本民族的古法加工的香水：将去壳的杏仁、玫瑰花、茉莉花、薰衣草和其他那些只有她能识别的野草放入冷水中浸泡，而后加工成香水。她仿佛一个女巫，常常在黎明时分去田野里采摘那些植物，那时，它们的茎叶上往往还挂着露珠。

列奥纳多总是随身携带一些大大小小的纸张，纸上并没有他祖父或父亲留下的文字。那些文字的效力远比我们农夫进行握手约定或口头约定的效力更强，令我们望而生畏。在我们看来，文字只是用来记录我们的债务、义务、财产、土地、合同、租约、惩罚和绝罚的。列奥纳多携带的，并不是上述这类纸张。在他送给妈妈的纸上，只有图案和形象：一些纸上画着田间的花草植物，包括百合、玫瑰、菖蒲、桑葚；另一些零散的亚麻纤维纸上则绘有若干古怪的衣褶，像是某些没有脑袋的骇人的鬼魂；不过，大部分纸上画的都是女性的面部和微笑的天使，她们闭着眼睛，身上装饰着绚丽的珠宝首饰。

列奥纳多说，这些形象都是他在思念母亲的时候绘制的。他央求母亲让自己为她画一幅写生画像，以便更加清晰地记住她的面容。那应该是他绘制的第一幅板面油画，主题是"圣母领报"。卡特琳娜朝儿子露出了一个温柔却令人难以捉摸的微笑，一直没有应允，反而说了些我听不懂的话。她说，画画可不是闹着玩儿的，因为图像是神圣的，无论是关于一朵花、一只鸟还是一个女人的图像，都是天主创世之谜的组成部分，是神灵的符号，蕴含着所绘之物的灵魂、生命和美感。随后，她从听得目瞪口呆的列奥纳多手中把那块红色天然石头拿了过去，开始在纸上作画：有绳结图案，还有一些以奇妙的方式相互交缠的花草枝条。列奥纳多目不转睛地看着，完全入了迷。卡特琳娜告诉列奥纳多："生命、爱和我们的故事就是这样相互交缠着的。就算我们会一度彼此远离，但终有一天仍会再度交织在一起。"说着，卡特琳娜看向我，拉住了我的手。

列奥纳多对卡特琳娜那双纤细颀长且强壮有力的手非常着迷，总想抚摸它们，并在纸上描绘它们的各种姿态和各种动作。卡特琳娜总是微笑着婉拒，半开玩笑半故意地将双手藏在"嘉姆拉"长裙下。她喜欢与列奥纳多说话，给他讲自己过往的经历，关于动物和神灵的寓言，关于过去和那个已经消失的世界的故事。列奥纳多听得神魂颠倒，瞠目结舌，即使已经长成了大小伙子，每每此时，他的脸上也还总是会露出一副小孩子的神情。对于他们母子之间这种亲密无间的关系，我甚至感到有些嫉妒：卡特琳娜只跟列奥纳多一个人说话，她与我和其他人，包括她的其他几个孩子在一起时，几乎从来都一言不发。尽管她不说话，但她也能通过双手的动作、眼神和微笑与人进行非常顺畅的交流，其沟通能力甚至比我们还好。在我与卡特琳娜一起生活的将近四十年里，我们几乎没有说过话，我的意思是用语言交流，因为我们几乎没有这种需求。我们的身体总在彼此交流，频繁地交流，我们的眼睛也是如此。我们在沉默中分担一切：田间劳作的辛劳和汗水，灾荒季节的饥饿，农村的生活以及我们颇感自豪的贫穷。

列奥纳多常常向我打听关于军旅生活和战争的情形。不过，我并不愿想起那些往事，也不愿聊起那些话题。我本就不喜欢说话，更不喜欢谈论我自己。尽管我已经不再经营砖窑了，他也愿意陪我去往那些我曾经挖过黏土的地点。有时，我会找到一些奇怪的已经石化的贝壳——它们本应出现在大海里，而不是田野中。列奥纳多认为这里曾经是汪洋大海，后来一切都发生了改变，海水逐渐干涸了。他喜欢看我揉炼黏土，也喜欢用他那双与母亲十分相似的手快速揉捏出各种形象：有天使的头部，有微笑的婴儿，还有两个搞笑的头像。其中一个头像又胖又狡猾，另一个头像则凶神恶煞，鼻子扁塌：原来是弗朗切斯科叔叔和"武夫"叔叔。我本想把这两个土坯带去巴克雷托烧制成型，却始终没有时间去做。他走了以后，那两个头像就在小孩子们的打闹中被摔坏了。那些绘有图案的纸张的结局也是大同小异：不是被猫撕坏了，就是成了壁炉里的一小撮灰烬。

列奥纳多的相貌越长越像卡特琳娜。渐渐地，他的脸上开始覆盖愁云：当他回到佛罗伦萨后，他的父亲禁止他再来找卡特琳娜，也不再让他在谈论卡特琳娜的时候使用"母亲"或"妈妈"等字眼。对于公证员皮耶罗来说，卡特琳娜只是卡特琳娜，而"母亲"一词只能用来称呼继母阿尔比拉。说到阿尔比拉女士，她也真是一个苦命的女人，不仅失去了第一个女儿，还在1464年死于难产。公证员皮耶罗很快续了弦，第二任妻子名叫弗朗切斯卡·兰弗雷迪尼，这个女人也在几年以后去世了，没有生下一儿半女。公证员皮耶罗又先后结了两次婚，生下了不少子女。也正是在那时，列奥纳多决定离开父亲的家，独自去闯荡世界。我最后一次见到他是在1478年。在帕齐家族制造阴谋，美第奇家族愤然实施报复的腥风血雨之后，列奥纳多逃离了佛罗伦萨，躲到了叔父弗朗切斯科家。当年5月3日，我作为佛罗伦萨城国议事会成员之一在城堡里见到了他们俩。城国议事会同意将城堡磨坊的永佃权授予弗朗切斯科和未能到场的公证员皮耶罗。此外，弗朗切斯科还坚持增加了一个特殊的补充条款：若自己在去世时没有留下婚生子女，则公证员皮耶罗的非婚生子列奥纳多可以继续享有该磨坊的使用权。那是列奥纳多最后一次前往坎波泽皮，与自己的母亲拥抱告别。

若干年过后，女儿们已经到了待嫁的年龄。嫁妆成本有所增长，我卖了一些地，为她们各自备下了一份小小的嫁妆。1474年，皮耶拉完婚。1478年，玛利亚也嫁出去了。我们在坎波泽皮举办了盛大的庆典，公证员和圣潘塔雷奥的神父都到场了。如今，卡特琳娜已经成了人们口中的"卡特琳娜女士"，看着与自己一样漂亮的两个女儿相继出嫁，她的眼里洋溢着幸福的光芒。的确，我们家的两个女儿是村子里最漂亮的姑娘。不过，儿子弗朗切斯科还没有成家，与年轻时的我一样，他也无法忍受农村的田间生活，岁数一到，他就离开了家，去比萨当兵了。

我们与达·芬奇家族的两兄弟一直保持着密切的往来。公证员皮耶罗凭借自己与殉道者圣伯多禄修道院的修女们的友好关系，与弗朗切斯科共同获得了一座位于城堡的房产的永佃权。最后，他们还租下了梅尔卡塔莱的那座即将彻底损毁的窑炉。他们许诺将修缮窑炉，且每年向修道院提供三百块烧制完成的砖。我常常应他们的要求前去充当某些法律流程的见证人。一次，公证员皮耶罗坚持邀请我前往佛罗伦萨，去见证一份重要的遗嘱：他需要找一个完全信得过的人加入见证人的行列,于是便找到了我这个既不识字也不会写字的无知农夫。尽管不情愿,但我还是去了,说实话,我愿意见到弗朗切斯科,却不怎么愿意见公证员皮耶罗。不过,无论如何,总不能一直不来往。况且,我的确欠这位公证员不少人情。说到底,许多年前,是他帮助我离开了比萨的军队,重返家乡。说到卡特琳娜,尽管我不愿意去想,但我也必须得承认,若说卡特琳娜是我的女人,也是我最大的财富的话,那么在这件事情上,公证员皮耶罗也是有关联的。

我们来到了乔凡尼·迪·托梅·布拉齐先生位于圣三一教区的家。1479年10月16日,公证员皮耶罗起草了托梅先生的遗嘱。在芬奇,布拉齐家族依然拥有大片的土地,尤其是在安奇亚诺,他们还拥有一座农庄和一座带油坊的房子——一座公证员皮耶罗想要不惜一切代价买下的房子。12月28日,托梅先生在弥留之际将那座农庄和房子都留给了圣母领报大殿圣母忠仆隐修院的修士们。三年以后,公证员皮耶罗作为修士们的法律事务代理人,终于从他们手中把那座房子买了下来。从佛罗伦萨返回坎波泽皮以后,我把这件事告诉了卡特琳娜,以表明我们的公证员朋友皮耶罗是个有魄力的男人,但我根本没有想到卡特琳娜的反应会那么激动:她几乎哭了出来,对于她来说,流泪是极少有的情形。卡特琳娜告诉我,那座房子是她怀着列奥纳多,冒着生命危险,从佛罗伦萨来到安奇亚诺产子期间的住处。或许也是因为这个原因,公证员皮耶罗才会买下那座与列奥纳多的出生有着直接关联的房子。如此一来,他就可以在各个房间里独自转悠,回想当年他本可以拥有的爱情和生活——那段爱情犹如昙花一现,最终,他还是错过了。

上一回,我在见到公证员皮耶罗的时候,本想问问他为什么要那么做。那是三年前,丽莎贝塔和一个名叫蒙泰斯佩尔托利的农夫订下了婚约,我为她准备了价值三十五枚里拉币的微

11 安东尼奥及其他

薄嫁妆,前往佛罗伦萨进行登记。那天是9月7日,我前往吉柏林大街,站在了公证员皮耶罗的操作台前。公证员皮耶罗在桌旁冷静从容地书写着。憋了半天,我最终还是没有开口,什么都没有问他。

同年,我呈交了最后一份税赋登记声明。那时,坎波泽皮的家产已经所剩无几了。房产就是我们居住的那座房子,与堂兄马索·迪·马可的房产所在的道路和院子毗邻。不过,我们只拥有其中的一半,另一半属于兄长雅各布。此外,我名下的所有地产只剩六斯塔奥多一点,每年能产出四斗小麦和两桶半葡萄酒。当然,这是我向税赋登记处的官员呈报的数据,实际产量会略高一些。总之,我们的日子非常拮据。这些年里,那些更有钱也更狡猾的邻居们一点儿一点儿地蚕食了我们的土地,而剩下的土地则靠我拼了老命去耕种:儿子弗朗切斯科已经走了,家里除了我一个老男人,只剩下女眷。我上了年岁,实在是干不动了。还好,卡特琳娜依然健康漂亮,能与我一起干活儿,有时还能替我干活儿。皮耶拉守寡之后,就回到了娘家。桑德拉已经二十四岁了,谁知道到了她这把年岁,又没有嫁妆,还能不能把自己嫁出去,反正家里已经没有钱了。弗朗切斯科一早就明白了这个事实,干脆在看到结局——我们家族的结局以前就选择了一走了之。

我坐在这个破旧的家的廊拱之下,看着红红的太阳在一天即将结束之际从山丘的后方落下。随后,我看见卡特琳娜沿着小路一路上行,身后跟着两个女儿——皮耶拉和桑德拉。她们走成了一纵列,这让我想起了许多年前的某个星期日,卡特琳娜带着所有的孩子前往圣潘塔雷奥教堂做弥撒的情景:孩子们从大到小,排成一列,走在卡特琳娜身后;老神父站在教堂的廊拱下，向我们露出亲切的微笑。

此前，她们母女三人去拾晚上生火用的柴火了。我听见她们起先有说有笑，后来变得严肃了一些，或许是在考虑将来的生活：两个女儿年纪已大，却还待在娘家，做母亲的时常会鼓励和安慰她们。这个家里除了我都是女人，她们需要互相支持、互相帮助着在这个恶狼遍布的世界里求生。我们男人就是所谓的恶狼，只会咆哮、撕咬、相互打斗。如果女人们愿意接受，我们便会变成宅心仁厚的主人。有一天，一切可能都会发生变化，女人们将成为主人。

我曾经尝试不做恶狼，也不做主人，无论是在她们面前，还是在别的人面前。我是留在此地的唯一一个男人，一个拄着拐杖费力行走的老男人。卡特琳娜的岁数应该与我相仿，但谁也不知道她的确切年龄。她自己也算不清楚，或许她已经把关于年龄的记忆丢失在时间的暗夜里了。在她出生和成长的世界里，时间是完全不一样的概念，时间的流逝也没有必要被度量。因此，她看起来比我年轻很多。不知是开玩笑还是认真的，她说自己是一个女巫；圣潘塔雷奥新来的神父也为她这个乡下女子身上那股奇怪而倔强的生命能量感到震惊。或许她真的是一个女巫：一个在圣若翰之夜前往溪谷寻找神奇药草，从而击败时间和死亡的女巫；一个敬拜"月之三女神"的女巫；一个在"诸圣节"之夜飞行的女巫；一个在裸露的皮肤上涂抹深绿色的淤泥草药膏的女巫。她的头发全白了，如瀑布般倾泻而下，仿佛是"雪地圣母"，又像是"圣亚纳"和"第三位月之女神"；她的脸庞依然秀美，几乎没有皱纹；没错，她的双手已经被农活儿摧残得不成样子，但双腿和手臂却依然强健，满是肌肉；还有她的皮肤，已经被太阳晒成了深色。或许，她真的使用过某种具有魔力的香脂。她总是带着她的女儿们一趟趟地上山下山，从不停歇。她是她们的老师，也是她们的领袖。

11 安东尼奥及其他

我想，生活没有教会我许多事情，这并非因为生活不是一位好老师，恰恰相反，一有可能——这是经常发生的情形，它便会给我留下痛苦而难忘的教训。问题出在我身上：我是一个糟糕的学生，几乎没有从教训中总结出任何经验。不过，有一个道理我算是搞明白了，这个道理也完全改变了我：这个世界的运转完全是由女人来推动的，是她们在推进历史，是她们在赐予爱和喜悦；是她们在自己的体内酝酿生命的奥妙；是她们让我们与之共存了九个月，并给予我们以滋养；是她们在痛苦之中让我们见到光明，而后继续养育我们，陪伴我们；起初，她们把我们抱在怀里，而后又牵着我们的手，教我们学走路，学说话，学着思考，学着爱其他人；她们并不像我们男人一直妄想的那样，低我们一等，理应屈服于我们，相反，她们比我们更自由，更聪慧；我们每个人身上都闪现着一丝她们的美好，只有在天国里，这种美好才能得以全然展现，这是一种能够拯救我们的美好，若说这尘世间还存在唯一的救赎我们病态人性的可能，那么这种救赎一定是通过女性才得以实现的。

我俩是贫穷的，但这不要紧；我俩拥有的土地和财产远比我父亲要少，这也不要紧。真正要紧的，是我们的生活一直幸福美满——这才是天主给予我们的最大恩典。在遇到卡特琳娜以前，我一直是一个奴隶；如今，我是自由的，是她给予并教会了我什么是自由。我们曾多少次一起看着太阳升起落下？多少次一起扛着锄头耕耘土地？多少次一起播下种子？多少次缠绵依偎？多少个寒夜，我们在被子下紧紧相拥，一起护住被屋外的电闪雷鸣吓得瑟瑟发抖的孩子，仿佛在保护夜里走失的幼崽？多少个寒夜，卡特琳娜一遍又一遍向先知厄里亚祷告，给我们带来安慰？

卡特琳娜终于走到了我面前，她有些疲累地把柴火卸在地上，在我身边坐下。桑德拉递给她一壶清水。她握住了我的胳膊，说是有礼物要送给我。或许是为了庆祝我的生日吧——我自己都已经忘了。看到我惊讶的眼神，她微笑着拿出了一大捆长满刺的刺菜蓟，说我就是她的大刺头。我被这玩笑惊得摔了个大跟头，露出了"武夫"特有的如坠云雾的茫然表情。直到这时，她们才拿出了真正的礼物：一束在田间专门为我采摘的芬芳扑鼻的鲜花。在最后一缕阳光下，我半闭上眼睛，紧紧地握住了卡特琳娜的手——我的人生伴侣的手。

12
列奥纳多

她或许是我生命中最大的谜团。

这是一个深埋于心底的秘密,一个令我疯魔的心结。它让我的内心不得宁静,驱使我不停地向前走,越走越远,一面试图超越知识和经验的边界,一面又让那些创作中的作品半途而止,不断开启一些我明知不可能完成的新的创作。它亦让我陷入某种不可能实现的幻想:在世界的某处再度找到她,再次看到她的双眼。然而,无论我如何小心看护,有关她的记忆都在慢慢消退,如同她把我抱在怀里时为我哼唱的那首摇篮曲。

那是一首我未曾忘怀的歌谣,尽管歌词含混,难以听懂,但那忧伤的旋律却一直在我脑海中铿锵地回响。那首歌唱的大概是一个在屋外转悠的黑人,随时会把不肯入睡的孩子带走。幸亏小时候的我完全不明白歌词的意思,只是需要听到妈妈的话语声和呼吸声。许多年后,她曾向我解释说,那首歌里的歌词也并非她的母语,而是另一个民族的语言——罗斯族的语言,因为她的乳娘是罗斯人。我也曾请求她用自己的母语对我说几句话,但她总是笑而不语。我想,她可能是在那许多年里逐渐忘记了她的母语——那种她在少女时期曾经使用过的奇怪的语言。

时间吞噬万物,毫不留情。它不仅吞噬一切外物,也吞噬那些构成我们的内在的事物:词汇、语言、记忆、情感以及我们年轻时曾经信仰的所谓永恒的理想。时间也会吞噬我们本身,包括我们的身体和灵魂,就好像火焰会摧毁为它提供滋养的蜡油，最终与蜡烛一同熄灭。我的人生是一场彻头彻尾的斗争，试图战胜时间，战胜遗忘。我从心底里不愿忘记她。我不希望在死亡到来之时，在她的肉身消解以后，关于她的一切也都随之消逝，尤其是关于她的面容、声音、微笑和双手的记忆。

我关于童年生活的第一条记忆似乎也与她有关，但那条记忆非常奇怪而神秘，我实在不知如何才能进行合乎逻辑的解读。我甚至不确定那究竟是真正的记忆，还是我的某种幻想或白日梦。

在那条记忆中，我感觉自己躺在摇篮里，一只鸢从高空向我俯冲下来，用尾羽撑开了我的嘴巴，而后在双唇内部多次摇晃。我想，既然我还躺在摇篮里，那就说明我当时的年龄应该不到两岁，我怎么可能一直保存着一条如此久远的记忆呢？此外，鸢的行为也显得有些让人难以捉摸，似乎有些说不通的地方，总是令我感到不安。对于一个新生儿来说，最美好的时刻必然是他与母亲的身体重新建立联结的时刻，也就是他的小嘴找到乳汁流溢的乳头，进而开始吮吸那温热的白色生命液体的时刻，那才是绝对和纯粹的享受时光。可是，鸢的尾羽与乳头存在着很大差异。不仅如此，拍打着尾羽，将尾羽插入我的嘴巴这一动作也并不像是在表达爱意，而更像是某种暴力行为。

当然了，令人感到怪异的，还有那只大鸟居然是一只鸢。在我执着地观察鸟类飞行姿态的时候，鸢是我最喜欢观察的鸟类，也是我最了解和最为着迷的主要鸟类之一。我曾无数次在笔记本和零散的纸张上勾勒过鸢的形态，也曾无数次尝试用图表的方式展现它们的飞行运动轨迹，还曾无数次尝试用语言文字去描述它们的运动。在我出生的地区，鸢是一种常见的小型猛禽。我常常惊讶于它们的飞行方式：它们善于节省自己的力气，最大化地利用自然界中的元素——空气、风以及上升气流实现飞行。鸢只需轻微扑扇几下双翼,就能飞到极高的天空,在那里找到气流的助力。当它们在空中飞行时,常常形单影只,悄然无声,仿佛不受重力的约束,悬停在空中。在午后的阳光下,它们小小的深色身体形成了逆光中的剪影,先是柔缓地绕圈飞行,而后突然以快到致命的速度俯冲而下。在这一过程中,尾羽的作用就显得极为重要了。这也是鸢的尾羽的作用展现得最为充分的时刻:宽大而漂亮的尾巴起到船舵的作用,可以改变飞行的方向,也能在俯冲的过程中完成最终的水平飞行。

鸢教会了我很多,尤其是教会了我如何让自己的梦想变得更加宏大:像鸟一样飞行;使用人造翼让自己腾空而起,通过升力和阻力的不断交替实现缓慢的滑翔,使自身保持悬空状态,就像在水里游泳那样在空气中飘浮。不过,那尾羽却让我变得越来越疯魔,它始终在我的脑海里扑扇,如同那个童年的梦境一样,在我的双唇之间扑扇:一会儿是平缓的,一会儿极低,一会儿极高;一会儿向左转弯,一会儿向右转弯。那些动作仿佛是在舞蹈,尾羽的每一个动作都与一种不同的飞行姿态相关——攀升、俯冲、突然悬停、转向。

在我最勤于观察鸢飞行的那几年里,我常常前往佛罗伦萨城外或芬奇的山丘。最为奇怪的是,我的观察越是频繁,那童年记忆中的场景就越是生动地浮现在我眼前。那是充满了智慧和艺术挑战的一年,先后发生了许多重要的事件。瞧,这张对开纸上写满了关于"悬停飞翔"的笔记,笔记的一旁是若干购物清单及相应的支出款项,落款日期分布在1504年6月29日至8月4日期间,我在那段时间买入了一件皮上衣、一顶"贝雷塔"便帽、一双袜子。在上述账目的旁边,我记录了某个人的离世,事情的发生时间就在那几天:"星期三,午后一点,公证员皮耶罗·达·芬奇去世于1504年7月9日,午后一点。"在一小片空白之后，我便像什么事情都没有发生一样，继续记录我的其他账目："1504年8月9日，星期五，我从钱箱里拿出十枚杜卡特金币。"关于那人的去世，我是在另一张小型对开纸上重新展开记述的："1504年7月9日，星期三，午后一点，督政宫的公证员皮耶罗·达·芬奇去世。他是我的父亲，于午后一点去世，享年八十岁。他留下了十个儿子和两个女儿。"

没错，去世的那个人是我的父亲。我冷冰冰地记录了他去世的时间、他的姓名和职业——在督政宫执业的公证员，最后才加上了他与我之间的关系。他不仅是一位公证员，而且是我的父亲。他一共娶了四任妻子并与其中的两位生下了十个儿子和两个女儿——自然，我并没有被算入其中。

他从来没有给过我婚生子的身份，我是他和卡特琳娜所生的私生子。祖父去世以后，他便强行让我跟随他前往佛罗伦萨生活。根据法律的强制规定，他养育了我，而后把我送进了他的客户和朋友——人称"韦罗基奥"的画室当学徒。如此一来，我就不必住在他的家里，免得让他在外人面前感到羞耻和难堪，尤其是在我被卷入一桩鸡奸案审判的时候。我不知道他是否真的爱我，总之看不出来，直到我离开佛罗伦萨，不再见他，他也从没有提起过这一话题。不过，我必须承认他一直在想办法帮助我，即使是在我并不愿意或并不知情的情况下，也在帮我。作为公证员，他主要与神父和修道院以及佛罗伦萨执政团打交道。我在佛罗伦萨获得的几项不多的委托几乎全都得益于他的牵线搭桥：为橄榄山修道院绘制《圣母领报》，为领主宫内的执政官小堂绘制《圣母向圣伯尔纳铎显现》，为斯科佩托的圣多拿狄会院绘制《贤士来朝》，为耶稣修会的圣如斯定修院绘制《圣热罗尼莫》以及为圣母领报大殿圣母忠仆隐修院绘制《圣亚纳》。然而，我总是以最糟糕的方式回报他的帮助，只有《圣母领报》是一幅完成的作品，其余那些要么是半途而止，要么是在收取了费用后根本不曾动笔。在佛罗伦萨，这是最为严重的罪过，比鸡奸还要严重。

　　人们说，梦境如同预言，能够揭开时间的面纱，让你看到未来。我的童年记忆就是一则预言，但却是幽暗的一则关于过去的预言。我很喜欢做梦，我记得祖父安东尼奥也喜欢做梦。我小的时候，他常常向我讲述他做的那些梦，还会铺开一幅绘制在羊皮纸上的世界地图卷轴，讲述他那些如梦境般奇幻的海上历险。

　　有时，我会为某个机械或技术难题绞尽脑汁而不得其解，却会在当晚的梦里找到清楚且明确的解决方案。这或许是因为眼睛在梦境中看待事物的确定程度会超过我们在清醒时的想象。通常，我梦到的总是一些相同的事物，一些宏大而迷人的自然场景：风暴、火雨、刺眼的光芒。有时，我感觉自己升到了空中，从高处俯瞰大地；有时，我在身体没有任何行动的情况下从一处到了另一处；有时，我从高山之巅跌落，或是被汹涌的河水卷走，却毫发无伤；不仅如此，当我赤裸的身体与自然元素彼此交融时，例如，当空气和水环绕着我，愉快地包裹着我时，我会感到格外兴奋；我可以跟动物们说话，也能听懂它们的语言；我还能听懂所有人的语言，尽管我并没有刻意学过。我从没敢对人说起过我所做过的那个最为奇怪的梦：我身处母亲位于坎波泽皮的家，我已记不清楚梦中的自己是个孩子，还是已经长大成人，只记得赤身裸体的母亲和姐妹们邀请我睡到她们的大床上，于是，我与她们的肉体交欢，沉醉在那些相互交缠的躯体之中。当我从梦中醒来的时候，我发现浑身都是精液。

　　对我而言，那只出现在天空中的鸢究竟意味着什么呢？

在祖父的一本名为《达尼尔之梦》的旧书中，我找到了如下文字："见到在头顶飞翔的鸟，意味着遭受损失。"另一处文字则显示："见到鸢意味着父母死亡。"那就再清楚不过了，鸢的寓意并不是辉煌的未来，而是损失和死亡——父亲或母亲的死亡。无论如何，这都不是个好兆头，而是关于嫉妒的隐喻。据说当鸢看见巢中的雏鸟生长得过于健壮时，就会啄击雏鸟的肋骨，且不再给雏鸟喂食。或许，我在灵魂深处觉察到了父亲对于卡特琳娜的嫉妒，嫉妒她一直在不断地怀孕生子，还有父亲对于我这个野蛮生长的私生子的嫉妒：他的头两位合法妻子都是那样不幸，没有给他生下任何子嗣。我的父亲就像一只鸢，在不断啄击我的肋骨，因为他在我身上看到了那种他已不再具备的生命力和激情。

此外，我还非常模糊地记得一则母亲讲过的寓言：一个婴儿在一座具有魔力的岛上救下了自己的母亲，而后又帮助一只天鹅摆脱了凶猛的鸢的攻击，并用一支箭杀死了鸢。随后，天鹅变身为一位美丽的公主，她的发丝之间呈现出月亮图案，额头上也有星星的印记，她走起路来如孔雀般端庄，声音如潺潺的溪流一般清亮。这则寓言的寓意也很明确：我就是那个杀死鸢的孩子，是我拯救了母亲，并迎娶了天鹅。

关于死亡的预言并不一定是指身体的死亡。突如其来的强行分离、内心情感的掏空、某种感情关联的破裂，这些也都属于死亡的范畴。所以说，这的确是一则暗示我命运的预言，也是发生在我童年时期的真实故事：有一天，我被人带走了，从此可能将与母亲永远分离。为了逃避此种痛苦，自我被带去佛罗伦萨那天起，我就在心里把他俩——父亲和母亲视为两个已死之人。我既不属于母亲的家庭，也不属于父亲的家庭。我曾试图在内心深处把他俩统统杀死，唯有如此，我才不会被他们的形象所折磨，不会被那种我疯狂期待，却从未有过的全家团聚的喜悦所折磨，不会被那个把我驱逐出去的家所折磨。然而，母亲的形象却从来不曾淡去，而是陪伴了我一辈子——仿佛是一种魔咒，也可能是一种庇佑。

迁居至佛罗伦萨以后，我也会继续想办法去见母亲，在叔父弗朗切斯科的帮助下，我只要一有机会就往芬奇跑。当年，二十岁的我刚刚注册成为"圣路加行会"的画师，该行会是隶属于"医生及香料商人行会"的二级分支组织。通过父亲的引荐，橄榄山圣巴尔多禄茂修院的修士们向我确认了一项委托，请我绘制一幅以"圣母领报"为主题的板面油画。这份委托是多纳托·纳蒂的遗愿：他在临终之际将大量遗产留给了那座修道院，并吩咐他们以他的名义修建一座小堂。我至今仍清晰地记得老多纳托在六年前的那个夜晚躺在病榻上对我说的那番话，当时，我完全能够对他在弥留之际所见到的幻象感同身受。老多纳托嘱咐我，画面的场景要在户外，要在空气、阳光、自然之中，而不是被封闭的空间所拘束；画面要彰显从一位女性的腹中孕育而出的生命的奇迹，要彰显自然和万物的生命力——鲜花、树木、空气、土地和水。

关于这幅画的布局，我早已有了清晰的想法，尤其是在透视结构上花费了不少精力：这幅油画所处的位置是多纳托墓冢的上方，因此，观者只可能从下方或侧方来观看画作。基于这一考虑，我做了许多复杂的光学调整——不懂行的人很可能会把这些调整视为瑕疵。目前，我还没有想好具体的风景元素，总感觉有必要回一趟芬奇，见一见母亲，也看一看我出生的地方。毕竟，这是我的第一幅作品，意义重大。那是1473年的夏天，我在蒙塔尔巴诺山区上上下下地转悠，在笔记本上绘制了许多关于山丘、岩石、溪谷、树影、柏树、栎树、百合和玫瑰的速写。8月5日，我来到蒙泰韦托利尼山上的一座小小的圣殿，那里正在欢庆"雪地圣母节"。我在那里画下了瓦尔迪涅沃勒的风光，顺带也描绘了蒙苏姆马诺和富切基奥沼泽。那是一个值得纪念的日子，让我得以从生活的种种不确定和焦虑之中短暂地抽身而出。于是，我在那张素描稿上郑重其事地写下了当天的日期及画作的主题："1473年8月，'雪地圣母日'"。

黄昏时分，我在事先不曾告知任何人的情况下来到了坎波泽皮。母亲就在那里：她在园子里，赤着脚，躬身采摘用于做汤羹的香草。园子里只有她一个人。她披散的头发非常漂亮，却已开始变白。她好像在自言自语地哼唱着什么。我故意埋伏在用女贞枝条编成的篱笆后方，而后突然跳到她面前。在接下来的那个瞬间，我赶紧扶住了她：我猝不及防的出现既把她吓了一跳，又让她激动不已，害得她差点儿晕厥过去。后来，她在我的臂弯里恢复了正常的呼吸，微笑着对我说："没事了，就算我死在此刻，也是幸福地死去的。"听了这话，想到我的母亲——一个这般神圣的造物也会被死亡的黑色翅膀触碰，而后经历那个消解和变形的过程，我不由得心头一紧。可是，这也是所有可朽造物的必然命运。

那些与她和她的家庭一起在坎波泽皮度过的日子实在是令人心醉神迷，或许可以算是我这辈子最为美好的时光了。白天，我与他们一起干活儿，翻整被太阳晒干的田地中的土块。到了晚上，我们一起喝汤、喝酒。晚饭结束后，安东尼奥和我的妹妹们会知趣地离开，只留我和母亲独处：他们知道我们一定有许多许多事情想要相互倾诉。那些夜晚是漫长而晴朗的，时不时有星星坠落夜空——仿佛是自然母亲流下的泪滴。

我向母亲讲述了我在佛罗伦萨的所有经历：关于画室、学徒生活，还有我的梦境、烦恼和恐惧。她一直看着我，尽管我并不确定她是否一直在听，是否明白我所说的所有内容，但可

12 列奥纳多

以看得出她一直在凝视自己这个失而复得的儿子，脸上洋溢着幸福。我让她看了我绘制的一系列图稿，其中也包括于"雪地圣母日"绘制的那一张。她感到害怕。她说我的绘画方式简直像是魔法，因为我总想捕获各类造物的灵魂和生命，就连小石头和大岩石也不放过，在她看来，就算是那些事物也有灵魂。她认为我或许不必过于挑战造物主的作品，也不要自认为能够与之比肩，甚至将自己放到造物主的位置上。在她看来，若想呈现一朵花或一只蝴蝶的生命，那么首先要学会尊重它、热爱它。

随后，她出乎意料地从我手里一把拿过了那块红色天然石头，那动作看上去像是一个十三岁的小姑娘，而不是年逾四十的成熟妇人。接着，她开始绘制一些由枝条和花朵相互交缠形成的奇妙的绳结。我目瞪口呆地看着她，从没想过这个未接受过任何教育，既不认字也不会写字，甚至连我们的语言都说不好的白丁母亲居然会有那般天赋。她看着我，用手指顺着线条的走向抚摸着那些图案，对我说："生命、爱和我们的故事就是这样相互交缠着的。就算我们会一度彼此远离，但终有一天仍会再度交织在一起。就算生命将我们分开，天意或命运也会让我们再度相遇，只是我们无法知道是在何时何地。不过，我们必须相信这一点，只有这样，才有理由继续活下去。"

我非常喜欢观察她的双手：颀长、纤细、有力、稳健，尽管一辈子的辛劳也在那双手上留下了许多裂纹和伤痕。那双手曾抚摸我，哄我入睡，为我洗澡。我想把它们画下来，定格它们的所有动作和所有姿态，包括手指的运动以及神经和肌腱的跳动。不过，我从来没有达成这一心愿：每当她察觉到我在画她那双手时，她便会微笑着将它们藏在"嘉姆拉"长裙的褶皱之下，直到我把黑色或红色的天然石头放在足够远的安全地带，才会将手伸出来。此外，她也从来不曾让我为她绘制一幅写生肖像。于是，我只好想办法把她的脸印刻在自己的记忆里：清澈动人、顾盼生辉的眼睛，温柔至极却无法名状的微妙的笑容。你永远无法知晓那微笑是欢乐还是讽刺，是对往昔痛苦的回想，还是对那些凡人无从知晓的秘密知识的思考，抑或是各种情绪的综合表达。待我回到房间独处的时候，便会尝试着将记忆里的所有图像复刻到图稿之上。只可惜我从来都没有成功地再现过与她本人在一起时所感受到的种种复杂的心绪和情感。

在那段时间里，只有一件事情让我时常被痛苦笼罩，那便是我不能称呼她为"妈妈"或"母亲"。自从我迁居至佛罗伦萨以后，这两个词就被禁止使用了。我只能直呼其名，在其他人眼里，她只不过是我的乳娘。

于是，我开始询问她的过往，但她对此一直绝口不提，或许哪怕只是唤醒一点点相关的记忆，都足以让她再次想起曾经所有的痛苦。在我的家里，也从没有人向我讲述过关于卡特琳娜的故事，估计谁也没把这件事当成一件重要的事情。在那一刻以前，我对她几乎一无所知，只知道她是我的母亲且这一点也是不可以明言的。在我的童年和青少年时期，此种对我和母亲之间身份的否认令我倍感痛苦，因为这会让我的出身变得扑朔迷离，动不动就会招致旁人最为荒唐的恶意猜测——关于她的身份，也关于我的出生。无论是在童年时期还是在青少年时期，无论是在芬奇还是在佛罗伦萨，我都要痛苦地承受来自周遭的闲话：她是一个女奴、一个妓女、一个有本事的女人，居然诱惑了一位年轻的公证员，没准儿还有他的父亲老安东尼奥；我是一个私生子，一个女奴所生的孩子，一个某些人眼中的罪恶之子、乱伦之子，一个恶魔所生的左撇子。

卡特琳娜究竟是什么人呢？她来自哪里？她曾经历过怎样的苦难和悲剧？她究竟走过了怎样一条令人难以置信的路途，

才会与一位来自乡下的年轻男人产生了交集，进而生下了我？她后来又是怎样在坎波泽皮扎下了根？就算是她本人，也很难向我讲清楚这一切：这不仅是因为回想其中的某些可怕的片段本就是一件残忍的事情，而且因为许多事实的确会随着时间的流逝而远去、模糊，甚至彻底被忘却，更何况她也会强迫自己忘记某些事情——为了向前走，为了活下去。

她在向我描述从前的生活时，采用了一种非常奇怪的方式，让我感觉她讲述的内容，尤其是前半部分内容，像是一个神话或是一个古老的寓言。她完全不了解我们的文化、历史和地理概念，于是便使用了一些具有奇幻色彩的迂回表述来描绘她出生的故乡：一片位于世界尽头的土地；大自然统治着一切；密林重重的山谷；寒风呼啸的高原；世界上最高的山峰，终年覆盖着冰雪，高耸入云，在一片漆黑的夜里，只有那座山峰能够反射太阳的光芒，如彗星般闪闪发光。

她来自一个原始而野蛮的民族，那个民族或许是世界上最古老的民族之一，其历史渊源可以上溯至神话中"巨人"存在和发生"灭世洪水"的时期。关于那一时期，没有任何书面记载，因为他们民族的历史远比文字产生的历史要久远。那个民族的男人都是野蛮而勇猛的战士，女人也会拿起武器，骑马飞驰，浴血奋战，她就是她们中的一员。她本是一位公主，是部落首领雅科夫的女儿，父亲被杀死以后，她就被俘虏了。她关于父亲——首领雅科夫的所有纪念，就只有一枚戴在左手无名指上的失去光泽的银质戒指。如今，那枚戒指被压在了婚戒之下。那枚银戒指是她的父亲在她六岁时送给她的，这也是她人生中年代最为久远的记忆。她在少女时期的梦境中爱过自己的父亲，却从未真正了解过他，只知他是一名战士，常年在外厮杀。那枚戒指上刻有用希腊文拼写的她的名字。我虽不认识希腊文，但也能勉强拼读出来，那上面写的是"Aikaterine"。

成为俘虏以后，她被送到了一座名叫"塔纳伊斯"的城；而后又从那里启程，开始了一段漫长的海上旅途；接着，她来到一座从未见过的极美的城市，那座城市美到让她不敢相信其是否真实存在，抑或只是一个梦境，那座城市便是君士坦丁堡：满是金色的圆形屋顶，面朝大海，不同的陆地在大海里彼此靠近，几乎就要连在一起，却最终没有相互碰触。自她被俘以后，她便像一件物品一样，在好几位主人之间不断倒手。必须承认，她在沦为女奴的那些年里，的确得到了某些事物或某些人的庇护——可能是圣加大肋纳，可能是无所不能的"耶和华"神，也可能是先知厄里亚。在他们的庇护下，她躲过了多次灾难，也没有遭受女奴们通常都会遭受的所有不幸。然而，尽管如此，对于她这样一个生来就像风一样自由的人来说，在那许多年里失去自由，也是巨大且难以忍受的折磨。

她记得曾经的每一位主人，甚至能够凭借非凡的记忆力说出他们的名字。关于第一位主人的记忆已然很模糊了，因为她只在那位主人位于塔纳伊斯的家里见过他几面而已。他是一位好奇心很重的威尼斯冒险家，曾让一个奇怪的妇人问了她好些问题。后来发生了什么，她就不知道了，只记得她醒来时发现自己在一艘船上。那是她第一次见到船，还不知道船为何物。不仅如此，在那之前她也从没见过大海，没见过那无边无际的水面。她被大海和船吓坏了，以为船是一个木头怪物，把她吞了进去。第二位主人待她很好，那次旅行也非常美好而难忘。他是一个来自利古里亚的海盗，是个名叫"泰尔莫"的红头发大个子。在君士坦丁堡，泰尔莫把她带回了自己的家，还让她见了他的妻子和女儿们。泰尔莫的大女儿与她同名，也叫卡特琳娜。后来，泰尔莫把她卖给了一位名叫"雅科莫·巴多尔"的威尼斯商人。在那商人的货栈里，卡特琳娜认识了一个名

12 列奥纳多

叫"玛利亚"的罗斯族女奴,两人成了好朋友,以姐妹相称。被带到威尼斯以后,她被交给了一位新主人——多纳托老爷。这位主人让他加工编有金丝的精美丝绸面料,金丝的图案是由她设计的。一天夜里,多纳托老爷杀死了一个正要强暴她的奴隶,救了她的性命,之后两人一起逃离了威尼斯。这一次,是她把多纳托老爷从一条大河的河水中救上了岸,又把他送到了佛罗伦萨城。正是在这里,发生了最后一次关于她的所有权变更:她成了吉内芙拉女士的女奴。随后,吉内芙拉女士嫁给了老多纳托。

往事讲到这里,卡特琳娜停了下来,再也讲不下去了。她用那双不轻易流泪的眼睛看着我,湿润了眼眶。我只能凭直觉猜测故事应该讲到了她与我父亲相遇,而后把我生下来的部分。我没有追问,吉内芙拉和多纳托都是我见过的人,没有必要追问其他细节了。现在,我终于明确地了解了一件事情——当年,我父亲的确真心爱过她。或许他从来没能理解她,从来没有问过她是什么人,没有体会过作为女奴,她的内心究竟会有怎样的感受,也不曾了解过她的人生和她的故事,只知道她是一个切尔克斯族的女奴。不过,重点是他在一种不可战胜的神秘力量的驱使下,真切地爱过她。自那以后,他做了自己能做的一切,让我得以出生并带着一定的尊严生活,至少没有被送到孤儿院的弃婴转盘上,被抛弃。是他把卡特琳娜带到了芬奇,又让吉内芙拉女士释放了她。或许也是他帮助卡特琳娜找到了一个丈夫,让她嫁给了安东尼奥。

我知道我在洗礼仪式上获得的这个名字并非达·芬奇家族惯用的名字。这个名字与我母亲怀孕时最大的心愿有关:重获自由。为了实现这个奇迹,获得这个恩典,她在用这种方式向圣伦纳德祈祷。圣伦纳德是利摩日的隐修士,他曾帮助牢犯砸破锁链,还曾帮助产妇生下婴儿。当我出生的时候,我的身份还是一个女奴的孩子，但在短短数月以后，在纪念圣伦纳德的节日到来的前几天，卡特琳娜就被释放了。一想到"列奥纳多"这个名字意味着自由，我就非常激动。因为与母亲一样，自由也是我所梦想的至高无上的善。我想要自由地生活，自由地思考，自由地表达想法，自由地使用各种方式和语言交流，自由地旅行，自由地认识世界，自由地想象和梦想，自由地为其他人献身，自由地爱，没有束缚，没有限制，没有锁链。

  在我完成了《圣母领报》，在将其交付给橄榄山的修道院之前，我添加了不少令修士们和我父亲瞠目结舌的细节。从前，我还曾在一面圆盾上画过一只可怕的怪兽，早在那时，父亲就已经被我的恶作剧吓过一次了。他们就其中的诸多元素向我寻求解释，但我并没有做出任何回答。他们期待的至少是一片在矮墙之后看到的风景，比如俯瞰佛罗伦萨时所见的景色——那也的确是从修道院的菜园矮墙看出去时见到的实景。然而，位于画作中央的这片奇幻的风景究竟是什么意思呢？此前，他们从未在任何一幅以"圣母领报"为题材的画作中见到过类似的创意。没错，我的构图方式也是绝无仅有的：整个场景位于开阔的自然界之中，而非囿于一个封闭的房间或城市。不过，那座直插云霄的高山，还有那高居于云端之上的模糊且透明的峰顶，究竟意味着什么呢？山脚下那座被围墙环绕的神秘的港口城市又意味着什么？还有那些灯塔、高高低低的塔楼、那片位于不同陆地之间的海湾或河口，还有用非常细腻的笔触勾勒的聚集在那里的各类船只，它们都分别意味着什么？一位学养深厚的修士引用圣奥古斯丁之言，发表了自己的解读：大海必然象征着世界，而高山则象征着基督；至于城市，城市面朝大海，自然属于世界，不仅如此，那座城市里车水马龙，交错的光影完美地体现了这世界上的种种诱惑。

12 列奥纳多

我微笑着,没有说话。这位神父的解读也有他的道理,不是吗?一幅作品的最美好之处就在于它可以用不同的方式与任何人对话。如此,一幅作品就能衍生出一千幅不同的作品,这简直太美妙了。我的作品也应该像我一样自由,成为一幅具有开放性的、处于变化中的作品,不受制于唯一的信息表达,包括作者想要传达的核心信息。其实,有的时候,就连作者本人也不知道自己究竟想要通过作品表达些什么,更何况这幅作品的作者是一个热衷于做游戏的人。然而,这最为重要的一点却往往被许多解读者忘记了。我在这个世界里乐此不疲地玩耍着,想要骗过观者,带偏他们的想法,而后倾听他们阐发的见解:那根指向天空的手指有什么象征意义,那个微笑究竟在影射怎样的谜团,其中又隐藏着怎样的密码……说到底,我一直是一个小孩子,一个喜欢摆弄石头、花朵和蜥蜴的小孩子。我在作品里总会添加一些奇怪的细节:一件珠宝、一朵稀奇的花、一张五线谱、一个摆有甜橙配鳗鱼段的托盘、母亲教给我的奇特绳结图案——那些图案同时也能隐喻我的家乡芬奇①。有时候,那些细节注定会被表层的色彩覆盖,成为只有我知道的秘密,例如一头小象、一座教堂……其实,那些都只是我的游戏而已。或许有一天,有些人会再次发现那些秘密。于是,在我死后的几百年以后,游戏又会再次开始进行。

当时,若我开口,我会说那只是一片幻想出来的风景,除此之外,别无其他深奥的含义。事实的确如此,当然,画面中也确实存在某些基于现实的元素。例如,在画作的左侧,树木的后方,是蒙塔尔巴诺山的一片片斜坡,下方通往山谷——这景观与那幅题为《雪地圣母》的风景素描完全一致;隐约出现在云雾中的山脊是对坎波泽皮的描绘,这也是只有我才知道的秘

---

① 奇芬(vinci)一词也有"绳结"之意。

密。至于远山和城市，那都是我在幻想中的所见，因为那时的我从没有到过高加索山，也没有造访过塔纳伊斯城和君士坦丁堡，甚至还没有见过真正的大海。在儿时的我的眼里，从安奇亚诺远眺所见的阿普安阿尔卑斯山的雪白剔透的山峰就是世界上最高的山，富切基奥沼泽就是大海。与母亲那奇幻而精彩的人生经历相比，我的生活简直乏善可陈，我所经历过的最长的旅途不过就是在芬奇、佛罗伦萨、皮斯托亚和恩波利之间往返。

我想重新勾勒出母亲的人生历程——从出发地到目的地。画面左侧是托斯卡纳的乡野，中部是一个奇幻的世界：神灵和巨人居住的高耸的冰峰，她出生时所在的蛮荒的高原，她失去自由时所在的那座城市，那艘将她带走的船。所有这一切都出现在画面上，出现在那个奇妙的时空片段之中。读经台上摆着一部造型灵动的典籍：几乎透明的书页在空气中抖动，页面上写着无人能懂的隐秘文字——那是母亲已经遗忘的母语。圣母（她其实是一位公主，一位女王）坐在她的卧室所在的宫殿的门槛上，正在聆听自己腹中将要孕育新生命的消息。这个女主人公其实是卡特琳娜，我的母亲。这是我隐藏在作品中的秘密，我希望这秘密只被她一人读懂和揭开。倘若她来到佛罗伦萨，且在进入圣弗雷迪亚诺城门以前在橄榄山的这座修道院驻足片刻，前往那座献给多纳托的小堂为自己曾经的主人祈祷的话，她就一定能发现这个秘密。至于她最终是否真正得以前往并看到这幅画作，我就无从知晓了。

1478年春天，在出发前往米兰之前，我又一次去见了母亲。当时，帕齐阴谋刚刚发生，我被那场当街发生的血腥的死亡事件吓得魂飞魄散，赶紧逃出了佛罗伦萨。叔父弗朗切斯科在芬奇接应了我，为我的前途深感忧虑。他的兄长一直没有变更我的私生子身份，如今又娶了第三任妻子，生下了若干婚生子女。这么看来，我将来是无法指望他的帮助的，更不用说继承他的一部分遗产了。我想，叔父可能对我在艺术领域的造诣也颇为怀疑：当时，我在佛罗伦萨收获的成果和荣誉的确少得可怜；不仅如此，我还被卷入了一场关于鸡奸案的审判之中，尽管最后被无罪释放，但还是留下了些许污点。弗朗切斯科认为，对我来说，回到乡下不失为一条救赎之道，事实上，祖父安东尼奥和他本人都曾选择了那条道路。基于上述考虑，他向城国政府提交了申请，为他自己和他未能到场的兄长及他们各自的子嗣申请了那座位于城堡附近的磨坊的永久租借权，随后还添加了一条补充条款，以便我也可以在有需要的情况下使用那座磨坊。对此，我虽然并不十分在意，但还是在5月3日那天陪他去了城堡，签订文书。在那里，我见到了卡特琳娜的丈夫"武夫"，他也是城国议事会的一员。随后，我们送他回到了坎波泽皮。在那里，我再次拥抱了我的母亲。

我这一生"真正完成"的作品屈指可数，大量甚至是太多的作品都只在我的想象中完成，呈现在观者面前的，只能算是处于开放状态的未竟之作。然而，未竟之作的美感恰恰就蕴于它们一直所处的创作过程之中，正是那种美让我们更加接近我们的造物主——不是为了狂妄地取而代之，而是为了极尽精微地理解他创造世界这一彰显大爱的举动。倘若我再度反思这些，再度反思我曾经实现和不曾实现的一切，我就必须承认卡特琳娜的幻影几乎遍布我所有的作品之中。我知道，这是一个只属于我的秘密，无法向任何人倾诉，同时也不会有人相信。不过，这又何妨呢？只要我一人知道就足够了：我所有的图稿和画作都包含了若干与母亲相关的元素，它们在我的内心世界一直处于持续不断的嬗变之中。

起初，我眼中的母亲仿佛在沙漠中忏悔的马达肋纳：野蛮、贫穷、消瘦、饥饿、被所有人排斥、浑身赤裸、只能用自己的头发蔽体。小时候，当我在芬奇的小教堂里看到那尊神情紧张而悲惨的马达肋纳木质塑像时，这个形象就一直让我的内心感到不安。后来，这个马达肋纳的形象又在我心中变成了一个妖媚的交际花：梳着精心设计的发型，涂抹着令人陶醉的香脂——在我的想象中，卡特琳娜也有这样的一面，她成熟的女性身体散发着一种深沉、神秘而又充满情欲的气息，让我不由得猜想，她在开始孕育子女以前，曾有过怎样香艳的经历和体验。当我还是她身体里的胎儿时，我也曾感受过那种与之合二为一的幸福。于我而言，待在她的体内是一种身在天国般的体验。

与马达肋纳的形象形成鲜明对比的，是我笔下的圣热罗尼莫——一个同样出现在怪石嶙峋的荒漠里的裸身忏悔者形象。那个形销骨立，拿着石头捶胸的老圣人就是我，他身旁的那头狮子也暗指了我的名字[①]。在没有母亲的日子里，我的人生如同身陷孤独而绝望的荒原，在本该与母亲在一起的年龄承受无法在她身边享受母爱的痛苦。有时，我也会把自己画成圣巴斯蒂盎的形象：赤身裸体，被捆绑于树干上，被箭刺穿，承受同样的痛苦。

每当我要画一幅以"圣母子"为题材的画作时，我就会想到她，且我构思的主题也始终如一：母亲与孩子之间毫无保留的爱。我总是那个光着身子、活泼好动，一不小心就会溜走的孩子，手里不是在摆弄康乃馨、石榴花、某种十字花科的花草、玻璃水瓶、水果盘，就是在与猫咪玩耍。有一次，我向她展示了一幅她非常喜爱的作品，但她却问了我一个我一直没想通的奇怪的问题："如果这是玛利亚，那么蜜蜂在哪里呢？"

在我创作的圣母像中，圣母总是低垂着眼睛看向圣子，观

[①] 在意大利文中，"狮子"（leone）与人名"列奥纳多"（Leonardo）的拼写存在重合的部分。

者往往无法与圣母的双眼对视。有时候，我会让她在我的笔下微笑，有时候则不然，仿佛她事先就已经知晓等待她们母子俩的痛苦、分离以及被钉上十字架受难的结局。其中，最美的一幅作品描绘的是圣母给圣子哺乳的场景。圣母扭身看向观者，仿佛在责怪他侵犯了他们的隐私。在《贤士来朝》中，也是圣母将圣子展现给前来朝拜的人群：这是一个不可言说的奇迹的显现——她是我的母亲，我是她的儿子。在《岩间圣母》中，我描绘的是逃亡至荒漠的圣母在保护和拯救圣子。在《圣母与圣亚纳》的构图中，甚至出现了多重母亲的形象。不过，她们的原型并不是我童年生活中的多位女性——祖母露琪亚、继母阿尔比拉或弗朗切斯卡，而只是不同年龄阶段的她——起初是少女，而后是少妇，最后变成了母亲。

我曾无数次尝试捕捉和呈现她那双难以捕捉的灵活的双手以及她转瞬即逝的温柔的微笑。一次，我似乎从一个如她一样洋溢着爱和母性的女子的脸上找到了那种微笑，便尝试把那个微笑画下来。我不辞辛苦地绘制了许多准备图稿，又尝试用极细的微小画笔上色，并添加了越来越透明且让人难以察觉的罩染层。虽然明知不可为，但我还是一门心思地想要描绘出人物嘴唇和脸颊所呈现的那种无法名状的细微动作，抓住那微笑中的不可见的东西以及那微笑背后的灵魂。

我在那幅描绘丽莎女士的画作中尝试了整整四年。丽莎女士是一位佛罗伦萨贵妇，是弗朗切斯科·德·焦孔多的妻子。最后，我放弃了。在整整四年的时间里，我只画出了脸部，其他什么也没有画，而且我根本不知道自己究竟能不能完成那幅作品。

我童年时期的神话创作除了宗教故事，也包括古老的寓言。我喜欢听故事，而后再自己讲出来。自从我爱上了读书以后，便一发不可收拾。我看起书来囫囵吞枣，不求甚解，也不讲求顺序。有时，在一直绵延不断的创作过程中，我觉得自己像一个跑到其他人领地狩猎的偷猎者，总是碰到什么就捡起什么，对其加以吸收，而后为自己所用。

那些关于古代神灵和英雄的寓言是多么美妙啊！它们与母亲讲述的奇怪的寓言非常相似。在母亲的寓言里，也会出现具有神话色彩的英雄人物，他们住在崇山峻岭之中，与自然界中那些最为原始的元素——土、水、火和空气有着密切的接触。我总把自己想象成某个英雄：强壮无比的索斯鲁科或掌管兵器的神灵特莱普什——他发明创造了人类使用的所有工具和武器。母亲尤其喜欢讲述一位名叫"赛特纳娅"的女神的一切。那位女神与古罗马的维纳斯和古希腊的阿芙洛狄忒女神非常相似，能随心所欲地与所有男性英雄交欢，而后用各种千奇百怪的方式诞育下一代英雄：有的从石头里生出来，有的从树上生出来。不知为什么，我总是对出生之谜感到着迷，出生的方式越神奇，我就越为之神魂颠倒。

当开始读奥维德的《变形记》时，我总爱把自己与那些诞生于常规婚姻关系之外的人物形象联系起来。在那部作品中，这种情形已经成为常态，就好比赛特纳娅的诸多故事。英俊潇洒的阿多尼斯是密耳拉和其父亲喀倪剌斯的乱伦之子，换言之，他也是自己母亲的弟弟；母亲后来变成了一棵树，她剥下树皮才生下了孩子。还有勇敢的珀耳修斯，他杀死了美杜莎，脚踩带翅膀的"凉鞋"飞上了天空。珀耳修斯就是达娜厄和宙斯的儿子——宙斯幻化成一场黄金雨，让达娜厄怀上了他的孩子。这故事太美妙了，1496年我还在米兰把这个故事搬上了戏剧演出的舞台。

必须承认，我总能在演出中找到许多乐趣，将宗教元素和世俗元素结合在一起：在我看来，被狡诈的父亲阿克里西俄斯锁在高塔里的达娜厄与身陷牢狱、被巨龙啄食的殉道者圣玛加利大一般无二。不过,圣玛加利大用一个锋利的十字架剖开了巨龙的肚子。不知为何,我一直痴迷于被迫害、囚禁、捆绑和拷打的女英雄形象,我想,那些形象的原型就是她——卡特琳娜。同样奇怪的是,男人和父亲的形象,无论是喀倪刺斯还是阿克里西俄斯,都是以被逃避或被杀害对象的负面形象出现的,正如珀耳修斯对阿克里西俄斯所做的那样。

在我的想象里,我或许还梦想着自己是母亲和某位神灵,而非一个无趣的佛罗伦萨公证员的孩子。那是最后一个能让我白日做梦的伟大的神话——关于勒达的神话:勒达被化身为天鹅的宙斯占有,生下了四个从两只大蛋之中被奇迹般孵化出来的孩子,从一只蛋里孵出的是狄奥斯库洛伊兄弟卡斯托尔和波鲁克斯,从另一只蛋里孵出的是海伦和克吕泰涅斯特拉。这是一个关于女性生育的神话,没有痛苦,也没有难产身亡的情节。勒达的形象在我的脑海中反复出现,飘来荡去,不断变化形态和姿势:起初是单膝跪地,试图站起的姿势;而后是如古代塑像那般大方呈现裸体的站姿——与天鹅一番云雨之后,她挽着天鹅的脖颈,温柔地看着地面上已经破壳而出的孩子们。或许,由跪姿到站姿这一变化,连同旁边那幅散发女子的草图,灵感都来自但丁笔下的妓女塔伊斯:"那肮脏而又披头散发的脸……时而蹲下,时而站立。"

在这幅作品里,人们也能看到世俗元素与宗教元素的融合。在我的最初构思之中,那位正在起身的勒达要比后来呈现出的更具风情,甚至有些风骚:画面上的女子刚刚结束与天鹅的交欢,正从天鹅的怀抱中站起身来;从她红润的脸颊、半闭的双眼和微微张开的口中,人们似乎还能听到她刚刚发出的娇喘声。没错,我曾在一尊残存的古代大理石雕像中见过那种身体动态,那是一尊藏于罗马的维纳斯半蹲像。不过,我想没有人会知道,这一构思其实最初源自我的一本书,一本精美的插图版俗语《圣经》。

在《欧瑟亚书》的开篇之处，老先知指向一座城的城墙和一扇带有吊桥的城门。那里有一位女子，其姿势与我笔下的勒达一模一样，只是她的身边没有天鹅。那位女子正要以身体的一侧作为支撑站起，同时向另一侧转过身去以抱起一个试图投入她怀抱的男婴；与此同时，另一个小男孩儿拽着她，一个小女孩儿则从远处向她跑来。这个女子的衣服领口又宽又低，酥胸外溢，脖子上戴着项链，头上梳着刻意设计的精致发型，让人一看就知道她的身份：一个妓女，一个淫乱的女人，一个跟许多男人发生过肉体关系的女人。正如先知在介绍那女子的一番话里所说："上主开始借欧瑟亚发言时，上主对欧瑟亚说：'你去娶一个娼妇为妻，让她生淫乱的子女。'"

在这幅与"淫乱的勒达"相关的图像之中，我置身于哪里呢？是其中一个从蛋中孵出的孩子吗？不，这一次，我扮演的角色是天鹅。我梦想着再度与母亲合体，就像我在她腹中被孕育时那样，与她彼此合一。我还梦想着一飞冲天，让她看见我张开巨大的白色翅膀，从位于芬奇和坎波泽皮附近的兰波雷基奥的山丘上俯冲而下。那座山丘名叫"切切罗峰"，在我们当地的方言里，意思就是"天鹅峰"。我将驾驶我的飞行器，从那里投入天空的怀抱，让整个宇宙都为我震惊，让我的美名载入史册，为我出生的"鸟巢"带去不朽的荣光。

这是一幅关于女性身体终极秘密的作品。在第二版呈现站姿的勒达画作中，这一切一览无余。我不仅研究画家和雕塑家工作室里那些冷漠干瘦的女性模特——那是波提切利喜欢的创作方式，还会前往某些场所，例如帕维亚的妓院，亲眼观察女性的身体充分释放其性能力的时刻。此外，我还会去那些女性受苦受难的地方观察：在米兰"铁匠小城门"附近的圣加大肋纳医院,我曾见到过一个名叫乔凡尼娜的少女,她那绝美的面容成了《最后的晚餐》中基督的相貌原型。

对于男女云雨之欢的进行机制,我进行了细致入微的观察和有条不紊的描绘。我向妓院的嫖客和妓女支付了钱款,他们便要卖力地完成我交给他们的"任务"。我还让他们以站姿完成交媾,以便更仔细地探究某些细节。在我看来,交媾行为并无美感可言,甚至还有些粗鲁和丑陋,几乎配不上孕育生命这一崇高的谜题。最后,我得出结论:女性并不是躺在男性身下,取悦于男性的被动一方,而是在以积极的方式经历那一具有对抗性的过程,正因如此,人类女性生殖器官与其身体的大小比例超过了其他雌性动物的生殖器官与其躯体的大小比例。

后来,我不再满足于从外部观察女性的身体,还要深入她们的体内,探寻生命诞生的地点和方式。女性身体的内部结构极为精妙,是由不同的腔体和体液形成的复杂的平衡系统,相较于男性躯体的粗糙的运行机制而言,其高级程度绝非一星半点儿。最后,这也成了我开展解剖学研究的首要目标。为此,我甘愿冒被宗教机构审问的危险——他们中的某些人已经开始对此类探寻生命起源和灵魂本质的研究产生了怀疑。我对女性的子宫和其他生殖器官进行了细致严谨的解剖。我不仅解剖过女人的身体,还解剖过一头母牛。我将大量研究的成果集中呈现在一幅关于女性体内器官的大型图稿之上,从脖颈一直描绘到各个生殖器官:那是我此生绘制的最为得意的图稿之一,是一幅完整而精彩的图稿。或许自天主创造厄娃以来,我是人类历史上第一个成功了解了女性身体的所有细节,并将其精确而完整地再度呈现出来的人。那张图稿好比一张地形图,导引着人们前往那个未知的世界——女性的身体;它也像是祖父安东尼奥的航海图,或是托勒密所著的《地理学指南》中的系列插图。

一次,我解剖了一位怀有身孕的女子的尸体——胎儿也在出生前就死了。就在几个钟头前,那个女子刚刚死亡,她并非死于难产,而是死于心脏骤停,因此,尸体处于非常适宜解剖的状态。她是一名女奴,孩子的父亲身份不明。当她被一个匿名男人送到医院时,人已经死了。后来,那个匿名男人也逃跑了。所以说,她成了一具无人认领的尸体,可任凭人处置。不难想象,这又是一个老套的故事,与卡特琳娜的故事应该相差无几。我的手里握着解剖刀,颤颤巍巍,惶恐自己或许不该窥探只有造物主才能知晓的秘密。我试图把眼前所见的一切都画在图稿上:蜷缩成一团的婴儿,在那个小小的"海洋"里拥抱着自己,可此时那个世界好似一个被切开的鸡蛋,已然干涸了。我把胎儿取了出来,尽可能小心翼翼,仿佛他还活着。我除去了他的三层覆膜,那些覆膜透明得如同丝绸汗巾。胎儿蜷曲着,维持着死亡时的僵硬状态,双腿、双脚和双手抱着自己的身体,像是一个未曾有机会绽放的花骨朵儿。当我在卡特琳娜的腹中被孕育时,一定也曾像他这样全身蜷缩着吧。我不敢把他蜷成一团的肢体舒展开来。也就是在那一刻,我确定那个胎儿的灵魂在消失以前甚至根本不曾意识到自己的存在,也能确定胎儿的灵魂是由母亲的灵魂注入形成的。母体的子宫最先塑造了胎儿的人形,而后才会在合适的时机唤醒胎儿原本处于沉睡和被保护状态的灵魂。所以说,在怀孕期间,同一个灵魂会掌管两个躯体:母亲的欲望、恐惧和痛苦就是孩子的欲望、恐惧和痛苦。

母亲去世以后,我也曾试图在那些不可能的梦境中追寻她的亡魂,前往她的故乡游历。我想去看看高加索的高山是否真如我在《圣母领报》中凭借想象描绘出来的那样;我想抵达她出生的那片高原,了解她所属的民族,看看她告诉我的是否属实,她说我的相貌与她的父亲雅科夫惊人地相似。是的,我想前往那里，与那里的人们交谈，与那些与我一样有着金色头发、高大身材的远亲和表兄弟们交流；我要向他们讲述卡特琳娜的经历，他们则会向我歌颂卡特琳娜的父亲及其他祖先的英雄事迹；我们会围坐在篝火旁，喝酒唱歌，遥望那些不认识的星座；我将要在世界上探险，拓展人类认知的边界。直到今天，我一想到这些，仍旧会激动得发抖，想到自己在某一个短暂的瞬间真的有可能逃离这个被自身所困的病态的旧世界，逃离这个自以为高地球上所有民族一等，将其他所有民族都蔑称为"蛮族"的文明。其实这个所谓的文明世界只会用战争、暴力和强权输出野兽般的疯狂，最令人憎恶的一点在于它的一切目的都指向金钱和财富，至于人的自由，居然是可以买卖的：一个自由人居然会沦为奴隶。

  1498年飞逝而过，身在米兰的我终于完成了我的第一幅大型作品，或许也是我此生完成的最伟大的作品——《最后的晚餐》。不过，在这一年里，我也曾眼睁睁地看着另一件作品——献给斯福尔扎家族的大型骑马塑像无果而终。我比其他人都更早地明白了一个事实：我在米兰的时日已经不多了。战争的阴云已在意大利和欧洲其他地区的上空密布，我所效力的君主的统治很快就会被颠覆。我必须为自己考虑一条逃生通道，一条隐秘而快速的逃生通道。机会出现了：一天，我的庇护人——人称"摩尔人"的米兰公爵卢多维科前往热那亚接受献礼，当时，热那亚处于米兰的统治之下。随同公爵前往热那亚的有大量达官显贵和侍从，还有许多工程师——他们被委派去巡视公国的城防系统，确保其能够应对即将到来的法国军队的入侵。3月17日至3月26日期间，我们一行人在热那亚停留了九天。这期间，我在城市里四处巡游，检查城墙和卡斯特莱托区防御工事的坚固程度以及一处在不久前的风暴中遭到损毁的港口的情况。我没有随公爵住在圣乔治宫，而是住在了卡斯特莱托的圣方济各修道院里。我一向喜欢与圣方济各修会的修士们相处,我们之间无须绕圈子,很快就能明白彼此的想法,因此我在旅行期间总喜欢在他们的修道院里留宿,而不是去住那些不知底细的旅馆。

一天,当我在修道院的中庭小憩时,一个有些与众不同的修士走到了我的身边,比起虔诚的信仰,他似乎对各类科学研究更感兴趣。他的个头儿比我还高,留着红色的胡子。他向我自我介绍,说自己是"萨尔扎纳的雅各布"。我很喜欢他简单坦诚的处世方式,很快就与他处成了朋友。雅各布修士拥有我一直梦想却未曾实现过的经历:他几乎游历了整个东方世界,不久前才从君士坦丁堡那个名叫"加拉塔"的热那亚人区返回。在那里,有一座圣方济各修道院。在苏丹的默许下,那座修道院成了土耳其人和基督教徒开展非官方外交和交流的一处战略要地。雅各布修士的讲述让我十分着迷。他发现我在考察港口的坍塌建筑时非常仔细,在设计新的抗海浪工程时也极为用心。于是,他告诉我,博斯普鲁斯海峡需要的正是一座这样的建筑。据他所述,苏丹巴耶济德二世想要修建一座横跨加拉塔和君士坦丁堡的大桥,这座大桥应位于金角湾,其高度应允许升起满帆的船只通航。苏丹的另一个梦想则是通过一座可以按需升降的活动桥梁连接亚洲和欧洲大陆,从而得以将大规模的军队从帝国的一处调遣至另一处。当时,苏丹正在寻找一位有能力接受挑战的工程师,并委托修士们谨慎地将他的需求传递至不信仰伊斯兰教的基督教国家。

雅各布修士也向我讲述了他自己的故事。他的外祖母是一个切尔克斯族女子,外祖父则是一位船长,名叫"泰尔莫",他的外祖父对马焦雷海和里海海域的航行和港口了如指掌。他的母亲与我的母亲同名,也叫"卡特琳娜",出生在塔纳伊斯附近一座荒凉的城市马特雷格。在土耳其人攻陷君士坦丁堡以前，她家就迁居到了那里。雅各布修士继承了母亲喜欢旅行的爱好及善于学习希腊文和土耳其文等多种语言的天赋，在进入修会后就被派去了君士坦丁堡。他的母亲卡特琳娜曾向他讲过许多关于自己和家乡的故事，其中，有一个故事令他格外难以忘怀。一次，外祖父泰尔莫从塔纳伊斯带回了一个名叫"卡特琳娜"的十三岁的切尔克斯族女奴，那女奴原是一位非常漂亮的金发碧眼的公主。后来，尽管泰尔莫将那女奴转卖给了其他人，但却一直不断地提起她，直到临死之际亦是如此，仿佛与那个女奴的相遇是他这辈子所经历的最重要的事情，因此他必须向天主请求原谅，宽恕他犯下的那个未曾忏悔的罪过。

我没有继续追问下去，但我在心中已经断定，那位令人惊艳的公主——女奴卡特琳娜一定就是我的母亲。正是那一次长途旅行才把她带入了我们的世界。我对雅各布修士所讲的其他故事也非常感兴趣。没错，我要为苏丹完成那些宏伟的工程，然后要继续朝高加索的方向旅行。我开始向雅各布修士学习土耳其文和阿拉伯文——在祖父安东尼奥的笔记中，我曾经见过那些文字。在学习的过程中，我会把一些单词抄录在笔记本里。此外，我还抄录了一些土耳其文的诗歌，描述的是夕阳西沉入海的情景。

我把相关的设计落实在图稿之中，而后把一封写给苏丹的信交给了雅各布修士，请求他将其翻译成土耳其文并送至君士坦丁堡。在信中，除了提到一座靠帆驱动的磨坊和一个船用液压泵的设计方案外，我重点阐述了那座位于加拉塔的大桥设计。那座桥的桥拱很高，人们走在桥面上时，或许会感到害怕。桥梁的基座由木质桥墩支撑，可以保护桥梁免受水流的冲击。至于那座位于博斯普鲁斯海峡的活动桥梁，我设计了一个系统，使汹涌的海水能够从桥下流过，而不损害桥梁的边缘。7月，雅各布修士给我寄来了一封短信，说已将我的信翻译为土耳其文并于当月3日寄出。后来，我没有获得任何下文。我曾三番五次梦想的东方之旅也彻底地消散在了烟云之中。

不过，在接下来的几年里，我仍旧继续想象着自己的东方之旅。我喜欢在幻想中旅行，在我所收藏的托勒密所绘的区域地图里旅行，在世界地图里旅行，在格雷戈里奥·达狄的《全球宇宙志》中的细密画里旅行，在普林尼关于世界各处的奇幻描述中旅行，在曼德维拉和福雷斯蒂各自编纂的编年史作品里旅行。我是一个旅行文学的爱好者，当市面上出现第一批葡萄牙人的航海日志、亚美利哥·韦斯普奇关于"东方印度"的书信集以及哥伦布船长关于新近发现的"西方印度"的旅行札记时，我总是最先去购买抄本的买家之一。

我记录了马焦雷海和地中海之间的潮汐和海水流动规律，并在从未去过那些地方的情况下绘制出了那里的景观图和地图。最后，我还炮制了一封书信，在信中，我把自己假想成一个效力于叙利亚君王迪奥达里奥的工程师，想象自己受这位统治者的派遣前去考察他的疆土北境，结果见证了一场巨大的灾难——从金牛座山脉的山坡上倾泻而下的大洪水。事实上，我对于金牛座山脉的了解只来自我曾读过的一些零散的书籍，如亚里士多德的《天象论》、圣依西多禄的著作和托勒密绘制的地图。在我的想象中，金牛座山脉的样子应该与神秘的高加索山的山脊差不多。那是我母亲小时候所在的圣山，在她的语言和斯基泰人的语言里，"高加索"意味着"至高无上"。那是一整块巨大的岩石，也是世界上最高的岩石。7月中旬的一天，为了搞清楚那里为什么会是一个洁白的冰雪世界，我不辞辛苦地冒险爬上了罗莎峰的冰川。那里属于阿尔卑斯山脉，是一段分隔法国和意大利的山脊。我观察到那一海拔的空气呈浓郁的蓝色，阳光也比平日里强烈许多。

12 列奥纳多

没错，总有一天，我要登上母亲心中的圣山，哪怕只是在梦里，哪怕只是在死去的那一瞬间，灵魂从肉身的束缚中摆脱出来之时。当我在无边无际的萨玛提亚平原上方飞翔之时，我会看见圣山的影子在夏至时分长达十二日步行的距离，而在冬至时分则会一直延伸至许珀耳玻瑞亚山脚下，需要向北步行一个月，才能走出其阴影。我将在圣山的山脚下用纯洁的泉水和河水沐浴。当我上行至大约三哩的高度时，我会穿越大面积的由柏树、松树和山毛榉组成的树林。我再向上攀登三哩，便会看到草原和极为辽阔的牧场。我继续一路上行，直至抵达终年积雪的金牛座山脉脚下，其海拔高度大约是十四哩。那里便是形同两只牛角的顶峰的所在。那两座山峰直插云霄，超过了狂风呼啸的高度，也超过了生命得以存活的高度，只有少量的巨型猛禽才会栖居在那里，在高高的缝隙里筑巢，而后俯冲至芳草茵茵的低矮山区捕食猎物。在我的面前，是一个巨大而圣洁的庞然大物，在神圣的淡然情绪之中默默地观察我。那是我们所有人的母亲——自然。

在那些地方，我能够观察到天主之手在创世过程中留下的痕迹。我确信在古老的年代，那里曾发生过沧海桑田式的地质变化：一方面，马焦雷海和本都地区下沉了大约一千臂尺，坍塌成海；另一方面，多瑙河谷、金牛座山脉背侧的安纳托利亚北部地区、从高加索山区一直向西延伸至海边的平原地带以及位于里菲伊山区内侧的塔纳伊斯平原则逐渐升起。根据我的计算，距离直布罗陀海峡三千五百哩的塔纳伊斯的海平面要高于地中海的海平面。那里一直被一条源自塔纳伊斯的淡水河流滋养，河水带着砂石和其他沉淀物冲刷而下。当年，我的母亲就是从那条河的源头出发的。那也是地球上最大的河流之一：它的流水如同双手，不断塑造着我们这个世界的土壤，创造出全新的形态，而它自己则像蛇一样逶迤前行。

最引人入胜的一点是我在格雷戈里奥·达狄的《全球宇宙志》一书中读到的。那是佛罗伦萨流传度最广的一部作品。在那部书的末尾，有一幅精美的彩色插图，绘有东部地中海和马焦雷海地区的景观：别称为"卡斯皮奥山"的高加索山脉与金牛座山脉合二为一，山尖上还出现了一座奇特的木头房子，那便是在"洪水灭世"之后停靠在那里的"诺厄方舟"。在塔纳伊斯河的河口，我看到了我能找到的关于塔纳伊斯城的唯一一幅图像。我的母亲正是在那里失去了自由。图中绘有一组房屋和货栈、一座钟楼、一座教堂、一圈简陋的城墙和高塔，它们构成了那片遥远的前哨之地的唯一防御工事，将人们阻隔在对虚无的恐惧之外。

我一度拥有与母亲一样惊人的记忆力，对往事的细枝末节也能记得非常清晰。然而，近几年来，我感到自己的记忆力已经开始减退了。在翻阅那成千上万张自己写下的文稿时，我常常明明记得写下过某个观点或想法，但却怎么也找不着相应的文字。正因如此，我只好一遍又一遍地写，一边誊抄一边修改，有时只为唤醒自己对那些曾经做过的事情的记忆。好在我在书写时有标注日期和地点的习惯，这能帮助我重新想起某次经历的详细过程或产生某个想法的时间和契机。

记忆如同一座建筑，包含一系列房间。不过，如果房间的数量太多，那么记忆也就会变成一座迷宫，那些最遥远的房间就会变成黑暗的牢房，其中的记忆也就面临被长久埋没的危险。除此之外，记忆中我所经历的某些事件的发生顺序也已然混乱了。这很奇怪，但我确实感觉有些多年前发生的事情似乎近在眼前，而某些刚刚发生的事情却好像是发生在遥远的童年或少年时期。这大概是主观意识或视角导致的错误，就好比当视力减退或是照明条件令人产生错觉时，远处的物品会显得很近，而近处的物品则反而会显得很远。

  1493年，年逾四十的我身在米兰，正在为一件作品的创作做最后的准备工作，那是一尊前所未有的大型青铜骑马塑像。这件作品一旦问世，定将给我带来荣耀，也将给那些嘲笑我一事无成的人以有力的回击。我在内心深处反复想象母亲看到这件作品时的情形：她将为自己的儿子感到自豪！当然，我知道，我恐怕再也没有机会见到她了。不过，惊喜突然降临，那年初夏，我收到了一封来自芬奇的短信。叔父弗朗切斯科通知我卡特琳娜加入了一个朝圣团，已经从皮斯托亚启程，正在前往米兰的途中。那是一次由方济各修会组织的前往罗马的朝圣之旅。此时，朝圣团已经在回程途中，其间将在各个修道院和医院停留。尽管卡特琳娜年事已高——约莫六十六岁了，但她看起来远比实际年龄年轻，想来不会为旅途的劳顿所困。

  我不知该如何描述自己在读完那封短信后喜忧参半的心情。一连几个星期，我都是在焦虑中度过的，生怕那批朝圣者遭遇不测：船被水流卷走，遭遇塌方，被盗匪袭击或是发生一场疫病。这一切都有可能发生。卡特琳娜为什么会跟着这个朝圣团出发呢？究竟发生了什么事？弗朗切斯科向来粗枝大叶，居然忘了说明缘由。但是如果此刻再写信询问，又已经来不及了。卡特琳娜到米兰来究竟是为了做什么？我又该如何安顿她呢？我在米兰并没有置办一座真正意义上的家宅：我与一帮学徒和伙计就住在我们干活儿的地方——位于公爵府旧殿一层的几间大屋子里。公爵府旧殿离公爵小堂和圣高达钟楼很近，就在米兰主教座堂的大型工地下方。由于大厅的帆形拱顶太高，我的住处冬天非常寒冷，但那里至少有足够的空间安置我的所有物品。在庭院里，我可以准备骑马塑像的黏土模型，并对熔铸系统进行测试；在圣高达堂的高塔上，我可以进行飞行器的试验，将那些用木头、油布和纸张制成的模型从高处放飞，不过，它们总会掉落在石头路面上，摔得七零八落。

与我一道干活儿的，有两个小伙子。一个是令人头疼的吉安·贾科莫，由于他成天惹是生非，我便给他起了个外号，叫"萨拉伊"；另一个名叫"朱利奥"，是在米兰主教座堂干活儿的泰代斯科师傅的儿子，擅长制作弹簧、小锤子和锁具。这段时间，托马索·马西尼师傅也在我的作坊里工作——几个月前，我让他回到了我的作坊，他总爱摆出一副老巫师的做派，所以人人都叫我的这位老伙计为"佐罗阿斯特罗"。在加工金属方面，他的技艺确实首屈一指。他也是一位女奴所生的私生子，甚至连生父的名字也不能说出来——据说他的父亲是佛罗伦萨的一位大人物。我俩拿着木板、锯子和锤子一阵叮叮哐哐，最后，我们在我的卧室兼书房旁边又捣鼓出了另一间卧室，这间卧室紧挨着一个大炉子，天气不好时足以抵御严寒。从高处的大窗户看出去，可以看见米兰主教座堂的大型白色建筑一天天变得越来越高。倘若你身在佛罗伦萨，住在圣母百花教堂的圆形大屋顶后方的某座房子里，那么你所看到的情形将与此颇为相似。

在焦急的等待中，我在一个小小的笔记本上用红色天然石头写下了一众家人和自己的名字：安东尼奥、巴尔托洛梅奥、露琪亚、皮耶罗。这些人都是我的家人，唯独只缺卡特琳娜。随后，我把笔记本装进包里，出了门。为了分散自己的注意力，我前去考察了两尊精美的骑马塑像，这或许能为进一步改造那尊由我设计的青铜塑像提供些许灵感。我翻开笔记本，翻到了记录家人姓名的那一页。在那一页的背面，我写下了关于马匹的笔记，并附上了相应的图稿，我预感到将来还会再次谈论这一话题。

今天，当我踏入公爵府旧殿的庭院时，我发现院子里居然没有人，也没有平日的嘈杂，往日里，总有人跑来向我问东问西，工匠们会把我先前订购的金属零部件交付给我，力工们会卸下木头、油布、金属、泥土等材料，有时还会送来一些红色天然石头和一些从山里挖到的石化的海洋动物遗迹——大家都知道，我这个来自佛罗伦萨的古怪的师傅总喜欢收集一些稀奇的石头。今天，我却感到有什么特别的事情发生：或许是她已经到了。我走进院子，心脏突突直跳。

卡特琳娜果然在院子里，微笑着坐在一条长凳上。托马索、"萨拉伊"和朱利奥像三位前来朝拜的贤士一样，围在她的身边。"萨拉伊"给卡特琳娜拿来了一壶水，还有一包他小心藏好的蜜饯——那一定是用从我的钱袋里偷来的钱买的。这是"萨拉伊"所能表现的最大方的举动了。托马索在卡特琳娜的脸上看到了与我一模一样的眼神和微笑，感到非常震惊，便只顾凝视她。朱利奥则向卡特琳娜奉上了自己的沉静：他乖乖地待在一旁，因为他根本听不懂我们的方言，也不知道那个身披朝圣者斗篷的年老的妇女究竟是什么人，她突然出现在他们面前，而后无比轻松地走了进来，仿佛所做的是世界上最自然的事情——在结束了漫长的人生之旅以后回到家，回到了她自己的家。

当卡特琳娜看向我的时候，我非常担心小时候的情形再次上演——当年，我曾从用女贞枝条编织的篱笆院墙后偷袭她，害得她差点儿晕过去。如今，她那颗心脏更是承受不了过度的惊吓了。于是，我不等她起身，就朝她快步迎了过去，紧紧地抱住了她。或许我抱得实在太过用力了，她只好对我说："列奥纳多大人，请你让我喘口气吧。"看得出来，她的内心也是欣喜若狂的。

夜里，我亲吻了她的额头，将一缕如雪一般银白的发丝整理好，又给她掖了掖被角。一路劳顿，她很快就睡着了。如今，她的儿子居然像一位慈父一般，细心地照顾她，这让她感到非常幸福——她和我一样，从未真正享受过父亲的关爱。我在房间里清空了袋子里的物品，再次拿出了那个处于翻开状态的笔记本，露出的还是写有关于马匹塑像笔记的那一页。作为一位公证员的儿子和一位商人的后代，我拿起了一块红色天然石头，写下了日期："7月15日"。噢，我真是糊涂！由于太过激动，我居然写错了日期。当天已经是7月16日了，恰逢"加尔默罗山圣母节"。于是，我把数字"5"改成了"6"。随后，我又想到如此重要的事件是不应用红色天然石头这种极易褪色的工具来记录的。于是，我从容地找出了墨水瓶，将羽毛笔插进瓶里，蘸上墨水，又工工整整地重新写了一遍："1493年7月16日，卡特琳娜来了。"

关于我们在那几个月里的生活状况，我没有写在笔记本里，我也绝不会写。生活中的有些事情是由关于存在的模糊的质料构成的，因而原本就不应被记录下来。那些事情只要体验本身就足以实现其圆满了，无须耗费唇舌说出那些无用的话语。它们本身就足以成为一篇赞颂天主的祷告，感谢天主赐予我们的一切。那是一段极其幸福的时光——即使我早就知道那不过是一场梦幻泡影。是的，一切都是转瞬即逝的梦幻泡影。所以，你只需去体验，它便会永恒地驻留在你的心里。

似乎只有一条记录再次提到了她的名字。那是一张平常的开支清单，写在我往返于米兰和维杰瓦诺期间随身携带的一个小记事本上。那段时间，公爵命令我前往维杰瓦诺督造一座豪华的新府邸。1494年1月29日，是我照例前往维杰瓦诺的头一天。我记下了那天的一系列花费，除了交给"萨拉伊"的八

12 列奥纳多

枚索尔多币,其余的钱都是花在她身上的:用于缝制袜子的布料,花费四枚里拉币和五枚索尔多币;衬里,十六枚索尔多币;制衣费,八枚索尔多币;将镶嵌碧玉石的戒指,十三枚索尔多币;碧玉石,十一枚索尔多币;交给她的零用钱,二十枚索尔多币。那是一个格外寒冷的冬天,只有厚厚的羊毛袜子和缝有里衬的大衣才能保护好她那双老寒腿和她那已然萎缩、蜷曲的身体。但她坚持说自己根本不冷,还说她出生于山区,小的时候常常光着身子跳入结冰的溪流洗澡。不过,当看见我悄悄为她准备的礼物时,她还是高兴得眉开眼笑。那是一枚镶嵌着碧玉石的戒指,碧玉石的纹理像是星星的图案。她端详了很长时间,喃喃地说出了一个让我觉得莫名其妙的词——"星星"。随后,她让我把戒指给她戴上,就套在那个刻有圣加大肋纳字样的戒指上面。她与安东尼奥的婚戒已经不在那根手指上了,安东尼奥去世以后,她在安葬丈夫以前,把那枚戒指塞进了丈夫冰冷的手心。正是因为丈夫去世,她才会踏上旅程,前来投奔我。家里只剩她一个人了:他们俩的儿子弗朗切斯科在比萨被臼炮击中身亡,她甚至没有机会在他的遗体旁痛哭一场。启程之际,叔父弗朗切斯科和她的女儿们都鼓励她勇敢地踏上旅程。他们都知道,那次恐怕就是与她的永诀。不过,他们了解她与我之间的深厚的情感:那是一种我们未曾被允许去仔细体味的爱。

6月中旬过后,我从维杰瓦诺回到了米兰。我厌倦了效力于公爵的毫无意义的生活,厌倦了他那无聊的宫廷和愚蠢的娱乐,那些事情只会让我浪费原本可以与母亲一起度过的宝贵时光。另外,我已经预感到我为那尊大型骑马塑像所做的所有准备工作随时都有可能付之东流。靠战争起家的王公贵族很可能会把原先用于熔铸塑像的金属改作他用,去打造那些他们认为更有用处的东西：大炮、炮弹以及用于毁灭城池和杀人的武器。尽管那些杀伤力强大的武器是作为军事工程师的我亲自向公爵提议打造的，且我还为此绘制了大量设计图稿，但我从内心里憎恶战争，非常憎恶。带着沉重的心情，我回到了公爵府旧殿。那是一个难熬的月份：天气热得出奇；由于城里有多条运河，散发恶臭的河水还会在夜间增加空气的湿度；成群的蚊子好似饥渴的小吸血鬼，大口地吸食人们的血液，把人们折磨得痛苦不堪。

如同一年前那样，院子里空荡荡的。我再次有了预感：一定是发生了什么。卡特琳娜躺在床上，尽管暑热难当，她却浑身发冷，打着寒战。可怜的"萨拉伊"不知怎么做才能缓解她的痛苦。那段时间，加莱亚佐已经来到我的作坊当学徒好一阵了，但他似乎比前一个学徒还不中用。托马索也在忙自己的事情，离开作坊一段时间了。卡特琳娜见到我，微笑起来。她气若游丝地说自己并无大碍，很快就能恢复过来，不想让我担心，给我添麻烦，更不想打扰我的工作。我尽力让自己恢复冷静，这样才能鼓励她，给她勇气。与此同时，我开始察看她的身体。她的额头很烫，脉搏也比平时快，原本健康的粉色皮肤有些发黄，尿液的颜色也变深了。几个钟头过后，她的体温似乎下降了一些，开始大量出汗。我不得不给她换了一件衬衫。当脱去她的衣服时，我感觉她似乎患上了某种奇怪的"欣快症"，她用母语说着一些我根本听不懂的话，似乎是唤起了从前的记忆。不到两天，她开始再次发热，体温比先前还高。很明显，这是间日热的典型症状，且是那种持续不断的双重间日热——每日热的症状。这种病是会要人性命的。

我感到非常绝望。尽管我懂得很多知识，但此刻却无能为力。我不想把她送到马焦雷医院，也不想把她送到圣加大肋纳医院——那里是误入歧途的女人走完"苦路"的最后一站。

12 列奥纳多

所有的宫廷医生都在维杰瓦诺，就算他们在城里，我也不敢相信他们——那些人不是占星者，就是制造毒药的专家。我能想到的唯一的求助对象是孔科尔迪奥·达·卡斯特罗诺师傅。他住在维尔切利城门附近，就在圣方济各修道院旁边。于是，我派"萨拉伊"跑着前往孔科尔迪奥·达·卡斯特罗诺师傅的住所。过了一会儿，"萨拉伊"上气不接下气地跑了回来，说医生命令我立刻把卡特琳娜转移到他家。起初，卡特琳娜的病情出现了短暂的好转，后来，她开始咳嗽，呼吸困难。医生给她服下了治疗胸痛的汤药，后来又在她最难受的时刻让她喝下了一种用白葡萄酒浸金橘制成的药水，但都无济于事。医生向我解释，卡特琳娜的病症是身体内部各种体液的平衡遭到破坏所致，尤其是她的胆汁已经腐败，堵塞了大量中型血管，因此，需要立刻进行放血治疗。接下来，他大费周章，给卡特琳娜那弱不禁风的身体放了血，但这一疗法不仅没有见效，反而进一步加剧了病情。我虽没有像孔科尔迪奥·达·卡斯特罗诺师傅一样研究过盖伦和蒙迪诺的医学著作，但却感觉到卡特琳娜的肺部存在积液，且这一病症可能导致她死亡。然而，我完全无计可施。

又过了近一个星期。每经历一次危机，卡特琳娜的身体就更加衰弱一点儿。她喘不上气，无法呼吸，却从没有发出一声抱怨，也从没有流下一滴眼泪。"萨拉伊"想表现得好些，带来了一个小小的鸟笼，里面关着一只"医官鸟"，据说，这种鸟有治愈病人的魔力。不过，那只"医官鸟"始终把头扭向另一侧，这便是不祥之兆了。一天，卡特琳娜睁开了眼睛，看着我，还有力气向我微笑。我凑到她嘴边，并拉起了她那冰凉的手。那是一只秀美的手，戴着两枚戒指——一枚刻有圣加大肋纳字样，另一枚镶有带星星图案的碧玉石。卡特琳娜攒够了说话的力气，对我说出了最后的遗言："若我能此刻死去，我将走得非常幸福。列奥纳多，我的孩子，你不要哭，因为我现在真的自由了。"可我依然失声痛哭，并且终于明白了她为什么会来米兰找我：她就是想在我的怀抱中离世。我紧紧地抱住了她，绝望地喊出了那个一直以来被禁止使用的词："妈妈！"

那天是1494年6月26日，是纪念两位神圣的殉道者若翰和保禄的节日。我们为卡特琳娜洗净身体，梳好头发，将头发包在头巾里，给她穿上了那件我请裁缝为她新做的漂亮的外套。我把两枚戒指都留在了她的手指上：一枚是我送给她的碧玉石戒指，另一枚是她的父亲送给她的陪伴了她一生的银戒指。我独自一人为她守灵，孔科尔迪奥师傅在"萨拉伊"的陪同下前去操持一切有待处理的事务。在孔科尔迪奥师傅出门以前，我用哭红的双眼看着他，告诉他不要在意花费：我要为母亲举办一场隆重的葬礼，一场与她的公主身份相般配的葬礼。

相关的政府官员来到了家里，记录卡特琳娜的亡故情况并开具安葬许可文书。鉴于我一直把自己关在房间里，在痛苦中一声不吭，也一直不肯放开卡特琳娜冰冷的手，他们只好向孔科尔迪奥师傅询问相关情况。但孔科尔迪奥师傅几乎什么也答不上来。"死者叫什么名字？""卡特琳娜。""死者的父母是谁？丈夫是谁？是谁的家属？""不知道。她从佛罗伦萨来，可能是一个服侍列奥纳多大师的年老的女仆。"于是，他们就在记录中写道："6月26日，星期四，在维尔切利城门街区的圣纳伯和斐理斯教区，来自佛罗伦萨的卡特琳娜因持续的双重间日热导致的高烧在孔科尔迪奥·达·卡斯特罗诺师傅的家中逝世，享年六十岁。"

卡特琳娜被包在裹尸布里，置于一副担架上，形同苍白的蚕茧。担架上盖着一层带有花纹的黑色呢绒绸缎，上面还装饰有一幅金色的死神画像。此外，我还添加了足足三磅蜡，那是交给修士们点蜡烛用的。圣方济各修道院是圣纳伯和斐理斯教区的所在地。他们派了四位神父和三位辅祭者来参加葬礼。其中，主事的是一位来自善会的长者，他手持十字架，身后跟着四个抬担架的搬运工。当时已近黄昏，夕阳将圣安博钟楼后方的天空映得通红。悲伤的殡葬队伍走在我家到教堂之间的短短的路上。一位修士手摇铃铛，向偶尔出现的行人传达死讯，并示意他们为逝者进行追思祈祷，另外几位修士则拿着经书和海绵。

我们走进了空荡荡的大教堂，低缓的脚步声在拱顶之间回响。一行人一直走到了圣母无染原罪小堂，走到了我画的那幅《岩间圣母》前方。天使一直在那里，看着我，朝我微笑。

沉重的地下室石板被抬起，那个白色的"茧蛹"缓缓下落。我像一个在暗夜里独处的孩子，惊惧万分，不知所措。我本想再拥抱母亲一次，最后一次，可是已经来不及了，太迟了。

13
我

卡特琳娜就站在那里,看着我。

我不知道她是怎么进来的——仔细想想,这事其实也并不那么重要。我先前大约是在书桌前睡着了,后来,我突然意识到了她的存在,便惊醒过来,浑身一紧,脑袋沉重。仿佛是一个长长的梦猛然中止,而我,却什么都记不得了。

这已经不是她第一次在没有征得我许可的情况下自顾自地走进我的房间了。她站在一个角落里,靠着墙壁,一边是一架早已无人弹奏的老式克莱姆斯钢琴,另一边则是用乌檀木制成的荷兰式陈列柜。有时,她会用她纤细顾长的手指抚摸柜门上用于装饰的硬石,或许她很喜欢柜门漆黑锃亮的底色营造出的关于生活的幻象:有的枝条上开满鲜花,有的纸条上则挂着小小的果实;大理石花瓶上趴着一只苍蝇——苍蝇也是假的。有时,她会摆弄手上那枚非常旧的奇怪的银戒指,却从来不把它从手指上摘下来。

她不说话,因为她知道我根本听不懂她的语言。那种语言的历史与世界的起源一样古老,属于一个已经被淡忘的民族,或许连她自己都已忘记该怎么说了。与此同时,她也不想继续说那种她在漫漫旅途中用接触过的各种语言的碎片一点点拼凑起来的混杂语言。她更想在沉默中看着我。至于她想告诉我的一切——关于对生活和自由的渴望,她完全有能力不借助语言向我传达,只要用那双如天空般湛蓝深邃的眼睛就足够了。

是她在没有征得我许可的情况下主动找到我的,我从来没有去找过她，不仅如此，直到不久以前，也从来都没有人去找过她。她在婚前生下的一个孩子成了誉满天下的著名人物，以至于所有人都只关注他，而忘了她。不过，卡特琳娜并不感到遗憾，相反，看到世人都在谈论她的儿子，而不是她本人，卡特琳娜感到很是高兴。那孩子虽是非婚生子，但却像太阳一样明媚，像清水一样纯洁。他是她的整个生命，她爱他超过了爱其他任何事物和任何人：超过那个曾经占有她并让她怀孕的男人，超过另一个娶了她并真心爱她的男人，也超过了她一生所生下的其他孩子。尽管她不曾开口说话，但她却用她的目光让我明白了这一切：她爱那个孩子，超过爱自己的生命和自由。她也知道那孩子同样深爱着她，尽管他从来不能将这份爱说出口，尽管他从来不能叫自己一声"妈妈"，尽管她也只能假装他不是自己的孩子。她最大的幸福就是把自己拥有的一切都给了那个孩子。当然，以世俗的眼光来看，她所拥有的东西是微不足道的：她没有任何财产，甚至不能拥有自己，不能拥有自由的身份——直到有一天，一个男人在一张纸上写下了几个字："你自由了。"其实，那几个字根本没有存在的必要，因为自人类存在的那日开始，就已经有人在我们每个人身上写下了这些字，且这些字是其他任何人都无权抹除的。

卡特琳娜把她无尽的爱都给予了那个孩子，并教会了他热爱生命和万物生灵；而他从男孩儿变成了男人，继续像她一样过自己的人生。他不再食用动物，因为杀死一个生命，将它的血肉塞入自己的嘴巴，让它在自己的肠胃中分解，这种行为会让他感到恐惧。他把自己伪装成一个军事工程师，只为用令人瞠目的大规模杀伤性武器的设计去吸引那些东征西讨的王公贵族，让他们充满幻想，但却从来不会将其制造出来。最后，那些君王将自食其果，玩火自焚。如同耶稣曾对神庙前的商人所做的那样，他也曾不止一次地在集市广场上引发喧闹：因为他一看见关在笼中的小鸟,就忍不住将它们放生。在卡特琳娜教给他的所有道理之中,最为核心的一点就在于对自由的重视:自由是她眼中至高无上的善。她的父亲曾告诉她,对于一个人来说,自由是绝不能被剥夺的,且只有珍视生命、愿意付出爱也愿意馈赠他人的人才能获得真正的自由。

玛格丽特·尤瑟纳尔曾这样写道:"没有什么是比一个女人的存在更为隐秘的事情。"然而,即使在所有的女性之中,或许也没有哪一位的存在比卡特琳娜的存在更为隐秘了。关于她的一切似乎被刻意地删除和遗忘了,删得一干二净。直到两百年前,人们甚至还不知道她的名字,也不知道她的儿子是从哪里来的,如何来的,仿佛那孩子根本不需要一个女性身体的孕育,而是从天空中落下的一颗神圣的火种。

直到1839年,卡特琳娜的名字才第一次出现在一批关于文艺复兴时期意大利艺术家的书信和文档之中,具体来说,是出现在一份各位能想象到的最没有诗意也最为无趣的税务登记声明之中。那是一份从未被公开的文档,由列奥纳多的祖父安东尼奥·达·芬奇于1458年2月27日(根据佛罗伦萨的传统纪年方式,应算是1457年)提交至佛罗伦萨的税赋登记处。那份文档列出了一连串姓名,他们都是家中要吃饭的"嘴"——税务机关会根据家庭的人口数量计算扣税额度。在那份清单的末尾之处,在祖父安东尼奥、祖母露琪亚、父亲公证员皮耶罗、叔父弗朗切斯科、皮耶罗之妻阿尔比拉的名字之后,出现了以下表述:"公证员皮耶罗的非婚生子列奥纳多,其生母卡特琳娜已在五年前嫁给了皮耶罗·德·瓦卡的儿子'武夫'。"从人之常情的角度来看,这一表述中最值得重视的一点在于,写下这份声明的人并非列奥纳多的祖父安东尼奥,而是列奥纳多的父亲皮耶罗。卡特琳娜是皮耶罗曾经爱过的女人,也是皮耶罗儿子的母亲，但在当时已成为他人之妇，当皮耶罗写下这个女人的名字时，他会作何感想？更为关键的是，这个卡特琳娜究竟是怎样的一个女人？

第一条相关线索出现在1872年。一份最初被收藏于加迪家族图书馆的手稿在几经辗转后被佛罗伦萨的马里亚贝基图书馆收藏。这份手稿之中包含有一篇关于列奥纳多的古老传记，其作者是十六世纪中叶的一位不知名的佛罗伦萨人——被命名为"阿诺尼莫·加迪亚诺[①]"。阿诺尼莫的传记正是以列奥纳多的神秘身世开篇的："列奥纳多·达·芬奇是公证员皮耶罗·达·芬奇的合法儿子，却从母亲那里继承了良好的血脉。"后世的一众传记作家和学者（我也是其中之一）都在"合法儿子"一词前添加了一个括号，加入了一个"非"字。不过，令人百思不得其解的是，阿诺尼莫怎么可能会在这个关于列奥纳多非婚生子身份的关键细节上出错呢？我想，阿诺尼莫很可能并没有写错：他是以两种不同的写法来呈现这件事情的两位主角——列奥纳多的父亲和母亲的。一方面，阿诺尼莫称列奥纳多是公证员皮耶罗的"合法儿子"，并不是说皮耶罗曾将列奥纳多认定为自己的婚生子，而是强调他对列奥纳多承担有法律强制规定的养育义务；另一方面，阿诺尼莫称列奥纳多的母亲具有"良好的血脉"这一表述的确曾让许多后世学者（包括我在内）感到疑惑，以为他想表明列奥纳多的母亲出身名门，具有高贵的血统。事实上，"从母亲那里继承了良好血脉"的意思无非是说列奥纳多是一个私生子，其母是一位"身体健康却没有名分的母亲"，他的出生并不在婚姻关系或其他宗教及社会习俗的规定范围之内，他只是那一对男女在爱和情欲的驱动之下发生性关系以后生下的孩子。

[①] 在意大利文中，人名"阿诺尼莫"所对应的词语"anonimo"意为"无名者"。

卡特琳娜的名字也出现在列奥纳多的若干手稿之中，尤其是他于1493年期间随身携带的两本便携笔记本里：一本是曾经藏于伦敦南肯辛顿博物馆的第三部《福斯特抄本》，另一本是藏于法兰西学院的《抄本H》。不过，列奥纳多对卡特琳娜的信息只有零星的记录：一次是记录了一个名叫"卡特琳娜"的女人于1493年7月16日抵达了他位于米兰的作坊；另一次则是记录关于卡特琳娜的一系列小额开支，似乎包括一件里衬的制作费和在一枚戒指上安装碧玉石的加工费。此外，在撰写于1494年以后的第二部《福斯特抄本》里，出现了关于安葬卡特琳娜的一系列开销清单，其中的卡特琳娜貌似就是先前曾提到过的那个女人。那么，她究竟是谁呢？起初，所有的达·芬奇研究专家都一致认为她不过是一个身份卑微的女仆，而不会是他的母亲——关于那个女人，学者们一无所知。在他们眼里，一个年老的女人居然会在生命的最后一段时间不惜长途跋涉，只为与那个在米兰名声大噪的儿子团聚，并在他的怀抱中去世，这更像是小说家的想象，而不是可靠的历史事实。

没错，第一个提出手稿中的若干位"卡特琳娜"其实是同一个女子的人的确是一位小说家，他是俄罗斯象征派和唯灵论作家德米特里·谢尔盖耶维奇·梅列日科夫斯基。他在1901年发表的小说《诸神的复活：列奥纳多·达·芬奇》中表明了自己的猜测。梅列日科夫斯基认为卡特琳娜是一个十六岁的少女，父母都是农民，双双早亡。1451年，卡特琳娜在安奇亚诺的一家小酒馆当服务生，在那里邂逅了公证员皮耶罗。当时，公证员皮耶罗受人之托来此地起草一份关于橄榄油作坊的转让合同，顺道驻足于这家酒馆，喝了一杯，这才有了日后的故事。孩子出生以后，由于年轻的卡特琳娜没有奶水，孩子便被抱走，靠喝蒙塔尔巴诺山的一只山羊的奶长大。列奥纳多住在祖父母位于芬奇镇的房子里，但常常会从那里逃跑，去乡下找当时已经嫁给"武夫"的母亲。许多年以后，年迈的卡特琳娜丧夫守寡，便前往米兰投奔列奥纳多。因此，梅列日科夫斯基认为1493年出现的寥寥数语以及后来的安葬费用清单都是指向列奥纳多的母亲卡特琳娜的。她在投奔儿子时，似乎还给他带了一些礼物：两件粗布衬衫和三双羊毛袜子——毛线是由她亲手纺成的。

梅列日科夫斯基写道："列奥纳多似乎是通过梦境在回想自己的母亲，尤其是回想她那温柔的、难以被捕捉且流露着些许狡黠的微笑。相较于那张单纯、忧郁、严肃、美丽却粗犷的脸庞而言，那微笑显得相当怪异。"列奥纳多一辈子都在疯狂地回忆她脸上那个神秘的微笑。那是我们在《蒙娜丽莎》中看到的微笑。这个微笑也曾让一个维也纳的医生神魂颠倒，当年，他正在研究一种治疗癔病的新疗法，名曰"精神分析"。那个医生名叫"西格蒙德·弗洛伊德"，是梅列日科夫斯基那部小说的铁杆书迷，也曾在很多年里痴迷于列奥纳多的传奇人生。或许，他是在列奥纳多身上看到了他自己。

当年，弗洛伊德刚刚从美国返回，此前，他曾与学生卡尔·古斯塔夫·荣格和桑德尔·费伦齐一同前往克拉克大学访学。1909年10月17日，弗洛伊德在一封写给荣格的书信中提到："自回国以后，我产生了一种想法。我忽然看透了关于列奥纳多的性格之谜。"同年12月1日，弗洛伊德召开了一场题为"列奥纳多的著名微笑"的报告会，向维也纳精神分析学会陈述了自己的观点。在报告会上，弗洛伊德指出卡特琳娜的微笑在《蒙娜丽莎》及列奥纳多笔下的其他女性形象的微笑中存续，又对列奥纳多童年时期的第一条记忆做出了令人震惊的解读，而后将二者关联起来。在那条记述中，列奥纳多看见一只鸢落在了他的婴儿摇篮边缘，扑扇着尾羽，将其插入了自己的双唇。弗洛伊德并不认为这段短短的文字是列奥纳多真正的记忆，而是将其解读为某种"幻想"，某种基于想象而构建的"白日梦"。这一解读仿佛提供了一把绝妙的钥匙，让世人得以进入列奥纳多的内心世界。在弗洛伊德看来，鸢扑扇尾羽并将其插入婴儿口唇这一细节动作是一种具有象征意义的关于母亲哺乳行为的记忆，同时也投射出列奥纳多关于被动同性恋的幻想。

关于卡特琳娜，弗洛伊德提到了当时唯一为人所知的那份文档——1458年的税赋登记声明。随后，他引用了梅列日科夫斯基的叙述，试图让那个女人的形象变得有血有肉。根据他的假设，那个于1493年抵达米兰并于不久后逝世的卡特琳娜就是列奥纳多的母亲。在他看来，卡特琳娜不可能不在列奥纳多的成长过程中扮演具有决定性意义的角色：在列奥纳多出生的头几年里，陪伴他生活的并不是他的父亲和继母，而是他的生母和祖父母。事实上，是卡特琳娜给了列奥纳多最初的，也是唯一的且伟大的爱。不过，关于列奥纳多与卡特琳娜之间的关系，弗洛伊德很可能是基于他自己与母亲阿玛利亚之间的关系进行解读的。从这个意义上来说，他对列奥纳多的分析也是某种对其自身家庭的镜像演绎。我们不禁想要追问：阿玛利亚·弗洛伊德女士是否也有着蒙娜丽莎式的微笑或卡特琳娜式的微笑？

经过勤奋而痛苦的修改整理，这份会议报告于1910年5月发表，标题更改为《列奥纳多·达·芬奇的童年回忆》。不过，在意大利，除了那个疯子迪诺·坎帕纳，几乎没有人读过这部作品。大多数达·芬奇研究专家和艺术史学家都对弗洛伊德的观点嗤之以鼻，不屑去读那本充斥着奇谈怪论的小册子。

1931年，若干存于佛罗伦萨的档案文献，具体说来，就是《前科西莫时期的公证文档集》浮出水面，并于1939年被正式公开。这或许是关于列奥纳多身世的一份最为重要的文件：

由安东尼奥·达·芬奇在自己父亲的公证登记簿的最后一页写下的关于列奥纳多于1452年4月15日出生及在几日之后接受洗礼的记录。这本公证登记簿算是某种意义上的回忆录，在那一页上，安东尼奥记录了自己所有子女及长孙的出生信息，第一位是长子皮耶罗，最后一位则是出生于1452年的长孙。在这条简短的记录里，安东尼奥记载了足足十位见证人的名字，他们都是当年出席列奥纳多洗礼仪式的教父和教母，其中，排名最靠前的是神父皮耶罗·迪·巴托洛梅奥·迪·帕涅卡。这是一条重要的证据，表明列奥纳多虽是以非婚生子的身份降生的，但他的出生并不需要掩人耳目，而是可以公之于众的，不仅如此，他的出生还得到了所有邻里乡亲充满喜悦的接纳和祝福。可惜的是，安东尼奥并没有记述孩子出生的地点，没有提及孩子母亲的名字，也没有说明孩子的父母是否出席了洗礼仪式。

第二次世界大战以后，芬奇的一位年轻图书馆员伦佐·钱奇希望给这座小镇留下些得以长久存续的东西。作为全能通才列奥纳多的出生地，这个小镇有幸成为全世界关注的中心。钱奇致力于一系列博物馆、图书馆和文献中心的创建工作——那里将有可能成为各类关于列奥纳多的研究的集结地。为了实现这一伟大的梦想，钱奇坚持不懈地努力，常年在佛罗伦萨的档案机构里探寻新的文献资料，试图重新构建列奥纳多的早年生活：关于他在芬奇度过的童年，关于他的家庭，尤其是关于卡特琳娜的身份。

钱奇十分痴迷于对卡特琳娜的研究。1952年，他没有找到任何关于卡特琳娜的新资料，却发表了一份此前未曾公开的文件——"武夫"向殉道者圣伯多禄修道院的修女租用砖窑的租赁合同。此外，钱奇顽强地捍卫列奥纳多的老家位于安奇亚诺的传统说法。二十一年后，也就是1973年，钱奇出版了一部关于卡特琳娜的简短的回忆录，题为《列奥纳多·达·芬奇之母——关于卡特琳娜身份之谜的历史钩沉》。1975年，他甚至还推出了一部著作，书名为《关于列奥纳多之母的研究和文献》。在这部作品里，他对一些重要的地点和人物信息进行了非常宝贵的构建：某些位于坎波泽皮的民宅，古老的圣潘塔雷奥教堂，"武夫"及他的原生家庭，他们的日常生活琐事，若干合同、诉讼、婚姻关系，尤其是"武夫"呈交的那些未经公开的税赋登记声明。在上述声明中的女性家庭成员清单里，可以看到"妻子卡特琳娜女士"这一条目，还能看到卡特琳娜的年龄信息，1487年，她的年龄为六十岁。此外，钱奇还对1451年芬奇的税赋登记信息展开了细致入微的搜索，但遗憾的是，他没能取得预期的成果。在芬奇镇及其周边地区所有登记在册的家庭中，没有任何一个名叫卡特琳娜的女人具备与列奥纳多的母亲相符合的年龄和其他特征。

最后，我也在无意之间走进了那个长长的故事。

二十多年前，朱塞佩·葛拉索曾邀请我写一部关于列奥纳多的传记，收入他主编的《人物传略》系列丛书。当时，我自认还不算是一位达·芬奇研究专家，也没有想过自己日后可能成为一位以达·芬奇为主要研究对象的专家。不过，我至少从朱塞佩·比拉诺维奇这样的前辈大师身上学到了如何开展研究工作以及如何解读文献和手稿。就这样，我带着几分莽撞，在不知不觉间走近了列奥纳多的手稿。当然，如果不曾接受卡罗·佩德雷蒂慷慨而又充满智慧的引导，如果不曾受到他身上那种独立于所有限制和偏见的自由研究精神的感染，那么后来的一切，也都不可能发生。

我不知天高地厚地接受了朱塞佩·葛拉索的邀约。不过，刚写到第一章，我就遇到了一个无法解决的问题：关于那个把列奥纳多带到这个世界的女人的身世之谜。卡特琳娜是何许人？是一个卑微的农妇，还是一个出身于没落贵族家庭，后来才迁至芬奇的高贵少女？在我看来，这两个答案都不够合理。或许是因为早年曾读到过弗洛伊德那部作品且为之深深着迷，我似乎对一件事情格外笃定：列奥纳多在芬奇度过了具有决定性意义的童年时光，且这段时光是与卡特琳娜一起度过的；他似乎是从卡特琳娜那里习得了某些最为重要的特质，才在日后形成了自己独特的思考方式、爱的方式以及与他人和这个世界相处的方式。或许，他的面部轮廓所呈现的天使般的美感也是从卡特琳娜那里遗传的。至于卡特琳娜和皮耶罗之间的爱情，我当年是这样想象的：在一个炎热的夏夜，在安奇亚诺的田野里或谷仓旁，伴随着蟋蟀的鸣叫和满天的繁星，他们有了一夜情缘。

最近这几年过得很快，实在是太快了。关于卡特琳娜，我们所了解的依然不多。不过，有关她的身世之谜的研究却一直在推进。今天，我们可以确定：列奥纳多的确出生于安奇亚诺，尽管所有参加洗礼仪式的见证人都是芬奇镇的居民或祖父安东尼奥那座位于芬奇镇郊外的家宅的邻里，但他们都与山丘上的安奇亚诺村有着较为密切的关联。

从一份藏于米兰国立档案馆平民资料部的古老记录中，我们发现了一条关于某个六十岁的"来自佛罗伦萨的卡特琳娜"在米兰死于间日热的记载。她或许就是列奥纳多于1493年在第三部《福斯特抄本》和《抄本H》中提到的"卡特琳娜"，也是与他在第二部《福斯特抄本》中记录的安葬费相关的那个"卡特琳娜"。总之，一切证据都表明这三处提到的"卡特琳娜"很有可能就是列奥纳多的母亲。关于此种推测，年龄或许是唯一的问题。因为早在1487年那份由"武夫"提交的税赋登记声明中，"武夫"就已经明确提及他的女人卡特琳娜当时是六十岁。所以说，倘若这两个"卡特琳娜"果真是同一个人，那么她在1494年时的年龄就应该是六十七岁，而不是六十岁。不过，这并不是什么不可解释的大问题，众所周知，在当年的此类文件中，关于年龄的标注通常都不是非常精确，老百姓所呈交的文书尤其如此，若没有其他人进行记录，甚至连当事人自己也没法儿精确地说出自己的出生年份。当年，为了大致确定一个人的年龄，只要看看时间在那个人的皮肤或身体上留下的印记，数一数皱纹和白发的数量即可，就好比只要数一数树桩上的年轮，就能知道树的年龄一样。

通过查阅佛罗伦萨档案馆中的一系列文献，可以重新构建出公证员皮耶罗的所有家庭情况，包括他的历任妻子、若干子女，甚至还包括他们曾经住过的不同的宅邸。这一系列研究带来了一个至关重要的发现，一个至今无人知晓的细节：公证员皮耶罗还有另一个非婚生子——或许在列奥纳多之前出生，于1516年去世的皮耶罗·菲利波。通过比对1451和1459年的芬奇镇税赋登记簿，我将当年所有未婚和已婚的"卡特琳娜"都列了出来，但其中只有一个或许可以被确定为列奥纳多的母亲，那个女人叫卡特琳娜·迪·安东尼奥·迪·坎比奥，出身于一个拥有地产的小型农户家庭，1452年，她年方十四。

不过，在后续的研究中，又冒出了另一个"卡特琳娜"：一个十五岁的孤女，其亡父是一个名叫"梅奥·利皮"的可怜人。父亲去世以后，这个卡特琳娜就带着年仅两岁的弟弟与年迈的祖母和叔祖父一同住在位于马托尼村的农庄里。那里聚集着一片古老的佃农房屋，就在一条通往兰波雷基奥的道路旁边，而兰波雷基奥则位于芬奇和坎波泽皮之间。在那条道路的旁边，有一座葡萄园，至今仍在出产口感极佳的"基安蒂-圣潘塔雷奥"葡萄酒和另一种恰好名为"蒙娜卡特琳娜"的红葡萄酒。这样看来，马托尼村的这个孤女的确很容易成为一个出身于当地重要家族的年轻公证员的性爱猎物。

我承认，我很希望这个卡特琳娜就是列奥纳多的母亲，这样一来，我就不必继续劳心费力地去研究其他有着神秘身份的女子了。这似乎是一个能够自圆其说的推断：马托尼村是一个风景怡人、阳光明媚之地，种着一行行面朝太阳的葡萄植株，此外，大家都知道，此地与坎波泽皮毗邻，挨着布蒂家族的房子和"武夫"的房子。若想把这个卡特琳娜嫁给"武夫"，只要给她穿上一身白裙，让她跨过用女贞枝条编织的篱笆，就能跨越两个家族的农庄的边界。然而可惜的是，这个孤女与列奥纳多并没有任何关联。梅奥·利皮之女卡特琳娜的丈夫不是"武夫"，而是塔代奥·迪·多梅尼科·迪·西莫内·特里。此人是利皮家族的一个邻居，也是马托尼村的其他地产主之一。当年，他根本没有翻越用女贞枝条编的篱笆墙，直接就在自己家里占有了那个卡特琳娜。这两个人之间的故事要简单许多，至少能够让可怜的公证员皮耶罗不用在死后遭人非议，被安上强暴女性和恋童癖的罪名，加之他作为法务人员和公证员的身份，这一罪行就显得更加恶劣了。

与此同时，近十年来，另一个完全不同的故事也在流传：那便是本书中所描述的卡特琳娜的故事。关于这个"卡特琳娜"，没有人在芬奇镇及其周边地区的各个家族里找到过任何相关信息。所以，她不仅是一个外乡人，甚至还有可能是一个女奴。

钱奇将他最后的猜想留在了自己的文稿之中。在他去世以后，这些笔记于2008年被公开发表。凭借如猎犬般敏锐的嗅觉，钱奇在列奥纳多的祖父安东尼奥于1458年呈交的税赋登记声明中发现了一条奇怪的信息，并就此展开了追溯。在那条信息中，安东尼奥记载了一位名叫"万尼·迪·尼科洛·迪·万尼"的人留给公证员儿子皮耶罗的一份遗产。此人的口碑不佳，以放高利贷而闻名，但他居然将自己位于佛罗伦萨吉柏林大街的一处房产的用益权留给了皮耶罗这位年轻的公证员。1480年，公证员皮耶罗确实搬进了那处住所；1504年，他也是在那里去世的。奇怪的是，万尼的去世时间是1451年10月24日，但公证员皮耶罗并没能立刻享受到那份遗产。据安东尼奥在1458年的那份声明中添加的补充信息（别忘了，这份声明是他的儿子皮耶罗起草的）所述，当年，德高望重的总主教安东尼诺曾经插手此事，称那处房产是通过非法途径获得的财产，后续流程便因此一度停滞。正因如此，那份声明写道："他什么也没能得到，一切都化为了乌有。"

后来，钱奇居然成功地找到了万尼的遗嘱。那份遗嘱的正文是由公证员菲利波·迪·克里斯托法诺于1449年9月19日撰写的；至于那一系列有利于公证员皮耶罗的补充条款，则是由皮耶罗于同年11月29日添加的。通过这份遗嘱，钱奇开始尝试重构皮耶罗与年迈的万尼之间的复杂关系。在诸多文献资料之中，万尼留给其遗孀阿尼奥拉的一份遗产引起了钱奇的注意："立遗嘱人的女奴卡特琳娜应遵从立遗嘱人的遗孀阿尼奥拉女士之命，尽心服侍，直至其去世。"莫非列奥纳多的生母就是这个曾在万尼家服侍的女奴？她先是与皮耶罗产生了交集，而后被释放，并被许配给了"武夫"？

卡特琳娜看着我。或许，她正饶有兴味地看着后人如何在那些眼花缭乱的纷繁形象之中追寻她的真身：童年卡特琳娜、少女卡特琳娜、农妇卡特琳娜、酒馆侍女卡特琳娜、孤女卡特琳娜，甚至还有女奴卡特琳娜。她如同阿里奥斯托笔下的"安杰丽佳"，不断奔逃躲闪，那一众骑士则一路追寻，试图在阿特兰的城堡里找到她，结果他们寻到的只不过是各自的反射影像。或许是为了逗卡特琳娜一乐，又或许是为了拿那些骑士们寻开心，我起身走到了那架旧克莱姆斯钢琴旁，开始弹奏起来。那是一段简短的旋律，来自一部歌剧，讲述的是一个比她的家乡更为遥远的国度的故事："秘密藏于我心里，无人知晓我的名。"①其实，她的名字我们是知晓的，但除此之外，便几乎一无所知了。

这个卡特琳娜真是个恼人的家伙。你追，她逃；待你不去找她了，她又上门来找你。就在一个你根本想不到的时刻，她居然"出现"在你的面前——这便是我在不久前遇到的情形。在列奥纳多五百周年忌辰隆重来临之际，我再度拿起了二十年前的那部关于列奥纳多的传记，想要增添一些新的内容，使其更加完善，尤其是想深入探寻一个长期以来令我着迷的部分——列奥纳多与书籍和文字世界的关系，从而续写这个被许多人视为"白丁"的人物的故事。于是，我在这个梦想的引领下再度踏上了研究的路途：希望有朝一日能让列奥纳多的藏书重见天日，这样一来，我们就能像他当年那样，去翻阅那些书页了。于是，在斯坦福、佛罗伦萨、罗马和柏林，一系列虚拟和实体展览应运而生。尤为重要的是，我再次投身于各个图书馆和档案馆，去重新查阅原有的文献和手稿，同时也致力于搜索全新的线索和资料。

一天，在佛罗伦萨国立档案馆，我正在查阅一系列曾遭到法兰西政府压制的宗教团体的文献。在那一堆文献的末尾，我偶然看到了一个装有卡斯泰拉尼家族文书的文件夹。当时，我认为有必要仔细研究一番该家族藏书的相关记载，不仅是因

---

① 此处出自歌剧《图兰朵》的著名咏叹调唱段《今夜无人入睡》。

为这部分内容在行文和篇章布局方面与列奥纳多的手稿颇为相似,还因为上述资料能够提供关于十五世纪中期佛罗伦萨人藏书和阅读概况的宝贵信息。从这个角度来看,弗朗切斯科·迪·马泰奥·卡斯泰拉尼骑士的确是一个非常值得关注的人物。他是文人、人文主义者,也是年轻的路易吉·普尔奇的庇护人,与科西莫·德·美第奇保持着很好的私人往来——尽管他的家族在历史上曾有失谨慎地与美第奇家族的敌人缔结过友好关系,因而在政治生活中遭到了排挤。弗朗切斯科本人是一个资深藏书家,与当年的顶流书商和文具商交往密切。因此,若说他能进入科西莫那狭小的私人朋友圈子,并能读到那部当时尚不为世人所知的古罗马诗人卢克莱修的《物性论》——直到几年前,波焦·布拉乔利尼才把那部古书发掘出来,这也并不令人感到惊讶。

于是,我把弗朗切斯科写的《札记》拿在了手里。那是一部有着老式羊皮纸封面的手稿,勒口部分写着一条日期在常规纪事排序之外的奇怪的补充信息:"1452年11月2日,公证员皮耶罗之子安东尼奥之子公证员皮耶罗起草了玛利亚的乳娘卡特琳娜的释放文书。此前,卡特琳娜的所有权归多纳托·迪·菲利波·迪·萨尔韦斯特罗·纳蒂之妻吉内芙拉·迪·安东尼奥·德·雷迪托女士所有。1452年11月5日,本人弗朗切斯科·马泰奥·卡斯泰拉尼读到了上述释放文书,发现该文书的落款时间有误,将1452年11月2日误写成了1452年12月2日。"

毫无疑问,这条信息中提到的皮耶罗正是列奥纳多的父亲。如此重要的一条线索先前居然一直无人注意,这令我感到相当费解。再说,1452年并不是一个普通的年份,而是列奥纳多的出生之年,那一年的4月15日,列奥纳多被一个名叫"卡特琳娜"的女子带到了这个世界上。至于文书中提到的这个"卡特琳娜",她究竟是什么人呢?既然信息中提到了"释放"一词，那就说明她原先是一名女奴。这份文书正是由皮耶罗根据该女奴的主人——一个名叫"吉内芙拉·迪·安东尼奥·德·雷迪托"的女士，也就是多纳托·迪·菲利波·迪·萨尔韦斯特罗·纳蒂的妻子的意愿起草的。此外，既然这个女奴当时在做乳娘，就说明她当时必然已经生过孩子。不，我认为她不可能是皮耶罗爱过的那个"卡特琳娜"，不可能是列奥纳多的生母，否则，这位年轻的公证员又如何能够控制自己颤抖的双手、猛跳的心脏和急促的呼吸，写下一份这样的文书呢？不会的，绝不可能是她。

我继续翻阅那本《札记》，并在后续页面中再一次看到了"卡特琳娜"这个名字：1450年5月，卡特琳娜被吉内芙拉租给了弗朗切斯科·卡斯泰拉尼的妻子莱娜，给他们的女儿玛利亚当乳娘。为此，骑士夫妇俩付了不菲的租金——每年十八枚弗罗林金币。这条信息的原文如下："1450年。我在上述年份的5月　日写下如下备忘：　　　　之女[①]卡特琳娜以我的女儿玛利亚的乳娘的身份来到我家。此女子是属于吉内芙拉女士的女奴。吉内芙拉女士的丈夫是制箱匠人菲利波·迪·萨尔韦斯特罗·纳蒂的儿子多纳托，人称'廷塔'。卡特琳娜作为乳娘的年租金为十八枚弗罗林币。租期自当日算起，将按照我们根据女儿的成长需求提出的要求持续两至三年，以便她能够为我们的女儿提供健康的奶水。我们就此事与该女子的主人，上述吉内芙拉女士达成了协议，中间人是旧货商鲁斯蒂科。吉内芙拉女士将会获得的租金总额将被记录于标号为"A"的红色账册的第五十六张纸，其上将标明每一笔关于卡特琳娜的租用费的相关债权人和债务人。"

这段文字中间为什么会留有空白？为什么弗朗切斯科没有

[①] 原文中此处即留有空白。

写明卡特琳娜"来到我家"的确切时间？为什么他没有提及卡特琳娜的父亲和鲁斯蒂科的父亲？他当时究竟是怎么想的呢？

幸运的是，我很快就在这座档案馆里查证了一切：在《前科西莫时期的公证文档集》卷宗里，有公证员皮耶罗的全套公证登记簿。如果说文书是由他起草的，那么里面很可能还包括相关的公证摘要文书。我只需查阅第一卷即可，那个部分包含了从他执业之初到1457年期间的所有业务。我不慌不忙地查看了这位年轻的公证员在刚刚走上职业道路的最初几年里所起草的所有文书和笔记，对他来说，那是具有关键性意义的几年，也是十分艰苦的几年。我发现，在1449年至1452年期间，他起草的文献实在少得可怜。1449年底至1451年初，他迁居至比萨，在那里待了很长一段时间。我尤为仔细考察的是1451年6月至7月，也就是卡特琳娜怀上列奥纳多的这段时期，这一时期，所有的文书都是在佛罗伦萨起草的。这说明皮耶罗是在佛罗伦萨认识并爱上的卡特琳娜。那么1452年，在列奥纳多出生时，皮耶罗又身在何处呢？他还是在佛罗伦萨。3月3日，他在巴迪亚教堂起草文书；4月15日和4月30日，他在认证一份官员任命名册；4月30日至5月31日期间是一片空白：他没有开展任何业务。所以说，皮耶罗就算去过芬奇，也是见缝插针式的短暂前往：一开始是为了把怀孕的卡特琳娜送到那里，后来则是去看望她和孩子。

我继续向后翻阅，翻过了很多日子，很多月份。皮耶罗的文书内容非常单调，无非是在记录或证明他人生活中的事件或物品。不过，在1452年的年底，一份关于卡特琳娜的最为重要的文件——她的释放文书浮出了水面。没错，在写下这份文书时，皮耶罗的手是颤抖的，头脑也是混乱的。当年，他虽然还年轻，但已是知名的公证员，因此，这份文书居然会错漏百出，这一情况实属罕见。文书中的日期错误尤为突出，仿佛在那个心潮澎湃的日子里，他已无法在日历上确定相应的数字。关于这一点，弗朗切斯科·卡斯泰拉尼很快就察觉到了，这位骑士虽然出身显赫，但在经济上却谈不上大富大贵，这一个月的误差意味着他要为那个已经摆脱了奴隶身份，且早已离开自己府邸的乳娘向吉内芙拉多支付一枚弗罗林金币。

　　读到这里，我的双手也开始颤抖，脑子也开始糊涂了。当我在阅读和翻译这份用拉丁文写就的公证文书时，其中的内容就如同咒语一般，在我的头脑里不断回旋。由于情绪激动，我不得不把那份文书的内容反复读了好几遍，才敢确定自己的理解确实无误。一系列场所和人物立刻在我的眼前铺展开来：位于圣埃吉德路的多纳托的老宅——那里应该还散发着珍贵木料和油脂的清香，当年多纳托的制箱匠人父亲就是在那里劳作的；在宅子的后方，在主教座堂工地的工坊里，在圣弥额尔维索多米尼堂的后侧，在布鲁涅莱斯基打造的圆形屋顶的阴影之下，一众雕刻师们的锤击斧凿之声阵阵传来；见证人们也逐渐浮现在我的眼前，还有多纳托的妻子吉内芙拉和那个表示"本人亲自到场并表示同意"的她——切尔克斯族女奴、雅科夫之女卡特琳娜。

　　卡特琳娜是切尔克斯族人。这说明她属于地球上最自由、彪悍和具有野性的民族之一。这个民族没有被人类文明史所记载，但却是一个与自然界保持着密切接触的民族。他们没有文字、货币、贸易、法律、文化机构和政治机构，只有信仰如铁一般不可撼动的道德准则，但是，这个民族却有着灿烂的诗歌文化、音乐文化和舞蹈文化。他们尊崇自然，热爱动物——马、鹰、狼、熊，且有着极为丰富的故事、语言、传说和神话传统。他们由大大小小、为数众多的部落组成，分散地居住在黑海和里海之间，居住在高加索山区的高原之上，没有明确且统一的身份意识，也没有统一的语言，或许算不上是一个名副其实的民族。因此，一个切尔克斯族的女奴就如同一头母兽，既不会读书，也不会写字，说起我们的语言也相当吃力，因为她会按照自己民族的古老发音方式，只从喉咙里发出些许辅音。在佛罗伦萨，这样一个年轻的切尔克斯族女奴的价格非常高昂，她身体健康，身材高大，肌肉结实，体格强健，血气充盈，简直就是完美的生育机器，天生就是用来满足男性的欲望、怀孕、生育以及任劳任怨地从事各种各样的家务劳作的；切尔克斯族女奴的话很少，甚至根本不说话；最为重要的是，这些女奴往往具有一种摄人心魄的美，人们并不在意她们是否拥有灵魂，也不在意她们的内心是否具备七情六欲。

卡特琳娜只属于吉内芙拉，并不属于多纳托——吉内芙拉特意让公证员写明了这一点，称卡特琳娜是她用自己的钱购入的，且这个女奴多年来一直服侍她，细心又忠诚。接下来的文字表明卡特琳娜将获得完全意义上的自由："解除上述卡特琳娜的被奴役状态。"不过，这行文字很快就被删除并被替换成了一系列苛刻的条件。通常来说，这些前提条件往往会让此类释放文书落空，不再是真正的释放，而变成了对于未来的不确定的期望：卡特琳娜必须一直服侍吉内芙拉，直至主人去世。显然，吉内芙拉改变了主意，不愿放走这个女奴了。不过，在起草公证摘要文书和起草公证书原文这两个时间节点之间，事情应该发生了某种变化：当年，吉内芙拉的身体尚佳，也应该还有很长的寿命，但她却在1458年呈交的税赋登记声明中表示自己已经拥有了另一个十五岁的女奴，而不再拥有卡特琳娜。根据卡斯泰拉尼记录的那条信息，卡特琳娜应该是在1452年11月2日获得了完整的自由之身。她很有可能带着吉内芙拉依循先前的承诺送给她的微薄的嫁妆离开了佛罗伦萨。关于嫁妆所包含的具体物品，皮耶罗进行了详细的记录：一张床、一个带有两把锁的箱子、一条褥子、两条床单和一床被子。

列奥纳多的生母会是这个"卡特琳娜"吗？我仍然无法确定。倘若这个"卡特琳娜"确实是列奥纳多的生母，那么在1452年11月2日，列奥纳多应该已经是一个六个半月大的婴儿了。当时，他应该也在佛罗伦萨，在那座位于圣埃吉德路的老宅之中，像孤儿院收容的弃婴一样，被包在襁褓之中，被抱在确认"本人亲自到场并表示同意"的卡特琳娜的怀里。不过，当他于4月15日出生的时候，其身份还是一个女奴的儿子。那么，1451年7月，卡特琳娜又在何处呢？毫无疑问，自1450年5月起，她就一直待在卡斯泰拉尼家族的府邸，在那里为弗朗切斯科和莱娜的女儿玛利亚哺乳。无论是在当年，还是在今天，那座府邸一直都是佛罗伦萨最为精美的宫殿之一：位于乌菲齐宫的一旁，面朝阿尔诺河，坐落在一处中世纪的城防工事之上。它名曰"阿尔塔弗隆特城堡"，如今是伽利略博物馆的所在地。很奇怪，这居然是让我难以接受这一荒唐的猜测的最后一个理由：那些日子里，我一直不停地在这座宫殿的各个房间里穿梭，从三层的藏书室一直走到地下室，走到那些支撑着这座古老城堡的石拱之间。这就是卡特琳娜曾经生活过的地方？这就是她曾与皮耶罗相爱的地方？

我开始逆向追溯那些曾出现在卡特琳娜的故事中的角色，所有那些曾与卡特琳娜产生过交集的人：列奥纳多、"武夫"、皮耶罗和他的父亲安东尼奥、卡斯泰拉尼骑士、吉内芙拉、多纳托。每一个故事都会牵出另一个更为久远的故事，每一个故事都会生出更多的枝节，与其他人的生命、鲜血、汗水和爱恋交缠在一起：他们曾经共享面包、美酒、喜悦和希望，曾经共担痛苦，也曾经一同生育子女，为后世留下一代又一代子嗣。

在所有人之中，多纳托是一个关键人物。一方面，多纳托是那个时代最典型的代表，他勇于创业，改造世界——无论是朝更好的方向还是更坏的方向，都堪称那一时期的精神典范。另一方面，多纳托是从威尼斯回到故乡佛罗伦萨的，此前，他曾在威尼斯生活，在起起落落中打拼了四十余年。他在威尼斯的主要产业是一家加工金箔的作坊，作坊中的劳动力以女性为主，多为女奴。当年，位于黑海东北面的塔纳伊斯城是整个欧洲文明和威尼斯帝国的最遥远的前哨之地，越过那里，便是虚无之境；而威尼斯则是那些来自塔纳伊斯的贩卖切尔克斯族和鞑靼族女奴的商船的主要目的港。在佛罗伦萨国立档案馆，我找到了最后一个惊喜：多纳托的遗嘱居然是由公证员皮耶罗起草的。皮耶罗是这位曾经闯荡天下的老人所信任的唯一的一位公证员。在这份遗嘱中，多纳托给橄榄山圣巴尔多禄茂修道院留下了相当不菲的遗产，只为在那里修建自己的墓冢以及一座用于供奉他和他的家人的小堂。这座修道院位于佛罗伦萨城郊，离圣弗雷迪亚诺城门不远，列奥纳多的第一幅画作《圣母领报》也正是应这座修道院的委托而创作的，且其放置位置很可能自始至终都没有发生过改变。我不相信这只是一个巧合。

我的追溯之旅沿着地中海海域的航行路线一路前行，试图将卡特琳娜当年可能途经的站点再重新走一遍：从威尼斯到君士坦丁堡，从特拉布宗到热那亚人在黑海建造的一系列殖民地，从马特雷格到塔纳伊斯，再到顿河河口。我试图亲自前往卡特琳娜所有可能前往的地方，但我却发现与卡特琳娜所处的时代相比，当今的世界存在更多的围墙和壁垒。最美好的那段旅程是在一个不可能实现的梦里完成的：沿着黑海的东部海岸线，从特拉布宗前往索契、亚速、塔纳伊斯古城直至顿河河口，最后沿着库班河上行，直至抵达其位于高加索高原上的源头，最后登上厄尔布鲁士山的双峰。那里一片黑暗，一场失去理性的残酷战争践踏了亚速海的北部沿岸地区，也摧毁了那里的港口——当年，女奴"玛丽娅"就是从那里出发的，她的故乡叫"马里乌波尔",后来,她沦为了一种毫无理由且无休无止的恐怖行径的牺牲品。

当这段梦境里的旅程行进到某一深度时,我便再也找不到任何文献了。后来的航程没有任何航海图作为依据,指南针也只是疯狂地旋转。我必须小心谨慎地避开潜藏的浅滩和礁石,克服突如其来的风暴和凶残的海怪带来的恐惧。夜里,当你在停泊于海湾的船只甲板上沉沉入梦时,你还有可能被悄无声息的致命的海盗袭击。在世界的边界之外,一切都消失在时间的雾霭之中,所有的文明连同其古老的记忆全部消失不见了,档案文献在抢劫和战争中被付之一炬,火光将陷落的君士坦丁堡映得一片血红。留下来的,只有那些曾在那里生活过的人的声音:有约瑟法·巴尔巴罗那洪亮又真实的声音——至今仍混杂着葡萄酒和处理鱼干的污水的气味;还有雅科莫·巴多尔那低沉却清晰的声音,仿佛一篇由数字、账目和钱款组成的日常祷告词。此外,雅科莫写在账册里的那些名字也留了下来:"泰尔莫",还有那个名叫"玛利亚"的罗斯族女奴。除此之外,就什么都找不到了。不过,在那个尚未被史学研究照亮的黑暗的世界里,卡特琳娜当年听到的那些声音仍在回响:已经失传的古老高原民族的神话和传说、伴随着在月圆之夜奏响的"普辛"琴声吟唱的忧伤的歌谣、"伊斯拉美舞曲"那回旋的节奏,还有在桦树林间呼啸的风声、从冰川中倾泻而下的流水的轰鸣声以及狼群的嚎叫声。

我是与卡特琳娜的人生产生交集的最后一人,也是有幸与她相遇,并看着她出生、生活和死亡的最后一人。所谓最后,指的是时间维度的顺序——倘若时间果真存在,倘若时间果真是一条只朝一个方向,而非许多方向延展的直线,倘若时间果真是某种我们臆想出来的持续的、具体的且可以度量的现实,而不是一系列我们在除却记忆和梦境的常态下根本无法察觉其存在的，变幻莫测且无穷无尽的世界、维度和可能性，没有发端，从不曾存在，也永远不会有尽头。

不，我没法儿把这个故事讲出来。我一边试着向卡特琳娜解释这一切，一边毫无信心地回到书桌前坐下，但她听不明白我的话语，或者说，是假装听不明白。我知道她希望我做什么，但我也假装听不明白。最后，我终于投降了：若不达到目的，她是不会离开的。卡特琳娜是一个固执的人。

我原本可以采用我最为熟悉的写作形式：发表一篇精彩的学术论文，标明各类文献资料的不同评注版本，在页面底部添加严谨的脚注，再在文末附上一长串其实谁也不会去读的参考书目。当然，我也可以尝试另一条道路：像讲故事一样将她的经历讲述出来。我进行了尝试，但在写过几页之后就罢手了。一方面，是因为在这根链条上，还缺少太多的连接环，大量的文献要么已经无法获取，要么根本就不曾存在过；另一方面，我也无法通过那些不容反驳的确切的科学验证手段去证明她的整个人生经历一定是按某种方式展开，且绝不存在其他可能。啊！语文学，这真是一门试图用不确定的方式去确定确切事物的科学！或许，一切都只是一场梦，卡特琳娜的一生也只是一场梦。

不过，让我一度浅尝辄止的原因不光这些。卡特琳娜的故事恰似她所渡过的那片茫茫大海，是一个宏大且具有流动性的故事。这个故事太过精彩，以至于谁也无法用文字将其固定下来。卡特琳娜是自由的，生来就追寻自由，又有谁能固化她的人生呢？她的经历无须依靠文字存在。不仅如此，我似乎能持续地看见每一个曾进入她生命的人物的面容，听见他们的声音。因为我知道，他们都是曾经真实存在过的人，而不是那些作者虚构出来的角色。他们真实地存在过，生活过，痛苦过，也爱过。真正的故事只属于卡特琳娜，只属于她一人。那是一个女性的故事，她曾被他人剥夺了一切——身体、自由和未来。然而，她是如此强大，仅凭一己之力就无惧无畏地穿越了世界：痛过，拼过，爱过，赢过。

不，这个故事是没法儿被写下来的。我该如何让她发声呢？用一种怎样的口吻，一种怎样的语言？

此刻，我看着卡特琳娜。她依旧站在那里，靠在那架老古董般的克莱姆斯钢琴旁。她表面看似平静，但我一眼就能看出她隐藏于内心的激动。我感到她似乎想要离开，自由地离开。因为，只有在你放手让其离开之时，一个故事才真正具有生命力。我看着她，告诉自己：这个女孩儿改变了我们的一切。她把快乐和自由赠予了我们，一如她先前对所有遇见她的人所做的那样。不过，她也向我们提出了请求作为某种回报。她的要求很简单，但却需要巨大的投入才能实现——醒来，从一个无梦的长觉中醒来，睁开眼睛！

倘若她果真是列奥纳多的生母，那么列奥纳多便不算是纯粹的意大利人，而只能算是半个意大利人。他的另一半——或许是更好的那一半来自一个女奴，一个处于人类社会最低层级的外国女奴，一个不知来自何处、乘船来到此地的女奴。她没有话语权，没有尊严，也没有居住在此地的许可。她既不识字，也不会书写，甚至连说我们的语言也非常困难。所以说，那些在安奇亚诺的街头巷尾遇见她的人，还有芬奇及其周边地区的那些居民，他们最大的功劳和荣耀并不在于接纳了那个原本有可能出生于其他任何地方的非凡的婴儿的降生，而在于他们接纳了一个没有祖国、没有家庭、没有自由的孕妇，将作为人的尊严完完整整地交还给了她。这便是我们这个美好的国度最伟大的荣光：这个伸进地中海的"靴子"犹如一座巨大的桥梁，将不同的民族、文化、文明、语言和艺术联结起来。千百年来，南部与北部、东部与西部、欧洲与非洲的文明彼此相遇，彼此入侵，而后彼此交融。一座座陆地和岛屿在漂移，一批批移民来来往往，求得生存，追寻知识。若是有人关闭了我们的港口，那么意大利的文明将不复存在。

或许，这个卡特琳娜根本不是列奥纳多的生母，或许，这一切都只是一个心怀痴念的老教授的仲夏之梦，但即便如此，这个背负着女奴身份的少女的故事依旧是残酷的现实。除了她，还有成千上万个少男少女，还有无数个被淹没在历史洪流之中的看不见的生命，他们背负着重重艰难苦恨，来到了我们的这片大陆。这是令人羞耻的丑闻，单凭这一丑闻就足以将整个欧洲文明和西方文明击成碎片。因为这样的丑闻居然发生在流光溢彩的文艺复兴运动的鼎盛时期。那时的人们正幻想着复兴古代的辉煌文明，复兴古人的价值、信仰、德行、人性和博爱情怀，甚至还幻想着创造出古人都未曾见过和未曾想过的全新的景象：世界的边界被无限放大；技术和艺术可与自然比肩甚至超越自然；商品和货币自由流通，创造财富和幸福；人们对命运充满自信，对永无止境的进步充满确定性。帆船和战船升起了船帆，文艺复兴张开了拥抱世界的双翼。但在那双翅膀之下，拉开序幕的是对未知大陆的血腥征服，是基于奴隶制的全球化经济体系的发展，是那些处于霸主地位的国家依靠种族灭绝和对自然资源的掠夺实现的长达数个世纪的强权统治，是对不同族群的人类所创造出来的不同文化、语言、对自由的理想、生活方式和梦想方式的审判和删除。

这是"杀手的时代"。或许现实一直如此，我们一直处于杀手横行的时代。自人类历史发端以来，此类令人羞耻的丑恶事件就时有发生，并延续了一万多年。

我看着卡特琳娜，我知道自己在很久很久以前就认识她了。事实上，她一直在我们身边，在我们周围的事物之中，在每一天的日常生活里。对人的奴役、对劳动力的压榨、对人之尊严的剥夺，这样的事情一直在世界上的各个角落发生。我身穿的棉质衬衫或许来自某个一望无际的种植园，棉花是由一个"卡特琳娜"采摘的；我使用的智能手机里的线路是用金属细丝制成的，而那些金属则很可能是某个非洲童工用自己的血汗从矿井里挖出的。

今天，在这个红绿灯旁的街角，一个童年"卡特琳娜"正在被迫行乞。她的兄弟们可能在种植番茄的田地里腰酸背痛地耕作，或是从没有任何保护措施的工地的脚手架上跌落摔亡；而她的姐妹们则可能因卷入整经机和纺织机而惨死。就在今夜，身为女奴的"卡特琳娜"们——不管肤色是黑是白，将趁着夜色站在郊外的道路旁，奉老板之命出卖自己的身体：其中一些在童年时期就被饥饿难耐的家人卖给了老板，还有一些是被过上好日子的虚假许诺所蛊惑而误入歧途，但无论如何，若是她们违逆了老板的意愿，便要遭受折磨或被抛尸山野。

就在今夜，还有一个年幼的"卡特琳娜"试图逃离饥饿、战争、强暴，逃离默默无名的家乡。她在经历无数次倒手转卖，被强暴，被折磨之后，终于来到了一个位于利比亚海岸线的地狱一般的村庄。在这里，她将像畜生一样被装载上船，与好几百人一道，被关入一艘旧船的船舱。她不愿上船，因为她害怕那片自己从未见过的无边无际的茫茫水域，也害怕那艘如怪兽般的船：它那又黑又大的舱口仿佛想要吞噬她和其他所有人。后来，船身散架了，倾覆了，她便缓缓地坠入了地中海的深渊。她的双肺被海水充盈，双眼如玻璃球一般失去了神采，最后的呼号始终未能从嗓子眼儿里发出。

十年之间，三万人就这样丧失了性命，世人对此浑然不觉。然而，就在几海里之外，豪华游艇上灯火辉煌。在许多人眼里，那些死难者根本不存在，也根本不曾存在过。即使有些人得以幸存，在我们的家宅里当奴仆，也仍会被人说三道四，说他们抢夺了我们的面包，说他们肮脏、野蛮，是小偷，是非法商贩，是妓女，是散播疫病的罪魁祸首。难道说，把一个"他者"当"人"来看待这件事情就这么困难吗？

这样看来，我的确有必要讲述卡特琳娜的故事。这既是为了卡特琳娜本人，也是为了她那些没有名字的姐妹：直到今天，她们仍会葬身于那片她曾成功渡过的大海，仍会在我们周围遭受苦难。

离开以前，卡特琳娜朝我露出了一个微笑。此前，她从来不曾对我展露笑容。那是一个几乎看不见的微笑：嘴唇微微呈弧形，极为温柔。那个微笑是对我的认可，也是对那些自古以来就在全世界持续发生的苦难的回应：喜悦中掺杂痛苦，渴望中夹杂恐惧——这是一种难以言说的神秘的共生情绪，贯穿于人生中的所有重大节点：生命开始、孕育生命、爱、梦想，或许还有死亡。

对于所有曾走近这趟旅程的人们，对于所有曾通过与笔者的交谈或是凭借自身的研究成果为笔者指引航向的人们，笔者要致以诚挚的谢意，尽管他们或许根本不知道此次旅程追寻的目标是卡特琳娜。笔者要感谢亚历山德罗·韦佐西和阿涅塞·萨巴托，他们提供了关于芬奇地区的详细信息，知无不言，言无不尽；笔者要感谢马里奥·布鲁斯基、伊丽莎白·乌利维、爱德华多·维拉塔（罗恩天）、万娜·阿里吉、马丁·坎普和朱塞佩·帕兰蒂，感谢他们针对列奥纳多的家族和多位名叫"卡特琳娜"的女性展开的细致的文献研究；笔者还要感谢保罗·加鲁齐、皮耶特罗·切萨雷·马拉尼、保拉·芬德伦、马可·库尔西、保拉·文图雷利、罗马诺·纳尼、罗贝塔·巴尔桑蒂、莫妮卡·塔代伊、萨拉·塔利亚拉甘巴、玛格丽特·梅拉尼、帕斯卡尔·布里瓦、谢尔盖·帕夫洛维奇·卡尔波夫、叶夫根尼·赫瓦尔科夫、莱茵诺德·C.穆勒对于笔者的帮助。笔者尤其要向伊莎贝拉·纳蒂·波尔特里致以特别的谢意：她慷慨地向笔者提供了大量关于多纳托个人及其家族的信息。

译后记
与达·芬奇结缘的二十年

我对列奥纳多·达·芬奇的关注，始于二十年前。当年，美国畅销书作家丹·布朗的小说《达·芬奇密码》横空出世，名噪一时。我作为忠实的读者，在读完那部作品后决定以达·芬奇作为主题撰写我的硕士论文。在收集资料的过程中，我读了俄罗斯象征派和唯灵论作家梅列日科夫斯基的小说《诸神的复活：列奥纳多·达·芬奇》，也读了弗洛伊德针对达·芬奇撰写的精神分析研究报告《列奥纳多·达·芬奇的童年回忆》，并于"2006中国意大利年"期间担任了"达·芬奇的科学与艺术"圆桌会议的现场翻译，心中逐渐构建起一个关于达·芬奇的"神话"般的形象——一个远远超越其所处时代、无所不能的"超凡"天才形象。在硕士论文中，我不遗余力地铺陈了达·芬奇在绘画、雕塑、建筑、音乐、舞美等艺术领域和在军事、工程、解剖、飞行、地质、机器人制造等科学领域所取得的领先时代的成就，呈现了一个不仅仅是画家，更是现当代科学技术之先驱的达·芬奇。

如果说硕士论文的撰写只是一次充满"好奇""仰视"和"崇拜"之情的粗浅尝试，那么十年后的一个契机则将我真正领进了深入探索和理解达·芬奇的大门。2015年，第四十二届世界博览会在意大利米兰举行。作为重点文化推广项目之一，意大利驻上海总领事馆文化处与上海书店出版社合作引进了卡罗·卫芥（Carlo Vecce）的《达·芬奇传》，而我则作为卫芥指导的中国博士生有幸承担了该作品的译介工作。卫芥是意大利那不勒斯东方大学教授、意大利林琴科学院院士、著名欧洲文艺复兴研究学者和达·芬奇研究专家，于1994年成为意大利"达·芬奇研究国家委员会"成员等。作为语文学家，卫芥曾亲手整理并编辑了流传至今的六千多页达·芬奇手稿。在撰写《达·芬奇传》的过程中，他凭借语文学家的严谨和文学家的优雅，不仅描述了达·芬奇成果丰硕的一生，而且就其所处的社会、历史、政治和文化语境展开了多层面、多视角的阐释，详尽地解析了达·芬奇与其家人、友人、赞助者、委托者及敌对者之间错综复杂、千丝万缕的关系。相较于其他关于达·芬奇的传记、小说和影视作品，卫芥的《达·芬奇传》不包含任何离奇、惊悚、玄幻的情节，亦拒绝将达·芬奇的形象"神化"为某种"背负特殊宗教使命的神秘人物"或是"穿越时空的魔法师"，而是试图以"平视"的视角，将达·芬奇纳入"人"的维度中加以审视，通过对他的原生家庭、成长路径、生活经历、工作环境的考察客观地审视其独特的创作和研究方式，不仅罗列其令世人瞩目的成就，而且关注其留下的遗憾及遭受的批评，甚至是诟病，在此基础上，还原出一个走下神坛的真实且鲜活的达·芬奇形象。正因如此，意大利达·芬奇研究学界的泰斗卡罗·佩德雷蒂（Carlo Pedretti）称该作品"不仅是一部传记，也是一本关于达·芬奇的工具书和一部细腻的心理分析佳作"。

《达·芬奇传》的译介过程持续了一年有余，中译本出版后获得了国内学界的高度评价，我本人亦凭借该译作获得了意大利文化遗产与活动部颁发的"2018年度意大利国家翻译奖"。然而，这次经历带给我的最大收获并不在于奖项与赞誉，而在于激发了我内心对达·芬奇深刻的兴趣和敬意。相较于十年前的"好奇"和"仰视"，此刻的"兴趣"和"敬意"已有了本质上的不同：不再局限于艳羡和感叹达·芬奇那令人不可思议的惊世之才，而是进入了更为深入的探索阶段——通过思想史的路径探索达·芬奇在艺术创作和科学研究中所呈现的独有特质。2020年，我在《消没的"边界"——重新认识达·芬奇》一文中从"消隐的轮廓""消失的终点"和"消融的界限"三个维度探讨了达·芬奇的"边界观"如何影响了他的创作风格、创作方式和研究方式；2021年，我在书评《一个"白丁"的藏书》中追溯了一度被世人视为"白丁"的达·芬奇作为藏书者、读书者和写作者的人文思想发展动态；2022年，我与时任中央美术学院人文学院院长的李军教授共同组织译介了《达·芬奇研究全集》，将意大利学界关于达·芬奇研究的最前沿的成果介绍至国内学界；2023年，我在《跨越"时间"之界》一文中阐释了达·芬奇的"时间观"、达·芬奇作品中的"时间性"、达·芬奇创作中的"未完成"性以及达·芬奇在跨越"时间"之界的过程中与"时间"的竞争及和解。在开展上述研究的过程中，我的关注重点已不再局限于达·芬奇的"天才"光环，而是着眼于他作为"失败者"的遗憾与伟大：与同时代的其他艺术大家相比，达·芬奇留下的成品画作屈指可数；他那些曾满怀雄心许下的关于科学研究的誓言也多半停留于纸面，从未付诸实施。我越来越清晰地意识到，在"无尽"的宇宙舞台上，作为人类个体的达·芬奇其实是以"失败者"的身份谢幕的。然而，作为"失败者"的达·芬奇却令人肃然起敬。这种伟大无须被现代媒体所营造的传闻、神话和谜团所包装；他在后人心中激起的也不应是那种"魔法师"式的崇拜，而应是为他那种"向死而生"的精神的悲怆所感动：面对在各个层面上都被设定了"边界"的"有限"的人生，达·芬奇始终渴望通过艺术的手段，去抓住"无尽"的宇宙的灵魂，把握它的运动，领会其形而上的终极运转规律。

译后记

* * *

2023年，卫芥教授推出了酝酿三年的新作《列奥纳多·达·芬奇之母——卡特琳娜的微笑》。这部以达·芬奇的生母为主题的历史小说一经面世就引起了各国读者的关注，正在被翻译为十余种语言，其中，西班牙文版和葡萄牙文版译本已率先面世。面对卫芥教授和吉林美术出版社的共同邀约，我欣然答应承担该作品中文版的译介工作。作为该作品的第一位中国读者，我几乎是迫不及待地一口气读完了这部看似"悬疑"的长篇小说——毕竟，这个身份扑朔迷离的卡特琳娜一直是国内外学界关注的焦点，她与达·芬奇父亲之间的感情纠葛也的确令人好奇。但在读完作品，合上书页之时，充溢在我心中的却并不是所谓"真相大白"的满足感，而是另一种澎湃的心情：作为译者，能够有机会将这个名叫"卡特琳娜"的女性的故事转述给国内的读者，我深感荣幸。

本书不是一部吊人胃口的悬疑小说，它讲述的是历史洪流之中一个真实的故事。

从学术研究的角度而言，本书就一系列重要的问题给出了最前沿的研究成果：达·芬奇的神秘生母究竟是何许人，来自何处？她与达·芬奇的父亲曾经历过怎样的爱恨离合？原生家庭的创伤对作为私生子的达·芬奇产生了哪些影响，又在他日后的艺术创作中留下了怎样的印痕？关于上述问题，作者卫芥基于翔实的档案文献考据，给出了一系列经得起推敲的推断，为还原达·芬奇的身世全貌提供了重要的信息。在作者的笔下，卡特琳娜是一位出生在高加索高原上的切尔克斯族女性，她的民族原本隔绝于时间之外，可她却在突然之间被强行卷入了历史的洪流：在一场发生于塔纳伊斯——威尼斯位于顿河三

545

角洲的最后一片殖民地的战役中,她沦为了战俘,由此开启了一场穿越黑海和地中海的令人难以置信的旅程。她见过被土耳其人攻陷前夕的君士坦丁堡,也见过如梦似幻的水城威尼斯,最终抵达了处于文艺复兴鼎盛时期的流光溢彩的佛罗伦萨,在那里以女奴的身份结识了一位名叫"皮耶罗"的公证员并在断续的情感互动过程中先后为他生下了两个孩子:第一个孩子被送去了孤儿院,第二个孩子就是家喻户晓的达·芬奇。碍于卡特琳娜的女奴身份,公证员皮耶罗没有娶卡特琳娜为妻,但他至少尽力促成了卡特琳娜被释放,为她争取到了那份原本就属于她,后来却一度被强行剥夺的宝贵的"自由"。"列奥纳多"这个名字,就来自利摩日的隐修士"诺布拉克的圣伦纳德"——一位打破锁链,赋予人自由的天主教圣人,被视为奴隶、牢犯和产妇的庇护者。后来,皮耶罗先后迎娶了数位妻子,卡特琳娜也嫁做他人妇,各自有了其他的子女,二人之间再无交集。年幼的达·芬奇在母亲身边度过了幸福却短暂的孩提时光。然而,随着母亲再度怀孕,他被父亲带去了佛罗伦萨,从此不能称呼卡特琳娜为"妈妈"。自那时起,既不属于母亲的家庭,也不属于父亲的家庭的达·芬奇开始承受来自周遭的闲话,说他是一个私生子,一个女奴所生的孩子,一个罪恶之子,一个恶魔所生的左撇子。他曾试图在内心深处把父母都统统"杀死",唯有如此,他才不会被那种疯狂期待却从未体验过的全家团聚的喜悦所折磨。然而,尽管如此,母亲的形象却从不曾在他心中死去,而是陪伴了他一辈子——仿佛是一种魔咒,也可能是一种庇佑。他痴迷于回忆和构建母亲的形象,无数次尝试捕捉和呈现她那灵活的双手以及转瞬即逝的温柔的微笑。他的许多作品中的女性人物都是以母亲为原型创作的,《圣母领报》《岩间圣母》《圣母与圣亚纳》《勒达》以及那幅人们耳熟能详的《蒙娜丽莎》均是如此。在作者看来,卡特琳娜的形象犹如一把钥匙，是解读达·芬奇艺术创作的关键所在：在达·芬奇的整个艺术生涯中，缺失的母爱一直是他试图追寻的对象。在这一点上，作者延续并深化了弗洛伊德对达·芬奇的解读。

作为译者，我敬佩作者丝丝入扣的推理和行云流水般的讲述；但作为学界同行，我亦心存隐忧，早在卫芥创作这部作品以前，就已有其他学者提出过对于达·芬奇生母身份的种种推断：农妇卡特琳娜、酒馆侍女卡特琳娜、孤女卡特琳娜、女奴卡特琳娜……众人仿佛是在令人眼花缭乱的纷繁形象之中追寻她的真身。卫芥教授的最新推断固然基于严谨细致的档案考据（文中出现的成串的烦琐的人名便是明证），但是否真的"严丝合缝"到可被视作最终的"盖棺定论"呢？关于这一点，作者在本书的最后一章坦诚地表示："在这根链条上，还缺少太多的连接环，大量的文献要么已经无法获取，要么根本就不曾存在过；我也无法通过那些不容反驳的确切的科学验证手段去证明她的整个人生经历一定是按某种方式展开，且绝不存在其他可能。啊！语文学，这真是一门试图用不确定的方式去确定确切事物的科学！"

然而，在读完最后一章之时，我彻底放下了先前的隐忧。如果说厘清达·芬奇生母的身份，从而完善达·芬奇的身世全貌是作者落笔的初衷，那么随着叙述的不断深入，作者的最终落脚点已远远超越了对于达·芬奇的生母究竟是此"卡特琳娜"还是彼"卡特琳娜"的关切；作者试图阐明的，不只是某个具体的"卡特琳娜"对达·芬奇产生的影响，而更是一个"来自东方的女性"对当时的欧洲文明所产生的影响。作为达·芬奇的母亲，她将何种来自欧洲文明之外的特质传给了自己伟大的儿子？作为女性，她曾在辉煌的文艺复兴时期扮演了何种角色？作为女奴，她又是如何被卷入了发端于这一时期的全球化

547

的滚滚洪流？

　　作为母亲，卡特琳娜对达·芬奇的影响是肉眼可见的。除了一头灿烂的金色鬈发和俊美的相貌，达·芬奇还从他的东方母亲——而非循规蹈矩的公证员父亲那里承袭了独特的艺术天赋和审美品味、对自然之母的崇敬、对万物生灵的亲近、对战争的厌恶、对文字和图像之魔力的探索、对生命之谜的痴狂以及对时间和死亡的敬畏。正是这一切，成就了一个始于"绘画"却远远超越"绘画"的独一无二的达·芬奇。

　　作为女性，少女时期的卡特琳娜原本是自由而独立的，不仅擅长打理家务，还精于骑射，甚至曾随同父亲参与战斗——在她的原始部落里，只有在战场上杀死过敌人的女子才有资格嫁人。然而，自从进入以"文明"而自居的欧洲社会后，她见到那里的大多数女性，无论是高贵的"女士"还是低贱的"女奴"，都只能安守于次要的地位：在男人需要的时候为其提供欢愉，为男人孕育和抚养子女，服从父亲、母亲、兄长与丈夫的意志、喜好和命令，将自己封闭在闺阁的方寸天地之中。然而，即使是在这个普遍将女性视为"有缺陷的动物"的社会里，卡特琳娜亦不止一次地展示了女性的强大能量：在威尼斯的金箔作坊设计绘制最为新颖别致的图案；在作坊主人遇难时力挽狂澜，救他于危难之中；在达·芬奇的父亲胆怯犹疑之际，凭借坚定的心志坚持将孩子带到这个世界；在饥荒和重负的压力下，凭借勤劳的双手与丈夫一同支撑整个家庭……事实上，不仅仅是卡特琳娜，作品中的多位其他女性也都凭借自身的智慧、美德和才华成为家庭或工坊里的中流砥柱，比如通晓多门语言文字的犹太女子莎加尔、能干得"不像女人"的佛罗伦萨贵族女性吉内芙拉、在威尼斯工坊里独当一面的"金娘子"露琪亚……作者借多位男性角色之口表达了对她们的敬意："是她们在推进历史；是她们在赐予爱和喜悦；是她们在自己的体内酝酿生命的奥妙……她们并不像我们男人一直妄想的那样，低我们一等，理应屈服于我们，相反，她们比我们更自由，更聪慧；我们每个人身上都闪现着一丝她们的美好……若说这尘世间还存在唯一的救赎我们病态人性的可能，那么这种救赎一定是通过女性才得以实现的。"

作为女奴，卡特琳娜是渺小，甚至是卑微的。然而，在肇始于那一时期的全球化浪潮之中，如同沧海一粟的她却是最典型的时代见证者和亲历者。她的生命与众多海盗、士兵、妓女、冒险家、商人以及其他与她一样的女奴的生命交织在一起，与那些曾经购买她、售卖她、租用她的男男女女的生命交织在一起。她见证了那个如大海般充满变化性和流动性的波澜壮阔的年代，见证了东西方世界的物质文明和思想文明在那一时期的相遇、碰撞、冲突和交流过程，也亲历了那一时期的残暴和冷酷——"文艺复兴张开了拥抱世界的双翼，但在那双翅膀之下，拉开序幕的却是对未知大陆的血腥的征服，是基于奴隶制的全球化经济体系的发展，是那些处于霸主地位的国家长达数个世纪的强权统治，是对不同族群的人类所创造出来的不同文化、语言、关于自由的理想、生活方式和梦想方式的审判和删除"。

从某种意义上来说，卡特琳娜的真实性并不局限于她的个人经历。无论书中的卡特琳娜是否是达·芬奇的生母，这个背负着女奴身份的女性的故事都是历史长河中一颗确切存在的水滴，对东西方文明的发展起到了微小却切实的推动作用。如果说达·芬奇的成就堪称奇迹，那么这奇迹绝不仅仅属于他个人，也不仅仅属于意大利或欧洲大陆，而是东西方文明从彼此冲突到彼此理解、接纳、交融的产物。或许正是因为在冥冥之中意识到了这一点，达·芬奇一生都在致力于打破各种意义的"边界"，包括阶级的边界、种族的边界、东西方文明的边界；也正是在这个意义上，达·芬奇虽然无法被算作真正意义上的"人文主义者"，但却被后人视为文艺复兴巅峰时期最具代表性的人物：探索"人"，探索"世界"，追寻"无尽"，追寻"自由"。

这才是作者在本书中试图传达的最重要的信息。考虑到这些信息的丰富性、宏大性和复杂性，作者没有以学术论文的形式来呈现其研究成果，而是选择了历史小说这一兼容史实与想象的体裁，给历史的真实性和流动性都留出足够的空间，讲述了一个关于"爱""梦想"和"自由"的故事。这个故事并非荒诞传奇，而是具有现实意义的召唤：关于平等、自由、理解、尊重、包容、交流、互鉴的召唤——若是抛弃这些基本的普世价值，人类文明将不复存在。

★ ★ ★

本书的译介工作于2023年8月启动，历时一年完成，译文约38万字。一年来，我得到了诸位前辈、师友的帮助和支持，受益匪浅，铭感于心。感谢北京外国语大学的王军教授和文铮教授：是他们在许多年前引领我走上了中世纪和文艺复兴研究的道路；感谢本书作者、意大利那不勒斯东方大学的卫芥教授：对于我在译介过程中遇到的困难，他总是第一时间给予回应，作出详尽的解答；感谢北京外国语大学的李雪涛教授：作为著名的全球史研究专家，同时也作为弗洛伊德的《列奥纳多·达·芬奇的童年回忆》的中译本译者，他对本书的中译本给予了中肯的评价并拨冗撰写了序言；感谢四川外国语大学的陈英教授：她就作品中若干关键人名的处理提供了睿智的建议；感谢北京服装学院的杨道圣教授：他就作品中大量关于中世纪服装的术语的译法提供了宝贵的建议和参考资料；感谢北京政法大学的雷佳副教授,她不厌其烦地与我深入探讨作品中频繁出现的中世纪法律术语的译法;感谢复旦大学的文漪羲博士、上海外国语大学的王钰博士、韦欢神父、北京外国语大学意大利语专业2012届校友赵羽先生:他们就作品中的历史术语、宗教术语和金融术语的译法提供了详细而中肯的建议;感谢北京外国语大学意大利语专业2024届本科生胡湘婷同学:在我分身乏术的时刻,她曾多次前往图书馆帮我查询资料;感谢2023级西安交大少年班的朱笑言同学:她年纪虽小,却凭借良好的学术素养协助我查证了若干中世纪时期的数学术语和物理学术语;感谢意大利佛罗伦萨大学古典学研究中心的玛丽安杰拉·雷格里奥西(Mariangela Regoliosi)教授、沈阳大学的罗恩天(Edoardo Villata)教授、上海同济大学的徐卫翔教授、上海师范大学的周春生教授、澳门大学的李军教授、天津师范大学的刘训练教授、南京大学的韩伟华教授、中国人民大学的吴功青教授、四川大学的梁中和教授和张崇富教授、浙江大学的朱振宇副教授、北京大学的成沫副教授、对外经济贸易大学的潘源文副教授、北京航空航天大学的陈绮副教授、山东艺术学院的刘海平副教授:他们是我的榜样,也曾在我的研究过程中多次提携和帮助我;感谢北京外国语大学欧洲语言文化学院的可亲可敬的领导和同事们:他们一直在工作中给予我鼓励和支持。另有许多师长、同事和朋友给予我直接或间接的帮助,在此一并感谢。最后,我想郑重地感谢我的家人:多年以来,他们一直无条件地热爱我的热爱,幸福我的幸福,永远在我疲累的时刻给我力量,在我脆弱的时刻给我保护,在我取得小小成绩的时刻给我最热烈的掌声,从不缺席地陪伴我走过了与达·芬奇同行的这二十年。未来的日子,我将继续尽己所能,为国内学界的达·芬奇研究和中世纪与文艺复兴研究贡献自己的微薄力量。

在译介本书的过程中，我对大部分术语采用了学界约定俗成的既有译法，也对某些学界尚无通行译法的术语进行了反复推敲，选择了相对而言较为合理的译法。所有教宗的名号、圣人的名字、神职人员的品阶、各类修会的名称及教堂的名称均按天主教的通行译法译出。所有来自《圣经》的引文均采用《圣经》思高版中译本的译法。

考虑到本书的历史小说体裁，为了保证读者在阅读过程中享有顺畅体验，我权衡再三，尽可能减少了"译注"的添加，且没有在译文中保留人物、地点和作品的外文原名。

一年以来，我曾反复对译稿进行修改、校译。然而，由于学识和经验有限，尽管慎始敬终，未敢懈怠，错漏之处亦在所难免。恳请广大读者谅解包容并批评指正。

李婧敬

2024 年 6 月于北京外国语大学